The Fearful Imagination

當代小說31家

可畏的想像力

王德威——著

目次

序：「可畏的想像力」

「當代小說家」自一九九六年由麥田出版公司推出，至今已超過二十五年。這一系列涵蓋兩岸四地（台、港、陸、星馬）及全球華人小說家的傑作，展現華語文學的壯觀版圖。我有幸擔任系列主編，參與製作，並為每一本書寫下序論，介紹作家的特色，並觀照小說與政治、社會、人生的美學關聯。二〇〇二年，麥田結集二十篇序論言出版《跨世紀風華》一書，呈現上個世紀末中文小說的種種面貌。

二十一世紀以來，「當代小說家」系列編纂工作進行不輟。儘管出版速度趨緩，但引介不同地區最具創造力和話題性作品的初衷未曾改變。作為系列主編，我持續為每部作品撰寫序論。從二〇〇二年到二〇二二年，陸續出版如李永平《大河盡頭》、吳明益《單車失竊記》、陳冠中《盛世》、黎紫書《流俗地》、駱以軍《匡超人》、王安憶《一把刀，千個字》等，都曾引起廣泛討論。這些序論，連同系列以外的小說點評，編選之後共得三十一篇，總為一集出版，名之以《可畏的想像力》。

當代作家書寫他們的生存所在，為何可畏？過去二十年兩岸四地局勢波譎雲詭，世界危機重重。與此同時，數位科技爆發、環境物種嬗變——從全球暖化到生態污染——重新定義了人類與後人類的關係。當我們汲汲於眼前的意識形態和族裔紛爭，或持續科幻化、娛樂化種種災難可能時，敏銳的小說家卻感受到「惘惘的威脅」撲面而來。他們的作品震撼人心，不僅在於形製新穎，更在於內容不可思議。

林俊頴「看見」二〇三七年台灣終於成為美國託管地，台灣人一覺醒來，彷彿春夢一場（《猛暑》）；陳冠中揭露北京城地下千年鬼魅世界，以及毛澤東腦袋失蹤祕辛（《北京零公里》）。張貴興調動千百條野豬進犯砂拉越故鄉，直搗殖民記憶與情慾的核心（《野豬渡河》）；嚴歌苓挖掘一個上海家族在毛時代中最不堪的羞辱、與最決絕的堅守（《陸犯焉識》）；李渝則寫出國共內戰時，金絲猿傳奇所遮蔽的血腥大屠殺（《金絲猿的故事》）……。更有甚者，駱以軍煩惱自己的雞雞潰爛，竟因此發出亙古天問（《匡超人》），而早在新冠疫情席捲全球的三年前（二〇一八），大陸作家韓松就預示，人生而有病，中國——甚至整個宇宙——就是醫院（《醫院》三部曲）。

當代文化傳媒千變萬化，小說的影響看似式微。弔詭的是，小說失去了上個世紀文學的焦點位置，或文化、政治建制的青睞，反而獲得了空前解放。作家馳騁在文字建構與解構的天地裡，言說那不可說的，看見那不可見的，想像那不可想像的，如此「肆無忌憚」，卻令人心有戚戚焉。他們證明了文字這最古老的傳媒魅力依然無窮。

「可畏的想像力」——the fearful imagination——典出二十世紀最重要的思想者之一漢娜・鄂蘭（Hannah Arendt，或譯為阿倫特）的論述。在《極權主義的起源》（*The Origins of Totalitarianism*）一書中，鄂蘭論二十世紀的暴政帶給世界種種傷害，不因某一特定政體或政權的消長而稍息。尤有甚者，暴政甚至可以最平庸無感的形式滲透於日常生活，並被視為當然，甚至膜之拜之。這是現代之「惡」最詭譎的形式。當此之際，鄂蘭呼籲我們必須鍛鍊「可畏的想像力」，用以對抗歷史怪獸的無孔不入：

只有那些倖免於肉身凌辱，尚未因種種劫難而成為行屍走肉的人，才得以在見證不義之餘，有能力想像種種恐怖——並運用這可畏的想像力。這樣的想像有助於思辨政治情境，啟動政治情懷。[1]

鄂蘭的觀察語重心長。她所謂的政治當然不僅止於民主集權、你上我下，而是公民社會眾人集思廣益的行動。而她所謂的暴政更可以推而廣之，直指文明的對立面——暴力。鄂蘭認為，大革命、大民主、大屠殺、大裂變導致無數身心摧折，甚至麻木不仁，作為「平常人」的我們其實更有能量，也更有責任，想像人性墮落的極限，或歷史荒謬的深淵。

「可畏的想像力」不是簡單的居安思危、占星卜卦而已——那是一種馴化的因果邏輯。「可畏的想像力」驅使我們探勘生命無明和無常的種種變貌，思考人間可為與不可為的種種選項。這樣的想像力不是胡思亂想，而恰是從理性推衍出理性的有時而窮，非理性或超理性的無所不在。

鄂蘭對想像力的定義得自康德「審美判斷力」的啟發，也和業師海德格（Martin Heidegger）視詩歌為打破混沌、顯現靈光的說法，有所應和。但識者多指出，鄂蘭的想像力強烈訴諸公共層面。「主體」於她不是個人存有，更是人與人「之間」形成的社會關聯性。不僅此也，鄂蘭認為人間的公共性及關聯性有賴敘事——說故事——的發生性（natality）和現場性證成。藉由故事，我們相互言說與傾聽，產生交鋒或對話，公民社會的意義因此敞開。這一方面，她的立論讓我們想到巴赫金（Mikhail Bakhtin）的「眾聲喧嘩」（heterogloassia）。

然而講故事豈僅是人我進入公眾領域的方式而已？故事面向過去與未來，充滿承先啟後的創造性契機，以及為生民「立言」的倫理自覺。當鄂蘭回顧二十世紀或左或右極權勢力所帶來的浩劫，她所謂的講故事更添加沉重的政治意涵。徘徊理性、革命、民主、進步、自由、解放各種「大說」所造成的廢墟間，如何將「故事」講下去，我們仰賴的不只是想像力，而且是**可畏**的想像力：迎向人性內外的黑暗、名與實的顛倒，還有那不可捉摸的惡，需要最深邃的發想，與無比的敬畏之心。失去了「可畏的想像力」，我們即無從揣測、辨認歷史怪獸與時俱變的面目，遑論抵抗？

鄂蘭的論述促使我們重新思考當代中文小說的倫理和政治向度。一九〇二年梁啟超倡導「小說

---

1 "Only the fearful imagination of those who have been aroused by such reports but have not actually been smitten in their own flesh, of those who are consequently free from the bestial, desperate terror which, when confronted by real, present horror, inexorably paralyzes everything that is not mere reaction, can afford to keep thinking about horrors. Such thoughts are useful only for the perception of political contexts and the mobilization of political passions." Hannah Arendt, *The Origins of Totalitarianism*（N. Y.: Harcourt Brace Jovanovich, 1968）, p. 441.

革命」，認為小說有「不可思議」之力，改變民心國魂。但梁也同時明白小說的蠱惑力，小說／革命暗含以毒攻毒的辯證。早期魯迅也憑小說創作進入文學現代性場域，卻終於理解「俱分進化」，善惡如影隨形。在〈墓碣文〉裡，他描寫文學主體有如「自嚙其身」的活屍；在〈失掉的好地獄〉裡，他告訴我們人是如此邪惡，以致地獄的鬼也避之唯恐不及。面對啟蒙與革命的光明號召，魯迅「自在暗中，看一切暗。」[2]

然而到了新紀元，當共和國領導人提出「講好中國故事」[3]作為治國指標時，不禁令人莞爾。曾幾何時，話語敘事——尤其是講「好」故事——成為一切價值的樞紐：「加快構建中國話語和中國敘事體系……要圍繞中國精神、中國價值、中國力量，從政治、經濟、文化、社會、生態文明等多個視角進行深入研究……」。[4]但如果將「中國」二字換成「台灣」，彼岸「講好故事」的公式在此岸不是如出一轍？鄂蘭的「可畏的想像力」迎來始料未及的反轉。

與此相對，當代小說家還有別的故事要講。他們戳穿大人先生的表面文章，直面不能聞問的內裡。他們穿梭不同時空，打造最複雜的生命情境，拆解什麼是中國，什麼是台灣的宏大命題。與此同時，他們叩問救贖歷史、信仰，和愛的可能。

伊格言走入重層科幻祕境，探究人與物，人與機器，人與環境零度分離的後果（《零度分離》），陳冠中的「烏有史」反寫國共內戰結果，讓蔣介石繼續定都南京，毛澤東流放克里米亞半島（《建豐二年》）。李銳敘述庚子事變中一個「死而復生」的義大利傳教士如何又「生而復死」（《張馬丁的第八天》、《囚徒》），王安憶追記一個離散北美的哈爾濱家族不可告人的政治創傷（《一把刀，千個字》）。遲子建在冰雪中探尋愛的火種（《候鳥的勇敢》），賈平凹白描後社會主義裡的飲食男女（《廢都》），李永平的婆羅洲探險故事直通人性黑暗之心（《大河盡頭》）。陳雪追蹤台北近郊摩天大樓一樁異色亂倫血案（《摩天大樓》），張萬康孝子救父下到冥界大戰死神（《道濟群生錄》）。黎紫書鋪陳馬來西亞怡保華人社群一個盲女的啼笑因緣（《流俗地》），閻連科暴露一樁河南鄉鎮家族連環謀殺案後的詭異團圓（《中國故事》）。鍾文音將她的台北大齡女子送上西藏高原，禿鷹盤旋下，與天葬師有了歡喜糾纏（《別送》），雙雪濤更在中國東北社會主義工業破產的廢墟裡，重新呼喚神恩的啟示（《平原上的摩西》）。

據此，我強調本書對「當代」的定義。「當代」指涉日新又新的此刻當下，或中國共產論述對一九四九之後歷史階段的命名。但本書作家所示範的「當代」感更指涉一種敏銳的，具有批

2 魯迅，〈夜頌〉，《魯迅全集》（北京：人民文學出版社，一九八一），第五卷，頁二〇三。

3 二〇一三年八月十九日，習近平在在全國宣傳思想工作會議上提出「講好中國故事，傳播好中國聲音」，「要著力推進國際傳播能力建設，創新對外宣傳方式，加強話語體系建設，著力打造融通中外的新概念新範疇新表述。」自此成為當代中國最重要的文宣口號。成千上百學術文化活動均以此為標的，http://theory.people.com.cn/BIG5/n1/2019/0222/c40531-30897581.html（瀏覽日期：二〇二三年二月二十三日）。

4 二〇二一年五月三十一日，習近平主持中央政治局第三十次集體學習時指示「加快構建中國話語和中國敘事體系」，http://theory.people.com.cn/BIG5/n1/2021/0607/c40531-32123809.html（瀏覽日期：二〇二三年一月十日）。

判力的時間意識，而這樣的時間意識恰恰來自作家面對歷史大勢或主流，種種的「不合時宜」（untimely）。唯其因為小說家審時度勢，洞若觀火，他們創造的世界總是夾處在多層時間皺褶中，也許來得太早，也許太遲，也許還沒到來，就已經過去，也許「永遠不回來了，也許明天回來。」[5]換句話說，「當代」也是「反當代」。套用阿甘本（Giorgio Agamben）的說法：當代小說家如此緊緊「逼視他的時代，以致看不見時代的光亮，而是黑暗。」[6]然而這「自在暗中，看一切暗」的能量，卻讓小說發散灼熱的「黑暗之光」（beam from darkness）。

正是基於這一對「當代」的辯證，本書特別介紹臺靜農的《亡明講史》（二〇二〇）以及施明正的《島上愛與死》（二〇〇三）。前者作於一九四〇年代抗戰中期，後者則作於一九六〇、七〇年代。兩作皆因種種原因，延宕至二十一世紀才得以問世。時間的落差，政治的干擾，在在說明這兩位作家的「不合時宜」。多少年後，當我們閱讀《亡明講史》中南朝覆滅的宿命，或《島上愛與死》裡政治暴力與情色狂想的互為表裡，我們驚覺這兩位小說家哪裡過時？他們實在太超前部署！

本書三十一位作家按出生時序排列。首篇臺靜農先生（一九〇二）與末篇陳春成先生（一九九〇）恰恰各據世紀初與世紀末一端。但時間的差距無礙他們回應「當代」問題的敏銳感和迫切性。在此意義上，本書對時間的理解更增添向度：這些作家身處各別的歷史語境，卻在本書內形成共時性的對話。

當代傳媒從影音到網路無遠弗屆，其實未嘗脫離「說故事」的底線。但能否激發出鄂蘭所謂的「可畏的想像力」，仍有待觀察。倒是小說家一如既往，將「故事」越說越奇。晚清文人陶佑曾（一八八六—一九二七）面對晚清變局，提倡新小說，曾有如下描述：

> 有一大怪物焉：不脛而走，不翼而飛，不叩而鳴；刺人腦球，驚人眼簾，暢人意界，增人智力；忽而莊，忽而諧，忽而歌，忽而哭，忽而激，忽而勸，忽而諷，忽而嘲；鬱鬱蔥蔥，兀兀矻矻，熱度驟躋極點，電光萬丈，魔力千鈞，有無量不可思議之大勢力，於文學界放一異彩，標一特色，此何物歟？則小說是。[7]

一個世紀後的我們思考小說的「當代」意義，同樣期待在時間的裂縫之間，虛構的敘事得以繼續發揮想像，回應歷史的匱乏。《可畏的想像力》所論的三十餘本作品雖然只是當代小說抽樣，已經可以看出小說家的創造力未可限量。

本書出版，必須感謝麥田公司副總編輯林秀梅女士的支持。過去二十多年我們「合作無間」，她的專業精神和誠懇態度令我由衷敬佩。特別謝謝劉秀美教授悉心校對。麥田出版發行人涂玉雲女士，總經理陳逸瑛女士，編輯總監劉麗真女士，校對杜秀卿女士、施雅棠女士，在此一併致謝。

謹以此書，向當代小說家致敬。

---

5 沈從文《邊城》結尾名句。

6 Giorgio Agamben, “What Is Contemporary?” in *What Is an Apparatus? And Other Essays*, translated by David Kishik and Stefan Pedatella（Stanford, CA: Stanford University Press, 2009）, p.44.

7 陶佑曾，〈論小說之勢力及其影響〉，《遊戲世界》一九〇七年第十期；收於阿英，《晚清小說叢鈔：小說戲曲研究卷》（北京：中華書局，一九六〇），頁三九。

亡明作為隱喻
——臺靜農《亡明講史》

歷史有如夢魘，我掙扎從中醒來。

——詹姆斯．喬伊斯《尤利西斯》
James Joyce, *Ulysses*

一九三七年夏天第二次中日戰爭爆發，臺靜農（一九〇二——一九九〇）和千百萬難民撤退到大後方。他落腳四川江津，先於國立編譯館擔任主編，隨後受聘執教白沙女子師範學院。戰爭帶給他重重考驗，包括痛失愛子。[1]但一如他日後所言，這只是「喪亂」之始。[2]也就在此時，他寫下《亡明講史》。

臺靜農是現代中國文學史的傳奇人物。因為家國喪亂，他的生命被切割成兩個截然不同的部分。臺靜農生於安徽，青年時期深受五四運動洗禮，關心國家，熱愛文學，並視之為革命啟蒙的利器。一九二五年他結識魯迅（一八八一——一九三六），隨後參與左翼活動，一九三〇年北方左聯成立，他是發起人之一。[3]也因為左派關係，他飽受國民黨政府懷疑，一九二八至一九三四年間曾三次被捕入獄。[4]抗戰時期臺靜農避難四川，巧遇五四先驅、中國共產黨創始人之一陳獨秀（一八七九—一九四二），成為忘年交。[5]

抗戰勝利後，臺靜農並未能立即離開四川。一九四六年去留兩難之際，他覓得國立台灣大學一份教職，原以為僅是跨海暫居，未料國共內戰爆發，讓他有家難歸。在台灣，臺靜農度過了他的後半生，他鄉成為故鄉。

臺靜農在台大中文系任教二十七年，其間任系主任長達二十年，廣受師生愛戴。除任教治學外，他以書法見知藝壇，尤其擅長倪元璐體，被張大千譽為三百年來第一人。臺的才情風範成為五四一輩來台學者的典型，然而在彼時的政治氛圍下，他對早年的經驗諱莫如深——包括了戰時所

---

1 一九三九年臺靜農四子夭折，時為臺避難四川白沙第二年。羅聯添，《臺靜農先生學術藝文編年考釋》（台北：台灣學生書局，二〇〇九），頁二七七。

2 臺靜農，〈始經喪亂〉，《龍坡雜文》（台北：洪範書店，一九九〇），頁一四八。

3 有關臺靜農先生生平以及學術藝文成就最翔實的資料為羅聯添教授所編輯之《臺靜農先生學術藝文編年考釋》。臺靜農參與左聯，頁一七五。

4 見臺靜農摯友李霽野的回憶，〈從童顏到鶴髮〉，收入陳子善編，《回憶臺靜農》（上海：上海教育出版社，一九九五），頁六。

5 見臺靜農，〈酒旗風暖少年狂：憶陳獨秀先生〉，收入陳子善編，《回憶臺靜農》，〈附錄〉，頁三四三—三四九。

寫作的《亡明講史》。

《亡明講史》顧名思義，講述明清易代之際，天崩地裂的一段史事。全書始於李自成（一六〇六—一六四五）攻陷北京，長驅直入紫禁城自立大順王，百官四散，崇禎皇帝（一六一一—一六四四）走投無路，自縊景山。繼之福王在亂中建都南京，是為弘光朝。此時清軍已經席卷大明半壁江山，南明小朝廷偏安一隅，兀自內鬥不已。福王昏瞶顢頇，耽溺酒色，馬士英、阮大鋮把持朝政，左良玉、劉澤清擁兵自重，史可法等少數忠臣良將一籌莫展。這是一齣完美的亡國大戲。果然，清兵不久長驅直入，揚州十日，嘉定三屠，最終南京淪陷，福王竄逃，未幾被俘。南明弘光一朝從開始到結束，為時不過一年。

《亡明講史》完成於抗戰最膠著的時期，廖肇亨教授推斷為一九四〇年前後；因為陳獨秀在當年秋天已經先睹為快，並致書臺靜農，鼓勵他「修改時望極力使成為歷史而非小說，蓋歷史小說如《列國》、《三國》，雖流傳極廣，實於歷史、小說兩無價值也」。[6] 陳獨秀是五四運動和左翼革命的先驅，也是中共黨史早年最重要的人物之一；但他往後被貼上托派標籤，驅逐出黨，並進了國民黨的監獄。臺靜農認識陳獨秀時，陳甫出獄，窮途潦倒。流落在西南邊陲小城的兩人都曾經是革命理想的信徒，卻各自走上曲折道路。時不我予，流落在西南邊陲小城，幽幽相濡以沫。

在對日戰爭如火如荼的時刻，臺靜農寫出一部滿清滅明的小說，自然是甘冒不韙。原因無他，此書太容易被視為諷刺國民黨政權的末世寓言。這段期間他曾先後寫出雜文，針砭時政，感傷民生。《亡明講史》更以「講史」形式，暗示歷史的永劫回歸：大敵當前，國民黨退居西南，紛紛擾擾，何曾全力投入抗戰？明亡殷鑒不遠，民國的命運又是如何？

臺的譏誚可能出於早年政治經驗，但更來自知識分子感時憂國的心聲。不論如何，這是一部危機之作，也是一本危險之作。日後他攜帶此一書稿來到台灣，在戒嚴的時代裡，當然心存顧忌。《亡明講史》被束之高閣，良有以也。

我們今天該如何評價這部遲到八十年的抗戰小說？抗戰期間流亡知識分子顛沛流離，每有興亡之嘆。南明作為隱喻，清代即有脈絡可尋，此時又成焦點。陳寅恪（一八九〇—一九六九）北望中原，曾寫下：「南渡自應思往事，北歸端恐待來生。」[7]陳的亡明情結延續到一九五〇年代，以《柳如是別傳》（一九五八）為高潮。馮友蘭（一八九五—一九九〇）則以較樂觀的眼光看待，稱之為「第四次南渡」。馮認為中國歷史的前三次南渡分別是第四世紀的晉室南渡、十三世紀的南宋偏安，與十七世紀的南明起義。這四次南渡都是因為異族——胡人、女真、滿人、日本人——侵略中國而發生，每一次侵略都將中華文明逼向一個存亡危機；政治正統、文化與知識命脈都備受考

6　陳獨秀於民國二十九年（一九四〇）十月十四日與臺靜農來往書信，《臺靜農先生珍藏書札》一（台北：中央研究院中國文哲研究所籌備處，一九九六），頁六四。臺靜農，〈酒旗風暖少年狂：憶陳獨秀先生〉；許禮平編，《臺靜農詩集》（香港：翰墨軒出版有限公司，二〇〇一），〈附錄〉，頁七四。陳獨秀與臺靜農之往來信件超過三百封，都有妥善保存。臺靜農將這些書信帶到台灣，在白色恐怖時期還小心保藏。

7　陳寅恪，〈蒙自南湖〉，《陳寅恪集》（北京：生活．讀書．新知三聯書店，二〇〇一），第七冊，《詩集》，頁二四。

驗。[8]馮友蘭宣稱抗戰引發的第四次南渡將以北歸作結；貞下啟元，剝極必返，中國必能復興。

相對於此，左翼文人如阿英（錢杏邨，一九〇〇—一九七七）在上海寫出南明系列戲劇《碧血花》、《海國英雄》、《楊娥傳》、《張蒼水》。郭沫若（一八九二—一九七八）則於一九四四年——明亡三百週年（一六四四—一九四四）——寫出〈甲申三百年祭〉。郭以李自成農民起義的角度寫出革命的史前史，讚美闖王的反叛精神，遺憾其人剛愎自用，終不能成大業。他並推崇仕宦子弟出身的李岩，「有了他的入伙，明末的農民革命運動才走上了正軌。」[9]郭期待延安的共產黨記取甲申教訓，為革命開出新局。郭文引來國民黨強烈抨擊，日後卻成為革命書寫名篇。

臺靜農在甲申之前數年就寫出《亡明講史》，即使無意為風氣先，也的確流露出一種強烈的世變心態。[10]國難當前，當權者卻依然貪腐無能，有識之士怎能不憂心忡忡？但臺靜農與郭沫若極有不同之處。對郭而言，歷史進程必須以革命來實踐，延安勢力不啻是民間起兵的進步表徵。他期望的歷史充滿破舊立新——尤其是建構國家民族——的力量。然而對臺靜農而言，歷史已經失去了這種承載過去、建構未來的目的性。他固然期待巨變，但對於巨變之下的不變——人性的卑劣、世事的無常、命運的「無物之陣」——卻有不能自已的憂懼。

這讓我們再思《亡明講史》敘事風格的特徵。改朝換代、國破家亡原來是再沉重不過的題材，臺靜農卻採用了輕浮滑稽的方式敘述。崇禎王室最後一刻紊亂暴虐、宗室朝臣苟且偷生，南明小朝廷爾虞我詐，霎時大難臨頭，一切灰飛煙滅……，他的敘事者彷彿立意將明朝滅亡寫成一齣鬧劇。當皇帝與外寇、亂臣與賊子都成了跳梁小丑時，起義也好、戰爭也罷、甚至屠殺也好，都不過是充滿血腥的笑話。當歷史自身成為一個非理性的混沌時，史可法等少數典範也只能充當荒謬英雄罷了。

《亡明講史》讀來不像一般大眾所熟悉的歷史小說。這也許是為何陳獨秀閱畢初稿，有所保留的原因；他希望臺靜農將小說寫成歷史，但臺靜農卻視歷史猶如小說。陳獨秀低估了臺靜農的心事。從文學革命到革命文學，臺靜農何嘗不曾「吶喊」過、「徬徨」過？但到了抗戰前夕，新文學的範式顯然已無法表達他所感的時，或他所憂的國。在革命與啟蒙之外，他感受到更蒼莽的威脅鋪天蓋地而來。無論政治抱負上或個人情性上，他都面臨著此路不通的困境。《亡明講史》那樣陰暗卻又輕佻的口吻，已經清楚標示他的危機感。在這方面，臺靜農對話的對象不是別人，正是魯迅。

南朝本事

一九二二年底，臺靜農成為北大學生，不久即參與五四三大現代文學組織之一「明天社」的創立。[11]一九二五年，臺靜農結識魯迅，迅速成為亦師亦友的知交。他們與幾位友人[12]組織了未名

8 馮友蘭，〈國立西南聯合大學紀念碑碑文〉（一九四六年五月四日），收入北京大學等編，《國立西南聯合大學史料．總覽卷》（昆明：雲南教育出版社，一九九八），頁二八三—二八四。

9 郭沫若著作編輯出版委員會，《郭沫若全集．歷史編》（北京：人民出版社，一九八二），第四卷，頁一九〇。

10 見廖肇亨，〈希望．絕望．虛妄：試論臺靜農《亡命講史》與郭沫若《甲申三百年祭》的人物圖像與文化詮釋〉，《明代研究》第十一期（二〇〇八年十二月），頁九五—一一八。

11 羅聯添，《臺靜農先生學術藝文編年考釋》，頁六四。

12 同前註，頁六六。其餘四名成員為李霽野、韋素園、韋叢蕪、曹靖華。

社，譯介外國文學，特別是蘇維埃文學。與此同時，他也編輯了文學史上第一本魯迅作品批評論文集《關於魯迅及其著作》。一九三〇年秋，臺靜農和一群友人共同提倡創立「北方左聯」（次年年初成立），臺順理成章的擔任常任委員之一。一九三二年，魯迅因為臺的協助才能回到北京小住，發表了著名的「五場談話」，並參與兩場地下論壇，而未遭到當局刁難。[13]臺靜農與魯迅的深厚情誼也可從兩人的書信往來，以及臺靜農關於魯迅的演講與寫作中一窺端倪。[14]一九三七年北平淪陷前一夜，臺靜農手鈔魯迅舊體詩三十九首，攜帶出奔。

五四之後，臺靜農開始小說創作，一九二八至一九三〇年間，出版了《地之子》與《建塔者》兩本短篇小說集。《地之子》描繪安土重遷的中國農民深陷苦難與惰性的循環，無法自拔；《建塔者》則彰顯了革命青年如何建立起高塔般的使命，捨身蹈火在所不惜。合而觀之，兩作指出當時小說寫作的兩種趨勢：鄉土寫實主義與革命浪漫主義。穿梭在「地」與「塔」之間，臺靜農為一九二〇年代末中國小說添上最精采的一筆。他精練的修辭、抑鬱的風格，乃至對寫作作為一種社會行動的思考，在在令我們想起魯迅。魯迅所編選《中國新文學大系．小說二集》有臺靜農小說四篇，是為收入篇數最多的作家之一，魯迅對臺的欣賞，可見一斑。[15]

樂蘅軍曾指出臺靜農早期小說展現「悲心」與「憤心」的張力。《地之子》直面人世苦難，企圖以無比的悲憫包容眾生。[16]但在革命的時代裡，「悲心」很快就為「憤心」所取代。

一九三〇年代前後，臺靜農遭遇一系列政治打擊。先是一九二八年初，未名社因為出版托洛次基的《文學與革命》，被北京當局強迫關閉。臺靜農和另外兩名譯者韋叢蕪與李霽野，遭到逮捕。臺靜農入獄五十天，案情一度「頗為嚴重」。[17]一九三二年末，臺再次因持有革命宣傳資料與炸彈的嫌疑被捕。[18] 儘管最後無罪釋放，他卻因此失去輔仁大學教職。一九三四年七月臺靜農第三次入獄，罪名仍為共產黨關係。[19] 一九三五年出獄後，臺靜農在北京已無立足之地，只能在福建、山東等地尋覓教職。這些經驗日後他雖絕口不提，但無疑已成為憂鬱核心，滲入他的寫作甚至書法。

如果臺靜農早期作品證明了他的「悲心」或「憤心」，《亡明講史》則透露出他橫眉冷言、笑

---

13 同前註。

14 二〇〇五年版《魯迅全集》中，從一九二七年到一九三六年間，魯迅寫給臺靜農的書信有四十封。

15 魯迅在導言中如此稱讚臺靜農的小說：「要在他的作品裡吸取『偉大的歡欣』，誠然是不容易的，但他卻貢獻了文藝；而且在爭寫著戀愛的悲歡，都會的明暗的那時候，能將鄉間的生死，泥土的氣息，移在紙上的，也沒有更多，更勤於這作者的了。」詳《中國新文學大系．小說二集》（上海：上海文藝出版社，二〇〇三），頁一六。

16 樂蘅軍，〈悲心與憤心〉，收入林文月編，《臺靜農先生紀念文集》（台北：洪範書店，一九九一），頁二二五—二四六。

17 臺靜農於一九二八年四月七日遭到逮捕。許禮平編，《臺靜農詩集》，〈附錄〉，頁六九—七一。

18 參見李霽野，〈從童顏到鶴髮〉，收入陳子善編，《回憶臺靜農》，頁六。臺靜農於一九三二年十月十二日遭到逮捕，原因為持有「新式炸彈」以及「共匪宣傳」。後來發現所謂的「新式炸彈」是臺靜農朋友留下製造化妝品的設備，所謂的「共匪宣傳」則是未名社出版的書籍。

19 臺靜農於一九三四年七月二十六日與范文瀾（一八九三—一九六九）同遭逮捕，並被移送到南京軍警司令部。六個月後在蔡元培、許壽裳和沈兼士等人協助下才得釋。

罵一切的犬儒姿態。臺靜農的「悲心」與「憤心」來自於他仍然視歷史為有意義的時間過程，有待我們做出情感與政治的取捨。他的犬儒姿態則暗示他看穿一切人性虛浮與愚昧，進而嘲弄任何改變現狀的可能。如此，他筆下的史觀就不賦予任何一個時代，不論過去還是未來，本質上的優越性。當下看來就像是過去的重複，反之亦然。

這一風格立刻讓我們聯想到魯迅的《故事新編》（一九三六）。晚年魯迅自謂以極盡「油滑」之筆重寫歷史或寓言；他刻意顛倒時代，張冠李戴，故事於是有了新編。在大師筆下，儒墨道德君子淒淒惶惶猶如喪家之犬，自命清高的老莊也難逃裝模作樣的嘲諷。縱是女媧的補天之舉也只落得一場徒勞的鬧劇。「油滑」的極致，不僅人間的秩序失去意義，天地的秩序也紛然瓦解。無物之陣的狂歡一旦啟動，不論什麼革命進步方案都注定被吞噬殆盡，就像〈鑄劍〉中人頭滾動的那口大鼎一樣。

臺靜農以類似角度看待晚明——或抗戰——天崩地解的現象，激烈性可想而知。他隨性出入古今，從晚明看見民國，從文明看見野蠻。他質疑歷史大敘事「詩學正義」的可能。我們閱讀史可法的孤軍奮鬥、或揚州十日的屠城死難，與其說感受到天地不仁的悲愴，不如說是「生命不可承受之輕」的虛浮。錢謙益等士大夫的惺惺作態，崇禎皇帝的殉國死難，或弘光皇帝的昏聵荒淫，不過殊途同歸，都為大明送終而已。臺靜農如此描寫崇禎的最後一刻：

> 宮中樹木新葉正發，晨光中已能辨出油綠的柳色，皇帝不禁心酸，霎時間過去十六年中的一切，都一一的呈現在面前，忽又一片漆黑，一切都不見了，只有漆黑。

他筆下的揚州十日：

且看這偌大的揚州城，被清兵鬧得比地獄還慘，姦搶焚殺，無所不為，正如三百年後現在的日本兵的獸行一樣……五天的光景，就屠殺了八十多萬人，婦女上弔的投水的被擄去的，以及餓死的駭死的還不在數，作者不用在這裡重述了，讀者自己去翻翻這篇血史吧，看看同我們的日本敵人現在放下的血債有什麼分別沒有？

在這層意義上，《亡明講史》流露的幽暗意識不再局限於政治、道德批判，而有了本體式的、橫掃一切的戾氣。

怨毒著書

趙園教授論明末時代氛圍，總以王夫之所謂「戾氣」二字。[20]她在時人論述裡不斷發現「乖戾」、「躁進」、「氣矜」、「噍殺」、「怨毒」等字眼，顯現一個激切紛亂，上下交征的時代如何動人心魄。始作俑者當然是皇朝無所不在的暴虐統治，尤以對待士大夫為甚。有關明代種種鉗

20 趙園，《明清之際士大夫研究》（北京：北京大學出版社，一九九九），頁一。

制、杖殺、逮繫、監視、流放的「規訓與懲戒」已有極多研究，趙園則提醒我們，這樣的統治風格如何滲透至各個階層，形成見怪不怪的感覺結構。帝國表面踵事增華，恐怖與頹廢的暗流卻早已腐蝕民心，以致沆瀣一氣。

時至晚明，朝中閹黨與東林黨鬥爭你死我活，幾無寧日；上行下效，民間也形成尖峭寡恩的風俗。劉宗周因此感嘆：「乃者囂訟起於纍臣，格鬥出於婦女，官評操於市井，訛言橫於道路，清平世宙，成何法紀？又何問國家擾攘！」[21]更重要的，戾氣所及，穿透輿論清流，模糊了仁暴分野。鼎革之際，烈夫節婦或殉難、或抵抗者不知凡幾，固然展示視死如歸的勇氣，換個角度看，卻也不無鋌而走險、甚至「施虐與自虐」的徵候群。[22]

《亡明講史》寫盡了瀰漫明清之際的戾氣。這戾氣吞噬袁崇煥、左光斗，也吞魏忠賢、李自成；吞噬史可法、高傑，也吞噬馬士英、阮大鋮。掩卷興嘆之餘，我們要問，作者臺靜農自己不也難以倖免？全國抗日的時刻，敵我忠奸的殺伐之氣甚囂塵上，而臺靜農似乎走得更遠，流露出玉石俱焚的憂鬱和詛咒。怨毒著書，史遷不免。但他必已感覺《亡明講史》這類作品可一而不可再。

如何化解這樣的戾氣成為臺靜農最大的考驗。我所關注的是，臺靜農撰寫《亡明講史》同時，已經開始舊體詩創作。他的幼學不乏舊詩訓練，轉向五四後擱置已久。新文學引領他寫出《地之子》、《建塔者》這類標榜現實主義人道精神的作品，然而曾幾何時，他逐漸理解新文學一樣不脫程式化的形式和窠臼，現實主義也每每沾染意識形態色彩，變得毫不現實。生命的困蹇無明讓他體會啟蒙與革命的局限。眼前無路想回頭，臺靜農有意識的透過古典詩歌另闢蹊徑，探尋一個可以疏解鬱憤與憂患的管道。

離開晚明，臺靜農發現了六朝，中國歷史上另一個大裂變的時代。他從阮籍、嵇康等人的吟詠中找到共鳴。臺靜農此時的舊體詩均收入《白沙草》，其中最動人的作品無不和歷史感喟有關。以〈夜起〉為例：

大圜如夢自沉沉，冥漠難摧夜起心。
起向荒原唱山鬼，驟驚一鳥出寒林。[23]

首聯呈現一個天地玄黃、淒清有如夢魅的情境。次聯寫夜不成眠的詩人起身朗讀《九歌》〈山鬼〉，彷彿與兩千年前《楚辭》的迴聲相互應和。詩人的悲聲劃破了夜晚的寧靜，寒林中一隻孤鳥受了驚擾，突然撲簌飛出。而我們記得阮籍《詠懷詩》裡就充滿了孤鳥的意象。[24]

或有人認為臺靜農因此背離了他早期的信念。但我認為舊體詩其實將他從啟蒙萬能、革命至上

21　劉宗周，〈上溫員嶠相公〉，戴璉璋、吳光主編，《劉宗周全集》（台北：中央研究院中國文哲研究所籌備處，一九九六），第三冊，文編八，頁五一九。

22　趙園，《明清之際士大夫研究》，頁一〇—一五。

23　許禮平編，《臺靜農詩集》，頁一一。

24　論阮籍詩中鳥的意象的文章所在多有。見如劉慧珠，〈阮籍「詠懷詩」的隱喻世界：以「鳥」的意象映射為例〉，《東海中文學報》第十六期（二〇〇四），頁一〇五—一四二。

的決定論中解放出來，也為《亡明講史》那樣的虛無感提出超越之道。舊體詩引領他進入一個更寬廣的記憶閎域中。在那裡，朝代更迭、生死由之，見證著千百年來個人和群體的艱難抉擇。舊體詩的繁複指涉構成一個巨大、多重的時間網絡，不僅瓦解了現代時間單線性軌跡，也促使臺靜農重新思考「講史」的多重面向。面對古今多少的憧憬和虛惘，他豈能無動於衷？換言之，臺靜農是以回歸傳統作為批判、理解現實的方法；他的懷舊姿態與其說是故步自封，不如說形成一種處理中國現代性的迂迴嘗試。

不僅如此，正是寫作《亡明講史》期間，臺靜農開始寄情書法，竟欲罷不能。他在書法方面的創造力要到定居台灣後才真正迸發，並在晚年達到巔峰。從文學到書法，臺靜農展現了一種獨特的「書寫」政治與美學。他早年追索人生表層下的真相，務求呈現文字的「深度」；饒有意味的是，他晚年則寄情筆墨線條，彷彿更專注於文字的「表面」功夫。[25]

值得注意的是，臺靜農重新開始書藝時，先以王鐸（一五九三—一六五二）為模範，後轉向倪元璐（一五九三—一六四四）。王鐸風格酣暢奔放，相形之下，倪元璐則字距緊俏，筆鋒欹側凌厲，彷彿急欲脫離常規結構，收筆之際卻又峰迴路轉，彷彿力挽奔放的墨色。倪元璐與王鐸同為東林黨人。東林黨在崇禎時期捲土重來，政治影響力自然有助於倪、黃等的書藝地位。但兩人不同之處在於：明亡王鐸降清，倪元璐則在李自成攻陷北京後自縊殉國。

臺靜農初遇倪元璐書法時，《亡明講史》完稿不久，倪殉國一事也為小說所描繪。我們不難想像，在滿紙昏君亂臣賊子的荒唐行徑後，臺靜農必然對倪元璐的忠烈心有戚戚焉。書法的創造力有很大的層面來自臨摹參照，促使書寫者進入意圖和中介的辯證層次：就是生命與意象、人格與字體相互指涉的呈現。《亡明講史》對中國文明、政治未來充滿猶疑，而倪元璐的書法則確認了忠烈意識的久而彌堅。

在這樣的脈絡裡，我們見證一位五四文人兼革命者的自我對話與轉折。悲心與憤心，戾氣與深情，臺靜農的後半生不斷從書法與寫作中嘗試折衝之道，死而後已。《亡明講史》正位於他生命轉折點上。這本小說未必是臺靜農文學創作的最佳表現，但內蘊的張力關乎一個時代知識分子的精神面貌。那是怎樣糾結鬱悶的徵兆？大勢既不可為，唯餘小說一遣有涯之生。然而即使是遊戲文章也只能成為「抽屜裡的文學」。

故事新編，亡明「講史」講不出改朝換代的宏大敘事，只透露「人生實難，大道多歧」的嘆息。[26]的確，抗戰流亡只是又一次「喪亂」的開始。幾年之後臺靜農將跨海赴台，而且在一個他未必認同的政權治下，終老於斯。

《亡明講史》成稿八十年後，我們閱讀此書又可能帶來什麼樣的感觸？海峽彼岸大國崛起，文網鋪天蓋地，對知識分子的壓制變本加厲。海峽此岸急欲擺脫南朝宿命，重新「講史」——南明不過是東亞史的一頁，有何相干？當此之際，台灣小說家駱以軍寫出《明朝》（二〇一九）——「明

---

25 有關臺靜農書法與文本、文字與文學之間的辯證關係，請參看王德威《史詩時代的抒情聲音》（台北：麥田出版，二〇一七），第八章。

26 這是臺靜農書法最為膾炙人口的金句。「大道多歧」典出《列子》；「人生實難」典出《左傳》。

朝」，既是明日黃花的過去，也是明天以後的未來。撥開華麗的表面文章，一個充滿戾氣的時代撲面而來。喧囂與狂躁凌駕一切，虛擬與矯情成為生活常態。

歷史不會重來，一切卻又似曾相識。亡明作為隱喻，有如奇特的接力暗號。在「從勝利走向勝利」的戰鼓聲中，在「芒果乾」的勝利大逃亡中，亡明的幽靈何曾遠去？歷史有如夢魘，我們仍然掙扎著從中醒來。

臺靜農，《亡明講史》（台北：國立臺灣大學出版中心，二〇二〇）。

寫在（白色）惘惘的威脅中

——施明正《島上愛與死》

一九八八年八月二十二日，詩人、畫家、金石家及小說創作者施明正（一九三五—一九八八）因心肺衰竭逝於台北。施明正生前在台灣本土藝文圈內占有一席之地，但對一般讀者而言，他不能算是知名作家。然而施明正之死卻引起了廣泛注意。原因無他，施的胞弟施明德是彼時台灣最受議論的政治犯。

施明德因為一九七九年的美麗島事件入獄。到了八八年，島內政治氛圍已大為放鬆；隨著解嚴令下，多數與此事件有關的政治犯均已獲得假釋，而施仍然身陷囹圄。[1]為了抗議司法不公，這年

1 有關施明正逝世始末，見邱國禎，〈絕食而死的勇者：施明正〉，《近代台灣慘史檔案》（台北：前衛出版社，二〇〇七）。施明德是美麗島事件最後遭到逮捕者，一九八〇年被處無期徒刑。一九八八年國民黨政府公布減刑條例，施明德刑期減為十五年。但施認為美麗島事件是政治而非司法案件，必須重審，因此開始絕食抗議。他當時已在台北三軍總醫院戒護就醫，數日後因體力衰竭，被強行灌食。四月二十二日施明正獲知施明德絕食情形，乃開始跟進聲援。見黃娟，〈政治與文學之間：論施明正《島上愛與死》〉，林瑞明、陳萬益主編，《施

四月施明德開始長期絕食，從監獄到醫院，成為又一樁肉身受難事件。與此同時，施明正也進行了他自己的絕食行動。四個月後，施明正悄然而逝，施明德反而活了下來，而且終於獲得釋放。[2]

施明正到底為何而死？對他的友人及台灣自決運動的支持者而言，他是一位殉道者。更有評者直截了當的指稱施為了聲援乃弟所受的政治迫害，才不惜以死明志。[3]有鑑於施家在台灣政治史上的地位，這樣的說法也許言之成理，但如果我們過分凸顯施明正的政治烈士姿態，不免陷入「一門忠烈」式的（大中國主義？）樣板，忽略了他所可能代表的複雜意義。

施明正的最愛應不是政治，而是文學藝術。[4]然而他所崛起的五、六〇年代台灣，文學藝術怎能與政治劃清界線？更何況他的家庭背景總與政治脫不了關係。年輕時候的施明正風流倜儻，熱愛醇酒文學繪畫。他一度引為投契的是現代派的詩人如紀弦、瘂弦等。他們的詩酒往還，曾留下不少佳話。[5]但作為現代詩人後起之秀，施明正不能擺脫他的原罪。一九六一年他因施明德的叛亂案被株連入獄，一去五年。這五年改變了他的後半生。出獄後的施明正以家傳推拿術營生。他有意與政治保持距離，以致自稱被施明德稱為「懦夫」；[6]另一方面，他對酒色及藝術的耽溺，只有更變本加厲。如他夫子自道，他奉行的是「魔鬼主義」。

六〇年代末期以來，鄉土文學逐漸成為主流。除了寫實主義的形式訴求外，作家與讀者間更分享一種道德的默契。描寫土地，控訴不義，文學反映台灣，盡在於此。由這一角度來看，施明正毋寧是格格不入的。在鄉土文學與國族運動逐漸合流的日子裡，施的特立獨行不免引人好奇：他究竟是「懦夫」還是「魔鬼」？他的後半生是獻身藝術的頹廢，還是陷身政治的浪費？最重要的，他又是懷著什麼樣的動機，一步步走向死亡的終站？

我以為施明正的創作生涯，在極大意義上見證了台灣現代主義的特色與局限。「現代主義在台灣」已是老生常談的話題，但施明正的現象似乎仍有待仔細研究。這一現象一方面突出了色相的極致追求、主體的焦慮探索、文字美學的不斷試驗；一方面也透露了肉身孤絕的試煉、政教空間的壓抑、還有歷史逆境中種種不可思議的淚水與笑話。歷經了一生的顛撲，施明正彷彿終於要以自己決定的死亡完成他對現代主義的詮釋。他最重要的小說集標題：《島上愛與死》（一九八三），因此有了寓言意義。島上愛與死，這正是施明正一個人的文學政治。

明正集》（台北：前衛出版社，一九九三），頁三一七—三二五。

2 同前註。

3 如黃娟，〈政治與文學之間：論施明正《島上愛與死》〉，頁三一七。

4 施明正：「我不喜歡政治，我從未就文學作品與政治的因果，做過任何比較。我的一生，是注定要成為一個最純粹的文學藝術家。」見〈指導官與我〉，《施明正集》，頁一九五、一九六。

5 見施明正，〈後記〉，《施明正詩畫集》（台北：前衛出版社，一九八五），頁二一二。又見李魁賢，〈我所了解的施明正〉，《施明正詩畫集》，頁四；施明正，〈鼻子的故事（中）：遭遇〉，《施明正短篇小說精選集》（台北：前衛出版社，一九八七），頁一六二、一七〇。

6 同註三，頁三一七；施明正，〈指導官與我〉，《施明正集》，頁一八〇。

島上

不妨就從島上談起。現代主義發展的線索繁多，台灣的現代主義其實與島的聯想息息相關。島上不只是作家安身立命的環境，也更是他們創作境況的象徵。美麗之島、孤立之島。偏處海角一隅，台灣面向大陸，總已是那分離的、外沿的、漂移的所在。當中國大歷史在起承轉合的軌道兀自運行時，這座島嶼卻要經歷錯雜的時空網路，不斷改換座標。割讓與回歸，隔絕與流散，成為台灣體現現代性的重要經驗。而從文學史的角度來看，這是否也可成為台灣現代主義意識的先驗命題呢？

回想五〇年代的島上文壇。退守台灣的國民黨政權痛定思痛，極力重建國族版圖想像：島是大陸的延伸，也是返回大陸的起點。反共與懷鄉文學正是島與大陸的連鎖媒介。而在寫實主義的大纛下，此岸與彼岸，形式與內容，文學與社會，似乎都有了相互呼應、安頓的位置。然而儘管與大陸近在咫尺，島畢竟是被拋擲在政治及文學地理的邊緣；文學反映或指導人生口號再怎麼響亮，擋不住一波波空虛的回聲。[7]現代主義的乘虛而入，與其說是時代的偶然，倒不如說是不妨如此的選擇。到了六〇年代初，現代主義不論褒貶，已成為島上自覺的文化狀態，迴然有別於統治者標榜的藝術符號了。[8]

在四九年前的大陸，現代主義也曾引起一陣騷動，根據地是上海——一座在亂世曾被稱為「孤島」的浮華場域。[9]從上海到台灣，從一座「島」到另一座島，這裡為現代主義引渡的是詩人路易士，即後來的紀弦。[10]一九五六年，紀弦與同好在台灣合組現代詩社，不啻為彼時島上荒蕪的文學另闢蹊徑。相對於感時憂國，模擬再現，一種傲岸自為的風格於焉形成。如其宣言所謂，「橫的移植」取代了「縱的繼承」；「新大陸」有待探險，「處女地」必須開拓；「知性」需要強調，而「詩的純粹性」成為圭臬。[11]

一九五八年，年輕的施明正與紀弦相識，一見如故。上海來的詩人深為施的才情與酒量所傾倒，曾有名作〈贈明正〉為紀念：

---

7 見拙作〈一種逝去的文學？：反共小說新論〉，《如何現代，怎樣文學？：十九、二十世紀中文小說新論》（台北：麥田出版，一九九八），頁一四一－一五八。

8 有關台灣現代主義興起的研究極多，見如 Sung-sheng Yvonne Chang, *Modernism and the Nativist Resistance: Contemporoty Chinese Fiction from Taiwan*（Durham: Duke University Press, 1993），chapters 1-3；柯慶明，〈六十年代現代主義文學？〉，邵玉銘、張寶琴、瘂弦編，《四十年來中國文學》（台北：聯合文學出版社，一九九五），頁八五－四六；江寶釵，〈現代主義的興盛、影響與去化〉，陳義芝編，《台灣現代小說史綜論》（台北：聯經出版公司，一九九八），頁一二一－一四一。

9 現代主義在上海的興衰，見史書美新作 Shu-mei Shih, *The Lure of the Modern: Writing Modernism in Semicolorial Cchine 1917-1937*（Berkeley: University of California Press, 2001）。

10 有關紀弦作為大陸與台灣現代派詩歌傳承者的討論，見譚楚良，《中國現代派文學史論》（上海：學林出版社，一九九七），頁二一〇－二一四。

11 見柯慶明，〈六十年代現代主義文學？〉的討論，頁八五－一四六。

橘酒發音é如不是啞的
而晚會中要是真的都變成了孩子
我是ë
你是更長的ê
而那些e倒了過來
ə世界無聲
連一個最起碼的破碎都沒有
把那瓶唯一的金門高粱擲出去吧
這就是è[12]

酒後吐真言，最純粹的語言只宜在酒精催化、神思陶醉的時刻發聲。在此刻一切島上的喧囂都化為吟哦，化為聲聲酒嗝的長短調。而無飲不歡的施明正儼然要成為台灣的酒神巴酷斯（Bacchus）了。

這é與è的世界卻與施明正的背景大相逕庭。施的父親施闊嘴是南台灣的傳奇人物，因國術推拿、中藥與地產投資而致富。他篤信天主教，也是抗日分子，五十歲時因為無嗣而干犯教規，娶了二十歲女子為妾，生下施明正為首的五男一女。施從小錦衣玉食，但家教甚嚴。十六歲以前他是虔誠的天主教徒，十八歲父親去世後，遠離教堂；但如其自述，他對父親及天主的熱望，一生未嘗稍退。[13]從少年始，施就熱愛文學藝術，托爾斯泰（Leo Tolstoy）、果戈里（Nikolay Vasilevich

Gogol）、杜斯妥也夫斯基（Fyodor Dostoyevsky）等都是他迷戀的對象，[14]用力之深，絕似宗教狂熱：「窮我十生，逃也逃不出地深陷於如此迷人的文學藝術酒池那般，樂此不疲……」[15]但相隨而來的罪疚感，也同樣力道十足。

至此我們已看得出施明正所代表的問題癥結。南台灣推拿師的兒子一心與大陸來的詩人唱和；本土的文學赤子急要在舶來作品中找尋靈感；天主教的動心忍性轉化成對文藝的唯美崇拜；父權和母權的壓制帶來愛恨交織的浪子情結。寫實主義的機器於是軋出了é、ë、ê、è的雜音。沒有了一以貫之的「縱的繼承」，「橫向移植」自行其是。施明正最終要追求的，應是由聲音色彩、線條、及感官的本能震顫所形成的美感表現。套用他一九五八年散文詩的題目，他要發洩〈獸的苦悶〉。[16]但在這一追求的過程中，他卻不得不面對「純粹」美學中的斑斑雜質。更酷烈的是，他即將用自己的生命肉體來檢驗這一衝突的結果。

一九六一年施明正因涉入施明德的叛亂案，與四弟明雄一起被捕，判刑五年。先囚於台北，再

12 引自李魁賢，〈我所了解的施明正〉文首。
13 有關施明正的家世，可見諸〈遲來的初戀及其聯想〉，《施明正集》，頁一五〇—一五六；〈成長〉、〈遭遇〉，《施明正短篇小說精選集》，頁一二一—一七四。
14 施明正，〈指導官與我〉，《施明正集》，頁一九四。
15 黃娟，〈政治與文學之間：論施明正《島上愛與死》〉，頁三二〇。
16 見施明正，〈獸的苦悶〉，《施明正詩畫集》，頁二〇八。

移監台東。這五年的牢因株連而起，堪稱無妄之災。[17]因之帶來的荒謬與恐懼感覺，卻開啟了施明正另外一種藝術向度。當年那顧盼風流的自戀者逐漸加添了自嘲的陰鬱，而詩的「純粹」語言再也說不盡人間的牽扯與變化。在獄中施開始創作小說，處女作〈大衣與淚〉在出獄後兩年發表於《台灣文藝》。七〇年代以來，施的詩歌與小說創作齊頭並進，但平心而論，後者的成績更為可觀。

施明正的小說大抵可分為兩類，一類帶有強烈自傳懺情色彩，如〈大衣與淚〉、〈白線〉、〈魔鬼的自畫像〉、〈鼻子的故事〉等；另一類則在政治與個人間迂迴糾纏，如〈指導官與我〉、〈渴死者〉、〈喝尿者〉等。這一劃分頗有抽刀斷水之虞；兩者間的交會或矛盾，才是我們注意的焦點。識者每以施明正的小說，反映了他及他那個時代的混沌。的確，施對情慾的懺悔衝動，成就了〈魔鬼的自畫像〉一型作品，而沒有那五年的管訓生涯，他也寫不出像〈渴死者〉或〈喝尿者〉這般驚心動魄的獄中告白。但這只觸及到施作品的一個層面，而且是相當淺顯的層次。尤其解嚴以後，寶島版的控訴文學大量出現，比血淚、比傷痕，只有較施的作品過之而無不及。在什麼意義下，施明正仍能引起我們的注意？

看施明正那樣的暴露自己的「淫行劣跡」，既自得又焦慮，不由得我們不正視他如何穿梭在情慾的底線，為自己找尋定位。其極致處，他展現了一種耽溺姿態。這使他最私密的題材，陡然有了審美的距離。另一方面，當他回顧自己的獄中所見所聞，及出獄後的頹唐生活，更讓人震驚所謂的政治迫害，居然在他筆下演繹出荒謬劇場式的故事。自傳與虛構、真與假已是不堪聞問的問題。施所寫出的，毋寧更觸及了生存本質的惶惑與裂變。有關現代主義種種的教科書式定義，從頹廢到叛逆，從疏離到孤絕，從內爍到自剖，似乎都落實到他的字裡行間，他的生命經驗。

六、七〇年代台灣現代主義創作者，名家如林，王文興、水晶、七等生、叢甦、李昂、施叔青都有佳作問世。但我們還真找不出像施明正這樣的例子，如此沉浸於自己的經驗，幾至不能自拔，卻又能如此自其中抽離，看透其中的偽裝、孤獨及自虐虐人傾向。施明正與他的題材——他自己——打成一片，寫作成為一場內耗的搏鬥。

試看他的中篇〈指導官與我〉（一九八五）。在這篇自名為「心靈殘廢者」的獨白裡，施明正詳述自己六〇年代初的文學熱情、服役經驗與豔遇，還有涉入「叛亂案」後的恐慌、禁錮、與無止境的羞辱。他滾下「恐怖的深淵，變得非常可恥的懦弱、邋遢、屈辱、無能、貪生怕死……」。「想到這麼一個可憐無奈的生物，如果還能被叫做人，能說不是造物的異數。」[18]痛哉斯言，施明正的後半生儼然就是努力做個人下人。

施明正寫自己的卑劣與私慾，充滿杜斯妥也夫斯基《地下室手記》（*Notes from Underground*）式犬儒姿態。他服役時與一個文工隊女軍官的幽會偷情、「始亂終棄」，赫然演出又一場性即政治的好戲。但哪怕他再洋洋自得，國家機器的監督無所不在，終將收服他那放肆的肉體。施的踉蹌入獄，與服役中一位指導官特別有關。這位蒼白、瘦削、沉默的新長官，冷靜細膩，公而忘私，一步步把我們的主角逼入死角。更恐怖的是，出獄後他依然長相左右，不時出現在施的生活中。指導官對施瞭若指掌，久而久之，他已化身為施的良知或罪疚感，永遠告解或招供的對象。施的宗教背景

17 有關施被株連的經過，見〈指導官與我〉，頁二一四—二一八。
18 施明正，〈指導官與我〉，頁一八〇。

在此縈繞不去；伊凡．卡拉馬助夫與宗教審判長的關係有了台灣翻版。

但指導官與施明正半輩子的關係，最終形成一場詭譎的循環。獵人與獵物成了親密的夥伴，他們的追逐逐漸失去了原始的目的，演變為日常生活的儀式。施那裡只寫了個人權迫害的故事，[19]小說中真正觸及的，是個卡夫卡（Franz Kafka）式《審判》（*Der Prozess*）寓言。

這是施明正式的現代主義創作。他嚮往狂放自在的文學生命，卻總也擺脫不了（宗教的、意識形態的）政治糾纏。政治的迫害如影隨形，但也觸發了他後半輩的風格。他存在的狀況也就是他寫作的狀況，這一狀況自始又是割裂、錯位的。施明正因此走出以往寫實與現代主義二分的窠臼。他不再規規矩矩的控訴、反映什麼。將錯就錯，無可彌補的傷痕被施化為述說現代主義心事的重要符號：斷裂，橫的移植，身體銷磨，意義潰瘍。

我於是想到施明正另一個中篇，〈島嶼上的蟹〉（一九八〇）。小說記敘施與當年獄中難友入獄前的種種冒險，與入獄後的種種苦難，信筆寫來，彷彿完全不受拘束。施對男性的青春衝動、兄弟情誼，尤其有不能自已的感懷。但他蓬勃的欲望畢竟是沒有出路的。島上的蟹再怎樣橫行，到底還是在島上。而那包圍島嶼的無邊海洋是隔絕、孤立，還是誘惑、許諾？美麗之島、孤立之島，施明正的現代主義，正體現了島上文學政治的矛盾。

愛

施明正的小說與詩一再渲染的是愛慾煎熬。他彷彿總是在力必多（libido）的驅使下，盲亂尋找發洩對象。他喜歡為自己營造一種拜倫式藝術家形象，頹廢、陰鬱、好色，令人愛恨交加。同時他知道自己是怯懦、易受傷害的。他的第一篇小說〈大衣與淚〉（一九六七）已充滿了這樣的徵候。年輕的主角離開家庭北上投身藝術，深為眼高手低所苦。他決定「先在自己空空蕩蕩的生活面塗抹各種強烈的色彩。從此他自陷於情慾狂的深淵」。[20]老父病逝，他滿懷愧疚回家奔喪，在靈前卻怎樣也擠不出一滴眼淚。直到一個陌生人前來默立致哀，淚流如注，「他輕輕地走向這個人的面前，他這才看清這個瘦子變成一根慢慢在腐蝕融解著的大蠟燭。」[21]與此同時，年輕的藝術家流下遲來的眼淚。

這篇小說有浪子回家式的宗教母題。但藝術家在父親靈前的慟哭，與其說是良心發現，不如說因為旁觀陌生人的眼淚而觸動。這一中介的過程至為重要：藝術家的心思需要藉一客體來承載抒發，小說因此平添了一層反射的審美向度。而整個敘事又出自藝術家在寒冬深夜的火車上，與一對陌生老夫婦的邂逅。老夫婦讓他想起了父母，半寐半醒之間，往事一一入夢。等他驟然醒來，老夫婦已不見蹤影，他膝上的父親素描已被取走，留下的是一件大衣。

親情、私慾、還有對藝術無邊的狂熱，交織流轉，卻都有所欠缺，由此滋生的悵惘及罪疚瀰漫字裡行間。小說兩次以靈光乍現的物象（epiphany）作為穿插。大衣與淚，兩者於藝術家都是「借

19 宋澤萊，〈附錄：指導官與我〉，《施明正短篇小說精選集》，頁一一八。
20 施明正，〈大衣與淚〉，《施明正集》，頁五。
21 同前註，頁六。

來的」、隨機的觸媒，卻牽動了他對人生關係的神祕啟悟。只可意會，不能言傳。這是藝術的靈感，也是神蹟。但啟悟的片刻之後，更多的空虛、怨懟相衍而生。寫作不能完成施與聖寵的契合，只能不斷的點出其間的錯落與因循。

在另一早期短篇〈白線〉（一九六九）裡，第一人稱的主角騎著本田一五〇奔馳於縱貫公路上，他是要到旅館與離婚的妻子作「告別」幽會。沿著公路上的白線，油門踩得越快，慾念——癡慾、嫉妒、嗔恨——急速交相而來。「車胎緊緊咬著白線，像我緊緊地咬著渴望，也像我的記憶頑固地咬著離婚四年的妻子，那些抹也抹不掉的淫蕩無比的狂歡。」[22]我們的主角遲到了，竟發現前妻與另個男人交歡。以後的情節急轉直下，包括了毆打、私刑、糞便、鹽酸，充滿性暴力元素。

施明正的性衝動與性焦慮，莫此為甚。應該強調的是他如何使用速度的意象，來說明時間與空間的劇烈轉換，以及人事全非的下場。男女雙方離婚的理由始終未點明，但顯然影射男方五年的牢獄之災。一切的意外發生得太快，而一切的彌補又來得太遲。倒敘、穿插、蒙太奇、內在獨白、自由臆想等種種技巧紛陳。傳統寫實敘述的慣性因而打破，生命及敘事的逆變於焉呈現。在他（幻想的？）大報復後，男主角騎車反向而馳，越騎越快，越想越多，最後轟然一聲：「汝汝，要是我沒死，我會讓全世界的女人都妒忌妳，因為我會對妳非常非常好……」[23]敘事的時間與生命的時間一起戛然而止。

在〈我．紅大衣與零零〉（一九七〇）裡，一場浪漫豔遇轉為不可思議的冒險。依然是第一人稱的我，主角與一個「沒有靈魂的美麗胴體的女人」零零打得火熱，紅大衣是他示愛的禮物。但隨著故事發展，酗酒、性遊戲、黑社會、金錢陰謀、家族鬥爭紛紛出籠，看來沒大腦的紅大衣女郎竟成了要命的禍水（femme fatale）。施的主角以一個玩弄者出場，最後落得成為被玩弄者。

這個頹廢的故事裡，施明正再一次凸顯了一個自以為是的藝術家，周旋於創作與愛情的賭博中，一無所獲的下場。值得注意的是，日後不斷出現的「魔鬼」形象，在此已經成形。施的角色「性格中魔性遠比神性多了三分之一」；[24]他是個「魔鬼似的男人，能動用藝術的魔咒迷惑她、娛樂她，使她得到別的男人無法給她的情趣、刺激，與魅力」[25]。然而這個動用魔咒的藝術家自己卻也是著魔者：「精力過人，欲望無窮的我，竟無法阻止我自己不斷地擴大探索的範圍……我的心不斷地蛻變，不斷地升騰，無休無止的漂泊、流浪。」[26]醇酒美人只能是這不安的靈魂聊以暫駐的寄託。魔鬼的誘惑最終與沉淪、死亡不能分開。施於是寫道：

從前據說有個人溺死在詩海裡
也曾有過一個演員扮演羅密歐的

22 施明正，〈白線〉，《施明正集》，頁九。
23 同前註，頁二。
24 施明正，〈我．紅大衣與零零〉，《施明正集》，頁六〇。
25 同前註，頁六九。
26 同前註。

終於刺死自己[27]

六、七〇年代之交，正是鄉土文學方興未艾的時刻，金水嬸甘庚伯、來春姨青蕃公充斥文壇。另一方面，以階級論出發的現實主義社會文學，與「中華文化復興運動」的官方論述，也各有各的灘頭。[28]在一片回歸鄉土、擁抱國族的喧囂中，現代主義腹背受敵。而像施明正這樣的人物夾處其中，以懦夫自居，又逕自標榜魔鬼主義，而且身體力行，怎能不引人側目。

為施明正「魔鬼主義」正名的作品首推〈魔鬼的自畫像〉（一九七〇）。這篇小說寫敘事者施明正如何設計將三弟的女友占為己有，又如何勾引她參與一場性遊戲——他讓自己的好友與女孩也發生關係。女孩墮落了，最後成為酒女。施明正的大男人主義恐怕要倒盡女性主義評者的胃口。然而他有自知之明，劈頭就自命是「魔鬼」。這到底是沾沾自喜的表態，還是充滿罪疚的自嘲，恐怕施心裡也未必有數。但真正的問題是，以他的能耐，他及得上心目中的魔鬼形象麼？

尼采（Fredrich Nietzsche）式的「上帝已死」是現代意識的開端之一。以他家庭及個人深厚的宗教背景來看，施明正的自封為魔鬼，不應只是一個台灣作家有樣學樣的姿態。上帝從未在他的作品中死去，但他總也不能，也不願，蒙受神恩的眷顧了。他明白他必須自行了斷層出不窮的欲望、恐懼與憎恨。藝術創作不能超渡他對存在的惶惑，情慾也失去了傳統（杜斯妥也夫斯基式）小說中的救贖力量。歸根究柢，施明正的魔鬼未必是他自己想像的巨奸大惡，而更可能是一己虛榮與徒勞的化身。失去了上帝，他其實是沒有作魔鬼的本錢的。一股存在主義式的蒼涼感躍入他的字裡行間。當年台灣的巴酷斯要成為台灣的薛西佛斯（Sisyphus）了。他的詩作尤其顯示這種前不接村、後不接店的難堪（abjection）處境。[29]

不能逃避妖戀正像不能逃避
攻擊
不能逃避陰狠宛如不能逃避
防禦
不能攻擊妖戀宛若不能忽視
偽裝
不能忽視變節一如不能停止
探索
……
老是不忘提升的魔鬼喲

27 同前註，頁九九。

28 見拙作〈國族論述與鄉土修辭〉，《如何現代，怎樣文學？》，頁一五九、一六一。

29 引用朱莉婭·克里斯蒂瓦的觀念。Julia Kristeva, *Powers of Horror: An Essay on Abjection*, trans. by Leon S. Roudiez（N. Y.: Columbia University Press, 1982）, pp. 3-4。

衝刺[30]

作為一種創作觀及生活方式，施明正的魔鬼觀讓我們想起了波特萊爾（Charles Baudelaire），西方現代主義文學的源頭之一。如同十九世紀中葉的巴黎詩人一樣，施明正以逾越放縱培養著他自己的「惡之花」。面對政教怪獸，以毒攻毒成了一種不得不然的策略。但我也以為施明正可以和二次大戰後日本的「無賴派」作者如太宰治等相比較。太宰治大半生自外於主流體制；他對於戰後左翼政治理想的妥協，日本文明的瓦解，還有現代人感官世界的萎縮，極有不滿，促使他以肉身為祭壇，實驗他的叛逆美學。這是飲鴆止渴的美學，因為文字的成績不折不扣來自身體的頹敗消耗。縱慾濫情不是逃避現實的方法，反而成了造就創作的必要手段。而太宰治的絕招是自殺。他一生多次自殺未遂，最後終於如願以償。[31]

從以上所論作品得以了解，對施明正而言，「愛」不是浪漫主義的陳腔濫調；「愛」是生活秩序及意義的倫理前提。對天父的愛戴，對父母的孺慕之情，對家人、對朋友的關懷，以及最重要的，對女性的熾熱欲望，是施明正一再書寫及「反」書寫的題材。但付諸文字的，是他失去對愛與被愛的能力的告白，以及回到愛慾完成的境界的嚮往。如是周折，神魔交戰。施以身體及文字作為角力場，卻必須面對一切可能徒勞的宿命。他作品意義的危機其實隱含了愛慾的危機。我想起了卡夫卡之言：「寫作乃是一種甜蜜的美妙報償。但是報償什麼呢？這一夜我像上了兒童啟蒙課似地明白了，是報償替魔鬼效勞。」[32]

與死

死亡是施明正作品中不斷出現的執念。從早期的〈大衣與淚〉，到八〇年代的〈渴死者〉（一九八〇），都可得見他想像各種可能的死亡境況。藝術於他是死亡的另一界面。兩者此消彼長，互為誘因，互為威脅。一九八四年他寫下〈凱歌〉，作為詩集《魔鬼的妖戀與純情》的終篇。短短九行，道盡死亡與藝術的魅惑：

為死後的殘留　詩人喲
別再迷戀妖戀　您得趕緊
趕在死亡之前　繪下生命
詩人喲　別再沉湎於敲擊
恥骨像木匠

30 施明正，〈面對面・原與變・變與正〉，《施明正詩畫集》，頁五四。

31 有關太宰治與無賴派的關係，見Donald Keene, *Dawn to the West: Japonese Liferature of the Moelern Era*（N. Y.: Henry Holt, 1984）, pp. 1022-1111；太宰治的自殺美學見Alan Wolfe, *Suicidal Narrative in Modern Japan: The Case of Dazai Osamu*（Princeton, N. J.: Princeton University Press, 1990）。

32 卡夫卡，《卡夫卡日記書信選譯》，《外國文藝》（一九八六），頁二五二。

墓石匠的鏗鏘，聲聲提示著什麼
快為死亡的蒞臨踏上時間的箭鏃
剃掉咬緊您腦裡淫亂的吸盤
詩人喲起來，別再作夢趕緊用詩跑贏死亡[33]

生也有涯，詩人提醒自己擺脫「妖戀」的蠱惑，回歸純淨的字質藝術的創造。詩既是詩人持續生命力的刺激，也是用以標示「死後的殘留」的印記。

然而如前所述，施明正畢竟是難以抗拒「妖戀」的引誘的，而他的詩作只能成為一種反證的修辭，暴露他進退兩難的景況。死亡不就是另一種妖戀的形式？更引人深思的是，經歷了白色恐怖時代，死亡對施明正這類背景的人士，又豈僅是愛慾與文學想像的極致。五年監獄的經驗，使他成為死神的見證者，而他日後有關死亡的作品，也必以此作為出發點。

一九七二年的〈喝尿者〉寫的是敘述者施明正獄中所見：「在這種不知被多少已逝的手指，摸光、撫滑了的木質居處，我浪漫地發現，它吸飽了苦難同胞掙扎於死亡邊緣的各種驚心動魄的醜陋與聖潔，卻崇嚴地消失生命的場景。」[34]被囚的犯人各因不同的罪狀等待最後的裁判。他們日夜抱緊《六法全書》，以速成的方式，為自己的命運作最後一搏。雖然明知希望渺茫，卻「必須以全身未被消蝕的餘力，加上蒐集僅存於心智潛在的渴生之力，哆嗦著雙手，惜字如金地、解結鬆扣式地，化解著被編，而自供的荒謬口供」。[35]

用施明正的話來說，在死亡的陰影下，囚徒竭盡「渴生之力」，作困獸之鬥。而他們「跑贏死亡」的方法，是「作文」比賽。不論有罪沒罪，大限將至，他們要以千言萬語，緊扣法條，編寫訴狀，好為自己脫罪。這真是寫作的極致危險遊戲了。施明正不只寫了個獄中奇觀；有意無意的，他的準報導文學已滲入了形上層次。作為詩人，他的咒詛不僅及於身體的禁錮，也及於文字——那純粹的詩學形式——的氾濫挪用。

難友中有名金門陳者，不斷抗議司法不公。他的罪狀是雙重告密。他密告他人為匪諜嫌犯，因此送了十多條人命，因果循環，他也被人密告為匪諜，可能面臨同樣下場。金門陳到底是為哪一邊作反間，還是他根本就是兩面討好的無恥小人，勢必死無對證。但經由他這種人的通風報信，吃裡扒外，人與人間的信念已經被破壞無疑，何況信仰。施明正的宗教情懷在此洩露線索。難友們相濡以沫，像是殉道的信徒。相反的，金門陳是個貪生怕死的叛徒，一個把告解墮落化為告密的背信者。他發展出一套習慣，每天早晨喝下自己排出的尿液，聲稱治療「內傷」。而施明正相信，這或許「象徵著對於被他整死的人們的贖罪行為」。[36]

我以為施明正處理這樣一場食糞（便）（scatological）病例，諷刺之餘，難免有一種物傷其

33 施明正，〈凱歌〉，《施明正詩畫集》，頁九六。
34 施明正，〈喝尿者〉，《施明正集》，頁一二三。
35 同前註，頁一二六。
36 同前註，頁一三一。

類、情何以堪的感觸。我們記得在〈白線〉中，妒火中燒的主角也曾強迫他報復的對象吃下大便。當飲食與排泄、身體的入口與出口彼此不分，自我循環內耗的危機已經發生。作為一種隔絕於社會之外的有機體，政治監獄正是培養喝尿者的巨型溫床。更推而廣之，施眼中的國家機器不也是如此？因而人人都有成為喝尿者的可能。

與「渴生」形成辯證關係的是「渴死」。施的另一篇小說〈渴死者〉，應是八〇年代台灣最重要的小說之一。故事主角是個無名的外省籍政治犯，因為「在台北火車站前，高唱某些口號」而入獄，判刑七年。比起多數重刑犯，這是小巫見大巫了。但有一天，無名犯人開始「用腦袋當鼓，藉鐵柵敲鼓」；他猛烈的撞著，「從光頭流下的血，爬滿整個臉龐，人靜靜地笑著」。[37]

這只是他自毀行動的開始。又有一次，他吞下「十幾個饅頭」和「不知幾加侖的水」，企圖撐死自己，卻沒能成功。幾經反覆，他終於得其所願：「（他）脫掉沒褲帶的藍色囚褲，用褲管套在脖子上，結在常人肚臍那麼高的鐵門把手中，如蹲如坐，雙腿伸直，屁股離地幾寸，執著而堅毅地把自己吊死。」[38]

無名犯人的罪不至死，夾處獄友中，已算不幸中的大幸。他為什麼一心求死，無所不用其極？以往評者多半集中在犯人所代表的政治抗議精神上。國法如此不公，寧死不屈，是為個人的正義表現。我卻認為施明正別有所見。小說中的施是個心存同情卻又保持距離的旁觀者。他心存同情，不只因為無名犯人默默的自殘行動，而更因為後者是個詩人。這名詩人在國難當頭的時刻，投筆從戎，隨軍來台。「也許是無親無故的孤寂，和倨傲的詩人性格，使他無法融為綠色戎裝大家庭的一員。」[39]最後因為高唱反動口號而下獄。

施明正對這名詩人的遭遇心有戚戚焉。而詩人似乎也認出施明正的真身，企圖接近他。但在巨大的監視壓力下，施「曾擺脫過他跑過來，跟我談詩的雅興。因為我怕背上黑鍋」。兩個孤單的靈魂就此錯過。無名詩人無視客觀環境的險惡，以身體的毀傷破滅來成全自己的想像。對施而言，詩人視死如歸，以「不同於一般人的方式，塑造了另一個生存的苦難典型。追溯其源，我乃豁然發現那是一種淒美已極的苦難之火」。[40]

施於是在另一詩人兼政治異議者的受苦中，營造了一種異質的審美視野。無名詩人其實並不求引人注意。施強調他是個「用『不為』來追求『有為』的苦難同胞」。[41]不為的最後一步是自行了結，完全消失。但施不能無惑的是，以如此的創造力尋求死亡，無名詩人畢竟猶有所圖吧；果然如此，「要找死，不是應該留在監獄外？」[42]施也想到「他的死，也是三島由紀夫式的一種行動美學之追求」[43]——雖然三島（一九二七—一九七〇）的自殺要等好幾年後發生。我要說兩者都將政治

37 施明正，〈渴死者〉，《施明正集》，頁一七三。
38 同前註，頁一七八。
39 同前註，頁一七一。
40 同前註，頁一七五。
41 同前註。
42 同前註，頁一七八。
43 同前註。

訴求等同於身體訴求，但差異仍是巨大的。三島戲劇化的政變失敗之後，在媒體包圍下切腹自殺，死得轟轟烈烈；無名詩人則是以最自我作賤的方式，默默的死去。他究竟為何而死，為政治？還是為詩？我們不曾忘記柏拉圖的理想國裡，詩人是頭一批被逐的可疑分子。

由此我們回到施明正之死。一九八八年，當島上媒體的焦點都集中在施明德絕食又被強迫灌食的奇觀時，施明正悄悄的走上了個人生命的最後一程；他是「渴死者」。但按照施自己魔鬼主義的邏輯，他也是「喝尿者」吧？早年狂飲橘酒與高粱的詩人安在哉？施明正後半生酗酒無度，是眾所皆知的事實。但他恐怕要反駁，那哪裡是酒？那是苦水，是「尿」。一場政治迫害讓他「驚破膽」，[44]他的餘生其實是偷生。他最後的絕食自殺，因此來得並不突然，反而令人有果然如此的感觸。

施明正在〈渴死者〉裡寫道，「我們中國人，是一個絕不流行自殺的民族。」[45]的確，比起現代日本文學從芥川龍之介到川端康成一脈的文學自殺例子，中國文學缺乏這一傳統。我們因此要問，作為一個我行我素的藝術家，施明正之死的「現代」意義何在？我們記得卡繆（Albert Camus）的《薛西佛斯的神話》（*The Myth of Sisyphus*）開宗明義，談的就是自殺與存在的關係。生命的荒謬其實不能以自殺作一了斷。卡繆抽絲剝繭，力辯人投身荒謬存在的必要，而非僅以貌似「理性」的姿態，企圖總結、歸納生命的無意義。[46]相對於此，前述的太宰治則在一生中不斷嘗試自殺，此無他，肉體耽慾縱情的極限，必須包括肉體本身的抹消。[47]我們也可想到卡夫卡的〈絕食藝術家〉，根本把肉體的消失作為美學的終極寄託：所謂靈肉合一的宗教體驗，因此逆轉為一形銷骨立的翻版。或者回歸現代中國的傳統，我們想起了王國維（一八七七—一九二七）之死的曖昧動機，以及他著名的遺言：「五十之年，只欠一死，經此事變，義無再辱。」[48]在這些不同的自絕立場中，施明正如何安放他的位置？

渴死者施明正，喝尿者施明正。當島內政治解嚴、文化解構的時刻，施明正的死法，毋寧已透露著「古典」氣息。這該是現代主義的根本矛盾吧？卡夫卡如是說：「我現在在這兒，除此一無所知，除此一無所能。我的小船沒有舵，只能隨著吹向死亡最底層的風行駛。」[49]施明正不是，也不可能是，烈士。以「無為」抵抗「有為」，他的「懦夫」姿態反而訴說了更有人味的、也更艱難的抉擇。他絕食而死的意義，因此不應局限在抗議某一政權而已，而是以其隱晦的詩／屍意，揶揄了政治機器神的控制——他的身體，他的文學，和他的藝術都是他「自己」的。從一九五八年到

44 施明正，〈指導官與我〉，頁一八〇。

45 施明正，〈渴死者〉，頁一七八。

46 Albert Camus, *The Myth of Sisyphus, and Other Essays*, trans. by Justin O'Brien（N. Y.: Vintage Books, 1955）.

47 Wolfe, chapter 5.

48 見葉嘉瑩，《王國維及其文學批評》（台北：源流出版社，一九八二），第二章；又見劉小楓，〈詩人自殺的意義〉，《拯救與逍遙：中西方詩人對世界的不同態度》（上海：上海人民出版社，一九八八），頁四一—八九。

49 引自劉小楓，〈詩人自殺的意義〉文首。

一九八八年，施明正的三十年文學生涯正好涵蓋了現代主義到台灣的一頁始末，一場島上愛與死的寓言。

施明正，《島上愛與死：施明正小說集》（台北：麥田出版，二〇〇三）。

冷酷異境裡的火種

——郭松棻〈秋雨〉、《奔跑的母親》

現在你在台北很難找到這樣燙手的心了。

——〈向陽〉[1]

六〇年代的台大外文系，曾經是台灣文學現代（主義）化的重鎮，作家如王文興、白先勇、陳若曦、歐陽子、王禎和等，都出身於此，日後也都自成一家。與這些作家所得到的重視相比，郭松棻毋寧是寂寞的。這也許是因為郭在六六年赴美後，基於種種原因，少與台灣文壇聯絡；更可能的是，他一向惜墨如金，非有佳作，絕不輕易出手。但在新世紀回顧過去數十年的台灣文學版圖，郭松棻的作品早已成為重要座標。

郭松棻（一九三八—二〇〇五）的創作始於一九五八年。在台大期間，除了浸淫於歐美文學

1 郭松棻，〈向陽〉，林瑞明、陳萬益主編，《郭松棻集》（台北：前衛出版社，一九九四），頁三八。

外，他顯然深受存在主義的影響。之後他參與劇場、電影活動，也曾涉獵藝評。他對文學、藝術的熱愛當然反映了個人才情，而他的家學淵源——父親郭雪湖先生為台灣畫壇前輩——想來也有以致之。即在此時，一脈不安的、反叛的衝動，顯然已積蘊在作家心中。一九六六年郭松棻赴加州柏克萊大學攻讀比較文學，數年之後，他投身保衛釣魚台運動。

一九七〇年六月郭松棻與柏克萊加州大學劉大任、唐文標等創立《大風》雜誌，發表〈秋雨〉。八月，釣魚台群島歸屬問題引起中華民國、中華人民共和國與日本關注；九月，美國表態將釣魚台群島與琉球一併歸還日本，引發中港台保釣聲浪。這年年底，留美港台學生發起保釣運動，迅速在美國各大校園引起迴響。郭松棻是這場運動主要領導者之一，他號召重振五四愛國精神，展開反帝反殖的革命行動，如此投入，甚至放棄博士學位研讀。到了一九七一年四月，他已經被台灣《中央日報》點名為「共匪特務」。

迎向保釣，謝本師——〈秋雨〉

郭松棻的〈秋雨〉記述他出國三年後，回台與其師殷師海光最後幾次會面的經過。殷海光五、六〇年代任教台灣大學哲學系，倡導自由主義不遺餘力，保守官方壓迫。一九六六年被迫停止授課。郭松棻在台大時曾受教於殷海光，日後卻與老師的理念背道而馳。他選擇了共產主義。

一九六六年郭松棻出國專攻比較文學，不久捲入風起雲湧的校園運動。一九六九年夏天郭返台小駐，聽聞殷師病篤，因往探視。如〈秋雨〉所記，經過多年折磨，殷海光已近生命末期。他的身形更為瘦小脆弱，「然而掛在頸項上面的那顆頭顱，卻還一逕地硬拔」。「從殷師臉上那神經質的抽搐裡，我彷彿捕捉到現代中國知識人的一個影子」。那樣慣常的犬儒微笑的表情，如此桀驁不遜。然而郭松棻不能無惑。在政治的狂飆下，那知識分子的影子可曾只是一種虛張的聲勢，一種徒勞的姿態？或更不堪的，那影子只是一幢鬼影？

殷海光的形銷骨立似乎投射他的主義已經奄奄一息。郭松棻寫道：「果真要令人失望的其實是作為殷師思想的基盤的這個龐大的、虛匱的自由主義。」「我們這一代一直到目前為止都很散漫，無論在行動或思想上都是這樣。唯有一點和殷師不同的是，我們再不會熱衷於空泛的自由主義的追求了。」郭甚至不無調侃的描寫殷師承諾：「我的胃癌好了以後，和你們一起研究存在主義」；「一般人把存在主義當作是灰色頹廢的哲學，其實它是最最不灰色的。」郭不禁啞然：「這話倘若出自以前殷師的口裡，不免叫人不敢相信。半生依著徵驗準則生活的他，終究不能平心靜氣歸依於這派分析哲學。」更不可思議的是，殷海光死前竟然接受了基督教！[2]

〈秋雨〉完成於一九七〇年，其時保釣運動爆發，郭松棻無心學業，毅然投入「革命」。而殷海光已於一九六九年九月過世，所以郭其實是以回顧的姿態、重新戲劇化他與殷師的會面，彷彿以此與殷師——也與自己的前世——訣別。鍾秩維論〈秋雨〉，認為是郭松棻「謝本師」之作，有

2 殷海光晚年談到信仰曾說：「我的神不是有一個具體對象的，而是愛，同情以及與自然的和諧，就像愛因斯坦所信仰的那樣。」見〈病中語錄〉，頁二九。

如宣言或檄文，為自己的保釣革命正名，確是洞見。[3]故事末了，殷海光病入膏肓，郭松棻決定不再探視而逕行回美，喃喃自語道：「請好好地死。」殷師堅此百忍：「在退無可退的時節，將自己繳出去。」這樣的烈士姿態在郭看來不過是徒勞。對他而言，最後的選擇只剩下革命。

〈秋雨〉記錄了兩代知識分子的心事。殷海光雖然求仁得仁，但學生輩如郭松棻等卻在老師以身殉道的堅持中，看出自由主義的空疏，存在主義的曖昧。「知其不可為而為之」究竟是真理的堅持，是道德的承擔，還是荒謬的耽溺？而在這些可能後面，郭松棻試圖捕捉的不只是殷海光的臨終蕭條面貌，也是一脈五四傳統的迴光返照。〈秋雨〉寫來沉鬱凝練，字裡行間飄蕩的盡是魯迅的身影，不，鬼影，豈僅偶然。〈秋雨〉重寫了魯迅〈孤獨者〉。不同的是，郭松棻內心深處總有一抹屬於詩人的抑鬱色彩揮之不去。這使〈秋雨〉的敘事添加了耽美的向度。他想到芥川龍之介的自殺：「倘若拿這種日本死亡的美學來比較的話，殷師的死亡之路想必更其幽闇了。」

郭松棻的中國夢於一九七四年夏天達到高潮。他與劉大任等被安排訪問中國。然而至盼的訪問卻帶來巨大幻滅。目睹文革後期大陸的民生凋敝，郭驚覺他所嚮往的革命何以墮落至此，果如是，他將何去何從？

就在四年以前，他以無比犬儒姿態面對殷海光之死，嘲弄自由主義的虛偽與匱乏，但共產主義的真相一旦暴露，豈不更等而下之？這顯然給他帶來極大的精神考驗。當政治神學的大廈崩解，隨之而來的是不安、懷疑、焦慮——還有憂鬱。他必曾不斷逼問自己，革命激情消退後，理想何在？什麼是「自由」的真諦，什麼又是當下此刻的「存在」本質？郭松棻將以後半生與他的信仰搏鬥，而他行動的方法是書寫。

保釣運動也許使日後留美學人錄上少了幾個名字，但卻成就了一批極優秀的作家。郭松棻，還有劉大任、李渝等，正是其中的佼佼者。由絢爛歸於平淡，他們將過往的政治激情化為紙上文章，其跌宕沉鬱處，非過來人不能及此。更重要的是，藉著文字的焠鍊，他們展顯一種老辣內斂的美學。這一美學兩岸的作者無從比擬，因為包含了太多海外的情愫因緣。也藉著這一美學，他們以往激進史觀、抱負後的幽微面，才漸漸顯露出來。

一九八三年起，郭松棻開始推出一系列的作品，從短篇如〈向陽〉、〈含羞草〉初稿、〈機場即景〉等，到中篇如〈月印〉、〈月嗥〉、〈雪盲〉等，頗得行家好評。郭行文運事凌厲精準，〈月印〉、〈雪盲〉等作構思繁複，寄託深遠，但修辭上的寡談骨感卻一如電影劇本的分場鏡頭。尤其可以注意的是，他的作品絕少提到釣運種種，有的反而是台灣早期的歷史創傷，或浮世人生的倫理糾結。彷彿經歷了一場大考驗，他反能從其中抽離出來，轉而思考更曲折廣闊的生命面向——事過境遷，一切盡在不言之中。比起兩岸各色傷痕反思文學的涕淚吶喊，郭松棻的選擇，仍有他毫不妥協的姿態，小說集《奔跑的母親》可以為例。

革命者的憂鬱——《奔跑的母親》

郭松棻對他自己創作的期許與警醒，在中篇小說〈論寫作〉（新版改名為〈西窗紀事〉）裡表

3 鍾秩維，〈殷師的池塘：郭松棻的〈秋雨〉及其七〇年代的政治與思想轉折〉，《清華學報》第五十二卷第四期（二〇二二年十二月），頁七三九—七七六。

露無遺。這篇小說的主人翁原是個年輕的畫師，因為瞥見一個窗口內婦人的容顏，而觸動寫作的靈機。他日夜琢磨，一無所成，哪裡知道這才是劫難的開始。由台灣到美國，由勤奮到淪落，由青年到中年，作家矢志「把生命剔出白脂，苦心找尋找著一種文體。」他歷盡千言萬語，但那至美的文學窗口不曾為他打開。他終於患了失語症，並住進精神病院。這篇故事於是有了寓言意涵：創作是畢生的折磨還是聖寵？語言是一種玄機還是一種咒詛？小說高潮，作家的母親出現。在母子相認中，那久久的擁抱到底帶來狂喜的真相，或是絕望的最後徵兆？

〈論寫作〉的內容當然遠較此複雜，而郭松棻此前已以〈寫作〉為名，寫了一則類似短篇，兩個故事中的作家對寫作的我執，與寫故事的郭松棻對敘事形式的斤斤計較（剔除白膩的脂肪，讓文章的筋骨峋立起來！）[4]，形成後設的對應。篇名〈論寫作〉也因此有了自我反射的意義。不錯，以寫作「論」寫作，郭松棻剔脂除肉，他所追求的就是禁欲的絕對的精氣神。「一個標點符號放對了位置，就會令人不寒而慄。」[5]當寫作直指本心，它其實已是帶有宗教意味的考驗；當寫作排除人間煙火，它召喚形銷骨立的純粹美學，或更詭異的，召喚為求全而自毀的沉默——與死亡。

我因此認為郭松棻是少數中文作家中，如此生動體驗現代主義「骨感」美學的能手。也許只有寫《家變》與《背海的人》的王文興才堪與之相提並論，而我仍要說郭的「潔癖」更較王有過之而無不及。八三年以後，郭松棻也推出不少有關歷史與倫理變相的作品，如〈向陽〉與〈月嗥〉寫婚姻關係與暗潮，〈奔跑的母親〉、〈那噠噠的腳步〉、〈機場即景〉寫親情感應與變調，〈月印〉寫二二八與白色恐怖，〈草〉及〈雪盲〉寫異鄉感時憂國徵候群等。其中尤以〈月印〉及〈雪盲〉糅合了幽遠的家國情懷，存在主義式的荒謬衝動，還有精緻的意象、修辭架構，最值得我們的注意。〈月印〉中的少婦在荒蕪的殖民歲月裡照顧孱弱的丈夫，無怨無悔，卻因為戰後的政治風暴，自己親手斷送了丈夫的性命。〈雪盲〉中流浪的知識分子，不能忘懷終戰後的啟蒙歲月及鄉土深情，卻以極盡自虐的姿態，選擇寄身異鄉沙漠中的警察學校，「在風沙中沉落，……沉到底」。[6]

郭松棻筆下的人物有求仁得仁的原道意志，但他（她）們自暴自棄的勇氣同樣驚人。兩相拉拒，在在使我們驚覺人之所以為人的堅韌與不堪。究其極，這些角色耽於，或困於，一種決絕的生命情境，與〈論寫作〉那位失敗的作家並無不同。他們都在用肉體銘刻殘酷美學，遐想秩序的（不）可能。不論外表多麼冷漠寡歡或溫良恭儉，他們的內裡是熾熱的，充滿危機意識的；他們是一群生活裡的恐怖分子。如〈向陽〉中所說，「他們要活得像一場暴政。他們都有一顆滾燙的心。他們對自己，就像對對方，都亮出了法西斯蒂。」[7]

這應當是郭松棻寫作美學的黑洞吧！他的政治立場是一回事，他最擅經營的其實是一種法西斯蒂的冷酷異境，狹小如〈機場即景〉中窒礙的機場，浩瀚如〈雪盲〉中的美西沙漠，郭松棻的世界是天地不仁的世界，人與人間艱難的找尋溝通，最終必須退縮到蠶蛹般的自閉空間，一逕蘊積著救贖的絲／思索，百不可得。〈草〉裡那個緘默的，流落異國小鎮的知識分子，磋跎歲月，最後卻以

4　郭松棻，〈論寫作〉，《郭松棻集》，頁三九八。
5　同前註，頁三九七。
6　郭松棻，〈雪盲〉，《郭松棻集》，頁一八五。
7　郭松棻，〈向陽〉，頁三八。

參與家鄉的抗議活動，身陷囹圄收場。〈秋雨〉側寫殷海光在世最後的日子，郭筆下的自由主義大師竟有了魯迅憤世者的身影，一抹犬儒的微笑死也不能讓人忘記。當然，誰又能忘記〈月嗥〉中的婦人與丈夫作了多年美滿夫妻後，在他死後才了解一樁背叛的祕密——而她積極守靈，以幾近戀屍的姿態執行法定未亡人的義務，不，權力。郭松棻的人物憑凜然不可侵犯的意志來掩飾無可挽回的絕望。他們的極端表現一方面顯有存在主義式的，擇荒謬而固執的堅持，但另一方面也洩露一種「無限上綱」的法西斯蒂狂熱。

而我以為郭松棻最好的作品不斷回到這一難題。他用冗長的篇幅來寫寫作的不可為（〈論寫作〉），用深情關照人間世的無明（〈月印〉），用最理想主義的浪漫筆觸堆砌理想的虛無（〈雪盲〉）。他（及他的人物）所面臨的必然挫敗成為他美學的根源；一股頹廢的美感因而生起。作為冷酷異境的播火者，郭松棻其實很令我想到寫〈野草〉的魯迅：

> 當我沉默著的時候，我覺得充實；我將開口，同時感到空虛。
> 過去的生命已經死亡，我對於這死亡有大歡喜，因為我藉此知道它曾經存活。
> 死亡的生命已經朽腐。我對於這朽腐有大歡喜，因為我藉此知道它還非空虛。[8]

而在〈今夜星光燦爛〉裡，郭松棻似乎有意為他這樣的僵局打開一條出路。故事裡的將軍曾闖蕩大江南北，親歷無數殺戮，卻也曾有過奇妙的頓悟機緣。晚年的一場政治事件使將軍失勢成為階下囚，終被處死。這是一個極其肅殺的故事，寫盡歷史的不義與背叛。然而在等待行刑的最後日子裡，將軍思前想後，對家鄉、對妻子，甚至對自己向來無動於衷的事物，生出款款柔情。遲來的了悟，使百鍊鋼化為繞指柔，將軍終能從容就死。但與其說將軍與他的環境妥協了，更不如說他把畢生嚴整的紀律發揮到極致，因能轉為對生命——哪怕是生命最殘酷的部分——的包容。這包容需要多大的堅持！〈今夜星光燦爛〉一說是以二二八事件的「禍首」陳儀為原型。果如是，小說對法西斯蒂政治及美學的反省辯證，就更為耐人尋味。有關二二八的寫作已成了老生常談，但像〈今夜星光燦爛〉那樣逆向操作，而得出更為寬廣的歷史視野的作品，尚不曾見。

一九九七年夏天郭松棻突然中風，寫作成為更艱難的挑戰，二〇〇五年夏天他遽然逝世。回顧所來之路，郭松棻可曾想到他筆下的情景：那黃昏河堤上迎向滿天蝙蝠的少年；那月夜看守亡靈的婦人；那陰陰冷笑著的垂死教授；那總是向後奔跑的母親；那羈留在荒漠中的知識分子；那等待死亡的將軍；還有那不斷的寫也寫不出來的作家……。他不由感嘆：「現在你在台北很難找到這樣燙手的心了。」[9]郭松棻的美學曾召喚過萬里江山，他卻終在方寸之間，找到最艱苦的挑戰，與最可珍惜的寄託。

郭松棻，《奔跑的母親》（台北：麥田出版，二〇〇二）。

---

8 魯迅，《野草．題詞》，《魯迅全集》（北京：人民文學出版社，一九八一），第二卷，頁一五九。

9 見註1。

物色盡，情有餘

——李渝《金絲猿的故事》、〈待鶴〉

李渝（一九四四—二〇一四）與郭松棻是當代旅美華人作家的佼佼者。上世紀六〇年代在台大相識相知，之後赴美分別攻讀藝術史與比較文學。一九七〇年代初他們捲入保釣運動，成為左翼學生領袖，甚至放棄學業而無所惜。保釣之後他們沉潛下來，轉入文學，彷彿切割革命前世。然而文學是他們辯證革命美學的戰場，文字成為鍛鍊他們意志的形式。

上世紀末後現代主義、後社會主義的風潮曾經席捲一切。李渝一如既往，堅持自己的信念。從八〇年代的〈江行初雪〉到九〇年代《應答的鄉岸》，務求以最精準的書寫捕捉生命最不可捉摸的即景。告別革命啟蒙，無視解構結構，她以一顆「自贖的心」追記往事、返璞歸真。從大陸到台灣到美國，從美術史專業到現代文學創作，從《紅樓夢》研究到民族風格畫論，這些年來李渝經過了大轉折，終將理解歷史就是她所謂的「無岸之河」，書寫故事無非就是渡引的方式。《金絲猿的故事》、〈待鶴〉是最好的例子。

物色盡——《金絲猿的故事》

《金絲猿的故事》是作家李渝在新世紀之交所出版的一部小說，時隔十二年後重新修訂問世。如果只就情節、人物而論，新舊兩版幾乎沒有差別，但風格卻有明顯不同。李渝所謂的修訂何止停留在文字的潤飾訂正而已，她所投注的精力已經跡近改寫。

李渝的作品量少質精，早已獲得讀者青睞。她重寫《金絲猿的故事》，顯然對這個故事情有獨鍾。藉著一則中國西南森林中的金絲猿傳奇，李渝回顧上個世紀中期以來的家國動亂，也思考救贖種種創傷的可能。更重要的，她對金絲猿傳奇的敘述，直指她對一種獨特的書寫美學與倫理的省思。金絲猿因此成為一個隱喻，既暗示歷史盡頭那靈光一現的遭遇，也點出書寫本身所帶來的神祕而又華麗的冒險。

《金絲猿的故事》篇幅並不算長，所要講的故事卻不簡單。一九四九年國民黨撤退台灣，身經百戰的馬至堯將軍開始後半生的退隱生涯。敗軍之將，何以言勇？將軍韜光養晦，極力彌補過去的缺憾。他的原配曾經為了另一種政治信仰棄他和幼子而去，再娶的妻子成為他最大的寄託。夫人像極原配，貌美貞靜，歌喉婉轉，生下乖巧的女兒。偏安的歲月竟然成就了將軍宜室宜家的夢想。

島上日子卻不能完全如人所願。亞熱帶的低壓迴旋糾纏，在將軍地中海式宅第的迴廊角落，在草木蔥蘢的庭院深處，禁忌騷動，欲望滋長，而且一發不可收拾——就像那恣肆展開的羊齒葉莖。將軍家裡有了綺聞。

對李渝而言，這才是故事真正的起點。主義信仰的爭奪，國家政權的遞嬗，兵馬倥傯的征戰，千山萬水的流亡，效忠與背叛，前進與撤退，多少嚮往，多少悵惘，逼出一次又一次歷史危機的臨界點。而時過境遷，李渝的將軍竟是在至親的私密關係裡，驟然領會歷史最曲折的報復與創傷。

李渝的筆鋒一轉，又寫到三百年前中國西南曾經發生的（太平？）天國聖象事件，以及三百年以後事件的重演。將軍的一生功過比諸三百年的興亡動亂，又要如何論斷？而一切的大歷史，還有大歷史裡種種個人恩怨，最終竟凝聚成一則所謂的金絲猿傳奇。

金絲猿渾身閃閃金毛，像披著「金大氅」，成群結隊，不離不散，從林間頂端越過時，閃閃爍爍，「連成一片金光，夢裡一樣。」更稀奇的是金絲猿有一張藍色的臉，善發人聲，居然「嘴角還會笑」，不啻是「人間至寶」。

有心的讀者可以從李渝的敘事追蹤出將軍和狩獵金絲猿的關係。但我認為這不是她的本意。金絲猿稀有珍貴，來去無蹤，甚至帶有一絲詭譎氣息，是李渝小說裡只可意會、不可言說的核心——謎樣的核心。藉著金絲猿的閃爍出沒，故事情節層層展開，此起彼落、若即若離，形成微妙的網絡。就此，李渝不再斤斤計較傳統敘事的起承轉合；她要召喚的是一種互緣共生的想像，一種只宜屬於詩的抒情境界。

而這裡也正埋藏李渝看待歷史的態度。二十世紀中國的動亂曾經帶來太多傷痛，各種各樣的言說，無論左右，都企圖找尋脈絡，給出「說法」。但歷史千絲萬縷的因果哪裡能夠輕易釐清，交織其中的個別的生命悲歡更不容一筆勾銷。李渝從金絲猿那片閃爍的金光看出了什麼：在那絕美的不可捉摸的剎那，啟悟發生，情懷湧現，「故事」展開。

李渝有意以金絲猿的故事作為她個人理解歷史的方法。小說裡的將軍征戰多年，殺戮重重，辜負也被辜負了太多。唯有在退守台灣，經歷了至親之人的背叛與羞辱，將軍痛定思痛，乃至豁然開朗。晚年的將軍有女兒馬懷寧為伴，回顧往事，恍如昨世：「散漫的點滴連成片段，接續成記事，一件事領出另一件事，情節引發出情節，環生出應答的細節，呈現了連貫意識……以為忘了的許多都記了回來，汩汩漫漫湧出如細流的泉水。」

更重要的，將軍的回憶彷彿述說他人的故事。「又驚險，又奇異，又纏綿，又壯麗，種種妙質由它稱為說者，退去旁觀的局外，反倒欣賞到了。」將軍審視自己前半生的功過，娓娓道來，從而理解，從而包容。他竟然對發生在自己身邊的不堪也生出原諒的心：什麼是愛，什麼是恨？成全了別人，也就是成全了自己。於是，「他前半生的黑暗化成後半生的光明，使他的惡開出了花。」

訴說故事是將軍自己面向歷史、相互和解的方式，也是他自我救贖的開始。唯其如此，小說的後半才更為動人。多年以後，將軍故去，成年的馬懷寧旅居美國，卻在某夜「遇見」父親，得知將軍仍然有一樁遺願未了。懷寧回到台灣，攜帶父親的骨灰深入當年鏖戰的現場。溯河迤邐而上，真相逐漸浮出：天國聖象顯靈的所在，身陷重圍的將軍，玉石俱焚的殺戮，百難解脫的抑鬱，多少是非恩怨來到了結的階段。迷離的山野，悠悠的河水，金絲猿的故鄉，懷寧見證往事，如真如幻，一切好了。也在這個時候：

> 從她的視點可以望及的方向，很遙遠又很鄰近的樹林也被風吹開了，林木的華蓋，從過去到現在到未來，有一片晶瑩的光等待著她醒來，不呈傳說中的金黃，而是一種曖曖內含精采的灰

顏色，好像是月暈的凝聚還是繁星的竄聚。是的，它們在林頂穿梭飛躍，在枝葉間搓擦出颼颼的聲響，然後如同一簇流星，一片月光，一截載負著月光的河水，以目眩的速度飛掠過林端，完成任務，消失在視覺的底線。

李渝所代表的現代主義創作奠基台灣，成熟於海外，卻嘗被兩岸的文學史所忽視。與其他同在海外創作的同輩作家如白先勇、施叔青、叢甦等不同，李渝赴美之後並沒有立即投入創作。六〇年代末政治氣氛高漲，她與郭松棻等都投入了保釣運動。這場運動以擁抱祖國、投身革命始，以離去夢土、告別革命終。但對李渝等而言，戰事還沒有結束，戰場必須清理。政治的幻滅砥礪出最堅毅的創作情懷，過往的激情化成字裡行間的搏鬥。

論者嘗謂現代主義琢磨形式，淬煉自我，昇華時間，因此與強調完成大我的革命理念背道而馳。但李渝這樣的作家卻是在經歷了政治冒險後轉向文學。他們的現代主義信念原來就和他們的政治烏托邦相輔相成，重回寫作之後，他們更多了一份過來人的反省和自持。歷史與形式不必是非此即彼的選擇；書寫就是行動。精緻的文字可以觸發難以名狀的緊張，內斂的敘事總已潛藏「惘惘的威脅」。

我們現在更明白《金絲猿的故事》何以要讓李渝一再述說。因為那不只是關於她父母一代中國人的故事，更是關於她自己這一代人的故事。我指的不是李渝寫出什麼「國族寓言」。恰恰相反，李渝將筆下的歷史事件作為引子，促使我們深入勘查「歷史」作為你我存在的狀態，還有歷史界限以外的「黑暗之心」。這歷史是血腥的，也是情色的；是理想的，也是混淆的——殺人無數的殘暴，壯志未酬的遺憾，方城之戰的喧嘩，三輪車裡的誘惑，梔子花的幽香，水晶玫瑰夾沙翻毛酥餅的鬆軟，迴廊傳來的歌聲，電影院散發的豔異光影……形成繁複的織錦，就像將軍宅第那塊眩人的波斯地毯。

是在這一晦暗的邊際上，現代主義敘事成為不可預測的探險，一場耗費心血的戰爭。李渝要如何運籌帷幄，理出頭緒，賦予組織，化險為夷，不只是形式的挑戰，也是心理的考驗。小說後半段李渝描寫將軍的伏擊狩獵，堅壁清野，奇襲突圍，「衝鋒，陷陣，埋伏，暗算，背叛，棄離；水域，山崗，坡原，谷壑，樹林，沼淖，」何嘗不是作家在文字裡的鏖戰？調動文字，組合象徵，「風中輪廓搖擺，疆界在移動歸併。」將軍的冒險不妨是李渝自己的冒險。觀諸九〇年代末以來李渝個人生命的跌宕起伏，她筆下將軍的暴虐與溫柔、沉鬱與解脫就令人更心有戚戚焉了。

由此來看，《金絲猿的故事》何必只是李渝持續現代主義的作品？由現代轉向古典，由彼岸回到此岸，由現實化出魔幻，連綿相屬，密響旁通，「乍看的紛雜混淆，零亂倏忽，無法預測掌握的突然和偶然，都自動現出了合理的秩序，在所有無非都變成為故事的這時，現出了它們的因緣和終始。」

《文心雕龍》裡的話，「古來辭人，異代接武，莫不參伍以相變，因革以為功，物色盡而情有餘者，曉會通也。」物色：萬物感應，撼人心魄；色相流轉，情動辭發。一切生命形式奮起交錯、試驗創新有時而窮，唯有灰飛煙滅之際，純淨的情操汩汩湧現。驀然回首，你彷彿看到一種物體一閃而過，「如同一簇流星，一片月光，一截載負著月光的河水，以目眩的速度飛掠過林端，完成任務，消失在視覺的底線。」曖曖含光，悠然迴駐。是金絲猿麼？

情有餘——〈待鶴〉

這個人也許永遠不回來了，也許「明天」回來！

——沈從文《邊城》

鶴是李渝小說裡情有獨鍾的意象。早在九〇年代的作品像〈無岸之河〉裡，李渝就告訴我們漢代的帛畫，唐代的服飾，宋代的彩繪都曾見證這巨鳥優雅的翱翔。相傳蘇東坡遊赤壁夜半放舟，正思索生命蕭條倏忽之際，一只孤獨的鶴低低划過江面。《紅樓夢》裡林黛玉、史湘雲中秋借月賦詩，觸景生情，闃寂的湖面陡然飛出一隻鶴。李渝的《金絲猿的故事》裡，類似鶴的意象也出現在關鍵時刻，點出全書的寄託。

鶴高潔幽靜，玄雅孤獨，是李渝創作主體的終極化身。而中國文化思想裡的鶴破空而來，飄然而去，永遠不可捉摸，也成為李渝所謂「多重渡引」史觀和美學的象喻。李渝曾寫道，「多重渡引」的技巧始於「布置多重機關，設下幾道渡口，拉長視的距離。」經過距離的組織，「我們有意無意的觀看過去，普通的變得不普通，寫實的變得不寫實，遙遠又奇異的氣氛又出現了。」[1]

相對於以一貫之的大歷史敘事，多重渡引延伸出種種幽微的生命層面；相對於文學反映人生的寫實信條，多重渡引指向審美主體介入、轉化、提升現實的能量。李渝的觀點來自對中國抒情文學藝術傳統的反思心得，也暗暗與西方現代甚至後現代主義產生對話。但潛藏在核心的應該是她自己半生的曲折經歷，還有一路相伴的同行者——郭松棻——的啟發吧！

〈待鶴〉故事從一幅有鶴的宋代古畫開始。據傳公元一一一二年正月十六，有鶴群飛舞在北宋宮殿金頂上，輕盈曼妙；書畫雙絕的徽宗目睹奇觀之餘，於是作《瑞鶴圖》。由此敘事者筆鋒一轉，寫在紐約與一位不丹公主的邂逅，緣起於公主身著織有鶴形圖案的長裙。藉著公主的「渡引」，敘事者飛往不丹，為了一睹傳說中金頂寺群鶴飛翔的奇觀，也為了鑑賞新發現的藏經窟古畫。然而這趟旅行竟然是敘事者三年來第二趟不丹之行。第一次的旅行發生了致命的意外，之後敘事者自己也墜入了生命的幽谷……。

純從故事面而言，李渝糅合了古典藝術和異國情調，現代行旅和私人告白，幾乎像是要試驗多重渡引作為一種敘事技術的極限可能。這些素材彼此承接對應，又彼此抗頡糾纏，然而經過李渝娓娓道來，儼然形成一種起承轉合的順序。離題是為了回歸作準備，幻相投射出實相，輕描淡寫埋藏了至深難言的創痛。

李渝過往小說雖不乏自傳素材，但從來沒有像〈待鶴〉一樣，如此逼近她本人的生命經驗——而且是不足為外人道的經驗。小說中段，敘事者再入不丹，與當年失足落入深谷的嚮導遺孀會面，短短數年，恍若隔世。於此敘事者跳接到自己罹患憂鬱症的就診回憶。異國山巔要命的斷崖深淵陡然與都市叢林中惺惺作態、吃人不吐骨頭的心理治療形成對照；這兩段情節又各自延伸意外的轉折。出虛入實，聲東擊西，李渝是在演繹有切身之痛的往事。然而我們正要下結論時，故事又輕輕

1　李渝，〈無岸之河〉，《夏日踟躕》（台北：麥田出版，二〇〇二），頁四四。

的划向不丹神祕的藏經洞探險了。

如前所述，李渝自謂她的「多重渡引」的靈感來自前現代的繪畫與文學想像。有心的讀者卻可以看出她對後現代美學（拼貼，後設，戲擬）不動聲色的挪用和批判。但出入「前」、「後」，李渝志不在翻新形式遊戲，更是在探尋一種最足以烘托她的藝術懸念的方法。而這懸念最終又必須與她個人的生命情境與歷史感悟相結合。

歷史怎麼樣在〈待鶴〉裡留下印記？李渝告訴我們，就在徽宗揮筆《瑞鶴圖》的時候，內憂外患的鼙鼓已經動地而來。十五年後靖康之難，徽宗被擄，北宋滅亡。古國不丹僻處喜馬拉雅山麓，有如世外桃源，卻一樣難逃爭端——毛派的遊擊隊伺機而動。世事擾攘，古今皆然，而每個人自身又有多少悲歡升沉，無從訴說。那在不丹山谷意外墜落的嚮導，那痛「卻」欲生的嚮導妻子，那在大學圖書館縱身一躍而死的學生，甚至那些自命不凡的毛派革命學生，和蠅營狗苟的紐約心理醫生，不都憑著一己的欲望或意念，和生命的偶然和必然作角力？當敘事者李渝表白心事，頻頻回首自己的（如〈夏日，一街的木棉花〉）和他人的（如三島由紀夫《金閣寺》）作品時，虛構的我和真實的我相互呼應。而當郭松棻的名字被召喚出來，全作峰迴路轉——原來這是一篇遙念至愛、悼亡傷逝的作品。

李渝和郭松棻是海外中國文學界的傳奇。他們曾因參與保釣而付出巨大代價。比起當代坐在搖椅裡（甚或享受著學院終身俸）的革命家，他們才是真正的革命家。多少年後，他們投入文學創作，寫出一篇又一篇作品。這些作品表面全無火氣，但字裡行間的審美矜持是如此凌厲自苦，恰似一種理想精神的變貌。叛逆者的默契可以是心照不宣的；革命歷史已經內化成為生命風格。

郭松棻中風猝逝的打擊都幾乎讓李渝難以為繼。〈待鶴〉中的部分情節帶有作者至痛的烙印。痛定思痛，李渝要探問的是，有沒有另一種歷史在銘刻往事的同時，又能超越時間和記憶的局限？她在宋代的畫作裡，在喜馬拉雅山藏經窟的圖卷裡，在不丹女子的裙襬上，在峭壁的佛寺金頂上，更在自己的文字創作裡找尋可能。藝術，從巨匠傑作到民間工藝，從繪畫到建築，似乎給出了答案。而對李渝而言，鶴以其曼妙莫測的飛翔，為藝術的昇華力量做出具象的、行動的演出。

李渝對歷史和藝術的看法讓我們想到沈從文（一九〇二—一九八八）「『有情』的歷史」。相對於「事功」的歷史，沈從文認為歷史真諦無他，唯「有情」而已。[2]「有情」的結晶是藝術的創造，抽象的抒情。但抒情的代價是巨大的，每與痛苦和寂寞息息相關。一九六一年沈祕密寫下〈抽象的抒情〉，未能終篇，身後才得發表。文章開宗明義，指出生命的發展：

> 變化是常態，矛盾是常態，毀滅是常態……惟轉化為文字，為形象，為音符，為節奏，可望將生命某一種形式，某一種狀態，凝固下來，形成生命另外一種存在和延續，通過長長的時間，通過遙遠的空間，讓另外一時一地生存的人，彼此生命流注，無有阻隔。這是李渝「多重

---

2 見沈從文、張兆和，《沈從文家書：1930-1966從文、兆和書信選》（台北：台灣商務印書館，一九九八），頁一八六。

渡引」的前身了。[3]

回到〈待鶴〉中的敘事者行過死亡的幽谷斷層，找尋生命意義的嘗試。她曾經目睹不丹嚮導墮入深淵的恐怖，也曾見證嚮導年輕妻子劫後重生的喜悅；她曾經求助心理醫生，甚至參加了現代醫療的鬧劇。她終於選擇回到自己曾經幾乎失足的國度，而她的理由竟是一睹傳說中金頂舞鶴的奇觀。行行復行行，她來到埡口斷崖，等待奇觀——以及奇蹟——出現。

但那傳說中的鶴到底來不來呢？癡癡望著重巒疊谷，暮靄蔥蘢，山川與色相互掩映，陰晴交錯，纏綿不已。這是隱晦的一刻，也是希望的一刻。「怎麼辦……又要看不到了嗎？」敘事者不禁憂疑。朦朧之中，倒有一個熟悉的身影降臨：

> 「別擔心，明天會是個好天的。」
> 「啊，是誰，還有誰，是松棻呢。」

憂傷於是變成期盼，隱晦轉為啟示。神祕的鶴，至親的人，「明天」就來的烏托邦。跨過千山萬水，李渝在喜馬拉雅斷崖邊，在文字的無限轉折間，又一次理會了什麼是等待中的行動，什麼是「多重渡引」。

李渝，《金絲猿的故事》（台北：聯合文學出版社，二〇一二）。
李渝，〈待鶴〉，原載於《印刻文學生活誌》七月號（二〇一〇）。

3 本文是沈從文未完成的遺作，可能在一九六一年七月至八月初寫於青島，也可能是八月回到北京後所作。本文最初收錄於巴金、黃永玉等著，《長河不盡流：懷念沈從文先生》（湖南：湖南文藝出版社，一九八九）。《沈從文全集》（太原：北岳文藝出版社，二〇〇二），第十六卷，頁五二七。

大河的盡頭，就是源頭

——李永平《大河盡頭》：上卷《溯流》、下卷《山》

生命的源頭……不就是一堆石頭、性和死亡。

一九六二年仲夏，婆羅洲砂拉越，一個名叫永的華裔少年加入一場卡布雅斯河探險。大河蒼莽，日頭炎炎，永在船上遇到探險家兼砂拉越博物館館長安德魯·辛蒲森爵士。永對探險隊的目標——聖山峇都帝坂，土著達雅克人心目中生命的源頭——充滿好奇，辛蒲森爵士卻淡淡回答，「生命的源頭，永，不就是一堆石頭、性和死亡。」

這段對話在以後的航程裡要以最奇詭的方式印證。李永平（一九四七—二〇一七）的《大河盡頭》寫的就是永溯河而上，直面生命源頭——或盡頭——的經驗。李沿用了正宗古典寫實敘事的主題，像是大河行旅、叢林探險，還有少年啟蒙等，但他鋪陳這些主題的背景才更引人注目。婆羅洲雄踞東南亞島群中心，是世界第三大島，面積是台灣的二十倍，島上雨林密布，物種繁盛，歷史文化背景尤其複雜。永所來自的砂拉越位於婆羅洲北部，其時仍是英國殖民地，日後則是馬來西亞的一部分，而永所要進入的卡布雅斯河則位於婆羅洲西部，原屬荷蘭殖民地，二次大戰後成為印尼的加里曼丹省的地標。

婆羅洲與中國的淵源可以上溯到公元第五世紀，十八世紀以來成為華人移民的重要目的地。到了十九世紀二〇年代，來此墾殖的僑民已經有數十萬之眾。然而比起東南亞其他的地區，像馬來半島、新加坡、爪哇，或蘇門答臘，婆羅洲給我們的印象，至少在中國新文學的傳統裡，毋寧是模糊的。這是一塊徐志摩的遊蹤、許地山的故事，或郁達夫的傳奇所未曾觸及的地方。

這樣的現象在當代台灣文學裡有了大改變。兩位來自婆羅洲、落籍台灣的作者，李永平和張貴興，分別以精采的筆觸為他們的家鄉造像。李永平一鳴驚人的〈拉子婦〉、〈圍城的母親〉就是以他成長的所在地為背景。張貴興多年來的寫作則更凸顯他的原鄉情懷。《群象》寫馬來西亞華人左翼運動的興亡史，《賽蓮之歌》寫華裔少年的赤道情懷，《猴杯》寫雨林內外殖民與移民的衝突與滄桑，都廣得好評。在這樣的脈絡裡讀《大河盡頭》，我們才更感受到婆羅洲的風土人情可以如此磅礴豐富，難怪要讓作家魂牽夢縈。

對於李永平而言，《大河盡頭》裡的婆羅洲卻是他寫作四十多年後才到達的歸宿。這其中的迂迴途徑，已經是個耐人尋味的故事。李永平來自砂拉越首府古晉，一九六七年赴台灣求學。誠如他日後所言，他的成長反映了一輩海外華裔文學青年的渴望與悵惘。他曾經迫不及待的離開僑居地，追求中華文化的原鄉。但婆羅洲和神州之間的距離何其遙遠，他必須假道台灣，那海外的「文化復興基地」，汲取他的家國想像。他如此的一心一意，以至日後島上政治的風雲變幻也難奈他何，因為在漢語文字中，他找到了安身立命的空間。

一九八六年李永平推出《吉陵春秋》，糅合了中國鄉土風格和南洋異國情調，是他對文字——以及創作身分——的重要實驗。九〇年代的兩本長篇《海東青》、《朱鴒漫遊仙境》則是向台灣致敬的作品。這兩本小說道盡世紀末台北的繁華春色，而以一個小女孩必然的墮落作為核心。李盡情揮灑他對文字的迷戀，書寫一則既清純又頹廢的情色寓言。中國文字的夾纏猥靡和文字中國的情深款款形成巨大落差。在過與不及之間，這兩本作品不宜僅以文字奇觀對待，也應該讓我們深思欲望書寫和國族想像間的複雜關係。[1]

而漫遊「海東」多年後，新世紀的李永平重新發現了婆羅洲。自〈拉子婦〉、〈圍城的母親〉以來，這座廣袤的島嶼已經在他的文字世界中睽違久矣。驀然回首，李永平終於了解當年迫不及待離開的地方，才真正是他創作靈感的源頭。於是有了《雨雪霏霏》。這本小說集以短篇形式寫出了李永平童年的經驗，有殖民政治的魅影，也有懵懂成長的悲歡，饒富抒情意味，甚至可以當作五〇年代東南亞華人社群的虛構方志看待。但《海東青》之後的李永平嗜文字成癖，短篇形式已經難以包容他那樣的風格。另一方面，李的原鄉想像早已超過簡單的鄉土文學架構；他的尋根故事需要一個比古晉、吉陵，比海東更廣大的場景來搬演。

航向黑暗之心——《溯流》

《大河盡頭》上卷《溯流》以婆羅洲為背景，但故事發生在島嶼西部，印尼管轄的卡布雅斯河流域。這對生長在英屬砂拉越的李永平其實是個陌生的地方，何況一般讀者。事實上，十八世紀華人已經在西婆羅洲的海岸地帶形成聚落。一七七七年，客家人羅芳伯甚至曾建立「蘭芳共和國」，直到百年後荷蘭殖民勢力侵入才覆亡。當今的印尼政府厲行排華政策已有多年，即使如此，中國的語言文化的影響仍然無所不在。但一離開沿海城鎮，西婆羅洲立刻被原始雨林吞沒。縱橫其間的是印尼第一大河卡布雅斯河和它的無數支流。「就在大河的盡頭，天際，赤道那顆大日頭下，蒼茫雨林中，拔地而起，陰森森赤條條聳立著開天闢地時布龍神遺落的一塊巨石──峇都帝坂。」描寫東南亞的華文文學再難找到這樣的場景，凸現文明與蠻荒，原鄉與異鄉，移民、殖民，與原住民間的衝擊，也因此，李永平為他「想像的鄉愁」搭出了華麗的舞台。

《溯流》以氣勢和情節而言，已經可以當作一本完整的小說閱讀。小說中，十五歲的永被父親送到西婆羅洲克莉絲汀娜．房龍小姐的橡膠園農莊作客。房龍小姐是荷蘭殖民者的後裔，和永的父親關係曖昧。在房龍小姐的邀請下，永加入了一群白人組成的大河探險團。這群人三教九流，操著德、法、義、葡萄牙腔英語，他們打算溯河而上，闖進達雅克人的聖山。但一旦啟航，他們彷彿受到大河的詛咒，他們開始放浪形骸，船上岸上，不知伊於胡底。與此同時，怪事開始發生，神出鬼沒的土著戰士，四下飄蕩的民答那峨怨女幽魂，在在讓人不安。

1　王德威，〈原鄉想像，浪子文學：李永平的小說〉，《後遺民寫作》（台北：麥田出版，二〇〇七），頁二四五─二五九。

永是探險團中唯一的華裔。他孤僻敏感，卻對白人的成人世界充滿好奇。為他媒介的正是房龍小姐。她年紀不小卻風韻猶存，有著不可告人的過去，她對永忽近忽遠，使出說不盡的風流招數。就在種種誘惑中，永踏上從男孩到男人的過渡儀式。

熟悉殖民、後殖民論述，外加離散寫作的讀者很可以按圖索驥，為這本小說做出制式結論。東方和西方，異國情調和地方色彩，殖民者的霸權和被殖民者的嘲仿，情慾啟蒙和「原初的激情」（primitive passions），[2]種種對照都派得上用場。的確，李永平在他視為「原鄉」的島嶼上寫出了個異鄉故事。永從砂拉越經海道來到卡布雅斯河口的大城坤甸，已經是跨越邊界的旅行。在大河上，他見證了國族的、文化的、欲望的界線如何隨著滔滔河水混淆雜糅，形成致命誘惑。而在寫作的場景上，李永平由島北端的馬華背景跨越到島西端的印華背景。他批判十九世紀以來西方殖民冒險小說的窠臼，同時也絕不吝於誇張南洋敘述的傳統。一方面是毛姆（Somerset Maugham）到吉卜林（Rudyard Kipling）式的蠻荒獵奇，一方面是康拉德（Joseph Conrad）到奈波爾（V. S. Naipaul）「黑暗之心」的自剖，李的操作如此嫻熟，甚至不乏自嘲的場面。

但《溯流》之所以可讀，應不僅止於李永平的南洋採風或是（後）殖民寓言。我們更注意到他將欲望文字化，以及文字欲望化的傾向。這樣的傾向早在《吉陵春秋》已經浮現，而以《海東青》集其大成。方塊字所託出的情天欲海如此魅惑糾纏，每每讓李永平不能自已，相對的，欲望的終極表現也可以化為「祕戲圖」一般的文字符號。兩者之間的代換重重疊疊，形成李永平小說最大特色。是在這樣的關係中，尋常定義下的歷史已經被架空為一種風格，一種擬態。李的中國如是（《吉陵春秋》），台灣如是（《海東青》），他的婆羅洲也應該如是吧？而架空的歷史又透露出作家什麼樣的歷史情懷呢？

李曾經在接受訪談時透露他已經多年沒有回到婆羅洲，《大河盡頭》完成前也不打算回去，以免影響當年的印象。[3]這番表白幾乎和他對中國——他精神的原鄉——的臆想如出一轍。讓時間停駐，記憶結晶，歷史經驗的陷落彷彿只能以絕美的文字和修辭來彌補。在同一訪談中，李表示寧願做個十九世紀的寫實主義小說的追隨者。但我仍要說，李強烈的風格化書寫其實將他推向一個現代主義者的位置。他的歷史永遠有著時差斷裂；他的原鄉總是想當然爾卻又似是而非。如果我們真要談李永平的「離散」書寫情境，應當自此始。

《溯流》的寫作因此充滿弔詭意義。顧名思義，李永平有意藉他的分身永溯流而上，叩問原鄉甚至生命原初的意義。燠熱的赤道，神祕的大河，情慾的誘惑濃得化不開。那叢叢的原始雨林不妨就是女體的延伸，而還有什麼比那座赤條條聳立的聖山更明白暗示男性欲望？另一方面，永的旅行也航向文字的叢林，他的啟蒙不只是種族意識和情慾的啟蒙，更是文學想像的啟蒙。冒險歸來的永想必有了不能已於言者的衝動，他必須一再書寫，好呈現那不可言說的震撼於萬一。不錯，「生命的源頭……不就是一堆石頭、性和死亡。」但是如何陳述那生命的物質性，還有賦予那生死循環、

2 這是周蕾的觀念，見 Rey Chow, *Primitive Passions: Visuality, Sexuality, Ethnography, and Contemporary Chinese Cinema*（N.Y.: Columbia University Press, 1995）。

3 詹閔旭，〈大河的旅程：李永平談小說〉，《印刻文學生活誌》第四卷第十期（二〇〇八年六月），頁一七五—一八三。

欲望明滅以意義，卻是作家一輩子的宿命。

《溯流》裡的探險隊在中國農曆的鬼月踏上航程。除了永和房龍小姐外，李永平創造了不少人物，有北歐的孿生兄弟，英格蘭的英文教師，紐西蘭基督城的斯文小姐等。平心而論，這仍不是李的力道所在。他更有心得的是以文字堆疊出匪夷所思的色慾場景。永初到的坤甸位於卡布雅斯河出海口，是個華夷夾雜的殖民城市。各色人等熙來攘往，喧鬧嘈雜中自有一股頹靡的誘惑力流竄其間。看過《海東青》的讀者要會心一笑了，因為坤甸出落得就像是個具體而微的海東，一座婆羅洲上的索多瑪城。少年永在坤甸和房龍小姐初會，充滿暗示意義。房龍可能是永父親的情人，她有如母親般的呵護情人的兒子。但隨著故事發展，她成為永的情慾對象。她的吸引力可是致命的；而「坤甸」在馬來傳說中原指的恰恰是吸血女鬼。

坤甸啟航後的另一個大站桑高鎮位居叢林邊緣，白天看來荒涼萎靡，但到了晚上「驀地迸出千顆萬顆無數顆人頭，男女老少洶湧翻滾，壅塞一街」，「有如卡江子夜怒潮，嘩喇澎湃，朝向鎮外白骨墩紅毛城上水紅紅的一鉤初升月，滾滾流淌入鎮心，一臉好奇、畏懼，參訪那座燈火高燒檀煙氤氳神祕兮兮的支那大廟。」一場淫蕩詭譎的嘉年華會即將開始。而大河最後一個城鎮新唐是伐木業最新據點，轟轟的「新神魔科馬子變戲法」般的將「婆羅洲心臟莽莽叢林」化為「一幢巨大紅色迷宮」。在這座幾乎超現實城市裡，資本主義與殖民主義攜手繼續蹂躪婆羅洲的原始資源。但也是在這裡，舊殖民勢力的最後繼承人房龍小姐要面對她最痛苦的往事。

除了這三座鬼魅也似的城市外，李永平的筆鋒觸及房龍小姐的橡膠莊園，詭異的船上社會，還有叢林裡達雅克族的長屋，以及叢林聚落甘榜伊丹。長屋之夜無疑是全書最精采的一章。探險團的成員，土著部落，還有巡遊大河上下，來自澳洲的老律師澳西叔叔等人有了一夕狂歡。老酋長的紋身和戰舞，探險團的縱酒狂喧，澳西叔叔千變萬化的魔術，讓李永平巴洛克式風格發揮殆盡。澳西叔叔和藹可親，談笑之間變出多少小玩意讓部落兒童如醉如癡。但夜闌人靜後，澳西叔叔把自己變了個人：他是個戀童癖。小女孩伊曼傳來的「血」、「痛」、「嬰兒啼哭般」的聲音湊巧被永聽到，「石破天驚，淒慘哪，從此這兩個伊班字就變成一種陰魂式的咒語，驅之不去。」

這是《溯流》最脆弱，也最詭祕的核心了。女性的摧殘與淪落一向是李永平小說的執念。由早期〈圍城的母親〉中的母親到中期《吉陵春秋》的少婦，再到《海東青》的小女孩朱鴒，李永平為他心愛的女性所築起的防線節節後退。由小女孩所象徵的清純世界注定墮落。作為作者，李永平有著萬千不忍。就像《雨雪霏霏》一樣，他呼喚朱鴒作為他的繆思，但朱鴒只能引誘他進入生命最不堪的情景。循環在不忍和不堪，救贖和墮落之間，李永平的欲望敘事一發不可收拾。他必須一再吟詠，重複又重複，是為了回到天地洪荒、創世交合的起源場景？還是延宕那最後完全沉落到死亡深淵的必然？

婆羅洲的「魔山」——《山》

在《大河盡頭》上卷《溯流》的高潮，探險隊來到大河最後一個城鎮——新唐。克莉絲汀娜陪著永追蹤一個神祕姑娘，鬼使神差，繞到二次大戰期間她被迫成為慰安婦的所在。她頓時崩潰。姑姪兩人連夜逃出新唐，這天恰好是農曆的七月初七。

《大河盡頭》的下卷《山》由此開始。永和克莉絲汀娜甩開了探險隊其他成員，展開了另一段旅程。他們來到世外桃源般的肯雅族村莊，浪．阿爾卡迪亞，之後又在普勞．普勞村歇腳。在航向聖山的過程中，他們有著不可思議的奇遇，也見識到自然狂暴的力量。他們到達山腳的「血湖」，傳說中幽冥交界的地方，進入登由．拉鹿祕境，那兒的奇觀才真讓人瞠目結舌。七月十五月圓之夜，永和克莉絲汀娜登上了聖山，然後……。

細心的讀者不難發現《大河盡頭》上下卷在格局上的對應。《溯流》寫船上與岸上的接觸，充滿人與事的喧嘩。卡布雅斯河中下游的三座城鎮——坤甸、桑高、新唐——各自散發豔異墮落的風情，極盡挑逗眩惑之能事。探險隊員還沒有深入雨林，已經陷入其中而不能自拔。這些喧嘩到了《山》陡然散去，大河成了真正主角。

幽黯的河，敞開的河。卡布雅斯大河承諾了蓬勃狂野的生機，也蘊積了摧枯拉朽的能量。沿河而上，永看到燦爛的草木鳥獸，奇特的族群聚落，甚至記起當年巧遇的扛著粉紅色梳妝台回鄉的獵人。暴雨之後，河水沖刷出：野獸的屍體，成串的髑髏，墳場的棺材，祭奠的神豬，家族相簿，席夢思床，甚至一座可疑的「水上後宮」。而在夜半時分，千百艘無人乘坐的長舟幽幽溯流而上，那是生靈和幽魂回家的隊伍。與此同時，這對異國姑姪間的情愫愈加曖昧。

每當永和克莉絲汀娜靠岸的時候，往事如影隨形般的攪擾他們。永在浪．阿爾卡迪亞村落中遇到十二歲的女孩馬利亞．安孃。馬利亞懷抱著芭比娃娃，看來清秀可掬，她卻告訴永一個駭人聽聞的祕密：她已經懷孕，播種的不是別人，就是雨林中最受敬愛的老神父峇爸．皮德羅。馬利亞的遭遇讓我們想起《溯流》中的小可憐伊曼，還有那個從民答那峨漂流而來的女孩，她們都是（殖民的？男性的？）肉慾洪流中的犧牲。另一方面，在暴雨中，普勞・普勞村的日式旅店，永像是魔咒附身，幾乎強暴了中年的日本女侍。這一色慾場面充滿政治隱喻，最終驅使永面對克莉絲汀娜。當後者裸裎以對，展露下腹子宮被切除的疤痕時，兩人糾纏的關係到了攤牌階段。

只有回到河上，才能洗滌這些傷痛和羞辱吧。或又不然？滔滔的河水激起欲望更熾烈的漩渦，將一切帶向不可言說的高潮——或深淵。時間逐漸逼進七月十五月圓之夜，這是克莉絲汀娜承諾永的朝山之日。大河盡頭，就是他們倆的前世與今生，欲望與禁忌，緣與孽交會點。李永平的欲望敘事莫此為甚。四十多年來他的寫作創造出許多令人難忘的女性人物，像是〈拉子婦〉的土著母親、〈圍城的母親〉的母親、《吉陵春秋》的少婦長笙、《海東青》的小女孩朱鴒，還有〈望鄉〉的妓女等。從女孩到婦人、從母親到妓女，李永平的女性輻射出複雜的情慾形象，也是他創作最重要的動力。《大河盡頭》的克莉絲汀娜又逆轉了這些形象。她是個殖民者的女兒，也是被殖民者的情婦；是風情萬種的尤物，也是生不出孩子的母親；是被侮辱和損害的女性，也是「觀音菩薩、媽祖娘娘、或聖母馬利亞」。是在和這樣一個女人的周旋過程，永從一個少年變成一個男子——更重要的，一個作家。

李永平耽溺在相互糾纏的文字和欲望中，只能以色授魂與來形容。曲折深邃的河道充滿女性陰翳的隱喻；航入大河深處的達雅克人獨木舟甚至毫不避諱的以陽具為名。克莉絲汀娜和永一路眉目傳情，難以自持。但最難的一關是倫理的防線。儘管克莉絲汀娜對情夫的兒子無所顧忌，永卻在夜半溯河的船隊中彷彿看到母親的身影。然而李永平的筆鋒一轉，又告訴我們永是個生不逢時的早產兒，以致情到濃處的荷蘭姑媽聲言他是她「前世的兒子」，要把他再「生出來」。永也似乎樂得重新回到生命的源頭再來一次。這樣的迴旋曲折的關係固然干犯世俗禮法，但我們的主角既然已經來到莽林深處，大河盡頭，一切的顧忌似乎都有了解放的可能。

「生命的源頭，永，不就是一堆石頭、性和死亡。」探險家安德魯．辛蒲森爵士對永的忠告似乎言猶在耳。但永和他的克莉絲汀娜姑媽卻要以他們豐饒的愛慾來證明，生命的源頭除了礦物質般的冥頑，或生物性的交媾和死亡的輪迴外，還有一些別的。

這些「別的」無以名之，只能說是精誠所至的創造力。或從李永平書寫的角度看，就是創作力。起死回生，化不可能為可能，古老的創始神話離我們遠矣，只有文字創作差堪比擬。書寫是遲來的、銘刻生命記憶的儀式，也是肇生想像世界一次又一次的嘗試。讓無從捉摸的一切有了「著墨」的可能吧！讓頑石點頭，展開它的「石頭記」吧！永因為大河之旅而情竇初開，也滋生了不能自已的敘事欲望。這才是克莉絲汀娜姑媽，那流徙婆羅洲的荷蘭女孩／女人／母親／聖母，對永最珍貴也最危險的饋贈。

在這個層次上，《大河盡頭》不再是傳統寫實主義小說。它是李永平個人創作的終極寓言。他所泅泳的大河是一條想像奔流的長河，是「月光河」，是「銀河」；浮沉在河的可以是千萬物種，也可能是千萬繁星，更可能是千萬方塊字。

我們於是來到《山》的高潮。峇都帝坂雖然是聖山，其實卻是頑石遍地的不毛之地，然而在永的眼中——和李永平的筆下——卻投射出完全不同的景象。七月十三日月圓前夕，永和克莉絲汀娜來到卡布雅斯河的源頭，大河盡頭矗立的「山巔反射出的最後一道霞光——那沿著巉巖嶙峋的山壁，花雨般淅瀝而下的蕊蕊落紅——靜悄悄灑在少年頭頂上，化成一條巨大的、瀰漫著濃濃橄欖油香的粉紅沙籠，將他整個人，密密匝匝地、有如母親懷抱般地，從頭到腳包裹起來。」

這只是開始。隨行的老嚮導在告別前，又講述了山腳五個供往生者居住的大湖：善終的在阿波拉甘湖，征戰陣亡的、死於難產的漂向巴望達哈或血水之湖，溺水而亡的進入巴里瑪迭伊湖，自殺者的幽靈被禁錮在巴望．瑪迭伊木翁湖，而夭折的嬰靈聚居在登由．拉鹿湖。這些湖泊神祕莫測，卻讓永悠然神往。他期望到血水之湖尋找民答那峨來的孤女，但他更被登由．拉鹿湖畔的小兒國吸引。那一汪湖水清碧，成千上百的孩童，三、四歲到八、九歲，全都光著屁股：

> 精赤條條，嘯聚在這午夜時分一穹窿墨藍天空下，好似滿湖嬉戲的小水妖，蹦蹦濺濺嘁嘁喳喳，鼓譟著，互相追逐打鬧潑水，以各種各樣天真浪漫的方式和動作，率性地，無拘無束地，戲耍在婆羅洲心臟深山，一座天池也似，盪漾在明月下，夢境般，閃爍著蕊蕊星光和波光的原始礁湖中。（〈月圓前夕，登由．拉鹿祕境〉）

經過了十天驚心動魄的航行，看過了那麼多人慾橫流的場面，我們隨著永到了仙境也似的小兒國，剎那間時間歸零，童真瀰漫，說不盡的天然風景。這，我以為是李永平全書抒情想像的核心。然而我們知道登由．拉鹿湖是嬰靈的故鄉，那些天真爛漫的兒童都是因為種種原因而早夭的亡魂。接引永的正是那個十二歲就被神父強暴，懷孕投水的馬利亞・安孃。月光下的登由・拉鹿祕境如此歡樂，卻有一股說不出的憂傷縈繞其間。李永平這樣的生命基調我們是熟悉的。他九〇年代的兩部大書《海東青》、《朱鴒漫遊仙境》寫的都是小女孩長大前墮落的必然，摧折的必然。

由此我們看到李永平敘事美學的二律悖反。如前所論，書寫或——再創造——是一種彌補缺憾，救贖創傷的象徵行動。但書寫既然總是已經遲來的「詩學正義」，是始原（生命、愛情、想像）被傷害以後的救濟措施。我們是不是能說，書寫總是只寫出書寫的不得已，重新開始的不可能？李永平敘事的長河一方面指向意義的源頭，也同時指向意義的盡頭。如此《山》的結尾就更充滿曖昧的歧義。我們要問，當少年永走向他的姑媽的那一刻，這是他生命故事的緣起，還是潰散的開始？

我以為多年來李永平的寫作就在這二律悖反的敘事美學間展開，而以《大河盡頭》為最。寫作原來只是因文設事，但寫作所形成的文字誘惑竟使作家魂牽夢縈，不能自已。《吉陵春秋》的吉陵、《海東青》的海東、或是《大河盡頭》的卡布雅斯河其實都只權充他的背景，與文字妖精打架才是他心嚮往之的目標。李永平風格上的纏綿繁複因此有了欲念上不得不然的因素。

我們也不能忽略《大河盡頭》敘事結構上的安排。這部小說是自謂老浪子的作者（敘事者）李永平說給朱鴒聽的故事。朱鴒何許人也？《海東青》、《朱鴒漫遊仙境》那個七、八歲就懂得離家在海東市紅燈區徂徊的小妖精。在李永平的呵護下，朱鴒漫遊她的仙境／陷阱以後，總也不長大了；她是日後李永平所有作品的繆思，或是「寧芙」（Nymph）。

誠如李永平在序言所述，他祈求朱鴒再聽一次他的故事，「用你那小母姊般的寬容體恤和冰雪聰明，再替我清滌一場孽業。」因為朱鴒，老浪子的童年往事有了著落。這恰好和《大河盡頭》的人物關係形成微妙對應，因為故事中的少年是在中年荷蘭姑媽的啟蒙下，展開了他的生命成長之旅。

朱鴒和克莉絲汀娜，海東和婆羅洲，淡水河和卡布雅斯河，敘事結構的循環對應再一次提醒我們李永平來往欲望空間，編織記憶的方法。一如李永平的夫子自道，「丫頭，台灣，婆羅洲」是他創作的三大執念。《大河盡頭》也許是李永平的原（僑）鄉之作，但是台灣——海東——的光影從來沒有遠離。在從台北經過宜蘭到花蓮的火車旅行中，卡布雅斯河的航程一點一滴的浮現；在朱鴒的一顰一笑中，那些南洋小「寧芙」的身世變得無比親切。登由·拉鹿湖的小兒國如果出現了小朱鴒的身影，我們不會覺得驚訝。李永平不已經暗示，有朝一日，他想寫出一本《朱鴒在婆羅洲》麼？

一九六二年的那個夏天，英屬婆羅洲仍然是殖民地，東南亞的局勢混亂，戰火一觸即發。一個來自古晉的華裔少年穿著一套不合身的白西裝，來到了婆羅洲西部坤甸。燠熱的夏天，沒有名目的欲望，奄奄一息的殖民地風情，一切如此懵懂混沌。哪想到，一場大河之旅竟開啟了這個少年生命的知識。而大河歸來，恍若隔世，少年後半生的漂流由此開始——他一切的故事也由此開始。套一段沈從文的話：

我老不安定，因為我常常需記起那些過去的事情……有些過去的事情永遠咬著我的心，我說出來，你們卻以為是個故事。沒有人能夠了解一個人生活被這種上百個故事壓住時，他用的是一種如何心情過日子。[4]

多少年後，漂泊在台灣的「南洋老浪子」切切要為少年寫出一個故事，因為故事有他自己——還有所有文學的浪子——的心路歷程。也只有在敘述的過程，浪子驀然回首，為他的迢迢找到意義的座標，並且因此「離去了猥褻轉成神奇」。[5]

李永平，《大河盡頭（上）：溯流》（珍藏版）（台北：麥田出版，二〇一七）。

李永平，《大河盡頭（下）：山》（珍藏版）（台北：麥田出版，二〇一七）。

---

4 沈從文，《三個男人和一個女人》，《沈從文文集》（廣州：花城出版社，一九八二—八四），卷四，頁四九。

5 同前註。

「生活」與「青春」對話
——陳雨航《小鎮生活指南》

他穿越了時空看到少年時代最不可磨滅的景象。

《小鎮生活指南》的第一段是這樣開始的：

單引擎雙翼機沿著海岸線飛行，像一尾大號的蜻蜓，在秋日晴朗的天空下輕盈地追逐海水拍岸的泡沫。飛機在接近港口時稍稍爬升，一面往外海的方向劃了一個半圓弧。然後正正地面向港口後方的小山丘以及那之後的整個港鎮。

這大約是這些年中文小說創作最有電影感的開場之一了。早秋晴空，浪花拍岸，蜻蜓般的小飛機滑入畫面。我們彷彿聽到飛機引擎單調的聲音，或看到機翼迎向海風微微的顫動。隨著飛機俯降，我們掠過山脈、房屋、密樹，來到一處大操場上。國慶慶祝大會正在進行，守備區司令和縣長的演講接近尾聲。飛機出現，五彩繽紛的愛國傳單迎空而降。久久站立在豔陽下的師生不禁騷動了。

《小鎮生活指南》的書名暗示一種對日常生活最素樸的描寫，然而當那架單引擎雙翼飛機出現在小說的第一段以後，我們知道再平靜如水的生活裡，變化總已默默延伸開來。時間是六〇年代後期，僻處後山的港鎮一如往常。但明朗的空氣裡透露微微的不安，有些什麼東西似乎蓄勢待發，卻究竟沒有發生。故事圍繞一群高中學生的生活展開：他們之間的友誼，校園內外的冒險，不同的家庭背景，他們和家人、老師的互動，還有最後到來的大學聯考。這樣的情節平淡得可以，卻發展出娓娓動人的敘事。

《小鎮生活指南》的作者陳雨航（一九四九－）是華語出版界的知名人物，他所編輯的書刊和經營的事業曾經見證台灣出版業最蓬勃的歲月。但在此之前，陳雨航其實是一位極受矚目的小說創作者，早在一九七六年就推出了短篇小說集《策馬入林》。七〇年代是台灣文學界的轉折期，一方面承接六〇年代的現代主義和鄉土運動，一方面召喚下一個十年的眾聲喧嘩。此時陳雨航的創作也呈現出多種嘗試，像帶有鄉土色彩的〈去白雞彼日〉，俠義小說〈策馬入林〉，故事新編〈士〉，再到存在主義式寓言〈山，兀自矗立〉等。不論風格變化，陳雨航對事物表相以下的世界永遠好奇。他保持距離，靜觀人物內心的變化，思考行為底層的奧祕。頗受好評的〈去白雞彼日〉就是一個例子。故事從以一個小學生卑微的願望開始，寫出人與人間溝通的困難以及堅持自尊的代價。

陳雨航的創作因為〈策馬入林〉改編為電影（一九八四）達到高潮。之後他轉入出版業逐漸擱筆，這一擱就是二十多年。然而他不能忘情創作，終於選擇從職場提早引退，回到小說的天地裡。

二十多年過去，台灣經過了翻天覆地的變化，文學從風格到題材也如響斯應，魔幻後設、國族情色不一而足。重新出發的陳雨航又帶給我們什麼樣的印象？

乍看之下，《小鎮生活指南》充滿鄉土懷舊色彩。陳雨航筆下的港鎮顯然有所本，就是他成長時代的花蓮。港鎮在六〇年代的台灣自成一格，還沒有太多來自外界的干擾。這裡的族群分布平均，原住民外，大陸、客家、閩南家庭各行其是，孩子們在學校一起長大，相濡以沫。街上跑的是偉士牌，本田50 CC，緩慢的柴油引擎列車連接城鄉。電視還不普及，百貨行和雜貨店不分彼此，照相館的櫥窗足夠來往的人端詳半天，夏天的夜晚散步到電影院看場電影是最大享受。有一年，日本來拍攝《傳奇海女紅短褲》帶來一陣轟動。

如此綿密的寫實功夫真是久違了。陳雨航記錄當年庶民生活點滴，甚至有了地方誌般的風味。而寫實之下，作家對生長於斯的地方所貫注的感情躍然紙上。但我認為《小鎮生活指南》不是鄉土懷舊小說。陳雨航雖然書寫時移事往的過去，卻無意突出鄉愁或感傷。他毋寧藉著所熟悉的港鎮為舞台，探勘一個世代「生活」本身緩緩流淌而顯現的意義。是在這裡，他早期所關心的一系列倫理議題逐漸浮現。那個千山萬水來到台灣的士官長，妻子溺斃後，是以怎樣的心情養大三個孩子？從都市歸來的公民老師年紀輕輕，何以如此淡然的教他的書，過他的日子？暮年的春元老人每天半夢半醒間讀著日譯《西線無戰事》，可曾回想當年太平洋戰爭？

日光之下無新事，但有的是深藏不露的心事：「隨著時光，隨著經歷，許多想望都淡了，忘了，然而有些東西是永遠不會忘記的，只是被歸到記憶深處罷了，不能預期它什麼時候會浮現出來嚙咬你的心。」表面雲淡風輕的日子其實充滿壓抑。即便如此，陳雨航沒有誇張兩者之間的張力，他想要描寫的正是人生過去與現在、嚮往和妥協間，那種綿延的、載沉載浮的過程。

《小鎮生活指南》也可以當作一本少年成長小說（Bildungsroman）來看。小說中的主角是一群高中男生：向海平、黃榮寬、盧隆、盧浩兄弟、李永明……；他們的父親是大陸來台的低階軍人、奉公守法的小公務員、情治單位的有關人士、定居已久的在地人……。這群男生因緣際會，在同一個學校裡認識了。他們打籃球，看閒書、打彈子、偷抄作業、反抗教官、和家人齟齬。十六、七歲正是成長的年紀，這些青春戲碼於他們再貼切不過。陳雨航在每一男孩身上都投注了不少個人經驗，別的不說，他們多少都對閱讀、對文學有興趣，或至少對生活有種早熟的自覺。

但《小鎮生活指南》讀來又不像是一本制式的成長小說。想要找出一些《那些年，我們一起追的女孩》式的情節的讀者可能要失望了。陳雨航筆下的這群男生其實既不夠叛逆搞笑，也不夠色膽包天。港鎮的生活單調保守，他們還保存了一種拘謹的天真；就算要離家出走，也走不了多遠。兄弟般的情誼重於一切。他們過剩的精力不投向一起追女孩，只投向一起打籃球。打球成為小說裡的重要母題；主要人物之一李永明的志向就是成為籃球明星。然而細心的讀者不難發現這樣單純的浪漫欲望有暗流潛伏。少年籃球隊最熱鬧的一場球賽是在訪問監獄時進行的。

與習見的成長小說結局不同，陳雨航沒有安排他的男孩女孩完成成長儀式、融入社會，或者離開社會成為反英雄。小說以男生們畢業為結束；他們聯考的結果都不理想，未來何去何從懸而未決。如果生活像長河般的流動，就沒有里程碑似的肯定段落。青春在這裡不以一種決絕的，一了百了式的姿態呈現，而是成為這些人物成長過程中的一種自覺形式，而且會沉澱成為日後生命中不斷迴旋的嚮往。

早年陳雨航的創作已經顯示一種輕描淡寫的風格，但是仍然禁不住將問題的本質戲劇化。寫《小鎮生活指南》的他顯得更為從容，也因為從容，他讓敘事的邏輯鬆動，詩意因而興起。富有抒情意味的段落隨處可見，前面所引的小說開場只是最明白的例子之一。陳雨航喜歡電影，經營意象、場景別有心得，他長鏡頭般的觀點不動聲色的隨著一組人事轉到另一組人事，緩緩變化的章節猶如淡入淡出。或因此，他有意無意的回應了大師安德列．巴山（André Bazin）的寫實映像美學：在最平凡的現實觀照裡，他感受並攝取那靈光閃爍的氛圍。

從這個意義上來說，《小鎮生活指南》的敘事之所以感動我們，恰恰在於拒絕被表面的時間和人事的流變所壟斷。各章不少副標題已經顯出作者的用心：「春元老人的瑰麗夢境」，「寂寞的笛聲遠遠傳來」，「你永遠不知道事情會怎樣進行」……。日常生活裡有些奇妙的訊息很容易一閃而過，有待我們靜心體會。

小說最大的危機來自少年盧浩的槍擊事件。盧浩其實比其他男生的年紀小，級別也低。他在學校遭到霸凌，為了自衛，偷了父親所藏的一把手槍報復欺負他的人。這在六〇年代的中學校園甚至港鎮是了不得的大事，但陳雨航卻是以反高潮的方式處理。一個看來最不起眼的學生，竟成為暴力迸發的關鍵——「你永遠不知道事情會怎樣進行」。

同樣可以一提的是小說裡的孫家母女。這家人的父親因為政治原因而消失，姊妹和母親勉強撐起門面。姊姊一慧漂亮聰明，成為鎮上攝影師的理想模特兒。一次攝影機會裡，一慧臨時起意，將自己的連身泳裝一撕為二，成為最搶鏡的人物。一個端莊的女孩就此成為性感象徵，不為別的，只為「我的青春，最美好的」。

陳雨航將這一情節和盧浩槍擊事件放在一起處理，讓兩者展現微妙互文關係。與其說他要描寫想當然爾的青春期的暴力衝動與性的自覺，不如說他要描寫成長過程裡那種已經潛伏，也不得不如此勃發的力量。一聲槍響的意外，一件衣服撕裂的剎那，這些訊號讓我們吃驚，因為挑起了生活的禁忌或誘惑，卻也宣示一種自主與自由的生命追求。這是那名叫「青春」的欲望本色了。

如果《小鎮生活指南》有任何「指南」的深意，應該是讓「生活」與「青春」對話吧！青春不只是成長的段落，而是主體對時間流程的擱置，對自由和一切不可知的期望。但這是多麼不容易的追求！小說裡男生女生們就算年輕，不都已經感受到生活本身「惘惘的威脅」？「要尋求真正的自由，前面似乎有無盡的等待啊。」

與此同時，陳安排了兩個意味深長的人物，用以叩問「生活」的深層意義。這兩個人物，一個是醫生，一個是牧師，各自代表了人面對生命奧祕——身體的，超越的——的不同面相。他們在小說裡有兩次對話，談冒險，談奉獻，談生命的徒勞，閑閑數語，卻彷彿意在言外。小說最後，兩人聚首，牧師說道：「人們的想法，那是我們永遠需要努力的地方，沒有終點。」是這樣的麼？醫師一時無語。

「生活」延展吉光片羽的經驗，終究形成莊嚴的承擔；「青春」投射自由和烏托邦想像，永遠撩人心弦。從生活中啟悟，還是堅持對青春的執著，這是永恆的辯證。小說裡的少年男女一生的路要怎麼走？他們將來要成為什麼？作醫生，作牧師——還是作小說家？小說其實沒有告訴我們答案。我們看到的是兩個少年在邁入成年的前夕，在那個星光滿天的夜晚，仰看黝深卻又燦爛的蒼穹，嘆著：「至少在這個夜晚，至少在我入睡之前，星星要一直亮下去啊。」

小說結束前，那架單引擎雙翼機又出現沿著海岸線飛行。但與以往不同，它的飛行並不輕盈。它的引擎發出噪音，「然後聲音停止了，飛機墜落到了海上。」以此，陳雨航似乎暗示了一個時代的結束，長成的少年就要各奔前程。一切在變，就在不久以前，美國人的太空船已經登陸月球，在太空漫步了。但一切都似乎沒有改變，「人們繼續著日常，太平洋邊的港鎮平靜如昔。」

然而在看似一成不變的生活裡，總有繁星滿布的夜晚，也總有讓人捨不得眨眼的靈光閃爍。這是魔術時刻，也是文學的時刻。就在這一刻，套句小說中的長者春元老人的話，我們的作家「穿越了時空看到少年時代最不可磨滅的景象」。

作為出版人，陳雨航專業執著，不務虛言。他有浪漫的一面，偶一不慎才表露出來。但誰能想到有一天他真就早早結束事業，重新開始小說創作？讀了《小鎮生活指南》，我們這才明白支撐陳雨航的力量從哪裡來。他寫時移事往的故事，字裡行間其實看不出年紀，因為他追求的是一種純淨的、本質性的東西，可以稱之為花蓮，或青春，或創作。抵抗時間、拒絕隨俗需要勇氣。他靦腆的外表下，有一顆堅實的、客家人的心。

陳雨航可以是小說裡的李永明，向海平，黃榮寬；更可以是盧浩。一聲槍響，大家才猛然驚覺他原來可以玩真的。《小鎮生活指南》後，他會繼續創作麼？時光流轉，世界變遷，未來誰也不能逆料。

但生活一如既往，青春的回顧與期許從來不嫌太晚。我想起了書裡兩個少年的話：「至少在這個夜晚，至少在我入睡之前，星星要一直亮下去啊。」

陳雨航，《小鎮生活指南》（台北：麥田出版，二〇一二）。

庚子政治神學
——李銳《張馬丁的第八天》、《囚徒》

一個人的「創世紀」——《張馬丁的第八天》

你們的世界留在七天之內，
我的世界是從第八天開始的。

天主教曾在唐代、元代兩度傳入中國，明末再次捲土重來，吸引官紳如徐光啟等入教，影響遍及華北各地。以山西為例，一六二〇年，義大利耶穌會教士艾儒略（Giulio Aleni）到絳州傳教，天主教由此傳入山西。到了一九〇〇年，天主教勢力已經遍及山西各州縣，教徒多達五萬七千人。[1]

1　王守恩、劉安榮，〈17—19世紀西教在山西的傳播〉，《晉陽學刊》二〇〇三年第三期，頁五〇—五四。

天主教和其他西方教派在河北、山西聲勢浩大，相對也引起激烈反彈。一九〇〇年義和團事件爆發，最有力的鼓吹者之一正是山西巡撫毓賢（一八四二—一九〇一）。隨之發生的「山西教案」，有將近兩百位傳教士、六千多信徒被殺，毀壞教堂、醫院、民宅不計其數，情況之慘烈震驚中外。[2]

李銳（一九五〇—）小說《張馬丁的第八天》就是以這段歷史為背景。故事始於義和團事件的前一年。河北天母河地區天石鎮聖方各教會年輕的執事喬萬尼·馬丁——中文名叫張馬丁——被娘娘廟迎神會會首張天賜打死，引起政教糾紛。在萊高維諾主教強烈抗議下，知縣孫孚宸迅速將張天賜緝捕到案，斬首示眾。行刑前夕，張妻張王氏為了替丈夫傳宗接代，潛入死牢，企圖受孕。但他們所不知道的是，張馬丁並沒有死；他在入殮前又活了過來。

信仰與背叛的弔詭

早期李銳以他曾經插隊的呂梁山區作為背景，寫盡農民的蒙昧和苦難，以及他們與外在世界遭遇後所發生的悲喜劇，像《無風之樹》、《萬里無雲》等。他也曾經以家族經歷為素材，反思國共鬥爭下倫理、社會關係的大潰散，像《舊址》。[3]李銳又有《銀城故事》述說辛亥革命前夕波譎雲詭的政治角力，陰錯陽差的後果。[4]合而觀之，我們已經隱約看出李銳有意藉小說鋪陳他自己的現代史觀。從文化大革命到共產革命，再到辛亥革命，他一步步「退向」中國現代性的開端。他檢視宏大敘事中的因緣起滅，勾勒英雄年代中的蒼莽悲涼；或用魯迅的話說，「於天上看見深淵，於一

切眼中看見無所有。」（〈墓碣文〉）

寫《張馬丁的第八天》的李銳更將焦點指向一九〇〇年的義和團事件——近代中國面向世界最狂亂、也最屈辱的一刻。對李銳而言，由此而生的巨大創傷正是中國現代經驗的起源；不直面這一創傷，我們就無從思考百年來從救亡到啟蒙的意義。

但如何敘述這一個世紀以前的事件不是件容易的事，因為歷來已經有太多約定俗成的說法。李銳選擇以華北各地教案為主軸，展開他的探索。《張馬丁》的故事基本分為兩線進行。聖方各教會的萊高維諾主教在地方傳教盡心竭力；他從義大利帶回來年輕的喬萬尼，視為衣缽傳人；他也同時帶回自己的棺材，準備埋骨異鄉。與此同時，祭祀女媧的娘娘廟香火依然鼎盛，古老的助孕求子儀式深入民心。這成為萊高維諾主教最大心病。雙方的嫌隙因為官府的媚外政策日益加深，終因張馬丁被打死而爆發出來。

乍看之下，這樣的情節依循了我們熟悉的二分法：歐洲宗教與地方文化、啟悟與迷信此消彼長，而背後則是西方帝國勢力、中國民間文化、和清朝政府間的複雜互動。但李銳的用心當然有過於此。他的問題包括了：西洋教會能在中國內地掀起狂熱，與其說是帝國勢力的蔓延，是否也點出

2 〈血腥屠殺：山西教案始末〉，http://hi.baidu.com/skk211/blog/item/8399f7137f91b70c213f2eae.html。

3 關於以上三作討論，見王德威，〈呂梁山色有無間：李銳的小說〉，《跨世紀風華：當代小說二十家》（台北：麥田出版，二〇〇二），頁二一五—二三四。

4 見王德威，〈歷史的憂鬱，小說的內爆〉，《後遺民寫作》，頁三〇五—三一〇。

十九世紀以來中國社會「情感結構」發生空前斷裂，以致讓新的信仰乘虛而入？太平天國之亂已經可見端倪。而所謂信仰是親愛精誠的奉獻，還是身不由己的耽溺？信仰帶來的是虔誠與救贖，或竟是傲慢與偏見？

這些問題構成小說的底線。李銳更要觀察的是作為血肉之軀的人——不論是領享聖寵的傳教士還是質樸固陋的匹夫匹婦——如何在這場中西文化、信仰體系的碰撞下，重新定義自身的位置。他從而發現在神恩與背棄、文明與原始間的距離何其模糊；超越與墮落可能僅只一線之隔。如果現代性的徵候之一在於麥克思・韋伯（Max Weber）所稱的「祛魅」（disenchantment）與否，那麼李銳筆下個人與信仰之間的關係就顯得更為複雜。[5]

李銳將他的重心放在兩個角色上。來到中國的喬萬尼・馬丁，取了個不中不洋的名字張馬丁，已經暗示了他身分游移的開始。張馬丁受到萊高維諾主教感召，誓以生命侍奉神恩；他被張天賜意外打死，算得上捨生取義。另一方面張天賜殺人償命，似乎也罪有應得。然而死後三天，張馬丁卻又幽幽的活了過來。張馬丁如何「復活」？這裡賣個關子。要緊的是，原本可以大書特書的神蹟似乎來得不是時候。「時間」和「時機」進入了神的世界，讓歷史的意義變得空前緊張。萊高維諾主教決定將錯就錯，遂行借刀殺人之計。當神的意旨和馬基維利式的機關計算（Machiavellian dues ex machina）混為一談，張馬丁何去何從？

與張馬丁相對的是張天賜的妻子張王氏。面對丈夫行將就戮的事實，這個女人唯一能做的是為張家傳下男丁，於是有了獄中祕密交合的一幕。或有讀者會認為如此安排過於離奇，但這還是李銳的伏筆。張王氏也許粗俗無文，但她的舉動自有一套宗法信念和知識體系支撐。為了完成傳宗接代的使命，地方婦女之間早已流傳一本祕笈《十八春》，傳授必要的性技巧；而娘娘廟之所以千百年屹立不搖，也和這最古老的生殖崇拜息息相關。然而張天賜死前畢竟沒能夠留下種，張王氏一無所有，她又何去何從？

李銳的故事這才真正開始。復活了的張馬丁和萊高維諾主教相持不下，終於退出——或被逐出——教會；失去丈夫和子嗣希望的張王氏由悲傷轉為癡狂，開始四下遊蕩。他們各自被拋擲到生命的最孤絕的情境，退此一步，再無死所。李銳要著墨的是，失去了宗教和倫理機構的庇護以後，這兩個人並沒有失去信仰。然而信仰一定帶來救贖麼？或，救贖的代價和意義是什麼？

我們於是來到小說的高潮。風雪夜裡，一個被逐出教會、瀕臨死亡的義大利傳教士，和一個求子成瘋的中國寡婦在娘娘廟口相遇了。這一夜，在異教的殿堂裡，已經奄奄一息的張馬丁墮入了肉身的淵藪。到底發生了什麼，怎麼發生的？不可說，不可說。可以說的是，由此李銳寫出了當代小說中最為驚心動魄的一幕。在腐爛腥臭的血水中，一齣齣蝕骨銷魂的祕戲兀自上演了。作為讀者，我們不能確定張馬丁是捨身成道，還是任人擺布，讓自己萬劫不復；我們也不能確定張王氏是超越了悲傷的極限，還是走火入魔。

張馬丁終於死了。就在我們以為故事到此為止的時候，更不堪的發展接踵而來，包括了屠殺和

5 Max Weber, *The Protestant Ethic and The Spirit of Capitalism*, trans. by Peter Baehr and Gordon C. Wells（N. Y.: Penguin Books, 2002）；對「祛魅」的討論，見 Malcolm H. Mackinnon, "Max Weber Disenchantment Lineages of Kant and Channing," in *Journal of Classical Sociology*, 1, 3（2001）, pp. 329-351。

毀滅，也包括了一連串金髮碧眼嬰兒的出生。不該復活的復活了，不該投胎的投胎了，李銳幾乎是以最冷酷的方式將人物的命運推向極致。他眼睜睜「看著」一九〇〇那年，在中國，在北方，一群華洋善男和信女如何奉天主、奉娘娘之名，陷落在死去又活來的宗教輪迴——和生殖循環——的詭圈裡。沒有天啟的契機，沒有轉圜的餘地，李銳的人物孤單的面對不可知的未來——就像張王氏最後漂流河上，不知所終。諸神退位，天地玄黃，新世紀帶來大恐懼，也帶來大悲愴。就這樣，李銳以他自己的方式，寫下了中國「現代」如何誕生的故事。

無所希望中得救

李銳的小說創作結構工整，意味深沉，從早期《無風之樹》到《張馬丁的第八天》都可以看出這一特色。相對一般大陸小說長江大河、泥沙俱下的敘事方式，自然代表不同的美學訴求與創作信念。也正由於他森嚴如古典劇場的形式，還有藉小說明志的傾向，我們不能將他的敘事局限在寫實主義的層次，而必須正視它的寓言意涵。

但在有關《張馬丁的第八天》的對談裡，李銳卻明白表示他不能苟同將他的作品作為「國族寓言」來閱讀。[6]「國族寓言」原由美國學者詹明信（Fredric Jameson）提出，意指與第一世界小說五花八門的實驗相比，第三世界小說恆常反映歷史的不平等處境，也寄託文學介入政治的可能。[7]這樣的觀察明褒實貶，充滿一個第一世界的學者以偏概全的姿態，卻讓不少第三世界的學者如獲神旨而趨之若鶩。李銳的論點很清楚：「國族寓言」一方面遮蔽了第三世界個別作家在不同時空中反思、想像歷史殊相的能量，一方面切割了第三世界文學進入更廣闊的世界（文學）歷史脈絡的機會——更遑論歷史本身不斷變動，總難以被寓言化的現實。

而李銳最好的反駁仍然來自他作品本身。我在他文已經詮釋過李銳小說的複雜性，不應鎖定為單純的「國族」寓言；而他敘事結構的技巧性，更在形式上拒絕被簡化為任何一種創作教條或意識形態。因此談論李銳小說的寓言性，我們必須同時顧及他的反寓言性：拒絕對號入座的寓言，創造並拆解寓言的寓言。

回到《張馬丁的第八天》。李銳並列天主教神子復活和中國傳統轉世投胎的神話，我以為目的不在諷刺，而在探討特定歷史情境裡，神話如何經過一代人的中介，相與為用的後果。神與人、人與人之間的糾葛哪裡能輕易釐清。李銳稱小說中主要的兩個人物張馬丁和張王氏彷彿是「耶穌和菩薩來到人間」。在我看來，與其說是這兩個人物顯現了什麼神性，不如說他們體現了神性的匱乏。然而正是在一個沒有神蹟的世界裡，李銳反而暗示了信仰和愛的驚人魅力。

張馬丁因為「復活」造成血腥鬧劇，由此陷入更殘酷的試煉；張王氏的受孕並不指向任何救

6 傅小平、李銳，〈當耶穌和菩薩來到人間：關於李銳長篇新作《張馬丁的第八天》的對談〉，左岸文化網 http://www.eduww.com/Article/201108/30565.html（瀏覽日期：二〇二三年三月二十八日）。

7 Fredric Jameson, "Third World Literature in the Era of Multinational Capitalism," in *Social Text*, 15（1986）, pp. 65-87。不同的批判聲音可見 Aijaz Ahmad, "Jameson's Rhetoric of Otherness and the 'National Allegory'," in *Social Text*,17（1987）, pp. 3-25。

瀆，反而帶來恐怖的下場。當這兩個人物的苦難逼近荒謬邊緣，他們觸及信仰最深不可測的底線，底線的另一面是欲仙欲死的衝動。

張馬丁臨終前為自己寫下墓誌銘：

「你們的世界留在七天之內，我的世界是從第八天開始的。」

垂死的修士回顧所來之路，他所歷經的折磨考驗，做出了奇妙的證詞。在這裡，絕望還是希望，僭越還是信仰，「依自」還是「依祂」，成為永遠辯證的謎團。

張馬丁的一生讓我想起朱西甯（一九二七—一九九八）小說《旱魃》（一九七〇）。小說中原本作惡多端的唐重生皈依基督教獲得重生，卻又不得其時而死，以致引起村人懷疑他已經化為厲鬼，繼續危害地方。只有在開棺曝屍以後，死去的唐重生以枯骨惡臭證明光天化日下—沒有鬼，也沒有神。但也只有在沒有神蹟的前提下，唐才以最謙卑的形式完成他生前的懺悔，他的重生。[8]

《張馬丁的第八天》思考宗教和現代性的兩難之餘，也寫出一則政治寓言。李銳筆下的天主教普渡眾生，卻也是個階級森嚴的統治機器。萊高維諾主教犧牲一切布施福音，甚至以性命相許，犧牲不可謂不大。但面對傳教種種阻力，他顯現另一種野心。為了事奉他唯一的神，他不能容許異教雜音；為了成全無上的大我，他否定任何小我。張馬丁的「復活」成為大考驗；萊高維諾主教決定順勢操作，因為著眼更崇高的慈悲。相對於此，張馬丁為了最根本的誠信，決定攤開真相。

這師徒兩造各有堅持的理由，在非常時刻裡，他們竟互相棄絕對方以確保自己的正當性。這裡的焦點是張馬丁到底是被教會驅逐，還是志願離開教會？對萊高維諾主教而言，不驅逐張馬丁無以保障教會的秩序與權威；對張馬丁而言，不離開教會無以保持自身的道德與清醒。兩者都以信仰的純粹性作為終極目標，結論何其不同。拉鋸到最後，張馬丁畢竟是犧牲了。他被剝奪傳教士的身分，無親無靠，成為在異鄉荒野裡的流浪漢。

義大利的阿甘本指出「體制內的包括在外」（exclusive inclusion）——像是集中營的設置——成為一個政權維穩的必要措施。而如何認證、處置該被放逐的分子，正是統治者伸張權威的手段。被放逐者不生不死的處境必須被當作是威權者策畫的一部分，而未必僅是自居異端。有心探討這一理論的學者不必捨近求遠，看看張馬丁被逐的一幕要讓我們發出會心微笑了：回顧現代中國社會起伏，像張馬丁的例子還少麼？

值得注意的是，就此李銳敷演了另一則寓言，一則有關創作，尤其是小說——虛構——創作，為何物的寓言。「張馬丁們」如何在被放逐以後，堅此百忍，持續自己的信念？或是在玉石俱焚的義和團事件以後，倖存者如張王氏要如何活下去？李銳關心的已經不只是信仰不信仰的問題，而是倖存者面對信仰乃至生存意義喪失時，能否做出見證的問題。[9]

8 王德威，〈畫夢記：朱西甯的小說藝術與歷史意識〉，《後遺民寫作》，頁九六—九七。

9 Giorgio Agamben, *Homo Sacer: Sovereign Power and Bare Life*, trans. by Daniel Heller-Roazen（Stanford: Stanford University Press）；台灣學界的反應可見 *Concentric: Literary and Cultural Studies* 37, 1（2011）專刊。

這正是李銳認為小說創作得以介入的關鍵。他讓小說人物遭受痛苦，讓他們經歷種種巧合，卻不施予簡單的救贖承諾，或道德教訓，或「國族」寓言。他彷彿要說當張馬丁失去與宗教權威對話的權利，或張王氏陷在歇斯底里的幻想時，他們各自體現了見證的弔詭：苦難未必讓他們直面真相或真理，只演繹真相和真理的難以捉摸。宗教願景和意識形態不能企及之處，由小說補足。以所謂的現實主義法則來要求李銳的作品是買櫝還珠。因為他恰恰要寫出小說以虛構方式打入生命的死角，信仰的黑洞；他凸顯種種偶然和必然的際遇，縱橫交錯，無止無盡。

如其墓誌銘所言，張馬丁的世界是從第八天開始。當世界被安頓在主流的——神的，權威的，主義的——話語裡，小說家在主流之外，以他自己的聲音喃喃自語，並且激發出不請自來的喧嘩。小說創造了另一個世界。這個世界未必比已存在的世界更好，卻指向另闢蹊徑的可能。再用魯迅的話來說，它讓我們從「無所希望中得救」（〈墓碣文〉）。

如果《張馬丁的第八天》有寓言意向，這大約是李銳最後用心所在了。談「國族」，太沉重，李銳追求的是任何人自己成全自己的可能性。小說家就像殉道者，為（自己的）信仰鞠躬盡瘁；小說家也像造物者，無中生有，起死回生。藉著《張馬丁的第八天》，李銳寫下「一個」人——也是一個「人」——的創世紀。

庚子政治神學——《囚徒》

本想是走向天堂的人，結果卻走進了地獄。

《囚徒》是李銳小說《張馬丁的第八天》（二〇一一）續篇。《張馬丁的第八天》叩問人與神的關係，苦難的限度，此世與來生的有無，信仰與背叛的二律悖反，還有惡的定義。這本小說不能符合主旋律的期待，也沒有市場和學院的反響，並不讓人意外。在「中國夢」的喧嘩聲中，李銳選擇走自己的路。他是孤獨的。然而作為問題存在的「張馬丁」常相左右，促使他不斷思考答案。十年之後，《囚徒》登場。

所有的天堂和地獄

《囚徒》始於義和團事件爆發之後。一手炮製張馬丁事件的萊高維諾主教已在亂中被活活燒死。那個在娘娘廟接納張馬丁，並且受孕生子的婦人張王氏沿河漂走，不知所終。庚子事變帶來地方和朝廷鉅大災難，當初審理張馬丁案的東河縣知縣孫孚宸被視為罪魁禍首，立遭革職押送入京，沿途並須親赴各個被劫掠的教堂負荊請罪。這只是又一輪災難的開始。一場大洪水摧毀天母河兩岸方圓數百里，天石村村民無論信的是上帝還是女媧娘娘，都逃到女媧娘娘補天遺留的一方巨岩上避難——那正是娘娘廟的所在。洪水退去，霍亂接續，死者無數。

李銳以冷靜的筆觸描寫天災人禍，指出其中不可思議的種種。天石村上村張家八百餘口原是娘娘廟最虔誠的信徒，在教會與官府追捕義和團餘孽的過程中走投無路，一夕之間，全體決定改信天主。天石村下村農民一直仗恃洋教支持，卻在大洪水和瘟疫中投向娘娘廟避難。清廷原本支持義和團起義，事變之後屈從國外勢力，視效忠官員如寇讎。這些不得已的轉向只能讓芸芸百姓的信仰更加紊亂，也帶來更多衝突和死亡。

李銳的提問是，我們如何面對如此荒誕也荒涼的人間情況？面向神祇的召喚還有用麼？抑或就算眾神不再，也必須從虛空裡再造出一個神以為膜拜？

就此，我們不禁聯想卡爾．施密特（Carl Schmitt）的政治神學論。[10] 施密特目睹現代世紀諸神退位，理性當道，反而帶來意想不到的亂象，因此設想「人間」的神學復返。這個神——曰主權，曰主義，曰國家領袖，曰德先生賽先生——不論名目為何，要之必能以無上權威，讓人民如信眾般追隨，祭「神」如神在。政治神學一刀雙刃，一方面批判啟蒙理性的黑洞，一方面也為現代性的「神聖暴力」背書。然而我們不能無惑的是，施密特這類論述難道就此坐實了現代神學與政治的本質麼？

施密特的論述有其保守右翼根源，甚至與納粹理念掛鉤。何其反諷的是，他的大名與理論卻是近三十年中國大陸學界從新左到新國學派的金字招牌（又或者其間原本就有暗通款曲之處，毫無反諷可言？）。作為小說創作者，李銳無須理會任何西方理論，重要的是，他能憑藉「可畏的想像力」（fearful imagination），[11]回溯百年中國版政治神學可能的線索，反而能見人之所不能見。他寫出庚子事變不僅源於中西政教衝突，更關乎中西精神超越面如何歸屬。事變的創傷與屈辱啟動中國現代經驗，也成為日後反帝反殖、革命啟蒙論述的源頭。李銳未必不同意這一論述，但藉著《張馬丁的第八天》和《囚徒》，他有意做出更深層次的回應。

李銳從教會、民間和官場三方面呈現信仰的政治性與政治的宗教驅力，並力圖演繹其間的消長關係。他不提出肯定答案，留下令人省思的裂縫。庚子亂後瑪麗亞嬤嬤和馬修醫生收拾殘局，力圖讓教裡教外的徒眾和平共存。瑪麗亞嬤嬤顧名思義，是《囚徒》中聖母精神的化身。她曾經視張馬丁如己出，也願挺身而出，處理張馬丁藏在娘娘廟中的遺骸。她提議在娘娘廟現址上重建天主堂，奉主之名，包容女媧娘娘信仰。然而她的努力不僅遭到信徒抵制，也承受教廷的責難。在瘟疫肆虐高潮，避難娘娘廟中的教徒打破藏有張馬丁遺骸的牆壁，挫骨揚灰。儘管如此，瑪麗亞嬤嬤無怨無悔，最後為救助霍亂患者，染疫不治而亡。瑪麗亞嬤嬤與馬修醫生曾有如下對話：

「嬤嬤……你還曾經說過，如果是這樣，我們就接受這一切。」

---

10 Carl Schmitt, Political Theology, *Four Chapters on the Concept of Sovereignty*, trans. by George Schwab（trans.）（Chicago: University of Chicago Press, 2005）.

11 語出漢娜・鄂蘭對集中營的討論，見 John Keiss, *Hannah Arendt and Theology*（London: Bloomsbury T & T Clark, 2016）, chapter 2。

「是的，神父。接受這一切。接受所有的天堂和地獄。」

「……接受所有的天堂和地獄……」

「是的，神父。接受所有能夠想像到的，和所有不能想像的一切。」

政治神學的三種讀法

藉著張馬丁的「兩次」死亡，還有瑪麗亞嬤嬤的犧牲，李銳想像最離經叛道的信仰，最激烈的慈悲。「我不入地獄，誰入地獄？」但即使入了地獄，也才是更恐怖的試煉起點。萊高維諾主教操弄張馬丁死而復生的意外，成就教廷權威，張馬丁卻堅持昭告真相，以致被逐。教會的門牆何等森嚴，背棄者的命運比異教徒有過之而無不及。張馬丁垂死之際被迫與娘娘廟裡一群村婦交媾，是當代中國小說中最不堪、也最魅惑的場景之一。就算死後，他也落得屍骨無存。與張馬丁對應，瑪麗亞嬤嬤在《囚徒》中不斷試探愛與悲憫的底線——或沒有底線。她將天主堂重建在娘娘廟裡，企圖與異教和解。她對神恩的信念與對奇蹟的期待如此堅實，甚至有了依自不依他（祂）的姿態。

其次，李銳處理庚子前後民間此一時也，彼一時也的反應。天石村張姓族人原本信奉女媧娘娘，因此與地方天主教勢力產生嚴重衝突。事變之後，族長張五爺迫於情勢，決定率領全體族人改信天主。與其說他們是誠心皈依，不如說是為自保而改宗。這裡有著「要錢還是要命」的算盤，也盡顯宗教成為「保本」的籌碼。一種經濟神學正在悄悄蔓延。而原本信奉天主教的地方居民何嘗沒有類似的算計？他們對瑪麗亞嬤嬤的態度忽冷忽熱，對臨時「上車補票」的教徒排斥輕蔑，無不以自己的利益為依歸。人民是善良的，也可能是盲動的自私的。

與此相對，李銳又創造一個義和團的狂熱分子老三，在暴亂中燒殺擄掠，強暴心儀女子；這樣的惡棍在亂後遭重傷毀容，卻為瑪麗亞嬤嬤救活，從此幡然悔過，改頭換面。李銳寫老三的死而復生，儼然與張馬丁形成對比。但如果後者對神的追隨其來有自，我們不禁好奇前者究竟相信什麼？宗教啟悟力量？還是古老的羞惡之心？不論如何，他最後自殺而死，有如找到解脫。他人所蒙受的痛苦，又當如何？

《囚徒》中還有維新分子張五爺的兒子張天壽。他早已離開家鄉，立足通商口岸，力圖聯合洋人資本技術，以振興實業為目的。張天壽不再迷信任何宗教，透露了民族資本主義的萌芽。他力圖作為庚子事變的局外人，但卻又與傳統地方勢力藕斷絲連。他果真能自外於家國的危機麼？

《囚徒》還發展了第三種面對政治神學的可能性，也是這本小說最耐人尋味的安排。東河縣知縣孫孚宸半生追逐舉業，終於得到一個七品小官。天石村民亂，他屈從萊高維諾主教要求，速速將「殺死」張馬丁的禍首定罪處死，埋下巨變種子。孫迫於情勢，不能明辨是非，談不上是個精明幹練的好官，庚子事變後首當其衝，並不無辜。但在革職論罪的過程中，他卻凜然以對，展現意外的風骨。

孫孚宸在《張馬丁的第八天》裡不具顯著位置，但李銳對此人物顯然有更多想法。《囚徒》以孫孚宸負枷進京論罪開始，以其受命就地正法結束，說明他在小說中的重要性。李銳何以對孫的命運如此著墨？

李銳提醒我們，庚子事變多少地方官吏或閉關自守，或一走了之，孫孚宸卻寧願面對亂局：

孔聖人說，三軍可奪帥也，匹夫不可奪志也……這忠孝二字是人生大節，為臣而不能忠君，為子而不肯孝敬父母者乃大逆不道，是禽獸之為也。我要是一走了之，和殺人放火的義和團，和落草為寇的張天保豈不是一模一樣？你想想，連高主教在危難之際都能守志不移坦然赴死，我一個堂堂朝廷命官豈能棄土拋責妄自逃生？

相對萊高維諾主教代表的殉教之舉，孫孚宸端出儒家家法彰顯求仁得仁的立場。他的形象也許迂腐，但絕不乏自尊，那是士大夫傳統的絕唱。由此我們得見李銳的用心。在政治神學即將席捲現代世紀的彼端，李銳仍不放棄一種純粹的，對「聖人之道」的嚮往。但孫孚宸所執著的君君臣臣父父子子還能應付歷史的狂飆麼？

小說最後，李銳的敘事邏輯又有所翻轉。當朝廷急令孫孚宸就地正法時，他坦然接旨，其實心中早有決定：與其受戮，不如自死。小說開始之際，孫其實心心念念代國受辱，視死如歸。所謂「國之將破，士之赴死。庶幾苟免無恥二字矣。」然而小說將盡，他自裁的決定不再出自「君要臣死，臣不得不死」，而是在邁出他曾管轄的領域之前，「為自己而死」：

人生一世無非生死二字。我人在官場，一輩子瞻前顧後身不由己，謹小慎微如入囚籠。如今，這最後一死，總算能自裁，為自己而死，非為君命而亡。

張馬丁死了，萊高維諾主教死了，孫孚宸、瑪麗亞嬤嬤、張氏兄弟……也都死了。一代人的信仰與迷昧成就了建於娘娘廟廟基上的天主堂。但辛亥革命三十年後，日軍侵華，天石村，娘娘廟，天主堂一切都被夷為平地，彷彿再一次回到洪荒世界。

《張馬丁的第八天》與《囚徒》不是可以簡單歸類的歷史小說，而是李銳創作四十年心路歷程的告白。回顧他如何捍衛自己的文學信仰，他何嘗不就是張馬丁，何嘗不就是孫孚宸。但如前述，李銳的創作不能局限於文學或政治寓言，他毋寧藉小說作為平台，思考現實中所無從或無法思考的。神聖與墮落的分野，文明與野蠻的兩難，還有圖騰與禁忌的誘惑。天地洪荒，一切終歸長夜，他的敘述在在透露一種宗教性（而非宗教）的超越想像，這是作協派作家所不能也不敢企及的。

人生一世，有如囚徒，突破現狀，尋求解脫，需要多大的智慧和勇氣？而李銳的決絕何等懾人心魄，有如張馬丁最後遺言：

「你們的世界留在七天之內，我的世界是從第八天開始的。」

*

《張馬丁的第八天》出版後，李銳個人生命遭遇劇變。如其後記所言，他曾徘徊死亡邊緣，居然能夠「重生」而且創作，何其不易。李銳早已脫離主流文學界，在極孤獨的環境裡一點一滴寫就

《囚徒》。這本小說從命題到人物和故事，無不折射作者個人的心影。但李銳毫無自憐之意，他重回庚子現場，遙想那一代人——男人和女人，洋人和中國人，好人和壞人——如何在世紀之交的迷茫與狂亂中，摸索、定義肉身和靈魂的糾纏，為之感嘆，為之低迴。他想起鼓曲〈丑末寅初〉：

丑末寅初日轉扶桑，
我猛抬頭，見天上星，
星共斗、斗和辰，
它是渺渺茫茫、恍恍惚惚、密密匝匝，
直沖霄漢減去了輝煌。

庚子事件後，我們又經歷了二輪庚子年。在新世紀裡，在大疫變中，此岸與彼岸造神運動依然如故。閱讀李銳小說，我們豈能不心有戚戚焉？

李銳，《張馬丁的第八天》（新版）（台北：麥田出版，二〇二二）。
李銳，《囚徒》（台北：麥田出版，二〇二二）。

史統散，小說興
——陳冠中《盛世》、《建豐二年》、《北京零公里》

二十一世紀版「新中國未來記」——《盛世》

有我所不樂意的在天堂裡，我不願去；有我所不樂意的在地獄裡，我不願去；有我所不樂意的在你們將來的黃金世界裡，我不願去。

——魯迅〈影的告白〉

公元二〇一一年初，國際再度發生經濟恐慌。美元大貶，股市崩盤，全球進入所謂「冰火期」，比起來二〇〇八年的那場金融風暴只能算是小巫見大巫。值此之際，唯有中國逆勢成長，市場欣欣向榮，人人喜氣洋洋，好一片繁花似錦。建國六十三年了，中國非但和平崛起，而且一枝獨秀——太平盛世終於到來。

中國是怎麼做到的？陳冠中（一九五二－）的小說《盛世》就是要問個究竟。這是一本奇書。小說以「未來完成式」的筆法投射即將發生的歷史，而且不乏偵探趣味。隨著故事中的角色抽絲剝繭，一個驚人的祕密終於揭露，由此引發的結果在在令人深思。

陳冠中是香港知名文化人，自七〇年代起就參與《號外》雜誌和影視製作等工作。陳生於上海，長於香港，曾在台灣任職，後常駐大陸。豐富的兩岸三地經驗使他面對當代中國問題時，自然能有與眾不同的看法。陳冠中原不以文學創作知名，但是一出手卻精準無比。他為香港回歸一週年所寫的《什麼都沒有發生》（一九九九）就是個好例子。[1]

陳冠中選在人民共和國建國六十年的時間點寫出《盛世》，因此必有不得不然原因。他有話要說的衝動何以必須以小說形式表達？與當代中文小說主流相比，《盛世》的形式和內容有什麼突破？更重要的，從一個世紀以來小說與政治互動的脈絡來看，《盛世》的出現又代表什麼意義？

中國「嗨賴賴」

《盛世》寫新世紀中國的繁榮進步和種種奇觀，但沒有比進入「盛世」期後更令人嘆為觀止的了：人民快樂指數勇冠全球，信教人數激增，家暴和自殺率遽降，一種「嗨賴賴」（hi-lite-lite）的氣氛瀰漫全國。然而這裡有些蹊蹺。「盛世」到來前一個月中國也同樣受到全球經濟風暴衝擊，之後到底發生了什麼卻幾乎沒有人記得，而老百姓卻從此「嗨賴賴」起來。

《盛世》主角老陳生在香港，曾在台灣就業，目前定居中國，從事文化傳播業，這顯然和作者陳冠中的背景若合符節。老陳交遊廣闊，認識的朋友既有國家領導人物，也不乏社會游離分子，因此成為串聯小說情節的主要線索。老陳對盛世的不安出自職業直覺。自某日起，書市傳媒有關中國現當代歷史的討論突然消失，《南方周末》停擺，萬聖書園關門，劉賓雁、楊絳等人的大名成了陌生符號。但一切又看來如此正常，中國人民臉上幸福洋溢，彷彿「什麼都沒有發生」。

故事自此分二路進行。老陳不識時務，居然找到幾個「嗨」不起來的怪人一起追根究柢，包括了舊愛兼異議人士小希，無業遊民方草地，流浪青年張逗，精神病號妙妙等。與此同時，他認識了中央政治局委員何東生。故事急轉直下，某夜方草地等人綁架了何東生，從後者的口中套出了「盛世」的真相……。

純從敘事技巧來說，《盛世》不無可議之處。小說前半部陳冠中冷眼旁觀北京怪現狀，不時自我調侃，頗能引起讀者興趣。後半部以綁架何東生為高潮，繼之以這位國家領導人對「盛世」的大解密。何的長篇大論講得頭頭是道，已經有了反客為主的意思，而在何的「演講」完畢後，老陳一干人等竟廢然而返，故事至此也就告一段落。

我們當然可以說陳冠中把好好一個故事講糟了。但有沒有可能我們的作者明知故犯，就是不想按牌理出牌呢？陳冠中或許要提醒我們，當代中國小說家——以及國家領導人——會講故事的可大

1 見王德威，〈香港情與愛〉，《後遺民寫作》，頁一三七—一六〇。

有人在，套招式、抖包袱，務求皆大歡喜。但完美的敘事恰恰就是陳要反擊的對象，《盛世》的高潮就是反高潮。陳冠中似乎暗示作為一本顛覆主旋律、解構大敘事的小說，《盛世》的敘事本身的缺陷成了必要之惡。真正能把「盛世」的來龍去脈說得滴水不露的是小說裡的國家領導人何東生，不是陳冠中。

這樣的解讀也許有為陳冠中強作解人之嫌。但我無非想強調《盛世》敘事所包含的雙聲道已經有了後設小說——陳冠中說「何東生說故事」的故事——趣味。但陳冠中的後設面向無關文字遊戲，反而凸顯小說作為一種「社會性象徵活動」的政治異議潛能。這一潛能在當代中國小說裡已經是久違了。

何東生是何許人也？他被綁架後到底說了什麼，以致讓自己轉危為安？何東生根正苗紅，一直是中央培養的接班分子。老陳初遇何發現兩人竟然是舊識，九〇年代同是台灣外省籍富豪水興華所主辦的兩岸三地精英研習營的成員；時隔多年，人家已經貴為領導階層。但這何東生是個疲倦的領導人。他「頭髮稀疏、面色青白」，夜夜失眠，和電視上看到那些「個個梳大背頭，頭髮烏黑烏黑，面色紅潤，精神飽滿」的國家領導人大異其趣。何與大開發商為伍，能品味紅酒，懂得海外投資避險之道，也早早安排了子女到國外念書。而他一出場就語出驚人：「你老毛不能二十四小時叫人家抓革命促生產，總得放人家回家，吃點好吃的，買件漂亮衣服穿穿，搞點小資玩意……過好生活而已，並不過分呀！八小時要他們幹活，八小時以外就該讓他們快快活活。」

讓人民快活：這是何東生治國的目標。為了達到目標，何主張活絡市場經濟，促進全民投資消費，廣結外交內政善緣。對新左陣營的讀者而言，這樣的論調充滿自由主義色彩，也就可以代換成資本主義復辟。但陳冠中不作如是觀。新左派、新自由派知識分子鬥得你死我活，殊不知國家機器早就將兩造攪和在一起。何東生正是這樣政策的代言人。他贊成市場開放經濟，也精於社會主義「宏觀」、「微觀」調控；他要讓人民快活，也同時要他們「千萬不要忘記」黨的恩情山高水深。但在一個告別革命的時代裡，如何讓人民自動自發的相信黨、追隨黨可是一門精緻的技術，而這正是《盛世》裡何東生一席話的精華。

陳冠中花了大心思處理何東生的告白，切入點就是「盛世」神祕的到來。原來世界經濟「冰火期」一開始也讓中國老百姓人心惶惶。但在高明領導人的操作下，危機反而化為轉機。如何東生所說，政府一面「嚴打」，一面興利，一面放鬆投資，一面抓緊生產。一旦人民生活有了甜頭，自然對黨的領導心甘情願。

識者要指出何東生之輩的見解充滿犬儒色彩，簡直是個徹頭徹尾的虛無主義者。這小看了問題的癥結。何哪裡喪失了他的信仰？他相信一黨專政既然是中國現代化的結果，也就應該是最好的結果。他的成功彷彿證明了毛主席的話：「向著最壞的一種可能性做準備是完全必要的，但這不是拋棄好的可能性，而正是為著爭取好的可能性並使之變為現實性的一個條件。」

但與上個世紀的「革命目的論」（revolutionary teleology）不同，後社會主義信仰現在成為一個碩大的移動標靶，勾引而不是壓抑主體欲望，分化而不是一統群眾意志。紀傑克（Slavoj Žižek）論「意識形態」——無論是社會主義還是資本主義——的雄渾（sublime）誘惑，指出政治主體面對意識形態的自我矛盾傾向：主體一方面想像自我的獨立自主，卻又不能排除相信他所希望相信的欲望對象。迂迴其間，意識形態乘虛而入，同時折射也轉移欲望的實踐可能。主體自己當家作主的感覺其實是在最隱祕的被動機制中完成。[2]究其極，就像國王的新衣一樣，意識形態雖然不可捉摸，卻成為日常生活實踐的意義來源。

對何東生式的人物來說這樣的理論機制還嫌不夠保險。為了讓人民更有效地進入愛與幸福的狀態，何妨借助生化科技？讓國家免費提供點亞甲二氧甲基苯丙胺（MDMA）吧！如此，就能忘了三反五反反右人民公社大躍進文化大革命天安門事件，也忘了「冰火期」開始二十八天的血光之災，全民從此「嗨賴賴」。

歡迎來到二〇一三，中國的「盛世」。《盛世》寫於二〇〇九年，成了神祕的預言小說。陳冠中筆下的新中國既操作後現代紀傑克式意識形態幻象，也不乏前現代霍布斯（Thomas Hobbes）所見的政治「巨靈」（leviathan）魅影；既有赫胥黎（Aldous Huxley）《美麗新世界》（*Brave New World*）般古典「惡托邦」（dystopia）的偽美秩序，也有傅柯（Michel Foucault）的身體／政治掌控網絡。革命鬥爭或是整風清算早成為前朝往事，眼前的政權身段柔軟，我見猶憐。連一向難纏的知識分子也都偃旗息鼓了；在愛國主義高漲，人人感覺良好的時代裡還來抗議批評，豈非陷自身於不義？然而陳冠中偏偏要殺風景，告訴我們這樣的「盛世」其實是個記憶的陷阱，歷史的黑洞。

新世紀最長的一夜

「感時憂國」是現代中國小說最重要的主軸之一，但作家吶喊彷徨之餘，以寓言呈現的作品並不多見。三、四〇年代老舍的《貓城記》、沈從文的《阿麗思中國遊記》、張天翼的《鬼土日記》，還有張恨水的《八十一夢》等應是僅有的試驗。這些作品遐想異類時空，嘲諷政治現況，顯示作家在寫實主義以外的寄託，但是在政論的開展或願景的投射上則顯然有所不足。一九四九以後的中國文學政治掛帥，但那是「去政治化的政治」文學，真正有稜有角的作品就算有，也多半不得善終。

《盛世》的寓言形式也許可以和前些年的《黃禍》作比較，但後者著重政治鬥爭和災難奇觀，缺乏理念特質。我以為《盛世》出現的時機，和作者對晚清鄭觀應著名的政論《盛世危言》（一八九三）的明白呼應，都讓我們重新想起一個世紀前知識分子與歷史變局的角力。但陳冠中無意追隨鄭觀應正經八百的國是建言。他的策略更近於晚清從《老殘遊記》到《新紀元》等寓言／預言小說，尤其是梁啟超的《新中國未來記》。

一九〇二年，梁啟超（一八七三—一九二〇）在日本橫濱出版《新小說》雜誌，開宗明義，就提出小說和「群治」息息相關，因為小說有「不可思議」之力，可以改變世道民心。梁並現身說法，創作《新中國未來記》。小說開篇介紹公元一九六二年的中國，其時大中華民主國已經成立六十年，孔教昌明，萬國來朝。上海博覽會上，備受尊敬的學者孔宏道——孔子第七十二代後人——應邀演說中國如何締造民主。他的講座吸引數以千計的聽眾，包括全球數百地區的留學生。

---

2 Slavoj Žižek, *The Sublime Object of Ideology* (London: Verso, 1989).

這一幕講座是如此莊嚴盛大，夏志清教授甚至曾比為《法華經》裡的佛祖弘法。[3]

根據孔宏道的回顧，從一九〇二到一九六二，中國經歷了六個現代化階段，預備時代，分治時代，統一時代，殖產和外競時代，終於到達雄飛時代。歷史證明梁啟超的一九六二年不是盛世，中國還有更曲折的道路要走。然而梁的未來也許未曾實現，他敘述小說所用的「未來完成式」修辭卻進入了中國現代化政治論述裡，尤以社會主義烏托邦話語為最。試問有什麼比「大躍進」、「超英趕美」這類口號更體現了一代中國人對未來的憧憬，和一蹴而成的迫切欲望？

我在他文已經討論過這一時間觀念的缺失。梁啟超的《新中國未來記》以倒敘法開場，寫了五章就半途而廢；換句話說，小說空有未來的遠景，卻缺乏了從「現在」如何過渡到「未來」的敘述／實踐過程。歷史的弔詭是，共和國前三十年各種政策不也正是因為急於透支「新中國的未來」而昧於現在，抹銷過去，因此產生一次又一次盲動躁進？[4]

陳冠中有意無意的接著上個世紀初中國政治小說的話題往下講，但他所關心的「政治」其細膩複雜處早已超過梁啟超的時代。當年的革命維新分子所建構的大敘事早已化明為暗。二十一世紀的新中國沒有了你死我活的革命，左派和右派你泥中有我，我泥中有你。梁啟超那輩熱衷孔子教化，歷經五四到文革的反孔批孔運動後，如今的中國政府正大力推動「孔子學院」，麥當勞連鎖店般的全球無遠弗屆。梁心儀的聖王之治已經被像何東生這樣技術官僚所掌握，而且服務到家，務求賓主盡歡。

更重要的，梁啟超創作《未來記》時期的中國面臨內憂外患，險象環生，一百多年後的中國倒真是一步一步站起來了。如果梁啟超的烏托邦不脫強烈幻想色彩，陳冠中的中國「盛世」可幾乎成為眼前的事實。也正因此，他在中國前途一片看好聲中做出危言，當然顯得更鋌而走險。

二〇〇四年中國共產黨正式提出「構建社會主義和諧社會」的概念，可以視為中國「盛世」的序曲。相對於階級鬥爭，「和諧」成為有中國特色的社會主義的新價值取向。然而二十世紀發展出來的國家機器哪裡消失？這個怪獸正以最「可愛」的方式向人民招手；幸福當家，快樂作主，還怕你不自動靠攏？到了陳筆下的二〇一三年，更是全民「嗨賴賴」。「和諧」十年，果然有成。

這引領我們省思《盛世》中的批判聲音和它可能投射的能量。小說中的老陳基本以旁觀者的姿態出現。與他來往的幾個異議分子要不是過氣的民主人士（小希），就是行徑另類的怪胚（方草地），或是社會弱勢族群（如張逗）。他們相濡以沫，卻都被視為，也都自以為，有精神病態。但他們真正的問題是「我記得」。在最反諷的層次上，他們是國家「千萬不要忘記」政策下的最後一批追隨者，然而他們不要忘記的卻恰恰是國家希望他們不要記得的。

老陳為了追蹤小希，來到河南焦作的一個教會團契「落地的麥子不死」，似乎重新發現以往地下組織那種親愛精誠的氣氛。藏身教會的異議人士到底是徐圖大舉還是但求解脫？他們真能擺脫官方老神在在的監控麼？過了這村，沒了那店，當舉國的歷史記憶像北京的老社區般被一片一片大舉

3 C. T. Hsia, "C. T. Hsia, Liang Ch'i-ch'ao as Advocates of New Fiction," in Adele Austin Rickett, ed., *Chinese Approaches to Literature from Confucius to Liang Ch'i-ch'ao*（Princeton: Princeton University Press, 1978）, pp. 223-235.

4 見王德威，《被壓抑的現代性：晚清小說新論》（台北：麥田出版，二〇〇三），頁三八六—三八九。

拆遷時，幾粒落地不死的麥子又能奈何？

所以這群人物綁架了何東生並聽了何的一夜告白後，他們對改變中國現狀的想法開始幻滅。這真是新世紀以來最長的一夜。何的徹夜獨白如此有條有理，以致連他的反對者都無言以對。回顧《新中國未來記》裡黃克強和李去病曾為了中國君主立憲或民主革命何去何從所作的大辯論，正是恍如隔世。

《盛世》裡的長篇大論其實呼應了梁啟超心目中政治小說的筆法。然而陳冠中寫小說斷無梁前輩那樣的信心。他的小說政治學訴求的是散播魯迅所謂的「真的惡聲」。國家的大說鋪天蓋地，但總該容得下嬉笑怒罵的聲音吧。而小說以其虛構特性，或許還能收聲東擊西之效？至於陳冠中的危言是居安思危，還是危言聳聽，則是見仁見智了。

如前所論，《盛世》是本有瑕疵的小說。它的結構稍弱，人物發展也不夠完整。但我的讀法強調作者的過與不及之處反而留下重重線索，為新世紀的政治小說的所能為、所不能為做出示範。陳冠中對敘事審美的不足處其實有自知之明，但他寧可維持小說不完美的樣式，凸顯他的「盛世危言」之危不僅在內容的刺耳，也在形式的偏執。

在小說大結局裡，老陳等人聆聽了國家領導人何東生的一席話後，決定離開是非之地。這樣飄然遠去的決定在上個世紀初的寓言或諷刺小說裡並不少見，《老殘遊記》、《二十年目睹之怪現狀》等都是以主角逃離現狀作結。不同的是，一百年前的老殘等人有不得不遠遊的原因。老陳已經住進後社會主義中國「幸福」小區，卻有福不會享，畢竟是要引人側目。

但為什麼要隨俗？魯迅的一段話今日讀來尤其觸動人心：

有我所不樂意的在天堂裡，我不願去；有我所不樂意的在地獄裡，我不願去；有我所不樂意的在你們將來的黃金世界裡，我不願去。（〈影的告別〉，《野草》）

誠哉斯言。但如今中國一片大好，在「和諧社會」的號召下，這本二十一世紀版的《新中國未來記》又能吸引多少有心人的眼光？《盛世》危言本身的命運其實岌岌可危——恐怕問世之前已經難逃被「和諧」掉的命運吧？

史統散，小說興[5]——《建豐二年》

如果國民黨贏得一九四九年國共內戰，日後的中國會是個什麼樣子？一九四六年四平一役，孫立人大敗林彪軍隊，共軍自此一蹶不振。一九四九年國民黨一統江山，毛澤東和他的黨羽被史達林流放到克里米亞。蔣中正顧盼自雄，總統一二三四連五任，民主聯盟、《自由中國》哪裡在他眼下。與此同時，他大力建設經濟民生，在辭修、仲容、國鼎群臣襄助下，中國快速躋入世界列強之林。「中華盛世」，指日可待。

5 典出馮夢龍，《古今小說》序。

老總統一九七五年駕崩，家臣家淦繼位，三年後國民大會恭選少主經國（一九一〇—一九八八）登基，年號建豐。一時風調雨順，國泰民安，直到建豐二年，西曆一九七九年，十二月十日。

原來現代中國史也可以這樣發展！在他最新的小說《建豐二年》裡，陳冠中回顧二十世紀後半段的黨國風雲，寫出他的新中國「烏有史」。這部小說包含大量史料掌故人物，真真假假，讀者未必能完全掌握。但歷史本來就是面貌模糊的東西，來來去去的人事——或鬼影——也就沒有窮盡的可能。陳冠中更要凸顯的是，認知歷史千絲萬縷的現象後，我們如何在虛與實、人與鬼糾纏間，指認靈光一現的線索；或在看似僅此一家、別無分號的歷史決定論下，發掘轉圜餘地。

這是小說之於歷史的意義了。稗官野史、巷議街談，小說名為虛構，其實從來是歷史想像和敘述的一部分。對漢娜．鄂蘭這樣的思想家而言，敘事——說故事——就是創造公民領域、奠定歷史意識的基礎。[6]但在諸神退位，史統星散的時分，小說敘事必然帶給我們不同動力。陳冠中的作品嬉笑怒罵，以虛擊實，往往正中歷史危機要害；他更企圖藉小說解放思想、情感力量，為歷史代謀推陳出新的契機。如何想像過去決定我們如何想像未來。

在歷史的褶縫裡

按照《建豐二年》的說法，在二十世紀中葉歷史的褶縫裡，國民黨贏得內戰，厲行開明專制，從一九四九到一九七九年三十年內，竟扭轉前此中國的百年屈辱。國共兩黨原本同根而生，但國民黨政權沒有極左意識形態包袱，因此打敗共產黨後更善於解決經濟問題。一方面三七五減租、耕者有其田，一方面發展國家建設、扶植中小企業。左右開弓，到了一九七九年，中國經濟年成長已到百分之十二點七，生產毛額僅次於美國。此時釣魚台早已收回，藏獨叛亂大抵平定。在世界舞台上中國不僅周旋美蘇之間，更與各國「多極共舞」；文化成就一樣傲人，一九六八年老舍（一八九六—一九六六）憑《正紅旗下》贏得諾貝爾文學獎，一九七五年林語堂再度獲獎。

就在我們遙想國民黨三十年的統治遠勝於共產黨時，陳冠中又告訴我們，南京政權的高壓統治其實未嘗稍歇。民主人士張東蓀（一八八六—一九七三）四〇年代倡導國共合作，籌組第三勢力，四九之後流亡香港，與同是淪落人的新儒家如牟宗三等唱和。蔣中正麾下的孫立人（一九〇〇—一九九〇）功高震主，尤其不能見容於建豐太子。四九之後，孫被褫奪兵權，幽禁蔣家故里浙江奉化。而作為小說神祕時間點的一九七九年十二月十日，北平民主人士密會美麗台客情食堂，悉遭特務逮捕。

陳冠中穿梭兩岸歷史人事，移花接木，有心讀者要嘖嘖稱奇。國共兩黨的路徑有時南轅北轍，有時卻又驚人相似。是在小說家筆下，這些異同之處參差對照，釋放奇特魅力。別的不說，當年建豐之治的開明專制，鬆緊自如，怎麼竟然讓人想起共和國的今上——習大大？既能走進慶豐包子鋪和諧人民，又能走出慶豐包子鋪和諧天下。但陳冠中的狂想曲不僅為搏君一粲而已。他又藉著筆下人物的實際遭遇，點出歷史不可逆的凶險。張東蓀四九後沒能逃到香港，而是遭到共產黨迫害，在

6 Hannah Arendt, *The Human Condition*（Chicago: the University of Chicago Press, 1998）, pp.166-192.

極度屈辱下過完後半生。老舍在一九六六年文革開始時就自殺而死，《正紅旗下》沒有寫完。孫立人不論是被幽禁在台中還是奉化，注定鬱鬱以終。美麗島事件發生在台灣高雄，十年之後北京發生天安門事件。

陳冠中七〇年代曾經是激進分子，也曾參與台港兩地的文化事業，多年兩岸三地的經驗讓他評論世事，洞若觀火。香港回歸前後，陳冠中從小說創作找到干預歷史的形式。《什麼都沒有發生》（一九九八）描述香港從後殖民轉為後社會主義時期的喧囂與虛無，就是一例。而他最為膾炙人口的是《盛世》（二〇〇九）。此書寫於共和國建國六十週年（二〇〇九），預擬二〇一三年的未來，一個全民大作「中國夢」的時代。歷史的後見之明告訴我們，陳冠中的預言詭異的一一應驗。小說《裸命》（二〇一三）更是直搗香港、西藏問題，辛辣不在話下。環顧華語世界文學對中國現象的思考批判，陳冠中外別無他人。

《建豐二年》共分七章，每章都以一個歷史時刻切入，分別寫張東蓀香港流亡歲月；孫立人迫害事件；建豐總統跌宕起伏的經國大業；船業巨子董浩雲（一九一二—一九八二）的釣魚台海域石油計畫；藏族領袖平旺（葛然朗巴，平措旺傑，一九二二—二〇一四）致力圖博（西藏）自決的犧牲奮鬥；中國的諾貝爾獎情結；影劇紅人麥阿斗傳奇崛起。這些篇章觸及一九四九年後南京政權所面臨的挑戰，從思想到人權，從少數民族到經濟，從民主到文化。陳冠中讓歷史人物魂兮歸來，演出正史以外的風雲際會。唯有第七章的主人翁脫胎於香港流行漫畫《麥兜》，儼然以大眾文化穿衣吃飯，總結帝王將相的此起彼落。

「大說家」要指出，像《建豐二年》這樣的小說解構歷史，無非是無聊文人的窮酸玩笑。陳冠中要啞然失笑了。國共兩黨都是改寫歷史的行家，尤其共產黨改寫歷史的歷史，更是曲折離奇。比較起來，小說家所為不過是小巫見大巫。仔細閱讀陳的小說，我們可以看出他其實意不在解構，而在建構歷史。恰恰出於對一個世紀中國來龍去脈的關心，他以小說家的自由指點江山，激揚文字，向大敘述挑戰。敘述不足之處，更夾以長篇議論。喜歡熱鬧的讀者對此書得有心理準備，因為大量的論述需要耐心咀嚼。也正因此，陳冠中感時憂國的情懷呼之欲出。他畢竟是相當古典的。《建豐二年》雖遊戲之作，套句錢鍾書的話，「實憂患之書也。」

「新中國烏有史」

《建豐二年》的副標題是「新中國烏有史」。「烏有史」（uchronia）其來有自，正是針對「烏托邦」（utopia）而生。如果烏托邦側重虛擬的理想世界，烏有史則發展正史以外的另類歷史。烏托邦或烏有史都強調天馬行空的想像，但真正能讓讀者拍案驚奇的卻是與現實語境的對話。兩者一以空間、一以時間，介入現實，因此產生似是而非的對比、遐想、批判可能。隱含其下的政治意圖不容小覷。儘管烏托邦或烏有史可以將敘事語境投射在歷史任何一個時間點上，但烏有史的力道特別彰顯在改寫過去、故事新編的嘗試。

西方文學裡，烏有史的命名首見於一八七六年法國作家查爾斯・雷諾維耶（Charles Renouvier）的《烏有史》（*Uchronie*），距離湯馬斯・摩爾（Thomas More）的巨作《烏托邦》（*Utopia*，一五一六）的誕生，已是三百六十年後的事。現代中國文學裡，烏托邦敘事首推梁啟超一九〇二年的《新中國未來記》。烏托邦敘事在晚清風靡一時，民國以後反而鮮見。取而代之的是政治論述。當《三民主義》、《大同書》、《新民主主義論》等大肆攫取烏托邦想像資源時，小說敘事反而充斥惡托邦（dystopia）的怪現狀，像是老舍的《貓城記》。[7]新世紀以來又有異托邦（heterotopia）之說，投射烏托邦與惡托邦之間，一種非裡非外的過渡性異質空間。陳冠中的《盛世》正是代表之一。其他例子還包括駱以軍《西夏旅館》、劉慈欣《三體》等。

比起烏托邦敘事，烏有史在現代小說傳統中冷落得多。清末《新紀元》（一九一〇）將眼光投向世紀未來，大規模刻畫公元兩千年中國主導的世界大戰，可以為例。但回到歷史、敘述過去的題材則乏人問津。究其原因，一方面可能是烏有史的讀和寫需要史實烘托，難以像烏托邦那樣釋放大量想像力；另一方面也可能是「歷史」在中國文明裡所享有的「原道」、「徵聖」地位，難以被說部輕易撼動。更何況人民共和國所崇拜的馬列毛「歷史」，將決定論無限上綱。基於這些原因，陳冠中這次出手，而且選擇極具敏感性的當代史，當然引人注目。

在《建豐二年》裡，陳冠中穿梭在信而有徵的史料和想當然爾的可能之間，寫出許多引人入勝的章節。他的基本修辭問題是，「如果」（What if）重來一次，看來必該如此的歷史，是否有另一種可能？如果孫立人的部隊沒有受阻於蔣中正和馬歇爾，是否四平戰役可能翻轉國共內戰的結果？如果國民黨統治中國，文人知識分子少受些迫害，沈從文、張愛玲、巴金、陳映真、黃春明是否能有平起平坐的機會？還有最尖銳的，如果國民黨沒有戰敗撤退台灣，台灣是否能有日後的經濟奇蹟、民主風潮？

陳冠中當然明白「烏有史」敘事的陷阱：已經發生的歷史無從逆轉，假設性的問題和答案可能只落得一廂情願。但我認為《建豐二年》的用心不在於沉湎想像的歷史鄉愁，或胡亂的時空「穿越」，而在於叩問歷史作為詮釋學的辯證法則。那就是，歷史到底是鐵板一塊，預鑄過去、現在、未來，還是一個潘朵拉的盒子，蘊含種種玄機？我們既然能從歷史的來龍去脈間找出一以貫之的線索，也就可以從其中看出千頭萬緒的可能。必然、或然、偶然的因素一旦共舞，歷史決定論開始鬆動，史料未及與始料未及處，永遠耐人尋味。

陳冠中沿用《三國演義》說書人般口氣，縱觀一九四九到一九七九的兩岸興衰，以封建年號紀事編年，甚至以表字、名號稱呼筆下人物。彷彿建豐之治去古未遠。而當今的人民共和國被視作另一個皇朝，也就讓人發出會心微笑。更重要的是，《建豐二年》的敘述方法對潛藏在當代中國大陸政界（以及知識界）的歷史論述，做出對話。[8]

在「大國崛起」、「中國夢」的號召下，大陸進步學者，不論師承，頗有「公羊學化」的傾向。公羊學源出《春秋》三傳之一《公羊傳》，盛於漢代，以「大一統」，「通三世」，「撥亂反正」等

7 David Wang, "Panglossian Dream and Dark Consciousness: Modern Chinese Literature and Utopia," paper presented at the international symposium on "Utopia and Utopianism the Contemporary in Chinese Context," at the University of Hong Kong, March 20-21, 2015.

8 有關當代大陸思潮縱論，見馬立誠，《當代中國八種社會思潮》（北京：社會科學文獻出版社，二〇一二）；尤其是葛兆光，〈從文化史，學術史到思想史：近三十年中國學界轉變的一個側面〉，頁二五九—二八九。

說詮釋聖人之道。公羊學者重新看待春秋兩百四十二年歷史，強調褒貶辯裁的「誅心」之論，以及「微言大義」的讖緯之學，尤重歷史變易、聖王一統天下的道理，因此形成複雜政治隱喻體系。[9]

漢以後《公羊傳》沉寂一千多年，十九世紀初方才復興。晚清知識分子有感於世變，從《公羊傳》接受啟示錄般的靈感，力圖尋找撥亂反正的可能，一時成為顯學。最著名者首推康有為。他的《新學偽經考》、《孔子改制考》，尤其《大同書》，無不發揮托古改制、微言大義的精神，強調時間進程帶來天下一統。康的弟子梁啟超承其衣缽，也因此有了《新中國未來記》這樣充滿預言性的烏托邦作品。令人深思的是，社會主義中國風雲變幻，上個世紀末公羊學風又捲土重來。在儒學復興的口號下，天下、王霸、通三統、「再政治化」等論述風靡一時。上焉者投射中國盛世復興的欲望憧憬，下焉者無非是為政權的正當裝點門面。

陳冠中定居大陸多年，一直關注知識界動態，對各類「大說」早有一系列評論，頗值得注意。但他真正爆發力所在卻是小說創作。上述的《盛世》不妨視為他對梁啟超的烏托邦《新中國未來記》所寫出的異托邦版本。在陳看來，二十一世紀新中國繁盛的底線下，總有一些不祥的東西蠢蠢欲動。他要寫出盛世裡的鬼影。《建豐二年》變本加厲，以烏有史襯托正史的變易性與變異性。既然後社會主義的公羊學者大玩托古改制、微言大義的論述政治，陳冠中儼然以其人之道還治其人之身，也偽托出另一個版本的歷史，用以見證我們這個時代如何與過去和未來做出詭祕交易。歷史不是別的，就是小說。

歷史就是小說

《建豐二年》這樣敘述歷史的方式與內容，被中國官方查禁——或曰「和諧」——勢所必然。香港、台灣能夠出版此書的政治意義，因此不言可喻。對台灣讀者而言，書中觸及的兩岸關係，一向是我們念茲在茲的話題。此書有可能帶給不同陣營的讀者什麼啟示？

陳冠中既然以「如果國民黨贏得一九四九年內戰」作為命題，台灣的位置變得極其微妙。如果南京政權一九四九後坐穩江山，也就沒有退守台灣、三十年整軍經武的必要。如此到了一九七九年，台灣也可能就是個邊陲農業省份。然而作者和讀者都明白台灣有其他可能。歷史因緣際會，讓台灣在四九年一躍成為國民黨命脈所繫，而所謂的中國建豐之治，其實就是蔣氏台灣政權的翻版。台灣作為中國的「方法」，因此無比重要。閱讀《建豐二年》，我們不難發覺陳冠中儘管批判蔣家政權，對台灣的歷史定位卻是一往情深。書中第三章對台灣經濟建設的著墨尤深。台灣既有計畫經濟的模式，也有自由主義市場化的傳承，加上天時地利，因此有了六、七〇年代的經濟起飛。環顧今天大陸的後社會主義加市場化經濟，不由人不感嘆歷史的反諷。

另一方面，書中第五章寫西藏的民族自決運動，也很值得玩味。民國時期西藏已有自治傳統，毛澤東也曾承諾西藏自決權。這章的主人翁平旺早年投入左翼運動，四〇年代組織西藏共產黨，企圖影響當時藏區噶廈政府的改革。一九五〇年中共政權與噶廈政府談判，達成《十七條協議》，承

9 蔣慶，《公羊學引論：儒家的政治智慧與歷史信仰》（瀋陽：遼寧教育出版社，一九九七）。

諾日後西藏有條件自治。事實卻是中共對西藏控制與日俱增，終於釀成一九五九年的暴動，達賴喇嘛出走。平旺原是引共產黨入藏的「紅藏人」，一九六〇年卻以散播「地方民族主義思想」的反革命罪名，被判監禁。

陳冠中這章寫的雖是西藏，不無影射香港、台灣前途的用心。毛澤東曾經大談「少數民族當家作主、管理本民族內部的權利」，一九四九年後卻自食其言。但如果四九以後換作蔣氏政權，西藏是否就有更好的出路？陳冠中告訴我們，平旺將以換湯不換藥的罪名，照樣入獄；歷史並不因為國共領導人的改換而有所改變。一九七八年平旺出獄，回到漢化日甚的西藏家鄉，四十年圖博自決大計煙消雲散，他將何去何從？對照目前中、港、台的政治角力，平旺的西藏故事成為一則冷酷寓言。陳冠中走筆至此，恐怕也不免兔死狐悲的感慨吧！

這就引領我們思考陳冠中小說對台灣的致敬：他將全書敘事包裹在一九七九年十二月十日這一時刻裡。正史上那一天台灣高雄發生美麗島事件，是為台灣民主運動的轉捩點。烏有史上建豐二年十二月十日，北平美麗台客情食堂，來自海內外的民主人士齊聚一堂，探討結束中國一黨專政的可能。這是什麼樣的名單？從郭羅基到陳鼓應，從林昭到林希翎，從李敖到胡平，林林總總，彷彿當代中國國共政治犯大集合。細讀之下，我們明白他們分屬不同時代黨派立場，而且命運迥異。不少人如遇羅克、張志新、林昭等在一九七九這一聚餐前早已下獄、流亡——或死亡。

《建豐二年》的序曲因此其實是一場悼亡的法事。新魂舊鬼幽幽聚在初冬北平的台灣食堂裡，共商大計。今夕何夕，這真是當代中國小說最令人難忘的一刻。大說家在廟堂、學院大言夸夸，是小說家為這些民主人士留下身影。毫不意外，他們的努力無異以卵擊石。小說最後急轉直下，建豐帝的情報單位獲悉非法集會，將這批人一網打盡。

但徘徊在當代北平（或台北、或北京）的民主幽靈，豈能就此散去？《共產黨宣言》開頭就說：「一個幽靈，共產主義的幽靈，在歐洲遊蕩。為了對這個幽靈進行神聖的圍剿，舊歐洲的一切勢力……都聯合起來了。」陳冠中有意無意的改寫了《宣言》最有名的意象，從而寫出他的「異史」。

一九七九年十二月十日對陳冠中而言，是當代台灣民主的關鍵時刻。但在歷史的褶縫裡，建豐二年十二月十日也可能是中國民主的關鍵時刻。對小說家而言，歷史的神祕力量恰恰在於召喚過去，以古搏今，爆發成為「現在」的關鍵時刻。這正是班雅明（Walter Benjamin）對「現在」（jetztzeit）的觀念：「呈現過去並不是將過去追本還原，而是執著於記憶某一危險時刻的爆發點。歷史唯物論所呈現的過去，即過去在歷史一個危險時間點的意外呈現。」[10]危險時刻也就是關鍵時刻。

*

台灣民主是「建豐之治」重要的成果——儘管所付出的代價到今天仍然在清算甚至鬥爭中。香港作家陳冠中以此作為小說的重心，他對台灣的信心、對中國大陸的期盼，不禁令我們心有戚戚

10 Walter Benjamin, *Illuminations*, ed., Hannah Arendt, trans., H. Zohn（N. Y.: Schocken Books, 1969）, p.257.

焉。但世事多舛，台灣的民主隨時可能淪為民粹。而走進慶豐包子鋪的國家領導人，有朝一日會走進美麗台客情食堂麼？

《建豐二年》的寫作再度證明文學介入歷史、政治的爆發力。相形之下，這些年台灣當代文壇似乎馴順了些。除了黃錦樹的《南洋人民共和國》系列重新想像馬華共產黨革命四十年的歷史，少見大開大闔的嘗試，而黃迄今仍常被視為外來作家。兩岸政治又進入另一波角力的過程，島上的焦慮與喧囂一如既往。在歷史的膠著點上，我們豈能再劃地自限？史統散，小說興——我們需要小說家的介入，需要小說創造新的關鍵時刻。

北京極限祕史——《北京零公里》

陳冠中的《北京零公里》再度證明他思維之勁爆、想像之奇詭，少有人能出其右。這部小說為北京城作傳，始於遼代，終於共和國新時代，上下近千年，正史、野史、祕史無所不及，甚至包括科幻鬼魅驚悚元素。陳冠中大膽糅合各種文類和風格書寫北京，自然令人側目。但他並非故作驚人之舉，而是以自己的方式進行京城考掘學。他要探勘「小說」北京的極限。

一切從《北京零公里》開始。「北京零公里」地標位於天安門廣場，是全中國所有公路的起點，各地與北京的距離以此為始。陳冠中將這一空間標誌賦予時間向度，丈量北京作為都城輻射而出的歷史。這歷史不僅是朝代、國家繼往開來的延伸，也是各種斷裂與矛盾的焦點。在這一意義上，零公里也是零地點（ground zero）爆炸性原點。

陳冠中雖抱持左翼立場，卻不放棄社群自由主義的理想，他對中國念茲在茲，但中國讀者對他多半一無所知。《北京零公里》注定又是一本「被和諧」的小說。但陳冠中似乎不以為忤，繼續遊走兩岸三地，以文字記當代中國各種現象。他的小說並不「好看」，卻是他思考當代、抗爭現狀的方法。

陳冠中不是北京人，但北京是他創作的靈感源頭，他的零公里。此前他已三次以北京作為小說大背景。《盛世》、《裸命》與《建豐二年》。陳冠中的作品浮想聯翩，無論如何匪夷所思，都歸結到他對以北京為座標的歷史、政治關懷。他將「小說」作為一種社會象徵性敘事的能量推到極致，讓我們想起上個世紀初梁啟超推動「新小說」，從中發現「不可思議之力」的初衷：小說就是政治。

幽靈之城

《北京零公里》的敘述結構極其特別。全書仿經典古書（如《莊子》）形式，分為內篇、外篇及祕篇。內篇篇幅最長，娓娓敘述北京作為帝都及國都的千年歷史，以及歷代可驚可歎的人物事件。外篇介紹一九八九年天安門事件後，京城一個痴肥老饕的自白；大歷史轉為小歷史，記錄京城飲膳風俗，處處卻藏有血光。祕篇更進一步，鎖定前門外一幢破舊四合院裡的驚天祕密；篇幅最短，卻攸關未來領導起死回生的「造人術」。這三部分乍看沒有關聯，以篇幅而言則呈倒金字塔形。合而觀之，陳冠中從歷史寫到科幻，從文獻寫到祕聞，從不可承受之重寫到不可承受之輕。陳的敘事風格時而夾纏，時而遊戲，讀者未必領情，但他為自己的北京經驗寫出最尖銳的寓言。

春秋戰國時期的北京已具城市雛形。公元九三八年，遼太宗在此建立陪都，後稱燕京。一一五三年，金朝海陵王完顏亮正式建都於北京，時稱中都。此後元、明、清三朝均建都於此。相傳明初劉伯溫建北京四九城（皇城四門，內城九門），又名八臂哪吒城，鎮服苦海幽州孽龍。十四世紀大明皇朝大興土木築建紫禁城皇城，成就現在「北京零公里」周圍核心地帶。一六四四年李自成攻占北京四十二天，大順王朝忽焉起滅。之後滿人入京，建立大清，重現帝都輝煌。民國建立先定都於北京，一九二七年遷都南京。一九四九年共和國建立，古都又成為新都。

作為都城的北京輝煌壯麗，曾是帝國權力的終點。但在陳冠中筆下，北京也是暴力血腥之城。千百年來朝代更迭，長者不過三百年，最短僅四十二天，每一次的兵燹政變，權力遞嬗，無不帶來大量非正常死亡；而帝王手握生殺大權，威權統治的基礎原就是死亡政治，[11]繁華的或淒厲的，皇家的或市井的，煙消雲散後，只留下「淡淡的血痕」。陳冠中感慨北京人世世代代生老於斯，其實總與舊魂新鬼長相左右。北京是座幽靈之城。

《北京零公里》中的歷代亡魂都被稱為「活貨」。他們或死於非命，或死得其所，但更多的是穿衣吃飯，終老一生。他們穿梭街市角落，幽幽尋找出路，形成一個地下城市。陳冠中以「活貨」之一作為內篇主人公，並不令人意外。他的「形軀好像沒怎麼長大、個子還是一米四三的小個子、嗓子也還是剛開始變聲的啞嗓子、開瓢兒的前額顱骨也沒有癒合、但心智上……已經很成熟了」。少年是天安門廣場上的犧牲，比起「活貨哪吒城」內外千百幽靈，他只是後之來者。但他有一項天賦：對歷史的好奇無以復加。他「飢渴地尋覓書刊啃讀文獻、著魔一樣的穿梭古今、耗盡自己的能量回到歷史發生原點鉤深致遠、探賾索隱、從中心點零公里一直外延到活貨哪吒城的盡頭、來來回回踏遍這個活貨世界的每一寸空間、包括它被忽略的小角落、永遠想著追求知識、永遠想著細說歷史」。

這「活貨」不妨就是陳冠中的分身。他對北京的過去無限好奇，大量吸納史料，從哪吒城的來歷到北京猿人頭骨的下落，從紫禁皇城到地下密道，從文天祥到傅作義，從劉伯溫到梁思成，從王朝傾覆到國共內戰，再到文革與六四，鉅細靡遺，形成偽百科全書式的知識體系。老北京、新北京的種種漫漶開來，令人目不暇給。換個角度看，陳冠中顯然有意堆砌過剩的人物事件，還原北京斑駁滄桑的面貌。啾啾鬼聲中，這座城市見證興亡啼笑，本身彷彿有了生命。

陳冠中坦然面對北京的晦澀性與物質性，見證、感懷、批判，並將一切置於更廣義的想像維度中。套用一句批評俗話，他以北京作為「方法」，叩問何為歷史？熟悉班雅明理論的讀者，大可以說陳冠中彳亍歷史廢墟，揀拾斷爛朝報，宛如「拾荒者」。千百碎片，「每一個人、每一個物、每一種關係都可能表示任意一個其他的意義。」[12] 因為這種任意性，「所有具有意指作用的道具恰恰因為指向另外之物而獲得了一種力量」。[13]

11 對死亡政治的定義，見 Achille Mbembe, "Necropolitics," in *Public Culture*, 15, 1（2003）, pp. 11-40。

12 瓦特・班雅明著，李雙志、蘇偉譯，《德意志悲苦劇的起源》（北京：北京師範大學出版社，二〇一三），頁二三八。

13 同前註。

但陳冠中的敘事學有所不同。班雅明爬梳歷史碎片，油然而興（革命或宗教）彌賽亞嚮往，企圖從過去發現未來「虎躍豹變」的神祕時刻。[14] 然而在後革命的時代裡，陳冠中見證社會主義與資本主義的質變，從而理解曾經前衛的革命理論已經成為鄉愁的藉口。他失去班雅明的嚮往，卻也避免了後者所顯現的「左派憂鬱」[15]：既然沒有患得，也就沒有患失。

陳冠中的因應之道其實毫不聳動：告別革命後，故事還是得講下去。在歷史失語的時刻，小說以虛構賦予史料／始料未及的深度，《北京零公里》延續了這樣的策略。陳冠中的敘事千言萬語，每一次的講述都帶給過去和未來一次新的開啟，以及又一次檢視零公里現場成為零地點的可能。小說之為用，就是以最大的想像限度感受危機的狀態。

與此同時，陳冠中大量著墨他心目中北京史的重要人物。宋亡文天祥無力回天，慷慨引頸就戮；晚明李贄因言賈禍，入獄自刎而死；袁崇煥孤軍抗清，反因讒言遭千刀萬剮，甚至引來「愛國」百姓爭啖其肉；晚清譚嗣同與愛新覺羅．載湉（光緒皇帝）共圖維新，各自付出生命代價；民國李大釗倡導共產革命不遺餘力，終遭國民黨絞殺。當然，還有當代群眾運動中死難的無名英雄們。

陳暗示這些人物不能只是班雅明式的碎片，而是所謂的典型在夙昔。革命理論不足以解釋他們在不同時空裡的所思所為，和他們對後世的啟迪。魂兮歸來，他們的故事必須在更寬廣的脈絡裡不斷被召喚追憶。在這一層次上，《北京零公里》內篇有了古典文學的招魂意義。

饕餮之城

《北京零公里》外篇的焦點急速縮小，描寫北京中城區六部口一個老饕的故事。余思芒生長在文革時代，父親是個江南來到北京的裁縫，因緣際會，為政要服務。余思芒一名饒富政治典故。一九六八年巴基斯坦總理訪問北京，為毛主席帶來一籃芒果。主席親民愛物，將芒果轉送革命小將。這些「聖果」周遊各地，引起長達十八個月的芒果之亂。「看到金芒果，彷彿見到偉大領袖毛主席……」。

文革之後，思芒一頭栽進新時期文化熱，關心現狀，期待改革，最後捲入一九八九年春夏天安門運動。思芒成長以來即嗜吃，反諷的是，廣場風雲變化之際，思芒仍然食指大動，不放過任何可以入口的東西。九〇年代以後，他的食欲更是一發不可收拾，暴飲暴食，短短時間成為痴肥臃腫的胖子，舉步維艱。大啖之餘，思芒開始研究北京飲食文化，金受申、唐魯孫、梁實秋等舊京子弟的飲饌札記為他開拓另一面向，直通明清李漁、袁枚傳統。吃有餘力，他發表心得，竟圈粉無數，成為美食博主。

---

14 「虎躍」（tiger leap）來自班雅明的觀點。Walter Benjamin, "On the Concept of History," *Illuminations*, ed., Hannah Arendt, trans., H. Zohn（N. Y.: Schocken Books, 1969）, p. 254。在這爆炸性的一刻，非同質性的時或事自原有時空抽離，相互撞擊，產生辯證關係。革命契機——以及猶太教的天啟——因此而生。

15 Enzo Traverso, *Left-Wing Melancholia: Marxism, History, and Memory*（N. Y.: Columbia University Press, 2017）.

相對內篇的北京活貨，外篇塑造一個北京吃貨，前者大量吞吐歷史，後者大量吞吐食物。兩者皆過猶不及，隱隱顯示暴食徵候群。藉著思芒的大宴小酌，陳大肆鋪排他的北京飲食文化知識庫，蔚為奇觀。北京久為帝都，踵事增華，食不厭精，而市井小民一樣也有自己的講究。九〇年代以來市場經濟勃發，懷舊成為時尚，京味再度翻紅，像余思芒這類的老饕權威應運而生。這似乎是肉身解放的時代，但「吃」真是如此痛快的事麼？

至此，陳冠中的用意已呼之欲出。是什麼樣的社會讓人民如此飢不擇食的享受「美食」？又是什麼樣的社會讓人民只能將精力放在食物，而不談其他？弗洛依德的分析也許不無道理：當一個社會的口腔運動從言說退化為吃喝，那是嬰兒期的返祖現象。但有沒有這樣的可能，身體原欲衝動暗示嘉年華式的反動？

宏大敘事一向是共和國「想像共同體」的重要指標。比起文革，遠方來朝的芒果一夜之間成為舉國膜拜的對象，九〇年代從北京蔓延全國的口腹之欲，其實是小巫見大巫。令人莞爾的是，當年的聖果可望而不可即，引發千萬人民欲仙欲死的激情，而當國家開始進入市場時代，飲食邏輯也隨之改變；珍饈美饌轉嫁為一種消費資本的象徵，有待余思芒以美食家身分點「食」成金。宏大敘事依然宏大，卻失去了以往神祕逼人的雄渾（sublime）效應。取而代之的是無邊的怪誕（grotesque）；無主的器官、扭曲或撕裂的身體或物體、飄蕩的幽靈，暴露所謂「真實」背後，不可名狀的生命原質之一斑。[16]「余思芒」的名字和他的龐大身軀已經是個矛盾的存在，匱乏還是貪婪，膨脹還是虛脫，崇高還是怪誕，互為表裡，直指一個社會劇烈轉向的後遺症。

陳冠中追尋余思芒食欲大開的線索，點出轉折點恰是一九八九年初夏。當廣場情況吃緊，思芒仍忙著緊吃。故事急轉直下，我們這才了解六月三日那晚，余思芒急赴天安門現場見證歷史，同時也為了追蹤一個心儀女孩。與思芒同行的還有他的同父異母弟弟亞芒。兄弟兩人在槍彈聲中隨著示威者四處奔逃，一個陰錯陽差，流彈飛來，亞芒中彈而亡。

九〇年代後余思芒縱慾般的吃喝，原來出於那不可告人的愧疚。美食家的名號下藏著悼亡記憶。「打那以後，你認識的那個阿哥余思芒也已經死了，變成另外一個人了，一個被嚇破了膽、嚇尿了的多餘的人，一切年少時候大言不慚的志氣都沒有了，只剩下吃吃喝喝，咱北京人有多不堪，你阿哥我就有多不堪乘以一百倍。」思芒堅守六部口的蝸居，不肯搬遷。細心讀者會發現六部口在西長安街上，正是六四凌晨坦克車追輾學生的現場。更重要的轉折是，余亞芒死不瞑目，此後三十年他的魂魄將繼續徘徊北京街頭，期望重理京城歷史頭緒。他就是《北京零公里》內篇的主人公。

我們現在明白《北京零公里》內篇與外篇之間的關聯。一個是偶然進入歷史現場、死於非命的亡魂，一個是少有大志，僥倖逃過一劫的廢人。這對兄弟的變化令我們想起余華的長篇《兄弟》（二〇〇五），同樣以一對（非）親生兄弟的命運倒錯，嘲弄文革與新世紀相生相剋的關係，也極度誇張身體的變態狂亂，用以投射時代氛圍。對兩位作家而言，歷史都不再具有起承轉合的必然性，既姓「社」又姓「資」，既是行屍也是走肉。「陰錯陽差」不是形容詞，而是關鍵詞。

16 斯拉維．紀傑克著，萬毓澤譯，《神經質主體》（*The Ticklish Subject*）（台北：桂冠出版公司，二〇〇四），頁七二。

地下之城

《北京零公里》最後一部分以「祕篇」為名，陳述一件超級國家機密。一九七六年毛澤東過世，繼位者行禮如儀之際，啟動特別小組，保留領導人鮮活大腦細胞組織，以待未來起死回生科技。由於當時政情極其不穩，只有極少數關鍵人物知情。

依小說陳述，毛澤東對復活技術的興趣來自蘇聯老大哥的啟發。一九二四年列寧死後，無神論的史達林力排眾議，保留列寧遺體和大腦，等待未來重生技術的開發。一九五〇年毛作蘇聯行，特別造訪聖彼得堡心理神經學院，該學院長期以解剖、研究俄羅斯天才名人的大腦著稱，被譽為「大腦的萬神廟」。毛因此更加強「有為者亦若是」的念頭，他祕密成立八三四一實驗庫，鑽研人體冷凍技術。一九七五年，毛密詔身後不僅一如列寧、史達林般保存軀體，尤其需保存大腦，即使未來置入一年輕軀體的頭顱，亦無不可。

這樣的情節有如來自三流科幻小說，陳冠中嘲仿之意不言自明。但他更關心的是毛腦復生之前漫長的過程：如何讓領導班子穩坐等待偉人歸來，那才煞費周章。解決之道令人瞠目結舌。原來毛死後遺體陳列在天安門廣場的紀念堂裡，「該建築物地下三層有一條不到一公里長的往南祕道，連到前門外居民區一條胡同裡的一座四合院的地下防空洞，從該四合院地下防空洞再往深處走十米，是一個以當時最高技術規格特建的實驗室兼冷藏庫。」毛腦即收藏其內。

陳冠中煞有介事的在北京地道某一出口安上一座四合院，再安上一座新挖地底冷藏庫，供上保鮮的毛腦。反諷的是，如此國家大事卻又顯得無比家常。四合院和實驗冷藏庫由誓死效忠的八三四一戰士、毛晚期生活祕書張玉鳳的親戚、半男不女的女士、半女不男的男士等四人，喬裝兩對普通夫婦長年守護。

讀者不免要問，這樣的克隆保鮮技術配上這樣的警衛系統，不是太土了一點？事實上，當代中國小說想像如何保存革命領導人的身體或頭腦，並不始於陳冠中。閻連科的《受活》（二〇〇四）就描寫河南農民為了響應經濟市場化，異想天開，打算從即將破產前蘇聯手中買回列寧遺體，作為紅色旅遊賣點。前社會主義的遺體成為後社會主義的資本。更令人矚目的是科幻作家劉慈欣的《中國2185》。二一八五年，C國一個年輕人潛入廣場上的紀念堂，將偉大領袖的大腦用電腦類比再生，成為虛擬存在的思想實體。這對當權的女性最高執政官構成威脅。然而相較於偉大領袖的電子幽靈，更大的威脅是數位化毛腦被導入另一個人的思維，後者通過無限自我複製，迅速在網路中建立一個華夏共和國，威脅現實世界的C國。就在緊要關頭最高執政官當機立斷，阻斷網路，華夏帝國霎時灰飛煙滅。這個國度在人間只存在幾個小時，但在高速電子空間中，它的歷史已長達六百年。

《中國2185》是劉慈欣初試身手之作，時在一九八九年，二十多年後他以《三體》三部曲（二〇〇八—二〇一一）走紅全球。如果並讀《北京零公里》祕篇與《中國2185》，二者將成為極有趣的對比。早在一九八九年劉就想像毛腦數位化後複製無數幽靈，建立虛擬華夏共和國。三十年後陳冠中處理類似題材，卻倒轉歷史時鐘，寫權力當局土法煉鋼，保衛毛腦，等待復生。兩部作品又有相似之處。《中國2185》裡的華夏共和國不斷複製毛腦，化身千萬網軍，逼得最高執政官斷然切割。《北京零公里》祕篇的四合院鬧劇終於驚動當權者，一不做二不休，出動軍警搗毀四合院，毛腦同歸於盡。

陳冠中的世界沒有數位戰爭，有的是北京四合院裡四個男女平庸至極的勾心鬥角。對照《中國2185》的科技未來，《北京零公里》將時間歸零，暗示不論科幻還是歷史，權力才是政治千古如一的硬道理。更耐人尋味的是，儘管網上或地下天翻地覆，社會表面一如既往的和諧而有秩序。什麼都沒有發生，又好像什麼都發生了。

藉著地下毛腦傳奇，陳冠中思考一種政治的傳播術。隱蔽政治（cryptocracy）是現代政治形式的一種。這樣的政治體善於經營神祕性和權威感，檯面上、下總是兩回事。執政者及團隊面對人民（甚至自己人）既高深莫測又造勢放話。陰謀總已在醞釀中，祕密滋生更多祕密。權力收放之奧妙，盡在不言之中。猜謎解密、小道消息、內部參考成為芸芸大眾日常生活的部分。[17]

陳冠中不諱言，沒有一種政體不涉及隱蔽政治，但他強調有一種政體特別依賴隱蔽政治。據此，地上和地下，光天化日和不見天日，形成微妙拉鋸。久而久之，掌權者和人民見怪不怪，各自發展出一套詮釋法，或自圓其說，或自欺欺人，或自我解嘲。真實與虛構的距離從未如此曖昧。

在這個節點上，地下北京成為隱蔽政治的關鍵隱喻。陳冠中告訴我們，北京地下密道四通八達，毛腦實驗室就建在其中出口之一！民間傳說劉伯溫建城之初已暗修密道。清末謠傳同治經祕道出皇城冶遊，民初法國人謝閣蘭（Victor Segalen）則以小說建構北京地下城。早在內篇，余氏兄弟已經告訴我們：

北京城底下是通的、許多宅院建築都有地下防空洞、那是響應毛主席指示而挖掘的……規模可容三十萬人、離地面約八米、由大柵欄至天安門的人防地道網、共有二千多個出氣口、還祕密建設了地下汽車通道、代號五一九工程、隧道寬度可以平行並開四輛汽車、貫通人民大會堂、天安門、中南海……同期配套建設的還有五〇年代已開始規畫的軍用地下鐵道和民用段的北京地鐵一號線、由西山軍事基地穿過內城南端到北京火車站北、地下鐵道加上由汽車隧道、防空洞穴、人防隧道和軍用節點組成了北京地下城、如一座迷宮、且不說藏於地下的古城、墓穴、廢井、暗河、新建築物附設的地下室、地下商場和車庫、以及十三萬公里、盤根錯結混亂的地下排水道、

當地上北京一切歸向核心零公里後，地下北京盤根錯節的故事才剛要開始。這才是陳冠中用心所在。密道千迴百轉，彷彿無限延伸，甚至北京的「活貨」也難以一窺究竟。弔詭的是，一經有心人渲染，「地下北京」就真成為一則地下傳奇，嗤之以鼻者、姑妄聽之者、心照不宣者、加油添醋者共同想像、營造了一則公開的祕密，甚至沒有祕密的祕密。無獨有偶，科幻作家韓松的《地鐵》（二〇一〇）也以循環不已，進得去、出不來的地鐵網絡，營造他的地下北京。

《北京零公里》是一本地下小說麼？陳冠中以沉重的內篇開場，上下北京千年的血淚史，卻

---

17 見 Margaret Hillenbrand, *Negative Exposures: Knowing What Not To Know in Contemporary China*（Durham: Duke University Press, 2020）, pp. 1-44。

以輕浮的祕篇結束，狂想毛腦的不知所終。聲東擊西，舉重若輕，原本不就是隱蔽政治的訣竅？在一個充滿不可說的國度裡，陳冠中顧左右而言他。天安門廣場零公里下，他深入各種管道、孔道、密道，測繪了一座地下之城。這座城如此龐雜幻魅，卻又如此驚心動魄，出入不可不慎。當歷史的北京被幽靈化，饕餮化，地下化，小說的北京冉冉浮現，「懸想的地誌學」（speculative topography）由此開始。

陳冠中，《盛世》（台北：麥田出版，二〇〇九）。
陳冠中，《建豐二年：新中國烏有史》（台北：麥田出版，二〇一五）。
陳冠中，《北京零公里》（台北：麥田出版，二〇二〇）。

廢都，秦腔，與虱子

——賈平凹《廢都》、《秦腔》、《帶燈》

八百里秦川黃土飛揚
三千萬人民吼叫秦腔[1]

第一屆世界華語長篇小說創作大獎——紅樓夢獎——頒給了陝西作家賈平凹（一九五二—）的《秦腔》（二〇〇五）。這本小說藉陝西地方戲曲秦腔的沒落，寫出當代中國鄉土文化的瓦解，以及民間倫理、經濟關係的劇變。全書細膩寫實而又充滿想像魅力，能夠脫穎而出，不是偶然。

鄉土文學一向是中國現代文學的大宗，歷來傑出的作品比比皆是。賈平凹與眾不同之處，在於他以一種「聲音」的消失作為小說主題，既投射對故鄉音樂戲曲文化的追念，也不乏對本身敘事風格的反省。秦腔也稱亂彈，是中國最古老的劇種之一，千百年來流行於西北陝、甘、寧等地。秦腔

1 賈平凹，〈西安這座城〉，收入白燁編，《四十歲說》（香港：三聯書店，二〇〇二），頁一〇五。

唱腔高亢激昂，充滿豪放原始特色，故有「吼秦腔」之稱。曾幾何時，賈平凹筆下陝甘大地的慷慨高歌不可復聞，取而代之的是抑鬱猥瑣的嗚咽，若斷若續，終至滅絕。

一九七二年，十九歲的賈平凹第一次來到西安。這座古城比不上沿海都市的風華，但是對年輕的賈平凹而言，即使是雨天城裡人撐的各色雨傘都讓他驚奇，何況隨處可見的古蹟文物。賈平凹出身陝西南部丹鳳縣棣花鄉，這裡是先秦商州故地，山水雖美，但因地形閉塞，一直維持傳統農作形式。賈平凹的父親任中學教師，是地方上的知識分子，但生活在這樣環境裡的人誰不上山下地？賈平凹始終認為「我是農民」。[2]

這位來到西安城裡的「農民」身量矮小，張口一嘴鄉音，並不能習慣城裡的生活。但就像半個世紀以前由湘西到北京的「鄉下人」沈從文一樣，賈平凹終將以一篇篇書寫故鄉的作品，建立起他在城裡的地位。這又是一則鄉土作家的典型故事了：因為離鄉背井，作家反而能超越在地經驗，將家鄉的一切幻化成有悲有喜的文字，一遣自己和（城市）讀者「想像的鄉愁」[3]。一九八三年，賈平凹憑〈商州初錄〉系列小說帶來創作事業的突破。他運用散文形式串聯商州人事風景，輕描淡寫，反而寄託無限深情。以後數年，他又以傳統話本風格敘述鄉野傳奇，像〈人極〉（一九八六）、〈白朗〉（一九八九）、〈五魁〉（一九九一）等，務以絢麗奇詭為能事。這正是尋根文學的年代，賈平凹自然趁勢成為西北鄉土的代言人。一九八七年推出的首部長篇《商州》，算是對這段時期創作心得的總結。

但賈平凹此時的作品尚不能樹立個人特色。他的敘事一方面透露沈從文、廢名等的抒情視野，一方面也承襲了陝西前輩作家如柳青等的民間講唱風格。而他對變遷中的城鄉關係念茲在茲，以致不乏說教氣息。長篇《浮躁》（一九八八）就是一個例子；雖然曾經得到好評，其實可以歸為張煒《古船》一類的大型鄉村歷史演義。

「廢」的考掘學——《廢都》

賈平凹的蛻變始於一九九三年的《廢都》。這部小說是賈平凹第一次以西安為背景的作品。來到西安二十年了，作家要用什麼樣的文字打造這座城市的身世？就在創作《廢都》的同時，賈平凹寫下了散文〈西安這座城〉。西安位處關中平原，八水環繞，曾是十三個王朝的帝都。相對於漢唐盛世，今天的西安只能成為廢都。即使如此，這座城市魅力無窮，不只可見於各代文物遺址，也可見於饒有古風的日常生活。西安的人質樸大方，悲喜分明，活脫是來自秦磚漢瓦的造像，甚至一草一木也都有它的看頭。西安城宜古宜今，「永遠是中國文化魂魄的所在地了」。[4]

然而懷著這樣的西安印象，賈平凹寫出的《廢都》卻要讓讀者吃驚。小說裡的西京固然曾是塊風水寶地，時至今日早已是五方雜處、怪力亂神的所在。在這座灰暗鬱悶的廢都裡，楊貴妃墳上的

---

2 有關賈平凹的家族北京和早年的生活經驗，見《我是農民》（北京：中國社會出版社，二〇〇六）。

3 「想像的鄉愁」（imaginary nostalgia）的定義和討論，見拙作 David Der-wei Wang, *Fictional Realism in 20th Century China: Mao Dun, Lao She, Shen Congwen*（N. Y: Columbia University Press, 1992），第七章。

4 賈平凹，〈西安這座城〉，頁一〇九。

土滋長出花妖，青天白日裡出現了四個太陽。異象蔓延，西京人卻也見怪不怪，而一群好色男女正在陷入無窮盡的迷魂陣中。故事主人翁莊之蝶是西京文化名人，周旋五個女人之間，又捲入數樁沒頭沒腦的官司。他的墮落不知伊於胡底，最後身敗名裂，逃離西京時昏死在火車站裡。其時「古都文化節」正在展開。

莊之蝶的風流情史只是《廢都》的主幹，由此延伸的所謂西京四大名人、還有莊的妻子情婦等各自發展出故事支線，著實可觀。《金瓶梅》的影響在在可見，《紅樓夢》、《儒林外史》的印記也不難發現。這本小說引起空前震撼的主因是它的色情描寫。賈平凹寫偷情縱慾，對一個標榜禁欲無欲的社會已是甘冒不韙之舉。而他又套用傳統「潔本」豔情小說的修辭，每在緊要關頭代以「□□□□□□（作者刪去××字）」字樣，如此欲蓋彌彰，調侃了讀者，也調侃了他們身處的閱讀環境。

果然《廢都》一出，全民趨之若鶩，學界及官方則必撻之伐之禁之而後快。兩種歇斯底里的反應，撞擊出超過一千萬冊（正版加盜版）的印量，適足以顯示一種「欲望」消費與壓抑的兩端，以及欲望流竄、炒作、變形的必然。[5]賈平凹玩弄前現代的情色修辭學，卻招引出後現代的眾聲喧嘩，應是始料未及；他也在半推半就的情況下引領了中國世紀末風潮。

有關《廢都》的各種批評，曾經蔚為大觀，[6]西安的形象彷彿也連帶受到波及。但小說創作者從來不必是道德君子，更不必是都市計畫家。西安可以成為賈平凹巨大的心靈舞台，供他擺弄各色人物，演出有關城市的故事。

讓我們再思「廢都」的廢。賈平凹自謂西安今非昔比，失去了政治、經濟、文化的中心位置，沉浸在「歷史的古意，表現的是一種東方的神祕，囫圇圇是一個舊的文物」，「由此產生一種自卑性的自尊、一種無奈性的放達和一種尷尬性的焦慮」。[7] 據此就有關《廢都》國族的、文化的、性別意義的討論，已經多有所見。但這些議論多半仍在小說明白的象徵體系裡打轉，正反意見其實都墮入賈平凹所稱自卑和自尊、放達和焦慮的循環，因此不能開出新意。

九〇年代的中文文學，不論域內域外，呈現兩種走勢：一為廢墟意識，一為狎邪風潮。[8] 前者由人文建構的崩散，見證歷史流變的殘暴，後者則誇張情天欲海的變貌，慨嘆或耽溺色身的誘惑。兩種徵候看似互不相屬，卻點出世紀末文明及身體意識的兩端。在台灣，朱天文的〈世紀末的華麗〉（一九九〇）和李昂的《迷園》（一九九〇）首開其端，而朱的《荒人手記》（一九九四）

5 有關《廢都》盜版的現象，見穆濤，〈履歷〉，《當代作家評論》二〇〇五年第五期，頁二七。

6 見江心編，《廢都之謎》（台北：風雲時代出版公司，一九九四）；郜元寶、張冉冉編，《賈平凹研究資料》（天津：天津人民出版社，二〇〇五）專章討論，頁一八〇—二六〇；韋建國、李繼凱、暢廣元，《陝西當代作家與世界文學》（北京：中國社會科學出版社，二〇〇四），第一章。更細膩的討論見 Yiyan Wang, *Narrating China: Jia Pingwa and His Fictional World*（London; New York, N. Y.: Routledge, 2006），第三至五章。

7 賈平凹，〈答《出版縱橫》雜誌記者問〉，引自汪政，〈論賈平凹〉，收入郜元寶、張冉冉編，《賈平凹研究資料》，頁三五五。

8 王德威，〈驚起卻回頭：評吳繼文《天河撩亂》〉，《眾聲喧嘩以後：點評當代中文小說》（台北：麥田出版，二〇〇一），頁一〇八。

「航向色情烏托邦」的同志傳奇更做出精采演繹。政治解嚴，文化解構，身體解禁；世紀末的台北韶華盛極，反而讓居住其中的子民有了大廢不起的姿態。之後朱天心的《古都》（一九九七）、吳繼文的《天河撩亂》（一九九八）、舞鶴的《餘生》（一九九八）、駱以軍的《月球姓氏》（二〇〇一），都延續這一命題，做出各自表述。在香港，施叔青以《香港三部曲》（一九九二—一九九七）白描殖民地的一晌繁華，黃碧雲則以〈失城〉（一九九五）的意象，凸顯大限之前東方之珠無邊的恐怖和荒涼。

是在這樣的語境裡，《廢都》在中國的出現才更令人深思。它其實不是偶發現象：蘇童的《我的帝王生涯》（一九九〇）就是個有關前朝廢帝的狂想曲，而王安憶的《長恨歌》（一九九六）以上海興衰為背景，也講了個廢都式的故事。但沒有人比賈平凹更無所顧忌。歷經半個世紀的革命啟蒙，新中國政經一體、務實致「用」，力求人人成為歷史機器的螺絲釘。賈平凹反其道而行，提出「廢」學，自然引人側目。

多年以前賈平凹就分析自己的性格為「黏液質、抑鬱質」。[9]因為性格和環境使然，他每每自慚形穢，退縮到封閉的世界，久而久之，發展了一套獨特的人生看法。這套看法不妨就是「廢」學的根底。賈平凹的「廢」指的是百無一用的廢，絕聖棄智的廢，自暴自棄的廢，也是踵事增華的廢。以無用對有用，這和我們所熟悉的中國現代性願景——從主體的確立到家國的建設——恰恰相反。那氾濫在字裡行間的色情描寫不過是最初的端倪；而在後天安門事件歷史情境下，它的顛覆力量更呼之欲出。賈平凹在千夫所指之下，仍然堅稱《廢都》是本「唯一能安妥我破碎了的靈魂」的書，[10]可見用心之深。

相對於此時台港文學裡的飲食男女，《廢都》顯得粗糙無文，因此曾經引來不夠頹廢之譏。的確，朱天文筆下的台北情色遊戲玩得如此老到，以致為「色即是空」做了新解，而施叔青寫香港的錦衣玉食、吃盡穿絕，竟能發展出密碼般的奧義。《廢都》既然定位在改革開放的初期，賈平凹所能描寫的食衣住行自然不可能高明。但頹廢的定義沒有專利。如果彼時台港的頹廢文學寫出文明熟極而爛的奇觀，賈平凹則致力創造一系列百廢待興的怪譚。前者充滿饜足無度的疲倦，後者則流露飢不擇食的醜態——兩者都代表了文明實踐的反挫。西京裡的男女就是偷情也偷得磕磕碰碰，他們吃的穿的毫無章法可言。評者因之戲言，「頹廢是頹廢，可是土頹土頹的」。[11]

我卻以為這才真正觸及了《廢都》之廢的要害。改革開放後都市重又興起，雜沓苟且的亂象也隨之而來。這到底是新時期的弊病，還是革命三十年的後遺症？西京現象可以視為當代中國具體而微的現象。但賈平凹的眼光要遠大於此；他會說西京之廢，非自今始。千年以前當漢唐帝國式微時，它的傾頹已經開始。西京的居民坐擁最豐富的文化遺產，卻在某個接榫點上錯過了歷史的因緣際會，成為內陸黃土文明傳統的遺民。正因為西京如今連頹廢也失去了傳承，成為「土頹土頹」的，它所顯現的歷史悵惘，還有它承受的時間的斷裂，才更令人怵目驚心。

9　賈平凹，〈性格心理調查表〉，引自費秉勛，〈賈平凹性格心理分析〉，收入江心編，《廢都之謎》，頁九九。
10　賈平凹，《廢都》（新版）（台北：麥田出版，二〇二二），頁四八六。
11　扎西多，〈正襟危坐說廢都〉，收入江心編，《廢都之謎》，頁一一。

一切曾經有過的繁華——包括最世故的頹廢——怎麼就沒有了？消失的天命，傖俗的生活，西京就在這樣「囫圇圇」的狀態下體現它的現代意義。《廢都》寫得像仿古小說，廢都裡的人事了無新意，甚至他們的聲色也寒涼得很。古城根飄來塤聲喪曲，一切都是鬼影幢幢。而一個從陝南鄉村來的作家要在這座城裡生活二十年，經歷了自己生命的波折幻滅，才多少體會了廢都之廢，已經滲入了人生的肌理。「前不見古人，後不見來者。」但就算是再悲涼的嘆息，恐怕也注定要被周遭的喧嘩迅速湮沒。

《廢都》事件後賈平凹曾蟄伏一陣，再度出手的作品像《白夜》（一九九五）等，顯示他力求從平淡中見真章的努力。《白夜》仍以西京為背景，廢都的魅影依舊徘徊不去，但賈平凹的敘事態度有了轉變。飲食男女雖然是他述之寫之的對象，只是較前此更瑣碎，也更世故些。相對的，他對容納飲食男女的那個社會，有了細加鑽研的興趣。他幾乎是抱著風俗志學者的姿態，觀察、鋪排城鄉變化中的種種現象。從穿衣吃飯到求神撞鬼，這是一個蠕動的齷齪的社會，有它自己的機制、價值、與信仰；唯其如此，倒也生機蓬勃。

《白夜》也讓我們看到當代作家如何自古典戲曲與儀式汲取靈感，使之起死回生。《白夜》的靈感得自賈在四川觀看目蓮戲的經歷。[12]目蓮戲也是中國最古老的劇種之一，其淵源及面貌不能在此盡述。但不分時代、區域及演出形式，均以目蓮僧入地獄救母為主題，發展出繁複的詮釋形式。

《白夜》的主人翁夜郎是個文人兼秦腔目蓮戲演員。通過他四處演出，他見識到了社會眾生相無奇不有，同時他的兩段感情歷險也有了出生入死、恍若隔世的顛仆。如賈平凹所述，目蓮戲之所以可觀，不只因為它的故事穿越陰陽兩界，更因它的形式本身已是（死去的藝術）起死回生的見證。它滲入到中國庶民潛意識的底層，以其「恐怖及幽默」迷倒觀眾。[13]而夜郎如此入戲，他的生命與愛情也必成為不斷變形轉生的目蓮戲的一部分。此前《廢都》裡真偽難辨、行屍走肉的現象，因而有了清晰倒影。

就此我們不能不記起魯迅七十年前對目蓮鬼戲的執戀。對大師而言，目蓮戲陰森幽魅，鬼氣迷離，但他卻難以割捨。九〇年代的中國，目蓮戲居然捲土重來，以其光怪陸離、匪夷所思的形式又傾倒一批後摩登／後毛鄧（post-modern/post-Mao-Deng）觀眾。何以故？目蓮戲百無禁忌，人鬼不分，豈不正符合了我們這個時代的精神？小說橫跨晝與夜、現在與過去，正對照了一個世代昏昏然似假還真的廢都風情。

千禧年之交，賈平凹又回到早期他所熱衷的商州山水間，寫出了一則動物傳奇——《懷念狼》。商州地界自古野狼肆虐，時至今日狼卻已成為稀有動物。故事中的主人翁由西京回到商州，為的是拍下僅存的十五隻狼的照片。為他擔任嚮導的是久失聯絡的舅父——商州當年最有名的獵狼者。狼群不再，獵人已老，回顧那些人狼大戰的日子，那些狼變人，人變狼的傳說，一種詭祕的鄉

12 賈平凹，《白夜》（台北：風雲時代出版公司，一九九五），頁三。

13 魯迅對目蓮戲的曖昧興趣，見夏濟安的討論，T. A. Hsia, *The Gate of Darkness: Studies on the Leftist Literary Movement in China*（Seattle: University of Washington Press, 1968）, p. 160。

愁竟油然生起。獵人的新任務是保護狼，而不是獵殺狼。但當狼蹤再現，獵人能按得下心頭殺機麼？

《懷念狼》一開始就對人與狼間的曖昧關係提出見證。人狼對峙為敵，其實暗裡形成一種微妙共存關係。當狼群被獵殺殆盡，曾經飽受狼患的人無狼可懼，無狼可殺，居然開始萎靡不振起來。文明與野蠻，人性與暴力必須相輔相成；賈平凹的觀點與時下環保主義那套厚生愛物的說法頗有不同。而他最終要講的是個文明（不得不）墮落的寓言。小說中的攝影師不乏賈平凹的自況。他久居西京，百無聊賴，心身健康每下愈況。一趟尋狼之旅，揭露了商州山野多少不足為外人所道的風俗、異象、怪譚，恰與西京的一切成反比。然而儘管故事中段尋狼、獵狼的過程驚險刺激，我們的角色最後還是回到原點。墜落成為宿命，恰如小說中一再提及的大熊貓淪為生殖力退化的保護動物一樣。

「腔」的聲音政治——《秦腔》

《秦腔》寫商州村鎮清風街半個世紀的故事，以村中夏、白兩家的恩怨為經，共和國的政經變遷為緯，貫穿其間的則是秦腔由流行到衰亡的過程。賈平凹在此書〈後記〉點明清風街的原型就是自己的故鄉棣花村。離鄉三十多年了，棣花村固然令他魂牽夢縈，但這個村落的急速變化卻帶給他最大的感傷。在心目中的故鄉完全毀滅之前，賈平凹「決心以這本書為故鄉樹起一塊碑子」[14]——預為墓誌銘。

這該是賈平凹的本命之作了。它讓我們想起沈從文在戰爭中寫《長河》（一九四七），為的是在湘西完全沒落以前，投下最後有情的一瞥。但賈平凹無意經營抒情風格。相反的，他刻意以流年式筆法渲染所謂「瑣碎潑煩」的生活，鉅細靡遺，以致出現了一種空前黏稠窒礙的氣息——也是他個人「黏液質」的體現。這些年以家史寫國史的鄉土小說我們看得多了；《秦腔》的故事結構其實並不能脫離這一窠臼。但正是賈平凹的敘事方法，他的「腔」，讓這本小說有了新意。

早在寫作《廢都》階段，賈平凹已經自覺經營他所謂的「團塊」敘事結構。這一結構基本來自傳統說部的白描手法，但在敘事的線索上更為夾纏反覆。它也讓我們聯想十九世紀自然主義小說致力的那種比寫實更寫實的風格。但賈平凹說得好，他不再依循西方現實主義「焦點透視」的指令，而是要打散知覺的、心理的、想像的焦點界線，在文字平面上形成重疊拖沓的效果——也是生活的本色。[15]如此像觀點統一、主題精謹、情節完整等小說「經濟」要項都被推翻。說穿了，這是賈平凹「廢」學的延伸，由《廢都》首開其端，《秦腔》則發揚光大。

賈平凹的敘事法是否就此突破現有框架，應當留付持續辯論。他仍然需要在「團塊」之間建立串聯的線索。這線索可以是小說情節，但任何追蹤《秦腔》情節的讀者恐怕都會有不過爾爾的結論。其實賈平凹真正在意的是一種聲音的線索——秦腔。秦腔既是他的主題，也是他的形式。秦腔源遠流長，相傳唐玄宗李隆基的梨園樂師李龜年原本是民間藝人，他所做的《秦王破陣樂》稱為秦

14 賈平凹，〈後記〉，《秦腔》（北京：作家出版社，二〇〇五），頁五六三。
15 賈平凹，〈關於小說創作的答問〉，收入江心編，《廢都之謎》，頁八五—八六。

王腔，簡稱「秦腔」。其後秦腔受到宋詞影響，形式日臻完美。明嘉靖年間甘、陝一帶的秦腔逐漸演變成梆子戲，影響晉、豫、川等其他劇種愈深。清乾隆時秦腔名角魏長生自蜀入京，一鳴驚人，如今京劇西皮流水唱段就來自秦腔。[16]

對賈平凹而言，秦腔是西北民間生活的核心部分。它的本嗓唱腔激烈昂揚，毫無保留的吐露七情六欲，七百多種劇目演盡忠孝節義，形成龐大的草根知識寶庫。更重要的，秦腔人人得而歌之演之，並融入日常行為模式中；劇場和生活所形成的緊密互動構成了文化和禮儀的基型。《秦腔》中的人物在婚喪嫁娶時高歌秦腔，在痴嗔悲喜時吟唱秦腔。種種劇目曲牌成為引起對話的動機，也成為世路人情的參照。

早在一九八三年賈平凹就曾寫過一篇動人散文〈秦腔〉。當時「村村都有戲班，人人都會清唱。」「聽了秦腔，酒肉不香。」賈平凹回憶他穿鄉過鎮，黎明或黃昏獨立野外，放眼看去，天幕下一座座漢唐帝王陵寢，耳際突然傳來冗長的二胡聲，繼之以淒楚雄壯的秦腔叫板，「我就痴呆了」。[17]天地玄黃，那聲音彷彿從亙古的彼端傳來，多少興廢滄桑，盡在不言中。《廢都》中秦腔依然是西京文人雅士的話題之一，[18]而以九〇年代為背景的《白夜》裡，秦腔敗相已露，故事中的戲班串演目蓮戲不過是窮則變，變則通的方法。

到了《秦腔》的開始，秦腔已經衰落不堪。儘管政府和地方人士大力維持，失去了自為的生機，這個劇種成為物化的「民間藝術」象徵，就像懷念狼、保護大熊貓一樣。小說中的戲班演員投閒置散，他們最好的演出機會不過就是在婚喪喜慶搭配串場。與此同時，種種時新表演藝術，從流行歌曲到電影電視，早已席捲鄉村，改變了農民聽和看世界的方式。

當代中國小說至少有三部作品以聲腔作為主題，並據之以發展出敘事策略。莫言的《檀香刑》（二〇〇〇）運用流行於膠東半島的小戲貓腔（茂腔），重新講述庚子事變故事。莫言嘗言在從事創作之始就為兩種聲音所悸動：一種是膠濟鐵路火車的聲音，節奏分明，鏗鏘冷冽；一種就是婉轉淒切貓腔，高密東北鄉民共同的語言。[19]《檀香刑》藉著韻文講唱方式，讓百年前一群匹夫匹婦出現在歷史舞台，以他們的激情血淚——還有貓腔——演出一台好戲。莫言的敘事方法當然是向趙樹理那輩如《李有才板話》、《小二黑結婚》的作品致敬，但也多了一份戲中有戲的玩忽色彩。

閻連科的《堅硬如水》（二〇〇一）則讓他的人物和敘事完全沉浸在文革話語——毛腔——中。種種寶書語錄、聖訓詔告排山倒海而來，形成百科全書式的奇觀。言之不盡興，更必須歌之詠之。故事中的男女主人翁將革命的聲音政治發揮到極限，他們的定情是因為革命歌曲而起，而革命

16 秦腔可分為東西兩路，西流入川成為梆子；東路在山西為晉劇，在河南為豫劇，在河北成為梆子，所以說秦腔可以算是京劇、豫劇、晉劇、河北梆子這些劇目的鼻祖，http://zt.allnet.cn/ZHUANTI/Article/609.html（瀏覽日期：二〇二一年七月八日）。

17 賈平凹，〈秦腔〉，《四十歲說》，頁二二三。

18 賈平凹，《廢都》，頁一九二—一九三。

19 白笑笑，〈莫言戲言《檀香刑》〉，http://blog.tianya.cn/blogger/post_show.asp?idWriter = 0&Key = 0&BlogID = 115875&PostID = 2010570（瀏覽日期：二〇二一年七月九日）。

歌曲也成為春藥一般的東西，氾濫小說每一個偷情場面。在語言、歌曲形成的喧嘩中，革命激情如狂潮般的宣洩。亢奮的旋律，重複的音調摧枯拉朽，直到力竭聲嘶而後已。但對閻連科而言，這樣的音樂不能帶來創造力。而是死亡的化身。[20]

賈平凹的《秦腔》又有所不同。《檀香刑》對貓腔的使用極盡風格化之能事。莫言顯然有意以戲曲形式增加歷史事件的審美距離，而他的敘述也必須看作是場維妙維肖的演出。賈平凹卻強調他的秦腔融入生活的各個層面，猶如衣食住行般的自然。另一方面，閻連科經營的毛腔打著紅旗反紅旗。他的革命家出落得像色情狂；主席的語錄帶來銷魂的雨露，革命歌聲的激情深處正讓人欲仙，也欲死。相對於此，賈平凹的秦腔成為定義民間生活倫理的最後支柱。秦腔音調高亢，卻不唱高調。所謂：

八百里秦川黃土飛揚
三千萬人民吼叫秦腔
撈一碗長麵喜氣洋洋
沒調辣子嘟嘟囔囔[21]

秦腔的架勢氣吞山河，可是調門一轉，飛揚的塵土，洶湧的吼叫都還是要落實在穿衣吃飯上。

美學家宗白華先生論中國的時空意識和文化觀念，認為西方的形上觀念強調抽象的概念、範疇，而中國形上學所描述的宇宙和世界則是一個與人息息相關的所在。從宇宙星空草木蟲魚，「時間的節奏（一歲，四時十二個月二十四節）率領著空間的方位（東西南北等）以構成我們的宇宙。所以我們的空間感覺隨著我們時間的感覺而節奏化、音樂化了」。[22]理想的中國世界是個生生不息，充滿韻律和情調的音樂世界。宗白華的立論部分來自他對《易傳》的理解，而他嚮往的音樂也有《禮記．樂記》的儒家色彩。即使如此，宗的看法可以幫助我們體會賈平凹的秦腔世界。秦腔淒厲高亢，缺乏「中」「和」之聲，但卻是道地西北文化、生活節奏的具體表徵。

然而在新世紀裡秦腔面臨空前的危機。小說中秦腔的消失當然可以以城鄉關係轉變，生產消費模式更替，或是國家政策「主旋律」重新定調等等原因解釋。但我以為賈平凹還有別的寄託。如果這種聲腔來自八百里秦川的塵土飛揚，來自三千萬人民的嘶吼傳唱，它就不是簡單的音樂。用賈平凹的話來說，「五里一村，十里一鎮，……秦腔互相交織，衝撞，這秦腔原來是秦川天籟，地籟，人籟的共鳴啊！於此，你……不深深地懂得秦腔為什麼形成和存在而占卻時間、空間的位置

20 見王德威，〈革命時期的愛與死：論閻連科的小說〉，收入閻連科，《為人民服務》（台北：麥田出版，二〇〇五），頁一七。

21 見註1。

22 宗白華，〈中國詩畫中所表現的空間意識〉，《宗白華全集》（合肥：安徽教育出版社，一九九六），第二卷，頁四二六。有關宗白華的音樂美學觀討論，見章啟群，《百年中國美學史略》（北京：北京大學出版社，二〇〇五），第四章。

嗎？」[23]秦腔的沒落於是成為人心唯危、時空逆轉的象徵，是一種異象。

正因為秦腔所象徵的聲音感應能力已經超出現實主義的詮釋規格，它引領我們重新思考賈平凹小說的神祕主義傾向。八〇年代末期以來，賈平凹對現實以外世界的興趣與日俱增，《廢都》裡從會說話的乳牛到《邵子神數》的傳說，《白夜》死而復生的再生人，《高老莊》裡神祕的白雲湫，有預言能力的幼童等等都是例證，更不提《懷念狼》這樣的作品。賈平凹的風格曾引來兩極評價，好之者認為是魔幻現實主義的中國版本，惡之者則認為裝神弄鬼，偏離社會主義的正途遠矣。

賈平凹對《易經》一類知識的研究眾所周知，更常在散文中表露他對自然奧祕的好奇。他的筆名「平凹」兩字暗含的圖騰意義已經很有文章。[24]對賈而言，山川地理，鳶飛魚躍，甚至日常生活的一飲一啄，隱隱似乎都有定數。[25]當他援引《易經》的卦和象來闡述小說創作，也就有脈絡可循。賈平凹認為人和物進入作品都是符號化的過程，一旦啟動，就產生了氣功所謂的「場」。「這裡所有的東西都成了有意義的……這樣一切都成了符號。只有經過符號化才能象徵，才能變成象」。[26]

聲音作為「象」的一種，在《廢都》裡有塤聲所引出的古遠而悲涼的氣息，成為全書的安魂曲。在《白夜》裡則有目蓮戲的種種曲牌關目串聯陰陽，演繹前世今生。在這一脈絡下，《秦腔》裡的秦腔就應該被視為一種觸動通感，應和物我的音韻體系，也是三秦大地生生世世的話語、知識體系。論者多半讚美《秦腔》貼近生活底層，做出最現實主義式的白描。這是見樹不見林的看法。賈平凹必定認為小說家「仰觀象於玄表」，「俯察式於群形」，象的變化既然層出不窮，現實主義的那點功夫怎麼能夠應付？人生如此瑣碎混雜，因為一曲秦腔才紛紛歸位，形成有意義的「象」。

賈平凹的世界靈異漫漶，鬼神出沒，因此有它的道理。與其說他是魔幻現實主義的接班人，不如說他是古中國那套宇宙符號系統的詮釋者。究其極，秦腔最實在的部分安頓了現實人生，最神祕的部分打通了始原的欲望和想像。能夠參透這虛實相生的「象」的人物不是常人。在小說中，他們或是卜巫者，或是心智異常者。小說的主要敘事者引生就是這樣一半瘋半痴的角色，[27]而小說家的自我期許我們不問可知。引生熱愛秦腔以及秦腔最完美的歌者白雪，甚至自閹以明志。經過他的喃喃敘事，秦腔戲文曲牌和現實、自然、超自然世界的聲音產生互動。

但這互動現在有了雜音。秦腔的沒落是清風街和其他村鎮共同經歷的事實，但引生還看到，以及聽到，一些別的。那是文明消失的先兆，是天地變卦的前奏。如賈平凹所言，「現在『氣』散了」。[28]以現實主義觀點視之，小說末了山崩地裂的安排也許過於巧合，但在賈平凹所理解的符號

23 賈平凹，〈秦腔〉，頁二〇。
24 胡河清，〈賈平凹論〉，收入郜元寶、張冉冉編，《賈平凹研究資料》，頁一七九。
25 賈平凹，〈關於小說創作的答問〉，收入江心編，《廢都之謎》，頁一二七。
26 同前註，頁八二—八七。
27 引生的原型確有其人，見賈平凹，〈記憶：文革〉，《我是農民》，頁八七—八九。
28 賈平凹、郜元寶，〈關於《秦腔》和鄉土文學的對話〉，收入郜元寶、張冉冉編，《賈平凹研究資料》，頁一。

系統裡，卻是再自然不過的事。而小說中會卜卦的星爺已經預言清風街十二年後有狼——人道文明全面潰退的必然。這就引領我們回到前述《懷念狼》的世界了。

螢火蟲與虱子——《帶燈》

有一分熱，發一分光。就令螢火一般，也可以在黑暗裡發一點光，不必等候炬火。

——魯迅

如果你身上還沒有蝨子，那你還沒有理解中國。

——毛澤東

在長達四十萬字《帶燈》裡，賈平凹的觸角再度指向他所熟悉的陝西南部農村。故事發生在小小的櫻鎮，焦點是一個名叫帶燈的農村女幹部。帶燈風姿綽約，懷抱理想，但是她所擔任的職務——櫻鎮綜合治理辦公室主任——卻是最吃力不討好的工作。她負責處理鎮上所有糾紛和上訪事件，每天面對雞毛蒜皮的糾紛。後社會主義的農村問題千頭萬緒，帶燈既不願意傷害農民，又要維持基層社會的穩定，久而久之，心力交瘁，難以為繼。她將何去何從？

賈平凹的農村書寫不經營國族寓言或魔幻荒誕敘事，相對的，他擅長於記錄農村無盡無休的人和事，瑣碎甚至齷齪。他從不避諱農民的惰性和偏狹，卻理解他們求生存的韌性與無奈。《高老莊》、《秦腔》、還有《古爐》都是很好的例子。如賈平凹所謂，因為性格和成長環境使然，他的生命景觀充滿「黏液質加抑鬱質」，發為文章，也有了混沌曖昧的氣息。

《帶燈》依然持續這一特色。賈平凹寫櫻鎮在社會主義現代化的歷程裡，先是拒絕了火車與建，以致錯過了繁榮的契機，之後又不能抵擋後社會主義的開發狂潮，被逼入了層層剝削的死角。在櫻鎮這充滿詩意的名字後面，是個詭異的當代村鎮奇觀。如他在後記所言，「體制的問題，道德的問題，法制的問題，信仰的問題，政治生態問題和環境生態問題，一顆麻疹出來了去搔，逗得一片麻疹出來，搔破了全成了麻子。」[29]

賈平凹所運用的麻疹和麻子的意象耐人尋味。他似乎認為當下農村問題不再只是體制問題；它如此深入日常生活起居，其實已經成為身體的問題。疊床架屋的官僚體系，得過且過的權宜措施，貪污拍馬，逢迎欺詐，老中國的陋習無所不在，日新又新，甚至成為生命即政治的本能。這帶來小說的最大隱喻。櫻鎮沒有落英繽紛，有的卻是漫天飛舞的白蝨。這細小的生物寄生在身體的隱祕處，毛髮的縫隙裡。它安然就著人們的血肉滋長，驅之不去，死而復生。久而久之，櫻鎮的百姓習以為常，不痛不癢，竟然也就把牠當作是身體新陳代謝的一部分。

白虱的隱喻也許失之過露，但在《帶燈》語境裡畢竟觸動了共和國歷史的「毛細管」。我們記得魯迅的《阿Q正傳》裡，阿Q看到自己身上的蝨子不如王胡身上的多而大，竟然有了一比高

29 《帶燈》後記。

下的虛榮心。但我們更應該記得另一則有關蝨子的軼聞。四〇年代，美國進步作家斯諾（Edgar Snow）遠赴延安，成為毛澤東的座上賓。在延安窯洞裡，毛澤東和斯諾一面打撲克，一面吃著饅頭夾紅辣椒，「一面用手搓著脖子上的污垢，有時毫不在乎地鬆開褲腰帶伸手進去抓蝨子。」毛澤東對斯諾說：「如果你身上還沒有蝨子，那你還沒有理解中國。」[30]

毛澤東這番蝨子論意味深長。蝨子與中國人常相廝守，也許表現了古中國藏汙納垢的劣根性，也許暗示了中國底層人民不堪但強悍的生物性本能，也許暗示了歷史偉人民胞物與、感同身受的情懷。但當主席告訴美國友人身上沒有蝨子，就還沒有理解中國時，他是否也暗示一種有關蝨子的革命情懷？在卑微裡蔓延，從痞子變為英雄。革命的力量無孔不入，無所不在，摵人處可以如詩，也如蝨。

《帶燈》裡，陝北延安窯洞裡的蝨子似乎跨越時空障礙，飛到了陝南櫻鎮。革命如果已經成功，我們還要與蝨子共舞麼？這鋪天蓋地而來的白蝨到底告訴了我們什麼？套用前引的賈平凹所言，這些蝨子在後社會主義裡的繁榮是環境生態問題？或者也可能是政治生態問題，體制問題，道德問題，法制問題，信仰問題？

賈平凹顯然為這些問題所苦。但在《帶燈》裡他不甘心只白描這些無從回答的疑問，而希望創造出他的希望或願景。於是有了帶燈這個人物。帶燈原名螢，就是螢火蟲，因為顧忌螢食腐草而生的典故，因此改名。帶燈孤芳自賞，與官僚體系格格不入，她來到櫻鎮負責農村基層問題，上訪，拆遷，救災，生計等等，無時或已。但她的力量微薄，注定燃燒自己，卻未必照亮他人。

賈平凹對帶燈這個人物投注相當心力，寫她舉手投足的優雅，她豐富的內心世界，還有她逆來順受的性格。然而也許正因為賈平凹如此珍惜這位女主人翁，他反而沒有賦予她更多的血肉。帶燈的形象因此空靈有餘，體氣不足。我們對她的背景動機和感情世界所知無多，她的奉獻和犧牲也只能引起我們的無奈。

小說描寫帶燈每天面對無法擺脫的雜亂，百難排解之際，遠方的鄉人元天亮成了她的精神寄託。元天亮是個謎樣的人物，他官拜省委常委，卻從未在小說中出現。我們僅見帶燈不斷給他寫信，訴說自己的希望和絕望。這樣的單相思式的通訊固然為小說敘事帶來一個浪漫的出口，但也必定指向虛無的終局。帶燈的無法擺脫現實，又沒有能力得到解脫。她的痛苦是無法救贖的。

賈平凹曾提到帶燈的原型是一個擔任鄉鎮幹部的女性「粉絲」。從這個角度來說，賈似乎將自己定位為《帶燈》中的理想人物元天亮。但作為帶燈的創造者，賈平凹又何嘗不是筆下女主人翁的分身？通過帶燈和遙遠的元天亮，他投射了自己對中國農村社會的期望。這是相當抒情的寄託，也與賈平凹書寫社會現狀的用意恰恰相反。但我以為正是這兩條情節如此相互糾纏違逆，為《帶燈》的敘事帶來前所未見的緊張。

《帶燈》的情節不如《秦腔》、《古爐》那樣複雜。賈平凹刻意打散情節的連貫性，代之以筆記、編年的白描，長短不拘，起迄自如，因此展現了散文詩般的韻律。事實上，賈平凹在後記裡提到：

---

30 〈蝨子和中國〉，http://www.cywedu.org/maozedong39/163.htm（瀏覽日期：二〇二一年七月八日）。

> 到了這般年紀，心性變了，卻興趣了中國西漢時期那種史的文章的風格，它沒有那麼多的靈動和蘊藉，委婉和華麗，但它沉而不靡，厚而簡約，用意直白，下筆肯定，以真準震撼，以尖銳敲擊。[31]

我以為這樣以形式來駕馭素材、人物的做法，甚至以形式來投射一種倫理的訴求，以及本體論式的人生觀照——沉而不靡，厚而簡約——是《帶燈》真正的用心所在。這也是賈平凹抒情敘事學的終極追求。換句話說，儘管現實如何混沌無明，賈平凹立志以他的敘事方法來賦予秩序，貫注感情。就像他筆下的帶燈為櫻鎮示範一種清新不俗的生活方式一樣，賈平凹在文本操作的層次上也在尋求一種「用意直白，下筆肯定」的書寫形式。

但無從迴避的反諷是：小說裡帶燈的努力終歸失敗，果如此，在寓言閱讀的層次上，賈平凹對自己的書寫形式的用心與效應，又能有多大的自信呢？《帶燈》這樣的作品因此預設了一個相當悲觀的結局。不只是對小說內容、也是對小說形式的質疑。那個充滿「黏液質加抑鬱質」的賈平凹畢竟從來不曾遠去。小說最後，百無聊賴的帶燈發現自己的身上終於也染上了白蝨，怎麼樣再清潔、治療也驅除不了。

帶燈，螢火。在現代中國歷史的開端，魯迅曾經寫下：

> 願中國青年都拜託冷氣，只是向上走，不必聽自暴自棄者流的話。能做事的做事，能發聲的發聲，有一分熱，發一分光，就令螢火一般，也可以在黑暗裡發一點光，不必等候炬火。[32]

我們不難想像年輕的帶燈同志剛被分發到櫻鎮的心情，彷彿就像剛讀了魯迅的文字，立定志向，「就令螢火一般，也可以在黑暗裡發一點光，不必等候炬火。」魯迅寫作此文的時間是一九一九年一月十五日。三個半月以後，五四運動爆發。中國革命啟蒙的大業隨即展開。然而要不了幾年，魯迅不僅不再相信螢火，甚至連炬火也感到憂疑。

多少年後，困處在櫻鎮裡的帶燈似乎也有了類似的難題。「如果你身上還沒有蝨子，那你還沒有理解中國。」主席的話言猶在耳，曾幾何時，螢火不再，帶燈身上有了無數的蝨子。想來她——或賈平凹——已更理解中國？

賈平凹，《廢都》（新版）（台北：麥田出版，二〇二二）。
賈平凹，《秦腔》（台北：麥田出版，二〇〇六）。
賈平凹，《帶燈》（台北：麥田出版，二〇一四）。

31 《帶燈》後記。
32 魯迅《熱風，41》，http://www.xys.org/xys/classics/Lu-Xun/essays/refeng/essay41.txt（瀏覽日期：二〇二三年四月九日）。

歷史的遺留物

——王安憶《天香》、《一把刀，千个字》

虛構與紀實——《天香》

從一九八一年出版《雨，沙沙沙》到現在，王安憶（一九五四—）的創作已經超過四十年。這四十年來中國文壇變化巨大，與她同時崛起的同輩作家有的轉行歇業，有的一再重複，真正堅持寫作的寥寥無幾。像王安憶這樣孜孜矻矻不時推出新作，而且品質保證，簡直就是「勞動模範」。骨子裡王安憶也可能的確視寫作為一項勞動——既是古典主義式勞其心志、精益求精的工夫，也是社會主義式兢兢業業、實事求是的習慣。

早期的王安憶以書寫知青題材起家，之後她的眼界愈放愈寬，四〇年代的上海風華、五六十年代的新社會蛻變、文革運動、上山下鄉、改革開放、乃至於後社會主義的種種聲色，無一不是下筆的對象。她的敘事綿密豐瞻，眼光獨到，有意無意間已經為人民共和國寫下了另一種歷史。王安憶又對她生長於斯的上海長期投注觀照，儼然成為上海敘事的代言人。而她歷經風格試驗，終究在現實主義裡發現歷久彌新的法則。

王安憶這些特色在新作《天香》裡有了更進一步的發揮。《天香》寫的還是上海，但這一回王安憶不再勾勒這座城市的現代或當代風貌，而是回到了上海的「史前」時代。她的故事始自嘉靖三十八年（一五五九），終於康熙六年（一六六七），講述上海仕紳家族的興衰命運，園林文化的窮奢極侈，還有這百年間一項由女性主導的工藝——刺繡——如何形成地方傳統。

作為當代文壇的大家，憑她王安憶的文名多寫幾部招牌作《長恨歌》式的小說，不是難事。但她陡然將創作背景拉到她並不熟悉的晚明，挑戰不可謂不大。也正因如此，她的用心值得我們注目。以下關於《天香》的介紹將著重三個層面：王安憶的個人上海「考古學」；她對現實主義的辯證；還有她所懷抱的小說創作美學。

王安憶對上海一往情深，九〇年代中她開始鑽研這座城市的不同面貌，一部《長恨歌》寫盡上海從四〇年代到八〇年代的浮華滄桑，也將自己推向海派文學傳人的位置。但王安憶顯然不願意只與韓邦慶、張愛玲呼應而已。她生長的時代讓她見識上海進入共和國後的起落；另一方面，她對上海浮出「現代」地表以前的身世也有無限好奇。她近年的作品，從《富萍》到《遍地梟雄》，從《啟蒙時代》到《月色撩人》，寫上海外來戶、小市民的浮沉經驗，也寫菁英分子、有產階級的啼笑因緣。這些作品未必每本都擊中要害，但合而觀之，不能不令人感覺一種巴爾札克式的城市拼圖已經逐漸形成。

而一座偉大深邃的城市不能沒有過往的傳奇。有關上海在鴉片戰爭後崛起的種種我們已經耳熟能詳，王安憶要探問的是：再以前呢？上海在宋代設鎮（一二六七），元代設縣（一二九〇），歷經蛻變，到了有明一代已經成為中國棉紡重鎮，所在的松江地區甚至有了稅賦甲天下之說。

這是《天香》取材的大背景。王安憶著墨的是明代盛極而衰的那一刻。滬上子弟就算在科舉有所斬獲而致仕，也都早早辭官歸里。江南的聲色如此撩人，退出官場不為別的，只為了享受家鄉的一晌風流。小說裡的申家兄弟就是這樣的例子。他們打造天香園、種桃、製墨、養竹、疊石，四時節慶，忙得有聲有色。他們錦衣玉食，不事生產，因為消費——或浪費——就是生產。小說中段描寫申家老少「富」極無聊，刻意擺設店面，玩起買賣的遊戲，因此充滿諷刺。坐吃山空，錦衣玉食的日子畢竟有時而盡。等到家產敗光、無以為繼之時，當年女眷們藉以消磨時間的刺繡居然成為最後的營生手段。

王安憶記述申家園林始末，當然有更大的企圖。上海原是春申故里，《天香》以申為名，一開場就透露城市寓言的意義。如王所言，江南的城市裡，杭州歷史悠久，蘇州人文薈萃，比起來上海瞠乎其後。但這所都會另有獨特的精神面貌，在「器與道、物與我、動與止之間，無時不有現世的樂趣出現，填補著玄思冥想的空無」。上海雅俗兼備，魚龍混雜，什麼時候都能湊出一個「興興轟轟的小世界」。這個世界遠離北方政治紛擾，自有它消長的韻律。

從一般眼光來看，申家由絢爛而落魄，很可以作為一則警世寓言，坐實持盈保泰的教訓。如此王安憶似乎有意將明末的上海與當代的上海作對比，提醒我們這座城市前世與今生的微妙輪迴。但我以為王安憶的用心不僅止於此，她要寫出上海之所以為上海的潛規則。當申家繁華散盡、後人流落到尋常百姓家後，他們所曾經浸潤其中的世故和機巧也同時滲入上海日常生活的肌理，千迴百轉，為下一輪的「太平盛世」作準備。

持盈保泰不是上海的本色。頹靡無罪，浮華有理，沒有了世世代代敗家散財的豪情壯舉，怎麼能造就日後五光十色？上海從來不按牌理出牌，並在矛盾中形成以現世為基準的時間觀。上海的歷史同時是反歷史。

這樣的讀法帶領我們進入《天香》的第二層意義，即王安憶的現實主義辯證。《天香》對申氏家族的描寫，舉凡園林遊冶，服裝器物，人情糾葛，都細膩得令人嘆為觀止。據此，讀者很難不與《金瓶梅》、《紅樓夢》以降的世情小說作對比。尤其《紅樓夢》有關簪纓世家樓起了、樓塌了的敘述，彷彿就是王安憶效法的對象。

但如果我們抱著悲金悼玉的期待來看《天香》，可能要失望了。因為整部小說雖然不乏癡嗔悲歡的情節，敘事者的口吻卻顯得矜持而有距離。小說裡的人物橫跨四代，來來去去，彷彿與我們無親。如果《紅樓夢》動人來自於曹雪芹懺情與啟悟的力量，王安憶則另有所圖。她更關心的是一項名為江南家族的「物種」起滅，或更進一步，一種由此生出的「物質文化」——從園林到刺繡——的社會史意義。

由這個觀點來看，王安憶獨特的現實主義就呼之欲出。我們都記得《長恨歌》的主人翁王琦瑤一生與上海的命運相始終，多麼令人心有戚戚焉。但我們可能忽略了那樣的寫法其實是王安憶向以往風格的告別演出。《長恨歌》以後的作品抒情和感傷的氛圍淡去，代之以更多對個人和群體社會互動的白描和反思。中篇《富萍》應該是重要的轉捩點；王安憶返璞歸真，以謙卑的姿態觀察上海基層的生命作息。當中國文壇被後社會主義風潮吹得進退兩難之際，王安憶反其道而行。她重新審視現實主義所曾經示範的觀物知人的方法，還有更重要的，社會主義現實主義所投射的那種素樸清平的、物我相親／相忘的史觀。

《天香》的寫作是這一基礎的延伸。如王安憶自謂，她之寫作《天香》緣起於她對「顧繡」——上海地方繡藝的極致表現——歷史的好奇與追蹤。[1]她對這項手工藝的「考古學」讓她得以敷演出一則傳奇。就此，她的關懷落在傳統婦女勞作與創造互為因果的可能，刺繡作為一種物質工藝的發生與流傳，閨閣消閒文化轉型為平民生產文化的過程。

《天香》其實是反寫了《紅樓夢》以降世情小說的寫實觀。《天香》的結局沒有《紅樓夢》般的大痛苦、大悲憫；有的是大家閨秀洗盡鉛華後的安穩與平凡。傳奇不奇，過日子才是硬道理。這是王安憶努力的目標了。

然而《天香》是否也有另外一種寫實觀點呢？如上所述，王安憶的寫實又是以「興興轟轟」的上海浮世經驗為坐標，她因此不能不碰觸社會主義唯物理想的對立面，就是上海城市物質史裡戀物、玩物——乃至於物化——的無窮誘惑。她在《天香》裡也不斷暗示，上海如果失去了踵事增華，標新立異的底蘊，也難以形成那樣豐富多變的庶民文化。名滿天下的「天香園繡」雖然起自市井，最後又歸向民間，但如果沒有上流社會女子的介入，以她們的蘭心慧手化俗為雅，就不足以形成日後的傳統。

寫作《天香》的王安憶似乎不能完全決定她的現實主義前提。她在後社會主義時代裡寫著前資本主義時代的故事，同時又投射著社會主義的緲緲鄉愁。循此我們要問，現實主義到底是作家還原所要描寫的世界，還是抽離出來，追溯現實的本質？是冷眼旁觀，還是物色緣情？是唯物論，還是微物論？更進一步，我們也要問上海的「真實」何嘗不來自它在「興興轟轟」中所哄抬出的，海市蜃樓般的，「不真實」或「超真實」？這是古老的問題，但它所呈現的兩難在《天香》裡顯得無比真切。

歸根結柢，寫實與寓言，紀實與虛構之間繁複對話關係從來就是王安憶創作關心的主題。這也是《天香》所可注意的第三個層面：這是一本關於創作的創作。早在一九九三年，王安憶就以小說《紀實與虛構》和盤托出她對小說創作的看法。小說誠為虛構，但卻能以虛擊實，甚至滋生比現實更深刻的東西。

王安憶的說法也許是老生常談，要緊的是她如何落實她的信念。《紀實與虛構》的敘事兵分兩路，一路講女作家立足上海的寫作經驗，一路講女作家深入歷史、追蹤母系家族來龍去脈的過程。對王而言，每一次下筆都是與「虛構」亦步亦趨的糾纏，也是與「真實」短兵相接的碰撞。兩者之間互為表裡，最終形成的虛構也就是紀實。

寫《紀實與虛構》時期的王安憶仍然在意流行趨勢，不能免俗的採用後設小說模式。到了《天香》，她回歸嚴謹的古典現實主義敘事，切切實實的講述明代上海申家「天香園繡」從無到有的過

1 〈王安憶：天香園裡夢紅樓〉，《南方文學·南方藝術》，https://www.zgnfys.com/a/nfwx-9455.shtml（瀏覽日期：二〇二三年一月二十三日）。

程。但她其實要讓這現實主義筆法自行彰顯它的寓言面向。小說最重要的主題當然是刺繡，而刺繡最重要實踐者是女性。「天香園繡」起自偶然，終成營生需要；原是閨閣的寄託，卻被視為時尚的表徵；是高妙自足的藝術，也引出有形無形的身價。

就此王安憶筆鋒一轉，暗示女性與創作的關係，不也可以作如是觀？她於是不動聲色地重新編織出《紀實與虛構》裡的線索。小說如是寫道：

> 天香園繡可是以針線比筆墨，其實，與書畫同為一理。一是筆鋒，一是針尖，說到究竟，就是一個「描」字。筆以墨描，針以線描，有過之而無有不及。
>
> 技藝這一樁事，可說「如履薄冰，如臨深淵，稍有不及，便無能無為；略有過，則入「雕蟲」末流……天香園繡與一般針黹有別，是因有詩書畫作底，所以……不讀書者不得繡！

這幾乎是王安憶的現身說法了。

王安憶佩服的同輩作家中有信仰伊斯蘭教的張承志。張曾經苦於無法表達他對宗教最誠摯熱切的感受，幾經折磨，他寫出了《心靈史》，竟是以最冷靜的筆觸描寫伊斯蘭教的一支，如何在極度困苦中保持高尚的志節，而且代代繁衍至今。王安憶指出，心靈是個極其抽象的概念，而「張承志卻找到了這樣一種方法，這種方法就是絕對的紀實。」「以最極端真實的材料去描寫最極端虛無的東西。」[2]

王安憶在《紀實與虛構》的階段已經在思索張承志的心靈與形式的問題。但彼時她有話要說的衝動仍然太強，一直要到《天香》，她似乎才寫出了她的心靈史。「以最極端真實的材料去描寫最極端虛無的東西」：對她而言，「心靈」無他，就是思考她所謂藉虛構「創造世界的方法」。

《天香》意圖提供海派精神的原初歷史造像，以及上海物質文明二律悖反的道理。這兩個層面最終必須納入作者個人的價值體系，成為她紀實與虛構的環節。王安憶向三百年前天香園裡那些一針一線，埋首繡工的女性們致意。她明白寫作就像刺繡，就是一門手藝，但最精緻的手藝是可以巧奪天工的。從唯物寫唯心，從紀實寫虛構，王安憶一字一句參詳創作的真諦。是在這樣的勞作裡，《天香》在王安憶的小說譜系裡有了獨特意義。

請客吃飯，做文章——《一把刀，千个字》

革命不是請客吃飯，不是做文章，不是繪畫繡花，不能那樣雅致，那樣從容不迫，文質彬

2 王安憶，〈我們在做什麼：中國當代小說透視〉，《獨語》（台北：麥田出版，二〇〇〇），頁二三四—二三六。

彬，那樣溫良恭儉讓。革命是暴動，是一個階級推翻一個階級的暴烈的行動。

——毛澤東《湖南農民運動的考察報告》（一九二七）

王安憶的《一把刀，千个字》再次證明她的創作力歷久彌新。小說始於揚州菜漂流海外的故事，情節一旦展開，赫然盤根錯節。紐約華人的大宴小酌牽引出東北哈爾濱一場家庭悲劇，上海弄堂深處的兒女恩怨，還有揚州城裡城外的市井人生。舊金山唐人街、大西洋城賭場、天津宅邸、甚至大興安嶺鄂溫克族獵場都是故事發生的場景；越南女子、德州青年、新疆流民穿梭主要人物之間。但小說的核心是文化大革命中一起轟動全國的政治迫害事件。

揚州飲饌如何與文革鬥爭發生關聯？海外華人如何應對社會主義烏托邦？什麼是「一把刀」，什麼是「千个字」？王安憶調動人物情節，「紀實與虛構」雙管齊下，在在體現她拿手的現實主義風格。但在白描飲食男女同時，她迴向歷史。二十世紀的革命狂飆不再，新時代的中國人繼續穿衣吃飯。但曾經的信仰和隨之而來的傷害縈繞不去，總以最奇特細微的方式喚醒一代人的政治潛意識。不僅於此，王安憶甚至將她的歷史命題提高到抽象層次：人生莽莽蒼蒼，本命是什麼？革命是什麼？一個人是否可能憑空連根拔起，或再次落地生根？作為「個」體，人之為人存在或消失的意義是什麼？

沒有如此的大哉問作為底色，王安憶的敘事再栩栩如生，也不能顯現她的現實小說獨特之處。小說標題已耐人尋味。「一把刀」指的是揚州師傅擅用的菜刀，「千个字」則出自袁枚（一七一六—一七九八）佳句：「月映竹成千个字，霜高梅孕一身花。」揚州四大名園之一的箇

（个）園命名即本於此。袁枚好啖，詩酒風流，為有清一代文人風雅的典範。然而在王安憶小說的語境裡，「一把刀」回歸民間，隱隱有了殺氣，「千『个』字」歷經月落星沉，墜入茫茫人海。

革命不（就）是請客吃飯

《一把刀，千个字》的主人翁陳誠，少年師從揚州名廚，因緣際會，上個世紀末來到美國，落腳紐約華人聚居的法拉盛區。這裡老僑、新僑來自五湖四海，各有各的經歷。橘逾淮為枳，無論背景如何，人在異鄉，必須另起爐灶。陳誠也不例外，雖然廚藝不凡，卻難有用武之地，只有少數場合才能一展身手。也就在酒足飯飽之際，客人話匣子一開，天下大事、國共祕辛、革命外史、離散傳奇在飯桌上攤開。

這只是王安憶的起手式。從廚子的眼光來看，共和國的革命歷史不過就是酒酣耳熱後的話題。但果真如此麼？漂流海外，誰沒有難言之隱？隨著敘事，我們發現這個揚州師傅不但會做菜，而且耽於沉思；他獨來獨往，有點憂鬱，甚至有點神祕。他出身東北一個知識分子家庭，在文革中成長。那是個天翻地覆的時代，或出於選擇，或命運使然，他進入與家庭背景迥然不同的行業，也就可以理解。以陳誠為輻輳點，王安憶描寫他那歷盡滄桑、卻仍然忠黨愛國的父親，舉止躁鬱的姊姊，世故的妻子，法拉盛各色人等、還有當年上海弄堂、揚州鄉下的老老少少。這些人交織出時代的眾生相，遠看平平凡凡、近看各有心事。尤其陳誠周旋油鹽醬醋之間，似乎總是若有所失。來美多年，他仍在尋找什麼，或是逃避什麼？

像陳誠這樣的人物其實也曾出現在王安憶其他作品中。三十年前《叔叔的故事》（一九九〇）裡他是個初出茅廬的文學愛好者，《考工記》（二〇一八）裡他是蹉跎一生、株守舊宅的敗落世家子。這類人物起初懷抱懵懵懂懂的想望，卻在歷史偶然或必然的遭遇裡，過早遇見生命的坎陷，為之失落彷徨。他們遁入自己的世界裡，無論是創作，是建築，還是烹調，成為打通出路的門徑。然而人生還是有些謎題難以參透，時機錯過，再回首已是百年身。

《一把刀，千个字》上半部鋪陳了陳誠的故事，也提出了「謎題」：他從哪裡來，要到哪裡去？下半部裡敘事陡然轉變，「母親」這一人物出場。王安憶不揭露母親名姓，逕以「她」稱呼。母親家世良好，美麗聰明，在學校、在單位都是一時無雙的人物。但母親也是孤獨的。在哈爾濱，母親與來自揚州的父親結合，有了一對兒女。這本是理想的新中國家庭。文革開始，母親不由自主捲入。她觀察、沉思各方文鬥武鬥，遠走南方串聯，見證革命實踐。終有一日，母親歸來，靜靜寫下十二張大字報張貼。我們不知道母親到底寫了什麼。但她的文字為自己也為家人帶來滔天大禍。母親被捕入獄，後遭槍斃，一家因此四分五裂。

母親的兒子就是陳誠。他甚至原來不姓陳。大禍臨頭那晚，年幼的他連夜被送往上海，從此改名換姓，寄人籬下。他輾轉棄學，成為廚師學徒。但故事不止於此。文革結束，母親一夕之間又被平反，甚至被冠以烈士之名。母親成為全國懷念效法的對象，她的事蹟一再被媒體報導、影視改編。陳誠幼年離開東北，母親的印象已經模糊，但「母親」的形象卻又如是無所不在。甚至他談戀愛也落入「戀母情結」的戲謔。

多少年後，揚州廚師來到美國法拉盛，看見客人高談國家大事，左派右派爭得面紅耳赤，不禁惘然。革命不是請客吃飯。但時移事往，革命不就是請客吃飯？而那頓飯，是烈士之子掌廚的拿手好菜。萬里之外的揚州佳肴裡，隱隱有一股血腥氣味。

左翼的憂鬱

至此，「謎底」似乎揭曉，王安憶儼然寫了個後革命時代的離散故事：一切俱往矣。其實不然。她不願輕易告別革命，而是要再次叩問革命的前世與今生。這讓她的小說充滿辯證意義，而這辯證藉著紐約的揚州廚子和哈爾濱的文革烈士——兒子和母親——的關係，作了戲劇化呈現。陳誠的經歷必須放在大歷史格局理解。他的存在，或甚至小說所有人物的存在，無非用以烘托「母親」這個人物。

小說中有關母親的描寫僅集中在短短幾十頁裡；這短短的篇幅卻支撐了全書。她的一生如長虹閃爍，隨即為歷史狂飆摧毀。王安憶以抒情的筆觸描寫母親短暫的一生，她的高潔理想，她的溫柔多情如此華美，只能存在詩的世界裡。母親周遭的人，包括至親的家人，甚至小說家王安憶，就算對她心存嚮往，也是可望而不可及。在粗糙酷烈的現實裡——那構成小說紛紛擾擾的世界裡——是容不下母親的。

識者大可以指出，王安憶將母親與革命等同起來，有如老套寓言。談革命、原欲、母親三者的聯動關係，左派心理學家如紀傑克等也可大做文章。在後社會主義語境裡，「革命」早已成為明日黃花，王如此含情脈脈的革命寓言很可能流於感傷造作，更可能引發此地無銀三百兩的嘲諷。但王安憶逆向操作，反之就此考掘寓言本身的辯證性。她的「寓言」其實有所本。此無他，文革時期在東北犧牲的張志新（一九三〇—一九七五）就是母親的原型人物。

張志新曾任遼寧省委宣傳部幹事，一九六九年因為批判四人幫被捕入獄，一九七五年遭槍決。張志新在獄中備受凌辱，導致精神失常，有謂她行刑前被割斷喉管，死後屍骨無存。一九七九年張志新獲得平反，追奉為烈士，成為全國典範。張的一雙兒女日後都遠走美國。二〇一九年中共建政七十週年前夕，習近平表彰所謂「最美奮鬥者」，張志新名列其中。

張志新案曾是文革最大冤案之一。新左學者自詡中共黨外無黨，黨內卻有「自動糾錯」機制；歷史永遠是朝正確方向發展，張的冤死和平反也許就是黨的先見加後見之明的最佳寫照？[3]大說家大言夸夸，小說家卻從人間煙火裡看出歷史無數罅漏。王安憶小說中的母親當然不必只從張志新汲取靈感。她最終要銘刻的不是一個人物或事件，而是一種精神、一種情懷的得與失。循此王安憶展開辯證：革命是訴諸暴力的群體行動，但革命者做出捨我其誰的抉擇時，又是一種純粹的個人行動。革命既是史詩的，也是抒情的；是摧枯拉朽的大破與大立，也是地久天長的烏托邦嚮往——與傷害。

王安憶的作品向來不乏左翼（非國黨機器的左派）情懷。作為「共和國的女兒」，她的家庭背景和文革經驗使她對革命——不論是壯麗昂揚的行動，或是粗糙慘烈的後果——感同身受。她明白社會主義烏托邦裡裡外外其實血跡斑斑。在〈憂傷的年代〉裡，她如是回顧自己的文革經驗：

> 這是一段亂七八糟的時間，千頭萬緒的，什麼都說不清。就是說不清。在亂七八糟的情形之下，其實藏著簡單的原由，它藏得非常深而隱蔽，要等待許多時日，才可說清。……我們身處混亂之中，是相當傷痛的。而我們竟盲目到，連自己的傷痛都不知道，也顧不上，照樣地跌摸

滾爬，然後，創口自己漸漸癒合，結痂，留下了疤痕。[4]

王安憶是憂傷的。但故事必須講下去。荷馬史詩《奧迪賽》（*Odyssey*）裡，尤利西斯在外征戰二十年，返家面目全非。伺候他的老婦憑著他腳上的疤痕認出主人，一家團圓。如何認出並撫摸那疤痕，訴說那「說不清」的傷痛，是小說家的本命。王安憶創作轉折點的《叔叔的故事》如此，《啟蒙時代》（二〇〇七）如此，《一把刀，千个字》仍是如此。

近年西方馬克思學者面對革命大業每下愈況，而有「左翼憂鬱」[5]之說。誠如學者涂航指出，如果中國也有左翼憂鬱，病灶不來自革命的遙遙無期，而來自革命實踐之後所暴露的巨大落差和變形。[6]但憂鬱不必只帶來弗洛依德式的自溺與膠著，也可能啟動阿多諾（Theodor Adorno）式「否

3 汪暉，〈自主與開放的辯證法：關於六十年來的中國經驗〉，《21世紀經濟報導》國慶特刊，二〇〇九年九月。更為完整的論述參見汪暉，〈中國崛起的經驗及其面臨的挑戰〉，《文化縱橫》二〇一〇年第二期，頁二四—三五。

4 王安憶，《憂傷的年代》（台北：麥田出版，一九九八），頁五三。

5 參見 Enzo Traverso, *Left-Wing Melancholia: Marxism, History, and Memory*（N. Y.: Columbia University Press, 2017）。

6 Tu Hang, *Revolution Remains: Literature, Thought, and the Politics of Emotion in Reform China*（Ph.D. Dissertation, Harvard University, 2020）, chapter 3, "Left Melancholy: Chen Yingzhen, Wang Anyi, and the Desire for Utopia in the Post-Revolutionary Era".

定的辯證」[7]——在歷史貌似終結的點上觸摸疤痕，重啟傷痛的、歧義的、（自我）質疑的敘事，從而延續辯證。

這方面王安憶的精神導師不是別人，正是台灣左翼作家陳映真（一九三七—二〇一六）。[8]王安憶一九八三年在美國愛荷華國際作家工作坊認識陳映真，成為忘年交，日後寫下《烏托邦詩篇》致敬。從陳那裡，她分享左翼烏托邦理想，也見證「抉心自食，欲知本味。創痛酷烈，本味何能知？」[9]的執著。陳《山路》裡的老婦蔡千惠——也是一個母親的形象——的話，「如果大陸的革命墮落了，會不會使得昔日的血淚犧牲，都變為徒然？」[10]很可以成為《一把刀，千个字》的註腳。革命的必然與徒然千迴百轉，善與惡俱分進化一如既往，王安憶以小說寫革命的完而不了，也完不了。

匿名術與微物論

《一把刀，千个字》不僅延伸王安憶左翼敘事辯證，也代表她藉小說思考形上問題的最新嘗試。如前所述，小說上部處理主人翁陳誠「我從哪裡來，要到哪裡去」的問題。這是王安憶不斷書寫的主題，最著名的作品首推《紀實與虛構》（一九九二）。王安憶現身說法，探討母系家族的來龍去脈。她甚至推測出這一家族可能是北方蠻族的一支，千百年遷徙離散，終至不能聞問源頭和最後的落腳處。《一把刀，千个字》提出類似問題，但有了不同的回應。

陳誠對母親，以及母親為之犧牲的革命，其實一知半解。母親的消失是陳誠生命中的黑洞。小說安排他兩度看到一本家族相簿，其中唯一一張全家福照片早被隱去，因為母親曾是家族恥辱和罪的象徵。但另一方面，母親又是革命後全中國大名鼎鼎的國家烈士，她的身影經過媒體鋪天蓋地的傳播，無所不在。幽靈化的母親，聖寵化的母親，作為烈士之子，陳誠在極度患得與患失中如何自處？

王安憶在小說自序提到，小說最初線索來自一則有關某烈士之子和成長環境格格不入的傳聞。這個孩子長大後如何面對世界、家人、還有自己，成為作家揮之不去的執念。小說安排年幼的陳誠突然從哈爾濱家中被帶走，寄居上海弄堂姑母家，隱姓埋名，開始新生。他又選擇了廚師之路，與原生家庭漸行漸遠。而他從中國來到美國，從偷渡客變成公民，更象徵著他改頭換面的決心。

問題是，過去的網羅剪不斷，理還亂。陳誠有多大的決心和能量為自己打造不同的身分和生命？王安憶不將這一問題視為情節橋段而已，更將其提升至本體論層次，因而陡然加深敘事的複雜度。陳誠成長過程中每一次的遭遇，從上海弄堂裡帶他到工廠洗澡的爺叔，揚州鄉下結交的廚師之子，到大西洋城邂逅的紅粉知己，都讓他的眼界和身分不斷轉化。與此同時，他必須與家庭創傷搏鬥，甚至他的父親、姊姊和妻子也成為搏鬥的對手。他沒有過去可以告別，也沒有未來可以期許。但他又是不甘的，因為他隱隱感覺如此貼近母親卻又錯過母親：能否再出生／出發一次，定義那存在的源頭？

---

7 Theodor Adorno, *Negative Dialectics*（N. Y.: Continuum, 1981）.

8 王安憶《烏托邦詩篇》記敘她與陳映真的過往關係。

9 魯迅，〈墓碣文〉，《野草》，《魯迅全集》，第二卷，頁二〇二。

10 陳映真，《山路》（台北：遠流出版公司，一九八四），頁二三八。

這一擬想「人之初」的逆向衝動是王安憶近年創作的主軸；《一把刀，千个字》恰恰又點出了它的政治意涵。漢娜・鄂蘭從政治思想角度指出革命、新生（natality）與敘事（narrativity）息息相關；革命的根本是創造——讓生命另起一個開頭，讓「故事」重新再講一次。[11]但王安憶要講的故事複雜得多。如果革命是為世界重新命名的方法，那麼革命後或後革命的時代意味什麼？

二〇一五年出版的《匿名》是重要的突破。小說描寫一個上海的普通市民陰錯陽差被黑道綁架，後被拋棄於大山中。遠離城市文明，他的身形面貌逐漸改變，甚至忘了姓名身分，重回蒙昧的匿名天地，「二次進化」。他歷盡顛簸，最後被發現救回，卻在渡江途中落水不知所終。

《匿名》的隱喻意圖超過現實主義敘事的承載量，讀者未必能夠領情。但此作在當代小說史應有一席之地。陳思和教授回顧共和國文學和文化政治，[12]曾指出從「共名」到「無名」的轉變，亦即從官方一言堂想像下放為民間多元的想像，是上個世紀末的大事。但新世紀以來我們見證「共名」和「無名」相互滲透，形成新的制約和反制關係。王安憶恰當此時以小說提出「匿名」，雖未必有意參與公共論述，卻點出當代——維穩的，「不准革命」的時代——一種新的感覺結構。「匿名」是凡夫俗子隱身遁世的渴望，是社會監視管理技術的代號，但更有意義的，是所有不為我們所知的事物總稱。但「名為萬物之始」，就算匿名避世，除非縱浪大化（有如《匿名》的結局），誰又能夠離開名和物千絲萬縷的牽掛？

《考工記》（二〇一八）將王安憶的匿名術又推進一步。這是一則人和老房子化為一體的故事。落魄的世家子弟半生坎坷，最後退居祖傳的老屋，卻與老屋有了休戚與共的關係。城市建設步步逼近老屋舊園，守護者一籌莫展。老屋兀自存在，歷經歲月逐漸腐朽，老屋的守護者何嘗不是如此。但王安憶拒絕將人與屋的關係浪漫化。歲月流逝，人與屋注定由廢物化為無物。進化還是退化，人的週期與物的週期共相始終一場，如此而已。

當「匿名」——「名」的消失，隱匿——成為一種隱入世界萬物之間的形式，其實凸顯出傳統社會主義唯物論的局限。那是以人為出發點的物論，念茲在茲「人化」或「物化」的機械二分法，卻未曾真正檢視「物」深邃而不可測的潛力。《考工記》的意義在於將人與物等而視之，一路追蹤老人和老屋歷盡滄桑，最後都成為「微物」——細微之物，也是幽微之物——的過程。人的終了其實是人／物的開始。

「匿名」與「微物」是王安憶以小說思考革命的教外別傳。人民共和國號稱改天換地，對「名」和「物」的堅持其實無比保守。種種運動、清算、主義無不以名分和標籤的鬥爭展開；也無不以架空、異化物種深邃複雜的動能為能事。近年新唯物論的興起，其實是對舊唯物論遲來的對話。

在「名」與「物」兩極之間，革命其實忽略了原本號稱要解放的「人」。文化大革命後新人文主義回歸，關鍵之一正是對人作為血肉之軀，感性存在的正視。王安憶雅不欲附和新人文主義的號

---

11 Hannah Arendt, *On Revolution*（N. Y.: Penguin Classics, 2006）.

12 陳思和，〈試論九〇年代文學的無名特徵及其當代性〉，《復旦學報．社會科學版》二〇〇一年第一期，頁二一一—二二六。

召（又是一種新的命名行動），卻從小說實踐裡還原最複雜的人間境況：匿名的境況，微物的境況。她賴以調動的形式，或為世界再次命名的方法，就是現實主義。她從匿名思考種種名相所帶來虛妄與悵惘，藉微物解構機械唯物所曾物化的世界。

回到《一把刀，千个字》。陳誠所見證的一段革命歷史，正是「名」與「物」各走極端，人不當成人的時代。文革發生，母親其實沒有直接涉及文鬥武鬥，她選擇在更高的位置觀察、思考種種喧囂狂躁，做出自己的判斷。她所懷抱的革命憧憬和她所置身的革命現實有了巨大衝突。她做出了決定，並且付出生命代價。

母親被污名化為現行歷史反革命，又被聖名化為國家烈士。多少年後，陳誠遠走他鄉，隱姓埋名。他以匿名方式，選擇新的開始。而他的職業讓他貼近生命的基礎——民以食為天。那是微物的世界，充斥種種人間煙火，七情六慾。這是他對革命遲來的、無言的回應。

陳誠的嘗試是否能讓他重新改造過去，小說沒有給出答案。然而在他重新定義自己的身分時，母親或革命的幽靈還是無所不在。[13]那是一種庇護，還是一種宿命？用《憂傷的年代》裡的話說，「在亂七八糟的情形之下，其實藏著簡單的原由，它藏得非常深而隱蔽，要等待許多時日，才可說清……」。

評論家張新穎稱《匿名》為「一本『大說』的小說」。[14]《一把刀，千个字》沒有如此宏闊的意圖，但延續了《匿名》所給出的辯證邏輯，並將其連鎖到人民共和國革命敘事。一九二七年毛澤東有言：「革命不是請客吃飯，不是做文章，不是繪畫繡花，不能那樣雅致，那樣從容不迫，文質彬彬，那樣溫良恭儉讓。革命是暴動，是一個階級推翻一個階級的暴烈的行動。」多少年後，斬釘截鐵的革命宣言成為一樁文學公案，透露革命、吃飯、做文章之間曖昧的消長關係。由革命寫到請客吃飯，王安憶運筆如刀，做她的文章。起落之間，她炮製多少人間故事，辯證名與實、人與物的始末，為之沉思，為之嘆息。這是她的「千个字」，她一個人的「小說革命」。

王安憶，《天香》（新版）（台北：麥田出版，二〇二二）。

王安憶，《一把刀，千个字》（台北：麥田出版，二〇二〇）。

---

13 參看 Jacques Derrida 的「魂在論」論述（hauntology），*Specters of Marx: The State of the Debt, The Work of Mourning & the New International*（New York, Routledge Classics, 2006）。

14 對死亡政治的定義，見 Achille Mbembe, "Necropolitics," *Public Culture*, 15, 1（2003），pp. 11-40。

隱祕而盛開的歷史

——蔣韻《行走的年代》

有沒有這樣一種銘刻一代中國人從文革到九〇年代的方式？

那是「四點零八分的北京／一聲尖厲的汽笛長鳴」（食指〈四點零八分的北京〉）；是「相信未來！」（食指〈相信未來〉）；是「黑夜給了我黑色的眼睛／我卻用它尋找光明」（顧城〈一代人〉）；是「當天地翻轉過來／我被倒掛在／一棵墩布似的老樹上／眺望」（北島〈履歷〉）；是「開頭把我灼傷／接著把我覆蓋／以致最後把我埋葬。」（韓東〈明月降臨〉）；是「傷害　玻璃般痛苦」（翟永明〈十四首素歌〉）；是「我的痛苦變為憂傷／想也想不夠，說也說不出」（舒婷〈雨別〉）；是「我不相信」（北島〈回答〉）。

那是一個動盪的時代，充滿粗礪而狂暴的喧囂。也是一個浪漫的時代，有著一切不可能都變成可能的憧憬，和一切可能都變成不可能的悵惘。這個時代的年輕人上山下鄉、改革開放，走向廣場時已經微近中年。他們的經驗如此曲折，以致混淆了天真和世故，青春和滄桑。驀然回首，他們驚覺曾經那麼明明白白的歷史其實如此難分難解。只有詩吧：以其隱祕，以其深情，才能訴說出這個時代的壯麗與悲傷。

《行走的年代》寫的就是這樣一個故事。故事的底線與其說是一代人苦澀的成長，更不如說是一種稱之為「詩」之物的滋生和隕滅。作者蔣韻（一九五四—）是大陸資深作家，在海外也許不如同輩的王安憶、殘雪知名，但以創作的細膩和對現實的反思而論，她的地位不容忽視。蔣韻成長於文革中，也親歷八〇年代的大改變。過去的作品如《我的內陸》、《隱祕盛開》等一再嘗試記錄這段經驗，但她所要抒寫的那種情緒一直隱而不發。是在《行走的年代》裡，這股情緒終於噴薄而出，不由得我們不為之感動。

死於青春

小說背景設定在八〇年代初中國北方的一座小城。熱愛文學的中文系大四女學生陳香，「崇拜一切和文學有關的事物。」有一天，一個名叫莽河的詩人來到小城。莽河沒有什麼名氣，他不是北島、江河，也不是後來的海子、西川。不過在那樣一個浪漫的年代裡，「這就夠了。」

蔣韻告訴我們，上世紀八〇年代「是一個遊歷的年代。」大江南北，長城內外，黃沙滾滾的鄉村路上，破爛骯髒的長途客運車裡，總有一個年輕的詩人和你不期而遇。詩人臉色蒼白，長髮披肩，憂鬱寡歡，但「眼睛總如孩子般明亮。」詩人風塵僕僕，足跡所到之處，詩情汩汩湧出：天地、黃河、母親，棄兒、流浪、憂傷……。

對文藝青年陳香來說，莽河何止是個詩人，他「太像一個詩人了。」他們有了一夜情。兩天後，莽河離開小城，渺無蹤跡。兩個月後，陳香匆匆嫁了一個離過婚的男人，然後生下一個雖說不足月，卻是壯實無比的早產兒。

即使在小說的頭兩頁裡，我們已可察覺出蔣韻淡淡的嘲諷。陳香和莽河的邂逅不是個別的故事。有多少莽河們在中國行走，就有多少陳香們為之傾倒。他們的起承轉合如此似曾相識，只能讓我們發出莞爾的微笑。然而蔣韻的目的並不只是嘲諷。她明白哪怕在最膚淺的生命故事裡，也可以有真情流露。她毋寧是抱著哀矜勿喜的態度，看著筆下這群才子佳人跌跌撞撞的走過新時期。

詩是啟動這一切悲喜劇的媒介；蔣韻要問的是：詩何以曾經有這樣的魅力？在我們這個時代裡，詩還可能麼？這樣的問題主導了《行走的年代》的辯證性。原因無他，蔣韻關心的是詩，寫的卻是小說。如何處理抒情和敘事之間的張力是她著墨最深的地方。

在小說中，為人婦的陳香日子過得無比平凡。但日常生活的平靜不能掩飾家庭女主人躁動的心。另一方面，從小說的第二章開始，詩人莽河又出現了。他不能安於現狀，他要遊蕩。「從平庸的日常生活中出逃，那是詩人的本質。」蒼蒼莽莽的黃土地上，詩人漫遊著，從陝北到晉北，米脂、朔縣、右玉、平魯、雁門關、殺虎口，彷彿只有那些最遙遠的老城、最寒涼的邊塞，才能暫時虜獲詩人放蕩不羈的胸懷。大漠的風沙從漢唐吹來，詩人且行且吟，有如千百年來在路上的騷人墨客。

當然，詩人必須戀愛。莽河巧遇從事尋根研究的葉柔，一見鍾情。兩人盤桓在邊城遺跡之間，文明的廢墟和始原的激情相互見證彼此的力量。這段戀情的高潮是兩個人相約徒步走向內蒙大草原。朔北高原上星垂平野，月印萬山，我們看到兩個渺小的影子依偎前進，就好像一路要走到地老天荒。「那是他們永恆的蜜月。」這一場景輕易成為《行走的年代》最動人的部分。

但是且慢，故事到這裡是不是也太煽情了？我們不曾忘記困在小城裡的陳香每天是用什麼樣的心情過日子。葉柔一步一步所走向的，豈不就正是陳香可望而不可及的幻想？蔣韻的敘事來回在兩條線索間，隱隱透露出一種不安。但在這不安爆發出來之前，我們已經可以看出蔣韻的用心。她儼然用對位手法將同一個（或同一類型）的愛情故事說了兩次，並賦予不同結局。陳香和莽河，葉柔和莽河，都是萍水相逢，都是因為詩產生電光石火的激情。這激情摧枯拉朽，竟讓他都有了生死與之的決絕。

葉柔與莽河情到濃時，不禁賞嘆湯顯祖的名言：「情不知所起，一往而深，生者可以死，死可以生。」可就在兩人纏綿悱惻之際，故事急轉直下。某夜葉柔突然大量內出血，竟因此不治。

這是蔣韻下的重手。情到深處，生者可以死——但是死者真可以生麼？眼看的好事成雙原來敵不過生命現實的局限。人生到底不是《牡丹亭》。但葉柔的死於青春還是夠浪漫的；作為說故事者，蔣韻不能就此罷手。有一天，陳香在書店看到一本新詩集《死於青春》，作者署名莽河。她翻到扉頁，赫然看到「一個陌生的男人坐在城牆上，凝視前方。一個陌生的，從沒有見過的男人。」陳香——還有作為讀者的我們——這才被擊中要害了。

詩不迷人人自迷

陳香在書店裡發現詩人莽河的一幕是《行走的年代》最關鍵的部分。她怎麼樣「看」這件事，讀者應該自行發現。堅守現實主義敘事的讀者也許要說這樣的安排過於巧合，我卻以為蔣韻自有她的道理。在最簡單的層次上，陳香的「識人不明」反映了八〇年代初期的物質歷史情況。在那樣閉塞的小城裡，在資訊和影像爆炸時代降臨的前夕，熱愛文藝的陳香的確可能沒有機會，甚至未必在乎，一睹詩人的廬山真面目。更重要的是，詩的流傳原本靠的就是口耳和文字所產生的想像。用班雅明腔來說，詩是最純粹的藝術，是靈光顯現的結晶。

所以當陳香看見詩人、恍然大悟的一刻，她的震撼不應該只是簡單的被騙了。這個時刻之所以驚心動魄，更因為投射了陳香一代人的知識閱域的巨變。我們是不是可以這麼說，在此之前是心心相印、有詩為證的世代；在此之後是一覽無遺、眼見為憑的時代。「黑夜給了我黑色的眼睛／我卻用它尋找光明。」儼然有了光亮，一切都可以看清楚了。歡迎來到「新啟蒙時代」。

但果真是如此麼？蔣韻的故事從這裡開始才更耐人尋味。蔣韻多年前曾寫過一本精緻的自傳小說集《我的內陸》，講述自己少女時代的經歷。文革中儘管標語口號鋪天蓋地，也不能壓抑一顆顆青春抒情的心。有一天一個名叫李娟的女孩朗誦〈相信未來〉，聲稱是她自己寫的。十五歲的蔣韻深深感動了，從此熱愛文學。這也是蔣韻認識食指——文革中最受歡迎的地下詩人——的開始，「但那個時候他以『李娟』的名義出現。」蔣韻寫道：「多年之後我知道了真相……可我仍然要為此感謝李娟，是她，在我最迷惘最憂傷最盲目的日子裡，把這樣一首詩帶進了我的生命之中。」

這不正是陳香和冒牌詩人「莽河」的故事原型？蔣韻要說的是，這樣的故事無關欺騙，反而更顯示出那個年頭叫「詩」的語言神祕的穿透性和隱喻性。詩啟動了想像的循環，讓任何被觸動的人都傾心以對。或更進一步，詩不迷人人自迷。陳香需要的未必是莽河；就算正牌的莽河其實也已經是個二流的、人云亦云的詩人。陳香尋找的是像莽河那樣作為言說象徵的一個「詩人」。日後陳香寫信給兒子，提醒他：「你身上流著詩人的血。詩人，他們是一群被神選中的人，你不能用世俗的標準來衡量他……我更希望你能擁有一顆詩人的心……這是一生我所羨慕的事。」[1]

陳香的對手葉柔何嘗不是如此。她原本拒絕莽河的愛，因為「莽河，我怕我自己，我怕我會不顧死活地去愛你，迷失本性的愛你！……我也不是瘋狂的、浪漫的女人，可是我為什麼做了這麼瘋狂的事？……我怕你，莽河，因為你是詩人。」

這樣的告白算得上歇斯底里了，但這也可能是蔣韻用心所在。情到深處，陳腔濫調也有了肺腑之言的況味。羅蘭・巴特（Roland Barthes）不早就告訴我們，「在愛情這個癡迷的國度裡，言語是既過度又過少，過分（由於自我無限制的膨脹，由於情感氾濫）而又貧乏（由於種種規約、慣例，愛情使言語跌落到規約、慣例的層次，使它變得平庸）。」[2]

詩的魅惑力量還不止於兩性之間。莽河在流浪的路上結識了仰慕他的青年洪景天。兩人一見如故，感動之餘，莽河為洪即席賦詩。這改變了後者的生命。原來偏安在晉北小城的青年突然有了大志，最後拋棄了工作和未婚妻追隨莽河而去，無怨無悔。

蔣韻的書寫一方面遊走在濫情感傷的邊緣，一方面始終維持著警醒和反諷。她明白詩歌時代的純粹性和表演性，脆弱感和殺傷力，總是一體兩面。來往其間，她有太多感觸，因為《行走的年

---

1 蔣韻，《我的內陸》（台北：麥田出版，二〇〇一），頁八五。

2 羅蘭・巴特著，汪躍進、武配榮譯，《戀人絮語》（*Fragments d'un discours amoureux*）（台北：桂冠出版公司，一九九四），頁九七—九八。

代》就是她的年代，她曾經親身參與其中的悲歡和曖昧。多年以後回顧所來之路，她明白自己就可能是陳香，是葉柔，是洪景天，甚至莽河。在那因詩而起的洪流中她只是倖以身免，得以回來告訴我們她的同伴們的故事。

蔣韻最終要寫的是那個時代浪漫和現實糾結下的狂喜和傷痛，還有事過境遷後留下的巨大的空虛。我們可從這裡延伸出拉岡（Jacques Lacan）式的詮釋，見證詩所指涉的「真實」或「真相」的內核其實是不堪聞問的黑洞，正所謂「不知所起，一往而深」。作為一種語言形構的外物，詩折射欲望者的嚮往，帶來不明所以的滿足，也同時顯現終極意義的匱乏。[3]我們也可以延伸出德勒茲和瓜達里（Gilles Deleuze & Pierre-Félix Guattari）式的詮釋，把詩看作是啟動欲望機器的訊號，促使主體不斷逾越、逃逸、「行走」在語言無盡可能的裂變裡，形成極不穩定的、具有革命能量的「遊牧主體」（nomad subject）。[4]

這些詮釋不應該只視為理論的附會而已，因為有蔣韻的文本和個人經歷作支撐。尤其當我們將《行走的年代》再放回歷史語境裡，我們驚覺蔣韻有意無意的將她有關詩的故事化為隱喻，用以烘托出一個時代的「感覺結構」。詩是什麼？是文字符號的幻化、也是深情的印記，是革命、也是烏托邦，是行動的歷史、也是虛空的虛空。而我們記得當年讓「四海翻騰、五洲震盪」的國家領導人也是個最浪漫、最被傳誦、最讓千萬人欲仙欲死的詩人。

《行走的年代》在結構上以陳香發現莽河的真相作為轉折點。小說的後半部幾乎像是為前半部非死即傷的故事收拾殘局。跨過了八〇年代末的風雨，故事來到世紀末。告別行走的衝動，定下來過日子才是硬道理。經濟大潮排山倒海而來，有多少人能夠招架得住？

蔣韻要說的是，那些曾經滄海的詩人和愛詩人畢竟沒有全然絕跡。只是他們現在紛紛潛入地下；他們像敵後工作者一樣改頭換面，韜光養晦，只有給對了通關密語，才突然現身。人是不可以貌相的，你的眼睛所看到的未必就是真相。

這使上述的詩與敘事的辯證性有了新的轉折，也讓小說繼續引起我們的興趣。陳香看見莽河後陷入長期憂鬱，但她熾烈的欲望只有變本加厲。她的日子表面平穩，心裡卻越來越「不安於室」。她的丈夫是個好人，但不是個詩人。我們的後社會主義的「包法麗夫人」（Madame Bovary）仍然在尋尋覓覓。陳香的堅持最後導致離婚，而且釀成更大的悲劇。

蔣韻也告訴我們莽河在葉柔死後繼續行走，而且走到了俄國，成為單幫客。莽河的冒險，坦白說，寫得並不能讓人置信。但蔣韻顯然覺得就像寫黃土地上的遊蕩一樣，不作如此鋪排，就不足以為詩人的蛻變和不變找到承接點。她也有意藉此突出小說前半段所埋下的伏筆——洪景天。這個年輕人拋棄一切追隨莽河來到異鄉，與其說是為自己找出路，更不如說是為了愛戀莽河。他終於為莽河而死，也成全了最後的詩意。

---

3 在中國六〇到九〇年代的語境裡，最好的詮釋途徑是經由紀傑克根據拉岡理論作的政治解讀。參考如 Slavoj Žižek, *The Sublime Object of Ideology*（London: Verson, 1997）。

4 Gilles Deleuze and Pierre-Félix Guattari, *Anti-Oedipus: Capitalism and Schizophrenia*（N. Y.: Penguin, 1980）.

「面朝大海，春暖花開」

莽河然後成為大土地開發商，從「詩人」變成社會「成功人士」。這是蔣韻對她的時代最無奈的抗議了。但就像前面所說的，蔣韻的描寫又不止於浮面的諷刺。莽河為最新的建築案宣傳為「面朝大海，春暖花開」。這當然指的是青年詩人海子（一九六四—一九八九）所留下的最膾炙人口的一首詩。海子在一九八九年春天臥軌自殺，他的死被公認是中國八〇年代結束最具象徵意義的事件；海子之死就是詩人之死。

莽河（或蔣韻）選用「面朝大海，春暖花開」，充滿曖昧意義。海子的憧憬和死亡被奇異的轉化成為一個品牌。作為一個投資案，「面朝大海，春暖花開」成為含有誘惑性的命名式，就此莽河已經不知不覺地協助了當代中國欲望經濟的轉型。曾幾何時，行走的年代已經被安居樂業、宜室宜家的年代所取代。過去因「匱乏」所建構的主體欲望，或從「流浪」所投射的反抗意識，已經化為「以空作多」、利上滾利的市場美學。

但蔣韻還是要說，不論動機如何，莽河對自已的「前世」仍有不能自已的鄉愁。他的那些一起從六〇年代走過來的客戶是否也感同身受？在市儈的最底層，詩人的幽靈仍然蠢蠢欲動。「面朝大海，春暖花開」就算是商業炒作，也有了不請自來的招魂意義。

是在這樣的前提下，《行走的年代》來到最高潮。因為「面朝大海，春暖花開」的輾轉牽引，莽河知道了陳香的存在。這真是詭譎的經驗。兩個人如此陌生，卻又如此熟悉。因為詩，因為詩人的名字，他們的生命彷彿早就糾纏在一起了。經過了世紀末的滄桑，他們的存在已經成了肉身的

「斷井殘垣」。小說上半部描寫熱戀中的莽河和葉柔在晉北邊城廢墟間的行走，這才有了對照意義。

時間摧折生命、文明與感情的力量，可以如是！《行走的年代》因此不妨當作是後文革世代「情的考古學」來閱讀。陳香和莽河最後想不想見面，或會不會見面，這裡要賣個關子。可以說的是，蔣韻引用湯顯祖的那句名言，「情不知所起，一往而深，生者可以死，死可以生」在在令人玩味。

《行走的年代》最後還是將讀者拉回到詩與敘事的辯證關係上。一般認為詩以象徵語言提煉生命經驗，將所有感官的震顫凝結於一刻，而敘事則一再提醒我們時間流程所必然帶來的生命裂變。蔣韻不是不明白這個道理，選擇以小說形式寫作就像決定了某種宿命。但是她仍然企圖用她的小說捕捉一些什麼。經過了行走的年代，蔣韻不甘心就此放下包袱。說穿了，她自己何嘗不就是一個詩的地下工作者，就著寫小說作掩護，發送訊號，找尋當年失散的同路人。

這些人應該也包括了一個叫吳光的年輕人。在《我的內陸》裡，蔣韻是這樣描寫他的：

> 他東奔西走，永遠行色匆匆，一會兒山南，一會兒海北，激動他的事物似乎永遠在遠方。他崇尚宏大的事物，比如史詩，比如河山，比如世界。它擁有某種使命感，這是很誠實的感情可同時又很危險。它必然要選擇轟轟烈烈，驚天動地，這就是一個浪漫主義者的結局。然後他就消失不見了。他和二十世紀八〇年代一同消失。那是他的年代，最後的年代……九〇年代不需

要任何浪漫激情，不需要悲壯、崇高、不需要詩。[5]

這又是一個詩人莽河了，而今安在哉？詩人會回來麼？或應該回來麼？或以什麼樣的身分回來？為了這樣的疑問和憧憬，蔣韻幽幽的寫著《行走的年代》，她的一段隱祕而又盛開的歷史。

蔣韻，《行走的年代》（台北：麥田出版，二〇一二）。

5 蔣韻，《我的內陸》，頁一〇一—一〇二。

失掉的好地獄
——張貴興《野豬渡河》

經過十七年醞釀，張貴興（一九五六—）終於推出長篇小說《野豬渡河》。張貴興是當代華語世界最重要的小說家之一，作品《群象》（一九九八）、《猴杯》（二〇〇〇）早已奠定了文學經典地位。這些小說刻畫了他的故鄉——婆羅洲砂拉越——華人墾殖歷史，及與自然環境的錯綜關係。雨林沼澤莽莽蒼蒼，犀鳥、鱷魚、蜥蜴盤踞，絲棉樹、豬籠草蔓延，達雅克、普南等數十族原住民部落神出鬼沒，在在引人入勝。所謂文明與野蠻的分野由此展開，但從來沒有如此曖昧游移。

張貴興的雨林深處包藏無限誘惑與危險：醜陋猥褻的家族祕密，激進慘烈的政治行動，浪漫無端的情色冒險……都以此為淵藪。叢林潮濕深邃，盤根錯節，一切的一切難以捉摸。但「黑暗之心」的盡頭可能一無所有，但見張貴興漫漶的文字。他的風格縟麗詭譎，夾纏如藤蔓、如巨蟒，每每讓陷入其中的讀者透不過氣來——或產生窒息性快感。張貴興的雨林與書寫其實是一體的兩面。

這些特色在《野豬渡河》裡一樣不少，作家深厚的書寫功力自不在話下。但《猴杯》創造高峰多年以後，張貴興新作的變與不變究竟何在？本文著眼於三個面向：「天地不仁」的敘事倫理；野豬、罌粟、面具交織的（反）寓言結構；華夷想像的憂鬱徵候。

砂拉越「三年八個月」

讀者不難發現，相較於《群象》、《猴杯》對砂拉越華人聚落的描寫，《野豬渡河》更上層樓，將故事背景置於寬廣的歷史脈絡裡。時序來到一九四一到一九四五年，日本侵略東南亞、占領大部分婆羅洲，砂拉越東北小漁港豬芭村無從倖免。在這史稱「三年八個月」時期，日本人大肆屠殺異己，壓迫土著從事軍備生產，豬芭村人組織抗敵，卻遭致最血腥的報復。與此同時，豬芭村周圍野豬肆虐，年年進犯，村人如臨大敵。

在「南向」的時代裡，我們對砂拉越認識多少？砂拉越位在世界第三大島婆羅洲西北部，自古即與中國往來，十六世紀受汶萊帝國（渤泥國）控制；一八四一年，英國冒險家詹姆士・布洛克以平定汶萊內亂為由，半強迫汶萊國王割讓土地，自居統領，建立砂拉越王國。太平洋戰爭爆發，砂拉越為日本占領，戰後歸屬英國，成為直轄殖民地，直到一九六三年七月才脫離統治。同年九月，砂拉越與沙巴、新加坡和馬來亞聯合邦（馬來亞半島或西馬）組成今之馬來西亞（一九六五年新加坡退出）。這一體制受到鄰國印尼反對，鼓動砂共和之前的殖民者進行武裝對抗。砂共叛亂始自一九五〇年代，直到九〇年才停息。

張貴興五〇年代生於砂拉越，十九歲來台定居，卻不曾遺忘家鄉，重要作品幾乎都聯結著砂拉越。《群象》處理砂共遺事、《猴杯》追溯華人墾殖者的罪與罰，時間跨度都延伸到當代。以時序而言，《野豬渡河》描寫的「三年八個月」更像是一部前史，為日後的風風雨雨做鋪陳。日軍侵入砂拉越，不僅占領布洛克王朝屬地，也牽動南洋英國與荷蘭兩大傳統殖民勢力的消長。這段歷史的慘烈與複雜令我們瞠目結舌。華人早自十七世紀以來移民婆羅洲，與土著及各種外來勢力角力不斷，而華人移民間的鬥爭一樣未曾稍息。華人既是被壓迫者，也經常是壓迫者。海外謀生充滿艱險，生存的本能，掠奪的欲望，種族的壓力，還有無所不在的資本政治糾葛形成生活常態。

是在這裡，《野豬渡河》顯現了張貴興不同以往的敘述立場。《群象》描寫最後的獵象殺伐，「中國」之為（意）象的消亡，仍然透露感時憂國的痕跡。《猴杯》則從國族認同移轉到人種與人／性的辯證，藉著進出雨林演繹雜種和亂倫的威脅。《野豬渡河》既以日軍蹂躪、屠殺豬芭村華人居民為敘述主軸，似乎大可就海外僑胞愛國犧牲做文章。小說情節也確實始於日軍追殺「籌賑祖國難民委員會」成員。但讀者不難發現「籌賑祖國難民委員會」非但面貌模糊，那個等著被賑的「祖國」更是渺不可及。不僅如此，張貴興善於描寫的性與家族倫理關係雖然仍占一席之地，但大量的暴力和殺戮顯然更是焦點。死於非命成為等閒之事，甚且及於童稚。〈龐蒂雅娜〉一章所述的場景何其殘忍和詭祕，堪稱近年華語小說的極致，哈日族和小清新們必須有心理準備。

張貴興的敘事鋌而走險，以最華麗而冷靜的修辭寫出生命最血腥的即景，寫作的倫理界線在此被逾越了。我們甚至可以說，大開殺戒的不僅是小說中的日本人，也是敘述者張貴興本人。然而，即便張貴興以如此不忍卒讀的文字揭開豬芭村創傷，那無數「淒慘無言的嘴」的冤屈和沉默又哪裡說得盡，寫得清？另一方面，敘述者對肢解、強暴、斬首細密的描寫，幾乎是以暴易暴似的對受害者施予又一次襲擊，也強迫讀者思考他的過與不及的動機。

《野豬渡河》對歷史、對敘述倫理的思考最終落實到小說真正的「角色」，那千千百百的野豬上。如張貴興所述，野豬是南洋特有的長鬚豬，分布於婆羅洲、蘇門答臘、馬來半島和蘇祿群島，貪婪縱慾，鬥性堅強。因為移民大量墾殖，野豬棲居地急速縮小，以致每每成千上萬出動，侵入農地民居，帶來極大災害。野豬桀驁不馴，生殖和覓食為其本能。牠們既不「離散」也不「反離散」；交配繁衍，生生死死，形成另一種生態和生命邏輯。

這幾年華語文學世界吹起動物風，從莫言（《生死疲勞》、《蛙》）到賈平凹（《懷念狼》），從夏曼．藍波安（《天空的眼睛》）到吳明益（《單車失竊記》），作家各顯本事，而姜戎的《狼圖騰》更直逼國家神話。張貴興自己也是象群、猴黨的創造者。但野豬出場，顛覆了這些動物敘事。在一個以伊斯蘭信仰為主的語境裡大談野豬，作者的種族諷刺意圖昭然若揭。但千萬華人移民賣身為豬仔、渡海謀求溫飽的處境，一樣等而下之。小說中的華人為了防禦野豬，年年疲於奔命，豬芭村的獵豬行動從戰前持續到戰後，難捨難分，形成命運共同體。尤有甚者，亂世裡中日英荷各色人等，不論勝者敗者，兀自你爭我奪，相互殘殺獵食，交媾生殖，他們的躁動飢渴也不過就像是過了河的野豬吧。

如果說張貴興藉豬喻人，那也只是敘述的表相。他其實無意經營一個簡單的寓言故事。天地不仁，以萬物為「豬狗」。《野豬渡河》讀來恐怖，因為張貴興寫出了一種流竄你我之間的動物性，一種蠻荒的、眾「牲」平等的虛無感。蠢蠢欲動，死而不後已。

野豬、罌粟、面具

德勒茲、瓜達里論動物，曾區分三種層次，伊底帕斯動物（Oedipus animal），以動物為家畜甚至家寵，愛之養之；原型動物（Archetype/state animal），以動物為某種神話、政教的象徵，拜之敬之。而第三種則為異類動物（daemon animal，由古希臘daimōn[δαίμων]延伸而來），以動物為人、神、魔之間一種過渡生物，[1]繁衍多變化，難以定位，因此不斷攪擾其間的界線。對德勒茲、瓜達里而言，更重要的是，動物之為「動」物（becoming animal），意義在於其變動衍生的過程。任何人為的馴養、模擬或想當然爾的感情、道德附會，都是自作多情而已。[2]

張的動物敘事可以作如是觀。他對野豬、對人物儘管善惡評價有別，但描寫過程中卻一視同仁，給與相等分量。小說開始，主人公關亞鳳的父親就告訴他「野豬在豬窩裡吸啜地氣，在山嶺採擷日月精華……早已經和荒山大林、綠丘汪澤合為一體……單靠獵槍和帕朗刀是無法和野豬對抗的。人類必須心靈感應草木蟲獸，對著野地釋放每一根筋脈，讓自己的血肉流濬天地，讓自己和野豬合為一體，野豬就無所遁形了。」亞鳳父親的說法正是把野豬視為「原型」動物，賦予象徵定位。但小說的發展恰恰反其道而行。千百野豬飄忽不定，防不勝防，或者過河越界，或者被驅逐殲滅。如果與人「合為一體」，那是夢魘的開始。

於是小說有了如下殘酷劇場。豬芭村裡日軍搜尋奸細，砍下二十二個男人頭顱，刀劈三個孕婦

---

1 Gilles Deleuze and Pierre-Félix Guattari, *A Thousand Plateaus: Capitalism and Schizophrenia*, trans. by Brian Massumi（Minneapolis: University of Minnesota Press, 1987）, p. 237.

2 Gilles Deleuze and Pierre-Félix Guattari, *Kafka: Toward a Minor Literature*, trans. by Dana Polan（Minneapolis: University of Minnesota Press, 1986）, p. 13.

的肚子後，一片鬼哭神嚎。就在此時，一隻齜著獠牙的公豬循著母豬的足跡翩然而至：

> 牠……伸出舌頭舔著地板上老頭的血液，一路舔到老頭的屍體上。牠抬起頭，毫不猶豫的將吻嘴插入老頭肚子裡，開始了凶猛囫圇的刨食。已經飽餐一頓的母豬看見雄豬後，嗅著雄豬的肛門和陰莖，拱起屁股磨擦雄豬，發出春情氾濫的低鳴……雄豬將老頭肚子刨食乾淨後，肚子鼓得像皮球。牠從老頭肚皮囊裡抽出半顆血淋淋的頭顱，嗅了嗅母豬的乳頭和陰部，將吻嘴伸到母豬兩腿之間，用力的拱撞著母豬屁股，口吐白沫……發出嗯嗯哼哼的討好聲，突然高舉兩隻前蹄，上半身跨騎母豬身上，將細長的豬鞭插入母豬陰道……

張貴興的描寫幾乎要讓人掩面而逃。但他更要暗示的應是豬就是豬，我們未必能，也不必，對牠們的殘暴或盲動做出更多人道解釋。但與其說張意在自然主義式的冷血描述，更不如說他的筆觸讓文本內外的人與物與文字撞擊出新的關聯，攪亂了看似涇渭分明的知識、感官、倫理界限。

比方說面具。野豬血淋淋的衝撞如此原始直接，恰恰激發出小說另一意象——面具——的潛在意義。面具是豬芭村早年日本雜貨商人小林二郎店中流出，從九尾狐到河童的造型精緻無比，極受老少歡迎。隨著小林身分的曝光，所謂的本尊證明從來也只是張面具。知人知面不知心，比起野豬的齜嘴獠牙，或在地傳說中女吸血鬼龐蒂雅娜飄蕩幻化的頭顱，日本人不動聲色的面／具豈不更為恐怖。然而小說最終的面具不到最後不會揭開。當生命的真相大白，是人面，還是獸心，殘酷性難分軒輊。

除了野豬和面具，豬芭村最特殊的還有鴉片。張貴興告訴我們，鴉片一八二三年經印度傾銷到南洋，成為華人社會不可或缺的消費品和感官寄託。即使太平洋戰爭期間，鴉片的供應仍然不絕如縷，平民百姓甚至抗日志士都同好此道。在罌粟的幽香裡，在氤氳的煙霧中，痛徹心扉的國仇家恨也暫時休止，何況鴉片所暗示的欲望瀰散，如醉如癡，一發即不可收拾。

野豬、面具、鴉片原是風馬牛不相及的意象，在張貴興筆下有了詭異的交接，或媾和。經過「三年八個月」，《野豬渡河》裡人類、動物、自然界關係其實已經以始料未及的方式改變。獸性與癮癖，仇恨與迷戀，暴烈與頹靡，……共同烘托出一個「大時代」裡最混沌的切面。在野豬與鴉片，野豬與面具，或鴉片與面具間沒有必然的模擬邏輯，卻有一股力量傳染流淌，汩汩生出轉折關係。

暴虐的魅惑、假面的癡迷、慾念的狂熱。這裡沒有什麼「國族寓言」，有的是反寓言。在人與獸的雜遝中，在叢林巨蟲怪鳥的齊聲鳴叫中，在血肉與淫穢物的氾濫中，野豬渡河了：異類動物的能量一旦啟動，摧枯拉朽，天地變色，文字或文明豈能完全承載？張貴興的雨林想像以此為最。

憂鬱的南洋

當代華語世界有兩位作家以書寫婆羅洲知名，一位是李永平（一九四七—二〇一七），一位就是張貴興。他們都對故鄉風物一往情深，同時極盡文字修辭之能事。李後期的「月河三部曲」——《雨雪霏霏》、《大河盡頭》、《朱鴒書》——寫盡一位砂拉越少年成長、流浪的心路歷程。他對島上華人，尤其是女性，所遭受的侮辱和損害，有不能已於言者的傷痛。

面對歷史創傷，《野豬渡河》的態度截然不同。故事結束時，豬芭村民驅逐了日本人，只迎來了英國人。太陽底下無新事，死人屍骨未寒，活人繼續吃喝拉撒生殖死亡。尤其令人不安的是，《野豬渡河》全書以主人公關亞鳳一九五二年自殺作為開場，再回溯進入正題。亞鳳英武挺拔，是豬芭村的英雄人物。在「三年八個月」占領期間度過無數考驗和苦難，終於等到日軍戰敗，豬芭村恢復平靜。何以六年後，我們的英雄反而一心求死？此時的他已經失去雙臂，成為一個雜貨店的主人。在平淡的生活裡，他還有什麼難言之隱？

相對於此，小說最後一章以倒敘亞鳳的摯愛愛蜜莉早年的經歷作為結束。愛蜜莉是小說的關鍵人物，背景神祕，暫且按下不表。可以一提的是，她所象徵的青春情愫，原初的女性誘惑其實是張貴興不斷處理的主題。早在《賽蓮之歌》（一九九二）裡，他已借用了希臘神話賽蓮（Siren）的典故，描摹青春女性那不可言狀的召喚與牽引，讓男人色授魂與，做鬼也要風流。而在《野豬渡河》裡，他將賽蓮調換成了色喜（Circe）——希臘神話中另一位要命的女性。相傳色喜有魔法，能將任何色慾薰心的男人變成豬。

關亞鳳曾與三位女性有過情愫，他失去雙臂和死亡與此有關。但歷史的後見之明不禁讓我們深思，就算關亞鳳活下去，他日後的遭遇可能更好麼？誠如張貴興所言，華人在婆羅洲近三百年的移民史就是一部痛史。太平洋戰爭結束，布洛克王朝將砂拉越的管轄權交給英國殖民者。宣揚「反英反帝反殖」的砂共活動一九五三年開始。一九六二年，由印尼政府撐腰、馬來人領導的共黨組織在汶萊發起政變，殖民者大肆逮捕左派人士，大量砂華青年被逼上梁山，展開近四十年的對抗。一九六三年砂拉越加入馬來西亞，但馬來半島（西馬）與婆羅洲（東馬）地理和心理上的對峙始終存在。「馬來西亞」獨立了，但砂拉越始終沒有獨立。與此同時，經過一九六九年五一三事件後，不論東馬、西馬，華人地位日益受到打壓。西馬馬共一九八九年走出叢林，東馬砂共一九九〇年棄械投降。砂拉越華人的歷史節節敗退，日後種種學說，不論是「靈根自植」還是「定居殖民」、「反離散」，都顯得隔靴搔癢了。

李永平《朱鴒書》以天馬行空的方式超越現實，向歷史討交代，也為畢生的馬華書寫帶來詩學正義（poetic justice）。《野豬渡河》則走向對立面，發展出殘酷版華夷詩學。歷史的途徑無他，就是且進且退，永劫回歸——就是一次又一次的「野豬渡河」。小說的敘事開始於故事結束之後，結束於故事開始之前。我們彷彿看見關亞鳳、愛蜜莉還有豬芭村人的命運：太平洋戰爭結束，再給他們二十年、三十年時間，恐怕也是介入一次又一次反殖民，反東馬政權，反馬來化……的鬥爭裡，絕難全身而退。

我們想到魯迅的〈失掉的好地獄〉（一九二五）。人到了萬惡的地獄，整飭一切，得到群鬼的歡呼。然而人立刻坐上中央，用盡威嚴，叱吒眾鬼，當鬼魂們又發一聲反獄的絕叫時，即已成為人類的叛徒，得到永劫沉淪的罰，遷入劍樹林的中央。

「人類於是完全掌握了主宰地獄的大威權，那威稜且在魔鬼以上。

……

「曼陀羅花立即焦枯了。油一樣沸；刀一樣銛；火一樣熱；鬼眾一樣呻吟，一樣宛轉，至於都不暇記起失掉的好地獄。

……

朋友，你在猜疑我了。是的，你是人！我且去尋野獸和惡鬼……。」[3]

《野豬渡河》訴說一段不堪回首的砂華史，但比起日後華人每下愈況的遭遇，那段混混沌沌的歷史，竟可能是「失掉的好地獄」。張貴興驀然回首之際，是否會做如是異想？面向砂拉越華族的過去與現在，張貴興是憂鬱的。

野豬渡河？野豬不再渡河。

張貴興，《野豬渡河》（台北：聯經出版公司，二〇一八）。

3　魯迅，〈失掉的好地獄〉，《野草》，《魯迅全集》，第二卷，頁二〇〇。

後啟蒙時代的神蹟

——阮慶岳《林秀子一家》、《黃昏的故鄉》

叫著我　叫著我
黃昏的故鄉不時地叫我
叫我這個苦命的身軀
流浪的人無厝的渡鳥
孤單若來到異鄉
不時也會念家鄉

——愁人／文夏〈黃昏的故鄉〉

阮慶岳（一九五七—）的小說不容易在台灣當代文學中定位。他善於描寫生命的偶然即景和存在的孤寂，儼然延續上個世紀六〇年代末以來的現代主義風格。另一方面，他對庶民文化和地方色彩的關注，又帶有鄉土文學的印記。阮慶岳糅合荒謬主題和本土情境的寫作方式，每每令我們想起七等生到舞鶴這些作家。不同的是，他更關心如何藉小說探討形上問題：信仰的本質，神召的可能，啟悟的條件，原罪與救贖的狀況。

但阮慶岳不是「宗教」作家。他並不描寫特定教派，也無意為某種教義多做解釋。他有興趣的毋寧是人間無從自主的因緣或難以言傳的遭遇，以及由此而生的見證或感召。他的寫作帶有浪漫的神祕主義色彩，但他更想探勘一種具有宗教體悟性質的存在經驗。

在我們這個時代，像阮慶岳這樣的作者不會受到歡迎。這些年來台灣文學熱中除魅解蔽，從國族認同到身體解放都是時新題材，哪裡會注意超越或形上的思考？但也唯其如此，阮慶岳的小說才更值得注意。二〇〇四年以來他陸續創作的「東湖三部曲」（《林秀子一家》、《凱旋高歌》、《蒼人奔鹿》）[1]描寫台灣民間神壇的形形色色，就是一個很好的例子。宗教在這裡世俗化到了怪力亂神的地步。但與此同時阮慶岳提醒我們，廁身其間的男男女女以肉身試煉神魔，他們的欲望與虛妄、沉淪與救贖如此深沉，不由得我們不肅然思考信仰的力量和極限。

《黃昏的故鄉》延續了《林秀子一家》的路線，但敘述形式顯得更為精簡，也更清晰呈現作者的關懷所在。而阮慶岳將他的小說命名為《黃昏的故鄉》，阮自謂靈感來自台語經典老歌，召喚鄉土的意圖不言自明。但在小說語境裡，歌詞裡的黃昏、流浪、苦命、無厝、孤單似乎又指涉了現代主體無所安頓的徵候群，陡然有了寓言意義。阮慶岳的寓言到底要表達什麼？

憂懼與靈光——《林秀子一家》

如果以一九九〇年代作為分界點，四分之一個世紀已經過去。這段時間台灣社會經歷大蛻變，政治解嚴，身體解放，知識解構，形成一股又一股風潮。小說創作者如斯響應，也熱衷描寫當代題材。無論是國史家史譜系的重整、族群或身分的打造，[2]或是身體情慾的探勘、性別取向的告白，[3]環境生態的維護，都可以在現實世界中找到對應。從敘事學的角度看，絕大部分作品處理小說人物從某種蒙昧狀態發現國族、性別、譜系、生態真相——或沒有真相——的過程，風格則從義憤到悲傷，從渴望到戲謔，不一而足。

我以「後啟蒙」稱這一時期的小說，其實沒有深文奧義。眾所周知，「啟蒙」源自十七世紀西方知識典範的突破，以理性主體出現、神權君權解體作為樞紐之一。二十世紀中國現代化運動承襲「啟蒙」觀念，新小說的興起正與此息息相關：小說被視為破除蒙昧，昭顯真實的利器。台灣現代文學儘管從一九六〇年代以來不斷推陳出新，但一直要到世紀末才湧現一股藉小說發現、描寫，甚

1 王德威，《林秀子一家》、《蒼人奔鹿》（台北：麥田出版，二〇〇四，二〇〇六）。

2 如朱天心的《古都》、施叔青的「台灣三部曲」（《行過洛津》、《風前塵埃》、《三世人》）、陳玉慧的《海神家族》、李永平的「月河三部曲」、夏曼·藍波安的《冷海情深》、巴代的《笛鸛》等。

3 如朱天文的《荒人手記》、舞鶴的《餘生》、邱妙津的《蒙馬特遺書》、陳雪的《惡魔的女兒》、王定國的《那麼熱，那麼冷》、賴香吟的《其後》等。

至辯證「事物的真相」的風潮。歷史的轉折當然有以致之，但文學的自覺同樣重要。一時之間，因為小說，作者與讀者彷彿形成一種新的「想像的共同體」，銘刻國族、情感、知識的理想願景。

台灣小說的啟蒙敘事登場也晚，只能以「後」名之。但聞道不分先後，許多作品仍有可觀之處。何況我所謂的「後」也帶有後現代意味；相對啟蒙典範的理性預設，一種玩忽的、流動的後設趣味油然而生。當在地的「後啟蒙」與全球的「後現代」風潮相互影響，既聯合又鬥爭，往往產生意料以外的結果。真相、真知的建構與解構張力重重，也總帶來創作的好題材。舞鶴的原住民餘生紀事，駱以軍「脫漢入胡」的荒謬劇場，陳雪的同志懺情書，吳明益的生態惡托邦，只是比較明顯的例子。

然而「後啟蒙」敘事發展至今已經顯出局限性。作家或者汲汲在各種名目「主體」中打轉，或生產各種有血有淚而又皆大歡喜的政治正確文本，或對啟蒙後的生存狀態發出不過爾爾、甚至悵然若失的感嘆嘲諷。套句當紅的話，反完了黑箱作業，潘朵拉的盒子是繼續打開，還是又匆匆關上？在奉台灣之名的敘事已經成為老生常談、「荒人」「惡女」已經成為註冊商標時，小說家如何能推陳出新？

我以為這正是阮慶岳這類作家的意義所在。與他的同行一樣，阮慶岳經過八〇年代末台灣蛻變的洗禮，但在構思敘事題材時，他選擇了相當不同的道路。凝視生命幽微寂寞的面向，他思考理性範疇以外的人間景象。生命的大海如此蒼莽深邃，人子浮游在種種幻想執著間尋找安頓，總是事倍功半。他理解就是光天化日下，有太多的「真相」依然難以看透。一個孤單的眼神，一場莫名的邂逅，一次出神的守望，藏有多少栖遑心事。於是阮慶岳轉向了那素來被視為啟蒙對立面的迷魅場域。

《林秀子一家》寫的是台北居民林秀子和她一兒兩女在感情、親情及信仰上的遭遇。林秀子的成長很不容易，結了婚丈夫又突然離她而去。她胼手胝足維持家庭，小有所成，同時也必須面對自己生命的失落。乍看起來，這是個相當通俗的故事。然而林秀子一家與眾不同，因為他們家經營的是座神壇，專拜瑤池金母。林秀子精明能幹，手腕靈活。扶乩託夢，卜卦收驚，儼然成了社區的精神導師。她的事業卻不無瑕疵，因為兒子凱旋是在丈夫走後數年才生下的——雖然她號稱自己守身如玉。但這也不打緊，她告訴周遭，這個兒子是她夜有所夢而得，是個神蹟。

台灣的神壇小廟千千萬萬，早已成為民間精神資源的重要一景。這其中必然隱藏許多故事，但卻一向乏作家問津。阮慶岳寫林秀子一家，可謂眼光獨到。然而他並不以搜奇獵怪為能事。他寫林秀子經營她的神壇，一如她前此經營她的麵攤，兢兢業業，廣結善緣。這裡有一種驚人的自然主義風格，甚至及於超自然的層面。各路神鬼無非是日常生活的有機部分，社會的秩序總也不脫信仰的秩序。前現代加後現代，台灣庶民生活的複雜性因此陡然釋放出來。

林秀子供奉她的神佛，也靠祂們維生。她到底是信還是不信，早就不可聞問。與此同時，她的三個兒女卻兀自對信仰做出了不同的詮釋。淑美在一次進香團的活動中，半推半就遭人強暴，卻與對方結下不解之緣。淑麗專與洋人來往，從來不怕肉身布施，但總也不能找到靈肉相契的對象。凱旋謙卑無欲，自始就像個聖人。這姊弟三人注定要經受試煉，見證林秀子神壇的法力。

阮慶岳寫他們的試煉，每有「神」來之筆。淑美愛她的男人，及於她癱瘓的妻子及死去的兒子。然而除了初次的強暴外，兩人的關係竟是靈修一般，無性可言。淑麗在一次國外冶遊後染上怪病。她在絕望中懺悔，自願捨出一條手臂永遠罹病，身體其他部分竟因此豁然而癒。凱旋則儼然是杜斯妥也夫斯基《白癡》（*The Idiot*）裡借來的人物。他雖有異稟，卻寧願以他的虔誠謙卑，而不以神蹟，來超度眾生。阮慶岳默默觀察這些人物的怪誕遭遇，也藉他們的遭遇，寫下一則又一則的證道故事。

但證什麼道呢？林秀子的家早已是神魔來往，共昌共榮的世界。宗教與祭祀因此成為一種日常生活方式。在此之上，阮慶岳則暗示可能還有一些更根本、也更艱難的寄託——那就是愛，大悲憫與大感動的愛，捨我就彼的愛。我以為他的小說最終要探討的，是信仰與愛之間的辯證關係。有信仰的人不見得有愛的能力，但能愛人的人卻必須有堅實的信念作後盾。

或有識者要覺得阮慶岳陳義過高，與目前的文壇格格不入。但我以為他鋌而走險，正是《林秀子一家》的魅力所在。小說中的人物多半是社會中下層的畸零人。他們歷盡滄桑，求神問卜，無非企求安頓人我及鬼神的關係。民俗宗教將他們的關懷與恐懼儀式化也家常化了，而他們所能理解與履行的，根本還是倫常道理。這些人以他們有限的知識及肉身，發展一套自我驗證的靈異、因果的論述，並付諸實踐。阮慶岳在其中看出比正統宗教更豐富，也更曖昧的信仰與愛的考驗。林秀子對她的子女和情人的付出，淑美無怨無悔的追隨他的男人，淑麗的怪病，凱旋的自我犧牲，只是最明白的例子而已。

對阮慶岳而言，現代或後現代所標榜的主體性有重新思考的餘地。世路蒼莽，有多少神祕不為我們所左右。疫癘，癲狂，嗔慾，異象在在困擾、蠱惑我們，提醒我們身體——還有主體——的不由自主。我們將何以自處？這引導我們細思小說中的一段對話。淑麗怪病初癒，凱旋不明白她何以許願讓一隻手永不復元。

「我已經不再相信完全康復這件事情了。其實並沒有真正發生過任何特別的事，我還是和以前一樣，僅僅是在這段我個人苦痛的經驗過程中，我終於體會到某種以前所不明白愛的真實存在。這種愛就像一位親切的人、臉上顯現出來的那種微笑，令人覺得十分熟悉卻沒人能好好看見過，因此一直無法具體的敘述出來罷了。所謂什麼是完全的康復，就和這種親切的微笑一樣，我們都一直相信它的存在，卻從來沒有好好確實見過它的真實存在，所以也其實一直在黯裡懷疑著。」

「為什麼要去懷疑它呢？你因為懼怕什麼而膽怯了嗎？為什麼不敢宣稱你將要完全康復呢？」

……

「因為那是比我們所能了解更巨大的力量……，到底是要對抗或是先預防的避開來？……或是接受？我的確相信純粹的愛的存在，只是我不相信這樣的愛可以在人間存活，因為人不夠純淨，人因為自己骯髒，所以失去穿著漂亮新衣的權力。人因此只能愛他們見不到的事物，如果所愛的人露了面顯現出來，愛就會立刻消失無影蹤。」

「因為恐懼嗎？難道愛不是真實存在的嗎？」

因為不能愛不敢愛而恐懼，因為愛而信仰。在這一刻裡，阮慶岳的人物突然跳出了他們宿命的庶民身分，有了片刻啟悟。他們高來高去的對話與其說帶著舊俄小說的風采，不如說有如乩童譫語般的洩露天機。正因此，小說中所有的怪力亂神，也不妨成為對信仰、對愛的草根演繹。

化傖俗為聖寵，化妄想為傳奇，這本是阮慶岳小說寫人間的宗教性（而不一定是宗教）的用心吧？而啟動他的敘述自我超越的契機，不是別的，正是一種純粹的，只能屬於詩的文字信念。小說中所夾雜的詩文篇章，坦白說，並無足取法，但應該是阮慶岳個人信念的告白。

《林秀子一家》的內容其實遠較以上的討論豐富。小說後半段，林秀子離家出走二十年的丈夫突然回來，而且帶來了他求道所奉的家神一顯神通。同時她的舊情人也不顧一切要與她和她的神壇廝守。前塵往事如幽靈般的回來，遊蕩不去。徘徊舊鬼新魂間，神壇主人林秀子真能超度一切嗎？

林秀子這個人物是可以發展得更為複雜的。她的感應能力，她的愛慾力量使她能承擔陽間與陰間的媒介工作；她也是個台灣社區關係裡不折不扣的經紀人。然而阮慶岳回顧林秀子的一生，赫然使我們了解她的不幸與悲傷，何嘗不是她的宿業，需要更大的助力來救贖。在小說的高潮裡，林秀子回鄉招魂，彷徨淒厲，令人震撼。這個女人必須一步一印，找尋她的來時之路，而且可能毫無所獲。阮慶岳對信仰與愛的思辯，莫此為甚。

歷經後結構，後殖民，後現代的衝擊後，諸神告退，靈光不再。我們的小說界已經久違阮慶岳這類型的作者了。有意無意的，他從民間日常生活中看出了一種駁雜卻強韌的生命力量，支持信仰與愛——與文學創造——的可能。

這是相當有野心的嘗試。而對曾是建築師的阮慶岳而言，他的嘗試得來不易。我不禁想起了他〈保險業務員〉那篇小說：

一個美國年輕的農家小孩一直夢想長大後要去巴黎，後來被送去越南打仗，有一天在戰壕裡極度疲憊時，望著滿空的星子想起了自己童年的這個夢想，忽然起立告訴其他士兵說他現在決定要去巴黎了，就走出戰壕獨自離去……

他自己一個人穿過緬甸，中國，西伯利亞，最後到了巴黎。

驅魅與復魅——《黃昏的故鄉》

阮慶岳的《黃昏的故鄉》延續了《林秀子一家》的路線，但敘述形式顯得更為精簡，也更清晰呈現作者的關懷所在。他將小說命名為《黃昏的故鄉》，自謂靈感來自台語經典老歌，召喚鄉土的意圖不言自明。但在小說語境裡，歌詞裡的黃昏、流浪、苦命、無厝、孤單似乎又指涉了現代主體無所安頓的徵候群，陡然有了寓言意義。阮慶岳的寓言到底要表達什麼？

小說中林惠君和馮正綱的故事很可以敷演成又一個家族傳奇。南部小鎮的女子和跨海來台的退役軍人偶然相遇，成家生子。他們各有難言的往事。惠君母親精神異常，小城生活百無聊賴，她必須找尋出口。正綱曾經參加抗戰、內戰，滇緬青年軍遠征，東北保衛戰，大潰敗大撤退，留下揮之不去的陰影。兩人結婚，兒子唯實、唯虛相繼出生成長，他們融入千萬人家的日常煙火中，不覺已經人到中年。

從「後啟蒙」小說公式來看，阮慶岳的故事包含許多賣點：一九四九的創傷，「生為台灣人的悲哀」，本省和外省的隔閡，強人政治的盡頭，社會經濟轉型，兩岸開放探親，世紀末主體意識興起等等。仿照流行手法，如果小說再來上幾段兩代意識形態代溝，兩岸大和解或不和解，情慾禁忌和解放，就更能叫好叫座了。

但在阮慶岳筆下，這些素材都退為輕描淡寫的背景。這卻並不意味他有意避重就輕，而是看出在這些人世的升沉下，還有更沉重的問題必須探問：生命的喧嘩掩飾不住每個人的孤獨和渴望。被拋擲到世間的我們，能否找到終極答案？善是什麼，惡是什麼？是命運的操弄，還是欲望的趨使？信仰和救贖的條件又是什麼？世道傖俗，還有神蹟的可能麼？

林惠君童年曾經目睹好友在舞台上跌倒失常：「整個人就忽然塌垮跌落下去……不斷抽搐吐著白沫……像一個瘋去了或著魔的人一樣。」回想起來，好友演出的意外可能肇因兩人之間微妙的嫉妒。這成為惠君日後難以排解的罪疚。真相如何早已無從考證，唯有當事人必須不斷反省清理自己的宿業。但這個事件果真是傷害的源頭麼？或只是出自她的後見之明？同樣的，正綱早年從軍的記憶中沒有任何英雄色彩，他始終不能忘記一次軍車遇襲，同行的美國同僚瞬間被炸得血肉橫飛。民族大義、愛國聖戰的號召下沒有別的，就是暴力和偶然。

阮慶岳描寫這對夫婦的生活，時有細膩的現實主義筆觸。惠君所生長的小城風采，幼年的性啟蒙，她打點自己婚姻時的各種盤算，新婚日子的尷尬，正綱的病，她的出軌，柴米油鹽的操勞……寫來無不令讀者動容。但阮慶岳無意藉這現實細節投射所謂的時代故事。他要從最世俗的縫隙裡捕捉寓言的靈光閃爍。他暗示越是在日常生活的點滴裡，一種無以名狀的憂懼越是盤旋不去。長日漫漫，惠君和正綱要如何安頓他們嗒然若失的心靈。

上個世紀末的台灣正經歷大改變。但對這對夫婦而言，外在世界的喧囂與狂躁哪裡能夠比得上內心世界的重重波折？他們從宗教尋求寄託。正綱成了基督徒，而惠君卻是從家鄉三山國王廟的神明找到救贖希望。

基督還是三山國王：惠君和正綱這對夫妻的宗教信仰可謂南轅北轍。一方面是近世全球傳播的西方信仰，一方面是本土化的草根神明。夫妻兩人各行其是，卻相互照映彼此的難題。更耐人尋味的是兩人的孩子，唯虛與唯實，幾乎以概念化的方式來試探這對夫婦的信仰難度和高度。

麥克思．韋伯在上個世紀初觀察西方現代性的起源時，提出著名的論述：十九世紀以來西方社會急速世俗化，官僚化，理性化，形成了一種「祛魅」（disenchantment）的風潮。相對於此，傳統社會彷彿就是個「充滿迷魅的花園」。[4]韋伯的描述呼應西方啟蒙運動以來的理性精神和人文主義。政治革命、工業革命與科學實證風潮更讓「祛魅」風潮沛然莫之能禦。但韋伯已經注意「祛魅」所帶來的兩極效果。理性世俗的召喚一方面解放現代人的思維行動枷鎖，一方面卻也帶來本體

4 Max Weber, *The Sociology of Religion*（Boston: Beacon, 1971）, p. 270.

無所適從的失落。

如何回應「啟蒙」和「祛魅」的辯證關係曾經是西方思想界如法蘭克福學派致力的命題。而到了二十世紀後半葉，更有學者指出「祛魅」的盲點。所謂的「魅」不必止於傳統的宗教巫術迷信，也可能有現代化身。從各種政治烏托邦實驗到資本主義消費狂熱，種種摩登「神話」不早就蠱惑自命開明理性的現代人？在「祛魅」的對立面，「復魅」（re-enchantment），成為引人批判與深思的話題。[5]這一命題包括如何重新反省宗教和信仰的意義，也指向對理性、科學典範以外未知世界的開啟。

在台灣文學「後啟蒙」的氛圍裡，作家祛魅之餘同時紛紛創造、批判新的迷魅對象。如前所述，國族主體、情慾、鄉土等題材的重複書寫，難免成為新的「障」，更何況部分作家陷入不知伊於胡底的文字障。阮慶岳作品的意義在於他認為作家對生命本體層次的思考，或精神面貌現象學式的觀察，仍然走得不夠深遠。對他而言，「後啟蒙」的意義未必只是一廂情願的祛魅，「復魅」也可能帶來意義不同的啟蒙——啟悟——境界。

阮慶岳藉惠君、正綱、唯實、唯虛一家人的互動，演繹生命中信仰與牽掛，聚與散，愛與傷害種種二律悖反的關係，以及救贖的可能。惠君童年失去母親和好友的經驗，讓她過早領會愛不可捉摸的本質和傷害的底線：

難道所有的愛的本質，就是必須受難、就是必須不幸嗎？或者，其實愛自身就隱藏著某種惡意與不義，讓我們因此無從迴避地必須受苦？但如果真的是這樣，這樣隱身的惡意與不義，到最終也會有盡頭與極限，像死亡的屍首魂魄一樣，無選擇地攤露自己在眾人眼前嗎？甚且，即令已然死去，是否還能夠在被生命與現實所超越時，呈現出真正完美、純靜的微笑，以及總是期待永遠被愛著的驕傲姿樣呢？

小說中愛與受難，以及所潛藏的惡的可能，還有死亡的境況，不斷困擾著她和她的親人們。

惠君和正綱結婚不久就出軌了。但就像她毅然決定嫁給背景懸殊的外省人一樣，她面對誘惑的反應是，「所以一切會如此發展，似乎正就是自己這樣暗藏對決的個性，使我在生命的起伏波瀾過程裡，拒絕對於所謂的不幸遭遇，做出補償或道歉的任何承諾，更不願意憑空去想像或者期待、那所有與愛相關的幸福暗示。」惠君這段往事如果「不可告人」，那不是出自任何傳統道德的考量，而是因為她從中理解自己直下承擔的神祕能量。而這一能量日後在她經歷了大小家庭變故後發揮出來。

唯實與唯虛，顧名思義，代表了現實生命的兩種面向。唯實精壯結實，從少年起屢屢成為家中的煩惱根源之一，最後介入父親返鄉之旅，幾乎敗光家產。唯虛羸弱敏感，同樣難以適應學校社會各種制度，但他對生命另有奇異體驗，早早讓父母理解他的與眾不同。兩兄弟的寓言意義呼之欲

5 Malcom H. Mackinnon, "Max Weber's Disenchantment Lineages of Kant and Channing," in *Journal of Classical Sociology*, 1, 3（2001）, pp. 329-351.

出，雖未必能讓讀者覺得真實可信。但他們各自象徵罪與贖的可能，幾乎像是杜斯妥也夫斯基《白癡》、《卡拉馬助夫兄弟》（*The Brothers Karamazov*）中出來的人物。

唯虛是小說中不折不扣的「靈魂」人物；他蒼白神經質，與生俱來對「殘缺與不完整的存有」的理解和包容，似乎生來是要和其他三位家人做對照的。小說的第五章和第九章寫他與父親、母親和哥哥的生命對話，雖然失之過露，卻是阮慶岳本人對「後啟蒙」時代信仰的現身說法。第五章〈記憶與夢境（病者與傷者）〉父與子的對話提到兩人一次夢中探險密林，其中有迷失，有驚喜，但最後的得失只能是個人的經驗。唯有在「獨自無依的狀態下」，忘記一切牽掛憂懼，「如同密林裡的其他生靈一般，開始豎耳屏息靜待著什麼訊息的即將宣布。」

第九章〈黯夜風景〉更為複雜。唯虛對已經陷入另一場家庭風暴的母親講述自己和唯實的奇幻遭遇與對話，有若開示。對話中的兄弟兩人亦虛亦實、相互糾纏的關聯竟然上升到充滿情慾的暗示，因此透露阮慶岳處理神與魔一體兩面的用心。最耐人尋味之處在於，唯虛認為母親所信仰的三山國王是憑藉「勇氣與力量」得到慰藉，而父親皈依基督教則無非是尋找「慰藉與連結」。以此，唯虛描述兄弟兩人的不同：有人尋求「源自集體的安慰」；有人「建立與自我對話的力量」。

阮慶岳如此定義宗教難免會招來異議。他心目中的信仰，毋寧是種天地彷彿有光的氣氛，一種敬謹自持的力量。事實上，《黃昏的故鄉》全書對惠君與正綱信仰的對象沒有多作著墨；唯虛的信仰似乎也「唯虛」般的高來高去。小說中寫正綱在母親病危時突然聽到歌聲而開悟，或惠君朝拜三山國王心有靈犀的感動，或唯虛在迷幻狀態下的迷離狂喜，其實都充滿詩意。

在此，「神」的意義與其說是彼世超越的存在，不如說是人子以敬畏之心打開遮蔽，面向未知和未可知的虔敬狀態。「神」終極意義為何無從聞問，是在探尋、應答的過程裡，阮慶岳的人物不斷體會、創造此世此生的意義。而對創作者阮慶岳而言，「入神」或是「復魅」不妨從詩，從文學開始。《黃昏的故鄉》是本文學的證道書，或證「文學之道」的書。

《黃昏的故鄉》並沒有遵循一般小說敘事格式，給出具體結局。在此之前，正綱回到大陸定居，唯實投資失利，全家面臨破產危機。對惠君而言，這是生命未曾料想的危機。她將何去何從？然而阮慶岳筆鋒一轉，小說最後，惠君受到唯虛的啟發，走向河畔，開始一趟奇異的旅程。

這可能是跨越現實之旅，可能是告別生命之旅——但更可能是還鄉之旅。在旅途中，惠君彷彿回到過去，往事一一再現。童年的好友回來了，故鄉的光景隱約再現，母親無所不在的召喚令她載欣載奔。然而就在關鍵時刻，惠君不禁猶疑了：

> 這同時意味著必須在此刻與所有愛著的人，統統做出永久的告別嗎？我必須要告別的人，應該有依舊在老家等待我歸去共聚的男人，與總是犯錯而令人擔憂生氣的唯實，以及那個永遠有如純真嬰兒的唯虛。這是難以復返的單向旅程嗎？去尋回自己的母親與故鄉，就意味著必須要與所愛者做出永久的告別嗎？那麼，在告別後的旅途終點，又會是誰在那裡等待著我呢？是真正的故鄉……以及那個久違的母親嗎？

一切可是個夢麼？一切不是夢吧！小說的最終章，阮慶岳亮出他書寫的底線。夢與現實、愛與死亡、生命的聚與散共相始終，只有像惠君這樣有「勇氣與力量」的人，歷盡人世滄桑，在靈光一現的時刻，進入了生命的另一個境界——一個叫做故鄉的地方。

而什麼是故鄉？是你我與生俱來的所在，也是孤單的旅人的最後歸宿。是母親的臂膀，也是曾經剝落的摯愛。是眼前無路想回頭，也是懸崖撒手之處。惠君是個平凡女子，但在生命危機時刻卻縱身一躍，讓契機發生，如有神助。阮慶岳寫道，「在很久之後，依舊有人流傳說，曾在某日的黃昏時刻，見到在溪流終端的密林，有一隻飛竄過去的豔紅色火鳥，姿勢是這樣熾烈也美麗，彷彿是預告著什麼訊息的使者，匆匆自天上奔臨下來、又匆匆飛離消逝遠去。」「後啟蒙」時代的寫作林林總總，但堅信文學仍然創造神蹟的唯有阮慶岳一家。

阮慶岳，《林秀子一家》（台北：麥田出版，二〇〇四）。

阮慶岳，《黃昏的故鄉》（台北：麥田出版，二〇一六）。

革命時代的愛與死

——閻連科的小說

閻連科（一九五八—）是當代中國小說界最重要的作家之一，深受國際文壇重視，先後獲得花蹤文學獎（二〇一三）、卡夫卡文學獎（Franz Kafka Prize，二〇一四）、紅樓夢文學獎（二〇一六）及紐曼華語文學獎（Newman Literary Prize，二〇二一）肯定。他出身河南西部伏牛山區的農村。那裡雖然是中原腹地，但窮山惡水，民生艱困。如他的自傳式文字所述，少年時代的閻連科很吃了些苦頭，到了二十歲上下，他選擇從軍，離開家鄉——這幾乎是當地子弟最好的出路。[1]但故鄉的人事景物日後不斷回到閻連科的筆下，成為創作的重要資源，而軍中的所見所聞，也一樣讓他有了不得不寫的衝動。

與同輩作家如莫言、張煒、韓少功等相比，閻連科出道雖早，但並未得風氣之先。八〇年代的「尋根」、「先鋒」運動一片紅火之際，他謹守分寸，寫著半改良式的現實主義小說。他幾乎是以老家農民般的固執態度，只問耕耘，不問收穫。他雖然也開闢了一個又一個主題，像「東京

1　閻連科，〈想念〉，《閻連科》（北京：人民文學出版社，二〇〇四），頁五三二—五六七。

九流」、「和平軍人」等系列，成績畢竟有限。然而九〇年代中期以後，閻連科彷彿開了竅，風格突然多變起來。他寫家鄉父老卑屈的「創業史」、文化大革命的怪現狀，或是新時期的狂想曲，無不讓我們驚奇他的行文奇詭，感慨深切。經過多年磨練，他的創作有了後來居上之勢。

閻連科的創作之所以可觀，來自他對自身所經歷的共和國歷史，提供了一個新的想像——和反省——的角度。傳統革命歷史敘事打造了一群群出生入死、不食人間煙火的工農兵英雄，閻連科卻要將他們請下神壇，重新體驗人生。他筆下的農村既沒有豔陽天下的山鄉巨變，也不在金光大道上往前躍進。那是一個封閉絕望的所在，生者含怨，死者不甘。他以軍人生活為主題的「和平軍人」系列則在思考沒有戰爭的年代裡，英雄還有什麼用武之地？

閻連科不僅要讓他的農民和軍人血肉化，還更要情慾化。在後革命、後社會主義時代，他有意重返歷史現場，審視那巨大的傷痛所在——無論那傷痛的本源是時空的斷裂，肉身的苦難，還是死亡的永劫回歸。他的世界鬼影幢幢，冤氣瀰漫。不可思議的是，閻連科看出這傷痛中潛藏的一股原欲力量。這欲望混混沌沌，兀自以信仰、以革命、以性愛、以好生惡死等形式找尋出口，卻百難排遣。死亡成為欲望終結，或失落，的最後歸宿。

論者每每強調閻連科作品中強烈的土地情結和生命意識。的確，從《日光流年》以來，他渲染身體的堅韌力量，由犧牲到再生，已經有神話的意義。《堅硬如水》、《為人民服務》寫革命語言的誘惑與革命身體的狂歡，極盡露骨之能事；而《受活》則不妨是一場又一場身體變形、扭曲的嘉年華會。就此閻連科的作品充滿激情與涕笑，堪稱有聲有色。

但在誇張的聲色之下，閻連科真正要寫的是欲望的盲動，死亡的無所不在。他所描寫的土地，其實是以萬物為芻狗的「無物之陣」，他所鋪陳的嘉年華氣氛，就是「死亡之舞」（dans macabre）的門面。閻連科摩挲枯骨，狎暱亡靈，情不自禁之處，竟然產生了非非之想。究其極，愛慾與死亡成為他辯證革命歷史的底線。出現在閻連科作品裡大量的屍戀（necrophilia）場景和隱喻，不是偶然。

人民共和國的大敘事向來強調生生不息、奮鬥不已的「雄渾」（sublime）願景。[2]閻連科的革命歷史故事卻寫出了一種纏綿淒厲的風格，在在引人側目。他的受歡迎和他的被查禁適足以說明一個以革命為號召的社會在過去，在現在，所潛藏的「歷史的不安」。

語言與色情的政治

《堅硬如水》的出版，代表文革記憶和文革敘事的重要突破。小說的背景是文化大革命的程崗鎮——宋代理學大儒程頤、程顥的故里。復員軍人高愛軍回鄉鬧革命，和當地婦女夏紅梅一見鍾情。兩人不顧已婚身分，陷入熱戀，同時他們的革命大業也堂堂展開。

高、夏的奪權鬥爭無所不用其極，但兩人的真情也一樣驚天動地。他們的性愛關係花樣百出，

2 有關毛澤東主義和雄渾美學的功過，見 Ban Wang, *The Sublime Figure of History: Aesthetics and Politics in Twentieth-century China*（Stanford: Stanford University Press, 1997），尤其是最後一章有關醜怪，狂想，精神分裂敘事美學的討論。

無不和革命的成果相互輝映。小說高潮，高愛軍為了一遂相思之苦，竟然挖通了一條地道，好與夏紅梅夜夜幽會。他們有了名副其實的地下情。

對一代中國人而言，文革的殘酷和荒謬是如此一言難盡，怎樣不斷的追記、訴說這場浩劫就成為後之來者的道義負擔。閻連科選擇的方式不是傷痕文學的涕淚交零，也不是先鋒作家的虛無犬儒。他將文革看作是一場血淚啼笑交錯的鬧劇，任何人置身其中都要原形畢露，醜態百出。高愛軍和夏紅梅所以出人頭地，因為他們不僅令人可怕，而且可笑。閻連科借用了三〇年代「革命加戀愛」的小說公式，大寫這兩個造反派的鬥爭史加羅曼史。[3]但他筆下的革命和暴力難分難捨；戀愛和宣淫無非是一體兩面。

《堅硬如水》以鬧劇手法連接革命、暴力、與性，在大陸小說傳統中也許前所少見，但五〇年代台灣的姜貴（一九〇八—一九八〇）其實已經作過示範。我曾經討論姜貴如何承襲了晚清小說嬉笑怒罵的風格，將二、三〇年代中國社會政治風暴作色情化的處理。[4]在《旋風》和《重陽》這樣的作品裡，姜貴將意識形態的狂熱與性慾的扭曲相提並論。他的人物不分左右陣營，都陷在縱慾的詭圈裡，從通姦亂倫到戀物癖、性倒錯、虐待狂，不知伊於胡底。夏志清先生曾將《旋風》與杜斯妥也夫斯基的《著魔者》（*The Possessed*）相比，認為兩者都算得上是「徹頭徹尾的滑稽戲」。他指出兩位作者都以輕蔑的態度看待「一群自私的、執迷不悟、走向自毀之途的人」，並點出「追求色慾享受的人，正如革命家一樣，是會對人類的狀況不滿的，所不同的是，他們要求的只是官能享受上無限制的刺激而已」。[5]

我認為姜貴所曾探索的風格，半個世紀後由閻連科代為補足。高愛軍與夏紅梅是《堅硬如水》

裡兩個頭號壞蛋，他們的所作所為死有餘辜。但閻連科對他們嘲諷之餘，顯然不無同情。在二程故里那樣無趣的社會裡，我們的主角不惜掙脫桎梏，無限上綱上線的搞革命、鬧戀愛，其實有不得已的原因。我們可以批評他們的瘋狂暴虐，但不能無視他們的激情渴望。他們愛到深處，視死如歸，簡直是文革文學中一對最另類的生死冤家。

論者多已提到《堅硬如水》寫情慾的放浪形骸，或《受活》寫殘疾人的絕技表演，顯示了巴赫汀（Mikhail Bakhtin）式的狂歡衝動。[6]這樣的看法忽略了巴赫金「身體原則」所隱含的厚生惡死的前提，似與閻連科的觀點仍有距離。如果要賣弄理論，巴他以（Georges Bataille）所謂的「消融的色慾」（erotics of dissolution）或許更庶幾近之。「暴力是社會排除禁忌的行動」，而革命就是暴力與禁忌間最匪夷所思的合流。革命必須以暴力和破壞為手段，它提供了一個場域，使得被禁忌

3 有關革命加戀愛的文學歷史背景，見王德威，〈革命加戀愛〉，《歷史與怪獸：歷史，暴力，敘事》（台北：麥田出版，二〇〇四），第一章，頁一九—九五。

4 見《歷史與怪獸》的第二章，〈歷史與怪獸〉，頁九七—一五三。

5 C. T. Hsia, "The Whirl Wind," *A History of Modern Chinese Fiction* (New Haven: Yale University Press, 1971), p. 561.

6 如汪政、曉華，〈論《堅硬如水》〉，《南方文壇》二〇〇一年第五期，頁九—四七；南帆，〈《受活》：怪誕及其美學藝術〉，《當代作家評論》二〇〇四年第四期，頁六六—七三。陳思和的討論，〈試論閻連科的《堅硬如水》中的惡魔性因素〉別有見地，見《當代作家評論》二〇〇二年第四期，頁三一—四三。

所驅逐的暴力及其與理性對立的特質在此被顛覆。暴力不再是理性的對立面，反而是革命邏輯裡的一環。不僅如此，革命的高潮帶來「消融的境界」（state of dissolution），這高潮可以來自紀律與死亡的折磨，也可以來自欲望與性愛的解放。身體或痛苦或狂喜的震顫成為最不可恃的分界。死亡成為最後的主體消融奇觀。[7]

於是高愛軍、夏紅梅這對革命伴侶白天無慾則剛，晚上慾火焚身；人前狂暴嗜血，人後柔情似水。他們所獻身的革命，與其說是以主體的建立為目的，不如說是以主體的消融為目的。革命的激情必須押上身家性命，銷魂深處，正是讓人欲仙，也欲死了。

評者對《堅硬如水》的政治喻意已經有相當掌握，但對高愛軍這類人物的背景著墨仍然不多。而我認為這是理解閻連科創作的重要角度之一。高愛軍是復員反鄉的軍人，因緣際會，趕上了文化大革命。從廣義角度來看，他是閻連科常處理的「農民軍人」角色的一種再詮釋。這類人物出身低微，因為生活所迫，文化水平往往不高，但他們不甘就此在家鄉埋沒一輩子，從軍往往成為現成的出路。軍隊成員來自五湖四海，相對於農村，他們的集體生活、嚴格紀律，和機動任務不啻有天壤之別。但軍隊是另外一種封閉的社會，有它獨特的生態循環。禁欲的律令、機械的作息，犧牲的感召無不與肉身規範——不論是肉體的約束或捐棄——息息相關。

閻連科自己就曾是農民軍人，對農村和軍隊兩者間微妙的關聯，顯然深有體會。高愛軍在軍中高不成、低不就，然而故鄉的父老對外出參軍的子弟別有期望，復員返鄉的軍人哪裡能不有所表現？閻連科同時特別著墨高愛軍的那樁幾乎帶有交易性質的婚姻，和他的性苦悶。因為見過世面，高的心思活絡，一有風吹草動，自然順勢而起，何況是文化大革命。革命加戀愛原本不就是當初離開家鄉的浪漫動力麼？

《堅硬如水》集合建國到文革的種種金玉良言，聖訓詔告，頌之歌之，形成百科全書式的語彙奇觀。不論我們是否經歷過那個時代，閻連科經營的敘事形式都要讓人驚訝語言和暴力的共謀，何以荒唐如此。高愛軍和夏紅梅一見鍾情，但只有藉革命歌曲歌詞的豪情壯志，他們才能夠互表衷腸。當地道挖通了，他們可以痛快地成其好事，同時更展開了革命話語的精采試驗。上床做愛前為了撣撣灰塵，擦擦身體，引來如下對話：

我說：不怕灰塵不掉，就怕掃帚不到。

她說：要以防為主，要講究衛生，提高人民健康的水平。

我說：要有勇氣，敢於戰鬥，不怕犧牲，連續作戰，前赴後繼，只有這樣，世界才是我們的。一切魔鬼通通都會被消滅。

她說：質變是從量變開始的。滔天大禍也是從萌芽升起。不把矛盾解決在萌芽狀態，就意味

---

7 Georges Bataille, *Eroticism: Death and Sensuality*, trans. by Mary Dalwood（San Francisco: City Lights, 1986）, p.42. 亦參見 Sigmund Freud, *Totem and Taboo*（London: Hogarth Press, 1955）。也可參考陳曉蘭，〈革命背後的變態心理：關於《堅硬如水》〉，《當代作家評論》二〇〇二年第四期，頁五一—五五。

著挫折和失敗就在前邊等你。

我說：晚擦一會身子，少洗一次澡，身上絕不會長出一個膿包。即便身上有了膿包，一擠就好，如「私」字樣，一鬥就跑，一批就掉。

她說：從短期來說，灰塵是疾病的通行證；從長期來說，灰塵是幸福的絆腳石。流水不腐，腐水不動。有了灰塵不及時打掃，成疾蔓延，到了靈魂，叫你後悔莫及，搬起石頭砸自己的腳。[8]

在古典威權觀念裡，語言被視為清明的傳播媒介，也是君父大法的化身。但閻連科另有所見。革命時代是如此無法無天，語言就像「灰塵」一樣，散布、滲透到日常生活，身體肌理，「成疾蔓延，到了靈魂」。符號和所指涉的現實之間發生了詭異的變化，似非而是，借題發揮，聲東喻西，成了自我繁殖的怪物。高愛軍和夏紅梅必須在不斷徵引、詮釋、爭議革命話語的過程中，才能成其好事。他們「以土床上的白灰為題目、以擴音機和喇叭為題目，以稻草、被褥、水珠、箱子和頭髮、指甲、乳房、枕頭、氣眼、衣褲為題目」，[9]抒情詠物、會意形聲，好不快活。

然而高、夏兩人還有其他積極分子所炮製的革命話語不論如何出奇制勝，無非是一種偽託，一種拼湊。而閻連科在文本層次所刻意凸顯的，更是偽託的偽託，拼湊的拼湊。相對於革命話語所曾追求的石破天驚的新意，《堅硬如水》所呈現的世界則是陳陳相因，它的新意弔詭的來自語意系統完全封閉式的排列組合。高、夏兩人的地下情是沒有出路的愛情，他們的語言遊戲是一種物化的儀式，而物化的底蘊沒有別的，就是死亡。

不僅如此，高愛軍、夏紅梅言之不盡興，更必須歌之詠之。他們將革命的聲音政治發揮到極限。高、夏兩人的定情，是因為革命歌曲而起。而歌曲成為春藥一般的東西，氾濫小說每一個偷情場面。在語言、歌曲形成的眾聲喧嘩中，革命激情如狂潮般的宣洩。

但這樣的眾聲喧嘩只是假象。艾塔利（Jacques Attali）在論音樂與政治的專書《噪音》（*Noise*）裡，曾指出資本主義制度下的音樂生產已經失去創造力，流於交換價值的重複演練。這樣的聲音體系聽來若有不同，但又似曾相識。聽眾的喜悅來自他們的對號入座的歸屬感，他們自以為是的獨立性其實建立在對權威的輸誠。如此，音樂不帶來創造力，而是死亡的化身。[10]

艾塔利的批評有其左翼立場，但是如果用在對文革時期，極左陣營所鼓動的語言／聲音政治，居然有契合之處。最革命的歌曲和最狂熱的口號曾經鼓動多少人的心弦，在亢奮的音符和飛揚的韻律中，小我融入大我，無限的愛意湧出，直到力竭聲嘶而後已。

閻連科的禁書《為人民服務》延續了《堅硬如水》的語言政治。這本小說之所以被禁，不只出於他對軍隊形象的嘲諷或是通姦偷情的渲染——那都是《堅硬如水》已經寫過的。問題應該是在以「為人民服務」為名，閻連科寫出一對男女虛妄中的希望，偷情下的真情。

「為人民服務」是毛澤東延安時期最有名的好召之一，出自所謂的「老三篇」這句話簡單素

8 閻連科，《堅硬如水》（武漢：長江文藝出版社，二〇〇四），頁一七一。

9 同前註，頁一七二。

10 Jacques Attali, *Noise: The Political Economy of Music* (Minneapolis: University of Minnesota Press, 1985), chapter 4.

樸，卻無所不在，無所不包。它是驅動革命潛意識的根本力量，賦予現實以意義的最佳屏障。但伙夫吳大旺和將軍夫人（還有他們的作者）隨「性」之所至，打亂了「為人民服務」欲望編碼系統，釋放了圖騰之下的無限可能。它觸及了革命「原初的激情」那最柔軟，最曖昧，殺傷力也最強的部位，使這句話突然成為一種欲望的無上律令，一個啟動愛與死亡循環的祕密訊號。閻連科打開了潘朵拉的盒子，當然要受到懲罰。

殘酷大地劇場

閻連科對他所承襲的「土地文化」頗有自知之明，[11]他對老家愛恨交織的情緒也反映在八〇年代的小說中。中原雖然是中國文明的發源地，千百年來卻是如此多災多難。生存從來是艱難的考驗。但彼時的閻連科有太多話要說，無暇建立一套鄉土視野。即使如此，他作品中所透露的那種自慚形穢的抑鬱，以及無所發洩的委屈，已經讓讀者心有戚戚焉。到了九〇年代，這種抑鬱和委屈不再甘於在現實主義的框架內找出路。它必須化成一種感天撼地的能量，開向宇宙洪荒。於是有了耙耬山區為背景的系列作品。在這些作品裡，生存到了絕境，異象開始顯現。現實不能交代的荒謬，必須仰賴神話——或鬼話——來演繹。

在《年月日》（一九九七）裡，又是一個荒旱的災年，村中十室九空，老農先爺是唯一留守的活口。天可憐見，他發現了一株脆弱的玉米秧苗，因此有了生存的期望。先爺仔細照顧他的玉米苗，無所不用其極，還是眼看不保。他最後不惜以自己的肉身作為玉米成長的養料，成了他要栽種的糧食的糧食：

> 那棵玉蜀黍棵的每一根鬚，都如藤條一樣，絲絲連連，呈出粉紅的顏色，全都從蛀洞中長扎在先爺的胸膛上、大腿上、手腕上和肚子上。有幾根粗如筷子的紅根，穿過先爺身上的腐肉，扎在了先爺白花花的頭骨、肋骨、腿骨和手骨上。有幾根紅白的毛根，從先爺的眼中扎進去，從先爺的後腦殼中長出來……[12]

閻連科寫他的老農和自然抗爭，頗有海明威（Ernest Hemingway）《老人與海》（*The Old Man and the Sea*）式的架構。[13] 他意在凸顯先爺面對困境絕不服輸的意志力，但描寫得如此慘烈，以致讓讀者不忍卒讀之餘，發現了些別的。閻連科幾乎是以歇斯底里的力氣，不，怨氣，寫自然秩序的顛倒，萬物成為芻狗的必然。在極致處，人定勝天的老話成了阿Q式的精神勝利法。身體的完成在於自我泯滅，成為土地的一部分。

---

11 閻連科，〈仰仗土地的文化〉，《閻連科》，頁五七六—五八〇。見趙順宏，〈鄉土的夢想〉，《小說評論》一九九三年第六期，頁九—一三。

12 閻連科，〈年月日〉，《耙耬天歌》（太原：北岳文藝出版社，二〇〇一），頁一〇二。

13 郜元寶，〈論閻連科的「世界」〉，《文學評論》二〇〇一年第一期，頁四六。

在《耙耬天歌》（一九九七）裡，尤婆子的四個兒女都有智力殘疾，相傳只有以親人的骨頭入藥，才有治癒的可能。為了二女兒的歸宿，尤婆子掘墳開棺、挖出亡夫骨頭，作為女兒的藥引。最後她又安排了一切後事，自殺而死，好讓其他兩個女兒也能有足夠的骨頭吃。

如果《年月日》寫土地吃人，《耙耬天歌》則寫的是人吃人——而且是至親之人的屍骨。前者暗示自然生物鏈的裂變，後者暗示倫理秩序的違逆。《耙耬天歌》可以讓我們聯想魯迅的〈葯〉。魯迅感嘆革命烈士的血救不了一個年輕肺癆病者的命，只能顯出傳統醫療的愚昧殘酷，還有父愛母愛的徒然。閻連科筆下的世界是沒有革命者的世界（或革命者來過了，卻已經走了？），他的人物出入陰陽兩界邊緣，懵懵懂懂，以本能的反應對付死亡和瘋狂的威脅。尤婆子的犧牲當然可以循例列入「勇氣母親」的隊伍，但這恐怕難以說明閻連科的本意。在母愛的前提下，懷有病原的母親以自己的死亡提供子女活命的骨頭，這是以毒攻毒的恐怖故事，而且是古典孝子割股療親傳說的頹廢逆轉。尤婆子之死與其說是捨生遺愛的壯舉，不如說是死亡威脅下，文明全然潰退的演出。

夏志清先生論中國現實主義小說的發展，曾有「露骨寫實」（hardcore realism）一說。[14]就此，夏指出作家如此「赤裸裸」的描寫民生的困苦艱辛，以致任何美學的附會或思想、意識形態的詮釋都顯得貧乏無力。三〇年代的「血與淚的文學」——柔石的〈為奴隸的母親〉、吳組緗的〈天下太平〉等——無不讓我們義憤恐怖，無言以對。值得注意的是，夏的「露骨」一詞英文（hardcore）原有色情隱喻，容易引起誤會，卻有深意存焉。它觸及了心理學施虐／受虐欲望的辯證。在對現實做最赤裸裸的暴露時，作家挑戰人間苦難極限，但是否也在挑逗他自己和讀者承受／想像苦難的能量？苦難的露骨描寫可以凸顯天地不仁，也可形成肉身傷痛的奇觀，以致勾引出受虐欲望。[15]受虐欲者以自我的恐懼、懲罰、剝離、延宕、失去來完成主體建構，在否定情境下演繹欲望的律動。

如果苦難的極致是死亡，受虐欲望的極致就是助紂為虐，以（幻想甚或實踐）死亡作為那欲望的出路——或沒有出路。這樣的欲望書寫當然充滿辯證意味。而我以為閻連科的作品遊走苦難的暴露和苦難的耽溺間，「露骨」的程度尤其超過三、四〇年代的前輩。弔詭的是，由此形成的死亡劇場就是他對鄉土敘事的貢獻。

以上的討論引導我們思考《日光流年》（一九九八）的意義。這部小說堪稱集閻連科苦難敘事之大成。耙耬山脈中的三姓村世世代代罹患喉堵症，患者肢體變形，無論如何活不過四十歲。一代代的村民在村長的領導下找尋治病的偏方，卻毫無所得。到了村長司馬藍這一代，他斷定村人的病因是水質不良，因此號召開山修渠，引進百里以外靈隱渠的活水。他發動村中的男人到城裡為燒傷

14 C. T. Hsia, "Conclusion Remarks," in *Chinese Fiction from Taiwan: Critical Perspectives*, ed., Jeannette L. Faurot（Bloomington: Indiana University Press, 1980）, p. 240。有關閻連科對苦難敘事的執著，可見姚曉雷，〈論閻連科〉，《鍾山》二〇〇三年第四期，頁二一四—二一五。

15 Sigmund Freud, "The Economic Problem of Masochism," *The Standard Edition of the Complete Psychoanalytical Works*, trans. by James Strachery（London: Hogarth Press, 1953）, vol. 9, pp. 159-70. Gilles Deleuze, *Sacher-Masoch: An Interpretation*, trans. Jean McNeil（London: Faber & Faber, 1971）.

的人賣皮，女人到妓院賣淫，以此換來皮肉錢，作為村莊開渠引水的資本。然而等到村人開通靈隱渠，引進的水源卻是髒臭不堪，「黏黏稠稠」，「是一股半鹽半澀的黑臭味如各家院落門前酵白的糞池味」。[16]司馬藍含恨而死。

以惡疾，以身體的病變來影射一個社群的頹廢，是當代大陸小說常見的主題。《日光流年》尤其讓我們想起了李銳的《無風之樹》。值得注意的是《日光流年》的倒敘形式。小說從司馬藍的死亡寫起，上溯到他的出生，再上溯到三姓村其他世代的抗病努力，所以司馬藍的故事是一節節後退的方式，逆向發展，他的出生必須含蘊在他的死亡裡——一切的生命都是倒退歸零，都是生命的否定。[17]閻連科的敘事結構是他歷史觀點的重要線索。在司馬藍之前，藍百歲帶領全村村民翻地，企求改變土質。為此他的親弟弟累死在田中，而他的親生女兒也被送給了公社主任。藍百歲之前更有司馬笑笑不畏饑荒和蝗災，發動村民廣種油菜；還有第一代的村長杜桑則鼓勵村民大量生育——人多好辦事。凡此都不足以破解三姓村民四十歲死亡的大限。司馬藍死後，他們的命運想來仍是如此。

閻連科以工筆刻畫三姓村各代的艱苦卓絕，他的敘事「黏黏稠稠」，本身就濃得化不開。三姓村村民在劫難逃，但是他們前仆後繼，一輩又一輩的犧牲奮鬥。《日光流年》讀來幾乎像是世紀末中國群眾版的薛西佛斯神話。閻連科自謂藉這樣的描寫「尋找人生原初的意義」。但已有評者指出，小說內裡包含一個虛無的烏托邦邏輯。三姓村人故步自封，唯村長之命是從，他們進行一場又一場的抗爭，注定墮入徒勞無功的輪迴。敘事者越是要轟轟烈烈的渲染村人的慘烈事蹟，反而越凸顯了理性的消磨，救贖的無望。[18]

回到前述的露骨寫實主義與受虐欲望邏輯，我要說這也許正是閻連科鄉土敘述的美學本質：三姓村的故事說不盡，講不完，因為他們的苦難還沒有到頭，也到不了頭。他們與死神搏鬥最大的本錢，就是不怕死。但故事的前提卻是他們等待死亡的必然到來，還有延長等待的時間。是在這延長賽般的等待中，閻連科調著方法將同樣的故事做不同的講述。受苦，或是自虐，是敘事得以持續的原動力，敘事存在本身就是預知——也是預支——死亡紀事。

而放大眼光，閻連科的敘事法則哪能沒有歷史的光影？想想紅色經典如《創業史》、《紅旗譜》這樣的經典，不都是描述窮鄉僻壤的農民排除萬難，將無情大地開闢成為人間樂土的故事？所不同者，這些經典不論如何描寫苦難與死亡，都提供了一個天啟的時刻。梁三老漢、朱老忠這些大家長率領他們的家人，一代一代堅持百忍，終能等到創業有成，紅旗飄揚的一天。為有犧牲多壯志，敢教日月換青天，只要意志堅定，不可能必將變成可能。

尤有甚者，被三姓村村民視為延續命脈的重要工程，開通靈隱渠水道，不由我們不想到當年河南重要的紅旗渠史話。六〇年代林州紅旗渠的開鑿，曾經是紅極一時的樣板工程。這條渠道的開鑿是三年自然災害時期。在極度艱難的施工條件下，千百工人沿著太行山懸崖絕壁，架設了

16 閻連科，《日光流年》（廣州：花城出版社，一九九八），頁一四二。
17 王一川，〈生死儀式的復原〉，《當代作家評論》二〇〇一年第六期，頁一〇—一六。
18 姚曉雷，〈論閻連科〉，頁一一五。

一百五十一個渡槽，鑿通二百一十一個隧洞，幹渠總長七十公里，分支共達一千五百公里。紅旗渠在文革高潮中完工，曾被譽為是「劈開太行山」，建成了「人工天河」。[19]

貫串在這樣的信念之下的最重要的資源之一，應該是四〇年代就已經被毛澤東欽點的「愚公移山」——也是發生在太行山脈——的神話。相傳太行、王屋二山擋住了愚公的出路。他乃發動子姪，日夜剷土移山。河曲智叟質疑愚公自不量力。愚公（或主席）回答：「我死了以後有我的兒子，兒子死了，又有孫子，子子孫孫是沒有窮盡的。這兩座山雖然很高，卻是不會再增高了，挖一點就會少一點，為什麼挖不平呢？」[20]

五〇年代小說中的現代愚公為數不少，他們都立志以時間換取空間，改變自己的命運。當神話化為歷史，超英趕美、大躍進、三面紅旗等運動應聲而起。《日光流年》的背景相當模糊，但時代的印記畢竟隱約可見。我不認為閻連科有意批判「愚公移山」的寓言。但如前述，既然生長在一個毛語無所不在的環境，他的寫作必然引發微妙的對話。

三姓村的百姓在大家長的帶領下與宿命搏鬥，然而耙耬山區的土地不能帶來生機，靈隱渠的水竟然是腥臭無比的死水。《日光流年》最後寫了一則犧牲與代價之間的詭異交易。不論薛西佛斯式的存在主義，還是愚公移山式的毛記神話，都不能完整解釋閻連科的受苦哲學。如《年月日》、《耙耬天歌》所示，當人成為他所種植的作物的肥料，或是促進子孫健康的良藥，生與死的秩序已經顛倒。「置之死地而後生」：閻連科的版本不折不扣是個詭譎的教訓。這個教訓在《日光流年》達到高潮。死亡是敘事的開始，而不必是結局。

殘疾人民絕技團

《日光流年》、《耙耬天歌》所演繹的苦難敘事到達飽和點後，閻連科改弦易轍，在《受活》裡寫出個苦中作樂的故事。小說的焦點受活莊原是個三不管地帶，居民非傷即殘，卻意外成了化外之地。受活莊的茅枝婆曾是紅軍女戰士，負傷脫隊，多少年後成了莊裡的民意領袖。全國大辦合作社的時候，她帶領全莊入社，換來的卻是無盡的天災人禍。日後茅枝婆的唯一心願就是使受活人集體退社，重過自由生活。為此她不得不向管轄受活莊的縣長柳鷹雀妥協。柳縣長滿懷野心，想出了一條致富門路。蘇聯解體以後，列寧的遺體已經無從安置。柳希望從俄羅斯買進列寧遺體，在家鄉建立列寧紀念館，發展觀光，好帶領人民致富。

故事由此開始。受活莊的居民雖然身體有缺陷，卻殘而不廢。柳縣長看出了他們的本事，號召他們組成絕技表演團，巡迴各地表演，一時轟動全國。斷腿賽跑、獨眼紉針、聾子放炮、盲人聽物、外加癱瘓的媳婦能刺繡，痲痺小兒套著瓶子會走路，俚俗的把戲竟然讓城裡的人趨之若鶩。至於六十歲的拐子號稱一百二十歲，和弟弟扮成祖孫兩輩，九個侏儒化妝成三天三夜生出來的九胞胎，哄得觀眾團團轉，則是等而下之的騙術奇譚了。如此鄉下人和城裡人各取所需，一種新的消費循環已經形成。

---

19 http://www.jsdj.com/luyou/lyzy/hnhongqi100.htm。

20 毛澤東，〈愚公移山〉，頁一九三。

絕技團的行走江湖是《受活》最精采的部分，閻連科寫來顯然也樂在其中。他的妙想天開，他的毫無節制，在在讓我們想起了同樣也是農民兼軍人出身的作家莫言。在莫言最好的作品裡，像是《酒國》、《豐乳肥臀》，他誇張身體吃喝拉撒的醜態，欲望的葷腥不忌，筆鋒所到之處，無不盡成奇觀。在一個曾經厲行意識形態禁欲的社會裡，莫言以狂歡的衝動，大肆揶揄禮教規矩，所形成的《巨人傳》（*Gargantuan*）式的醜怪系譜，恰和主流的偽美論述，大唱反調。相形之下，閻連科的表現反而顯得像小巫見大巫了。

但閻連科和莫言畢竟有所不同。莫言的小說不論情節多麼血肉模糊，描寫多麼匪夷所思，總有一股元氣淋漓的感覺。《酒國》裡的嬰兒肉盛宴，天下農戶競銷「肉孩」的怪態，還有《豐乳肥臀》中的天上地下萬乳爭豔的奇景，不過是比較明白的例子。莫言的故事可以悲壯，但他的敘事姿態總有一股異想天開的青春期徵候。即使在寫庚子義和團事變的《檀香刑》裡，他種種慘不忍睹刑罰大觀之下，依然流動著昂揚激烈的活力。

閻連科的《受活》儘管也充滿狂歡衝動，卻並不像莫言小說那樣的肆無忌憚。他還不能完全擺脫原道的包袱，不時提醒讀者鄉與城、「受活人」和健全人間的對比意義。他也忘不了苦難的代價，故事中的兩個主角茅枝婆和柳鷹雀各懷鬼胎，總有拋不掉的委屈往事。更進一步，我認為閻連科、莫言對鄉土的空間觀照恰恰相反。莫言的膠東平原上紅高粱四下蔓延，他的「鬼怪神魔」外加英雄好漢竄藏其中，不時擾亂人間。閻連科的耙耬山脈卻有靈隱渠的惡水流過，一片荒蕪，是生存本身逼出了種種恐怖現象。如果莫言的土地是植物性的（vegetarian），是物種孕育勃發的所在，閻連科的土地是礦物性的（mineral），不見生長，唯有死寂。

《受活》中重要的情節是絕技團的一切都是為了積累本錢，好在地方上建立列寧遺體紀念館，大發死人財。閻連科曾經提到這樣的情節安排其來有自。在前蘇聯解體時，他從《參考消息》看到了一則一百字左右的小消息。有幾個政黨覺得應該把列寧的遺體——已經以化學藥物保存了幾十年——火化，而共產黨覺得應該把它保留。爭執的理由是當時的政府沒有保存的經費。這一則新聞讓閻的「心靈受到了非常大的震撼和衝擊，因為是列寧的十月革命的炮聲給中國帶來了希望。一位革命鼻祖式的人物生前死後的命運，會令你想到很多問題」。[21]

革命偉人逝去，讓信仰者悵然若失。為了讓偉人長相左右，必須讓他雖死猶生。這其實是先民圖騰崇拜的現代翻版，木乃伊紀念儀式的一大躍進。列寧遺體的防腐技術如此高超，他的屍體竟能夠抵抗時間的流逝，永保新鮮。

在一個以革命是尚、打倒一切的時代裡，偉人的身體卻成為串聯過去和現在的重要紀念物。列寧的屍體栩栩如生，提醒我們過去的並不真正過去，音容既然宛在，魂兮可以歸來。馬克思主義的一支一向有「招魂祛魅」（gothic）的論述，[22]由此可見一例。然而我們必須質問，肉身物故，我們的難分難捨，到底是意識形態上的矢志效忠，還是集體潛意識中面對愛與死亡的痛苦表白？那原

---

21 見閻連科的前言，《受活》（瀋陽：春風文藝出版社，二〇〇四），頁一—三。

22 Margaret Cohen, *Profane Illumination: Walter Benjamin and the Paris of Surrealist Revolution* (Berkeley: University of California Press, 1993), pp. 2, 12.

初激情的對象已經不在，任何鮮活的事物都只提醒我們的失去難以彌補。我們的悲傷——還有我們無盡的愛慾——無以復加，最終導向那已經消亡的皮囊，不願讓它入土為安。愛，就是悼亡。這豈不是一種戀屍的徵兆？

然而閻連科所無意揭露的問題不止於此。在《受活》中，列寧的遺體已經因為蘇聯的解體而難以為繼。更不可思議的是，它可以待價而沽，賣給識貨的行家。柳鷹雀縣長和受活莊的殘疾人就是第一個買主。列寧不是號召過資本主義和殖民地半殖民地的無產階級應該互通有無，魚幫水，水幫魚麼？改革開放後的中國，「發展就是硬道理」。受活人的如意算盤是在家鄉陳列偉人遺骸，發展觀光業。至此，列寧的遺體發揮最後的剩餘價值，成為一種資本。這是殘疾人絕技團的絕招了：死亡變成奇觀，朝聖就是聚財。

資本主義真是陰魂不散，經過大半世紀的革命，它到底還是回來了。而對左翼評者而言，資本主義的第一課是什麼？是以虛無的交換價值換取血肉凝聚的勞動價值；是沒本的生意，卻能利上滾利。換句話說，在象徵數字快速的循環下，贏家全拿，卻不事生產。這是閻連科悲觀主義的底線。於是在魂魄山上，一座陰森的列寧紀念堂巍然矗立。受活莊人還有千百農民心目中的天堂，就建築在列寧遺體大駕光臨的美夢上。

千百年以來耙耬山區的墾殖不易，在閻連科（或柳鷹雀）的狂想裡，只要外國革命偉人遺體入駐，財源滾滾，過去的經濟困境自然迎刃而解。由此我們回到閻連科所構想土地與人的關係。農作物的生長太少太慢，比不得和死人打交道。這塊土地的意義在於成為供養死神的地方。

《受活》的結局急轉直下，等待列寧就像等待果陀。最後來的不是偉人，而是強盜。他們以最原始的「交換」形式，將絕技團搶劫一空。這群殘疾人辛辛苦苦，到頭來落得一無所有。《受活》成了後社會主義樂極生悲的寓言。

後社會主義的愛與死

《丁莊夢》（二〇〇六）觸及了九〇年代中期以來，發生在河南省的「愛滋村」危機。話說回頭，河南東南部的鄉鎮普遍貧窮，為了脫貧致富，出現集體賣血的現象。這一現象因於政府鼓勵輸血而起，但「識貨者」一旦發現有利可圖，開始展開大規模的血液收集買賣。殊不知因為採血過程草率，愛滋病毒經過交叉感染，深入許多賣血者的身體；他們將以生命付出代價。根據官方統計，截至二〇〇五年秋，河南已有超過三萬人發現感染，一半以上已經出現症狀，近四千三百人死亡。[23]

23 見新華網於二〇〇五年十一月十日的報導：「據河南省副省長王菊梅介紹，河南一九九五年三月發現了首例愛滋病人。由於既往有償供血在上蔡等地農村局部地區引發的愛滋病疫情，使河南成為全國乃至國際社會關注的熱點。截至二〇〇五年九月三十日，河南累計報告愛滋病毒感染者三萬零三百八十七人，已累計死亡四千二百九十四人，現症病人一萬八千三百三十四人，其中血液途徑傳播感染二萬七千四百二十九人，占百分之九十點二六。ＨＩＶ感染者和現症病人主要集中在農村，分別占總數的百分之九十七點二二和百分之九十八點三七。」http://www.ha.xinhuanet.com/fuwu/yiliao/2005-11/10/content_

愛滋村的危機牽涉廣泛，中共當局最初諱莫如深，嗣後才轉趨積極。這一危機暴露不只是醫療衛生問題，也是國民經濟問題，以及一個國家對人民身體的監控管理的問題。更耐人深思的是，它也可以成為後社會主義國際關係的隱喻。愛滋病毒起源於非洲，主要經過性交和毒品注射傳染，四下蔓延，成為二十世紀末滲透全世界的瘟疫。河南鄉下農民勇於賣血，為的無非是改善生活現況，他們把身體當作商品待價而沽，哪裡料到如此這般，他們已經進入全球化的經濟和病毒交易循環。

閻連科的世界裡，命運的賭盤不停轉動，過去的主宰是土地莊稼，現在則換成了金錢，但農民的身體總是那孤注一擲的賭本。我們還記得閻連科《耙耬天歌》、《日光流年》等小說裡的農民身染惡疾，走投無路，他們以最素樸的方式對抗命運的詛咒，世世代代，形成一種苦難奇觀。《丁莊夢》裡的農民則是為了發家致富，不惜鋌而走險。在這層意義上，閻連科看出了愛滋的現代性意義，並賦予相當批判。然而他對社會主義市場化以後的經濟發展保持曖昧的看法。以往小農式或合作式的經濟模式不再能夠約束閻連科筆下的丁莊農民。他們現在要的不是子孫香火（《耙耬天歌》）、不是宗族倫理（《日光流年》），而是實實在在的物質生活的日新月異。他們把賣血當作沒本的生意，卻落得血本無歸。他們是有「中國特色的社會主義」裡一群失敗的投資人。

就此，閻連科可以探問（因賣血採血所引發的）愛滋病下，複雜的政教腐化、經濟投機、社會福利失控等問題。但這樣寫一定冒犯政治不韙，豈可輕易碰觸？閻的作法是將丁莊的災難放在更廣闊的人性角度觀察，而他的結論是丁莊的病不只是身體的病，更是「心病」，貪得無饜的心病。而在風格上，他運用已經得心應手的人物場景，甚至情節，變本加厲，務求烘托故事陰森怪誕的底色。

《丁莊夢》的主要角色是祖孫三代。丁家爺爺多年前響應政府號召，鼓勵鄉民賣血。兒子丁輝看出其中的好處，私設採血站買血賣血，大發利市。也正因為抽血過程草率，他成為造成地方愛滋病毒交叉感染的元兇。丁輝十二歲的兒子則在故事開場前，已經被愛滋病患和家人毒死。小說是由這個死去的孩子的觀點，看到爺爺的悔恨，爸爸的狡猾，還有丁莊愛滋病者和家屬種種驚慌失措的反應。

閻連科將愛滋病肆虐化為父子三輩間的道德劇。丁爺這個人物不會令我們陌生。像是《年月日》中的先爺，《受活》中的茅枝婆一樣，他是閻連科理想的宗族長老式人物，敬天法祖（以及主席，以及黨），負擔家鄉的命脈。但他的敬謹謙卑只帶來災難。兒子丁輝既是災難的始作俑者，也竟然是災難的受惠者。賣血盛行時他懂得一針多用，用啤酒摻血，絕不浪費血袋。愛滋病患大量死亡時，他已經搖身一變，成為代理政府的棺材買賣人。為了不讓年輕死者身後落單，他又開闢冥婚中介事業，一時生意興隆，供不應求。丁輝充滿企業精神，簡直和丁莊格格不入。他的作為讓我們想起了果戈里的名作《死靈魂》（*Dead Souls*）裡種種發死人財的勾當。他橫行不法，卻能得到政府信任。當丁輝的冥婚腦筋甚至動到自己兒子身上時，他的老子丁爺忍無可忍，終於導致了弒子的

5553877.htm（瀏覽日期：二〇一五年十月十八日）。

結局。

一九三四年，吳組緗的〈樊家鋪〉曾寫出了一個女兒殺了母親的故事。苦旱的農村，陷入絕境的夫妻，嗜錢如命、見死不救的母親，終於釀成一場人倫血案。對吳而言，資本主義早已顛倒人間秩序；故事中的女兒逼得失手殺了母親，因為非如此不足以保持她道德的清醒、並預見革命的必然。七十年後的《丁莊夢》做了類似的安排。不同的是，這已經是後革命的時代。當已被毒死的孫子目睹爺爺殺了爸爸，瀰漫在小說中的無奈（尤其是以「就……這樣了」的句型一再呈現）氣息，哪裡是三〇年代的左翼作家可以料到的？

閻連科以天道倫常的違逆作為敘事基調，再次顯現他民間說書人似的世故，也因此避開了更尖銳的問題。愛滋病的爆發畢竟不再只是「天作孽」；像丁輝這種人的所作所為，還有像中國農民的艱苦無知，究竟孰使由之，孰令致之？小說誠然不必是政治批評，但正因為愛滋村事件的起因和後果千絲萬縷，閻連科將其融入已經熟能生巧的敘述模式裡，難免使他的結局顯得輕易。

閻倒是在描寫丁莊愛滋病患的形形色色方面，扳回一城。這些病人多半為了物質需求賣血，但他們的下場和他們的動機不成比例。在痛惜這些患者和家屬的無知無助的同時，閻也不假辭色，寫出了他們的愚蠢和貪婪——不只在罹病前，更在罹病後。這群滿身瘡疤、散發惡臭的病患在丁爺的率領下，聚集一處隔離治療。一開始他們各盡所能、各取所需，在最不可思議的情況下，竟然活出了人民公社式的理想生活。

好景當然不長，要不了多久，偷竊爭產，奪權內訌，「正常」社會裡有的毛病他們一樣不少。閻連科行有餘力，還安排了一段病危的已婚男女通姦偷情的好戲，把《堅硬如水》、《為人民服務》裡的禁忌之愛做了愛滋版的詮釋。等到這群將死的病人為了爭棺材，比葬禮，搶冥婚媳婦時，小說竟已經散發詭異的嘉年華會氣氛：死生事大，如何成為這樣的鬧劇？

三〇年代吳組緗也曾寫了〈官官的補品〉（一九三二）。這是一則黑色喜劇；城裡的少爺車禍重傷，輸的是貧農的血，喝的是貧農的奶，最後要了貧農的命。吳的批判意圖再明白不過，他卻以嬉笑怒罵的筆觸揶揄一切。到了九〇年代中期，余華曾以《許三觀賣血記》（一九九六）廣受矚目。余華的重點落在血緣和親情的辯證關係上，笑中有淚，而以家庭倫理關係由疏離到和解作為結局。十年之後，閻連科的《丁莊夢》反其道而行。血液成為流動的資本，就算是骨肉至親也不能擋人財路。

閻連科的政治寓言至此呼之欲出。正如《受活》所渲染的戀屍和狂歡情節一般，閻連科不只意在浮面的諷刺，他更誇張了一個社會裡不請自來的邪惡誘惑，以及集體敢死欲望。《受活》寫殘廢人為了活下去發死人財；《丁莊夢》寫要死的人見了棺材還不掉淚。《日光流年》那污染靈隱渠的毒水現在是循環丁莊人體內的致命血液。

血，由補品到商品，由舊社會到新社會，由呼喚革命到告別革命，似乎仍然透露著神祕的象徵意義：是活命的本錢，也是要命的消耗。將近一個世紀的現代中國革命，流了多少鮮血，凝成了多少愛與死的神話？在愛滋蔓延的時代裡，閻連科藉賣血故事為那逐漸模糊的革命時代、為愛與死的神話，添上了最荒涼的一筆。是了，不論是姓「社」還是姓「資」，中國社會歷經災難，「死人是經常發生的事」。《丁莊夢》裡閻連科左右開弓，感慨不可謂不深。

「講好中國故事」

閻連科太了解現實主義不足以描摹當代大陸怪現狀的複雜性，因為這一技巧本身已經是權力構造與文化生產的一部分。他轉而發明「神實主義」，雜糅現實於寓言、神話、夢境、異想間，形成似真似幻的敘事。然而遊走在現實與神實邊緣間，閻連科必須付出代價。不論是暴露還是嘲弄，「深度描寫」還是妙想天開，都引來各種褒貶聲音，以及出版禁忌。

《中國故事》設置在河南農村，一對父母與獨子的三口之家。最普通的日常生活裡卻瀰漫著重重殺機。兒子怨懟父親，必欲除之而後快；父親嫌棄母親，時時計畫讓她死於非命；母親痛恨兒子，心心念念斬草除根。什麼樣的深仇大恨使這家人陷入天倫相殘？

閻連科鋪陳了精密的細節使其合理化。河南是亙古中原所在，但如今市場經濟已經深入這塊土地的方方面面。人口流動，人心浮動，地方勢力內捲，鄉土中國精神資源枯竭。兒子一心要到美國，計畫榨乾父親；父親為了地產妄想與富婆雙宿雙飛，動念謀殺妻子；母親心力交瘁，認定家庭禍根來自兒子種種不法行為。但這些只是表層原因，讀者很快發現離奇情節下的重重轉折，從而開始理解甚至同情這些人物。

閻連科經營殘酷敘事非自今始，《中國故事》將他的極限又推前一步。父不父，子不子，這家人演出中國核心家庭價值——既是經濟的也是倫理的——破產的荒謬劇，也成為後社會／後資本主義環境裡主體精神分裂的病例抽樣。小說中兒子企圖弒父，順手拾起地上三塊磚頭，「這三塊磚的那面糊了一層水泥又刷了一層漆。漆上還有兩個紅漆字。竟然是——竟然是天助我也的——祖國——兩個字。我真的想要笑出來，和那拋起下落的碗片一定是凹面向上一樣相信這是天在助我了。」

過去幾年閻連科敷演「神實主義」每有過猶不及之處。《中國故事》的情節依然令人瞠目結舌，但敘事卻展現了此前少見的精準。小說分為四章，前三章各以兒子、父親、母親視角演繹殺人行動（或幻想），結構有如古典的三幕劇；最後一章極短，卻是畫龍點睛的大收煞。其中尤其以第一章兒子的獨白最為精采。閻連科描寫一個二十歲青年從冒牌大學輟學，返鄉遊手好閒，百無聊賴就是嚮往美國——他的烏托邦。他對父親的殺機雖然極其虛矯，竟完全內化傳統詩詞歌賦摘句，斷章取義，卻又流露奇特的詩意魅力。

> 在這廢墟和靜寂裡，我不能不殺父親了。千秋功罪誰之過，唯有蒼天可回答。時運不濟，命運多舛。馮唐易老，李廣難封。屈賈誼於長沙，非無聖主。竄梁鴻於海曲，豈乏明時。我想如果我不是砍父親，而是用斧砸，那聲音一定有著紅潤的詩意和柔軟，就像誰一拳砸在一堆花瓣上，飛起的紅色瓣兒如同一場花瓣雨。零落成泥碾作塵，只有香如故。草樹知春不久歸，百般紅紫鬥芳菲。

陳腔濫調居然言之成理，就此，閻連科直搗語言和言說主體間的錯置和媾合，有如借屍還魂。同樣手法也曾得見於《堅硬如水》，敘事完全包裹在文革大字報式套語中，言說主體無所遁逃。

更有意義的是，閻連科有意對他的「故事」大做文章。它採用故事裡的故事作為敘事框架，將作為敘事者的自己置於聽者位置。敘事者返鄉偶然遇到有故事要說的鄉民，他們娓娓道出自己的遭遇。這樣的安排可以上溯古老的傳奇敘事橋段，也帶有些微後設小說趣味，但更毋寧讓我們想到魯迅《祝福》裡，祥林嫂悲慘的故事引來嗜血的聽眾，一遍一遍要求分享「苦難的奇觀」。但在中國特色的市場化社會裡，故事是要收費的。這一家三口分別找上小說敘事者，兜售他們的故事。由此啟動小說的經濟交易母題，從欲望到生命，從謀財到害命，從講故事到聽故事，沒有什麼是「無價」的。

然而閻連科的故事經濟學又峰迴路轉。小說經過三輪演述之後，好像什麼又都沒有發生，我們有了三個殺人未遂的故事。人既然沒死，故事就可以接著說。這是怎麼回事？真相到底是什麼？

故事進入第四章。這一章其實有尾聲意義，跳接到另一時空。我們得知這一家三口非但沒有同歸於盡，反而在極偶然的狀況下搬入一處廢墟大宅，終於有了自己的地方。這夜他們同桌小酌，其樂融融，一眼瞥見牆上殘留一幅配有對聯的宗教故事畫，名為「佛陀的十字架」。上部分是佛陀被釘在十字架上的受難圖，下部分則是一個邪徒告密後因為愧疚的自縊圖。對聯上聯七字「佛陀、釘子、十字架」；下聯七字「邪徒、樹木、上吊繩」。橫批三個大字——「土、草、路」。

父親、母親、兒子三人突發奇想，根據故事畫玩起遊戲：佛陀與釘子、十字架代表苦難與寬恕，惡徒、樹木、自縊繩索代表邪惡與懺悔，土、草、路代表俗世的平凡生活。他們輪流做莊抓鬮，你來我往，有賞有罰。一次他們各自抽到惡徒、樹木、自縊繩，「三個人彼此看了看，誰也不說話，三個人眼裡都同時有了淚。」

這是閻連科「神實主義」的安排了。欲知後事如何，讀者必須自行發現。所可在此強調的是，閻連科寫作多年，這是他少見的抒情時刻。他似乎有意從極度的惡與絕望裡，找尋救贖的契機。但是且慢，閻連科真的如此菩薩心腸起來了麼？仔細閱讀小說終章，我們隱隱感覺陰氣瀰漫。這荒涼山坳的宅邸，這父慈子孝的場面究竟是哪裡？

過去幾年「講好中國故事」成為全民運動，至今方興未艾。閻連科的《中國故事》講「好」中國故事了麼？相對主流規範，他的故事沒有塑造「可信，可愛，可敬」的中國形象。但我不認為他的敘事僅意在控訴社會，唱唱反調。當代傳媒和網路資訊無孔不入，暴露黑暗的速度及全面性早已讓文學瞠乎其後。藉著像《中國故事》這樣匪夷所思的故事，閻連科毋寧更想傳達一種自下而上的感覺結構，同時思考小說——及文學——仍然存在的意義。

中原大地莽莽蒼蒼，那裡的人活得如此傖俗而卑微，充滿戾氣與鬱結。他們不乏生機和嚮往，卻無所逃於天地之間。當大說家忙著講「好中國」故事時，小說家致力「講好」中國故事。什麼樣的故事？「於天上看見深淵；於一切眼中看見無所有；於無所希望中得救。」[24]小說家相信只要故事還能講下去，生命的辯證——善與惡，傷害與恥辱，正義與荒謬——就能再次萌芽。《中國故事》終章其實是又一個故事的開始。小說家如是寫道：

24 魯迅，〈墓碣文〉，《野草》，《魯迅全集》，第二卷，頁二〇二。

原來所有能抓到的時間都是一條線上的兩個點，太陽升起時，必然有人看的是落山；有人閒在黃昏間，必然就有人正起床穿衣為新的一天開始著。我瞇著眼睛瞟著車窗外，看著正午的日光滑在玻璃上的光點和流失再來、再來再失的時間線，想我在這個時候的正午間，能否看到誰家子夜裡的一樁事情呢？在深夜人們都睡時，誰家還能忙著不休不眠的事情呢？

我把眼睛微微閉將起來了。

我果然在夏天正午時候看見了一戶人家在正冬午夜間的事情了——

小說家看見正午的黑暗，從現實的不義發明「神實」的正義。中國故事有千百種講法，閻連科要講的故事還沒有完，欲知後事如何，有待下回分解。

閻連科，《堅硬如水》（台北：麥田出版，二〇〇九）。
閻連科，《年月日》（太原：河南文藝出版社，二〇一〇）。
閻連科，《耙耬天歌》（鄭州：北岳文藝出版社，二〇〇一）。
閻連科，《日光流年》（台北：聯經出版公司，二〇一〇）。
閻連科，《受活》（台北：麥田出版，二〇〇七）。
閻連科，《丁莊夢》（台北：麥田出版，二〇〇六）。

閻連科，《為人民服務》（台北：麥田出版，二〇〇五）。
閻連科，《中國故事》（台北：麥田出版，二〇二一）。

從「裸命」到自由人

——嚴歌苓《陸犯焉識》

《陸犯焉識》講述了一個社會主義中國的傷痕故事。主要人物陸焉識出身民國上海沒落世家，曾經留美卻不諳世故。新中國成立後，陸焉識因為出身和言行問題被劃為右派，下放到大西北勞改。因為種種反抗甚至逃亡，他的刑期被不斷延長，以致成為「無期」。勞改的二十多年裡，陸焉識念念不忘妻子馮婉瑜——一個他當年勉強結合、未曾真正愛過的女子。回到妻子身邊成為他最大的心願。文革後陸焉識終於平反回家，與婉瑜和子女團圓。然而婉瑜已逐漸失去記憶，甚至不再認得她日夜思慕的丈夫……。

《陸犯焉識》的故事彷彿讓我們又一次回到傷痕文學的時代，但這部小說卻極有與眾不同之處。作者嚴歌苓（一九五八—）是知名的海外中國作家，九〇年代曾是台灣各大文學獎的常客，也有多部小說（如《天浴》、《少女小漁》等）被改編搬上銀幕。嚴歌苓更因為與導演張藝謀的合作（如《金陵十三釵》）而聲名大噪，電影《歸來》正是改編自《陸犯焉識》。

顧名思義，《歸來》中從四〇年代到八〇年代的歷史場景被濃縮成文革後陸焉識歸來以後的遭遇，電影的焦點也從陸焉識轉到馮婉瑜。小說中讓陸焉識受盡折磨的大西北在電影裡消失殆盡，取而代之的是在上海苦守寒窯的馮婉瑜。當然，最重要的改動發生在陸焉識歸來以後，是去是留的決定。

文學改編為電影不是易事，《歸來》又是一個例證。有關反右到文革經驗如何呈現，一向是中國影視媒體的罩門之一，《歸來》的劇本經「修改後」通過審查，製作團隊的努力已經難能可貴。然而如果並列《陸犯焉識》和《歸來》，我們不難看出兩者的巨大差別。張藝謀的問題不在於必須因應電影特色、官方壓力，或市場口味，而在於沒有對嚴歌苓所思考的問題做出有效的回應。換句話說，檢查和市場以外，編劇和導演對原作的體會不足，才是癥結所在。[1]

這是為什麼我們更應該重視嚴歌苓的原著的原因。《陸犯焉識》是嚴歌苓創作以來最重要的作品。嚴歌苓是說故事的能手，她的行文風格華麗豐富，一向引人入勝。但她不諱言《陸犯焉識》帶給自己的壓力，因為故事取材自家族歷史：陸焉識的原型人物是她的祖父（嚴春恩）。在述說傳奇之餘，嚴多了一層感同身受的體會，也對歷史的暴烈和生命的荒謬，有了不同於以往的看法。

1 相較於李安改編張愛玲的〈色．戒〉，高下立判。電影改編不必然忠於原著，但不能缺乏編導和原著對話的勇氣和視野。李安挖掘〈色．戒〉裡張愛玲自己也不敢面對的黑暗欲望／創傷。張藝謀卻僅止於琢磨《陸犯焉識》表面涕淚飄零的情節。

三種「露骨寫實」的方法

一九四九年新中國成立後，共產政權展開一系列運動，迅速清理社會各個階層。這一政權對知識分子的控制尤其雷厲風行。從鎮反到肅反，從「洗澡」到反右，知識分子無不首當其衝。一九五〇年代勞動改造制度出現，作為鎮壓、監禁異議人士的新手段。勞改源於蘇聯，意圖透過長期集體勞動的方式，對犯人的身心做出徹底監控改造；史達林時代的古拉格集中營尤其惡名昭彰。中共的勞改形式包括集體農場到監獄等，文化大革命時期的「牛棚」和「幹校」也是變相延伸。二〇〇一年中共終於廢止了勞改制度，至此四十年來的受害與犧牲者人數已高達千萬以上。[2]

嚴歌苓小說裡的祖父陸焉識正是這千萬勞改犯中之一。小說關鍵場景之一，寫的就是一九六〇年陸焉識從上海提籃橋監獄被押往青海勞改營，馮婉瑜擠在人群中希望再看丈夫一眼。陸焉識到底犯了什麼滔天大罪？焉識生於一九一〇年，民國時期也享受過好日子。他風流倜儻，聰明過人，三〇年代留學美國，精通四國語言，卻也因言賈禍，往往得罪他人而不自知。焉識抗戰時期因為高談自由主義，在重慶坐過國民黨的牢。未料解放以後，又因為言行失誤成為共產黨的階下囚。一九五四年他被捕入獄，甚至曾經因為反革命罪名被判死刑。六年後移送青海終生勞改，已經是黨的大恩大德。

八〇年代以來，知識分子對過往傷痕的描寫不絕如縷，有關勞改所帶給受刑人的羞辱和折磨，讀來尤其令人怵目驚心。夏志清先生曾以「露骨寫實主義」（hardcore realism）一詞描寫現代文學寫實／現實主義敘述的特徵，[3]也適用於此。夏指出面對社會不公不義，作者每每以鉅細靡遺的風格，狀寫「被侮辱與被損害者」的種種慘狀。這樣的書寫如此直截了當，而讓我們有了無言以對的感嘆，以致任何理論詮釋和立場支撐都顯得空洞虛偽。

露骨寫實主義有其弔詭。當非人的待遇、苦難的煎熬成為大家競相控訴的話題時，我們難免感到審美疲勞。或對類似書寫避之唯恐不及，或甚至希望書寫者「推陳出新」，好吸引我們的注意。問題是，難道貨真價實的苦難也需要包裝麼？魯迅在《祝福》裡寫祥林嫂不斷重複她悲慘的故事，以致失去聽眾同情，不啻對傷痕敘事的寫和讀提出清醒的批評。

然而故事必須說下去。就像一千零一夜裡的沙荷拉撒德王妃（Scheherazade），面對暴虐的國王「沒有故事，就是死路一條」的要求，只能以一個又一個故事引起聽者注意，延宕死亡的威脅，或那絕對沉默的到來。[4]更進一步，我們要說敘述就是一種賡續溝通、傳遞意義的行動，就是生命

---

2 對勞改的歷史敘述在海外並不少見，參見如 Harry Wu, *Laogai: The Chinese Gulag*（N. Y.: West View Press, 1992）；有關勞改文學的討論，參見 Philip F. Williams & Yenna Wu, *The Great Wall of Confinement: The Chinese Prison Camp through Contemporary Fiction and Reportage*（Berkeley: University of California Press, 2004）。

3 C. T. Hsia, "Closing Remarks," in *Chinese Fiction from Taiwan: Critical Perspectives*, ed., Jeannette Faurot（Bloomington: Indiana University Press, 1980）, p. 240.

4 或從敘事理論而言，參見列維納斯對言說的重視。相對於「已說」所產生的意義封閉性，「未說」以言說的方式進入「已說」的範疇，以無窮無盡的在場性產生抵抗的能量。見 Emmanuel Levinas, *Otherwise than Being: Or Beyond Essence*（Pittsburgh: Duquesne University Press, 1981）, pp. 5-9。

的倫理底線。

過去幾年中，有關勞改的敘事依然此起彼落。最值得注意的至少有兩部作品。楊顯惠的《夾邊溝紀事》（二〇一一）講述一九五七年甘肅酒泉沙漠邊緣的夾邊溝農場曾有三千勞改犯人屯駐，然而在極左政策以及「自然災害」肆虐下，到了六一年倖存者不及一半。多年後楊累積採訪所得，以紀實兼虛構的方式還原當年大量死亡的慘烈，以及生還者的悲傷。他寫一個上海女人來到夾邊溝找尋丈夫遺骸的悲痛與莊嚴，或資深勞改犯見證死亡的世故與絕望，令人怵目驚心。當楊以冷冽的筆調寫出「死幾個犯人怕什麼，搞社會主義哪有不死人的！」[5]，不由得讀者不悚然以對。這是露骨寫實主義的力量了。

另一方面，作家閻連科反其道而行。他的《四書》（二〇一一）以黃河邊上的一座勞改農場「罪人育新區」為背景，寫出一百二十七個反右運動後下放的知識分子，如何在一群「孩子」的指揮下，過起芻狗不如的生活。大饑荒的年代為了活命，這些原來之乎者也的學者文人放下身段，苟且求生。他們相互背叛鬥爭，無所不用其極。到最極端的時刻，人吃人的事情發生了。閻連科刻意經營素樸簡約的敘事，幾乎有了聖經寓言的況味。同時他又誇張勞改營內的種種醜態，營造出鬼魅也似的嘉年華氣氛。兩者之間所形成的張力，在在引人注目。[6]

在這兩種露骨寫實——紀實和寓言——的方法之間，嚴歌苓示範了第三種可能。她當然花了極大篇幅描寫勞改營的非人生活。大西北的荒涼、勞改營的殘酷、犯人生活的艱苦都不在話下。然而嚴歌苓不僅寫陸焉識在勞改營二十多年的求生過程，更回溯他早年一切：公子哥兒般的行徑，和妻子勉強的結合，美國的風流佳話，抗戰中逃難、外遇經驗……還有他的不識時務，和莫須有的反革命嫌疑。嚴歌苓將陸焉識的前半生和他的勞改經驗穿插敘述，讓這個人物的形象陡然豐富起來。陸雖然聰明自得，其實胸無大志。他之淪落為勞改犯沒有什麼可歌可泣的理由，甚至有點咎由自取。但也正因為如此，他深陷絕境後，少了些悲憤，反有了自行其是的個性。而這竟成為他死裡求生的力量。

嚴歌苓有意叩問，像陸焉識這樣舊社會過渡到新社會的人，也許身負階級原罪，但是在什麼樣的社會裡，他竟然會被冠上滔天的罪名？陸焉識算不得平庸之輩，卻平凡得可以。但日常生活裡似乎有種看不見的力量，一步一步將他推入萬劫不復的地步。同樣重要的，嚴歌苓也好奇勞改犯的家屬如何應付突如其來的巨變，如何又將隨之而來的屈辱、怨恨再融入日常生活裡，日久天長的處變不驚起來。《陸犯焉識》有最肅殺的題材，嚴歌苓的敘述卻讓故事充滿人間煙火氣味；這人間煙火可以是詛咒，也同樣可以是救贖。

更重要的是，在嚴歌苓的調度下，一切的生活細節重三疊四而來，如此豐富，以致產生不可思議的舞台效果。這裡所謂「舞台」指的是一種巴爾札克式（Balzac）的命名、描述現實的力量，用以堆砌悲歡離合各種節目，在在引人入勝。相對《夾邊溝紀事》的慘淡、《四書》的荒謬，《陸犯焉識》充滿相關或不相關的人間情事，敘事時間更綿亙七十年，來到上個世紀末。陸家解放以前的

5 楊顯惠，《夾邊溝記事》（廣州：花城出版社，二〇〇八），頁二八六。
6 見蔡建鑫的討論，〈屈辱的救贖：論閻連科的《四書》〉，收入閻連科《四書》（台北：麥田出版，二〇一一），頁三一二一。

勾心鬥角，陸焉識驚險重重的草原逃亡，馮婉瑜為了丈夫犧牲自己，陸家兒女為了前程背叛父親，犯人和領導相互傾軋、重逢與失憶……甚至陸焉識的便祕、牙痛，勞改營裡最慘澹的偷情，外加西北草原的狼群，青海湖冬天的湟魚，寫來都是要讓讀者動容的。

論者或從嚴歌苓的敘事看出煽情的元素，過於戲劇化。但我以為這是嚴歌苓的特色所在：在「露骨」寫實主義的架構上，她要營造「有血有淚」的生命場景；在那失語的年代，她以華麗的文字繪影形聲。捷克戲劇家也是一九八九年推翻捷共的領導人之一哈維爾（Václav Havel）曾說，「極權主義的社會裡是沒有故事發生的。」[7]沒有故事，因為所有的欲望和絕望，幻想和行動都被「和諧」掉了。嚴歌苓式的修辭政治學要讓「故事」再發生，而且務求扣人心弦。以此，《陸犯焉識》不僅批判了那個時代，也逆轉了書寫那個時代的方法。

「裸命」的潛在寫作

陸焉識剛進囚牢時編號二八六八，但是隨著飢寒病恙死亡，囚牢人數遞減，他的編號成為一五六四；而當他的號碼只剩下三位數二七八時，其中恐怖不問可知。但是他到底身犯何罪，我們始終不得而知。小說的命名陸犯「焉識」——如何知其所以？——已經點出作者的深意。陸焉識聰明過人，最大的缺點是不識時務，而他的罪名也因為口無遮攔，言辭虛妄而起。作者描寫陸面對控訴時曾極力辯別自己的清白。但他越是據理力爭，反而越坐實了他的妄尊自大，罪加一等。一種卡夫卡式的詭圈油然而生，他的刑罰從有期變成無期。

更進一步，嚴歌苓由此點出在一個新中國的時代，罪與罰的辯證不是基於罪證的真確與否，而基於「人民」的指控。這是人民「民主專政」的時代。但誰是「人民」卻是不能聞問的謎題，甚至是一個空虛的能指。「人民」的合法性唯有從先確立「人民」的對立面——敵人——才能間接證明。陸焉識就是千萬的革命敵人之一，必須從階級隊伍裡清除，才能保證「人民民主專政」宏大目標的實現。

陸焉識既不真左，也不真右；既沒有犯意，也沒有罪證。然而正因為對自己的處境渾然不覺，我行我素，他反而成為一個容易被羅織罪名的對象。有了陸焉識這樣的人莫名其妙的鋃鐺入獄，統治者的權威更越發莫測高深起來。他成為權力當局必須布置的替罪羔羊。阿甘本對西方歷史「裸命」（bare life）機制的研究可以參考。阿甘本指出在羅馬帝國社會裡有一種稱為「牲人」（homo sacer）的邊緣者。他們是社會的賤民，任人宰割而不引起法律後果，同時也無權作為神聖的犧牲。牲人只有裸命一條，被社會「包括在外」。弔詭的是，正因為牲人曖昧、邊緣的位置，他們被視若無睹的存在反證了社會人與非人、內與外的秩序，以及威權者行使法、又高於法的位置。[8]

阿甘本認為二十世紀的裸命不必只由被「包括在外」的牲人代表。資本主義社會以及極權主義

---

7 Václav Havel, "Stories and Totalitarianism," in *Index on Censorship*, 17, 3（1988）, pp. 14-21. "Stories and Totalitarianism"（April 1987）原為地下文化雜誌 *Jednou nohu*（Revolver Review）所作，英文版刊於 *Index on Censorship*。

8 Giorgio Agamben, *Homo Sacer: Sovereign Power and Bare Life*（Stanford: Stanford University Press, 1998）.

社會早已發明了種種方式，控制成員的生命／政治意義。「裸命」其實內化成為現代人的宿命。在號稱自由主義的西方社會裡，居無定所的難民，非法入境的移民，隨季節遷移的打工者，植物人等都是存在於合法非法的邊緣、或不死不活的狀態。這種懸而不決的存在大大諷刺了自由主義者強調的人權、民主等理想。另一方面，極權主義者如納粹和史達林政權對人的踐踏，更有過之而無不及。最極端的表現是集中營的設置。[9]

回看《陸犯焉識》，我們要問「裸命」之於中共的勞改制度意義何在？如上所述，勞改源自蘇聯，是一種特殊審理、監禁、流放、改造的制度，雖有法律基礎，但是執行的過程卻每每違反法律運作，總是創造「例外狀態」，因此打開迫害異議人士的方便之門。[10]陸焉識從一九五四年入獄以後，刑期不斷延伸；一九六〇年遣送勞改後，遠離社會，形同「非」人，生亦無足畏，死亦無足惜。多年後他獲得平反，回到上海，不但與家人恍若隔世，也與社會格格不入。他的一生其實已經犧牲，而他的犧牲越沒有意義，越凸顯統治者恣肆生殺的大權。

至此，「裸命」的理論用於《陸犯焉識》似乎言之成理。但果真是如此麼？阿甘本也許指出了現代社會裡法律、威權與身體的相互為用，形成現代人物所逃遁的網羅。這樣的看法其實因襲傅柯有關訓誡與懲罰的研究。[11]然而，阿甘本從左翼批判立場出發，卻沒有訴諸革命作為解決難題的方法：他的「裸命」論設想社會的禁錮如此嚴絲合縫，甚至封閉了歷史語境裡任何解放力量。當現世如此無望，他只能投射未來彌賽亞（終極革命？）的拯救。也因此他揭露自己根深柢故的神學背景。[12]

面對這類論述，文學研究者實在不必亦步亦趨。我們恰恰要說：眼前無路想回頭。嚴歌苓的小說裡，陸焉識遞送到青海勞改營後被剝奪了所有權利。在極度困頓的情況下，犯人勞作猶如行屍走肉，生命成為本能的苟延殘喘。然而陸焉識有一樣東西權力當局看不見，也拿不走。那就是他的想像力。嚴歌苓告訴我們陸焉識當年放言無忌，以致吃了大虧，但他畢竟是聰明人，在危機時刻善用自己深藏不露的另一面。勞改生活何其險惡，為了自保，陸偽裝口吃，避免言多必失的可能。更重要的，他憑著驚人的記憶力，在漫漫長夜裡「盲書」無數的信件給他的妻子。相對於他通過檢查，發給妻子的那些家書，這些盲寫的信件發自內心，回到內心，沒有文字記錄，卻是千言萬語，刻骨

9 見 *Homo Sacer* 第三部分。

10 有關勞改如何依法律之名違背法律的討論，見 Ramin Pejan, "Laogai: 'Reform Through Labor' in China," *Human Rights Brief: A Legal Resource for the International Human Rights Community*, 7, 2（winter 2000）, pp. 23-27. Published by Washington DC: American University, Washington College of Law, Center for Human Rights and Humanitarian Law。

11 Michel Foucault, *Discipline and Punish: The Birth of the Prison*（N. Y.: Vintage Books, 1995）。晚期傅柯討論「自我的技術」，給予主體某一程度的自主性，但是仍然維持社會作為一種權力關係的看法。

12 見 Samuel Weber 的討論，"Going along for the Ride: Violence and Gesture: Agamben Reading Benjamin Reading Kafka Reading Cervantes," in *The German Review*, 81, 1（winter 2006）, pp. 65-81。又見 Arne De Boever, "Politics and Poetics of Divine Violence, On a Figure in Giorgio Agamben and Walter Benjamin," in Justin Clemens, Nicholas Heron, Alex Murray, eds., *The Work of Giorgio Agamben: Law, Literature, Life*（Edinburgh: Edinburgh University Press, 2011）, pp. 82-96。

銘心。

陳思和教授討論新中國成立到文革時期的文學，曾經指出一種「抽屜裡的文學」不容忽視。[13]那就是作家和知識分子在極端隱祕的情況下，以異於尋常的文類私自寫下的文章；這些文章是一種潛在寫作，書寫完畢無意也絕難發表，因為本身就是危機的存證。[14]文革之後我們重新發現這些「抽屜裡的文學」，斷簡殘篇，無不是記錄一個時代最曲折的心史。發掘、解析這些文字的工作其實方興未艾。論斯特勞斯（Leo Strauss）「隱晦的詮釋學」（esoteric interpretation），當代中國顯然不乏最極端的例證。[15]

嚴歌苓將潛在寫作的邏輯推向更深一層。陸焉識甚至連自己的抽屜也沒有。他卻能無中生有，在腦海裡開闢了祕密書信庫存處，且分門別類，形成巨大檔案。憑著這些無形的書寫，陸焉識讓思緒馳騁千里之外，與妻子一次又一次重逢，也熬過一次又一次的絕望。小說中的敘事者是陸的孫女（或現實中的嚴歌苓），無從進入祖父當年的記憶，但是憑著後者日後的回憶，她居然也「無中生有」的，「還原」了陸焉識的勞改生活，還有他想像中的家書。

這是虛構——也是文學——最大的勝利了。不論是微言大義，或僅只是臆想連篇，《陸犯焉識》作為一個文本，讓故事，也是「故」事，講下去，留待後人詮釋，已經是一種延續意義，從沉默中發聲的嘗試。

回到「裸命」論述。我們要說，儘管極權主義憑藉「例外狀態」的藉口，製造無數冤獄，只要被禁錮的犯人一息尚存，就無從禁止他們思維的橫生枝節，從「例外狀態」裡製造他們自己的例外狀態。作為後之來者，我們面對歷史殘骸，與其不斷聲言陸焉識等「裸命」的絕望，不如設想——甚至幻想——他們置之死地而後生的可能。沒有「裸命」潛在敘事的可能，故事無從繼續，歷史也就變為永恆的沉默。

愛與自由的辯證

《陸犯焉識》最為膾炙人口的部分是陸焉識與妻子馮婉瑜畢生的愛情。但這兩人的愛情其實充滿波折。民國時期的陸焉識是舊家公子，對任何事都無所用心。繼母恩娘出於私心，安排本家的姑娘婉瑜嫁給焉識，以便繼續掌控陸家。面對這樣無愛的婚姻，焉識的態度可想而知，他在美國、在重慶的出軌，也似乎就情有可原。婉瑜是舊式女子，十七歲見到焉識就傾心不已，她自慚沒有丈夫

13 陳思和，〈我們的抽屜：試論當代文學史（一九四九—一九七六）的潛在寫作〉，《談虎談兔》（桂林：廣西師範大學出版社，二〇〇二），頁六三。原刊《文學評論》一九九九年第六期。

14 劉志榮，《潛在寫作：一九四九—一九七六》（上海：復旦大學出版社，二〇〇七）。

15 Leo Strauss, *Persecution and the Art of Writing*（Glencoe, Ill.: The Free Press, 1952）。斯特勞斯研究對象是十九世紀以前歐洲看似與政治無涉的哲學著作所暗藏的政治訊息，因此召喚後世考掘微言大義的解讀。這類書寫方式也得見於中國傳統。但毛澤東時代的寫作與檢查制度又造成一種更隱微的潛在寫作，因此更需要後之來者抽絲剝繭，找出作者的政治意圖。

的風度學問，也因此對一切逆來順受。

新中國成立時，陸焉識、馮婉瑜已經是老夫老妻。焉識的入獄改變一切，此時的婉瑜奔走一切營救丈夫，她的堅毅讓所有人刮目相看。直到小說最後，我們才赫然知道，婉瑜為了將丈夫從死刑判決裡救出，甚至不惜犧牲自己的貞潔。她一次一次上了戴同志的床，終於得到了丈夫改判死緩的報償。而在牢裡的焉識一無所知，他所感動的還是妻子為他準備的棉衣，親手調製的吃食，一封又一封報平安的家書。

然後，在西北無邊荒涼的歲月裡，在大饑荒瀕死的邊緣上，焉識一點一點開始理解婉瑜對他的好，對他生死相許的情義。他終於愛上她了，而且一發不可收拾。

但這是一場時空倒錯的愛情。無期徒刑勞改注定了陸焉識的命運，他對婉瑜的愛只能是一種後見之明。他已經錯過了數十年的歲月，一切為時已晚。但有這樣的可能麼？正是因為陸焉識退此一步，已無死所，他對婉瑜的愛才得以爆發，而且濃烈得摧枯拉朽。在絕望和死亡的前提下，陸焉識回憶他所曾辜負的，他應該擁有的，因此有了無限悔恨與愛。他一度逃回上海，為了此生再見婉瑜一面。勞改於他陡然有了不同意義。彷彿一切政治控訴就是他感情失誤的附註；苦難與饑荒彌補了他對婉瑜的虧欠。張愛玲《傾城之戀》式的邏輯隱隱可見。

陸焉識的愛情最後歸向他在心裡默寫而且記誦的無數情書。這些情書從來不能寄出去，收信人也就是發信人自己。我們可以猜想，與其說焉識終於發現他對婉瑜的愛，不如說他愛上婉瑜所代表的「愛」的符號：「婉瑜」這個人物的名字原來就影射曲折婉轉的比喻。[16]我們也可以說焉識的愛指向他內心欲望的黑洞，他大半生的尋尋覓覓就是要填補那難以名狀的匱乏。[17]但這樣的看法仍然受限於主體自我意識的循環。或許嚴歌苓另有所見。在那極度荒涼的勞改營裡，焉識終於理解愛的前提是面對（化身婉瑜的）「他者」所開啟的無盡可能，他放下我執，回應召喚，付出多少都心甘情願。[18]

同樣的，我們在馮婉瑜的生命也看到類似轉折。解放之前，她沒有得到丈夫的愛，解放後，因為丈夫的罪，她反而得以完全實踐她的德行以及真情。然而當她獻身戴同志，換取丈夫死緩的判決時，我們見證愛的徹底犧牲及毀壞：失貞毀了婉瑜的後半生，因為她等同貞操與愛情。論者對於嚴歌苓這樣的安排，尤其延宕到小說結尾部分才以倒敘方式說明，多認為過於煽情。[19]但嚴顯然意在強調陸、馮愛情的辯證關係。陸焉識在勞改營裡的愛情啟悟，其實不僅遲到，甚至仍然是被蒙蔽的。因為他不知道當婉瑜將視若性命的貞操交換了丈夫的性命時，她已經死過一次了。

這樣險峻的愛情辯證以陸焉識歸來，婉瑜卻罹患失憶症為高潮。老去的婉瑜性情大變，唯對當年的陸焉識念念不忘，但那個焉識是不曾愛她的。同樣的，陸焉識浩劫餘生，希望重新開始愛戀婉

16 這令我們想到羅蘭．巴特《戀人絮語》這類書寫，將愛情作為文本符號的論式。

17 拉岡論述傳統以主體欲望的永恆匱乏、創傷作為愛的前提。

18 參考列維納斯對愛是面對他者無限開啟的召喚，以滿溢作為愛的前提。見 Levinas, "The Ambiguity of Love," in *Difficult Freedom: Essays on Judaism*（Baltimore: Johns Hopkins University Press, 1990）, pp. 291-295。

19 龔自強、叢自辰、馬征、陳曉明等，〈二十世紀中國知識分子的磨難史：嚴歌苓《陸犯焉識》討論〉，《小說評論》二〇一二年第四期，頁一一七—一三二。

瑜，然而那個婉瑜已不復存在。這時我們看出嚴歌苓的用心所在：有一種愛是不期盼回饋的，不因為缺憾，而因為滿溢。焉識矢志照顧婉瑜，就彷彿婉瑜當年無怨無悔的伺候他一樣。這對夫妻的愛與被愛的位置又一次對倒。

不少讀者對《陸犯焉識》這一結局唏噓不已。顯然包括導演張藝謀在內。於是電影《歸來》就此大做文章。電影中的陸焉識、馮婉瑜從來就是模範夫妻，卻橫受政治打擊。婉瑜失憶，與焉識重逢卻不再相識。我們最後看到焉識陪同婉瑜日復一日，等待她心目中的丈夫的歸來。失憶是通俗小說影視常見的橋段，張藝謀的詮釋無可厚非。但有鑑於以上的討論，《陸犯焉識》所碰觸的問題，從罪與罰，從愛情到犧牲，電影顯然力有不逮，而將小說演成失憶版社會主義王寶釧的故事了。

與嚴歌苓的愛情辯證相輔相成的是她對自由的辯證，這一點張藝謀完全無力觸及，卻是小說真正的終極追求。細心的讀者會發現從小說的第一段對西北草原羊群的描寫，到小說最後陸焉識的不知所終，嚴歌苓緊扣的關鍵詞就是「自由」。焉識不願意落入婚姻的枷鎖，嚮往國外的留學生活，都與他念茲在茲的自由有關。他在學術上甚至是半吊子的「自由」主義者。但是事與願違，焉識卻一次又一次陷入不自由的僵局。他的婚姻猶如《圍城》的翻版，而他的學術理想在人間重重關係中已經消耗殆盡，更何況共產黨的集權統治。

但這只是嚴歌苓的自由辯證的開始。「解放」以後陸焉識動輒得咎，終於身陷囹圄。奇妙的是，就在生命遭受最嚴苛的壓迫時，他發現了自己的記憶和想像竟可以如此狂放不羈。循此，他找到多年追求而從來不知為何物的愛情；這愛情原來是在他避之唯恐不及的婚姻枷鎖裡。同樣的，馮婉瑜相夫教子，經受了人間種種屈辱，始終在委曲求全的狀態下討生活。唯有失憶以後，她才開始無拘無束起來，甚至赤身裸體的在家裡行走自如。束縛了一輩子，婉瑜因為忘記了過去一切而解放了。而也到了這個時候，她曾渴望而不可及的愛，就像在無邊的黑夜裡偶然閃爍的星光，帶給了她最大的解脫。然而，這真是主體所能或所願成就的自由麼？

陸焉識在新時期裡並沒真正享受到夢寐以求的自由。日子還是得過下去：失憶的妻子，各有打算的子女，躁動不安的社會，在在讓他無所適從。他與婉瑜朝夕相守，雖然妻子不再回應他。他開始懷想勞改所在的大西北。小說急轉直下，婉瑜去世，陸焉識帶著她的骨灰離開上海，回到當年他一刻也不願意多待的大西北，那裡「草地大得隨處都是自由」。

這帶來《陸犯焉識》最後的二律悖反。[20]嚴歌苓曾經有言，「最最強烈的愛情是被禁錮的愛情」。[21]更進一步，她要思考另一個艱難的議題：最最強烈的自由是被禁錮的自由。但什麼是禁錮？是約束（如婚姻）還是信仰？是記憶還是失憶？是死亡還是生活？在陸焉識、馮婉瑜的關係裡，自由是無拘無束的個性解放，還是擇善固執的道德嚮往？是愛的奉獻，還是愛的捨棄？[22]更重

20　自由的二律悖反觀念當然部分來自康德。見如葉秀山的討論，《啟蒙與自由：葉秀山論康德》（南京：江蘇人民出版社，二〇一三）。亦見龔自強的討論，〈「後傷痕」書寫的複雜性：論歷史與人性深度交織的《陸犯焉識》〉，《當代作家評論》二〇一三年第二期，頁一八五。

21　http://book.sina.com.cn/news/a/2011-11-30/1617293262_2.shtml（瀏覽日期：二〇二三年三月十日）。

22　上海評論者黃德海持不同看法；他認為嚴歌苓利用愛與自由的普世標準遮蔽小說對歷史思考的貧乏，見〈假花

要的，陸焉識最後對自由的選擇不只關乎歸來與信守，也關乎離開，關乎失去。

就像陸焉識的愛情難題一樣，這些關於自由的大哉問，小說無法，也不必，圓滿回答。但正是嚴歌苓提問的方式，以及對各種生命兩難情境的演繹，給予我們無限思辯的餘地。她由小說開啟的種種生命可能才是真正吸引我們的原因。

蘇珊・桑塔格（Susan Sontag）的名言：「文學就是自由」！[23]共和國的歷史不過七十餘年，帶給中國人一場又一場的艱難考驗。在國家領導人號召「和諧」與「夢」的年代裡，嚴歌苓回到勞改現場，審視傷痕，寫下一則驚心動魄的故事，並將個人、家族經驗提升到寓言向度。從「裸命」到自由人——或尋求自由而不可得的人，這是《陸犯焉識》為當代文學提供的重要命題。

嚴歌苓，《陸犯焉識》（台北：麥田出版，二〇一四）。

的祕密：嚴歌苓《陸犯焉識》〉，《上海文化》二〇一二年第三期，頁四—六。

23 Susan Sontag, *Literature is Freedom: The Friedenspreis Acceptance Speech* (Berkeley: Small Press Distribution, 2004).

日頭赤豔炎，隨人顧性命
——林俊頴《猛暑》

噢多麼美麗的一顆心
怎麼會
怎麼會
就變成了一灘爛泥？

——草東沒有派對〈爛泥〉

多少年後，回看二〇一七年台灣的夏天，有什麼還會被記得？這年夏天，「看見台灣」成為絕響，「台灣之子」捲土重來；國民黨群醜爭豔，基本教義派親中愛台；巴拿馬五星旗升起，太陽花花好月圓。與此同時，誰知道呢，美中日暗室密商台灣未來。夏日炎炎正好眠，台灣人做了個大夢，醒來已經是二十年後，一切恍若隔世。

這是林俊頴（一九六〇—）小說《猛暑》的開始。他要看見台灣二十年後的未來。獨派、統派讀者都不必擔心，林俊頴告訴我們，既沒有槍炮，也沒有嘴炮，「自自冉冉」的，台灣已經成為美中託管地。大統領流亡，權貴撤退，能跑的都跑了，剩下無處可去的只有安安靜靜過著小日子。又是一個夏天到來，美麗島上鬱鬱蒼蒼，廢都台北人去城空。太陽底下無新事，那些年的喧囂激情彷彿從來沒有發生過。

《猛暑》可以視為當代台灣敘事又一轉折點，但注定不會討好。對「天然獨」讀者而言，林俊頴如此唱衰台灣未來，簡直靈魂需要反省，何況他對世代鴻溝毫不留情的嘲弄。但更大的反諷是這本小說有可能無聲無息的消失。這年頭網路傳訊氾濫，人人討拍按讚，爭相童言無忌。《猛暑》文字刻意求工，雕琢隱晦，並不容易閱讀——什麼時代了，誰有閒工夫看這樣的東西？

但也正因如此，這部小說促使我們思考台灣文學當代性的另一層面。我們能容忍一部炮口向內的惡托邦（dystopia）預言小說麼？小說虛構和政治現實的底線是什麼？作者既然有話要說，何以又選擇這樣極其耽溺的小眾書寫形式？這些話題其實可以合而觀之，讓我們探測林俊頴創作——以及他的讀者——的挑戰和底線。讀者當然可以批評林的保守和抑鬱，卻必須正視他的書寫所彰顯「台灣想像」的徵兆，或徵候。

而面對他的批判者，林俊頴可能有話要說，所謂「純天然」的東西，保鮮期往往是最短的。而談到語言的曖昧和蠱惑，小說家哪裡是政客的對手？本文不必為任何立場背書；要強調的是《猛暑》如何可以被視為一場事件，引向更深層次的討論。這些討論至少包含以下三個方面。一、林俊頴和「後人類」歷史觀；二、他的「準科幻」敘事在當代華文小說中的脈絡以及其政治隱喻；三、文學／政治書寫所透露的倫理辯證。

後人類，再殖民

林俊頴一九九〇年以短篇小說集《大暑》嶄露頭角，到長篇《猛暑》（二〇一七）發表，創作時間已近三十年。他的文字細緻穠麗，極具風格化特色。題材從家族剪影到同志傳奇，從職場黑幕到城市誌異，呈現的景觀總是頹靡危疑，彷彿時刻瀕臨內爆的臨界點。彳亍其中的是一個憂鬱的敘事者，冷眼旁觀，卻又不能完全忘情。

林俊頴曾參與「三三」集刊後期活動，與朱天文、朱天心等相互往還，因此常被貼上標籤。的確，他的風格與題材每每讓我們想到朱氏姊妹，《世紀末的華麗》式的筆調，《荒人手記》般的人物，外加「老靈魂」商標的喃喃自語，都讓人覺得似曾相識。但作為一位自覺而專志的作家，林必曾努力琢磨自己的寫作立場。他的作品少了胡（蘭成）學包袱，也沒有「想我眷村」的焦慮；相對的，他寫在地閩南的家族過往，男性之間的陰鬱情事，還有無可如何的都會生存境遇，如《夏夜微笑》、《玫瑰阿修羅》、《我不可告人的鄉愁》等，都是值得關注的例子。林俊頴極其內斂抒情的文字讓他少了些力氣，而他似乎無意求變。在我們這個喧嘩躁動的時代，他是孤獨的。

《猛暑》最大的突破在於一反作家以往謙抑的形象，直接挑戰台灣政治現況及未來。他讓故事發生在「我島」上，經過科學技術操控，沉睡二十年的主人公，在二十一世紀中期醒來，赫然發現島上已經歷最後一輪政治風暴。上個世紀末以來曾有三次政黨輪替，曰柴桶、飯桶、屎桶時期，三十年來「壞壞壞連三壞」。之後的大統領馬沙號稱大肚王國後裔，以復國為名席捲全民選票。然而「四百年聖戰」、「我島完全自主」口號餘音繚繞之際，「我島」的命運卻斷送在他手裡，東西

「強國」監管。當主人公從夢中甦醒，馬沙和一班權貴富豪早已潛逃。「我島」民主奮鬥數十年，又回到殖民狀態。

但更令人不安的還不是台灣是否被再殖民而已，而是人民的反應。醒來以後主人公發現「我島」生活一切如常。島上人口減少，一切急速退化，鬧區人煙稀少，豪宅雜草叢生。過去求之而不可得的「天然」逐漸回復，沒有了國家領導人的日子反而更為輕鬆。但是且慢，講好的浴血奮戰，ＸＸ不兩立，ＸＸ共存亡呢？有主體性的人民經過多少年的民主陣仗，何以大難之後，反而如此處變不驚？《猛暑》寫的是「明天過後」、什麼都不曾發生的故事。「我島」託管後一切蕭條，但島民照常穿衣吃飯。平庸是福。這是小確幸的最高境界了。

林俊頴的廢墟書寫要讓很愛台灣的我輩瞠目結舌。他的敘事方式其實前有來者，朱天心的《古都》、或朱天文的《巫言》都曾渲染一種大廢不起、寶變為石的感傷。「點金成石」是林喜歡的措辭。朱天心曾有意以《南都一望》為題，寫出未來台灣的遺事，但未成書。林俊頴似乎把故事接著講下去，但講述的方法有所不同。朱天心仍然囿於我所謂的「後遺民」癥結裡。[1]明明已經是民主進步的時代，不作興孤臣孽子那一套，她卻活得「彷彿在君父的城邦」裡，[2]不忍想像世界何能墮落如斯。三十三年總歸一夢，瀰漫她字裡行間的是時移事往的鄉愁，「我們回不去了」的感傷。

作為正港台灣人，林俊頴沒有這樣的包袱。但仔細閱讀《猛暑》，我們發現他的焦慮別有所出，甚至比朱天心有過之而無不及。他描繪的是中心思想消弭於無形的「我島」，徹底掏空的歷史。東西強國進駐後，島民見怪不怪，在「休眠」狀態裡討生活。剛從膠囊幽谷醒來的主人公陷入一種半夢半醒的輪迴裡。一方面「我島」是進步的，螢幕就是王道，人人見機而行。愛情由虛擬程式實現，生化人進駐日常起居；但另一方面「我島」又是退化的，島民猥瑣狹隘，猶如「附生的低等動物」、「女彘」。「人之異於禽獸幾希」，歡迎回到野蠻世界。

與其說林俊頴思索的是後遺民情境，不如說是後人類情境。「後遺民」錯置已然錯置的時間，卻仍不脫在歷史和記憶的縫隙裡玩弄改朝換代的遊戲。「後人類」則根本懷疑「人」所主宰、置身的一切。在最近的學院論述裡，「後人類」研究眾說紛紜，或強調賽博格（cyborg）機器人降臨，取代血肉鑄成的文明，或想像資訊爆炸，吞噬任何以人類主體為本的意義建構，或號稱末世革命再次到來，徹底翻轉世界甚至宇宙秩序。[3]要之，西方啟蒙時代以來的「人」或「人類」的觀念或實踐已經瀕臨破產關頭。從生態環境危機到原教旨主義暴起，從性別階級、信仰階序重組到人工智慧、生化基因、時空思維突破性發展，都促使我們在新的千禧年重新思考「人」的意義。「後」人類不必是「非」人類或「反」人類，[4]但卻是對任何視為當然的啟蒙革命、建國復興的主體論的嚴

---

1 王德威，《後遺民寫作》。

2 楊澤詩集名（一九七九年龍田出版，一九八〇年時報再版）。

3 Donna J. Haraway, "Manifesto for Cyborgs: Science, Technology, and Socialist Feminism in the 1980s," in *Socialist Review* 80（1985）, pp.65-108. N. Katherine Hayles, *How We Became Posthuman: Virtual Bodies in Cybernetics, Literature, and Informatics*（Chicago: University of Chicago Press, 1999）.

4 Paul James, "Alternative Paradigms for Sustainability: Decentring the Human without Becoming Posthuman,"

肅顛覆。

在現代華語文學裡，「人」的出現和塑造一直是重要主題。晚清翻譯小說《造人術》，魯迅兄弟提倡的「人的文學」，共產黨「新社會把鬼變成人」的口號，還有台灣民主運動的「新台灣人」論述，儘管內容南轅北轍，但嚮往啟蒙主體的建構相互呼應。台灣自一九八七年解嚴以來彷彿進入遲來的啟蒙時代。作家論國家再造、正義轉型、歷史重整，時至今日依然樂此不疲。[5]然而上個世紀末台灣開始出現後人類的想像：朱天文的「荒人」，舞鶴的「廢人」，駱以軍的「人渣」，乃至伊格言的「噬夢人」，吳明益的「複眼人」，這些人物也是人／物，迫使我們正視人和世界、時空的互動，不再由名喚「人」的主體操控，而必須成為廣義的物種現象一環。

這些台灣作家的後人類觀點各有源頭，比起來，林俊頴對「我島」的描寫還不是最驚心動魄的。但《猛暑》令人不安，因為有意觸犯當代台灣政治的大忌。林筆下的「新台灣人」如此憊懶無能，勢必引起讀者的苛評。他描寫「我島」柴桶、飯桶、屎桶時期，各個政權的「造人術」不斷推陳出新，馬沙大統領時代更是集其大成。但在歷史神祕的一刻，曾經銳不可當的台灣主體們不戰而降。大難來時，人人自顧性命——民族大義那套東西本來就是中國人的玩意兒，不能當真。小說中的主人公甚至想起，一八九五年台灣民主國建立沒有幾天，日軍壓境，主要的頭頭不就立馬偷渡出亡了麼？

林俊頴的敘事犬儒虛無，師承之一可能就是「三三」作家群的祖師奶奶張愛玲。張的〈燼餘錄〉寫盡珍珠港事變後，日軍占領香港以後的亂象。歷史斷裂，人心渙散，「想做什麼立刻去做都許來不及了。『人』是最拿不準的東西」。的確在後人類的語境裡，一切關乎人的理想和價值，從愛情到國家，從時間到生命，什麼都拿不準了。「我島」的稱呼本身就充滿了諷刺意圖。在這唯我獨尊的島上，主人公大夢初醒，卻發現整個島上處於昏昏然休眠狀態中。一切恍若隔世，但卻又似曾相識。更奇詭的是，一切似乎「還沒有發生，就已經消失」（déja disparu）。[6]

科幻，語言，與政治

後人類想像投射現實的不可知、不可見的面向，往往以科幻小說作為敘事模式。科幻標榜天馬行空的架構，翻轉跳躍的時空，還有不可思議的生物與事物，正是孕育後人類最好的語境。《猛暑》一開頭就介紹沉睡二十年的主人翁甦醒，來到「美麗新世界」。這其實是科幻小說最基本的橋段，林俊頴也僅僅點到為止。他的主人公怎麼進入睡鄉，如何甦醒，都缺乏交代。小說有數章以電姬——主人公的姪女——的來信展開對話。電姬青春年少，與CyB908熱戀，「他」是「極簡的紙

In Karen Malone, Son Truong, and Tonia Gray, eds., *Reimagining Sustainability in Precarious Times*（Singapore: Springer, 2017）, pp. 29-44.

5 賴香吟、童偉格、黃崇凱等針對台灣啟蒙徵候群有細膩的辯證。〈解嚴三十年：告別青年時期的結案報告〉，《印刻文學生活誌》二〇一七年七月號，頁三三—四五。

6 參見 Ackbar Abbas 對這一觀念的詮釋。*Hong Kong: Culture and the Politics of Disappearance*（Minneapolis: University of Minnesota Press, 1997）。

盒包裝是一片小指甲般晶片，還有他的造型墜飾，印滿他頭套的筆盒、手帕與襪子」。情到濃處，欲仙欲死，但有一天訊號開始微弱，春夢了無痕。電姬也曾關心國事，馬沙大統領宣布「我島」棄守時，她和大家一起觀看超大公共螢幕——又名「小甜甜」——實況轉播，但無人表示激情。熱血和憤怒是過時的東西。「我島」彷彿操得太兇的機器，已經耗盡力氣，進入能趨疲（entropy）狀態。

百年來華語文學與科幻小說的關係不絕如縷，而隱於其下的政治意涵耐人尋味。一八九一年貝拉米（Edward Bellamy）的烏托邦小說《回顧》（*Looking Backward:2000-1887*）中譯出現，[7]是為科幻進入中國敘事的濫觴。小說寫的正是個年輕的美國人被催眠後長睡百年，醒後重溫已成過去的未來。中國現代小說的起源梁啟超的《新中國未來記》（一九〇二）部分靈感即得自此。晚清最後十年科幻小說風行一時，氣球、飛艇、烏托邦、機器人紛紛出現。我在他文已經說明這些想像從根本撼動中國傳統知識體系，政治批判猶其餘事。[8]

但五四之後寫實主義興起，被公認為通透真理真相的法寶，科幻銷聲匿跡。直到二十一世紀初，科幻在網路世界異軍突起，形成又一波風潮。韓松的《火星照耀美國》（又名《2066年之西行漫記》），王晉康的《蟻人》都是佳作，而劉慈欣的《三體》寫雄渾壯麗的星際戰爭，人類文明的續絕存亡，已經成為當代經典。中國大陸小說在兩個世紀初的表現必須與政治危機或轉機相提並論。面對晦暗紊亂的人間，科幻作家聲東擊西，從不可能中探尋可能，從不可見中看見一切。[9]用宋明煒的話說，科幻「再現不可見之物」，[10]以此也質問了寫實/現實主義——不論名之為批判現實、浪漫現實、社會主義現實、還是新現實——的霸權。

台灣的科幻小說在二十世紀中期有張系國、黃海、葉言都等人的努力，其實頗有可觀之處，之後由黃凡、平路、張大春、洪凌、紀大偉等接棒。近年吳明益的《複眼人》、伊格言的《噬夢人》、駱以軍的《女兒》，外加香港作家董啟章在台灣出版的《時間繁史》三部曲等，也都引起注意。在本文脈絡裡，最值得一提的卻是本土派作家宋澤萊的《廢墟台灣》（一九八五）。這本小說描寫二〇一〇年台灣發生核災，人口滅絕，成為國際禁區。五年後洋人專家登台探究浩劫原委，發現攝影家李信夫自殺前的日記。李記錄上個世紀末台灣一黨專政，壓迫人權媒體，濫行發展核電，終釀大禍。島上污染、疫症蔓延，道德淪喪，怪象充斥，儼然末日前夕。宋澤萊在台灣解嚴前出版此書，需要相當勇氣，而他天啟錄般的風格一方面預示島上山雨欲來的政治危機，一方面也透露個人信仰上的執迷。

7　《萬國公報》於一八九一年十二月至一八九二年四月，連載貝拉米小說《回顧》的節譯版《回頭看紀略》，一八九四年上海廣學會出版節譯單行本《百年一覺》。

8　參見王德威，《被壓抑的現代性：晚清小說新論》，第五章。

9　近年華語小說對後人類思維與科幻文學的研究最受矚目者，首推宋明煒教授。見〈在類型與未知之間：科幻小說及其他形式〉，《上海文學》二〇一五年第十二期，頁七二—七五；〈未來有無限的可能〉，《人民文學》二〇一五年第五期，頁一三五—一三八。

10　宋明煒，〈再現不可見之物：中國科幻新浪潮的詩學問題〉，《二十一世紀》一五七期（二〇一六年十月），頁一一—二六。

但總體而言，台灣科幻敘事並未引爆像劉慈欣、韓松那樣的狂熱現象。林俊頴的科幻演練淺嘗輒止，只能稱為「準科幻」。比起劉慈欣等描寫星空冒險、宇宙戰爭，展現雄渾（sublime）的美學，他顯然力有不逮。比起宋澤萊、吳明益等描寫環境災難、核能浩劫，他也缺乏那樣堅實的末世論立場或環境學知識。《廢墟台灣》預言台灣滿目瘡痍，永遠沉淪，卻能被當代論述認可。相形之下，《猛暑》的「我島」災難敘事不啻是小巫見大巫，反而未必能見容於主流讀者。

我認為林俊頴的能量不在想像驚天動地的災難奇觀，而在操作文字意象，將「我島」夾處幽明兩界的現象渲染開來，營造頹廢風景。在他的世界裡，人活著猶如二次元的存在，機器似乎會鬧鬼。層出不窮的意象幻化，不，無性繁殖，後人類彌散蒼茫的感覺結構。這是另類科幻——科幻抒情學：

> 白熾的日光裡洶湧著塵埃絲絮，我確實看到也感受著光的能量與重量，我伸手進入光裡，那所謂的以太自由地穿過我那手的血肉骨骼。我這才發現門神板桌上攤著一張我城古地圖，皺褶的山，粼粼的河，小塊堆壘的街廓，幾處以紅筆畫了圓圈，莫非四人要與我玩捉迷藏？我瞇眼看著，彷彿其上有人如蟻一螯一螯行走。我將地圖丟給以太。

「我島」的災難是「看不見」的災難。套句張愛玲的話：「人們只是感覺日常的一切都有點兒不對，不對到恐怖的程度。人是生活於一個時代裡的，可是這時代卻在影子似地沉沒下去，人覺得自己是被拋棄了。」[11]

「三三」作家早期都以寫實取勝，白描人生百態的世故多情尤其拿手。林俊頴的《大暑》就是一例。然而九〇年代以來，這些作家紛紛改弦易轍。現實如此不可思議，傳統的寫實主義早已不能應付。他們放棄以模擬為目的之故事性，以夾纏而不無耽溺的文字投射他們對現實的怨懟與疏離。朱天文「手記」式寫作衍生成為自言自語的《巫言》；朱天心在孤獨的《古都》之旅後，轉向動物寓言（《獵人們》）、自傳式傾訴（《三十三年夢》）。她們企圖極度貼近所關心或信以為真的真實，挖掘其下政治、倫理、情感的祕密。然而她們所形成的敘述卻往往流於碎片化或感傷化，反而遮蔽題材的公共性與複雜程度。

林俊頴的「準科幻」雖只是極有限的嘗試，卻畢竟回應了《巫言》、《三十三年夢》，以及類似作品批判現實的困境。他的「未來完成式」時間觀，後人類學式掃描，還有「惡托邦」的視野都再次提醒作家無論多麼趨實逼真，必須自覺照顧到虛構所可承諾的龐大空間。也恰恰因為科幻元素的中介，讓他「再現不可見之物」。《猛暑》雖然仍留存「三三」式的抒情標記，卻能將政治問題端上檯面而不顯得突兀。

追根究柢，「三三」精神導師胡蘭成的文字高來高去，原本就有脫離現實的一面。試問胡的「大自然五大基本法則」無論行文還是立論，不就十分「科幻」？在這一方面林俊頴也許是無心插

11 張愛玲，〈自己的文章〉，《傳奇》，《張愛玲典藏全集第八冊：散文卷一 1939 ~ 1947 年作品》（台北：皇冠文化，二〇〇八），頁九〇。

柳，但卻可能顛覆他得自「三三」原有的資源，另闢蹊徑。

「絕望之為虛妄，正與希望相同。」[12]

《猛暑》的最後三章，醒來以後的主人公決定離開庇護所，開始獨立生活。他結識四個年輕人，和他們共居一處。這四個年輕人經營一家螢幕急救站，「螢幕軟硬任何毛病，他們都修理得來」，因此大大獲得鄰近老人歡迎。與此同時，他們遇到「反抗者」。「反抗者」曾經叱吒風雲，各種運動無役不與，甚至熟能生巧，將「反對」化作存在目標，無限重複操作。然而「我島」遭到託管後，「反抗者」突然發現英雄已無用武之地。更令人尷尬的是，「反抗者」已經有了年紀，逐漸成了被反抗的對象。

這一情節表面稀鬆平常，卻隱藏「禍心」。我們的年輕人看來無憂無慮，雅好天然；他們在託管的無政府狀態裡過起波西米亞式生活，種植花草樹木，享受小國寡民的風光。然而他們的植物卻包括以劇毒著稱的大花曼陀羅。隨著故事進行，我們隱隱發現他們對常相過往的老人心懷叵測。「反抗者」與年輕人們盡歡而散，第二天清早，「反抗者」被發現已經死亡。

「反抗者」是怎麼死的？故事急轉直下，周遭老人非正常死亡事故接踵而起。一日螢幕傳來一訊，「我知道去年夏天你們做的事」，年輕人回信：「花露水無限量免費供應。」

林俊頴寫作多年，這次終於使出殺手鐧。《猛暑》不但預想死亡，甚至以神祕死亡作結。但林無意譁眾取寵，讀者必須憑著淡淡的線索讀出凶險的情節。更重要的是，借著年長者神祕死亡，林對世代鴻溝的批判表露無遺。這個國家一向以青年為馬首是瞻。在百業蕭條、經濟停滯、生育率絕低的時代，為了下一代的幸福，老年人更應該犧牲小我，甚至不惜加工速成。

林俊頴對世代政治的憤怒令人側目，但如果青年讀者覺得是可忍孰不可忍，好戲還在後頭。小說最後處理了一場河邊盛宴，眾多男女食客蜂擁而至，大啖美食。但菜名頗為耐人回味。柔荑美人？七竅比干？子孫滿堂？靈魂伴侶？我們口頰留香之餘又不免有點不是滋味。這不會是人肉盛宴吧？「飽食的人沒有悲觀的權利。不知吃的人是可恥的。」

林俊頴筆鋒閃爍，遊走虛實之間。即便如此，這頓河邊盛宴已經足以讓我們想起「強國」作家魯迅的〈狂人日記〉（一九一八）。在那篇小說裡，有四千年歷史的中國就是一場完不了的吃人遊戲。親如父母子女也都彼此相食。狂人置身其中難以倖免，「有了四千年吃人履歷的我，當初雖然不知道，現在明白，難見真的人！」小說最後狂人絕望呼喊，「沒有吃過人的孩子，或者還有？救救孩子……」

〈狂人日記〉首開現代中國啟蒙論述先河，對五四時期「禮教吃人」的控訴作了最戲劇化的表白，日後中國各式運動莫不以「救救孩子」作為無限上綱訴求。林俊頴幾乎要告訴讀者，有四百年歷史的「我島」無論有無啟蒙，人是照吃不誤。魯迅的狂人意識到自己深陷吃人禮教的詭圈，難以自清，唯希望「救救孩子」。到了林俊頴筆下，孩子是不必救的。「我島」世代轉型正義早已完成，年輕的孩子當家作主。要救的，反而是隨時可能就被餵了「花露水」的老啃族們。

12 語出魯迅，〈希望〉，《野草》，《魯迅全集》，第二卷，頁一七一。

就這樣，《猛暑》引領讀者來到淒迷而憂傷的結尾。回顧四百年「我島」追尋自由自決的歷程，敘事者幽幽寫道，「你得到的答案，我不是詛咒，我認為將全變成了謎。玫瑰到了手上化成灰燼。」「在最後的國境之後，我們應當去往哪裡？在最後的天空之後，鳥兒應當飛向何方？」「我島」最後陷入「無物之陣」，敘事者的絕望躍然紙上。但作為讀者，我們掩卷之餘，不免還是要問，果如此，《猛暑》只寫出一則悲觀虛無的預言麼？

德國思想家彼得．斯洛德吉克（Peter Sloterdijk）在名作《犬儒理性批判》（*Critique of Cynical Reason*）曾指出犬儒主義是種「偽啟蒙知識」。犬儒總以為自己看透事實真相，無能為力之餘只能冷嘲熱諷，或鬱憤消極以對。但在古典希臘哲學脈絡裡，犬儒思想有高下之分。上焉者仍然以思考生活的善美為己任，對社會問題採取介入、聲援姿態以引起公眾注意。下焉者則玩世不恭，以嬉笑怒罵為能事。斯洛德吉克指出現代犬儒主義與資本主義同聲一氣，形成惡性循環。他號召重新認識犬儒的古典定義，致力生活最素樸、誠懇的實踐——如果不能改變天下，至少先自求多福。[13]

我認為林俊頴（甚至三三諸子）寫作的力道和弱點可以從古典和現代犬儒主義辯證上來觀察。作為「老靈魂」，林俊頴有著與生俱來的憂鬱；世事固然難料，但又全如所料。來日大難，口燥唇乾，老靈魂們以先知姿態，見證一切。《猛暑》從當代台灣政治看到崩壞之必然，讓人心有戚戚焉。這樣的犬儒觀以人聲鼎沸的吃人宴會，安靜而優美的謀殺銀髮人渣等情節達到高潮。

令人注意的是，《猛暑》的主人公儘管毫無實際作為，卻畢竟甘冒多數讀者的大不韙表明立場。他揭發「我島」偽善不義，嚮往簡單、美德的生活，顯然還是懷抱某種理想——不論理想如何渺不可得。是在這樣的拉鋸中，《猛暑》又呈現古典犬儒觀積極的一面。

再回到魯迅。「從絕望中找希望」，在大悲哀中想像大歡喜。魯迅之所以精采，正在於即使看穿了人生一切的虛無，也不願意沉浸在「無物之陣」裡。就算不能作個義無反顧的革命者，也不願意成為一個一了百了的消極犬儒者。「絕望之為虛妄，正與希望相同」，他從希望和虛妄的緊張關係裡淬煉文學的自覺。

林俊頴當然無從與魯迅相比。但在《猛暑》裡，我們看到他有所不為的一面，也看到他有所不棄的一面——那就是對文字的敬意。「我島」一切意義紛然潰散，林的敘事者居然以最繁複華麗的文字描寫「我島人」的一頁消長過程。這是知其不可為而為？還是無所為而為？

論者嘗謂林擅長「文字煉金術」，在本文的科幻語境裡反倒有了新解：文字以其晦澀的物性抵抗世界的虛空，以其多義抵抗任何政治承諾的虛偽，以其虛構指向另類時空的可能。文字「再現不可見之物」，是林俊頴持續書寫、反抗絕望的「機器神」（*Deus ex machina*）。

記錄片導演齊柏林（一九六四—二〇一七）的遠距離空拍，以俯視、鳥瞰方式讓我們「看見」不一樣的台灣。然而二〇一七年的夏天，齊柏林在空中拍攝過程中罹難，《看見台灣》在舉國震驚中成為絕響。

---

13 Peter Sloterdijk, *Critique of Cynical Reason* (Minneapolis: University of Minnesota Press, 1988).

但我們必須繼續看見台灣，它的美麗，它的醜陋。在這一意義上，林俊頴的《猛暑》默默的從時間的軸線上，實驗另一種「看」法。他試圖「看到」台灣的未來，再回過頭來觀看這個島嶼可能的命運選項。

日頭赤豔炎，隨人顧性命。沒有人願見林俊頴所擬想的結局。但沒有虛構的先見之明，我們又何從檢查現實世界的盲點？《猛暑》以另一種形式看見台灣，而我們又該如何看見《猛暑》——林俊頴一個人的「前瞻」計畫？

林俊頴，《猛暑》（台北：麥田出版，二〇一七）。

歷史就是賓周

——馬家輝《龍頭鳳尾》

「賓周」是港粵俗語，指的是男性生殖器。這樣的詞彙粗鄙不文，卻是馬家輝小說《龍頭鳳尾》的當頭棒喝。這部小說敘述二次大戰香港淪陷始末，然而馬家輝（一九六三—）進入歷史現場的方法著實令人吃驚。小說開始就寫敘事者外祖父大啖牛賓周，以及江湖老大金盆洗撚，紅粉相好爭相握住他的那話兒深情道別。如果讀者覺得有礙觀瞻，好戲還在後頭。

香港歷史如何與賓周發生關聯？《龍頭鳳尾》寫得葷腥不忌，堪稱近年香港文學異軍突起之作。作者馬家輝是香港文化名人，除了社會學教授本業外，也積極參與公共事務，行有餘力，更從事專欄寫作。《龍頭鳳尾》是他第一部長篇小說。這個時代資訊如此輕薄快短，寫作長篇本身就是一種立場的宣誓，何況馬家輝有備而來：他要為香港寫下自己的見證。

馬家輝顯然認為香港歷史駁雜曲折，難以套用所謂「大河小說」或「史詩敘事」的公式；他也無意重拾後現代的牙慧，以顛覆戲弄為能事。香港是他生長於斯的所在，有太多不能已於言者的感情，必須用最獨特的方式來述說。《龍頭鳳尾》回顧香港淪陷一頁痛史，這段歷史卻被嵌入一個黑社會故事裡。主要人物不是男盜就是女娼，他們在亂世各憑本事，創造傳奇。但又有什麼傳奇比洪門堂口老大和殖民地英國情報官發展出一段傾城加斷背之戀更不可思議？

《龍頭鳳尾》書名典出牌九賭博的一種砌牌、發牌方法，由此馬家輝發展出層層隱喻：政治角力此起彼落，江湖鬥爭剛柔互剋，禁色之愛見首不見尾。命運的輪盤嘩嘩轉著，欲望的遊戲一開動就難以收拾，歷史的賭局從來不按牌理出牌。在一切吆五喝六的喧鬧後，一股寒涼之氣撲面而來。

馬家輝醞釀他的香港故事多年，一出手果然令人拍案驚奇。從殖民歷史到會黨祕辛、從革命反間到狹邪色情，他筆下的香港出落得複雜生猛，極陽剛也極陰柔。而在追蹤他筆下人物的冒險之際，我們要問《龍頭鳳尾》這樣的敘事有何脈絡可尋？什麼是馬家輝的香港鄉愁？尤其在香港前途紛紛擾擾的此刻，這樣的小說又調動了什麼樣的想像，讓我們思考香港的前世今生？

殖民地的江湖

《龍頭鳳尾》的故事從一九三六年底發展到一九四三年春，這段時期香港經歷天翻地覆的變化。抗戰前夕香港已經是各種勢力的角逐所在，嶺南軍閥從陳濟棠到余漢謀莫不以此為退身之處，青幫洪門覬覦島上娼賭行業，英國殖民政權居高臨下，坐收漁利。抗戰爆發，香港局勢急轉直下，不僅難民蜂擁而至，國民黨、共產黨、汪精衛集團也在此展開鬥法。更重要的是英國殖民政權面臨日本帝國侵襲，危機一觸即發。

一九四一年十二月八日日本軍隊突襲香港，英軍不堪一擊，只能作困獸之鬥。十二月二十五日，日軍攻陷香港，殖民地總督楊慕琦（Mark Aitchison Young）代表英國在九龍半島酒店投降。

香港成為日本占領區，磯谷廉介成為首任總督。以後的三年八個月香港歷經高壓統治，經濟民生備受摧殘。

七十多年以後馬家輝回顧這段香港史，想來深有感觸。但他處理的方式卻出人意表——「龍頭鳳尾」似乎也點出他的敘事策略。這就談到小說的主人公陸南才。陸出身廣東茂名河石鎮，本業木匠，除了手藝，身無長項。但命運的擺布由不得人，他離開家鄉，加入「南天王」陳濟棠的部隊，從此改變人生。軍隊生活只教會他吃喝嫖賭，終使他走投無路，只有偷渡香港。但誰能料到幾年之後，這個來自廣東鄉下的混混搖身一變，成為洪門「孫興社」的掌門人。

故事這才真正開始。馬家輝仔細敘述陸南才如何由拉洋車的苦力開始，一步一步和賭場、妓院、以及殖民勢力結緣，最後成為黑幫龍頭。然而龍頭的故事還有「鳳尾」的一半。原來陸南才厠身賭場妓院，對聲色卻另有所鍾，他喜歡男人，而且是洋人。陸南才拉洋車時候邂逅殖民地情報官張迪臣（Morris Davison），兩人關係從床上發展到床下。陸做了張的線民，張也回報以種種好處。陸成為「孫興社」老大，張自有他的功勞。

至此我們大致看出馬家輝處理《龍頭鳳尾》的脈絡。他一方面從江湖會黨的角度看待歷史轉折，一方面白描江湖、歷史之外的情山慾海。以往香港寫作的情色符號多以女性——尤其妓女——為主（如《蘇絲黃的世界》、《香港三部曲》）。馬家輝反其道而行，強調男性之間政治與欲望的糾纏角力才是香港本色。從情場、賭場到戰場，賓周的力量如此強硬，甚至排擠了女性在這本小說裡的位置。

馬家輝敘述陸南才的崛起，頗有傳統話本「發跡變泰」小說的趣味。紛紛亂世，英雄豪傑趁勢而起，幸與不幸，各憑天命。但馬家輝的故事帶有獨特的地域意義。陸南才的遭遇縱然奇特，卻不妨是上個世紀千百嶺南子弟的縮影。當他徒步五天從茂名南下深圳，穿越邊界，進入新界、九龍，終於抵達尖沙嘴，那是生命的重新開始：

> 站在九龍半島的最南端，站在鐵欄杆旁，隔著維多利亞港望向香港島，遙遠的另一個世界。洋船，小船，快艇，木艇，不同的船隻在他眼前穿梭來去，傍晚時分，對岸華廈亮起紅紅綠綠的燈，燈光倒映在海面像被剪得破碎的旗幟，招牌上有許多英文，他看不懂，更覺詭異，以及茫然聳然。

香港就這樣進入陸南才以及讀者的眼簾，充滿寓言意味。十九世紀斯湯達爾、巴爾札克小說寫盡外省青年來到巴黎，從此陷入現實迷魅的故事。馬家輝雖不足以和大師相提並論，卻也藉陸南才入港寫出香港之於嶺南的魅惑關係。

以淵源而論，陸南才的冒險其實更讓我們想起黃谷柳（一九〇八—一九七七）四〇年代以香港為背景的小說《蝦球傳》。蝦球出身貧民窟，十五歲離家跑江湖，雞鳴狗盜無所不為。他跟隨黑道卻屢被出賣，只有好心的妓女施予同情。蝦球歷經種種考驗，最後加入遊擊隊，誓與惡勢力抗爭。《蝦球傳》每每被視為香港文學意識的轉折點。藉此黃谷柳寫出香港半下流社會的形形色色，也投射他對左翼革命憧憬。

相形之下，後革命時代的《龍頭鳳尾》不論寫陸南才傳奇或香港歷史興會就曖昧得多。馬家輝眼中的香港既是華夷共處的殖民地，也是龍蛇交雜的江湖。是在這樣的雙重視角下，香港的歷史舞台陡然放開。而當內地政爭延伸到香港時，情況更為詭譎。陸南才的出身猶如蝦球，但他周旋各種勢力之間，「力爭上游」；他沒有國家民族或階級革命的包袱，有的是盜亦有道的規矩。「皇帝由鬼子做，江湖卻依舊是我們的。」他做過英國人的耳目，也勉強聽命日本占領者。他參與杜月笙、戴笠的密謀，也主謀刺殺汪精衛親信林柏生的任務。馬家輝糅合歷史演義、會黨黑幕、狹邪情色等文類，雖未必能面面俱到，但善盡了說故事人的本分。他的港式土話粗話信手拈來，在在證明他是個「接地氣」的作家。

斷臂版《傾城之戀》

《龍頭鳳尾》最令人矚目——或側目——的部分應是陸南才、張迪臣的斷背之戀。這兩人越過種族、階級、地域發展出一段宿命因緣，讀者可能覺得匪夷所思，馬家輝寫來卻一本正經。惟其如此，我們必須仔細思考他的動機。馬筆下的陸南才對同性的渴望其來有自，甚至還牽涉到少年創傷。這類弗洛伊德式安排雖不足為訓，要緊的是，藉著陸的屈辱與挫折，馬家輝意在寫出一種總也難以填滿的原慾，如何與歷史動力相互消長。張迪臣來自蘇格蘭，老家有妻有子，但東方之珠卻徹底解放了他的情慾顧忌。他成為陸南才致命的吸引力。

《龍頭鳳尾》全書充斥種種賓周充血的描寫。通奸、亂倫、群交、性虐待場面不斷挑戰讀者的尺度。比起來，陸一心愛上洋人殖民官反而像是個情種。然而他的深情是否得到同等回報？他和張迪臣的愛情見不得天光，他們是異類，是鬼魅。馬家輝三次安排兩人在古老的墳場東華義莊幽會，每次都是小說的關鍵時刻：

「永不能見，平素音容成隔世；別無復面，有緣遇合卜他生。」陸南才忽感哀傷，原來所謂捉鬼並非戲言，而是預告，他來到這裡確是為了見鬼，張迪臣不僅是鬼佬，更是來去無蹤的鬼影，是一陣不確定的白霧，明明把他籠罩著，把手伸出，卻抓不住半分真實。

寫著寫著，馬家輝也不僅心有戚戚焉。他的陸南才如此多愁善感，要不是走入江湖，簡直就是個浪漫文青了。

熱衷後殖民理論讀者不難看出陸、張投射了百年香港華人和英國人之間愛恨交織的關係。這關係原是不對等的，甚至是一廂情願的，但假作真時真亦假，最終誰是主、誰是從，誰是龍、誰是鳳，難再分清。小說「龍」、「鳳」兩部分有著對位式權力交錯的安排，不是偶然。然而我認為馬家輝的用心有過於此。他更試圖藉陸張的愛情描寫一種道德和政治的二律悖反關係。在這方面《龍頭鳳尾》其實前有來者，那就是姜貴的《重陽》（一九六一）。

姜貴創作始於大陸時期，但一直到國共裂變、渡海來台之後才有了突破。在《旋風》（一九五七）中，共產黨肆虐不僅瓦解了社會秩序，也帶來道德的無政府狀態，這一混亂尤其表現在性的禁忌全盤解散上。《重陽》更進一步，描寫一九二五年國共合作期間的怪現象。姜貴特別凸顯兩個男主角洪桐葉、柳少樵之間的曖昧情愫，以此影射國共各懷鬼胎，卻又「同性相吸」的關係。在性別平權的今天回顧《重陽》，姜貴或許顯得不夠政治正確。但換個角度看，早在上個世紀中期他就將政治和性的同志關係相提並論，其實已經走在時代前端。

《重陽》出版半個多世紀後，馬家輝寫出《龍頭鳳尾》，儼然與姜貴進行一場遲來的對話。不同的是，如果《重陽》意在嘲諷，《龍頭鳳尾》則多了言情向度。馬家輝曾寫過散文集《愛。江湖》，對「愛」與「江湖」的關聯念茲在茲，這回他藉黑道大哥之戀好好發揮了一次。「有些事，有些人，同在世上卻互不懂得。他們那類人，我們這類人，是互不靠近的船舶，卻在同一個江湖。」這類感喟一再出現，為小說平添意外的淒迷色彩。但我們不曾忘記小說同時大肆誇張種種「核突抵死」的場面，彷彿人人都是色情狂。亂世裡的男男女女失去了安身立命的底線，只能在性慾本能中衝刺翻轉，舔舐權力的滋味。

擺盪在癡情和縱慾兩極之間，馬家輝如何完成他的香港敘事？他的二戰香港史是「嬲」的歷史。陸南才的崛起和這樣胡天胡地的嘉年華是有因果關係的。管他什麼忠孝仁愛，賓周就是硬道理。然而馬家輝筆鋒一轉，又從陸南才的禁色之戀裡寫出另一種可能。在情慾的淵藪裡，陸南才竟不顧一切要找到情義的歸宿。正因為知其不可為而為之，他的執著反而讓我們肅然起敬起來。小說高潮之一是陸南才為了張迪臣，在手臂上刺下「神」（粵語與「臣」同音）字以明志。用肉身「銘刻」愛情的歡喜悲傷——馬派浪漫，莫此為甚。我們的小說家好像也愛上他的男主角了。但在一個「賓周滿目」的時代，陸南才（或馬家輝）如此纏綿悱惻，注定要付出代價。

「香港」就是祕密加背叛

以上所論讓我們再次思考馬家輝面對香港今昔的立場和史觀。《龍頭鳳尾》寫上個世紀四〇年代香港的危機時刻，故事新編，難道只為一遂馬家輝懷舊的鄉愁？當香港從殖民時期過渡到特區時期，當「五十年不變」已由量變產生質變，新的危機時刻已然來臨。這些年馬家輝對香港公共事務就事論事，但作為小說作者，他選擇了更迂迴的——龍頭鳳尾的——方式來訴說自己的情懷。

我以為《龍頭鳳尾》之所以可讀，不僅是因為馬家輝以江湖、以愛慾為香港歷史編碼，更因為藉此他點出綿亙其下的「感覺結構」。那就是祕密和背叛。這兩個詞彙不斷出現，成為小說關鍵詞。在書裡，祕密是香港命運的黑箱作業，也是種種被有意無意遮蔽的倫理情境，或不可告人，或心照不宣，或居心叵測。相對於此，背叛就是對祕密的威脅和揭露，一場關於權力隱和顯、取和予的遊戲名稱。是在這層意義上，小說中陸南才、張迪臣的關係變得無比陰暗。雙方在情慾、情報、甚至政治忠誠度上都是你來我往，莫測高深。真相大白的時刻不帶來明心見性，只有你死我活。

一九四一年香港淪陷是《龍頭鳳尾》情節的轉折點。在日軍砲火聲中，殖民地的繁華摧毀殆盡，而這也是陸南才和張迪臣兩人攤牌的時候。祕密一一揭穿，背叛就是宿命。剩下的只有傷害。戰火下的廢墟也成為陸南才心靈的寫照：

> 陸南才自覺似一個受傷的士兵，躺在頹垣敗瓦裡暗暗偷生。但他不會哭。並非沒有眼淚，只是答應過自己，從今而後他要比背叛的人來得堅強，如果有人必須流淚，那人亦決不是他。把

字留下，可以不為情而只為義，張迪臣雖然無情，我卻可以繼續有義，這始更顯出我的強。

全香港的陷落彷彿只是驗證了陸南才個人的情殤。但是且慢，他的姿態讓我們想起了什麼：當陸南才穿過頹垣敗瓦躲警報的時候，張愛玲，你在哪裡？

我們還記得《傾城之戀》裡的范柳原、白流蘇在戰前香港遊龍戲鳳，正是一對玩弄愛情祕密與背叛的高手。然而如張所言，那場葬送千萬人身家性命的戰爭成全了范、白。他們發現真情的可貴，從而完成傾城之戀。但在馬家輝的故事裡，香港淪陷只暴露了陸南才、張迪臣最後一點信任其脆弱。當范柳原、白流蘇在那堵文學史有名的牆下做出今生今世的盟誓時，陸南才展開他最後的背叛。男男版〈色．戒〉隱隱浮現。

張愛玲親歷香港淪陷，卻藉著一個庸俗的愛情故事，寫出亂世浮生的虛無和救贖的可能。《傾城之戀》充滿反諷，但有著悲憫的基調。戰後的范柳原、白流蘇真能白頭到老麼？不可說，不可說。但那是另一個故事了。馬家輝未必有意要與張愛玲對話，但祖師奶奶的影響似乎不請自來。藉著一個奇情的江湖故事，他回顧香港陸沉，並將感慨提升到抒情層次。於是在大難來前：

陸南才忽然覺得心裡非常空洞，彷彿在等待些什麼，不知道是等人抑或事情，總之是空空浮浮，讓他記起曾經搭乘纜車從中環往山頂，半途上，纜車突然停頓，不上不下地卡在鐵軌中間，窗外只有風聲鳥聲，車廂裡的乘客沉默無語，似都明白什麼都做不了，唯有靜靜等待，他抬頭望向窗外，是個晴朗的好天氣，白雲藍天像混沌初開已經在此，他從原始的混沌等到眼前的混沌，混沌之後仍是混沌，以為能有改變，其實一直相同，所有期盼皆徒勞，唯一存在的是右臂上紋的那行字，舉頭三尺有神明。

歷史的祕密像潘朵拉的盒子，一旦打開，沒有真相，只見混沌。情義不再可恃，聊勝於無的是舉頭三尺有神明。

多少年後，生存在此時此刻的香港，馬家輝猛然要發覺陸南才的感傷何曾須臾遠離。「混沌之後仍是混沌，以為能有改變，其實一直相同」。喧嘩騷動之下，香港是憂鬱的。但又能如何？套用陸南才的粗口，是鳩但啦！

歷史就是賓周，亢奮有時，低迷有時。以猥褻寫悲哀，以狂想寫真實，香港故事無他，就是一場龍頭鳳尾的悲喜劇。天地玄黃，維多利亞港紅潮洶湧，作為小說家的馬家輝由過去望向未來，亢自為他的香港寫下性史——及心史。

馬家輝，《龍頭鳳尾》（台北：新經典文化，二〇一六）。

我們與鶴的距離

——遲子建《候鳥的勇敢》

遲子建（一九六四—）來自中國領土的最北端，黑龍江省漠河縣北極村。漠河位於大興安嶺北部，與內蒙古額爾古納自治區接壤，北隔黑龍江與俄羅斯外貝加爾邊疆區和阿穆爾州相望。這裡山陵、河道縱橫，夏季林木蔥蘢，冬季長達六個月。漢、滿、蒙、朝鮮、鄂倫春、鄂溫克、赫哲、錫伯等族匯聚於此，甚且時見俄國人和俄國文化蹤跡。

對海外甚至中國大陸的讀者而言，這是遙遠的北國邊疆。這塊土地卻也是遲子建生長、歌哭於斯的所在。她的故事自北極村輻射而出，盡攬大東北地區的自然環境、人事風土：從二十世紀初的大鼠疫到滿洲國興亡，從額爾古納河畔鄂溫克族的式微到大興安嶺「群山之巔」的當代眾生群相。她的作品同時銘刻了個人生命最深切的悲傷。

「鄉土文學」不足以形容遲子建筆下的世界。她所刻畫的是一個地域文明的創造和創傷。東北是傳統「關外」應許之地，卻也是中國現代性的黑暗之心，遲子建筆下的世界是地域文明的創造，也是創傷。十九世紀末，成千上萬的移民來此墾殖，同時引來日本與俄國勢力競相角逐。共產黨革命從東北開始席捲大陸，半個世紀後社會主義破產，「下崗」狂潮同樣迸發於東北並遍及全國。東北文化根底不深，卻經歷了無比劇烈的動盪。而在此之外的是大山大水，是草原，是冰雪，彷彿只有龐大的自然律動才能解脫或包容一切。

現代中國文學中的東北書寫，最為人熟知的莫過於同樣來自黑龍江的蕭紅（一九一一—一九四二），她的作品《生死場》、《呼蘭河傳》早已成為經典，而她的坎坷遭遇和早逝也折射出一代女性作家的艱難考驗。蕭紅和三、四〇年代同時崛起的文藝青年——包括曾經與她有過情緣的蕭軍、端木蕻良、駱賓基等——曾被形容為「東北作家群」。他們的創作和流亡，抗爭和妥協，也是日後文學史的重要話題。

新中國建立，東北每每成為大敘事的場景（如《林海雪原》，或知青、流放寫作），但以文壇表現而言，似乎總少了「關內」的丰采。八〇年代以來，劉賓雁的報導文學，馬原、洪峰、鄭萬隆等的尋根、先鋒小說都曾經引起注意。但在質與量上可長可久的，唯有遲子建。她擅長不同規模和題材的敘事，下筆清明健朗，不乏低迴綿密的弦外之音。在描寫山川和歷史之餘，她最關心的還是東北的人世風景，點點滴滴，無不有情。她最新的中篇小說《候鳥的勇敢》正呈現了這樣的特色。

世界上所有的夜晚

一九八六年，遲子建以中篇《北極村童話》嶄露頭角。小說描寫北極村一個七歲小女孩和姥姥的一段生活紀事。野地的生物，姥姥的神怪故事，飄零的「老蘇聯」和傻子，還有失去至親的隱痛，讓小女孩瞬間成長。這是青年遲子建的本色書寫，充滿鮮活氣味，評者也往往以蕭紅的童年系列如《家族以外的人》，或林海音《城南舊事》與之相提並論。但日後她將證明自己的獨到之處。她沒有蕭紅那樣融合戰亂、流浪、抒情的奇特經驗，卻更能靜定的觀察、體會民間的底色和土地的悸動。而比起林海音的鄉愁書寫，她顯然從來不為京城或四合院所局限，而有了天地悠悠的興嘆。

遲子建創作不輟，長篇如《滿洲國》、《額爾古納河右岸》、《白雪烏鴉》、《群山之巔》等屢受好評，中短篇數量也極為驚人。有意無意間，她似乎以小說為東北打造另一種歷史。在這方面她讓我們想到王安憶，後者一樣從女性的敏銳視野，人類學者般的好奇為上海演繹傳奇。而東北何其廣闊！遲子建可以任想像馳騁的空間顯然要龐大許多。

一般論遲子建著作多半著重她的長篇。這些作品體制恢宏，充滿大開大闔的氣魄。《白雪烏鴉》寫清末東北大鼠疫肆虐下，流民與移民的謀生試煉。《滿洲國》顧名思義，直面中國現代史的禁區，呈現溥儀王朝可涕可笑的始末。《群山之巔》則瞄準當代東北複雜糾結的小城生活，而其黯淡無解的一面正戳中這塊土地「感覺結構」的要害。《額爾古納河右岸》白描鄂溫克族邁入現代的最後遭遇，曾獲得中國小說界最重要的茅盾文學獎。鄂溫克人以馴鹿為生，沿額爾古納河逐水草而居，歷經二十世紀文明種種衝擊，終難避免同化、式微的宿命。小說以一個老去的女族長視角，娓娓敘述這個族群的來龍去脈，憂傷動人。

但我以為遲子建真正的才華所在是她的中篇小說。九〇年代以來，她持續創作超過五十部中篇。這些作品所形成的分量絕不亞於長篇的意義。中篇小說題材可以不拘，但因體例關係，自然形成獨特風格。遲子建對此有自己的看法：「如果說短篇是溪流，長篇是海洋，中篇就是江河了……

一般來說，溪流多藏於深山峽谷，大海則遠在天邊，而縱橫的江河卻始終縈繞著我們。從這個意義上說，中篇的文體更容易貼近我們的生活，我們可以在江河上看見房屋和炊煙的倒影，聽見槳聲，也聽見歌聲。」[1]最重要的，遲子建認為中篇可以傳達一種「氣韻」：「氣韻貫穿在字裡行間，是作品真正的魂。」[2]

文類體制的定義見仁見智，遲子建的觀察不無現身說法的意圖。在現實主義範疇內，短篇小說講究結構字質，每以靈光一現的情緒／情境帶來敘事高潮或反高潮。長篇浩浩湯湯，經營錯綜的情節線索，辯證獨特的神思或史觀。相形之下，中篇另闢蹊徑，饒有短篇的妙趣而賦予更多肌理，追求長篇的視野而不必窮盡情理。她所謂中篇的「氣韻」應該不止古典定義而已，也強調一種技巧的經營，甚至一種閱讀效果的召喚。的確，就像一場舞台劇，一席交響樂，中篇的體制容納了起承轉合的結構，卻又能藉著文字意象甚至情節「異象」，點出情緒或題材的要義。

現代西方小說不乏中篇經典。亨利・詹姆斯（Henry James）的《碧盧冤孽》（*The Turn of the Screw*），湯瑪斯・曼（Thomas Mann）的《魂斷威尼斯》（*Death in Venice*），弗蘭茲・卡夫卡的《蛻變》（*Die Verwandlung*），約瑟夫・康拉德的《黑暗之心》（*Heart of Darkness*），詹姆斯・喬伊斯（James Joyce）的《死者》（*The Dead*），阿伯特・卡繆的《異鄉人》（*L'Étranger*）只是信手拈來的例子。中國現代中篇傑作裡，沈從文《邊城》的抒情感觸，趙樹理《李有才板話》的泥土氣息，張愛玲《傾城之戀》的華麗蒼涼，都富有遲子建所描述的「氣韻」，更不論前述蕭紅的《生死場》、《呼蘭河傳》。當代作家中，阿城的《棋王》、蘇童的《妻妾成群》、王安憶的《小城之戀》、李渝的《金絲猿的故事》、郭松棻的《雪盲》，甚至王小波的《黃金時代》，也都各有所長。

是在這樣的譜系裡，我們回看遲子建中篇創作。我認為，她的「氣韻」首先來自一種說故事人的姿態。她以親切而世故的口吻，娓娓講述東北的形形色色：哈爾濱棚戶區一段完而不了的中俄之戀（《起舞》）；一個農民和他買來的妻子間從生前無情到死後有情的變化（《芳草如歌的正午》）；名為美奴的女孩經歷初戀和死亡的情感教育（《岸上的美奴》）；一個酒鬼透過一隻魚鷹省悟了愛的意義和徒然（《酒鬼的魚鷹》）；一對農村祖孫面對生活和生死不同的嚮往（《日落碗窯》）……臘八夜裡布基蘭小車站上一對老夫婦不得不說出他們的難言之隱（《布基蘭小站的臘八夜》）；內蒙大草原的傳奇歌聲埋藏了一生一世的悲傷情事（《草原》）……。

這樣的介紹當然不足以說明遲子建敘述風格的飽滿厚實。那些鮮活的場景人物、不憚其煩的細節描述，無不顯示現實主義的真傳，而她行腔遣辭又往往保有說書人縱觀全局的姿態。左翼批評者會喜歡遲子建的作品，因為其中觸及大量底層人物和少數民族的生活。但她顯然不為社會主義教條所困，她所關心的人和社會必須放在更大的格局裡才有意義：那是人的喜怒哀樂，物——事物、動植物、萬物——的離合聚散，還有或隱或顯的傳說與神話所共同構築的東北生態。評者往往讚美她作品的溫暖悲憫，其實仔細讀來，字裡行間更多的是對生命不由自已的憂疑，乃至天地不仁的感喟。

1 遲子建，《北極村童話》（北京：人民文學出版社，二〇一四），自序，無頁碼。

2 同前註。

只有把一切化為故事吧！中篇的格局提供遲子建最好的形式，完成一場和命運的對話。就像在世界上所有的夜晚裡，萬籟歸於寂靜，一盞孤燈陪伴，說故事人開始了她的講述：曾經的渴望，無奈的錯過，耽誤的行程，偶然的邂逅，突來的死亡，還有那無數的愛戀、傳奇、野獸、山野、江河、風暴……。生命的故事，或故事的生命，一遍又一遍，開始了又結束了。我們追隨其中的轉折，有涕有笑，思索，不忍，嘆息。夜深了，故事戛然而止。我們回過神來，喟然而退。

這讓我們聯想班雅明那承載原初敘事力量和社會性的「說故事的人」。[3]但必須強調的是，在後社會主義體制裡，尤其在國家領導人席捲了「講好中國故事」的權力下，遲子建要說的故事蘊藏更大張力。世道變了，故事還能講得下去麼？班雅明感嘆時不我予，純粹的、攸關眾生的故事不再可得。遲子建卻反其道而行：唯其因為東北的價值裂變、信心散落如此之快，她反而必須述說她的故事。

於是有了像《空色林澡屋》（二〇一六）這樣的故事。一個師老兵疲的森林探險隊深入烏瑪山區，從嚮導處聽說了空色林澡屋和女主人的傳奇。夜靜山深，百無聊賴，探險隊員開始比賽講述自己一生最大的不幸，爭取探訪澡屋的優先權。就在眾人沉浸在故事接龍裡，嚮導卻神祕消失。故事急轉直下，所謂空色林澡屋查無此地，而參與接龍故事的隊員是否真有那麼「不幸」，也變得可疑起來。故事將近，遲子建寫道：

不管空色林澡屋是否真實存在，它都像離別之夜的林中月亮，讓我在紛擾的塵世，接到它淒美而蒼涼的吻……真名和假名，如同故事中的青龍河與銀河，並無本質區別，因為它們在同一個宇宙中，渡著相似的人。[4]

而當說故事人所要「渡」的人是至親之人時，故事要如何講下去？班雅明未曾觸及一個難題：一旦說故事人離開設定的講述位置，要怎樣體現現實與虛構，最私密的與最公開的關聯性？

《空色林澡屋》的敘述形式和象徵其實有前例可尋，就是遲子建最膾炙人口的《世界上所有的夜晚》（二〇〇五）。一個突然失去魔術師丈夫的女子，為了排遣巨大憂傷，啟程前往紅泥泉作泥浴療養，「只想把臉塗上厚厚泥巴，不讓人看到我的哀傷。」她卻陰錯陽差來到一個盛產煤礦和寡婦的小鎮，捲入一系列的懸疑和死亡事件。苦難、不公和死亡瀰漫小鎮，每個人似乎都能講上一段不幸的故事。主人翁赫然理解生命的故事無他，就是「死亡」如之何的故事。她從而開始與命運和自己和解。

《世界上所有的夜晚》是遲子建最迷人、也最沉痛的中篇故事。她以三萬字的篇幅編織極緊密的敘事結構，層層疊疊，儼然邀請我們深入礦坑般危機四伏的深處；窒息的恐懼，死亡的謎團，最後峰迴路轉，魔術般悄然而止。而在《世界上所有的夜晚》之外，早已流傳太多關於這篇小說的

3 班雅明，〈講故事的人：論尼古拉．列斯克夫〉，漢娜．鄂蘭編，張旭東、王斑譯，《啟迪：班雅明文選》（北京：生活．讀書．新知三聯書店，二〇〇八）。

4 遲子建，《空色林澡屋》（武漢：長江文藝出版社，二〇一六），頁六五。

「真相」：這是一篇悼亡之作。以此遲子建悼念結婚僅四年，卻在二〇〇二年意外中突然離去的丈夫。[5]

作為說故事的人，當遲子建說出它親臨生死場的遭遇時，我們為之肅然。她揭露生命中無言以對的場合，真實和神祕蹤撞的時刻。哀傷沉澱，啟悟乍生，她為班雅明的名言作了最不可思議的註腳：

> 講故事者有回溯整個人生的稟賦。他的天資是能敘述他的一生，他的獨特之處是能鋪陳他的整個生命。講故事者是一個讓其生命之燈芯由他的故事的柔和燭光徐徐燃盡的人。這就是環繞於講故事者的無可比擬的氣息的底蘊，無論在列斯克夫、豪夫（Hauff）、愛倫・坡（Allan Poe）和斯蒂文森（Stevenson）都是如此。在講故事人的形象中，正直的人遇見他自己。[6]

世界上所有的夜晚裡，故事展開，千迴百轉，最終「讓正直的人遇見他自己」——這是遲子建中篇美學的氣韻所在。

「一世界的鵝毛大雪，誰又能聽見誰的呼喚！」

《候鳥的勇敢》發生在東北北部金甕河畔候鳥保護區。那裡河道沼澤密布，是候鳥棲息繁衍的天然環境。冬去春來，「金甕河完全脫掉了冰雪的腰帶，自然地舒展著婀娜的腰肢。樹漸次綠了，達子香也開了，草色由淺及深」。南下避冬的候鳥回到保護區，在這裡覓食、嬉戲、擇偶、育雛。但這樣的自然場景不能遮蔽生物鏈的弱肉強食的現實。看似平靜無波的生態下，適者生存的規律不斷循環演出。而人類所扮演的角色無比曖昧。

為了保護觀察候鳥來去，金甕河畔設立了候鳥管護站。這是人類與候鳥和沼澤區互動的前哨。管護站的兩端，一邊是熙熙攘攘的瓦城，一邊是阿彌陀佛的松雪庵。瓦城是東北小城的縮影，有著一切現代化的場面，但因循苟且的習性根深柢固。隨著消費革命，瓦城一部分有錢人也流行冬季南下避寒。他們形成了一種候鳥人，和留守人形成對比。冬天「候鳥人紛紛去南方過冬了，寒流和飛雪，只能鞭打留守者了」。不可思議的是，趁著候鳥回歸，候鳥人也回來了，而且食指大動，透過管道，稀有保育禽類成為他們的美食。

另一方面，松雪庵雖然是清靜之地，住持其中的三位尼姑卻各有來頭。而松雪庵本是地方政府為發展觀光所建。對一般遊客而言，松雪庵求子靈驗無比，反而以娘娘廟知名。

故事由此展開。候鳥站站長周鐵牙八面玲瓏，偷捕列為保護的野鴨，作為達官貴人的進補珍品。未料禽流感肆虐，引發人命事件——這可是候鳥的復仇麼？站裡雇工張黑臉十一年前在山上遇到老虎，驚恐過度成為痴呆，唯獨記得受到一隻似鶴的大鳥保護。與此同時，謠傳松雪庵飛來送子

5 遲子建，〈春天最深切的懷念〉，https://www.weibo.com/p/2304183faf54af0102w5bw?from=page_100505_profile&wvr=6&mod=wenzhangmod（瀏覽日期：二〇二三年三月十日）。

6 同註3，頁一一八。

鶴，一時香火鼎盛。

至此，遲子建講故事的本領得見一斑。她從候鳥與留鳥的對照延伸出種種線索：和諧社會和生態危機，氣候變遷和階級對立，資本循環和疾病傳染，拜物消費和求子神話等相互交纏，形成意味深長的後社會主義寓言。而東北作為這一片烏煙瘴氣的癥結所在，意義不言可喻。但故事未完。遲子建更要鋪陳一段傳奇，人的傳奇，鳥的傳奇。因而她的敘事陡然有了抒情向度。

張黑臉憨厚痴傻，尤其與鳥獸蟲魚靈犀相通。因為松雪庵飛來祥鶴，因緣際會，他與師父德秀越走越近。這德秀原是瓦城平凡女子，走投無路下勉強出家。她與張黑臉眉來目去，不能自已。故事高潮，兩人光天化日下成其好事。一個粗獷無文的痴漢和一個六根不淨的尼姑有了真情，甚至互許終身，聽來不可思議，但遲子建顯然認為精誠所至，傳奇不奇——這是說故事的魅力了。遲子建對小人物的情感世界一向心有戚戚焉，《草原》、《酒鬼的魚鷹》都是很好的例子。這一次她走得夠遠，以張黑臉和德秀師父的真情反照周遭人物，包括至親和子女的薄情和無情。

所有情節最終歸結到「候鳥的勇敢」的象徵意義。小說中救了張黑臉一命的神鳥、或娘娘廟的送子鶴，其實都是想當然爾的命名。遲子建告訴我們，那大鳥的學名是東方白鸛，國家一級保護鳥類。東方白鸛「白身黑翅，上翹的黑嘴巴，纖細的腿和腳是紅色的，亭亭玉立，就像穿著紅舞鞋的公主，清新脫俗」。在西方，白鸛的確被視為送子鳥，而在中國，則更常和鶴類混為一談，引為祥瑞的象徵。但新時代裡，祥瑞的象徵卻瀕臨絕種。

故事裡白鸛突然現身金甕河保護區，讓張黑臉驚喜不已。一對白鸛甚至飛入娘娘廟築巢育雛，引來求子人潮，間接促成張黑嘴與德秀的好事。夏去秋來，又到了候鳥南遷的季節，娘娘廟裡的雄性白鸛卻因覓食傷腿，難以飛翔。就在最後一批白鸛南飛後，張黑臉發現斷後的雌鳥折返——正是那隻傷鳥的伴侶，送走了幼鸛之後竟然回來。兩隻白鸛相濡以沫，不忍分開。然而冬天風雪迫近，牠們無論如何必須飛離了。牠們與「時間賽跑，很少歇著。牠們以河岸為根據地，雌性白鸛一次次領飛，受傷白鸛一遍遍跟進，越飛越遠，越飛越高，終於在一個灰濛濛的時刻，攜手飛離了結了薄冰的金甕河」。

張黑臉對這對白色大鳥的關注，何嘗不投射自己與德秀師父的深情。遲子建的動物寓言至此呼之欲出。或有讀者覺得《候鳥的勇敢》的敘事不論對人間的諷刺或對鳥類的寄託，都失之過露。遲子建或許會如此回應：故事不得不如此講述。回到上述對班雅明理論的闡釋，說故事的人不只是小說家。她的故事不僅意在營造逼真的情景或拍案叫絕的情節而已。恰恰相反，她所講述的內容可能平白熟悉，道理可能一目了然，但講述者的謙卑與投入使得故事有了新生命。

但說故事者也不是道德寓言家，因為明白所有的大道理之後，生命的大陷落、大黑暗如影隨形，一言難盡。任何想當然爾的總結都是徒勞。班雅明如是說：「死亡是講故事的人能敘說世間萬物的許可。他從死亡那裡借得權威，換言之，他的故事指涉的是自然的歷史。」[7]

據此，我們來到故事的結局。那對東方白鸛畢竟沒有逃過「命運的暴風雪」。當張黑臉和德秀找到牠們，發現「兩隻早已失去呼吸的東方白鸛，翅膀貼著翅膀，好像在雪中相擁甜睡。」張黑臉和德秀在風雪中埋葬了牠們。天色已黑，他們拖著疲累的腳步企圖找到來時之路：

---

7 同註3，頁一二〇。

竟分不清東西南北了，狂風攪起的飛雪，早把他們留在雪地的足跡蕩平。他們很想找點光亮，做方向的參照物，可是天陰著，望不見北斗星；更沒有哪一處人間燈火，可做他們的路標。

張黑臉和德秀最終命運如何，我們不得而知。「一世界的鵝毛大雪，誰又能聽見誰的呼喚！」在另一部小說《群山之巔》裡，遲子建如是喟嘆著。

我們與鶴的距離

《候鳥的勇敢》後記裡，遲子建曾談到創作這部小說的機緣。在丈夫去世的前一年夏天的一個傍晚，他們在河岸散步，突然草叢中「飛出一隻從未見過的大鳥，牠白身黑翅，細腿伶仃，腳掌鮮豔，像一團流浪的雲，也像一個幽靈」。[8]遲子建的丈夫說那一定是傳說中的仙鶴。但仙鶴緣何而來？為何形單影隻，拔地而起，飛向西方？丈夫走後，遲子建的母親感嘆，那鳥出現之後女兒失去了愛人，可見不是吉祥鳥。但遲子建不作此想：人生一瞬，誰又不是隨時準備離開呢？[9]

鶴是《候鳥的勇敢》書裡書外最重要的隱喻。人們願意相信有關鶴的種種，因為那是中國動物神話元素之一，從傳統延續現在。然而，不論是在小說文本或後記裡，遲子建都寫明那被稱為鶴的大鳥，其實是東方白鸛。鸛與鶴兩者乍看相似，從體型和聲音、習性卻有許多不同。小說和現實裡，我們指鸛為鶴，除了因為認識論上歸類的誤差，也帶有寧願信其有的情感投射。但就在這裡，我們窺見的遲子建小說美學之一斑：鸛與鶴，真實與神話間的差距可以很遠，也可以很近。折衝兩者之間，小說家要如何拆解或還原現實，創造或顛覆想像？

遲子建眼下的東北是個失真的世界。瓦城人蠅營狗苟，猥瑣不堪。事實上，從《群山之巔》以來，她對社會敗德不義的現象的描寫越來越為直白。《候鳥的勇敢》裡為私利盜竊稀有禽鳥的鳥類觀護員，偷情的尼姑，欺瞞父母的子女，上下其手的官僚還只是表面現象。是從有錢有閒的候鳥人的來去裡，遲子建看出人心浮動的真正危機。「瓦城本來是一條平靜流淌的大河，可是秋末冬初之際，這條河陡然變得一半清澈一半渾濁，或是一半光明一半黑暗，涇渭分明。……瓦城人普遍認為，如今的有錢人，一部分是憑真本事、靠自己的血汗掙出來的，另一部分是靠貪腐、官商勾結得來的不義之財而暴富的。在他們沒有案發前，可以過著錦衣玉食的日子。在老百姓眼裡，這一部分的人比例要高，也最可憎。」[10]

只有在飛鳥的世界裡，在有關鶴的傳說裡，我們才能寄託對善、對生命高華潔美一面的嚮往吧！當東方白鸛被誤認是神鳥、是仙鶴時，神話裡的真實因而有了現實的投影。中國文化想像中的鶴破空而來，飄然而去，玄雅孤獨，不可捉摸。在小說裡，張黑臉以其憨直天真，成為人們與那巨

8 遲子建，〈後記：漸行漸遠的夕陽〉，《候鳥的勇敢》（台北：麥田出版，二〇一九）。
9 同前註
10 見遲子建，《候鳥的勇敢》，頁七一—七二、一五二。

鳥間最真誠的傳訊者。而在小說之外，那「看見」仙鶴的不是別人，正是作者思念不已的愛人。

遲子建曾有一篇文章懷念丈夫，其中提到當她清理丈夫辦公室遺物時，發現了一本日記，寫的盡是一個抵抗俗世之人的真心話：「現在金錢無孔不入，寧肯得罪人也要拉下臉來。」這是一個自尊自敬的真人，一個值得作家魂牽夢縈的摯愛。「作為妻子，我深深地了解他的內心世界。總有一天，我會寫出一部書來告慰他。」[11]遲子建何止寫出一部書來？她在世界上所有的夜晚裡的書寫都是為了一個人而作。

追根究底，《候鳥的勇敢》是一本傷逝之書，鸛與鶴都是遲子建叩問故人的密碼。遲子建的後記顯然打破《候鳥的勇敢》文本內外局限，為已經令人扼腕的結局增添感傷的向度。傳統形式主義者或對此有所保留，然而「知人論世」原本就是中國文學的本色。遲子建橫跨虛構與紀實的寫作其實更促使我們深思，什麼是小說的「距離的美學」。

《候鳥的勇敢》其實讓我們聯想另外一位女作家的書寫。那就是李渝的〈待鶴〉。〈待鶴〉與《候鳥的勇敢》有語境相似之處。作者都有心跨越虛實，為故人招魂。必須強調的是，創傷是無從「比較」的。當事人歷經劫毀，自嚙其心，旁人沒有置喙的餘地。我們要探問的是，痛定思痛，有沒有另一種方法在銘刻往事的同時，又能超越時間和記憶的局限？在此，兩位作家採取了不同方式。

以往李渝的小說雖然不乏自傳素材，但從來沒有像〈待鶴〉一樣，如此逼近她本人的生命經驗——而且是不足為外人道的經驗。她揉和古典藝術和異國情調，現代行旅和私人告白，幾乎像是要試驗敘事技術的極限可能。我曾討論李渝「多重渡引」的敘事手法：始於「布置多重機關，設下幾道渡口，拉長視的距離」。「我們有意無意的觀看過去，普通的變得不普通，寫實的變得不寫實，遙遠又奇異的氣氛又出現了」。

李渝「多重渡引」的手法充滿現代主義暗示。相對於此，遲子建所依據的是現實主義的訓練。她的情節不論如何複雜，她的底線，如前所述，是實實在在說出她的故事：一個地久天長，人同此心的故事。兩位作者出虛入實，聲東擊西，都演繹切身之痛。這裡沒有技巧高下之分，而純是小說家如何理解文字與世界的關係，如何呈現「距離的組織」。[12]

對李渝而言，藝術，從巨匠傑作到民間工藝，從繪畫到建築，似乎給出了答案。而鶴以其曼妙莫測的飛翔，為藝術的昇華力量做出具象的、行動的演出。她在宋代的畫作裡，在喜馬拉雅山藏經窟的圖卷裡，在不丹女子的裙襬上，在峭壁的佛寺金頂上，更在自己的文字創作裡尋找可能。

對遲子建而言，她心之所繫不是藝術，而是人間。她所關注的人間煙火總是紛擾糾纏，她筆下的凡夫俗女總是懵懵懂懂。有的把人生過好了，有的把人生過壞了，但終歸是在善與惡的邊緣打轉。作為說故事者，遲子建觀察他們的行為氣性，以種種方式暴露，嘲諷，同情，感嘆，終而理解人之為人的局限。人生實難，惡的陰霾如影隨形，「人生就是這樣吧，你努力洗掉的塵垢，在某個

11　遲子建，〈春天最深切的懷念〉。

12　此處套用卞之琳名詩之題。

時刻，又會劈頭蓋臉朝你襲來。」[13]她的敘述透露強烈的倫理動機，而她的關懷延伸到自然世界，《候鳥的勇敢》的書名已經透露端倪。

在我們度量與惡的距離時，如何想像、詮釋善？以鶴為名，兩位作家呈現巧妙對話。李渝嚮往鶴的境界，尋尋覓覓，終於來到了想像的化外之地。在喜瑪拉雅山斷崖邊，她期待金頂寺的鶴群降臨而未可知。遲子建書裡書外提及鶴種種傳奇，但驀然回首，看見的卻不是鶴，而是東方白鸛。回歸現實，她從白鸛的觀點投射人間情況，更重要的，看見承載、也掩埋人間的泥濘、江河、風霜、自然。

李渝待鶴，終以隨鶴而去，完成對至愛與純美的追求。遲子建徜徉夕陽映照的松花江畔，在候鳥紛飛起落中，思人感物，且行且止，思索候鳥的勇敢。從北極村裡初經世故的小女孩，到額爾古納河畔與亡靈共存的年邁女族長，遲子建繼續述說著東北的故事，也是自己的故事，在世界上所有的夜晚。

遲子建，《候鳥的勇敢》（台北：麥田出版，二〇一九）。

13 遲子建，《空色林澡屋》。

彷彿在痴昧／魑魅的城邦
——郭強生《斷代》、《尋琴者》

我需要愛情故事——這不過是我求生的本能，無須逃脫。[1]

夜行之子懺情錄——《斷代》

郭強生（一九六四—）是台灣中堅代的重要小說家，因同志議題小說《夜行之子》（二〇一〇）、《惑鄉之人》（二〇一二）以及散文專欄而廣受好評。《斷代》代表他創作的又一重要突破。在這些作品裡，郭強生狀寫同志世界的痴嗔貪怨、探勘情慾版圖的曲折詭譎；行有餘力，他更將禁色之戀延伸到歷史國族層面，作為隱喻，也作為生命最為尖銳的見證。郭強生喜歡說故事。他

1 郭強生，《夜行之子》（台北：聯合文學出版社，二〇一〇），頁九三。

的敘事線索綿密，充滿劇場風格的衝突與巧合，甚至帶有推理意味。然而他的故事內容總是陰鬱穠麗的，千迴百轉，充滿幽幽鬼氣。這些特徵在新作《斷代》裡達到一個臨界點。

郭強生的寫作起步很早，一九八七年就出版了第一本小說集《作伴》。這本小說集收有他高中到大學的創作，不乏習作痕跡，但筆下透露的青春氣息令人感動。之後《掏出你的手帕》、《傷心時不要跳舞》題材擴大，基本仍屬於都會愛情風格。九〇年代中郭強生赴美深造戲劇，學成歸來後在劇場方面打開知名度。他雖未曾離開文學圈，但一直要到《夜行之子》才算正式重新以小說家身分亮相。

《夜行之子》是郭強生睽違創作十三年後的結集，由十三篇短篇組成。故事從紐約華洋雜處的同志世界開始，時間點則是九一一世貿中心大樓爆炸的前夕。這個世界上演轟趴、嗑藥、扮裝、還有無止無休的情慾爭逐。但索多瑪的狂歡驅散不了人人心中的抑鬱浮躁，不祥之感由一個台灣留學生的失蹤展開，蔓延到其他故事。這些故事若斷若續，場景則由紐約轉回台北的七條通，二二八公園。郭強生筆下的「夜行之子」在黑暗的淵藪裡放縱他們的欲望，舔舐他們的傷痕。青春即逝的焦慮、所遇非人的悲哀，無不摧折人心。他們渴望愛情，但他們的愛情見不得天日。就像鬼魅一般，他們尋尋覓覓，無所依歸。

《惑鄉之人》是郭強生第一部長篇小說。藉由一位「灣生」日籍導演在七〇年代重回台灣拍片的線索，郭強生鋪陳出一則從殖民到後殖民時期的故事。時間從一九四一年延續到二〇〇七年，人物則包括「灣生」的日本人、大陸父親、原住民母親的外省第二代、再到美籍日裔「二世」。他們屬於不同的時代背景，但都深受國族身分認同的困擾。他們不是原鄉人，而是「惑」鄉人。

而在身分不斷變換的過程裡，郭強生更大膽以同志情慾凸顯殖民、世代、血緣的錯位關係。對他而言，只有同性之間那種相濡以沫的欲望或禁忌，才真正直搗殖民與被殖民者之間相互擬仿（mimicry）的情意結。[2]誰是施虐者，誰是受虐者，耐人尋味。《惑鄉之人》也是一部具有鬼魅色彩的小說。真實與靈異此消彼長，與小說裡電影作為一種魅幻的媒介互為表裡。

至此，我們不難看出郭強生經營同志題材的野心。他一方面呈現當代、跨國同志眾生相，一方面從歷史的縱深裡，發掘湮沒深處的記憶。當年以《作伴》、《傷心時不要跳舞》知名的青年作家儘管異性愛情寫起來得心應手，但下筆似乎難逃啼笑因緣的公式。閱讀《夜行之子》、《惑鄉之人》這樣的小說，我們陡然感覺作家現在有了年紀，有了懺情的衝動。他的故事誇張豔異之餘，每每流露無可奈何的淒涼。他不僅訴說熾熱的愛情，更冷眼看待愛情的苦果。荒謬與虛無瀰漫在他的字裡行間。隱隱之間，我們感覺這是「傷心」之人的故事，彷彿一切的一切不足為外人道矣。

「傷心」著書

也許正是這樣「傷心」著書情懷，促使郭強生短短幾年又寫出另一本長篇小說《斷代》吧！不論就風格，人物，以及情節安排而言，《斷代》都更上一層樓。《夜行之子》儘管已經打造了同志

2 「擬仿」（mimicry）出自霍米・巴巴（Homi Bhabha）後殖民論述的批判詞彙。

三書陰鬱的基調，畢竟是片段組合，難以刻畫人物內心轉折深度。《惑鄉之人》雖有龐大的歷史向度，而且獲得金鼎獎的肯定，卻過於鋪陳主題和線索，寓言性大過一切。在《斷代》裡，郭強生選擇有所不為。他仍然要訴說一則——不，三則——動聽的故事，但選擇聚焦在特定人物上。他也不再汲汲於《惑鄉之人》式的歷史敘事，但對時間、生命流逝的省思，反而更勝以往。

《斷代》的主人翁小鍾曾是民歌手，轉任音樂製作人。小鍾也是愛滋病陽性帶原者。早在高中時期，小鍾在懵懂的情況下被同學姚誘惑了。小鍾暗戀姚，後者卻難以捉摸，而且男女通吃。多年以後兩人重逢，一切不堪回首。有病在身的小鍾萬念俱灰，而姚婚姻幸福，而且貴為國會要員。但事實果真如此麼？

與此同時，台北七條通裡一個破落的同志酒吧發生異象。老闆老七突然中風，酒吧裡人鬼交雜。小說另外介紹超商收銀員阿龍的故事。阿龍愛戀風塵女子小閔，但是對同志酒吧的風風雨雨保持興趣，陰錯陽差的捲入老七中風的意外裡……。

如果讀者覺得這三條線索已經十分複雜，這還是故事的梗概而已。各個線索又延伸出副線索，其中人物相互交錯，形成一個信不信由你的情節網絡，環環相扣，頗有推理小說的趣味。郭強生喜歡說故事，由此可見一斑。識者或要認為郭的故事似乎太過傳奇，但我們不妨從另一個方向思考。用郭強生的話來說，「我需要愛情故事——這不過是我求生的本能，無須逃脫。」

戀一個人的折磨不是來自得不到，而是因為說不出，不斷自語，害怕兩人之間不再有故事。符號大師把愛情變成了語意，語意變成了文本，又將文本轉成了系統，只因終有一個說不出的

故事而已。（《夜行之子》，頁九二）

愛情何以必須以故事般的方式演繹？就他的作品看來，有一種愛情如此「一言難盡」，以致只能以最迂迴的方式說出。或者說愛情力量如此神祕，不正如故事般的難以置信？或更存在主義式的，不論多麼驚天動地的愛情，一旦說出口，也不過就是故事，或「故」事罷了。

在《斷代》裡，郭強生儼然有意將他的故事更加自我化。儘管表面情節繁複，他最終要處理的是筆下人物如何面對自己的往事——甚或是前世。小說的標題《斷代》顧名思義，已經點出時間「惘惘的威脅」。以第一人稱出現的小鍾儼然是敘事者的分身。小鍾自知來日無多，回顧前半生跌跌撞撞的冒險，只有滿目瘡痍的喟嘆——一切都要過去了。檢索往事，他理解高中那年一場羞辱的性邂逅，竟是此生最刻骨銘心的愛的啟蒙。剪不斷，理還亂的愛慾是痛苦和迷惘的根源，也是敘事的起點。

但小說真正的關鍵人物是姚。相對於小鍾，姚周旋在同性與異性世界，執政黨與反對黨，還有上流與底層社會間，是個謎樣的人物。他一樣難以告別過去，也以最激烈甚至扭曲的方式找尋和解之道。姚是強勢的，但在欲望深處，他卻有難言之「癮」。小說最後，故事急轉直下，姚竟然和所有線索都沾上瓜葛。如果時光倒流，小鍾與姚未必不能成為伴侶。然而俱往矣。小鍾和姚不僅分道揚鑣，也就要人鬼殊途。

就此我們回到郭強生一九八七年的《作伴》，那青年作家初試啼聲之作。故事中的主人翁無不帶有阿多尼斯（Adonis）美少年的雙性丰采，而當時的少年果然不識愁滋味。一切的羅曼蒂克不過是有情的呢喃。然而就著二〇一五年的《斷代》往回看，我們有了後見之明。原來《作伴》那樣清麗的文字是日後悲傷敘事的前奏，而那些美少年注定要在情場打滾，成為難以超生的孤魂野鬼。回首三十年來的創作之路，有如前世與今生的碰撞，難怪郭強生覺得不勝滄桑了。

「夜晚降臨，族人聚於穴居洞前……」

現代中國文學對同志題材的描寫可以追溯到五四時代。葉鼎洛（一八九七—一九五八）的《男友》（一九二七）寫一個男教員和男學生之間的曖昧情愫，既真切又感傷。廬隱（一八九八—一九三四）的《海濱故人》（一九二五）則寫大學女生相濡以沫的感情以及必然的失落，淡淡點出同性友誼的惘然。以今天的角度而言，這些作品遊走情愛想像的邊緣，只是點到為止。主流論述對同志關係的描述，基本不脫道德窠臼。重要的例子包括老舍（一八九九—一九六六）的《兔》（一九四三）和姜貴的《重陽》等。後者將一九二〇年代國共兩黨合作投射到同性戀愛的關係裡，熔情慾與政治於一爐，在現代中國小說獨樹一幟。

但論當代同志小說的突破，我們不得不歸功白先勇。從一九六、七〇年代《臺北人》系列的〈滿天裡亮晶晶的星星〉、《紐約客》系列的〈火島之行〉等，白先勇寫出一個時代躁動不安的欲望，以及這種欲望的倫理、政治座標。一九八三年《孽子》出版是同志文學的里程碑，也預示九〇年代同志文學異軍突起。

在這樣的脈絡下，我們如何看待郭強生的作品？如果並列《孽子》和郭的同志三書，我們不難發現世代之間的異同。《孽子》處理同志圈的聚散離合，仍然難以擺脫家國倫理的分野。相形之下，郭強生的同志關係則像水銀般的流淌，他的人物滲入社會各階層，以各種身分進行多重人生。兩位作家都描寫疏離、放逐、不倫，以及無可逃避的罪孽感，但是白先勇慈悲得太多。他總能想像某種（未必見容主流的）倫理的力量，作為筆下孽子們出走與回歸的輻輳點。郭強生的夜行之子不願或不能找尋安頓的方式。在世紀末與世紀初的喧嘩裡，他們貌似有了更多的自為的空間，卻也同時暴露更深的孤獨與悲哀——

夜晚降臨，族人聚於穴居洞前，大家交換了躊躇的眼神。手中的火把與四面的黑暗洪荒相較，那點光幅何其微弱。沒有數據參考，只能憑感受臆斷。改變會不會更好，永遠是未知的冒險。

有人留下，有人上路。流散遷徙，各自於不同的落腳處形成新的部落，跳起不同的舞，祭拜起各自的神。

有人決定出櫃，有人決定不出櫃；有人不出櫃卻也平穩過完大半生，有人出櫃後卻傷痕累累。無法面對被指指點點寧願娶妻生子的人不少。寧願一次又一次愛得赴湯蹈火也無法忍受形隻影單的人更多。所有的決定，到頭來並非真正選擇了哪一種幸福，而更像是，選擇究竟寧願受哪一種苦……（《斷代》，頁一一七）

郭強生的寫作其實更讓我們想到九〇年代兩部重要作品，朱天文的《荒人手記》（一九九四）

以及邱妙津的《蒙馬特遺書》（一九九七）。兩作都以自我告白形式，演繹同志世界的他（她）／我關係。《荒人手記》思索色慾形上與形下的消長互動，《蒙馬特遺書》則自剖情之為物最誘人、也凶險的可能。兩部作品在辯證情慾和書寫的邏輯上有極大不同。《荒人手記》叩問書寫作為救贖的可能，「我寫故我在」的可能。《蒙馬特遺書》則是不折不扣的死亡書簡，因為作者以自身的隕滅來完成文字的銘刻。兩部作品都有相當自覺的表演性。前者以女作家「變裝」為男同志的書寫，演繹性別角色的流動性；後者則將書寫醞釀成為一樁（真實）死亡事件。

如上所述，郭強生的作品充滿表演性，也藉這一表演性通向他的倫理關懷。但他在意的不是朱天文式的文學形上劇場，也不是邱妙津式的決絕生命／寫作演出。他的對同志倫理的推衍，表現在對推理小說這一文類的興趣上。《夜行之子》、《惑鄉之人》已經可見推理元素的使用。是在《斷代》裡，郭真正將這一文類抽絲剝繭的特徵提升成對小說人物關係、身分認同的隱喻。在同志的世界裡，人人都扮演著或是社會認可，或是自己慾想的角色。這是表演甚至扮裝的世界，也是一個諜對諜的世界。雙方就算是裸裎相見，也難以認清互相的底線。

對郭強生而言，推理的底線不是誰是同志與否，而是愛情的真相。這是《斷代》著墨最深的地方。如果「愛情」代表的是現代人生「親密」關係的終極表現，郭強生所刻畫的卻是一種弔詭。同志圈的愛慾流轉，往往以肉體、以青春作為籌碼，哪有什麼真情可言？同志來往「真相大白」的時刻，不帶來愛情的宣示，而是不堪，是放逐，甚至是死亡。但相對的，郭強生也認為正因為這樣的愛情如此不可恃，那些鋌而走險、死而後已的戀人，不是更見證愛情摧枯拉朽的力量？

擺盪在這兩種極端之間，《斷代》的故事多頭並進。結局意義如何，必須由讀者自行領會。對郭強生而言，《斷代》應該標誌自己創作經驗的盤整。青春的創痛、中年的憂傷成為一層又一層的積澱，如何挖掘剖析，不是易事。早在《夜行之子》裡，他已經向西方現代同志作家如王爾德（Oscar Wilde）、普魯斯特（Marcel Proust），以及佛斯特（E. M. Foster）等頻頻致意，反思他們在書寫和欲望之間的艱難歷程。藉著《斷代》，他有意見賢思齊，也回顧自己所來之路。荒唐言中有著往事歷歷，再回首已是百年身。他創造了一個痴昧的城邦——也是充滿魑魅的城邦。

問世間，琴為何物？——《尋琴者》

《尋琴者》是郭強生創作迄今最好的作品，也是近年來台灣小說難得的佳作。這部小說敘述一個聲音和情感的故事，溝通兩者的媒介是鋼琴。故事的主人翁是職業鋼琴調音師，他有絕佳的音感和音準，善於分辨每架鋼琴的特色，不同環境裡的變化，以及更重要的，琴音缺陷所在。調音師有如醫生，望聞問切、聽音辨色，然後對症下藥。但他也理解，琴聲的好壞是一回事，「完美」的標準卻是見仁見智。彈琴者如何調動技巧，貫注深情，才是演奏成功與否的關鍵。

而當調音師經手喑啞走音的鋼琴同時，是否有他心目中最理想的琴聲？是否有自己最想彈奏的曲子？

郭強生創作多年，筆下的情愛故事流麗而浪漫，近年自剖家庭記憶，省思生老病死的散文，尤為動人。《尋琴者》則展現了一個更複雜、卻更內斂的聲音，時而低迴傾訴，甚至喃喃自語，時而追憶往事，一發不可收拾，時而欲言又止，盡在不言。敘事的聲音主要來自調音師，但我們也彷彿聽到瀰漫於其他人物間種種壓抑的、曲折的、滄桑的款曲，此起彼落，交織成一個多聲部的人間網絡。而聲音的抑揚頓挫，唯琴——也唯情——是問。

我們至少可以從三個方面來看《尋琴者》的意涵。鋼琴調音師年過四十，其貌不揚，一事無成。他因為調音工作而涉入一位女鋼琴家的生活，又因為後者猝逝，而有了接近男主人的機會。調音師從而理解，遮蔽於優雅琴聲下不足為外人道的曲折：老夫少妻的黃昏之戀，曾經滄海的情感考驗，還有種種無償的嚮往和悵惘。當逝者的往事逐漸浮現始料未及的面向；生者的心事並不如想像單純時，調音師不禁迷惘了。原來圍繞著一架史坦威或貝森朵夫，竟有這許多的「琴」外之音。

調音師自己的故事呢？這正是郭強生敘事的用心所在。調音師以魯蛇姿態出現在客戶眼前，看來胸無大志，也從不被瞧在眼裡。然而他豈是池中之物？他是個「曾經」的音樂天才，只是錯過了生命中的時機。從小賞識他的老師，他曾經仰慕的青年鋼琴名師，他所服務的女鋼琴家，都不能洞悉他才華下的陰暗面。那是他出身和階級背景的壓力；性別和情慾的牽引，以及太多不能操之於己的偶然和性格因素。

故事中的人物因琴聲的吸引而有了交集，也發展出意外轉折。一路讀來，我們赫然明白《尋琴者》竟是如此悲傷的小說。每一個人物，甚至當年發現調音師才華的老師，其實都面臨無可奈何的感情抉擇，真情還是謊言，出軌還是出櫃，浪漫還是現實……。調音師自己更是因為一段過早摧折的「情感教育」，注定了此生的蹉跎。而郭強生的傷心之筆不僅僅於此。他處理的作曲家從舒伯特到李斯特到拉赫曼尼諾夫，演奏家從李赫特到顧爾德到藤子海敏，曲終人散，誰沒有令人扼腕甚至黯然的故事？

這引導我們進入《尋琴者》的第二層意義。郭強生筆下「情」與「琴」的關係不只是隱喻而已，更直指你我生命中「情」與「物」的對話。所謂情，不僅是癡嗔貪怨的情，也是情景與情境的情。所謂物，不僅是客觀實象的存在，也是生命欲望流轉律動的總和。情與物交互運作，形成虛實起滅的面貌。鋼琴家必須先視鋼琴為有情之物，才有了可以迴響、共鳴的潛能。而調音師得先從失去音準的鋼琴開始，「物」其聲色，再恢復其內蘊的深情華彩。「與其說是調音，不如說是調律更為恰當。」但要達到畢達哥拉斯的絕對和諧律，談何容易！

於是我們來到小說核心部分。調音師還是懵懂少年時，因為老師賞識，有了向海外歸來的青年鋼琴家請益的機會。青年鋼琴家才華洋溢，他告訴少年，每個人都有與生俱來的共鳴程式，「有人在樂器中尋找，有人在歌聲中尋找，也有人更幸運地，能夠就在茫茫塵世間，找到了那個能夠喚醒與過去、現在、未來產生共鳴的一種震動。」那種震動，我們或者叫做信任，或者叫做愛。

青年鋼琴家的一席話，讓少年為之癡迷不已，哪裡知道這樣的指導是肺腑之言，也是最艱難的指令，甚至詛咒。青年鋼琴家以肉身見證自己的心聲。他畢竟沒有達到事業高峰，反因禁色之戀罹病去世。而少年因為對彈琴人萌生深情而不可得，從此墮入情殤的輪迴，再也不能專心琴藝。青年鋼琴家和少年都必須以艱難的方式理解，成不成為鋼琴大師其實無關緊要。就算征服了鋼琴，征服了樂迷，馴服不了自己的肉身與靈魂，也是枉然。

「問世間，情為何物，直教人生死相許？」古老的嘆息在郭強生筆下有了新的寓言向度。然而《尋琴者》又不止於永恆的嘆息，這帶來小說最讓人意外的一層意義。僱主女鋼琴家過世後，調音師的工作似乎也告一段落。然而女鋼琴家的先生出現，延續了本應終止的關係。先生是生意人，十足音樂門外漢，卻因為種種考量留下調音師，甚至同意合作開啟二手鋼琴買賣行業。因為愛琴，調音師追隨先生來到紐約尋訪舊琴，而紐約終將每個人物的前世今生糾結在一起。

買賣二手琴的安排讓《尋琴者》有了耐人深思的結局。這是一場在商言商的交易？或是愛屋及烏的戀物邏輯？或是出於舊琴難忘、詠物抒情的考量？或是還有其他……？調音師不能無惑。回顧所來之路，他感嘆「七歲的孩童與二十四歲的邱老師。十七歲的少年與三十四歲的鋼琴家。四十三歲的中年與六十歲的林桑。」「同樣的間距，反覆如同輪迴」，這樣的生命也是始料未及的吧！音樂是時間的藝術，是關乎失去與逝去的詠嘆。但有沒有迴旋的可能？再一次的賦格嘗試？或者，那只是永劫回歸的又一開始？

在小說的（反）高潮，調音師與先生的「合夥」關係懸而未解。他們來到紐約郊外二手舊琴的買賣場所，赫然發現那也是座舊琴的墳場：

> 沒有窗戶，只有幾盞幽暗的燈光，照出了一整片鋼琴遺骸四處漂流的灰塵之海。上百架等待被處置的舊鋼琴，有的被拆了琴箱，有的缺了音響板，有的仍被包覆在骯髒的泡墊布中……失去琴蓋的，斷腿的，被清空內臟的，還有那一組組堆放的擊弦系統，一束束從內臟清空出來的銅弦，如同少了血肉保護的神經掛在牆上，還會簌簌在抖動著……
>
> 面對著這座大型的鋼琴墳場，我所感受到的不是驚駭或悲傷，反倒像是一頭鯨魚，終於找到

了垂死同伴聚集的那座荒島，有種相見恨晚的喜悅。

琴的廢墟，情的墳場。郭強生呈現了當代中文小說最憂鬱的場景之一。郭強生以往的小說強調情愛可一而不可再的純潔度，情殤無以復加的痛苦。《夜行之子》、《惑鄉之人》、《斷代》都有這樣的傾向，每每難以自拔。在《尋琴者》的尾聲，他似乎提出了和解——或是解脫——的暗示。這使他的敘述增添了「一切好了」的向度，那是大悲傷之後的虛空。小說尾聲，調音師造訪鋼琴大師李赫特故居，一處最枯寂靜默的所在。遙想大師當年的琴音，此時無聲之處勝有聲。郭強生的小說這次顯出了「年紀」。

一九八六年，郭強生出版《作伴》。少年已識愁滋味，那是他告別青春期的宣言，也是初入文壇的印記。時隔三十五年，他依然尋尋覓覓，尋找知音：「只有那個頻率，那個振動層次，可以把我帶進讓我感覺安全，又帶著一點悲傷的奇妙領域。」此琴可待成追憶，只是當時已惘然。驀然回首，他寫出《尋琴者》，他的半生緣。

郭強生，《斷代》（台北：麥田出版，二〇一九）。

郭強生，《尋琴者》（台北：木馬文化，二〇二〇）。

還是「在醫院中」

——韓松《醫院》三部曲：《醫院》、《驅魔》、《亡靈》

二〇二〇年一月底，武漢爆發新冠疫情，迅速席捲全球。之後三年，全球數以億萬計的人民遭受感染，數以百萬計的生命因此殞沒。病毒不斷變異，與病毒共存（亡）成為各國抗疫策略。描述這場新千禧大疫的文學作品層出不窮，但在科幻作家韓松（一九六五—）的《醫院》三部曲裡，我們見證紀實與虛構最弔詭的呈現。事實上，這部小說出版於新冠疫情爆發之前，卻彷彿預言——也是寓言——一般，投射了全球境況：世界就是醫院，人生而有病。韓松的作品極盡奇詭之能事，卻每每在幽暗圖景的彼端，做出超越性思考，甚至有了宗教意味。

韓松是當代中國最重要的科幻作家之一，與以《三體》享譽全球的劉慈欣齊名。一九八二年韓松在《紅岩少年報》發表第一篇科幻小說〈熊貓宇宇〉。新世紀末之交以《火星照耀美國》引起廣泛討論。這部小說描述二〇六六年第三次世界大戰已然發生，美中霸權易位，中國其實已經被人工智慧控制。然而在國際政治之外，還有星際政治：火星人即將來襲。中華民族偉大復興成為地球文明毀滅前最後的神話。二〇〇八年韓松以汶川地震為背景寫了《再生磚》，揭露災後重建過程裡不可告人的建材祕辛。二〇一一年以來的《軌道》三部曲——《地鐵》（二〇一一）、《高鐵》（二〇一二）、《軌道》（二〇一三）——更進一步思考在一個高速運轉的密閉空間裡，人與人，人與速度之間的奇詭關係。這是一個動態版卡夫卡式的世界，所謂交通，不過是永劫回歸的工具，生老病死的循環。

韓松曾說「中國的現實比科幻還科幻。」[1]的確，文學反映人生那套公式已是強弩之末，不足以刻畫當下光怪陸離的現實於萬一。韓松一輩科幻作家出奇制勝，以最不可思議的方式暴露和諧社會裡種種怪現狀。但韓松的意義不在於對現實批判而已。他對人與人，人與物之間相互接觸、消磨如此悲觀，以致充滿末世想像。早期《宇宙墓碑》（一九九一）描述宇宙猶如鬼蜮，外太空墓碑林立，〈我的祖國不做夢〉（未發表）諷刺有夢的強國公民從來就是行屍走肉，《紅色海洋》（二〇〇四）投射核戰以後人類依然持續殺戮史，未來就是過去。[2]

韓松認為「幽閉才是世界的本質」。[3]在這幽閉的世界裡，人吃人是生存的法則；《乘客與創造者》（二〇一〇）中一架永遠航行、總也不能著陸的飛機裡，旅客在半睡半醒之間，形成新的食物鏈。韓松的作品如此陰鬱詭譎，以致劉慈欣認為：「韓松描寫的世界，是我在所有科幻小說中見

1　韓松，〈當代中國科幻的現實焦慮〉，《南方文壇》二〇一〇年第六期，頁三〇。
2　賈立元，〈鬼蜮的漫遊者：韓松及其寫作〉，《南方文壇》二〇一二年第一期，頁四一—四三。
3　〈科幻作家韓松：幽閉才是世界的本質〉，https://www.yicai.com/news/5072301.html（瀏覽日期：二〇二三年三月十一日）。

過的最黑暗的。在那個世界中，光明和希望似乎從來就沒有存在過。」[4]

「整個宇宙都是醫院」

二〇一六年至二〇一八年，韓松完成《醫院》三部曲——《醫院》、《驅魔》、《亡靈》。小說裡的主人公因誤喝一瓶礦泉水而被送入一家醫保定點三甲醫院，從此展開有去無回的沉淪。《醫院》描寫「藥時代」裡，人人陷入醫院無盡療程，彷彿是卡夫卡式夢魘；《驅魔》進一步暴露所謂醫院，其實是龐大人工智慧控管的「藥戰爭」戰場；《亡靈》則敘述藥戰爭裡僥倖復活的主人公見證了火星「藥帝國」崛起和崩潰的循環。

在韓松看來，病、醫、與藥不只關乎厚生保健或「生命政治」，根本就是人的生存本質：「這座城市裡，每一顆心都有病、都痛不欲生、裸露著呼喚治療。」[5]人人有病，人人治病，醫與病、死與生不斷輪迴，誰也不能出院。「生命政治」其實也是「死亡政治」（necropolitics）[6]。而作為三部曲的終篇，《亡靈》構建了復活之日火星醫院的醫學「大同社會」。「藥帝國」的崛起和崩裂暗示生命「原死」就是「元死」；復活就是復死。什麼是醫院？「整個宇宙都是醫院。」[7]

病、治病、與文學是二十世紀中國文學最重要的主題之一。晚清劉鶚《老殘遊記》中的老殘就是個傳統醫生，浪跡各地，治療「東亞病夫」。中國現代國體和病體的比喻由此開始。[8]韓松的《醫院》尤其讓我們想到魯迅；他有意識的向大師百年以前的感嘆致意。魯迅立志習醫的經過我們耳熟能詳。因為父親死於庸醫之手，他「漸漸的悟得中醫不過是一種有意的或無意的騙子，同時又很起了對於被騙的病人和他的家族的同情……又知道了日本維新是大半發端於西方醫學的事實……我的夢很美滿，預備卒業回來，救治像我父親似的被誤的病人的疾苦，戰爭時候便去當軍醫，一面又促進了國人對於維新的信仰。」[9]一九〇六年幻燈事件以後，魯迅棄醫從文，而他的邏輯仍然是醫治身與心之別：「凡是愚弱的國民，即使體格如何健全，如何茁壯，也只能作毫無意義的示眾的材料和看客，病死多少是不必以為不幸的。所以我們的第一要著，是在改變他們的精神，而善於改變精神的是，我那時以為當然要推文藝。」[10]

魯迅之後，沉屙重症蔓延作家筆下，被浪漫化、道德化、污名化、政治化、寓言化、解構化。從丁玲的《莎菲女士的日記》（一九二八）寫肺病到王禎和的《玫瑰玫瑰我愛妳》（一九八三）寫梅毒，從吳祖緗的〈官官的補品〉（一九三二）到余華的《許三觀賣血記》（一九九五）寫賣血，

---

4 同前註。

5 韓松，《醫院》（上海：上海文藝出版社，二〇一六），頁九六。

6 Achille Mbembe, *Necropolitics*, trans. by Libby Meintjes, *Public Culture*, 15, 1（2003）, pp. 11-40.

7 韓松，《亡靈》（上海：上海文藝出版社，二〇一八），頁五四。

8 楊瑞松，《病夫、黃禍與睡獅：「西方」視野的中國形象與近代中國國族論述想像》（台北：政大出版社，二〇一〇）。

9 魯迅，〈自序〉，《吶喊》，《魯迅全集》，第一卷，頁四三八。

10 同前註，頁四三九。

從朱天文的《荒人手記》（一九九四）到閻連科的《丁莊夢》（二〇〇六）寫愛滋病，到胡發雲的《如焉@sars.come》（二〇〇六）寫SARS，不一而足。西式醫院首見一八三五年的廣州，[11]二十世紀之後逐漸發展成為中國現代醫療主要建構。抗戰時期巴金的《第四病室》（一九四四）、新時期諶容的《人到中年》（一九八一）各以病人和醫生的角度檢視醫院治療、管理甚至人性糾結，延伸而出的社會批判、歷史感懷不言可喻。

丁玲寫於延安的〈我在霞村的時候〉、〈在醫院中〉（一九四一）堪稱是現代中國有關病、醫院與文學的關鍵二作。〈我在霞村的時候〉描寫抗戰期間北方農村一位女子遭到日軍強暴，決定「獻身」報國，以肉體套取日軍情報，即使染上近似絕症的梅毒也無怨無悔。她被安排到醫院接受治療，但她已被「污染」的身心是否真能夠通過黨的清潔檢疫？〈在醫院中〉初出茅廬的護士陷入病體與國體、醫療方法與意識形態考驗，不禁彷徨。她最終認清自己的盲點，與黨和病人達成和解。兩部作品都觸及病、身體、性別、醫療與生命政治及意識形態的關係，也都因為敘事立場曖昧，成為延安整風中批判的對象。一九四二年毛澤東發表〈在延安文藝座談會上的講話〉，之後展開整風運動。運動雷厲風行，口號正是「懲前毖後，治病救人」。

傅柯論「異托邦」，[12]視其為一過渡性社會空間，如醫院，軍隊，墓地，樂園等，以利社會管理。經由政治建構、技術管理、想像投射、權力布置，異托邦成為外於正常社會的另類空間。異托邦雖然位於制度或想像的邊緣，投射一個社會的欲望或恐懼，但也因其「他者」位置，與主流權力形成或排斥、或共謀的互動關係。傅柯認為這一關係是現代性的一種表徵，但他的理論如果置於中國社會主義論述中檢視，顯然有所不足。延安整風運動中作為隱喻的醫院不再僅是隔離或勸懲的異托邦空間。整風暗示思想病毒無孔不入，人人「必須」自危，自省自救，然後救人。換句話說，「毛記醫院」的空間無限擴大：延安就是社會主義的大醫院，在這座醫院裡，人人都可能有病，有待黨和主義的診斷和救治。異托邦不是例外狀態，而是常態存在。甚至異托邦就是烏托邦。

從這一脈絡來看韓松的《醫院》三部曲，我們才能了解此作的意義。三部曲的首部《醫院》始於醫院實況報導，逐漸進入迷宮世界。《驅魔》則暴露醫院其實早就為人工智慧管理，由所謂「司命」掌控一艘醫院大船，航向紅色海洋。這是三部曲最精采的部分。醫院的病人遊歷了高科技控管中心、換頭術核心區、意識上載室、末日「壇城」新世界、藻人養殖場、火葬場與食堂聯營體等多處勝景，逐漸探出醫院船的祕密。人工智慧走火入魔，而被其驅逐出病房的醫生則建立了影子醫院，形成對峙。病人最終發現，所謂住院其實只是一次虛擬治療過程，紅色海洋的驚濤駭浪沒有一滴水。更觸目驚心的是，醫院認為人類已經病入膏肓，必須消滅。

到了《亡靈》，醫院在火星上成就無遠弗屆的「藥帝國」，進行另一波將病人置之死地又起死回生的「造人術」。「有了病人，才有醫院；有了醫院，醫生就能為病人謀幸福。所以哪怕是亡

11 Peter Parker（1804-1888）建立the Ophthalmic Hospital。Chi-Chao Chan, Melissa M. Liu, James C. Tsai, "The First Western-Style Hospital in China," in *Arch Ophthalmol*, 129, 6（2011）, 1:791-797.

12 Michel Foucault, "Of Other Spaces: Heterotopia," https://foucault.info/documents/heterotopia/foucault.heteroTopia.en/（瀏覽日期：二〇二三年三月十一日）。

原上荒原，但見火星荒原靈，也要救活你們。這正是醫院的根本使命——救活人，更救死人。」[13]小說尾聲，但見火星荒原上林立「附近有高大的廢墟，似乎也是醫院，或醫院的分部，是早前的人類或外星人修建的。但是根據費米悖論，外星人並不曾來訪。那麼，還是進化為了生命的醫院的自我複製吧？」[14]

韓松不僅意在寫出後社會主義的醫院寓言，更讓政治隱喻一躍而為存在隱喻。人生而有病，醫院成為宿命。就在黨國信仰或教條不足以約束病人的症狀時，更細膩的生化資訊管理早已準備就緒。毛澤東的「治病救人」已經過時，丁玲當年的困惑不再成為問題。醫院的目的不是治病救人，而是「製」病救人；沒病找病，不斷發現——發明——疑難雜症，百般治療，讓病人死去活來，繼續住院。所謂「死亡政治」，莫此為甚。病人和醫生，病毒和人工智慧，成了命運共同體。醫院無所不在，甚至有了形上意義：

醫生開出藥方，發放藥品，培育病人，造出下一個宇宙。船就在這些無窮無盡的世界中航行。沒有邊際的汪洋大海喲……永生的醫院呀，不是天堂，亦非地獄。孤獨，徹底的孤獨……但船長相信，彼岸也許下一刻就會泡沫般的冒出來，啊，從那盛滿消毒液的滔滔洪水中咕嘟一聲兀然浮現。[15]

「講好醫院故事」

當代國家論述甚囂塵上，「講好中國故事」成為時代號召。[16]面對這一後社會主義的「敘事轉向」，知識界固然不乏反思聲音，卻有更多論述隨風起舞。當此之際，《醫院》之類的科幻小說異軍突起，才顯示文學的批判力量。

《醫院》三部曲蘊含著與魯迅對話的巧思。末法時代的醫院是個沒有阻攔，卻無所逃遁的「鐵屋子」，進得來，出不去。而當病人和醫生陷入重重互為主客——或互為主奴——的幻境裡，那是藥時代的「無物之陣」。小說的主人翁不是狂人，卻是病人。他陷在「醫藥」吃人的時代裡，注定病無所終。

在《亡靈》高潮，火星上矗立著三萬年以後的醫院，一座集國家機器、生化與死亡政治、生產勞動分配於一身的機構。塵沙漫漫，宇宙洪荒，生死輪迴已經沒有意義。我們想起魯迅所說：「於天上看見深淵，於一切眼中看見無所有。」

藉著龐大的醫院神話，韓松其實重啟早期魯迅對科學與文學的批判性思考，也對八〇年代的「科」、「文」之爭，提出反駁。[17]在《驅魔》中他描寫一位萬古大夫，號稱「惡魔播種者」，也

13　《亡靈》，頁二二五。
14　同前註，頁二三七。
15　同前註，頁二六八。
16　二〇二〇年二月六日，新冠肺炎疫情高峰期間，習近平再次呼籲「講好中國抗擊疫情故事」。http://theory.people.com.cn/n1/2020/0319/c40531-31639809.html（瀏覽日期：二〇二二年二月十八日）。
17　李靜，〈當代中國語境下「科幻」概念的生成研究：以一九七〇—八〇年代之交的「科文之爭」為個案〉，《文

是小說家。年輕時候是位文學愛好者：「醫生哪怕解剖一千具屍體，也無法了解生命的全部……所幸還有文學。」[18]從莎士比亞到曹雪芹，從蘇東坡到托爾斯泰，文學作品以千變萬化的方式回應人生疑難雜症。「原來一切不過是文學本質上不是科學，而是文學。」[19]他為病人設計兩種自我，體驗的自我和敘事的自我。他將敘事帶入治療，輸入病人的病歷與記憶，藉以消除他們的疼痛。「看病，首先是個信仰問題；人生，就是一份治療套餐。」[20]在各種先進醫療手段之上，「講好醫院的故事才最重要。」「哪怕它有一天沉入海底，但作為故事還會口口相傳。只要聽眾信了，醫院便不滅。」[21]

魯迅藉由文學質疑科學毋庸置疑的樂觀主義，同時更揭露任何實證主義下想像的必要。但韓松心目中的文學不再像青年魯迅設想那般能夠直指生命原相——而是「元」文學的不斷自我指涉與解構。事實上，魯迅作品從來內蘊極大的緊張性。摩羅詩人的「惡聲」既能攖人之心也能讓人自嚙其心。〈狂人日記〉字裡行間既是譫言囈語也是逼人告白。到了《醫院》，韓松將這樣的緊張性帶上檯面，卻給出了犬儒的「後學」答案。萬古大夫可就是科幻版的摩羅詩人？果如此，這位新時代的醫生到底如何定義自己的「惡魔性」？他並不棄醫從文，而是醫文雙修。他明白科與幻其實相生相剋，醫院需要故事，以便讓病人渡過難關，卻也同時構成另一波病灶的起源。文學是人工算法，也是超級病毒。

韓松更進一步指出未來人工智能的發展甚至到達「發明」文學，控制想像的階段。《驅魔》中病人在醫院船上醒來，發現世界被人工智慧統治，病人成了演算法的一部分。「藥戰爭」代替核戰爭，生命成為了魔障、痛苦、解脫的循環遊戲。病人為了尋找失去的記憶，四處探險，最終發現之前就醫住院的經歷只是一次虛擬的治療過程，目的是「驅魔」。

回到《醫院》三部曲的開端。亙古永夜的太空裡，三名僧人駕駛「孔雀明王」號太空船航向火星，他們尋找佛陀，卻看見醫院。眾生皆苦，存在就是病，也是醫院。經過多少劫毀，三部曲的結尾火星醫院又陷入新一波醫生與病人的戰爭。「亡靈之池成功轉型為生命之池，這也喻示要創造更新的更強亡靈。新物種將有新信仰喲。如此一來，就可以抵禦任何一種不測之災了。宇宙醫院的建設又要開工了。」[22]

小說將盡，出現一位女性，她來尋找真相，卻陷入無物迷陣。在大幻滅、大恐懼中，她最後的希望繫於救援瀕死的兒子——救救孩子。但孩子還有救麼？這一切是真實麼？或只是幻象？

佛曰不可說。「病房寺廟的鐘聲響起。觀音像的嘴角歙動了一下。」[23]

學評論》二〇二〇年第五期，頁一九八—二〇六。

18 韓松，《驅魔》（上海：上海文藝出版社，二〇一七），頁一四〇。

19 同前註，頁一四〇。

20 同前註，頁一四七。

21 同前註。

22 《亡靈》，頁二一〇。

23 同前註，頁二八六。

韓松，《醫院》（上海：上海文藝出版社，二〇一六）。
韓松，《驅魔》（上海：上海文藝出版社，二〇一七）。
韓松，《亡靈》（上海：上海文藝出版社，二〇一八）。

洞的故事
——駱以軍《匡超人》

駱以軍（一九六七—）小說《匡超人》原名《破雞雞超人》。前者典出《儒林外史》，後者卻讓讀者摸不清頭腦。超人是陽剛萬能的全球英雄，怎麼好和雞雞——嬰兒話／化的男性命根子——相提並論？更何況駱以軍寫的是「破」雞雞超人。超人如此神勇，怎麼保護不了自己那話兒？小說從《破雞雞超人》改名為《匡超人》又是怎麼回事？駱以軍創作一向不按牌理出牌，從創作破題就可見一斑。

一切真要從雞雞破了個洞開始。話說作家某日發現自己的雞雞，準確的說，陰囊上方，破了個洞；一開始不以為意，隨便塗抹藥水了事，未料洞越來越大，膿臭不堪，甚至影響作息。作家帶著可憐的破雞雞四處求治，期間的悲慘筆墨難以形容。越是如此，作家反而越發憤著書。破雞雞成了靈感泉源。

那洞啊，是身體頹敗的徵候，雄性屈辱的焦點，是難言之隱的開口，但也是自虐欲望的淵藪。這個洞甚至餵養出駱以軍的歷史觀和形上學，從量子黑洞到女媧補天，簡直要深不可測了。

就這樣，駱以軍在《西夏旅館》、《女兒》以後，又寫出本令人瞠目結舌的小說。駱以軍的粉絲應該不會失望，他的註冊商標——偽自傳私密敘事，接力式的碎片故事，詭譎頹廢的意象，還有人渣世界觀——無一不備。但比起《西夏旅館》那樣壯闊的族裔絕滅紀事，或《女兒》那樣糾結的性別倫理狂想曲，《匡超人》畢竟有些不同。這裡作家最大的挑戰不是離散的歷史，也不是禁忌的欲望，而是自己肉身沒有來由的背叛。他真正是盯著肚臍眼正下方，寫出一則又一則病的隱喻。

駱以軍早年詩歌《棄的故事》預言般投射他創作的執念：一種對「存在」本體的惶惑，一種對此生已然墮落的弔詭式迷戀。他的文筆漫天花雨，既悲欣交集又插科打諢，更充滿末路詩人的情懷。而相對於「棄」，我認為駱以軍《匡超人》亮出他文學創作另一個關鍵詞——「洞」。如果「棄」觸及時間和欲望失落的感傷，「洞」以其曖昧幽深的空間意象指向最不可測的心理、倫理和物理座標。

駱以軍的小說以繁複枝蔓為能事，一篇文章當然難以盡其詳，此處僅以三種閱讀「洞」的方法——破洞，空洞，黑洞——作為探勘他敘事迷宮的入口，並對他的小說美學和困境做出觀察。

破洞

前陣子睪丸下方破了個大洞，自己去藥局買雙氧水消毒，那洞像鵝嘴瘡愈破愈大，還發出臭味，但好像不是花柳病，而是一種頑強黴菌感染；同時還發現自己血壓高到一百九，暈眩無力。（〈打工仔〉）

這究竟是駱以軍的親身遭遇，還是虛構的故事？駱以軍擅長以真亂假，我們也就姑妄信之。疾病敘事一向是現代文學的重要主題，從肺病（鍾理和，《貧賤夫妻》）到花柳（王禎和，《玫瑰玫瑰我愛你》）到愛滋（朱天文，《荒人手記》）歷歷在案，但拿自己的隱疾如此作文章，而且寫得如此嬉笑怒罵、哀怨動人的還是僅見。雞雞是男性生殖器，從這兒理論家早就發展無數說法。男性主體象徵，社會「意義」權威，價值體系的主宰……弗洛伊德到拉岡到紀傑克，是類論述我們可以信手拈來。但駱以軍的小說還是展露不同面向。

駱以軍的破雞雞不僅暗示了去勢的恐懼，也指向一種自我童騃化——或曰賣萌——的展演。這些年駱以童言戲語的「小兒子」系列書寫成為網紅，在某一程度上，可以視為雞雞敘事的熱身。網上的討拍賣萌，老少咸宜，基本潛台詞是我們還小，都需要被愛。然而那所謂關愛的資源又來自哪裡？還是這關愛本身就是無中生有，卻又無從落實的欲望黑洞？

從這裡我們看到破雞雞敘事的辯證面，也是駱以軍從網紅轉向「深度」虛構的關鍵。雞雞GG了。昭告天下之餘，他同時轉向心靈私處，毫不客氣的檢視原不可告人的一切。在〈砍頭〉一章裡他寫道，「破雞雞超人是個什麼概念呢？你想像著，他是受傷的，有個破洞在那超人裝最突兀的胯下部位，那成為一個最脆弱的窟窿，傷害體驗的通道入口，一個痛楚的執念。」注意駱以軍敘事的關鍵詞，像突兀、受傷、脆弱、傷害、痛楚，在此一次出清。而所有感覺、經驗或省思都被具象化為一個窟窿，一個洞。

駱以軍的詩歌集《棄的故事》，根據周代始祖后稷出生為母姜嫄所棄的神話，他描寫「遺棄是一種姿勢」，「是我蜷自閉目坐於母胎便決定的姿勢」，是與生俱來的宿命；但另一方面，遺棄也是一種不斷「將己身遺落於途」的姿勢，「其實是最貪婪的，／企圖以回憶／躡足擴張詩的領域。」換句話說，遺棄不只是一個位置，也是一種痕跡，而這痕跡正是詩或文學的源起——或作為一種「存有」消失、散落的記號。

駱以軍所有作品幾乎都一再重寫棄的故事。面對族群身分的錯置（《月球姓氏》），親密關係的患得患失（《遠方》、《女兒》），身體的毀損頹敗（《遺悲懷》），或歷史理性的潰散崩解（《西夏旅館》），不由你不放棄，遺棄，廢棄，或是自暴自棄。與此同時，一種叫做小說的東西緩緩成形。駱以軍的敘事者每以無賴或無能者（或他所謂的人渣）出現，且戰且逃，因為打一開始就明白，生命敘事無他，就是不斷離／棄的故事。

《匡超人》訴說洞的故事。「棄」牽涉他者，意味拋棄對象物或為其所拋棄；「洞」則是那開啟與吞噬一切的罅裂，帶來一種（自我）分裂的恐懼和不可思議的誘惑。小說中的洞始於陰囊下不明所以的小小裂口，逐漸成為敘事者焦慮的根源。而這身體不明不白的窟窿——「鮮紅還帶著淋巴液的鵝口瘡」，「好像有一批肉眼不見的金屬機械蟲，在那洞裡像礦工不斷挖掘，愈鑿愈深」——讓駱不良於行，更讓他羞於啟齒。但這只是開始，隨著敘事推衍，那洞被奇觀化，心理化，形上化，甚至導向半調子宇宙論。在某一神祕的轉折點上，洞有了自己的生命：

> 「身體軸心空了一個很深的洞」的殘障感，和手部或腳部截肢的不完整感、幻肢感，身體重心偏移的感受不同；也和古代閹人整個男性荷爾蒙分泌中心被切除的尖銳陰鬱不同……那個雞雞上的洞，很像一個活物，每天都往你不知道那是什麼境地的，反物質或黯黑宇宙，那另一個

次元，靈活蹦跳的再長大，深入。（〈吃猴腦〉）

藉此，駱以軍寫出一種生命神祕的創傷，這創傷帶來困惑，更帶來恥辱。這其實是駱以軍擅長的母題。即便如此，作家每一出手，仍讓讀者吃驚：「或許猥褻一點的傢伙會這樣羞辱我：『你就是在一個男人的屌上，又長了一副女人的屄。』」

恥辱猶如那個化膿的傷口，一旦失去療癒的底線，竟然滋生出詭異的——猥褻的——妄想耽溺。恥辱的另一面是傷害，是莫名所以的罪，是橫逆的惡。而在駱以軍筆下，罪與惡的極致，有了變態狂歡的趣味。雞雞童話直通春宮也似的狂言譫語；生命種種命題不過就是洞的故事連番演繹死穴的故事。就這樣，二〇一七年的台灣，一位身體GG了的作家寫他紛然墮落斷裂的世界。虛耗的身體，斷裂的敘事，空轉的社會，一切都被掏空：阿彌陀佛，這是駱以軍「破洞」倫理的極致了。

空洞

如果「棄」的痕跡遷延迤邐，形成駱以軍小說的敘事方式，「洞」則不著痕跡，通向漫無止境的虛無。駱以軍雞雞破洞的故事蔓延開來，形成將近三十萬字的荒謬敘事。他的敘事拼貼種種文字情節，其間漏洞處處，一如既往。但此書因為「洞」的隱喻，反而有了某種合理性。不論如何，駱以軍除了聚焦第一人稱敘事者我之外，對浮游台北的眾生相也有相當描述。但這些人物面貌模糊，老派，大小姐，美猴王……其實個個面貌模糊，氣體虛浮。他們來來去去，訴說一則一則自己的遭遇，也間接襯托駱以軍面對當下世路人情的無力感。

但小說裡面還有小說。駱以軍用心連鎖《儒林外史》和《西遊記》和他自己身處的世界。「匡超人」典出《儒林外史》最有名的人物之一。他出身貧寒，侍親至孝，因為好學不倦，得到馬二先生賞識，走上功名之路。然而一朝嘗到甜頭，匡逐漸展露追名逐利的本性。他夤緣附會，包訟代考，不僅背叛業師故友，甚至拋棄糟糠。我們最後看到他周旋在達官富戶之間，繼續他的名士生涯。匡超人不過是《儒林外史》眾多蠅營狗苟的小人物之一。以此，吳敬梓揭露傳統社會階層——儒生文士——最虛偽的面目。

匡超人和破雞雞超人有什麼關係？這裡當然有駱以軍自嘲嘲人的用意。超人本來就是個不可能的英雄。所謂當代文化名流，不也就是像兩三百年前那些名士，高不成，低不就，卻兀自沾沾自喜的賣弄著風雅——用《儒林》裡的話，「雅得俗」？他們也許百無一用，但社會需要他們的詩云子曰裝點門面。駱以軍在匡超人們身上，竟然見證歷史的永劫回歸。他們曾經出沒在明清官場世家裡，現在則穿梭在台北香港上海文藝學術圈，骨子裡依然不脫「幾百年前幻燈片裡的搖晃人影印象」（〈大小姐〉）；他們一個個你來我往，相互交錯，運作猶如鑲嵌在機器裡的螺絲釘。「超人」成了反諷的稱號。

但駱以軍讀出《儒林外史》真正辛酸陰暗的一面。匡超人（和他的同類）就算多麼虛榮無行，畢竟得「努力」在他的圈子裡力爭上游。在一個「老謀深算耗盡你全部精力的文明裡」，誰不需要過人的「濾鰓」或「觸鬚」鑽營算計，才能出人頭地？但饒是機關算盡，也不過是命運撥弄的小小棋子。匡超人溫文儒雅，舌燦蓮花，但面具摘下，又如之何？午夜夢迴，他恐怕也有走錯一步，滿盤皆輸的恐懼吧。

駱以軍更尖銳的問題是，在每一個匡超人的胯下，是不是都有個破雞雞？表面逢場作戲隱藏不了背後的栖栖遑遑，你我私下都得有見不得人的破洞。而更深一層的，所謂的「破」洞可能根本就是「空」洞。駱以軍要說，這是所有人都「虛空顛倒」的世界。匡超人和我輩不過是「如衡天儀複雜齒輪相銜處的小傀偶……隨意作異次元空間跳躍呢。」（〈哲生〉）

相對匡超人意象的是美猴王。駱以軍顯然以此向《西遊記》致敬，小說中有大量章節來自他重讀孫悟空和八戒、沙僧保唐僧西天取經冒險。對駱以軍而言，孫悟空是超過「人」的超人，更是種神祕意象，「描述一種超出我們渺小個體，能想像的巨大恐怖，一種讓人目眩神迷的場景。」（〈在酒樓上〉）但齊天大聖卻是個「完美的被辜負者」（〈美猴王〉）。他的七十二變功夫畢竟跳不出如來佛的手掌心；而他的那股桀驁不馴的元氣到底是要被「和諧」掉的。孫悟空等的取經之旅是怎樣的過程？「在時間之沙塵中逐漸形容枯槁，彼此沉默無言，知道我們終被世人遺忘。只剩下四個拖得長長的影子。那個懲罰呀，比那個尤里西斯要苦，要絕望多了。」（〈西方〉）。

與此同時，孫悟空應付一個又一個妖魔鬼怪，喧囂激烈，百折不屈。盤絲洞，琵琶洞，黑風洞，黃風洞，蓮花洞，連環洞，無底洞……每一個洞都莫測高深，每一個洞都腥風血雨。孫行者必須克服洞裡的妖怪，師徒才好繼續取經之路。而當功德圓滿，取經路上所有艱辛，驚險，誤會，證明全是「一場不存在的大冒險」，一場心與魔糾纏串聯的幻相。問題是，真相果然就在取經的終點豁然開朗麼？

在《匡超人》的世界裡，「美猴王」彷彿是卡夫卡的K，或卡繆的薛西弗斯。現在他出沒台北，可能就是那老去的江湖大哥，是落魄的社會渣滓，也可能是雞雞破了的駱以軍。是非成敗，虛空的虛空。小說最後，「美猴王」英雄無用武之地，我們有的是猴腦大餐。孫悟空千百年來去時光隧道，尋尋覓覓，他的淪落不知伊於胡底：

美猴王沒敢說……這麼跋涉千里，要求的經文，就是講一個寂滅的道理。那好像是把一個死去的世界，無限擴大，彩繪金漆，成為一個永恆的二度空間……懵懵懂懂，隨風而行，找不到塵世投胎的形體。這樣的輾轉流離、匯兌，像只為了把自己悲慘的、到底活在別人夢境、或酣睡無夢時，什麼也不存在的某種掛帳啊。要流浪多久？一千年？兩千年？（〈美猴王〉）

黑洞

駱以軍「洞」的敘事的核心——或沒有核心——最後指向黑洞。這並不令我們意外。有關黑洞的描述是科幻小說和電影常見的題材。廣義而言，黑洞由宇宙空間存在的星雲耗盡能量，造成引力坍縮而形成。黑洞所產生引力場如此之強，傳速極快的光子也難以逃逸。黑洞的中心是引力奇點，在那點上，三維空間的概念消失，變為二維，而當空間如此扭曲時，時間不再具有意義。在科幻想像中，黑洞吞噬一切，化為混沌烏有。

駱以軍未必是黑洞研究專家，但他對於宇宙浩瀚神祕的現象顯然深有興趣，像「莫比烏斯帶」、「克萊因瓶」、「潘洛斯三角」，乃至於訊息世界的「深網」……《匡超人》中他旁徵博引

（都是小說電影），探問什麼樣的異品質空間裡，時空失控，過去與現在相互陷落彼此軌道，所有三維事物成為輕浮的二維。洪荒爆裂，星雨狂飆，一切覆滅歸於闃寂。這可不是太虛幻境，而是黑茫茫一片的虛無入口，而且只有進，沒有出。這樣的黑洞觀也成為駱以軍看待歷史和芸芸眾生的方法。稱之為他的黑洞敘事學也不為過。

於是，《匡超人》裡，駱以軍描寫美猴王每個筋斗翻過十萬八千里，翻呀翻的，逐漸翻出了生命形態有效的連結之外；「七十二變」變成虛無的擬態：

你不知道這繼續變化的哪一個界面，是翻出了邊界之外？也許在第六十九變到第七十變之間？諸神用手捂住了臉，悲傷的喊，「不要啊！」「再翻出去就什麼都不是啦。」但我們其實已在一種臉孔像脫水機的旋轉，全身骨架四分五裂的暴風，變成那個反物質、反空間、在概念上全倒過來的維度。（〈藏在閣樓上的女孩〉）

這是作為小說家的駱以軍夫子自道吧！有多少時候，我們為他文字筋斗捏一把冷汗：他這樣鋌而走險的書寫，會不會再翻出去就什麼都不是啦。而在千鈞一髮的剎那，他又把故事兜了回來。如是在敘事黑洞邊緣的掙扎，往往最是扣人心弦。

從敘事倫理學角度來說，小說編織情節，形塑人物風貌，詮釋、彌補生命秩序的不足，延續「意義」的可能。駱以軍的小說反其道而行，用他喜歡的意象來說，敘述像是驅動引擎，或不斷繁衍增殖的電腦程式，一發不可收拾，就像「蔓延竄跑在深網世界的那個『美猴王』」，已經失控了」。或用《匡超人》裡的頭號隱喻，小說本體無他，就是個「洞」的威脅與誘惑。

對駱以軍而言，治小說有如治雞雞，沒來由的破洞開啟了他的敘述，他越是堆砌排比，踵事增華，越是顯現那洞的難以捉摸，「時間停止的破洞」。敘述將他拖進一個吸力不斷湧動的漩渦，越陷越深。更恐怖的，「但那洞太大了。」「或者是，這一個『洞之洞』，反物質的概念，在那破裂感、撕碎感、死滅、痛苦的黑暗空無中，再造一個『第二次的破洞』。」（〈吃猴腦〉）

我曾經指出，當代台灣小說基本在「遲來的啟蒙」話語中運作。如果以一九八七年解嚴作為分界點，三十年已經過去。這段時間台灣社會經歷大蛻變，政治解嚴，身體解放，知識解構，形成一股又一股風潮。無論是國史家史譜系的重整、族群或身分的打造，或是身體情慾的探勘，性別取向的告白，環境生態的維護，都可以在現實世界中找到對應。從敘事學的角度看，絕大部分作品處理小說人物從某種蒙昧狀態發現國族、性別、譜系、生態真相——或沒有真相——的過程，風格則從義憤到悲傷，從渴望到戲謔，不一而足。

駱以軍不能自外這一風潮。真相、真知的建構與解構張力重重，總帶來創作的好題材。「脫漢入胡」的離散書寫，父子關係的家庭劇場，欲望解放的嘉年華都是他一展身手的題材。但這些年來，駱以軍越寫越別有所圖。他似乎明白，潘朵拉的黑盒子一旦打開，未必帶來事物的真相，反而是亂相。「當街砍頭、彩色煙霧中的火災、飛機墜落於城市、海軍誤射飛彈……」（〈哲生〉）。在他筆下，台灣這些年從蒙昧到啟蒙的過程越走越窄越暗，以致曲徑通幽——竟通往那幽暗迷魅的淵藪。是在那裡，駱以軍與不斷輪迴的匡超人們重逢，與翻滾出界外的美猴王們互通有無。在轉型正義兼做功德的時代，他寫的是你我同是天涯淪落人的故事，只是這淪落的所在，是個有去無回的黑洞。

《匡超人》展演了駱以軍「想想」台灣和自己身體與創作的困境，但之後呢？小說家盡了他的本分。他運用科幻典故，企圖七十二變，扭轉乾坤。《超時空攔截》、《變形金剛》、《第五元素》、《十六隻猴子》……他幻想夾縫裡的，壓縮後的時空，逆轉生命，反寫歷史，彌補那身體、敘事，以及歷史、宇宙的黑洞。然而寫著寫著他不禁感嘆：通往西天之路道阻且長，而那無限延伸的空無已然瀰漫四下。

孫悟空，你在哪裡？世紀的某端傳來回聲──「我們回不去了」；「死亡的生命已經朽腐。我對於這朽腐有大歡喜，因為我藉此知道它還非空虛。」

我們彷彿看見變妝皇后版的駱以軍，挑著祖師爺爺（魯迅？）的橫眉冷眼，擺著祖師奶奶（張愛玲？）華麗而蒼涼的手勢，揣著他獨門的受傷雞雞，走向台北清冷的冬夜街頭。他把玩著雞雞下那逐漸展開、有如女陰的，洞。仔細看去，那洞血氣洶湧，竟自綻放出一枝花來，膿豔欲滴──惡之花。

駱以軍，《匡超人》（台北：麥田出版，二〇一八）。

香港另類奇蹟
——董啟章《學習年代》

董啟章（一九六七—）二〇〇五年開始發表長篇小說《自然史三部曲》，六年以來先後推出第一部《天工開物．栩栩如真》，第二部《時間繁史．啞瓷之光》；《物種源始．貝貝重生》是第三部上編，副題《學習年代》。

「三部曲」顧名思義，要讓我們想到大河小說、革命演義之類作品，像巴金的《激流三部曲》、施叔青的《香港三部曲》等。二十世紀的中國歷史動盪曲折，彷彿不以接力式的長篇就難以道盡其中的起承轉合。但董啟章的三部曲不以國族歷史為重點；他要寫的是定義獨特的「自然史」。而他的小說時空坐標，人物情節安排也明顯逆反傳統三部曲那些悲歡離合的公式；看看小說標題就可以思過半矣。

董啟章也不是時下所謂的後現代作家。他對當代敘事技巧，從拼貼、錯置，到戲仿等，操作嫻熟，但卻毫無「玩」小說的的意圖。他解構我們居之不疑的性別、價值、觀念，也同時思考建構「物種源始」的可能。他對虛構和真實的辯證關係，還有書寫的倫理意義，尤其念茲在茲。這樣的董啟章其實有相當「古典」的承擔。

更耐人尋味的是，董啟章創作的環境不是大陸或台灣，而是香港。香港並不以文學知名，然而過去數十年來卻有不少作者默默從事純文學寫作，而且成績不俗。董啟章的意義在於他不僅甘於寂寞，而且能逆向操作。他借助如此疏離的環境「一意孤行」，創造出與大陸和台灣文學截然不同的想像空間。在最奇特的意義下，他的創作呼應了一種名叫「香港」的感覺結構。

《學習年代》裡，董啟章將這些特點發揮得淋漓盡致，以下的四個面向，可以作為討論的起點。

想像進化史與虛構考古學

董啟章對「物種源始」的議題一向有興趣。追本溯源，他在一九九二年發表的第一篇作品〈西西利亞〉已經有跡可循。一個年輕的男性上班族不為暗戀他的女同事所動，卻對一尊陳列在服裝店裡的斷臂塑膠模特兒傾倒不已。他透過女店員轉交情書，而女店員居然代替塑膠模特兒收信回信，並且為模特兒（或自己）取了個名字——西西利亞。三者之間發展出詭譎的感情關係。小說以服裝店歇業作結束，但西西利亞的故事既然開始，就有了衍生的可能。「除了把你的名字，把你的故事繼續寫下去，我還可以做些什麼呢？」[1]

我們可以從〈西西利亞〉讀出日後董啟章小說的不少人物和母題，像創造與虛擬，現實與欲望，表演與性別等；而從呼喚西西利亞而生的女性對象，像栩栩、貝貝，也從此層出不窮。但最重要的是董啟章對人和物之間關係的複雜思考。

許維賢根據弗洛伊德理論指出董啟章小說裡常見的戀物癖，以及因此產生的欲望的表演劇場，挪移、偽托、「去陽補陰」，不一而足。[2]如果沿用馬克思理論，我們則可談香港作為一個有殖民背景的資本主義城市，物質與物化所形成的交換網絡已經滋生幢幢人、物不分的魅影。從日後董啟章作品來看，「物」也可以是自然界的總稱，是達爾文（Charles Darwin）的物種起源的環境，也是一切創造和被創造得以發生的條件。如果我們進一步附會中國傳統詩學裡「感物」的觀念，則可說物是觸發情感，引起創作的媒介。所謂「詩人之興，感物而作」，[3]想來董啟章應會同意。

一九九四年，董啟章憑《安卓珍尼》獲得台灣《聯合文學》小說新人獎。這部作品備受肯定，也成為討論董啟章文字的註冊商標。小說藉一個女性敘事者對制式異性關係以外的性別、愛慾的嚮往，引申出雌雄同體、同性欲望的辯證。九十年代性／別論述大行其道，《安卓珍尼》（和另一獲得大獎的《雙身》）似乎是個應時當令的作品。但董啟章另有懷抱，他要探勘欲望和身體在文明和自然之間輾轉輪迴，所幻化的種種面向。小說的副題是「一個不存在的物種的進化史」，而與故事女主人翁性別越界的冒險平行的，正是她對一種雌雄同體的生物斑尾毛蜥的追尋。斑尾毛蜥以單性、全雌性品種存在，卻能在進化過程中擺脫雄性支配，與配偶進行假性交配，完成自體受精之實。文中的「安卓珍尼」其實是androgyny（雌雄同體）的中譯，既指生物界一種曖昧的類屬，也是女主人翁性別想像的自況。[4]

董啟章遊走在生物界五花八門的進化或退化現象間，並連鎖至人類生殖繁衍的複雜向度。從中他看出自然和文明的分界線其實變動不拘，「存在」和「不存在」可以是生理和生命現象，也可以是知識和律法的表徵。據此，董啟章的視野陡然放大。隱與顯，真與偽，雌與雄，完整與分裂都不再是二元對立的命題，而成互為表裡的衍生關係。同性與異性不過是他進入物種進化、文明演繹的一種角度；他更有興趣思考，是什麼奇妙的力量能夠肇生這個世界，並且洞見其體系。到了《自然史三部曲》裡，他終於告訴我們這種力量在過去歸諸為「造物者」，到了今天只能得見於「虛構者——小說家」。

九〇年代中期以後，董啟章將這樣的思考延伸到歷史語境。一九九七年香港「回歸」前夕，他推出《地圖集》，儼然要為大限將到的香港重溯前世今生。全書體例混雜，以假混真，集文獻圖錄，軼事新聞於一爐。書內按理論、城市、街道、符號四輯呈現；這四輯與其看作是四類文本（texts），不如說是四層位置（sites），或互相滲透，或互不相屬。由此建立的駁雜的立體史觀，

1 董啟章，〈西西利亞〉，《名字的玫瑰》（香港：普普工作坊，一九九七），頁六。

2 許維賢，〈黑騎士的戀物／（歷史）唯物癖：董啟章論〉，《香港浸會大學林思齊東西學術交流研究所研究報告系列》第六十四期（二〇〇七年六月）。

3 王延壽，《魯殿靈光賦》，引用自蔣寅對言志、感物、緣情的討論，《古典詩學的現代詮釋》（北京：中華書局，二〇〇九），頁二五三。

4 見梅家玲精闢的分析，〈閱讀《安卓珍尼》：雌雄同體／女同志／語言建構〉，《性別，還是家國？五〇與八、九〇年代台灣小說論》（台北：麥田出版，二〇〇四），頁二六七—二九八。

自然與線狀的歷史大異其趣。看看「錯置地」（misplace）、「非地方」（nonplace）、「多元地」（multitopia）這類專有名詞的解釋，或是裙帶路、雪廠街、愛秩序街等來龍去脈，都不禁讓人發出會心微笑。卡爾維諾（Italo Calvino）、布赫斯（Jorge Borges）等人的影響在在可見，而傅柯有關「異質地」（heterotopia）的特徵尤其可以參考。[5]

董啟章另有《永盛街興衰史》、《V城繁勝錄》等作。前者虛擬一條香港老街的盛衰命運，後者則以南宋遺民孟元老的《東京夢華錄》為靈感，打造化為V城的香港曾有過的盛事。不論是往前看還是往後看，董啟章對生於斯，長於斯的香港都有不能自已的鄉愁。然而他明白作為殖民地或是行政特區，香港的歷史只能假手他人；在虛構的過程裡，這座城市的身分反而變得分外真確。「虛構（fiction）是維多利亞城，乃至所有城市的本質；而城市的地圖，亦必是一部自我擴充、修改、掩飾、推翻的小說。」[6]

這讓我們想到《地圖集》的副題，「一個想像的城市的考古學」——又是來自傅柯的靈感（「考古學」；archaeology）。恰與《安卓珍尼》的副題「一個不存在的物種的進化」相對應，董啟章要以小說家的特權為香港挖掘——或建構——她的身世。在眾多空間形貌的交錯間，香港的存在原就可疑，也就無所謂的出現與消失。它只是延伸，在權力配置圖中延伸，在建築藍圖上延伸，在文學天地中延伸。「永遠結合著現在時式，未來時式和過去時式……而且虛線一直在發展，像個永遠寫不完的故事。」[7]香港成為他想像歷史的隱喻。到了《自然史三部曲》階段，香港甚至成為他想像宇宙生成的隱喻。

自然史三部曲

《自然史三部曲》的寫作代表董啟章創作經驗的大盤整。在此之前他多半經營中篇和短篇，或由片段章節合成的長篇。《雙身》（一九九七）之後，《體育時期》（二〇〇三）應該是繼《雙身》之後的長篇嘗試。小說的焦點是校園裡的性／別政治，但題材和格局僅能算是熱身之作。《自然史三部曲》則一出手就引人注目。如前所述，三部曲的題目不召喚（想當然爾的）香港或中國，而以大歷史以外的「自然史」為名。各部作品的標題分別援用或擬仿明代宋應星的《天工開物》（一六三七）、霍金（Stephen Hawking）的《時間簡史》（*A Brief History of Time: from the Big Bang to Black Holes*，一九八八）、達爾文的《物種源始》（*The Origin of Species*，一八五九），顯然意在與近現代中西的知識論述對話。

如果「物種進化史」和「城市考古學」分別代表董啟章以往創作的兩種方向，《自然史三部曲》所透露的強烈知性、思辯特質，可以看作是他新的觀照所在。這倒不意味董啟章離開了對人與物、歷史與城市的關懷，而是他更企圖就這兩個方向再推進一步。他要探問「進化史」和「考古

---

5 有關「異質地」的定義和討論，見Michel Foucault, "Of Other Spaces (1967)," http://foucault.info/documents/heteroTopia/foucault.heteroTopia.en.html（瀏覽日期：二〇一八年二月二十三日）。

6 董啟章，《地圖集：一個想像的城市的考古學》（台北：聯合文學出版社，一九九七），頁九七。

7 同前註，頁九七。

學」之下，從身體到文明再到宇宙的知識譜系，以及知識介入、啟動人間境況的倫理關聯。這真是大哉問。有心讀者不免要為董啟章的野心揑一把冷汗。然而董的策略不是直來直往，他同時告訴我們知識——真理——的另一面不是別的，就是虛構，是小說。這就給了他一展所長的舞台。而他正是要以敘事無所不及的能量，搬演個中道理。就此《自然史三部曲》是所謂的「哲思式小說」（philosophical novel）在中文世界裡的最新呈現。

對董啟章而言，「進化史」和「考古學」雖然是上個世紀知識型（episteme）的大宗，畢竟有時空向度的局限。前者所暗示的單線史觀，後者所根據的廢墟意識，都不足以說明宇宙生命變動不羈、日新又新的境況。[8]他毋寧希望另闢蹊徑，重新思考其流變意義。因此，他訴諸「天工開物」那種人定勝天、開「物」成務的知識論，提倡時間的「繁」史而非簡史。而「物種源始」所指向的源頭，與其說是正本清源的源頭，不如說是多重緣起的源頭，空前絕後的源頭，永劫回歸的源頭。

究其極，董啟章要說宇宙創始來自創造，而又有什麼能像（小說）創作，更能表明那無中生有，以虛造實的隱喻呢？他的《自然史》的弔詭在於，它其實是本關乎自然被「人化」——從開天闢地的自然到習慣成自然的自然——的「創作史」。

三部曲的第一部《天工開物．栩栩如真》標榜是本「聲部敘事」。董啟章以家族歷史為背景，回顧一代香港人從三〇年代到五、六〇年代如何胼手胝足，造就了島上日後的繁榮；另一方面，他以敘述者個人從七〇到九〇年代的成長經驗，點明後之來者開枝散葉的發展。乍看之下，董啟章似乎在寫標準的家史故事，但他的做法不是塑造人物以為歷史的鋪墊，而是突出「人」與「物」，從兩者之間或平行衍生、或交相為用的過程，看待（香港）歷史主體生成與創造的關係。

董啟章介紹了十三種器物——收音機、電報、電話、車床、衣車、電視機、汽車、遊戲機、錶、打字機、相機、卡式錄音機和書——來展現人與物共相始終的歷程。這些器物如此平常，早已成為日常「生」、「活」的有機部分，而敘事者要提醒我們的，恰恰是這人和物兩者之間相互發明、習慣成「自然」的過程。這一過程從阿爺董富收藏的《天工開物》，和爸爸董銑鑽研的《萬物原理圖鑑》都有跡可循，到了敘事者「我」這一輩，則顯現在由文字創造出來的《栩栩如真》。

這就引導我們到小說的另一聲部——關於少女栩栩的身世。栩栩是作者透過文字打造的「人物」，一旦塑成，就彷彿就有了自己的生命，從虛構進入現實，與作家展開頻繁互動。出入在兩個不同世界裡，敘事者「我」也分裂為兩個性格相異人物，黑和獨裁者。獨裁者為《天工開物》作序，暗示《天》是黑的作品。

到了《時間繁史．啞瓷之光》，獨裁者成為主要人物，他和妻子啞瓷生有孿生子花和果。獨裁者邂逅了少女店員恩恩，兩人展開有關「嬰兒宇宙」的通信。[9]與此同時，花失蹤了。十七年後，

8 董啟章，〈從天工到開物：一座城市的建成〉，第八屆香港文學節（二〇一〇）「文學作品中的城市質感」研討會講稿，刊於《字花》第二十六期（二〇一〇年七月）。

9 獨裁者對恩恩說：「你說你還未去過旅行。我相信你將來有一天一定有機會去的。現在，我只能在文字的世界裡，帶你去一趟想像的旅行。我們要去的，可以是日本，也可以是熱帶海島。但真正的目的地，是時間。是各種可能的世界的，分叉而並行的時間。我把這些時間稱為嬰兒宇宙。我一直以為，自己寫小說這個行為本身，

已經癱瘓的獨裁者隱居邊地，中英混血的女學生維真尼亞來訪。兩人合寫故事，時間設定在不確定的未來。其時V城已經被洪水淹沒，一個心臟為機械鐘、永遠設定為十七歲的女孩維真尼亞獨守一座山中圖書館。二〇九七年，有一個名為花的青年造訪……。

董啟章打著紅旗反紅旗，奉霍金《時間簡史》之名遐想時間繁史：「時間沒有開始，也就沒有終結。而歷史並未被否定，只是，不再是單一的歷史，而是眾多的，繁複的，交錯的，分叉的，重疊的，對位的種種歷史。於是就永遠潛在逃逸的可能，突破的可能。」[10]處身在這眾多時間線索中的是小說家獨裁者。獨裁者是《天工開物》中小說家黑的反面對應。他剛愎自私，卻不乏自知之明：「我是一個病徵，如果還值得去寫我的話，那就是唯一的意義。」[11]獨裁者體認宇宙天體裡歷史／時間的奧妙，不斷思考突破可能。反諷的是，他卻被自己的思索困住，癱瘓在家。他必須透過與小說中三個女性人物——妻子啞瓷（倫理的時間），少女店員恩恩（「嬰兒宇宙」的時間），[12]以及中英混血的研究生／機械人維真尼亞（政治／科學的時間）——的互動，才能體會時間的分歧意義於萬一。董又以他常用的空間意象如圖書館（〈衣魚簡史〉）、溜冰場（〈溜冰場上的北野武〉）、舊區（《地圖集》）等，作為不同時間向度的坐標點。周旋在單一與夾纏，信仰與反諷，行動與徒勞等主題間，全書的寓言意義呼之欲出。

《天工開物．栩栩如真》想像香港人／物史，呈現小說作為一種手工藝的創造力量，時有神來之筆。相形之下，《時間繁史．啞瓷之光》裡的董啟章似乎受到筆下獨裁者的影響，也顯得耽溺起來，六十萬字的「繁史」寫來反而意外單調。董啟章有自知之明，他的《物種源始．貝貝重生》上篇《學習年代》雖然仍然是長篇巨製，但在場面調度、情節和思想的安排上明顯靈活得多。小說不再汲汲於解析抽象的宇宙時間，而是實實在在的描述一位叫做芝的大學女生畢業後一年的生活報告。這份報告不僅關於芝個人的情愛冒險，尤其著重她參與一個讀書會的進修經驗和行動參與。

這部小說之所以可讀性強，也因為董啟章得以藉著讀書會討論的形式現身說法，介紹他這些年所關注的問題、還有所學所思的淵源。小說既然名為《學習年代》，自然明正言順的一遂他論說式的敘事傾向。或許因此，《學習年代》比以往董啟章的小說都更能引導我們進入他的世界。

就是在創造嬰兒宇宙，在創造人的可能性。」董啟章，《時間繁史．啞瓷之光》下，（台北：麥田出版，二〇〇七），頁三七四。

10　董啟章，《時間繁史．啞瓷之光》下，頁四二〇。

11　董啟章，《時間繁史．啞瓷之光》上，頁二六。

12　「『未來』永遠逃遁於歷史的光照或陰影之外。可是，我一直給『光年』的現象迷惑。晚上我們仰望星空，看到一顆遙遠的恆星的一點光。這點光經歷了千萬光年來到我們的眼中。我們所看到的，其實是千萬光年前的時間，是過去。但從那顆星的角度，這點光來到我們眼中的這一刻，是屬於未來的。在夠遠的距離下，兩點之間同步的『現在』不再存在。『現在』永遠只能同時以『過去』和『未來』呈現。所以，『未來』既是一片無邊之地，但也是『過去』的光點的投映。『未來史』於是可能是把預言當作已犯的罪孽來懺悔的一種模式，又或者是把懺悔當作未實現的預言來宣告的一種設計。在《時間繁史．啞瓷之光》裡面，『過去』和『未來』並不是以一個（縱使是變動不羈的）『現在』分隔開來的，兩者是互為表裡的。只有這樣，『未來史』一詞才說得過去。」《閱讀駱蕩誌》第九號（二〇〇九年五月）。

《學習年代》

在《學習年代》裡，大學剛畢業的芝來到香港近郊的西貢，她對生活充滿理想，但沒有明確目標。她認識了一群背景類似的朋友，由此展開一年的「學習」生涯。芝的學習包括了知識的挑戰、政治的參與、及欲望的磨練。她結識了一個嬌小明媚的創作歌手中，成為室友，與有志社會的志談上戀愛，為志的朋友角所暗戀，也和讀書會的朋友一起參與保護老街的社會活動。隨著故事進行，芝發現中其實是男兒身，她的社會抗爭也是空忙一場。當她的男友志和中發展出曖昧的情愫後，小說情節急轉直下。芝將她這段經驗報告給小說家（《天工開物》裡的）黑；未來她和黑的兒子花將有段戀情。

芝、志、中、角的關係讓我們想起董啟章以往小說像《安卓珍尼》、《雙身》等有關雌雄同體、人／物衍生裂變的主題。別的不說，芝就是《體育時期》裡的人物貝貝的再生版本。董一貫著墨的城市意識和社會責任也貫串全書。然而更讓我們注意的是《學習年代》仔細記錄了讀書會一年以來的十二次聚會。成員們輪流推薦著作、擔任導讀。他們的閱讀和討論充滿不同的意見和爭論，由此形成的張力比起芝、志、中、角的四角習題有過之而無不及。

讀書會成員所讀的書包括了歌德（Johann Wolfgang von Goethe）的《威廉・麥斯特的學習時代》（*Wilhelm Meister's Apprenticeship*），大江健三郎《燃燒的綠樹》、《再見，我的書》，薩拉馬戈（Jos Saramago）的《盲目》（*Blindness*），佩索阿（Fernado Pessoa）的詩歌，梭羅（Henry David Thoreau）的《湖濱散記》（*Walden*），漢娜・鄂蘭的《人類的境況》（*The Human*

Condition），薩伊德（Edward Said）的《論晚期風格》（*On Late Style*），一行禪師和巴利根神父（Daniel Berringan）的《木筏非岸》（*The Raft Is Not the Shore*），巴赫金的《拉伯雷及其世界》（*Rabelais and His World*），赫胥黎的《進化論與倫理學》（*Evolution and Ethics*；嚴復譯為《天演論》）。

這是份相當紮實的書單，包括了文學、哲學、政治、宗教、歷史、科學各種面向。董啟章寫來不無炫學的意圖，但他也努力將讀書會成員的討論包裝成眾聲喧嘩的場面。這裡所隱含的單音與複調的辯證可以暫時存而不論，[13]我們所要思考的是，在駁雜的書目和辯論聲音之下，董啟章關懷的重點究竟是什麼？

在他前一本書《時間繁史．啞瓷之光》裡，董借用大量科學知識或隱喻探尋宇宙形成的過程中種種時間向度，以及人尋求突破的可能。小說各章標題，像黑洞、超新星、廣義相對論、大一統理論等，已經可以為證。如果「物理」是《時間繁史》的立論基礎，那麼「倫理」成為《學習年代》的重點。在《時間繁史》裡，獨裁者一心嚮往「嬰兒宇宙」，最後卻困守在他所構造的網羅裡動彈不得；到了《學習年代》，獨裁者退位，而由一群凡夫俗女演繹生命或奧妙、或不堪的現象。董啟章有意暗示他的「自然史」的真諦也許始自單人獨馬的思考，卻終要在人與人、人與世界、宇宙的互動中進行。

---

13 參見〈小說是建構世界的一種方法：梁文道對談董啟章〉，《印刻文學生活誌》第七十九期（二〇一〇年三月），頁五六—六七。

董介紹的十二本書也許看來不夠時髦。後現代的標準讀本均未入列，反而是一些「過時」的經典像《湖濱散記》、《進化論和倫理學》等獲得青睞。但董啟章面對當代看似前衛、實則保守的理論循環，顯然有意反其道而行。他非但要以遲來的、「不入時」的閱讀，打破現狀，而且更要探討未來世界裡，人文意義再生的可能——回到未來，「溫故」真的可以「知新」。

《學習年代》的書單裡最重要的應是歌德（一七四九—一八三二）的《威廉．麥斯特的學習時代》（一七九五—九六）。歌德是十八世紀中到十九世紀初德國和歐洲最重要的文學家和思想家，他的時代見證了歐洲社會的大動盪。從新古典主義到狂飆運動，再到浪漫主義；從封建制度的崩潰，到啟蒙運動的興起、大革命的爆發、以迄國家主義的建立，歌德無不躬逢其盛。影響所及，不但他的思潮充滿瑰麗的變動，自己生命更是高潮起伏。歌德作品從《少年維特的煩惱》（*Die Leiden des jungen Werthers*）到《浮士德》（*Faust*）皆膾炙人口，而他又是一位地質學和植物學家。他對自然科學的興趣、對宇宙生生不息，不斷轉化的信念，使他得以在文字創作以外，成就了龐大而獨特的生命哲學體系。

歌德般的生命力和創作力必定讓董啟章心嚮往之。《自然史三部曲》那樣雄渾的命題和深邃的憧憬是相當「歌德式」的表徵。《學習年代》顧名思義，更擺明了是向《威廉．麥斯特的學習時代》致敬的作品。歌德原作的主人公威廉是商人之子，但無意逐利營生，反企圖在藝術世界尋求理想。他跟隨一個流浪劇團輾轉各地，看盡人生百態，最後遇到開明的貴族羅塔利奧，深受其克己愛人、認真生活的影響。他離開劇團，加入後者的祕密社團「塔社」，決心為人類而工作。

《威廉．麥斯特的學習時代》以一個青年的成長為經，所見所思為緯，交織成社會變化的抽樣圖，歷來被認為是西方「教育成長小說」（Bildungsroman）的濫觴。而歌德寫作的時間點恰是他個人生涯和近世歐洲歷史的轉折點。對「教育成長小說」的出現批評家已經多有發揮：盧卡契（Georg Lukcs）看出歐洲（敘事）傳統從社群開放的史詩時代轉為個體內向的抒情時代；波宜斯（Tobias Boes）注意到歷史結構由無所不備的曆書（almanac）形式轉化為個人至上的故事形式；巴赫金討論社會時空型（chronotope）由循環轉為線性進行；莫瑞提（Franco Moretti）則指陳小說敘事形式與社會意識形態相輔相成，成為歐洲進入資本主義的寓言。[14]居於核心的活動則是主人翁的成長啟蒙，以及回顧來時之路的自覺反諷。無論如何，「教育成長小說」總透露出一種時間的過渡感覺，還有知識、情感、社會主體流動不羈、與時俱變的可能。

董啟章在二十一世紀重現「教育成長小說」，因此有他深切的用心：過了現代與後現代，我們又來到另一個歷史轉折點，而我們要何去何從？眼前無路想回頭。《學習年代》對《威廉．麥斯特

---

14 Georg Lukacs, *The Theory of the Novel*, trans. by Anna Bostock（Cambridge, MIT Press, 1974）; Tobias Boes, "Apprenticeship of the Novel: The Bildungsroman and the Invention of Hisotyr, ca. 1770-1820," in *Comparative Literature Studies*, 45, 3（2008）, pp. 269-288; Mikhail Bakhtin, "The Bildungsroman and Its Significance in the History of Realism," in *Speech Genre and Other Essays*, trans. by Vern W. McGee（Austin: University of Texas Press, 1986）, pp. 23-28; Franco Moretti, *The Way of the World: The Bildungsroman and European Culture*, trans. by Albert Sbragia（London: Verso, 2000）.

的學習時代》的擬仿充滿了對位的趣味；董也將自己的拿手好戲挪到小說形式的再創造上。從歐洲早期的資本主義社會到香港晚期資本主義社會，從威廉·麥斯特的男性啟蒙到芝的女性啟蒙，從米娘（Mignon）的曖昧性別到中的雌雄同體，從祕密的「塔社」到讀書會，從旅行劇團到實驗劇場，董啟章有意為歌德小說鋪設兩百年後的倒影。如果有讀者對《學習年代》中的長篇大論感到驚奇，只要參看歌德的小說人物的冗長對話就能恍然大悟。但這樣的「重複」不是依樣畫葫蘆，而是形同實異的錯位，層層轉易的裂變。[15]不變的是作者對思想、社會、人生無休止的辯難。

讀書會討論的現代文學、思想家裡，董啟章最心儀應是漢娜·鄂蘭和大江健三郎。鄂蘭的學問橫跨政治學和哲學，並不容易歸類。對她而言，政治成為爾虞我詐的權力爭逐是現代歷史的病徵。在蘇格拉底時代以前，政治是城邦公民的公共生活模式，永遠是以眾數存在，自由的參與，和平的對待為依歸。到了柏拉圖（Plato）的《理想國》（*The Republic*），多數人的政治已經被束之高閣，哲學家成為至高無上的權威。也就是說，歐洲的歷史自此由「行動的生活」（vita active）轉為「默想的生活」（vita contemplative）。當思與行不再契合，傳統的勞動（labor），製作（work），行動（action）的分界開始崩潰。馬克思主義興起，所有性質的人類活動都被歸為勞動生產，推陳出新的製作不再重要，開物成務的行動／創造也被林林總總的形式主義所化約。一旦勞動、製作、行動的界限不再，公與私混淆不清，文明的危機於焉開始。

鄂蘭的論述引起讀書會成員的熱烈辯論，而董啟章也以其他書籍作者的聲音與鄂蘭展開對話。像鄂蘭的老師和情人海德格從「存有」和「時間」的角度思考人之為人的意義，因而鬆動鄂蘭的理想政治公民群體；巴赫金奉眾數之名提出的嘉年華願景，歌頌身體的和庶民的狂歡政治，與鄂蘭的知情達理的政治既聯合又鬥爭；梭羅的超越主義以獨善其身始，卻為了擇善固執而導出公民抗議行動；即使宗教界的人士如一行法師也必須在入世的奉獻和出世的救贖間不斷調整平衡點。

董啟章更進一步的關懷是，作為文學從業者，以上諸多關於思想和行動的可能如何實踐？他藉葡萄牙詩人佩索阿的詩歌引發真我和假面、實相與虛構的多重衍生關係，又藉同為葡裔的小說家薩拉馬戈的《盲目》點出洞見和不見的一體之兩面。對董而言，文學創作所引發的虛虛實實非但不影響以上各家哲學或思想的命題，反而更能增益其複雜性。大江健三郎的兩部小說《燃燒的綠樹》和《再見，我的書》成為最佳範例。前者經由一宗教團體的建立和分裂，寫出信仰和行動的「兩極擺蕩」，而事情真相的追尋恆以「中心空洞」為前提。後者由一樁「劇場化」了的暴力行動凸現大破和大立的行動之必要，和與倫理關係的二律悖反。大江在書裡書外都有著身體力行的衝動，作品中的政治焦慮無所不在。另一方面，小說的形式又讓政治成為可以被演繹、虛擬，從而無限延伸的舞台。

或有讀者要指出，以上的辯論儘管眾聲喧嘩，還是不難看出董一人多角操作的痕跡。的確，小說人物的面貌基本是模糊的。他們之間的你來我往不以性格取勝，而以立場見長。但比起《時間繁

---

15 有關「重複」的複雜意義，可以參見 Gilles Deleuze, *Difference and Repetition*, trans. by Paul Patton（N. Y.: Columbia University Press, 1995）；J. Hillis Miller 則視「重複」是小說創作的主要審美原則，in *Fiction and Repetition*（Cambridge: Harvard University Press, 1982）, chapter 1。

史．啞瓷之光》那些高來高去的論說，《學習年代》對人與人間情境的關注，還有對責任、暴力、屈辱、懺悔、愛的檢討，其實親切可感得多了。

何況董啟章仔細的將十二場讀書會的內容與其他情節交錯編織起來，頗能收到借此喻彼的效果。思想與行動的討論和讀書會成員涉入西貢地方保護老街、捍衛大樹的活動相呼應；真我和假面、公與私、狂歡與秩序的章節又和三位主要人物的性別、欲望糾纏形成對照。而董啟章不選擇達爾文的《物種源始》作為讀書會書目，代之以赫胥黎的《進化論與倫理學》，恰恰說明了他視自然和倫理互為表裡的用心。小說最後，芝完成了一年跌跌撞撞的學習，而她真正的人生考驗，才剛要開始。欲知後事如何，就有賴《自然史》完結篇交代了。

「教育成長」在香港

「教育成長小說」是中國現代小說裡的重要分支。早期的雛形可以上溯到晚清吳趼人的《新石頭記》（一九〇八）。賈寶玉／老少年在時間隧道中冒險，從野蠻境界過渡到文明境界；寶玉的「補天」之志，也從女媧神話的天轉為《天演論》的自然化的天。二〇年代葉紹鈞的《倪煥之》（一九二七）寫新青年倪煥之如何受到五四洗禮，立志獻身教育，自己卻上了人生最苦澀的一課，鬱鬱以終。茅盾的《虹》（一九三二）裡的女青年梅則是從五四的文化啟蒙走向五卅的革命啟蒙。她放棄教育志業，加入群眾運動，代表了另一種學習年代的成果。這一模式的高峰非巴金的《激流三部曲》莫屬。老舍的《牛天賜傳》（一九三六）另起爐灶，以嬉笑怒罵的方式，寫社會如何以其虛偽狡詐「培養」出下一代接班人。

四、五〇年代見證「教育成長小說」的轉向。抗戰時期的《未央歌》（一九四六）和《財主的兒女們》（一九四八）分從左右不同立場，描寫戰時的青年離鄉背井，在學校、在漂泊的路途上，探尋生命意義。而在新中國第一個十年裡，又有什麼作品能像《青春之歌》（一九五九）那樣，激起同輩人浪漫的成長記憶和革命情懷？[16]這個期間有兩部「抽屜裡」的小說同樣值得注意。王蒙的《青春萬歲》將共和國的成長史嫁接到青春期的成長史；無名氏的《無名書》則從一個青年的頹廢歷練裡發掘天啟意義。兩部作品都因為政治原因，多年之後才得發表。

是在這樣的脈絡裡，我們可以看出董啟章的《學習年代》和其他當代中文「教育成長小說」的改變與不變。五四和革命時代那一輩的青年念茲在茲的是家國命運和個人主體情性；小說的發展與作家所投射的社會願景往往相輔相成。相形之下，董的小說既沒有感時憂國的包袱，更不談直線進行的歷史觀。他的角色可以是雙身，是複製，是機器人。在一個彷彿什麼也沒有發生的（未來）年代裡，他們主要的活動就是談談男女不分的戀愛，讀書辯論，外加雷聲大雨點小的社群抗議。要從書裡找尋大時代的血與淚的讀者注定要失望了：董啟章的小說理念先行，冗長夾纏，讀來真是不夠「感人」。

比照前述各家對《威廉．麥斯特的學習時代》的評論，我們要問，《學習年代》的這些特徵是

16 有關中國現代教育成長小說較詳細的討論，參見宋明煒的博士論文，Mingwei Song, "Long Live Youth: National Rejuvenation and Bildungsroman in 20th-Century China," Columbia University, 2005。

取法乎上，顯現董啟章以更宏大的思考架構代替了國家民族大義？還是因為他受限於香港的後殖民、後社會情境，不得不「以空作多」？或在這「兩極擺蕩」之間，正凸現了董啟章作為一個新世紀的香港作家的主體位置——一個「中心空洞」，但也因此蓄勢待發、充滿無限可能的位置？

董啟章應該會告訴我們，一百年來的政治／小說話語已經到了從頭再來的時刻。以往的「教育成長小說」非但教不了我們什麼，本身已經淪為一種累贅的文字勞動。我們這一代要學的，不是毛記的不斷革命運動，也不是「耶魯四人幫」式的解構遊戲，[17]而是鄂蘭的眾數公民政治，巴赫金的身體政治，或大江健三郎的日常生活倫理政治。而小說作為一種「學習」標記，也必須離開亦步亦趨的現實主義，成為思想辯論的紙上劇場。唯有在「兩極擺蕩」而又「中心空洞」的場域裡，鄂蘭所謂的創意「行動」才得以展現開來。

話說回來，《學習年代》還是可能讓讀者覺得若有所失。董啟章無疑是個專志（也專制）的作家，然而他太一本正經，總是切切的要教給我們點什麼。我以為擺動在物種進化論和倫理學之間，小說對抒情審美的要求顯得單薄。董曾強調在思維話語最精密處，詩意可以油然而生。從前述的中國詩學立場來看，我們也可以問，是否「開物」的辯論之上，還有「感物」的問題需要照顧？《天工開物．栩栩如真》的魅力恰在於此。《學習年代》的高潮，董啟章重申愛的救贖、超越力量。的確，他的人物的感情糾紛是夠複雜的，性愛描寫是夠刺激的，但寫來總似有所為而為，仍嫌不夠（栩栩如真的）自然。

除此，讀書會的成員讀的基本是洋書，他們的討論也多半抽離立即時空關聯。或許因為人在香港，他們對文化或政治「中國」的歷史與知識有意無意的保持距離。越俎代庖，讀書會若再開進階班，不妨考慮下列書目。對有關自然是「人化」還是「化人」、歷史是「積澱」還是「發明」，一九五〇年代末期朱光潛、李澤厚、蔡儀等的美學大辯論可以列入。讀完了《威廉・麥斯特的學習時代》，學員們不妨也看看路翎的《財主的兒女們》；兩者在抒情與革命，冥想與行動，劇場與人生等議題方面都有可以類比之處。路翎以左派青年作者的身分（十九歲）寫出帶有現代主義色彩的革命小說，從寫作立場到形式都是有趣的案例。至於雙身和雌雄同體的辯證，中國古典的情和五四以後興起的愛兩者的異同，或許讓讀書會有重溫《紅樓夢》的必要。

當代中文小說界又興起一波新的「教育成長小說」熱潮，兩岸作家如李永平（《大河盡頭》）、蘇童（《河岸》）、王安憶（《啟蒙時代》）、林白（《致一九七五》）等都有新作問世。香港的董啟章卻能異軍突起，成為其中佼佼者。《學習年代》不論在探討知性的深度或思考小說倫理的用心上都極為可觀，而我以為以下三點特別值得注意。

上個世紀末以來的小說儘管在處理歷史意識上力求突破，但誠如董啟章指出，多半仍在「廢墟意識」中打轉。前述的《河岸》、《啟蒙時代》、《致一九七五》等大陸小說都以文化大革命作背景，不是偶然。由文革所象徵的殘暴歷史、傷痕累累的主體，是作家揮之不去的執念。作家回顧過去，提出種種批判和解構的聲音，固然有其見地，但董啟章期望走得更遠。他的歷史不投射在過

---

17 Paul deMan, J. Hillis Miller, Geoffrey Hartman, Harold Bloom 四位批評家七〇年代皆任教耶魯大學期間，引進後結構主義各路學說，成為日後美國解構主義的重鎮。

去，而在未來；不囿於國家興亡，而遙想宇宙嬗變。如此時間真正成為開放的空間，承諾也可能改變種種可能。而他強調思想知識作為一種行動，而非意識形態，在開拓視界的必要性。

一旦「開始」而不是「結束」成為他的敘事關鍵詞，董啟章順理成章的為新世紀想像注入活水。但他所謂的「開始」不來自簡單的發生論或本體論，而是創造與創作的契機。更進一步，「開始」未必總是時間的先馳得點，也可能是遲來的峰迴路轉。《學習年代》讀書會最後一本書討論的是薩伊德的《論晚期風格》。董的人物一再強調所謂「晚期」未必是自然、生理時間的末梢，也是不合時宜（untimely）的想法、風格的異軍突起。小說最後的一章因此定名為「比最遲還遲的重新開始」。時間的順序解散重組，事物的有機總體成為疑問。董在後現代以後的書寫居然以前現代的歌德「教育成長小說」為模本，也就不難理解。

而對董啟章而言，小說敘事意義無他，就是期待「後歷史」時代的人文主義再度光臨。五四的人文主義離我們已經遠矣，八〇年代以來中國的人文主義的話語復甦也只能發思古之幽情。《人，啊！人》的吶喊或「重建人文精神」運動之所以曇花一現，實在因為沒有顯現重建的本錢。

大破才能有大立，惟其我們理解人作為一種不斷創造，也被創造的建構，從主體生存到人工智慧，從生理越界到物理發明、再到倫理行動，繁衍裂變，直下承擔，未有止境，人文的日新又新才有可能。在這樣的天地中生老、歌哭、行止的人，才是構成那雄偉的、歌德式「自然史」的推手。

過了《學習年代》，董啟章的創作事業才要開始另一個開始。歌德的身影如果仍然長相左右，想像中他不再化身為威廉．麥斯特，而可能是浮士德。香港從來不在乎文學，何況董啟章式的書寫。但因為有了董啟章，香港有了另類奇觀，一切事物平添象徵意義，變得不可思議起來。這是文學的力量。天工開物，從沒有到有，從方寸之地輻射大千世界——香港的存在印證了虛構之必要，「董啟章」們之必要。

董啟章，《物種源始．貝貝重生之學習年代》（台北：麥田出版，二〇一〇）。

我要我爹活下去！

——張萬康《道濟群生錄》

《道濟群生錄》是一本奇書。話說公元二〇一〇年初夏，九十歲的老榮民張濟跌傷送醫，未料胃出血引發肺炎。醫師不察，努力歡送出院，等到再度急診時病象已經極度凶險。一波未平，一波又起，檢查發現張濟已經是胰臟癌末期。

張濟有子名萬康，雖然哈拉成性，卻是個為孝不欲人知的奇葩。老父蒙難，小萬康心急如焚，竟然驚動神魔世界，引發一場陰陽大戰。不但佛道儒各派齊力發功，天主摩門基督也友情加盟。這邊有保生大帝、藥師如來、關雲長，那邊有炎魔大王、腫王、惡水娘娘，神鬼交鋒，端的是無煙不烏，有氣皆瘴。張氏父子聯手抵抗病魔，鏖戰連場，怎奈道高一尺，魔高一丈，終究功敗垂成。

我們很久沒有這樣看小說的經驗了。《道濟群生錄》是本悼亡之書，但寫來如此不按牌理出牌，以致讓你欲哭無淚，反倒駭笑連連。作者——好巧，也叫張萬康（一九六七—）——直面自己和親人生命最不堪聞問的層面，卻又同時拉開距離，放肆種種匪夷所思的奇觀。張萬康筆下有大悲傷也有大歡喜，臨到生離死別還不忘嗑牙搞笑，不由得我們不好奇是怎樣的一種小說倫理在支撐他的創作演出。

上個世紀末各種名目小說實驗層出不窮，幾乎要讓我們懷疑還可能冒出什麼新花樣。像《道濟群生錄》這樣的作品再次見證小說家的想像力永遠領先任何史觀和理論。談張萬康解構了寫實主義「有始有終」的敘事宿命，或發出巴赫金嘉年華狂歡式笑聲、顛覆身體和信仰的法則，都能言之成理。[1]但這本小說同時也是本發憤療傷之書。在極盡荒謬之能事的背後，它敘事的底線是一則有關病的隱喻。

外省父親之病與死

張萬康何許人也？他雖然名不見經傳，卻不是文壇新人，二〇〇六年甚至憑〈大陶島〉得到《聯合報》小說獎的首獎。這年頭文學創作式微，文學獎項浮濫，得獎未必就能走紅，何況張顯然也不符合市場的主流路數。好在他自甘平淡，創作不輟，而且時出奇招。平心而論，張的作品風格參差，文字的駕馭易放難收，外加一股野氣（看看他的部落格吧），正經八百的讀者可能要側目以對。但也許正因此，他蓄積了一股無所拘束的能量，彷彿就是為《道濟群生錄》作準備。

《道濟群生錄》的雙卡司是九十歲的爸爸和四十二歲的兒子。張濟一九四九年隨軍來台，娶了個羅東姑娘，生兒育女，官拜士官退伍。他樂天知命，老來以省水節電為能事，半杯水就能沖馬

1　見朱嘉漢精闢的分析，〈「狂轟爛入」嘉年華：讀張萬康《道濟群生錄》〉，張萬康，《道濟群生錄》（台北：麥田出版，二〇一一），頁三五六—三七二。

桶，打牌作小弊，餵狗吃大肉，行有餘力就看叩應節目清涼影片。這是個平凡得不能再平凡的老兵故事，「最後的黃埔」那樣的好戲輪不到他。可有一點值得注意，張爸生命力特強，即使到了加護病房依然不甘就範：「這萬爸沒啥了不起的生死觀，你如果問他為什麼要活？他可能反問你為什麼要死？」

有其父必有其子，張萬康號稱大隱於市，說穿了宅男一名。他舞文弄墨為業，放言無忌、痞味十足，骨子裡卻不失天真，頗有滯留青春期過久之嫌。以老張小張父子的歲數差距來看，很難想像他們如此投緣。但萬康對老爸的關心在在令人動容。眼看把拔在病房受苦，他日夜手縛《心經》以示感同身受；醫院人情澆薄，診斷結果每下愈況，卻不能撼動他救父的決心。與此同時，他調動各種文學資源，以異想天開的形式救贖現實絕境於萬一，故事也由這裡起飛。

張濟、萬康父子抗病的故事以章回小說呈現，第一回〈萬康爸爸含冤蒙難，保生大帝道濟群生〉已經暗示敘事背景大有來頭。原來萬康孝心觸動地府判官、藥師如來，引發一場搶人大戰。現實生命的後面竟有如此龐大（而且官僚）的神魔體系左右，陡然讓故事的縱深加寬。第六回裡萬康以藥師佛傳授的「大力拍背掌」為父親灌注真氣，拍著拍著就進入老爸體內幻境，這幻境魔山惡水，妖氣瀰漫。父子兩人聯手出擊，只殺得炎魔兵團、野戰師、特戰旅東倒西歪。張家養的貓狗外加一隻野鴿子也來助陣，一時風雲變色，鴿飛狗跳，雞貓子喊叫，好不驚煞人也。萬康大喊「我們要反攻！」萬爸高呼「仗要打就要打贏！」到了第七回情節急轉直下，單看回目〈魔王雪竇山難發簡訊，娘娘婊裡山河會情郎〉就可以思過半矣。

張萬康的靈感包括民間宗教，以及神魔小說（像是《西遊記》、《封神榜》）、鬼怪小說（像是《三遂平妖傳》）等。這類小說演義另一個世界的神奇冒險，卻不乏世俗人間情懷，更重要的，它從不避諱一種憊賴的喜劇精神。炎魔大王和惡水娘娘不就讓我們想到牛魔王和鐵扇公主？只是這對魔頭渾身台味，壞得彷彿出身民視八點檔。

張萬康運用這些情節人物來探討病的本質和醫療倫理。當父親的病已經到了山窮水盡，人子要如何面對必然的死生關口？而當病人和家屬在絕望中找希望的時候，醫護單位、健保機構又如何提供診治和安慰？這是小說的底線。張萬康對張爸入住的醫院不無微詞，因為誤診在先，又繼之以連串治療瑕疵。其中部分描寫也許出於張求全責備的心情，但死生事大，任何讀者，尤其是從事醫療工作者，能不將心比心？

然而張萬康是小說家，他寫疾病和死亡不僅限於和醫院斤斤計較。來回在冰冷的加護病房和十萬八千里外的神魔世界間，他有意無意的投射出不同知識、信仰，和社會體系的衝撞。誠如傅柯所言，醫院是現代社會裡重要的異托邦，是收容和診療病人的專屬空間，用以確保醫院以外「健康」社會的「正常」運作。[2]但就像任何異托邦一樣，醫院不能排除其中介、權宜的位置，它的進口和出口總開向其他形形色色的空間設置。在《道濟群生錄》裡，它至少和三種空間相與為用。第一，如上所述，從萬康個人和家人對宗教信仰、民俗療法的管道來看，醫院難以自命為處理身體和病厄

2 Michel Foucault. *Of Other Spaces*（1967）, "Heterotopias," http://foucault.info/documents/hetero Topia/foucault.hetero Topia.en.html

的絕對權威，而總是吸納和排斥種種人為的、偶然的、甚至非理性的因素。換句話說，醫院是個欲潔何曾潔的有機體，本身的體制——和體質——必須隨時付諸辯證和檢驗。小說第十一回〈花判官串戲三岔口，野山豬大鬧ＩＣＵ〉幻想冥府判官潛入病房色誘護士醫生，讓他們「欲仙欲死」（嚴重的還有了屍斑），正是對醫院謔而且虐的攻擊。

其次，住院治療的萬爸雖然病入膏肓，但是壯心未已，醫院成了他最後的戰場。比照萬爸的榮民背景，小說儼然有了一層國族寓言色彩。病床上萬爸一息尚存，隨侍一旁的萬康為他加油打氣，一時神遊天外，「我們要反攻！」「仗要打就要打贏！」但反攻到哪裡去？俱往矣，老兵不死，只是凋零。敵人不在別處，就在醫院內，病床上，自己的身體裡。我不認為張萬康刻意安插任何政治隱喻，唯其如此，反而道盡父親那一輩臨死也揮之不去的政治潛意識。

更值得注意的是《道濟群生錄》的寫成方式。張萬康動筆時正是張爸病況膠著之際。我們可以想像小張在醫院裡無能為力，只能另闢蹊徑，「寫」出一條生路。前面提過，他糅合了報導文學、神魔小說、家族私密各色文類，形成獨特的敘事風格。然而這只是起步。小說的進展與父親的病況相輔相成，同時在部落格上開始連載，引起眾多回響。張又據此添枝加葉，一方面與君同樂，一方面自我解憂。網上的虛擬空間形成一個與醫院抗衡的地盤。在這裡身體暫時架空，時間得以延伸，人我關係變得無比豐富多元。小說連載到第九回時張爸去世；萬康日後完成二十回，卻仍以第九回的時間點作結。如此，文本內外互動頻仍，張爸出虛入實，不斷起死回生。

小說二十五孝

《道濟群生錄》也是張萬康第一部正式出版的小說。除此他雖然創作多年，卻只有一部短篇小說集《W.C. Zhang：張萬康小說》以自費方式印行。這本小說集收錄張十年的作品，其中部分可以看出《道濟群生錄》的線索。大抵而言，這些作品的敘事主體是一個蟄伏在城市裡的文藝中年，他或者觀察無聊的生活律動，或者陷入某種荒謬的邂逅。他的小說往往這樣開場：「我開始幻想，在我發呆很久之後。」（〈山脈〉）「起先，我以為我走在蛇的肚子裡，後來我發現是在鯨魚的肚子裡。」（〈史尼逛〉）「我被包圍了，不知道他們什麼時間會發起攻堅。」（〈落跑者〉）「我沒睡好。買完車票，來到南方小廣場抽菸。」（〈半吊子〉）這些字句很容易讓我們聯想起現代主義修辭，儘管張自稱沒看過幾本世界名著。孤獨、白日夢、晃盪，徒勞的突圍表演，都是他荒謬劇場裡的要素。但張無意經營高調，很快亮出自嘲或是賭爛的姿態。他的敘事充滿不穩定性，故事多半不了了之。

這個期間張萬康又熱衷寫性，而且刻意誇大其辭。不論是萍水相逢（〈電動〉、〈半吊子〉）還是泡妞把妹（〈天使2001〉、〈國劇與我〉），他跳過談情說愛，下筆盡是摳揉搓舔、哈棒打槍。這夠刺激了吧！卻總給人虛張聲勢的感覺，因為缺乏任何情緒發展的自信和自覺。他的人物作老鳥狀，其實都是孤鳥。

一直要到得獎的作品〈大陶島〉，張萬康才將他這些執念整合起來。小說的主人翁是個研究所輟學生，正港台灣人，因為患了「神經病」被送醫治療。二〇〇四年總統大選發生三一九槍擊案，他走上街頭，在抗議人群中與「大陳義胞」老陶結識。這一老一小在各種場子裡衝鋒陷陣，說不盡的壯懷激烈。不作戰的時候他們以同樣的熱血精神消耗A片；老陶曰：「管他槍擊案，A光本來就是要看的啊！」一場神祕的大洪水掩至，兩人坐在桌上漂出光棍宿舍，同時不忘盯著電視檢驗新到A片。當桌子航向大陳島的方向，電視長出魚鰭，老陶變成斑花海豚，泅泳了幾遭後，朝電視一望：「還沒射啊！」

〈大陶島〉寫「神經病」的狂想、寫漂泊，寫沒有名目的欲望、自瀆式的痛／快，都是張萬康小說常見的題材。而這一回他找到一個引爆點，也間接安頓了自己的創作意識。三一九槍擊案將他狂亂的敘事線索政治化也合理化了。民主、運動、抗爭高潮迭起，不就是春夢，不，春宮一場？老陶最後也是槍擊案的犧牲者——某A片之夜他打完手槍，意外跌倒，就地成仁。

〈大陶島〉出沒性與政治符號間，讀者不難做出歷史隱喻的解讀。但張萬康真正令人矚目的是他對文字的橫徵暴斂，對形式的一意孤行。這使他向當代的異質小說家從王文興到舞鶴的譜系靠攏。這些作家為了完成自己孤絕的美學，往往不惜犧牲敘事的可讀性，也因此必須付出曲高和寡的代價。張萬康佳作尚少，也許難以和前輩相提並論，但他的發展值得注意。

這讓我們再回到《道濟群生錄》。這本小說不妨看作是〈大陶島〉的溫馨家庭版。張萬康曾寫過一篇〈大小鋼杯〉講述父親的生活瑣記，算是《道》書的熱身準備。張濟比老陶幸運，他結了婚，有了家，成了溫馴的老芋仔；三一九槍擊案他必定也義憤填膺，到底沒有老陶瘋狂。有一回淹大水，他也爬上書桌避難兼看電視，但看的不是A片，是港劇。

但張萬康明白老陶和老張本是同根生，他們過早歷經離散，都有不能言說的創傷，也都有不願就此罷休的韌性。老陶看A片看到鞠躬盡瘁，老張大戰炎魔死而後已。人生有多荒謬，他們就有多固執。他們是最令人意外的薛西弗斯。

外省父親之死——尤其是具有軍職的父親——是當代台灣小說界的主題之一。張大春的《聆聽父親》、朱天心的《漫遊者》、駱以軍的《遠方》、郝譽翔的《溫泉洗去我們的憂傷》等作，都曾處理這一主題。這些父親們少小離家，渡海來台，他們是一個時代政權裂變最直接的見證，也同時體現了生命中太多莫可奈何的境況。歲歲年年，反攻大陸的號角迎來了陸客自由行，他們的信仰和肉身已經垂垂老去，以致消亡。

張大春的《聆聽父親》未完，姑且不論。在朱天心的《漫遊者》裡，父親所代表的血緣的、政教的、信仰的象徵體系一旦不再，她陷入了憂傷的無物之陣。漫遊者尋尋覓覓，無所依歸，連語言也開始漫漶起來。駱以軍的《遠方》敘述返鄉探親的父親突然罹病癱瘓，台灣出生的兒子匆匆趕來救難。龐大的病體、艱辛的旅程、荒謬的遭遇讓作家理解人子與父親的關係是怎樣一種離棄與錯過，一種無從說起的困境。郝譽翔的《溫泉洗去我們的憂傷》則寫出父親自殺「以後」的故事。父親終其一生不斷逃避責任、離開現場，留給女兒太多創傷。父親的死成為唯一解套方式，而且弔詭的重新開啟父女間溝通的可能。

是在這樣的譜系裡，《道濟群生錄》更能顯現自己的位置。張萬康何其有幸，和父親相親相愛，但兩人的關係又無須像《漫遊者》那樣無限上綱到一切意義體系的源頭。回到書寫層面，我要再次強調張萬康的異質風格。他沒有駱以軍的頹廢荒誕或朱天心的深沉鬱憤；他有的是挪用民間信仰、神魔小說，創造「偽史詩」（mock epic）的勇氣。滿天神佛盡為我用，這是何等僭越？也正是在這個基礎上，張萬康和他的老爸幾乎是理直氣壯的走入神魔世界，和菩薩魔王討價還價。

然而比起張萬康以前的作品，《道濟群生錄》最大的突破不在於他如何雜糅神話鬼話，創造醫院今古奇觀，而在於他因此所流露的真情——人子的孺慕孝親之情、傷逝惜生之情。張萬康的戲謔和犬儒也許可以用各種後現代理論解釋，但說到底他是有情之人；他所有花招後面是個簡單的心願——我要我爹活下去！

這心願力道之大，可能讓張自己也嚇了一跳。古老的倫理歷久彌新，竟有了最酷的表述方式。臥冰求鯉、割股療親的二十四孝早過時了，新版第二十五孝是陪著老爸大戰炎魔王，和保生大帝計算命盤，還有最重要的，把往生的故事寫成慶生的故事。

張萬康的敘事當然是駁雜的，他信馬由韁的話頭也是紛亂的，但看他一路嬉笑怒罵到最後，我們不得不正襟危坐起來。可不是，連觀世音菩薩也讚嘆小張的「憨意與善情」。

《道濟群生錄》的最後四回寫神魔大戰。這場戰事殺得天地變色，日月無光。藥師如來手下頭號大將宮毘羅壯烈犧牲，呂洞賓施展美男計，惡水娘娘臨陣叛變，連關公也陣亡了。炎魔大王惡貫滿盈，佛軍落得慘勝。看官不禁要問，張濟何德何能，居然能夠引起這樣鬼哭神嚎的風暴？饒是這般，張濟還是不願歸天。最後勞駕阿彌陀佛、藥師如來、甚至觀世音菩薩出馬溫情喊話，軟硬兼施，才好勉強上路。

張北杯走了，九十年浮生倥傯隨臭皮囊而逝。他肉身的消弭卻助成張萬康小說功力大進，寫出《道濟群生錄》。入死出生皆是夢幻泡影，喝佛罵祖無非方便法門。有子如萬康，張爸可以無憾。

願他老人家在極樂世界每天繼續嗑活包蛋，外加一杯卡布嘍囉。阿彌陀佛，有道是：

願我來世得菩提時，身如琉璃，內外明澈，淨無瑕穢，光明廣大，功德巍巍，身善安住，燄網莊嚴，過於日月。

張萬康，《道濟群生錄》（台北：麥田出版，二〇一一）。

羅愁綺恨話南洋

——李天葆《綺羅香》

馬華文學的發展從來是華語語系文學的異數。儘管客觀環境有種種不利因素，時至今日，也已經形成開枝散葉的局面。不論是定居大馬或是移民海外，馬華作家鑽研各樣題材、營造獨特風格，頗能與其他華語語境——台灣、大陸、香港、美加華人社群等——的創作一別苗頭。以小說為例，我們談在台灣的李永平、張貴興、黃錦樹，在大馬的潘雨桐、小黑、梁放或是遊走海外的黎紫書時，幾乎可以立刻想到這些作家各自的特色。

在這樣廣義的馬華文學的範疇裡，李天葆（一九六九—）占據了一個微妙的位置。李天葆出生於吉隆坡，十七歲開始創作。早在九〇年代他已經嶄露頭角，贏得馬華文學界一系列重要獎項。這時的李天葆不過二十來歲，但是下筆老練細緻，而且古意盎然。像《州府人物連環志》狀寫殖民時期南洋州府（吉隆坡）華埠的浮世風情，惟妙惟肖，就曾引起極多好評。以後他變本加厲，完全沉浸由文字所塑造的仿古世界裡。這個世界穠艷綺麗，帶有淡淡頹廢色彩，只要看看他部分作品的標題，像〈絳桃換荔紅〉、〈桃紅刺青〉、《十艷憶檀郎》之〈綺羅香〉、之〈絳帳海棠春〉、之〈貓兒端凳美人坐〉就可以思過半矣。甚至他的博客都名為《紫貓夢桃百花亭》。

李天葆同輩的作家多半勇於創新，而且對馬華的歷史處境念茲在茲；黃錦樹、黎紫書莫不如此。甚至稍早一輩的作家像李永平、張貴興也都對身分、文化的多重性有相當自覺。李天葆的文字卻有意避開這些當下、切身的題材。他轉而堆砌羅愁綺恨，描摹歌聲魅影。「我不大寫現在，只是我呼吸的是當下的空氣，眼前浮現的是早已沉澱的金塵金影。——要寫的，已寫的，都暫時在這裡作個備忘。」[1]他儼然是個不可救藥的「骸骨迷戀者」。

但我以為正是因為李天葆如此「不可救藥」，他的寫作觀才讓我們好奇。有了他的紛紅駭綠，當代馬華創作版圖才更顯得錯綜複雜。但李天葆的敘事只能讓讀者發思古之幽情麼？或是他有意無意透露了馬華文學現代性另一種極端徵兆？新作《綺羅香》可以作為我們切入問題的焦點。

馬華新古典主義

李天葆的古典世界其實並不那麼古典。從時空上來說，大約以他出生的六〇年代末的吉隆坡為坐標，各往前後延伸一、二十年。從四、五〇年代到七、八〇年代，這其實是我們心目中的「現代」時期。但在李天葆的眼裡，一切卻有了恍若隔世的氛圍。

那是怎麼樣的年月？吳鶯音、姚莉、潘秀瓊的歌聲盪漾在老去的樂園巷裡，街頭電懋、邵氏電影海報上的李麗華、葛蘭任憑風吹雨打，永遠巧笑倩兮。馬六甲海峽的暖風一路吹上半島，午後的

1　李天葆，〈艷字當頭〉，《檳榔艷》（台北，一方出版公司，二〇〇二），頁七。

日頭炎炎，哪家留聲機傳來的粵曲，混著此起彼落的麻將聲，印度小販半調子的惠州官話叫賣聲，串烤沙爹和羊肉咖哩的味道……。唐山加南洋，一切時空錯位，但一切又彷彿天長地久，永遠的異國裡的中國情調。

李天葆要講的故事也並不那麼古典。老去的脫衣舞孃回首前塵往事，當年色香俱全，現在形銷骨立；落魄的女廚師身懷絕技，卻死於非命；女老千帶著兒子一站又一站的吹捧騙；小姨子和死了老婆的姊夫間道是無情卻有情……。李天葆的故事恆常以女性為重心，這些女子有的遇人不淑，有的貪戀虛榮。他們的傖俗涼薄的身世和李天葆泥金重彩式的風格於是產生奇異的不協調。

李天葆的文筆細膩繁複，當然讓我們想到張愛玲。這些年來他也的確甩不開「南洋張愛玲」的包袱。如果張腔標記在於文字意象的參差對照、華麗加蒼涼，李的書寫也許庶幾近之。但仔細讀來，我們發覺李天葆（和他的人物）缺乏張的眼界和歷練，也因此少了張的尖誚和警醒。然而這可能才是李天葆的本色。他描寫一種捉襟見肘的華麗，不過如此的蒼涼，彷彿暗示吉隆坡到底不比上海或是香港，遠離了《傳奇》的發祥地，再動人的傳奇也不那麼傳奇了。他在文字上的刻意求工，反而提醒了我們他的作品在風格和內容、時空和語境的差距。如此，作為「南洋的」張派私淑者，李天葆已經不自覺顯露了他的離散位置。

我們還記得張愛玲的世界裡不乏南洋的影子：范柳原原來是馬來西亞華僑的後裔；王嬌蕊出場穿的就是「南洋華僑家常穿的沙龍布製的襖，那沙龍布上印的花，黑壓壓的也不知是龍蛇還是草木，牽絲攀藤，烏金裡面綻出橘綠」。[2] 南洋之於張愛玲，不脫約定俗成的象徵意義：豔異的南方，欲望的淵藪。

相形之下，李天葆生於斯、長於斯，顯然有不同的看法。儘管他張腔十足，所呈現的圖景卻充滿了市井氣味。李天葆的作品很少出外景，沒有了膠園雨林、大河群象的幫襯，他的「地方色彩」往往只在鬱悶陰暗的室內發揮。他把張愛玲的南洋想像完全還原到尋常百姓家，而且認為聲色自在其中。〈雌雄竊賊前傳〉寫市場女孩和小混混的戀愛，〈貓兒端凳美人坐〉寫遲暮女子的癡情和不堪的下場，〈雙女情歌〉寫兩個平凡女人一生的鬥爭，都不是什麼了不得的題材。在這樣的情境下，李天葆執意復他的古、愁他的鄉；他傳達出一種特殊的馬華風情——輪迴的、內耗的、錯位的「人物連環志」。

歸根究柢，李天葆並不像張愛玲，反而像是影響了張愛玲的那些鴛鴦蝴蝶派小說的隔代遺傳。《玉梨魂》、《美人淚》、《芙蓉雨》、《孽冤鏡》、《雪鴻淚史》……甚至上至《海上花列傳》。[3]這些小說的作者訴說俚俗男女的貪癡嗔怨，無可如何的啼笑因緣，感傷之餘，不免有了物傷其類的自憐。所謂才子落魄，佳人蒙塵，這才對上了李天葆的胃口。他新書卷首語謂之〈綺羅風塵芳香和聖母聲光〉：「凡是陋室裡皆是明娟，落在塵埃無不是奇花，背景總得是險惡江湖闖蕩出一片笙歌柔靡，幾近原始的柳巷芳草縱然粗俗，也帶三分癡情。」誠哉斯言。

張愛玲受教於鴛蝴傳統，卻打著紅旗反紅旗，「以庸俗反當代」。李天葆沒有這樣的野心。他沉浸在吉隆坡半新不舊的華人社會氛圍裡，難以自拔。他「但求沉醉在失去的光陰洞窟裡，瀰漫的

2 張愛玲，〈紅玫瑰與白玫瑰〉，張愛玲全集五《傾城之戀》（台北：皇冠文化，一九九一），頁六九。

3 李天葆，〈染香羅，剪紅蓮〉，《紅燈鬧雨》（吉隆坡：烏魯冷岳興安會館，一九九五），頁一一六—一一八。

是老早已消逝的歌聲；過往的鶯啼，在時空中找不著位置，唯有寄居在嗜痂者的耳畔腦際。與記憶，與夢幻，織成一大片桃紅緋紫的安全網，讓我們這些同類夢魂有所歸依。」

李天葆是二十世紀末遲到的鴛鴦蝴蝶派作家，而且流落到了南方以南。就著他自覺的位置往回看，我們赫然理解鴛鴦蝴蝶派原來也可以是一種「離散」文學。大傳統剝離、時間散落後，鴛蝴文人撫今追昔，有著百味雜陳的憂傷。風花雪月成了排遣、推移身世之感的修辭演出，久而久之，竟成為一種「癖」。這大約是李天葆對現代中國文學流變始料未及的貢獻了。

鴛鴦蝴蝶癖

問題是，比起清末民國的鴛蝴前輩，李天葆又有什麼樣的「身世」，足以引起他文字上如此華麗而又憂鬱的演出？這引領我們進入馬華文學與中國性的辯證關係。李天葆出生的一九六九年是馬華社會政治史上重要的年份。馬來西亞自從獨立以來，華人與馬來人之間在政治權利、經濟利益和文化傳承上的矛盾一直難以解決。與此同時，馬共——尤其是華裔的一支——逐漸坐大，成為社會秩序不穩定的因素。種種矛盾，終於在五月十三日釀成流血衝突。政府大舉鎮壓，趁勢落實各種排華政策。首當其衝的就是華人社會念茲在茲的華文教育傳承問題。

「五一三」因此成為日後馬華文學想像裡揮之不去的陰影。然而閱讀李天葆的小說，我們很難聯想他所懷念的那些年月裡，馬華社會經過了什麼樣驚天動地的變化。〈彩蝶隨貓〉裡一個侍婢出身，年華老大的「媽姊」一輩子為人作嫁；世事如麻，卻也似乎是身外之事：

韓戰太遙遠，越南打仗了，又說會蔓延到泰國，中東又開戰，打什麼國家，死了些什麼人，然後印尼又排華了……新加坡馬來亞分家，她開始不當一回事，後來覺得惘惘的……六九年五月十三日大暴動之後，她去探望舊東家，天色未暗就知道出事，她替她們關門窗，日頭餘光一片紫緋，亮得不可思議……[4]

這是李天葆創作裡少有的關於馬來西亞五、六〇年代背景敘事，很反諷的，似乎也點出了李自己面對歷史的姿態。原來在他要描寫的鶯燕綺羅、歌聲倩影之間，種種動盪一觸即發，每一次都讓華人的地位備受衝擊。然而李天葆和他的人物們退居第二線；他們的無所作為難怪要讓部分同輩作家側目以對。

在一個中華文化備受打壓的環境裡，馬華作者究竟要何去何從？他們如何運用華語——中文——持續他們的話語權？一九九〇年，第三屆的鄉青小說獎特優獎由李天葆的〈秋千·落花天〉和黃錦樹〈M的失蹤〉平分秋色。這樣的結果充滿象徵意義。[5]彼時的黃錦樹已經負笈台灣，但對故鄉的關切未曾或已。他的評論和小說精采犀利，目標正對準馬華文學與中國（想像）間剪不斷、

4 見李天葆，《綺羅香》（台北：麥田出版，二〇一〇），頁一二四—一二五。

5 李錦宗主編，《馬華文學大系·史料：一九六五—一九九六》（吉隆坡：彩虹出版公司、馬來西亞華文作家協會，二〇〇四），頁五四二。

理還亂的關係。黃認為既然馬華已經是獨立的政治文化主體，沒有必要遙奉中國／唐山正朔，自命為海外薪傳。而「好的」中文書寫成為隱喻性的辯論焦點。[6]〈M的失蹤〉諷刺所謂的馬華經典作家其實查無此人，間接也對此前寫實主義所代表的創作傳統提出質疑。

李天葆的〈秋千・落花天〉恰恰反其道而行。這是個平凡女子的擇偶故事。女主角心有所屬，但幾番波折，畢竟沒有結果。多年以後她仍然雲英未嫁，回顧往事，猶如春夢了無痕。李天葆細細寫來，令人動容。他沒有黃錦樹式的身分認同和語言焦慮，有的是千門萬戶裡小女子婉轉委屈的心事。李天葆毫無「破」中文的意圖，一任讓他的語言踵事增華。從標題〈秋千・落花天〉開始，中國風味的意象就濃得化不開。

李天葆可以在「黃錦樹們」批判對象中名列前茅。但我另有看法。與正統寫實主義的馬華文學傳統相比，李天葆的書寫毋寧代表另外一種極端。他不事民族或種族大義，對任何標榜馬華地方色彩、國族風貌的題材尤其敬而遠之。如上所述，與其說他所承繼的敘事傳統是五四新文藝的海外版，不如說他是藉著新文藝的招牌偷渡了鴛鴦蝴蝶派。據此，李天葆就算是有中國情結，他的中國也並非「花果飄零，靈根自植」的論述所反射的夢土，而是張恨水、周瘦鵑、劉雲若所敷演出的一個浮世的、狎邪的人間。在這層意義上，李天葆其實是以他自己的方法和主流馬華以及主流中國文學論述展開對話。他的意識形態是保守的；惟其過於耽溺，反而有了始料未及的激進意義。

李天葆對文字的一往情深也讓我們想到他的前輩李永平與張貴興。李永平雕琢方塊文字，遐想神州符號，已經接近圖騰崇拜；張貴興則堆砌繁複詭譎的意象，直搗象形會意形聲的底線，形成另類奇觀。兩人都不按牌理出牌，下筆行文充滿實驗性，因此在擁抱或反思中國性的同時也解構了中國性。黃錦樹將兩人歸類為現代派，不是沒有原因。[7]兩人都顛覆了五四寫實主義以降、視現代中文為透明符號的迷思。

比起李永平或張貴興，李天葆的文字行雲流水，可讀性要高得多。這卻可能只是表象。他徵引古典詩詞小說章句，排比二十世紀中期（多半來自台灣、香港）的通俗文化，重三疊四，所形成的寓意網絡其實一樣需要有心人仔細破解。而他所效法的鴛鴦蝴蝶派，本身就是個新舊不分、雅俗夾纏的曖昧傳統。究其極致，李天葆將所有這些「中國」想像資源搬到馬來半島後，就算再真心誠意，也不能迴避橘逾淮為枳的結果。正是在這些時空和語境的層層落差間，李天葆的敘事變得隱晦：他為什麼這樣寫？他的人物從哪裡來的？要到哪裡去？中國性與否也成為不能聞問的謎了。

6 見黃錦樹的論述，如〈中國性與表演性：論馬華文化與文學的限度〉，《馬華文學與中國性》（台北：元尊文化公司，一九九八），頁九三—一六一。

7 見王德威，〈在群象與猴黨的家鄉：張貴興論〉，《跨世紀風華：當代小說二十家》，頁三六七—三九二；〈原鄉想像，浪子文學：李永平論〉，《當代小說二十家》（北京：生活．讀書．新知三聯書店，二〇〇七），頁四一二—四二四。

「天葆」遺事

一九三八年底郁達夫來到新加坡，開始他生命最後七年的流浪。這位新文學健將寫下大量舊體詩詞，質量都超過他的政論和散文。郁達夫在〈骸骨迷戀者的獨語〉裡坦承：「像我這樣懶惰無聊，又常想發牢騷的無能力者，性情最適宜的，還是舊詩。你弄到了五個字，或者七個字，就可以把牢騷發盡，多麼簡便啊。」[8]

相對新文學的有血有淚，舊體詩詞猶如「骸骨」，標記著現代性的前身。但學者如高嘉謙已經指出，「骸骨」也可能就是現代性剝落之後的遺蛻，指向現代性尚未完全清理的內涵，或者是現代性總也不能擺脫的前現代的鬼魅。換句話說，舊體詩在新文學的浪潮中時時浮現，不僅只是現代文人除舊未盡的渣滓，而就是他們遭遇「現代」洗禮後，無從擺脫的創傷記憶。[9]

由這樣的觀點來看李天葆，我們要問：他不也是個「骸骨迷戀者」麼？徘徊在世紀末的南洋華人社區裡，時間於他就算剛剛開始，也要以過去完成式出現。他是個「老靈魂」。

但李天葆畢竟不是郁達夫。郁在南來之前已經轟轟烈烈的革過命、談過戀愛，而他信手拈來的中國舊體詩詞，更是一種根深柢固的教養，一種關乎中國性驗明正身的標記。李天葆其生也晚，其實錯過了舊體詩詞的最後時代。他所有的是流行歌曲，而且是過了時的流行曲，「地道的時代曲，但承接了穠豔詩詞的遺風」。〈滿園春色〉，〈清流映明月〉，〈曾經滄海難為水〉：「一度暗啞失聲的時代曲，被拋落在光明的洞窟裡，隔年隔月之後竟在一個男孩的心裡悠悠唱起來了。」（〈時代曲〉）

從古典詩詞到過時流行歌曲，李天葆「骸骨迷戀」的對象有了深沉的質變；這是窮則變，變則通的過程，也隱含著無可奈何的讓渡。如果古典詩詞象徵一個其來有自的傳統，流行歌曲原就是來源駁雜的音樂，而且忽焉興起，忽焉寥落，畢竟經不起「時代的考驗」。比起窮愁賦詩的郁達夫，聆聽過氣時代曲的李天葆出落得更為荒涼頹廢。那中國來的浪子早就下落不明，他的吟哦已經成為絕響，或更詭異的，已經墮落成靡靡之音。

或許是這樣（等而下之的）「骸骨」才真烘托出李天葆的歷史嘆息和身分反思。除了過氣流行歌曲，李天葆也迷戀老電影老照片，而且獨沽一味。他從歷盡滄桑的女性角色裡看到了「聖母聲光」，從銀幕上的幻影明滅參詳人生美學。田中絹代、葉德嫻這類明星，上了點年紀，有了點閱歷，才是他的偶像。他的小說〈莫忘影中人〉寫一個吉隆坡舊巷裡的中年婦女執意追回青春，在照相館裡做盡千嬌百媚——就像電影玉照中的女明星一樣。是的，莫忘影中人，不論記得的記不得的，都是鏡花水月，只有映像裡的迴光返照，才勾出了逝去的一縷遊魂。《綺羅香》一系列故事越到後來鬼氣越重，而且以〈蕙風樓鬼話〉作為結束，幾乎是理所當然。

我曾以「後遺民寫作」的觀點探討當代文學裡有關事件和記憶的政治學。作為已逝的政治文化悼亡者，遺民指向一個與時間脫節的政治主體，它的意義恰巧建立在其合法性即主體性搖搖欲墜的

8　郁達夫，〈骸骨迷戀者的獨語〉，《郁達夫全集》（杭州：浙江文藝出版社，一九九二），第三卷，頁八三。

9　高嘉謙，《漢詩的越界與現代性：朝向一個離散詩學（一八九五—一九四五）》（台北：國立政治大學中文所博士論文，二〇〇八），頁二三〇—二三七。

邊緣上。如果遺民意識總已經暗示時空的消逝錯置，正統的替換遞嬗，後遺民則變本加厲，寧願錯置那已經錯置的時空，更追思那從來未必正統的正統。[10]

以這個定義來看李天葆，我認為他堪稱當代後遺民梯隊裡的馬華特例。摒棄了家國或正統的憑依，他的寫作豔字當頭，獨樹一格，就算有任何感時憂國的情緒，也都成為黯然銷魂的藉口。他經營文字象徵，雕琢人物心理，有著敝帚自珍式的「清堅決絕」，也產生了一種意外的「輕微而鄭重的騷動，認真而未有名目的鬥爭。」「張冠李戴」，因此有了新解。

而我們不能不感覺到綺羅芳香裡的鬼氣，錦繡文章中的空虛。就這樣，在南洋，在姚莉、夏厚蘭的歌聲中，林黛、樂蒂、尤敏的身影中，李天葆兀自喃喃訴說他一個人的遺事，他的「天葆」遺事。[11]

李天葆，《綺羅香》（台北：麥田出版，二〇一〇）。

10　王德威，〈時間與記憶的政治學〉，《後遺民寫作》，頁六。

11　亦可參見方美富，〈天葆遺事殘卷〉，《蕉風》第四九四期（二〇〇五年七月），頁五七—五九。

塵埃落而不定

——鍾文音《別送》

諸微塵，如來說非微塵，是名微塵。

——《金剛經》

鍾文音（一九六九—）來自雲林二崙尖厝崙，以往那裡土地相對貧瘠，居民為了謀生，往往南下北上打工創業，四散飄移。在鍾文音的記憶裡，故鄉「空氣裡那種荒涼，生命的總總無奈，土地的煙塵……」成為揮之不去的印象。尤其「沙塵特別多，其實以前就很多，停車五分鐘車頂上面都是沙，〈風飛沙〉這首歌應該獻給雲林。」[1]

就像許多鄉親一樣，鍾文音很早離家，赴北部就學，日後她遊走世界，行行復行行，成為一個

1 鍾文音，〈雲林演講〉，二〇一三，http://ennlin.blogspot.com/2013/07/blog-post_30.html（瀏覽日期：二〇二二年三月二十二日）。

總是在路上的旅人。她以文字，也以繪畫攝影，呈現各地所見所聞；她也頻頻回首，不斷銘記自己所來之處。從九〇年代初以來，這個出身嘉南平原的女子已經連續創作——也行走——近三十年。同輩作家中論寫作能量之豐沛，旅行經驗之練達，少有能出其右者。

鍾文音的創作數量龐大，但總有一個主題縈繞其中：女性的愛恨嗔癡。她的第一部長篇作品《女島紀行》（一九九八）顧名思義，正是為台灣女性塑像；故鄉不同世代的女性命運成為靈感的泉源。《想你到大海》（二〇一八）則穿越十九世紀與當代，書寫兩個女子的異國情緣及想像對話。完成於二〇〇六年到二〇一一年間的「女性百年物語」三部曲，《豔歌行》、《短歌行》、《傷歌行》，則以上百萬字篇幅描寫台灣女性的家族、歷史際會，以及自身的情感經驗。

識者或謂女性書寫早已是當代文學的小傳統，鍾文音執著同類題材，難免有重複之虞。鍾卻不以為然：長久以來，女性的地位與經驗卑微而無明；她們的命運起落不定，有如塵埃，但即使最不足道的微塵裡，也投射三千世界裡的悲哀與歡喜。世間女子的故事看似瑣碎，卻有無盡曲折，必須一再書寫，《別送》正是懷抱這樣的信念展開。

小說描寫一個單身大齡女子經歷母親生命尾聲的種種挑戰，以及獨自處理母親後事的心路歷程。這類題材近年文學和影視作品屢見不鮮，但鍾文音不但選擇，且發展成長達四十三萬五千字、近七百頁的敘述，就不能讓我們等閒視之。

就在母親纏綿病榻同時，女子自己也深陷情網，難以自拔——那是另一種病。母親與情人，白天與黑夜，死亡的陰影和欲望的誘惑互為表裡。不僅如此，小說叩問，逝者已矣，生者如何應付接踵而來的憂傷、怨懟、追念和愧疚？

《別送》部分情節似乎來自鍾文音個人經驗，但小說不是自傳，讀者無須對號入座。小說中遭逢家變後的女子踏上遠行之路，去到西藏，從而觸發新的緣法。愛染輪迴，中陰救度，俗骨凡胎，方死方生。在高原凜冽的空氣中，一個台灣女子出入寺院和市廛、荒野和葬場。她尋尋覓覓，能獲得什麼啟悟？抑或是，她的度亡之旅只是又一次「受想行識」的遭遇，一場因色見空的輪迴？

鍾文音早已寫盡世間女子的七情六慾。《別送》卻是她第一次傾全力從宗教角度看待此一話題，這為她的小說帶來突破。她多年尋道、旅行的經驗以及個人生命的轉折，必然成為小說誕生的契機。透過寫作，鍾文音企圖證成因果，超度所愛之人。但小說作為虛構，也可能只是隨緣戲論，抽空她的渴求。有我非我，亦虛亦實，在各種可能中，《別送》衍生繁複意義。

有情與愛染

《別送》中的女主人翁已近中年，饒有文學繪畫才情，不願受現實羈絆。她曾流浪各地，也歷經幾段浮世因緣。她的人生某日因為母親突然中風昏迷而徹底改變。這是一個人丁單薄的家庭，只有母女二人。她必須擔負照顧母親的責任。殊不知母親一病三年，而且每下愈況，失智失能，最後成為植物人。女子陷入困境，除了中斷自己率性的生活，更為醫療及看護的龐大花費一籌莫展。

鍾文音的故事此中有人，寫來令讀者動容。母親早在《女島紀行》即已出現。她來自台西鄉下，沒有受過教育，早早結婚，卻所遇非人。生活的壓力讓母親磨練出堅毅也固執的性格。母親對現實生活逆來順受，極少有表達苦樂的方式和機會。但母親自有寄託，那也許是凡夫俗婦最素樸的信仰，但心誠則靈。女兒記得母親曾經參加進香，甚至在人潮中衣服背後被香火燒出許多小洞而不自知——這不也是剎那解脫的印記？

鍾文音筆下的女兒與母親關係一向微妙而緊張。母親不能理解女兒遊蕩不婚的生涯，每每口出惡言；女兒無從解釋自己的想法和追求，愈發任性而為。敘事者點明，儘管母女表面齟齬疏離，實際上卻有深深的依賴。同為女性，她們各自經歷命定的漂泊與孤獨，竟然在最不可能的情況下，有了相濡以沫的機會。她回憶母親一生「年輕時密道封閉，晚年食道封閉，接著尿道失守。鼻胃管與尿管成了身體的管線大人，牢牢捆住人的身體自由。」她感慨，「如果這一切可以重來，難道自己的生命就會不一樣嗎？」

女兒與看護照料母親無微不至，即使如此，也難以承受日復一日的冗長與不堪。母親長久昏迷，不能進食，僅靠胃部瘻口灌入流質，她的身軀逐漸胖大成為龐然怪物。那瘻口「像是魚鰓的嘴巴口，外皮糜爛，息肉長滿。長在腹部的嘴巴……就像……一個人面瘡，長得和人的臉一模一樣，」一經碰觸，立刻引來母親淒厲的叫聲。這只是開始，「嗎啡已成病體末期身體最需要的無言呼喊。」

鍾文音有關母親病榻紀事如此真實，令人感同身受，但筆鋒一轉，她又架構了一段平行故事。原來女兒不僅勉力照顧母親，還得演算自己的欲望邏輯。她和一個大她十七歲的男子糾纏多年，欲捨難離。這個代號為「蟬」的男人已有兩段婚姻，好幾個孩子，事業一敗塗地，窮途末路，甚至必須靠女子支付所有偷情開銷。我們的女主人翁早已不耐這樣的關係，卻無法斬斷情絲。蟬，纏也，那人如「夏日蟬聲纏繞，纏人。」蟬男人的占有欲到了驚人地步，在女子母親纏綿病榻的同時，他纏住他的獵物，變本加厲。

情場如戰場，鍾文音寫這類剪不斷、理還亂的故事最是拿手。與以往不同的是，這回男女選手都有了年紀，疲態醜態百出卻撒不了手。彷彿間，《豔歌行》系列裡的奇女子鍾小娜到了《別送》也有了力不從心之嘆，但這正是小說要緊之處。女兒照護母親筋疲力竭，越是如此，反而越不由自主的與蟬男人幽會，在一次又一次極度的放縱——與事前事後的怨懟——中找尋發洩。她的生活早已捉襟見肘，失去了自己的住處，只能與男人從一個摩鐵換到另一個摩鐵，有如露水姻緣。詭異的是，為了生計，女子曾受僱摩鐵作情色彩繪。有幾次男人搓弄之時，她無聊目瞪壁上春宮，才發覺原來是自己的傑作。如此相逢……自是有緣了。

我們於是有了小說最戲劇化的設置。從病房到摩鐵，從人之將死到欲仙欲死，女兒日夜轉換兩種角色。母親病後三年：

> 若以上千個日子計算，除以二，她大概有五百多個日子夜晚潮濕著蟬的氣味再轉到母親的病房，她一邊安撫著夜裡經常無法闔眼的母親，一邊聞著氣味濃烈的空間，香精屎尿混雜的分子黪著自己如臭蛋的氣味……就像上午為母親念的經「請救度我的壽命」變成傍晚前往摩鐵的「請吃我的肉和血」……自己只剩下身體了，心被掏空，錢也被洗劫一空。

鍾文音書寫這些片段時有神來之筆，活色生香又凌厲殘酷。病厄與情慾難分難捨，她讓文字成為另外一種祕戲圖，陰森幽麗，卻也觸目心驚。

在這樣的設置上，鍾文音帶出這本小說的真正企圖。死與生、空與色，都是人之大欲所在。寫了這麼多年飲食男女後，下一步是什麼？《別送》中的女子十八歲開始與佛法結緣，多少年來出入種種禪修靜坐場合，結識眾家師兄師姊，按照常理，她早該有些根柢。事實恰恰相反，女子滿腦子緣起性空，但卻身不由己。朝聞道，夕不可死，她持續紅塵冒險，太陽依舊升起時，修練重新開始。

如此宗教寄託到底是大開「方便」法門，還是最誠實的自曝其短，呈現肉身無待的虛妄？我們這才明白，《別送》中女子的兩難非自今始。母親病危、情人糾纏其實只演繹了她此生的五蘊——色、受、想、行、識——又一循環。

失能研究（disability studies）是近年學界的新寵，但多數研究局限身體或物理現象的變異。鍾文音的作品提供另一種思考可能。《別送》寫母親有病，但真正「有病」的是女兒，病因來自有情。《瑜伽師地論》以阿賴耶識為「一切雜染根本，所以者何。由此識是有情世間生起根，本能生諸根、根所依處及轉識等故，亦是器世間生起根本，由能生起器世間故。」[2]眾生有情，有情的諸根——身體感官及物質世界——從唯識宗觀點來說，都是由阿賴耶識所蘊藏的無數種子轉變而來。在明、色之前，諸法無性也無常，一旦緣起，無明流轉而發「生」之意識，從而有「情」，不僅是七情六慾的情，也是生命與物質環境互動的情。一切「雜染」由此開始。雜染並不等同邪惡，卻指向世間渾濁不清的現象，那是病徵，而我們卻居之不疑。

《別送》裡雜染的徵候是愛。愛是對無常諸法所引起的貪戀與執著，是眾生諸苦的根源。小說中的男女無不輾轉在各種貪愛的誘惑間，有的（如母親）渴求而不得，有的（如女兒）淫溢而難捨。他們墮入罣厄，難以自拔。母親輾轉病榻的煎熬，正是肉身疾苦的表徵。而女兒的病徵更為複雜。她一心向佛，但難以斷離情根，她要侍母盡孝，但先得服侍自己嗷嗷待哺的欲望。

鍾文音處理這些人物的方式，令人聯想到《法門經》的「三愛」：「三愛，是佛所說，欲愛、色愛、無色愛。」[3]「欲愛」是對欲望本能的追求；「色愛」是對物質世界色相存有的癡迷；「無色愛」是對「無色界的禪悅之耽溺。」[4]《別送》中的女子周旋欲愛與色愛間，但最危險的誘惑無非來自無色愛。她的聰慧讓她易於入門佛法世界，卻以此沾沾自喜。她的書寫、誦念佛偈有如漫天花雨，但云空未必空。午夜夢迴，她想到的不是佛陀，而是男人。

佛家的愛分兩種，「一染污，二不染污。染污者體是渴愛，不染污者是信渴。」[5]上述「三愛」皆屬於渴愛，也就是染污愛。這樣的愛有如燈蛾撲火，只能結出煩惱。真正的愛是對佛法、對真諦的信望而非貪戀，那是不染污愛。如何分別她的愛，是鍾文音這次書寫的大關鍵。她引用王維詩句「愛染日已薄，禪寂日已固」，作為對陷溺「三愛」者的反省。然而分別愛染的有情之愛與禪寂的無礙之愛恰似水中撈月。染污與不染污，愛的環保學哪裡可以簡單成就？

2　《唯識三十論頌》，《瑜伽師地論》第五十一卷，《大正藏》（台北：中華電子佛典協會，二〇〇〇），第三十冊。

3　《佛說大集法門經》第一卷，《大正藏》（台北：中華電子佛典協會，一九九九），第一冊。

4　林朝成、郭朝順，《佛學概論》（台北：三民書店，二〇二〇），頁四八。

5　《阿毘曇毘婆沙論》第十六卷，《大正藏》（台北：中華電子佛典協會，二〇〇〇），第二十八冊。

《別送》的女子從母親與情人那裡學習愛的辯證。三年的病榻守候來到最後時刻，母親「失能失語失明失序失智，進入死神懷抱的最後兩部曲是最後的失溫與失……漫長的身體告別，眼耳鼻舌身意。」「供燈將熄，心燈常燃。刺血抄經，無血可沾。淚水也依然乾涸，曾經的淚流滿面，已經完成了洗滌的任務。」與此同時，噩耗突然傳來，蟬男人心肌梗塞，突然死去。她日夜求之而不得的解脫突然實現了。

母親和蟬男人的平行故事乍看過於巧合，卻不妨視為鍾文音個人演繹的公案。女子想親愛母親而難以接近，想切割男人而難以分離。當兩者同時消失，她反而悵然若失。鍾文音更加上另一重機關：女子傷感之餘，意外得知她竟是情人祕密壽險的受益人。峰迴路轉，一無所有的她突然有了身家保障。

男人是鍾文音小說所有女性的冤家，在《別送》裡似乎多了一項榮譽職。蟬男人，纏男人，還是禪男人？他的存在和消失就像公案的謎面，只有在最後一刻給出當頭棒喝。這是一則反諷吧！有了男人的保險金，女子解決燃眉之急，得以前進西藏，尋求她的「不染污愛」。女子對曾經驅之不去的男人開始有了綿綿相思，要為他超度。

塵埃落而不定

現代中文小說書寫佛教因緣的作品並不多見。上個世紀最重要的作家有許地山（一八九三—一九四一）與高行健（一九四〇—）。許地山生於台南，在中國及美國接受教育，是五四後重要的宗教學者。他鑽研梵文及佛學，並以此作為小說創作的靈感。作品如〈綴網勞蛛〉、〈商人婦〉、〈命命鳥〉等描寫一個歷經啟蒙革命的社會，如何重新認識宗教——尤其是佛教——並從中獲得啟悟。許地山作品並不渲染任何教義，但他深諳敘事奧妙，以曲折的故事敘寫生命的無常劫毀，思考眾生皆苦的宿命，終歸於空寂。

高行健是文革後中國第一批提出西方現代主義命題的文化人。他以研究法國存在主義及荒謬劇場起家，八〇年代中期開始對禪宗發生興趣，並在劇本及小說中摸索結合現代主義與佛學感悟的可能。但在「祛除精神污染」和「反資產階級自由化」的運動中，高行健的創作之路磕磕碰碰。八〇年代末他遠走法國，完成《靈山》（一九九〇），並以此書及其他作品獲得二〇〇〇年諾貝爾文學獎。

《靈山》根據高行健個人經歷敷演而成。曾經他被誤診為末期惡性腫瘤患者，萬念俱灰，獨自流浪中國西南，反而看開生死。小說不乏夫子自道，敘事者遍歷大山大水，也時時反思前半生的顛簸困惑。他四出探訪那傳說中的靈山，總也得不到確切答案。最後，某夜他寄宿荒山古剎，在一隻青蛙的眼中看見靈光一閃。靈山何在？盡在不言之中。

鍾文音的《別送》寫五蘊皆苦，寫孤獨的心路與身路歷程，結構上可以與《靈山》對照。但兩作有不同之處。《靈山》中的男子遊走長江中上游，探訪靈山而渺不可得；《別送》中的女子從島嶼來到青藏高原，逐步接近心目中的寶山。如何不空手而回，就看她的修為造化。更進一步，《靈山》調度禪宗式的智慧，隨立隨掃，不著痕跡，因此旅人路上所見一花一木，似乎都可能帶來立地成佛的啟悟。《別送》則傾向藏傳佛教教義，尤其著重中陰救度。「中陰」指的是心識的根本現象。在日常生命裡，中陰每每受到障蔽，隱而不顯；當生命陷入極不確定的狀態時——如臨終，法性、受生——中陰幽然浮現。[6]中陰既然已經是生命的本然，如何掌握那浮現的時刻，掙脫業力牽絆，不再墮入輪迴，成為信眾一生修行最重要的功課。《西藏生死書》、《西藏度亡經》都教導信眾向死而生，一輩子時時刻刻為終末作準備，期待中陰順利度脫。

鍾文音安排《別送》的女子來到拉薩，住進一個名叫「塵埃落定」的民宿，用意呼之欲出。前塵往事猶如昨日死，女子必須把握中陰轉化的過渡時刻，為自己也為她所愛之人進行救贖。女子隨同僧侶信眾赴懸崖峭壁畫下天梯、又製作壇城曼陀羅沙畫，祈禱亡靈早日超生；她見證同修閉關前的鍛鍊與閉關中的寂寞恐懼；她為走火入魔的僧侶嘆息、為病入膏肓者送行；她也目睹天葬、水葬儀式中的神祕與虔敬。行有餘力，她甚至化身為藏族女子，導遊、轉經、禮佛。

鍾文音巧為利用個人西藏見聞，寫來細膩和華麗，層層疊疊，有如她所記錄的曼陀羅圖像。其中最引人注目的是天葬場景。天葬原是藏傳佛教度化往生者的神聖儀式，經過獵奇者的渲染，成為一種禁忌的誘惑。鍾文音筆下的女子來到拉薩，融入地方同修，有了參與天葬的機會。在經文誦讚中，逝者肉身被斬剁成塊，無數禿鷹早已盤桓天空。一聲佛號，巨鳥俯衝而下，片刻將遺骸吞噬殆盡；肉身解放，逝者靈魂上升至蒼穹之上之外，另一次輪迴或超越就此開始。

女子為天葬的莊嚴與酷烈深深感動，但她另有所獲。年輕的天葬師粗獷英武，不禁讓她心旌動搖。她與天葬師又在一次放生活動相見，彼此種下情愫。以後發展，不問可知。熟悉鍾文音小說路數的讀者大約要暗暗嘆道：又來了！的確，鍾文音談情說愛總是鋌而走險，這一回逼向極限。

來到佛國的女子一心二用，一面超度母親和情人，一面由色生情，和那專業開膛破肚的「天使殺手」有了親密關係：

她那夜像是站在傷心的懸崖，望向愛情那難以捉摸的地貌。她看著這自願到地獄的人，她第一次摸著那雙剁碎屍體的手，長滿了硬繭的肌膚，摸著自己時時有奇怪的觸感，磨砂紙般，溫柔卻微微刺痛著，呻吟般的快感刺痛……刀燈摸她的手時，那手像是刀，摸到哪她就被切到哪。被支解的愛，沒有執著的依止處。

鍾文音的文字優美如詩，她要解剖的愛慾詭異如屍。如果讀者只見到異國加異色的欲望劇場，只能自愧修為不夠。鍾文音毋寧想寫出一則寓言，並將其放在她對中陰度轉的體會中。天葬師修的是「不淨觀，白骨觀，屍陀林修行。」女子來到高原求佛，但她的魔性不滅。她必須在經歷靈肉洗禮，釐清愛染是什麼，無染是什麼；抑或，愛染即是無染。一晌貪歡後，天葬師必須離去，他的職業是送行。「色身的盡頭，必得空無如夢。」

鍾文音如此寫她的「愛染經」與「受難經」，代表寫作的生涯的重要轉折點。但我們仍不禁好奇：她是來真的麼？

《別送》扉頁寫下偈語般的，「徘徊煙花與佛家的半人半僧，尋找臨終未見佛者的旅行指

6 林朝成、郭朝順，《佛學概論》，頁三八二—三八三。

南，」頗有現身說法之意。其實她所謂的「煙花與佛家」、「半人與半僧」前有來者：上世紀兩位重要的「情僧」，蘇曼殊（一八八四—一九一八）和李叔同（一八八〇—一九四二）。

蘇曼殊出身悲苦，少年寄身寺院。但他俗緣未了，繼續遊戲人間。他浪跡天涯，幾段感情不了了之，最終只能寄情於《斷鴻零雁記》、《絳紗記》這樣的哀感豔情小說。蘇曼殊不僅難捨情場，對口腹之欲一樣耽溺無度，一九一八年驟逝時不到三十五歲。有謂他死於暴飲暴食，消化不良。

李叔同來自鹽商家庭，自幼錦衣玉食，雅好詩文金石。及長赴日留學，除推動現代音樂、繪畫外，更成立春柳社，演出《茶花女遺事》等，成為現代戲劇第一人。李叔同婚姻美滿，天賦過人，卻在一九一八年於杭州虎跑寺出家，法號弘一。他皈依戒律最嚴的律宗，在在展現以身殉道的決心。弘一前半生的繁華和後半生的枯寂形成強烈對比，他坐化後留下「悲欣交集」四字，到今天仍是我們不斷參詳的法門。[7]

蘇曼殊與李叔同形成現代文學與佛學的重要對話關係。蘇曼殊縱慾多情，李叔同寡欲少情，彷佛各走極端。但他們以肉身成毀印證有情無情，畢竟是「都無罣礙」的幻相，他們留下的作品則猶其餘事了。一百年後，台灣的女作家鍾文音有意無意重拾這段對話，並付諸新的詮釋。《別送》裡的女子自謂是「天生兩端迴游的人，有這種流浪氣息的人，又魅惑又感傷、又性感又貞節、又秩序又浪蕩，既柔軟又剛烈、既煙花又佛家的多重氣質，矛盾卻又和諧，單純卻難懂。」她知道「修行與寫字都要慎防濫情，但她卻明知故犯。」

這位女子的自嘲卻也可能是此地無銀三百兩的自戀。文字作為她的「毒癮」與「藥引」來回擺蕩，讓小說的佛學與文學關係滑溜如水。女子的懺悔往往勞而無功，用旁觀者的話說，「藝術家和許多文人懺悔最少，因為他們只看見自己放大自己，什麼都是我我我。」

《別送》這本小說到底是作者放大了自己，還是縮小了自己？我們於是來到小說中心象徵，塵埃落定。如前所述，塵埃不必只是佛學意象，它更像是鍾文音的本命。她來自「風飛沙」的故鄉，自幼與塵埃為伍。多少年了，她企圖從寫作，從藝術，從流浪，從宗教體會塵埃的況味，想像身心安頓的方法。當小說裡的女子住進「塵埃落定」旅館時，不也抱持同樣希望？

塵埃何止在人間。行過千山萬水，鍾文音筆下的女子聽到火葬場有屍體說話：「這世界布滿看不見的死的塵埃，當人們停下來，呼吸到這塵埃時，才知道時候到了。」塵埃更是「宇宙爆炸後被遺忘過久的碎裂星塵，」或宇宙之為宇宙的本質。女子發願「真心洗心革面發虔誠，為自己在塵世沾染的塵垢甚深淨化。」她要「一直都低到灰塵，且低到都吃灰塵了。」

如此我們來到小說高潮。度亡旅程上，女子五體投地，一路膜拜到白日將盡，暮色生成的晦暗中。她深深懺悔，油然而生大悲之心。頓時「父母合體，秋蟬合體，高原平原合體，愛染經受難經度亡經心經也合體。」夜空綻放，萬法歸一，「沒有盡頭的世界，卻躲在一粒塵埃裡。」

作為小說，《別送》的結尾悲欣交集，鍾文音寫出她的證道故事。小說以翻轉「送別」成為「別送」作結，深意自在其中。然而作為書寫「塵埃落定」的小說家果真完成了她的答卷嗎？還是創造新的謎題？女子從台灣來到西藏，求得解脫。但高原畢竟不是久居之地，她和法師同修暫聚

7 見應磊的討論，〈現代梵音〉，《哈佛新編中國現代文學史（上）》（台北：麥田出版，二〇二一），頁二七二—二七七。

會，然後各奔前程。《別送》之後，女子回到島上，將是一切好了，還是一如既往？

「菩提本無樹，明鏡亦非台，本來無一物，何處惹塵埃？」禪宗著名的偈語撲面而來。鍾文音創作三十年，她的紅塵男女故事有如風飛沙起，四散飄移。藉著《別送》，她有意面向宇宙星塵，讓那未知與不可知在筆下爆裂湧現，從而證成須彌盡在芥子之中。而如果塵埃也只是虛構，她的文字因緣是別是送，染污還是不染污，何能一語斷定？塵埃落而不定，鍾文音「有情」又「無情」的敘事完而未了，文學與佛學的對話仍在持續。

鍾文音，《別送》（台北：麥田出版，二〇二一）。

惡魔的女兒之死

——陳雪《摩天大樓》

陳雪（一九七〇—）一九九五年以《惡女書》嶄露頭角，二十年來創作不輟，已經躋身為當代華語小說重要作家之一。陳雪書寫家族不堪回首的歷史，女性成長的艱難試煉，還有同性與雙性戀的溫柔與暴烈，極受矚目。她的文字綿密遒勁，面對生命種種離經叛道的難題，筆下絕不留情。她將小說命名為《惡女書》，《惡魔的女兒》，《附魔者》，已經可以看出用心所在。

但陳雪恣肆的書寫之後，其實總有一個小女孩的身影縈繞不去。這原是個清純的女孩，卻在生命中過早受到傷害——從亂倫到自殺，從遺棄到流浪——以致再也不能好好長大。多年以後，女孩變為女人，卻不能擺脫那些往事的糾纏。她喃喃訴說那一言難盡的過去，千迴百轉，無非希望找出傷害的源頭。與此同時，她又企圖從肉身欲望的追逐裡，挖掘親密關係的本質，無論這關係是叫做母親，同性、異性的愛情與婚姻，家。她尋尋覓覓，患得患失。無盡的書寫，重複的書寫，彷彿是驅魔儀式，或更是附魔般的病徵。

在小說《摩天大樓》裡，這些特色依然有跡可循。但在創作二十年的關口，她做出不同以往的嘗試。如果陳雪過去的作品總是從家族、從欲望個體出發，《摩天大樓》顧名思義，凸出了一種截然不同的公共空間和人我關係。陳雪的私密敘事以《迷宮中的戀人》（二〇一二）達到頂點。她的戀人絮語剪不斷，理還亂，雖然有其魅力，也隱隱透露出是類敘事的局限。睽違三年以後，陳雪走出她的「迷宮」，進入「大樓」，儼然宣告她有意放寬視野，試探小說與社會敘事形成的又一種感覺結構。

這大廈矗立於台北市外圍，樓高一百五十公尺，地上四十五層，地下六層，費時八年造成，分為ABCD四棟，共有一千五百單位，三千住戶。「天空城市，君臨天下」，在台北一〇一出現之前，曾是天際線的龐然大物，象徵上個世紀末的野心與欲望；蜂巢式規畫，全天候管理，各行各業一應俱全，有如自給自足的小社會。陳雪當然為這大廈賦予寓言意義，那是中產階級的巴貝塔，也是後現代的異托邦。然而這又與陳雪前所關懷酷兒的，陰性的，惡魔的主題有什麼關聯呢？

一切必須從大樓發現一具他殺的女屍開始。

「惡」的羅生門

鍾美寶是《摩天大樓》裡的住戶，也是大樓中庭咖啡店店長。美寶二十七歲，清秀亮麗，工作勤快，善體人意，社區裡的居民無不歡迎。美寶有個從事電訊事業的男友。關於她的一切如此美好，以致她儼然成為大樓住戶所嚮往的那種理想社區生活的化身。

然而有一天鍾美寶卻被發現陳屍在自己的房間。她身上的瘀痕歷歷可見，顯然生前有過劇烈肢體衝突。屍體被發現時早已僵硬，甚而漫出腐味。離奇的是，她竟然穿戴整齊，還化了妝。她的姿態被擺弄得像個詭異的，「死去了」的洋娃娃，一切彷彿有人動了手腳。但兇手是誰？為了什麼殺害這樣無辜的女子？

陳雪採取推理小說的方式書寫《摩天大樓》。小說分為四部，主要人物依序登場，包括了大樓管理員，銷售大樓的房仲業者，羅曼史作家，家庭主婦，鐘點清潔工等。他們為大樓生態做出全景式掃描。然後命案發生了。陳雪安排證人各說各話，形成了羅生門式的眾聲喧嘩。在過程中，我們驚覺美寶其實是個謎樣的人物。在她透明般亮麗的外表下，隱藏著一層又一層的祕密。作為讀者，我們抽絲剝繭，企圖拼湊出美寶的過去：她不堪的童年，她那美麗而有精神異狀的母親，陰鷙的繼父，雌雄同體的弟弟，還有那糾纏繁複，充滿狂暴因素的多角情史……。

熟悉陳雪過去作品的讀者，對鍾美寶的遭遇不會陌生：她是「惡魔的女兒」又一個版本。從《橋上的孩子》到《陳春天》，從《附魔者》到《迷宮中的戀人》，這一原型人物不斷以不同面貌出現。她出身台灣庶民社會，童年家庭巨變，父親一籌莫展，母親下海為娼。這個女兒小小年紀必須自立，在懵懂的情況下，她被父親性侵了。家庭倫理的違逆帶來巨大的創傷，逃亡和死亡從此成為揮之不去的誘惑。

但故事這才開始。身心俱疲的女兒長大後力求安頓自己，卻又陷入愛慾的迷宮。同性戀還是雙性戀，自虐還是虐人，成為輪番上演的戲碼。帶著家族的詛咒以及色慾的原罪，「惡魔的女兒」注定墮入所遇——也是所慾——非人的輪迴。

陳雪的作品帶有強烈自傳色彩，也常常引起好事者對號入座的興趣。這是小說家的變裝秀，也是對讀者的挑逗。而她有關女性與同志的愛慾書寫，時至今日，已經進入主流論述。相形之下，我認為陳雪作品所形成的倫理寓言部分，有一般酷兒寫作所不能及之處，可以引發更多探討。

「惡」是陳雪創作的關鍵詞，也是她在描述各種精神創傷與愛慾奇觀的終點。什麼是惡？在陳雪筆下，惡是家族墮落的宿命，是父權淫威的肉身侵犯，是社會多數暴力和資本暴利，是異性戀監視下的欲望流淌，是難以診斷的病痛，不可告人的「祕密」。惡是奉禮教之名的善的彼岸，是無以名之的罪的根源。

陳雪也探討另一種惡：惡之花的誘惑。在這裡，「惡魔的女兒」不再只是犧牲，也搖身一變成為共謀。稱之為斯德哥爾摩徵候群也好，身不由己的耽溺也好，她以曖昧的行動，逆反的邏輯，從創傷開出以毒攻毒藉口，將墮落化為遊戲。究其極致，惡不指向禮法的禁區，而是放縱的淵藪；在那陰濕的底層，但見各色奇花異草怒放，無比引人入勝。

但陳雪的譜系裡還有一種不可思議的惡。太陽底下無新事，人生穿衣吃飯的另一面，就是行屍走肉的漠然與無感。我們都可能是「平庸之惡」的一份子。從無可名狀到無所不在，惡的家常化才是陳雪所想像的終極恐怖吧。摩天大樓就是這樣一個所在。大樓打造出一個理想的有機共同體。然而光天化日裡總已經藏著一觸即發的變故種子，或死無對證的謎團。唯有偶然事故發生，牽一髮動全身，方才折射出住戶的無明和偽善。

在《摩天大樓》裡，鍾美寶的死亡彰顯了陳雪的惡的譜系學。一個花樣年華女子的猝死在在引起大眾的慨嘆和不捨。緝拿元兇、繩之以法，儼然是除惡務盡的必要手段。然而陳雪暗示，作為「惡魔的女兒」，美寶就算死得無辜，也不能置身事外。這就引起了小說辯證的兩難。美寶溫良恭儉的生活裡有太多暴烈的因素。她苦苦與人保持距離，甚至藉不斷遷徙，藏匿行蹤，但她的隱忍卻反可能是殺身之禍的誘因。另一方面，她在愛慾的漩渦裡鋌而走險，一次次試驗死亡與屈辱的極限，顯然迫使我們思考她死因的其他可能。

而陳雪的野心仍大過於此。按照推理小說公式，她讓小說一系列證人說明自己和死者的關係，也澄清犯罪嫌疑。這些人證包括了美寶的男友，與她有染的其他情人，暗戀她的咖啡店女同志員工等。弔詭的是，他們明明有自己與命案無涉的證據，卻又同時承認自己「不無可能」就是謀殺犯。他們的自白是出於什麼動機？面對美寶的屍體，他們可能既是無辜的卻又是有罪的麼？

惡是有傳染性的。惡魔的女兒哪怕再天真無邪，難保沒有自噬其身的基因。與美寶來往過的人，怎能不受波及？他們覺得罪過，不僅是因為「我不殺伯仁，伯仁由我而死」，而是理解自己曾被美寶勾起非分之想，或的確做出越軌行為。儘管日常生活遮蔽了種種生命暗流，美寶的神祕死亡卻陡然提醒當事人所不能身免的共犯結構。小說結束時，真相似乎大白，但兇手何以下此毒手？

> 誰知道為什麼？知道了為什麼，是否就可以抵銷罪惡？理解犯罪人的心理過程，為的可能是寬慰還活著的人，然而，如果那就是根本的惡呢？

陳雪過去的作品圍繞家族醜聞和個人情史打轉，還未曾如此深刻思考惡的譜系的社會性。在這個層面上，摩天大樓的隱喻最明白不過。這四棟大樓組成的超級社區表面熙來攘往，其實關上了門，每個住戶也都關上了自家的祕密。但果真如此麼？戶戶相通的管道線路，無所不在的保全體系，讓私人生活總已進入公眾領域。當美寶屍體在她的房間裡逐漸分解時，其他的住戶呼吸著共同排氣口排出的新鮮空氣。

惡是有瀰漫性的，甚至成為生存的「根本」。美寶的命案曾讓大樓社區喧騰一時。但時過境遷，一切恢復常態。「無論是住戶還是……過客，偌大一棟樓，吞噬了一切，再將這一切消化吐出，人們很快就會把她遺忘」。在《摩天大樓》的最後一部，陳雪以速寫方式記錄大樓一個月又一個月的變化——或其實沒有變化。一切的一切彷彿就是魯迅所謂「無物之陣」的循環。這是小說家對惡的考掘學最後的感喟了。但絕望之為虛妄，恰與希望相同，陳雪必須寫出反抗絕望的可能。

迷宮裡的戀人

陳雪小說世界裡的惡如影隨形，唯一能與之抗衡的力量來自特定角色追求愛的欲望。這或許卑之無甚高論，但任何看過她此前作品的讀者會理解，對作家而言，愛是她唯一的救贖。但陳雪對愛的理解和敘述卻是如此曲折，以致我們發覺愛與惡的關係竟可以互為因果，如影隨形。美寶的愛情冒險就是最好的例子。

在摩天大樓的住戶眼中，美寶人見人愛。但也恰恰她如此可「愛」，我們忽略其中的凶險。美寶正牌的男友電訊工程師大黑木訥誠實，兩人也似乎心心相印。然而美寶的心另有所屬，她和同住在大廈的已婚建築師林大森進行著不倫之戀。美寶和大森原是青梅竹馬，多年之後在大樓裡巧遇重逢，舊情復燃，而且一發不可收拾。兩人瞞著大森的妻子偷情，無所不為。陳雪仔細交代他們早年相濡以沫的關係，以及重逢之後的激情。因為現實的種種阻礙，美寶與大森的愛情其實沒有未來。

在時間被壓縮，甚至排除的前提下，他們每次幽會就像是只此一次般的熾烈與決絕。他們熱衷虐待與被虐待的性愛，甚至窒息性遊戲，彷彿最後的高潮不是別的，就是死亡。

日常生活裡的美寶端莊秀麗，誰能料到她在性愛中如此狂野恣肆？好像只有在肉體極致的歡愉——和痛苦——中，她才能夠將所壓抑的種種不堪盡情釋放。大森穩重自持，有家有業，是社會成功人士，又為了什麼敢在同一棟公寓大樓裡玩起戀奸情熱的把戲？愛的力量摧枯拉朽，讓陳雪的戀人們鋌而走險——甚至走火入魔：

> 隨著時間的經過，見面次數增加，一年以來，他們除了一再地加強性的刺激，找不到其他辦法來緩解這沒有出路的戀情帶來的悲傷，後期他們的性愛已近乎狂暴，有時甚至會在彼此身上留下傷痕，更增加了曝光的可能。

大森不知道的是，他和美寶這樣的愛卻還未必是她真正要的。美寶同母異父的弟弟顏俊生得挺拔俊美，兼有陰柔的魅力，但卻是精神病患。美寶和顏俊相親相愛，及至在他的證詞裡終於承認，「我也是她的情人之一，雖然我們從不真正肉體相交。雖然，這該是禁忌與罪惡的，但誰能阻止我們相愛呢？即使美寶也不能，當我們一同從那個死境裡出走，我們就是同根同命的了，誰也不能拋棄對方。」但美寶的愛情還有另外一個更深不可測的黑洞。那就是她的繼父。從小學到高中，美寶是繼父覬覦的對象，自己的母親竟然裝聾作啞。她離家出走，卻怎麼也擺不開繼父的糾纏。

亂倫的陰影毀了美寶的生命。在她成長的過程裡父親從不在場，但繼父所取而代之的家／法，以及他對美寶的威脅，只讓她創傷的根源變本加厲。在那稱之為家的地方，父不父，母不母；那原該是愛的根源所在，原來早就是掏空的。美寶日後任何對愛的追尋，都是對那空洞的愛的求償，而且永遠得不償失。當她被殺死的那一刻，愛以最邪惡的形式來回應她的企求。

環繞美寶身體／屍體的，還有其他愛的回響。美寶咖啡店裡的小孟是女同志，對美寶一見傾心，但美寶不為所動，使她傷心不堪。美寶男友大黑因為出於對她行蹤的懷疑，暗暗在她房中架設攝影機，因此看到不堪入目畫面。他對美寶的愛只能在偷窺中完成，也同時幻滅。房地產中介林夢宇對美寶一向就有好感。他對大樓熟門熟路，乾脆從通風口潛入，和美寶的床、美寶的衣物談戀愛。當然我們不會忘記林大森。他是發現美寶被殺，把屍體清理以後，替它換上蕾絲洋裝、抹上口紅的那個人。大森與美寶的愛從來欲仙也欲死，當愛慾對象從肉體成為屍體，他戀屍的傾向浮出檯面。

這些形形色色的愛情因為美寶而起滅，提醒我們在大樓其他的住戶裡，是否也有類似故事上演。林夢宇出入大廈多年，見多識廣，也不避諱伺機與客戶逢場作戲。但他終於了解他轉手女人就像買賣房子一樣，自己的角色就是空洞的仲介。林妻丁美琪中年罹患乾燥症，苦不堪言，夫妻生活降到冰點。她卻在一個女教練的調養下，漸漸復元。羅曼史作家吳明月筆下多少千恩萬愛的場面，自己卻患有人群恐慌症，足不出戶，遑論談場戀愛。陳雪也不放過為酷兒角色發聲的機會。但比起異性戀的千奇百怪，這些角色嘔心瀝血的愛情故事讀來居然正常無比了。

摩天大樓是個愛慾的迷宮，曲折而陰暗。美寶不啻是這迷宮的女祭司，但也是犧牲者。美寶的冒險不禁讓我們想起希臘神話中克里特島阿里雅德妮（Ariadne）公主與迷宮的故事。迷宮道路機關重重，中心住著半人半獸的怪物迷諾它（Minotaur），隨時準備吞噬被獻祭的犧牲。阿里雅德妮掌握迷宮途徑，為了愛，她提供英雄提休斯（Theseus）一個線團，讓他進入迷宮，自己在外接應。提休斯殺死迷諾它，然後持線循徑走出迷宮，有情人終成眷屬。

陳雪的惡魔的女兒沒有這樣的運氣。她理解迷宮的險惡，但沒有愛人作為前驅或接應，她必須自己闖入迷宮，面對怪獸——那惡的本體——與之對抗。而她進得去，出不來。甚至可能發現原來怪獸猙獰的面目就如同她的父親！她終於被怪獸吞噬。

據此我們要問，寫作於陳雪，是否也如同愛的迷宮冒險？穿梭在不斷分歧的甬道裡，她且進且退，終而遇見——或錯過——怪獸。更尖銳的問題是，她握有任何線索，能讓她離開迷宮，全身而退麼？

《摩天大樓》並沒有給出肯定的答案。但陳雪提供了一個線索。那就是，美寶生命的最後階段還有一段戀情，對象是大樓管理員謝保羅。這段戀情也許突兀，但對陳雪的創作非比尋常，而她有備而來：小說介紹的第一個人物就是謝保羅。「他只是個平凡得近乎螻蟻的男人，內心背負著無法清償的罪咎，他孑然一身，不配得到幸福。」然而陳雪告訴我們，謝所謂內心「無法清償的罪咎」其實完全不能歸罪於他。他曾在一場意外中過失殺人，因此間接毀了一個家庭。雖然罪不在己，謝保羅卻懷著一顆自我放逐的心尋找救贖。他居於社會邊緣，甘願從事一個與資歷不符的大樓管理員工作，以卑微的方式活著，關心別人，不求回報。

美寶是在走投無路的情況下，投入保羅的懷抱。與其說他們相愛，更不如說他們互信。他們有了親密關係，而這樣的關係是協助美寶離開困境的前奏。然而小說急轉直下，美寶被殺，保羅黯然離職。

保羅是小說中的善人。他對美寶的死亡無能為力，當他離開摩天大樓時，他懷著對所愛深深的悲傷與思念。比起其他角色歇斯底里的愛以及萬劫不復的下場，保羅以他無條件的奉獻，示範了一種不同的愛。他為陳雪的迷宮打通一條出路：一種悲憫的愛的可能。也因為如此，他讓美寶的死有了淡淡宗教寓言的意義。畢竟，《聖經》中的保羅是耶穌最親近的使徒之一。

愛的社群免疫學

謝保羅這樣角色的出現，代表了陳雪對於個體與社會群體關係的再思考。如前所述，陳雪以往的作品一再演繹惡的無所不在，而防堵、驅逐「惡魔」、保持清明的唯一方法是愛。但她理解其間的弔詭關係。對她而言，如果愛的前提是主體將自己「毫不設防」的信託給所愛，這樣的愛就不得不向各種變數開放，包括主體的背叛或被背叛，傷害，甚至主體（自我）泯滅的可能。愛到深處不僅是無怨無悔，也可能是此恨綿綿，更可能是自我掏空或兩敗俱傷。而在最詭譎的情況裡，愛的救贖竟可能翻轉成愛的棄絕，那惡的誘因。

輾轉在愛的「迷宮」書寫裡，陳雪已經到達一個臨界點。我認為她的摩天大樓雖然延伸了迷宮隱喻，卻標誌相當不同的空間坐標以及倫理面向。簡單的說，如果「迷宮」只供惡魔的女兒和她的情人們出入，大樓則住滿了千百戶人家。這是一個喧鬧的，充滿各色相干與不相干人等的社區。美寶的愛與死就算再驚天動地，也還是要放在一個更複雜的社群脈絡裡來看。

這就是謝保羅微妙的位置所在。謝是大樓的管理員，負責全天候過濾出入訪客，處理住戶大小疑難雜症，當然最重要的，維護整個社區的安寧與秩序。良好的管理制度讓大樓以內的住戶住得安全舒服，也因此形成了區隔內與外，防堵閒雜人等、突發事端最重要的設置。

然而謝保羅是個稱職的管理員麼？他負責認真，夙夜匪懈。四十五層的地上建築，六層地下建築，四個小區，大大小小的賣場商店還有公司行號都在他巡邏範圍內。他對住戶彬彬有禮，有求必應。但他有可能太關心住戶？小說一開始，陳雪就告訴我們謝保羅特別同情一位坐在輪椅上的少女，久而久之，同情升等為愛慕。少女最後去世，保羅竟然私自潛入她的屋內，感傷良久。同樣的，他和美寶的曖昧關係也逾越了職守。更諷刺的是，他如此「保護」美寶，卻居然還是讓她被人殺了。

恰在這裡，陳雪鋪陳了她對個人與社群倫理的尖銳觀察。我的論述基於當代兩種有關社群倫理的說法。阿甘本認為，他所謂的「裸命」在二十世紀其實內化成為現代人的宿命。不論資本社會或極權社會，各有精密方式控制成員的生命／政治意義。政治異議者，難民，非法移民，非異性戀者，植物人等都是存在於合法非法的邊緣、或不死不活的狀態。

另一方面，伊斯波斯托（Roberto Esposito）同意阿甘本對現代社會生命管理的觀察，但指出「裸命」的運用過於僵化消極。同樣從生命／政治管理入手，他卻指出社群（community）和免疫系統（immunity）之間的辯證關係，才是現代社會性的基礎。對伊斯波斯托而言，社群的構成與其說取決於向心力、歸屬感（或持分單位），不如說對危及社區安危者的防堵與排除——也就是醫學隱喻的免疫體發揮功效。社群和免疫系統間的關係不總是涇渭分明的，而是相互消長，不斷在危機處理中劃出界限。免疫系統也有過猶不及之虞：就是它非但偵測、排除有害的入侵者，同時可能偵測、排除自己這樣偵測、排除的功能，造成「自體免疫」（autoimmunity）。換句話說，自體免疫猶如自廢武功。這成為隱伏現代生命／政治管理中最弔詭的危機。[1]

回到《摩天大樓》兇殺案和社群倫理的問題。我們不妨說，由謝保羅和其他管理員所形成的保全系統，就如同身體的免疫系統，隔離大樓內外，維護社區共同體的正常運作。但謝保羅的位置耐人尋味。再一次引述陳雪對保羅的描寫：「他只是個平凡得近乎螻蟻的男人，內心背負著無法清償的罪咎，他孑然一身，不配得到幸福。」保羅是條「裸命」，在社會邊緣討生活。他沒有入住摩天大樓的資格，卻被委以維護大廈安危的責任。更諷刺的是，保羅過分盡忠職守，結果連自己也分不清內外之別。當他成了美寶的入幕之賓，甚至共謀遠走高飛時，他從內部破壞了保全防線，形同摩天大樓的「自體免疫」。以後兇手闖入，不過坐實了大樓安全性的虛有其表。

保羅是大樓社區制度最盡責的維護者，卻也是社區制度最意外的破壞者。我們或許可說保羅與惡魔的女兒搭上線，也陷入了愛的詭圈。但陳雪的用心應不止於此。小說中保羅更是以善人面貌出現。儘管「裸命」一條，他不甘於卑微的身分。他曾遭受過天外飛來的過失殺人指控，而他逆來順受，默默贖罪。他與美寶萍水相逢，願意為她付出。不錯，美寶慘死，保羅難辭其咎。但換個角度看，恰恰因為保羅遊走大樓內外，只求付出，不為所限，他戳破了摩天大樓的防堵系統，或任何現代社會奉理性與之名的局限。

伊斯波斯托指出以往有關現代社群論述過分著重界限、領域的劃分，與保全／免疫系統的監理作用。他建議我們不把免疫當作天衣無縫的設置，而是一種滴漏、過濾的程序。認清惡既然防不勝防，我們就必須重新思考保全／免疫的功能。據此，謝保羅的意義就不再只是暴露摩天大樓管理的「自體免疫」缺失，而是提醒我們任何免疫系統內二律悖反性的積極面。只有理解保全／免疫系統的百密一疏，才能打破社區自成天地的幻象，面對社區以外的世界，無論是善的，還是惡的。為了自保，我們不可無防人之心，但我們同時又必須撤下心防，與人為善。謝保羅從「裸命」出發，跨過僵化的人我之間門檻，以寬容的愛來擁抱美寶。他的行為未必見容於常情常理，卻指向伊斯波斯托所謂「肯定的」生命／政治（affirmative biopolitics）。[2]

據此，我們可以理解陳雪如何將她的社群倫理免疫學落實到肉身基本面。小說中的羅曼史作家吳明月罹患多年廣場恐慌症，自我隔離。鍾美寶命案之後，她似乎若有所悟，竟然破繭而出，離開多年幽閉的房間，重新進入（仍然危機四伏）的社會。更有意義的例子是仲介妻子林美琪。她罹乾燥症的病因正是自體免疫功能作祟。她遍尋治療無效，卻在女性按摩教練的推拿中，肉身甦醒，重獲生機。而林美琪一直以為她只是個異性戀者。

陳雪的《迷宮中的戀人》所處理的，不正是一個女作家發現自己免疫功能失常，罹患了乾燥症？乾燥症讓作家生命停擺，陷身疼痛無孔不入、病因無從追蹤的循環裡。與此同時，作家感情也

---

1 Roberto Esposito, *Communitas: The Origin and Destiny of Community*, trans. by Timothy Campbell（Stanford: Stanford University Press, 2009）. Timothy Campbell, "Bios, Immunity, Life: The Thought of Roberto Esposito," *Diacritics*, 36, 2（2012）, pp. 2-22.

2 Greg Bird and Jonathan Short, "Community, Immunity, Proper," in *Angelkai*, 18, 3（2013）, pp. 1-14.

遭遇空前僵局。她周旋在舊愛新歡間，全心投入，求全責備，結果反而適得其反。

陳雪的戀人們在追逐愛的過程中，不知道如何劃下停損點，或一種「免疫」措施。他們極端到或唯我獨尊，或自我作賤時，愛吞噬了愛，惡意瀰漫，痛苦橫生。她們成為一群愛的「自體免疫」者。《摩天大樓》的鍾美寶只是最近的犧牲。但這回陳雪理解，摩天大樓裡還有成千上百的住戶，也各自有他們和她們的故事。癡嗔貪怨，各行其是。美寶的死引起憐憫，引起恐慌，或引不起任何反應，都必須預設社區其他住戶的感同身受的經驗或想像。這一對群體、他者存在的承認與同情，是陳雪愛的倫理學的重新起步。

而這重新起步的契機只能由謝保羅來承擔。摩天大樓兇殺案在媒體上喧擾一時，但美寶的葬禮淒涼無比。保羅南下，繼續孑然一身的流浪，以大量勞動和酒精麻痺自己。他更孤獨了。

直到有一天，保羅意外收到一個包裹，竟然是美寶的遺贈，一條黑白格子手織毛線圍巾。那是美寶打算私自離開摩天大樓前，託人留給保羅的。南部豔陽高照，圍巾卻溫暖了一顆冰冷的心。保羅開始學做麵包，那原是他和美寶的浪漫計畫。在一封信裡，保羅如此寫著：

> 美寶確實死了，但就像她活著時那樣，無論身處什麼樣的絕境，她從也沒有自暴自棄，更不可能會讓身旁的人不幸。後來我想，是該離開台北了。麵包店的工作還等著我，老社區也還有空屋，沒有美寶，也還可以過著美寶想要的生活。我想，這才是繼續愛美寶的方式。

愛原不是封閉的系統，而是開啟未來可能的界面。「迷宮」闖蕩二十年後，陳雪以前所少見的溫柔結束她的小說。摩天大樓兇殺案很快就會被淡忘，但惡的陰影揮之不去。「那樣巨大的一座大樓，隱藏著多少種地獄呢？」唯有善人保羅從地獄歸來，收拾記憶碎片，謙卑的重新開始生活。置之死地而後生，「沒有美寶，也還可以過著美寶想要的生活。我想，這才是繼續愛美寶的方式。」愛，以贈與，以無須回報的方式，移形換位，繼續傳衍。這是惡魔的女兒最後的禮物。

陳雪，《摩天大樓》（台北：麥田出版，二〇一五）。

小說「即物論」
——吳明益《單車失竊記》

吳明益（一九七一—）創作始於一九九〇年代初，而在新世紀獲得廣泛注意。二〇一五年長篇小說《單車失竊記》推出後立刻成為文壇最新話題。這部小說的標題令我們聯想義大利新現實主義電影大師狄西嘉（Vittorio De Sica）的經典《單車失竊記》（一九四七）。吳明益藉此喻彼，構思了一個繁複迷人的故事。「單車失竊記」仍然是情節主軸，但場景則從台北流轉到埔里、岡山，從馬來半島到滇緬叢林。命運之輪隨著單車主人的行旅轉動，一段又一段台灣歷史來到我們眼前。

早期吳明益創作略帶鄉土風格的小說，但他真正的突破始於自然書寫。《迷蝶誌》、《蝶道》、《家離水邊那麼近》、《浮光》等散文集非但呼應當代的環境意識，作品所透露的強烈知性特色及實證精神，的確令讀者眼界一開。當他將這一特色帶向小說創作，並雜糅魔幻色彩，於是開拓了屬於自己的風格。《睡眠的航線》、《複眼人》、《天橋上的魔術師》等作品，都是很好的例子。

《單車失竊記》以腳踏車傳奇寫出台灣日常生活現代化的歷程，更敷演出殖民歷史，戰爭創傷，以及深陷其中的人與動植物的變遷。小說出版後引起許多反響。讚賞者指出吳明益對百年台灣歷史記憶和自然環境做出獨特觀察，敘事能力尤其值得稱道。批評者則認為小說包羅萬象，卻沖淡主題意識；刻意的敘事設計也帶來過猶不及的閱讀效果。[1]不同的聲音顯示小說的內蘊張力，也促使我們思考新世紀台灣小說該寫什麼，如何寫的問題。下文試以「即物論」一詞來描述吳明益的小說實驗，同時也思考他的實驗與當代華語小說典範變遷的關係。

「新即物主義」

《單車失竊記》的情節其實相當複雜。故事主人翁父親神祕的失蹤，他所曾擁有的一輛幸福牌腳踏車下落不明。一輛單車牽動了一系列有關單車失去和歸來的故事，至少包括一位原住民攝影家尋找父親的曲折經歷，一位女子對母親畢生從事蝶畫工藝的追憶，一位老婦對殖民時期的最後回顧，還有敘事者本人作為鐵馬收藏者的現身說法。在此之下，還有岡山眷村老兵故事，台北中華商場庶民生活白描，原住民族群的悲歡離合，殖民初期血腥的抗日行動及二二八事件，乃至太平洋戰爭馬來半島銀輪部隊傳奇，滇緬野人山浴血戰役，圓山動物園大象林旺的冒險……。

1 見如臺灣文學館主辦二〇一五年臺灣文學金典獎評審紀錄，蘇偉貞和施淑的意見，http://award.nmtl.gov.tw/index.php?option=com_content&view=article&id=464:2015&catid=74:2015&Itemid=133（瀏覽日期：二〇一八年六月十八日）；又見朱宥勳的書評〈再下去一定會有水源〉，http://www.thinkingtaiwan.com/content/4447（瀏覽日期：二〇一八年六月十八日）。

吳明益將這麼多的頭緒鏈接一起，野心不可謂不大。但讀者應不難發現《單車失竊記》是本「好看」的小說。不僅情節引人入勝，敘述尤其條理分明，舉重若輕。這樣的效果潛藏作者精準的書寫技巧。在他細心操作下，小說的各個場景、人物的連動關係，彷彿就像腳踏車的齒輪一樣，環環相扣。而駕馭者如何啟動故事鎖鏈，並且細心維護、防止「脫鏈」，以便輕快進行，顯然需要經營，更需要慧心。

如果從純粹技術層面來看待《單車失竊記》，吳明益依靠了最古老的說故事方法。他的敘事者穿針引線，接駁小說各個人物的書寫或自白。不同聲影、經驗相互交織、印證，形成綿密知識和情感網絡。識者對如此精心設置或有所保留，但作者顯然有自己的想法。單車原只是個器物，但經過作者有意的——甚至是詩意的——召喚，一躍成為所謂「客觀影射物」（objective correlative）。引譬連類，他藉單車彰顯的不僅是人與物，更及於物與物的關係。

這讓我們進一步考察吳明益筆下「物」的觀念。單車是西方十九世紀上半葉的發明。簡單的兩輪設置，加上人力驅動，一種交通工具於焉產生。單車是工業時代來臨，人與器械「互動」的微妙隱喻。單車以其機動輕便，一時成為無所不在的代步工具。器械運動產生的速度與人力平衡及方向的操作相互為用，駛向現代。與此同時，如小說所述，單車也竟然因此被用為戰爭武器。他筆下的波耳戰爭、太平洋戰爭中日本的銀輪部隊就是一個例子。

單車在二十世紀初傳入台灣，成為台灣現代化經驗一項器物表徵。從「微物」的角度來看，單車無足輕重，卻帶來日常生活的改變，牽一髮而動全身。它傳輸的不只是身體，物件，也有情感；它創造島上屬於「個人空間」的動能。小說裡，敘事者的父親曾經精打細算，購置單車；他失去單車時的嗒然若失，神奇的找回單車時的不可思議，無不說明這樣一個簡單的器物，卻投射彼時升斗百姓的欲望與焦慮。小說開始介紹單車一系列的別名，腳踏車，自行車，孔明車，文武車，鐵馬……和發音，更說明在現代世紀的開端，「詞」與「物」如何相互找尋對應，形成新的命名與「運命」網絡。

另一方面，從「唯物」的角度來看，吳明益提醒讀者，單車曾經所費不貲，當然也成為財力和階級的象徵。一直到五〇年代，一台配備齊全、運轉伶俐的單車仍是島上庶民經濟的指標之一，一種「幸福」的消費神話。小說仔細描寫當年台灣自行車大廠「幸福牌」的盛衰，因此饒有象徵意義。

不論「微物」或「唯物」，吳明益都企圖以此勾勒出台灣經驗的複雜過程。他的歷史情懷無所不在。穿插《單車失竊記》的七節關於單車構造，演變，還有作者蒐集古董車的紀錄，構成小說最重要的線索：一則關於器物與使用者一起成長、發展、消失、重現的考古紀錄。一般自然寫作者多半關心山水草獸蟲魚，吳明益的有情眼光及於器物消長的人間條件。這是他別出心裁之處，也牽涉到他對「物」獨特的看法。

我認為「微物」或「唯物」之外，吳明益單車書寫也凸顯他創作觀的「即物」面向。我所謂的「即物」包含兩個方向：觀看和書寫。他在論攝影的散文集《浮光》裡，曾討論現代攝影史上的一種重要風格，「新即物主義」。書中特別介紹羅曼．維希尼克（Roman Vishniac）一九三〇年代發展顯微攝影技術，為視覺現代性帶來點方形改變。顯微攝影帶來醫學、自然和生物科學研究大躍進，更重要的是，透過顯微「觀點」，我們察覺肉眼所難以捕捉的大千世界。一方面精密到毫毛畢現，一方面也因為極度放大效果，產生廣袤無邊的宏觀震撼。兩者都為習以為常的事物帶來「陌生化」的效果。這一技術「是攝得更形神祕的腦中的某個角落，去理會本就存在於這些生命中的『精細』與『巨大』。那是實質意義上的，也是概念意義上的」。[2]

傳統「觀微知著」的老話有了技術和審美新解。貌不驚人的草木幻化出神妙的抽象圖案，避之唯恐不及的生物突然散發逼人魅力。「透過鏡頭，我們有了全新的『即物』經驗，萬物成為線條、光影、姿態，它們似乎暫時脫離那個艱難的生存舞台，因而蛻變出新生命。」[3]從具象到抽象，顯微寫實的結果如此鉅細靡遺，竟然呈現了詩的向度，甚至形成一種隱喻意義的符碼，指向生命猶不可解的層面。

文藝界的「新即物主義」也發生在二〇年代西歐。尤其是在德國，藝術家和文人面對一次世界大戰之後的社會動盪，強調以客觀方式重新審視、呈現現實。他們一方面融合前衛藝術的實驗風格，一方面反思寫實主義的再現手法，創造出具有批判意義、設計功能，而不失現代特徵的作品。「新即物主義」在台灣也有詮釋者。一九六四年林亨泰、白萩等人成立的「笠詩社」，標榜的就是新即物精神。多年後宋澤萊有如下描述：「在文學上排除人的歷史性、社會性，缺乏洞察的表現主義觀念和純主觀的傾向；而以即物性、客觀性極冷靜地描寫事物的本質，產生報導性頗強的作品。」[4]對應彼時《創世紀》超現實主義詩風，《笠》詩人務實、諷喻的傾向立刻凸顯出來。

吳明益自謂他對新即物主義的初識，就是因為讀宋澤萊的詩論。但他的所學所見早已超過前輩。漢字的「即」有數層意義：當下此刻；接觸靠近；或是當作連接詞的「就」或「就是」。吳的作品發揮這些定義，改變了約定俗成的時空距離。寫作於他是身臨其境，直觀最微小也最龐大的人間和自然風景；也是掌握靈光一閃的啟悟和想像，接觸生命難以捉摸的另類真實。就以單車為例，他不但查考日據時期以來形制規模，市場反應，以及消費習慣，更使自己成為一個古董單車收藏者。他對故事中場景調度，情節安排，一樣做出鉅細靡遺的考據及設計。

吳明益要「即」的「物」，不僅是現實文明或生態環境的「物」，也更是前所謂「概念意義」上的「物」。除了呼應維希尼克的顯微理論，他幾乎有種海德格式的執著，意即要穿破層層晦澀阻隔，將「物」的存在本質再次彰顯出來：「如果我們讓物在世界生成的過程中『兀自／物自』出來，那麼我們的確就是見物即是物了。」[5] 讓單車實質與概念意義上「兀自／物自」的身影顯現出來，正是吳明益小說的首要命題。以此類推，他也勢必要叩問小說之為「物」的意義。

2 吳明益，《浮光》（台北：新經典文化，二〇一四），頁一五一。

3 同前註，頁一五四。

4 宋澤萊，〈論「笠詩刊」的諷喻詩：以陳千武、李魁賢、鄭烱明為例〉，http://twnelclub.ning.com/profiles/blogs/3917868:BlogPost:30540（瀏覽日期：二〇一八年六月十八日）。

5 “If we let the thing be present in its thinging from out of the worlding world, then we are thinking of the thing as thing.” Martin Heidegger, “The Thing,” in *Poetry, Language, Thought*, trans. by Albert Hofstadter（N. Y.: Harper and Row, 1971）, pp. 179-180.

距離的組織

如前所述，《單車失竊記》情節繁複有如精緻的器械。故事裡的父親是個裁縫，多年前和他的單車不明不白的失蹤。循著追蹤單車以及父親的下落，敘事者認識原住民攝影者阿巴斯。從後者得知外省老兵的故事，台灣抗日分子、青年日本軍人的傳說，還有阿巴斯父親巴蘇亞在太平洋戰爭期間，被日軍徵調遠征馬來半島的遭遇。敘事者吳明益和阿巴斯平行尋父的情節當然意味深長。除此，業餘女作家薩賓娜和老婦靜子各以小說或回憶方式，進入殖民時期台灣生態史，像台灣蝶畫工藝始末，台北動物園前世今生，還有被派遣到日本、馬來半島的工兵戰士的遭遇。

吳明益依靠傳說故事的接龍敘述法將這些情節兜攏起來。我們要問：為什麼說這樣複雜的故事？這些故事何以與一輛失竊的單車有關？而這一單車又如何成為我們描述、理解大歷史的喻象？面對評者見仁見智的解讀，吳明益應當會以他的「複眼」美學回應。作為「客觀的影射物」，失竊的單車引領我們一窺時代的細微震顫，也見證歷史的天翻地覆。作家期待他的敘事是微觀的，放大出種種隱而不顯的細節；也是宏觀的，勾勒出前所未見的時空藍圖。小說家所做的，引用京派現代主義詩人卞之琳（一九一〇—二〇〇〇）的名詩〈距離的組織〉，是認識甚至創造這其中「距離的組織」。[6]

吳明益早期小說集《虎爺》就有短篇〈複眼人〉；之後的科幻長篇也名為《複眼人》。散文集《浮光》中也提到生物界和映像界的複眼構造。用小說《複眼人》的話來說，「他的眼睛跟我們的眼睛不太一樣，有點不太像是一顆眼睛，而是由無數的眼睛組合起來的複眼，像是雲、山、河流、雲雀和山羌的眼睛，組合而成的眼睛。我定神一看，每一顆眼睛裡彷彿都各有一個風景，而那些風景，組合成我從未見過的一幅更巨大的風景。」[7]

複眼觀天下。如果歷史只能容納一種或有限的觀點和說法，並且將所謂的真實無限上綱成一種道德或意識形態律令，小說恰恰以可近可遠的視野，眾聲喧嘩的結構，展現史料——始料——未及的可能。小說指向超真實的真實。在《單車失竊記》裡，吳明益藉單車失而復返所形成的動線，不僅讓各不相關的人物相遇、訴說、回憶往事，形成多聲部網絡，也讓逝去的亡靈頻頻現身。他提醒我們生命不可知的一面，哪裡是你我能夠盡詳？歷史的紛擾甚至讓自然生物都不能倖免。吳明益告訴我們台灣中部曾經漫天飛舞的蝴蝶，卻紛紛淪為蝴蝶手工藝生產線下的亡魂。戰爭期間中南半島的大象被捕捉訓練，甚至成了戰爭機器的一部分。

這些生物可有屬於牠們的視界和歷史？這是吳明益念茲在茲的問題。他曾經「想像蒼蠅這種我們自以為比自己低等得多的生物看待世界，但事實上那並不卑微，而且蘊藏著嘗試解釋另一個獨特

---

6 想獨上高樓讀一遍《羅馬衰亡史》，／忽有羅馬滅亡星出現在報上。／報紙落。地圖開，因想起遠人的囑咐。寄來的風景也暮色蒼茫了。／（醒來天欲暮，無聊，一訪友人吧。）／灰色的天。灰色的海。灰色的路。／哪兒了？我又不會向燈下驗一把土。／忽聽得一千重門外有自己的名字。／好累呵！我的盆舟沒有人戲弄嗎？／友人帶來了雪意和五點鐘。

7 吳明益，《複眼人》（台北：夏日出版社，二〇一一），頁二二七。

世界的自然觀」。[8]《天橋上的魔術師》中，他也曾處理過一則人變（裝）為象的故事（〈一頭大象在日光朦朧的街道〉）。從象眼看世界，現實陡然變得「不像」現實起來。《單車失竊記》中，他以專章處理曾經參加戰爭，最後落腳動物園的大象林旺如何看待世界，也就不是偶然。大象林旺為人所役，「象的身體，象的意識，象的經驗」為人所役，被徹底禁錮顛覆，必須「感受那個疼痛與恐懼，並且認定這就是象的一生所要承受的，象的一生，就是一個忍受各種折磨的夢」。[9]

「複眼」所見如此不同，讓我們再一次思考吳明益「即物論」對「物」的定義。當代西方理論當然可以作為借鏡。李育霖教授根據德勒茲的分子論，對吳明益的自然書寫做出精采分析。[10]他指出吳觀察山海、生物與無生物系統縱橫交錯，呈現千變萬化，悸動不已的具象和抽象組織。而回到中國文論傳統，我們也未嘗不別有所見。吳明益自己為這樣的詮釋提供了線索。他曾經研究清初詩人王漁洋（一六三四—一七一一）的詩論，[11]探討詩人如何從詩歌中提煉理想典型。王漁洋歷來被視為傳統性靈詩學最後大師之一。他反對因循典故，強調直面自然，卻又認為詩人與自然相遇的境界，不來自客觀景物的再現，而來自審美典型的邂逅與生成。所謂興到神會，「神韻」乃生。

從古典山水美學到當代生態自然寫作，從王漁洋的神韻說到維希尼克的顯微攝影術，其間的差異巨大無比。但這些不同的時空、論述場域的交匯，也許就是促使吳明益構想「即物論」的動力。他的寫作是比較文學研究的絕佳題材。不論是《迷蝶誌》、《蝶道》對蝴蝶蛻變的沉思，還是《家離水邊那麼近》對水文生態的觀察，既帶有強烈的「感物／感悟」意味，也如李育霖所論，指向身體「情動力」（affect）的迸發傳導。

「物」不局限在器物或符號，而指涉萬物流轉，自然循環，生命更迭。唯有一個有情的詩人才能觀物即物，興到神會，從而啟動大千萬象的你來我往。由是，《單車失竊記》中的單車何必只是尋常定義下的器物而已。「複眼人」吳明益要說，單車上山下海，歷盡車主和環境考驗，就是小說真正的主角。究其極致，單車與小說裡的大象命運互為印證，暗示單車不也就是轉喻的象：歷經艱辛，出入叢林的象；象憂亦憂，象喜亦喜的象？

幸福的齒輪

放大眼光，以《單車失竊記》回看吳明益這些年的創作之路，我們不僅得見一位小說家的成長，也見證當代台灣文學的世代交替。這一交替不僅關乎作家的輩分，也關乎小說所投射出的「感覺結構」。

我以為九〇年代以來，台灣小說一直有種啟蒙徵候群發展延伸。此處所謂的「啟蒙」沒有深文

8　吳明益，《浮光》，頁一四六。

9　吳明益，《單車失竊記》（新版）（台北：麥田出版，二〇一五），頁三一四。當然讀者可能說這仍是人類一廂情願的投射。但吳明益一定會反駁，如果沒有同情的開啟，又能如何進一步遭遇「他者」，尋求共存之道？

10　李育霖，《擬造新地球：當代台灣自然書寫》（台北：國立臺灣大學出版中心，二〇一五），第一—二章。

11　吳明益，〈從詩史觀到理想典律：王漁洋擇定選集所映現的詩歌觀點與意涵〉，《中國古典文學研究》（一九九九），第一卷，頁一一三—一三六。

奧義，僅用以指出小說家發掘「事物的真相」的熱衷或幻滅。八○年代末以來政治解嚴，身體解放，知識解構。小說也反映這一風潮，無論是國史、家史譜系的打造、族群或身分的認同，[12]或是身體情慾的探勘、性別取向的告白，[13]都潛存一種從蒙昧到真相——或沒有真相——的敘事過程。而在風格上，敘事主體展演、玩味種種發現，從義憤到悲傷，從渴望到戲謔，為前所僅見。駱以軍頹廢的荒謬劇場，賴香吟深不見底的憂鬱紀實，或是舞鶴痙攣的文字嘉年華，只是比較明顯的例子。

吳明益並不自外於這一啟蒙姿態。他的自然寫作體現田園山川，反省人類文明盲點，就是最好的例子。不同的是，他很快理解種種奉「主體」為名的啟蒙敘事的局限。想想常見的關鍵詞，像「荒人」、「野孩子」、「鱷魚」、「惡女」、「餘生」、「古都」、「旅館」等，不是已經成為老生常談？比起先行的作家，吳明益的作品顯現少見的冷靜和自覺。他一直找尋新的定位，也深自檢討創作者的身分：「我有時會想，寫作究竟是什麼樣的一種職業，社會如何容許一群人使用人類自造的一種符號體系，去編寫故事，並且從中牟利？而這個職業的人又是如何扭曲、打造、鎔鑄字詞的意義，得以讓另一個人閱讀到的那一刻，感到激盪、低迴，乃至於像是受刑？」[14]

吳明益於是在啟蒙（enlightenment）邊界上，追蹤迷魅（enchantment）的光影。他的創作帶有魔幻色彩，不免讓文青們想到村上春樹。但與其說他描寫的異象是賣弄虛玄，不如說是他獨特的即物方法、複眼美學的實踐。對他而言，「事物的真相」也許在敘事的盡頭，也許混沌不可得；更重要的是明白事物所散發兀自／物自存在的神祕氣息，必須引起我們謙卑敬畏之心。《睡眠的航線》寫主人翁詭異的不睡症，由此竟發展出父子兩代對戰爭記憶的解放。《複眼人》想像自然生態突變的末世景觀，思考環境浩劫下，純粹生存狀態的詩意回歸。唯《睡眠的航線》不乏習作痕跡；《複眼人》雖然廣受歡迎，但作者有話要說的意圖躍然紙上，已帶有科普讀物的意味。

吳明益更精采的作品應是《天橋上的魔術師》。這本小說集以敘事者所成長的台北中華商場為背景，講述了九個成長故事。鄉愁敘事是我們習見的題材，但吳以一座巨大的庶民商場作為鄉愁的地標，就別有所見。中華商場容納上百小本經營的店鋪食肆，龍蛇混雜，卻也是故事中不同主人翁——以及作家自己——初嘗人生滋味的所在。串聯故事的人物是個天橋人行道上賣藝的魔術師。魔術師來歷不明，形容猥瑣，卻能化腐朽為神奇。從紙上變出金魚缸，讓霓虹燈光如水銀四下流淌，還有指揮小黑人剪紙跳起舞來。他玩的是雕蟲小技，但誰知道呢，也許放送的竟是神祕的生命知識，詭異而迷人。中華商場早已拆毀，沒有留下任何痕跡。日後主人翁們回顧所來之路，終將了解那些天橋上的魔術時刻如此微不足道，卻逸出生命常軌，開啟了成長和青春那難以言傳的知識。

《單車失竊記》上承《睡眠的航線》部分情節，像是失蹤的父親和單車，戰爭的記憶與創傷等。但這部小說真正延續的，是《天橋上的魔術師》裡對魔術時刻的追尋。單車所被賦予的功能其

12 如朱天心的《古都》、舞鶴的《餘生》、施叔青的《台灣三部曲》、陳玉慧的《海神家族》、李永平的《月河三部曲》、夏曼．藍波安的《冷海情深》、巴代的《笛鸛》等。

13 如朱天文的《荒人手記》、邱妙津的《蒙馬特遺書》、陳雪的《惡魔的女兒》、王定國的《那麼熱，那麼冷》、賴香吟的《其後》等。

14 吳明益，《單車失竊記》，頁一九。

實就像是天橋上的魔術師，引導出不可思議的生命即景。所不同者，單車更以素樸的器物存在，見證、參與那些生命故事。由此引發的連動關係，更為耐人尋味。

但這部小說雖然不再依賴魔術師穿針引線，畢竟也有一個通關密語，用以接駁現在和過去，可知與不可知。那密語竟是「幸福」。呼喚「幸福」的迷魅力量，縈繞全書，而小說作者告訴我們，幸福首先不是別的，就是一輛摩登的、性能優秀的腳踏車的名字／品牌。吳明益下了大工夫追查「幸福牌」腳踏車在台灣一頁又一頁的發展史。而他自己與筆下的敘事者也都成為腳踏車的收藏者。小說中，尋找失竊的「幸福牌」成為情節解疑揭祕的手段，也更是重構人與人、人與物、物與物之間倫理關係的必要行動。

《單車失竊記》所回顧的卻是充塞戰爭與暴力的時代，一個「無法好好哀悼的時代」。[15]循著追蹤「幸福牌」的下落，吳明益要寫的是背景、遭遇不同的人物、動物和他（牠）們的亡靈，如何在生命中找尋安頓而百尋不可得。甚至小說中的大象林旺都有難以化解的悲傷和恐懼。然而幸福的憧憬如影隨形：那有千萬蝴蝶飛舞的深谷，那曾經充滿嘈雜影音的動物園，那魂牽夢縈的浪漫往事，那可望而不可即的幸福家庭……幸福是如此若即若離，以致讓人或動物都患得患失起來。

書中〈鐵馬誌〉第六章，敘事者的母親感嘆生命的「傷不全」，卻又對生命太圓滿——「傷圓滿」——感到不安。如何在「傷不全」和「傷圓滿」中找到平衡點，完成「距離的組織」，也許就是開啟「幸福」的關鍵吧。在這個意義上，《單車失竊記》的啟蒙敘事期許一種向生命／自然的敞開，也是對上個世紀末以來國族／情慾啟蒙敘事的悖反。

《單車失竊記》最後，攝影師阿巴斯追蹤父親在馬來半島失蹤的單車，終於來到一個土著村落。在那裡，他看到一棵大樹懸空吊著一輛腳踏車的支架。至此父親的行腳真相大白。當年深埋地下的鐵馬，隨著周遭草木生長，已經兀自成為詭異的奇觀。這是自然和器物，記憶與幻想，死亡和生命和解的時刻——也必然是作家所構思的魔術時刻。

與此同時，敘事者修補父親那輛失而復得的「幸福牌」，跨山涉海，持續前進。「而我就那麼騎在車上，遠方的一切都在靠近，所有靠近的事物正在遠離。」[16]

我們彷彿聽到幸福的齒輪一圈一圈的轉動著。我們要問，「小確幸」世代的讀者能從「幸福牌」的故事得到什麼？而打出了「幸福牌」之後，吳明益又將如何憑他的「即物論」，讓台灣小說敞開新的視界？

吳明益，《單車失竊記》（新版）（台北：麥田出版，二〇一五）。

15 同前註，頁三八四。

16 同前註，頁三八二。

盲女古銀霞的奇遇

——黎紫書《流俗地》

黎紫書（一九七一—）來自馬來西亞怡保，是華語文學界的重要作家，在中國大陸也享有一定知名度。上個世紀末她以《把她寫進小說裡》（一九九四）獲得馬來西亞花蹤文學獎小說首獎，自此嶄露頭角，之後創作不輟。《流俗地》是她繼《告別的年代》（二〇一〇）後第二部長篇小說。十年磨一劍，黎紫書的變與不變，在《流俗地》中是否有所呈現？

《流俗地》的主角古銀霞天生雙目失明。她的父親是出租車司機，因為這層關係，銀霞得以進入租車公司擔任接線生。她聲音甜美，記憶力過人，在電話叫車的年代大受歡迎，視障成就了她傳奇的一部分。黎紫書透過銀霞描繪周遭的人物，他們多半出身中下階層，為生活拚搏，悲歡離合，各有天命。

銀霞和其他人物安身立命的所在，錫都，何嘗不是黎紫書所要極力致意的「人物」。錫都顯然就是黎紫書的家鄉怡保。這座馬來西亞北部山城以錫礦馳名，十九世紀中期以來曾吸引成千上萬的中國移民來此採礦墾殖，因此形成了豐饒的華人文化。時移事往，怡保雖然不復當年繁華，但依然是馬來西亞華裔重鎮。

然而怡保又不僅只有華人文化，馬來人、印度人和華人相互來往，加上晚近來此打工的印尼人和孟加拉人，形成了一個多元族群社會。是在這樣的布局裡，黎紫書筆下的盲女銀霞遇見不同場合、人物，展開她的一頁傳奇。也必須是在這樣眾聲喧嘩的語境裡，她觀察、思考華人的處境，以及今昔地位的異同。

《流俗地》人物眾多，情節支脈交錯，黎紫書以古銀霞作為敘事底線，穿插嫁接，既有現代主義參差對照的風格，也有舊小說草蛇灰線的趣味，不是有經驗的作者，不足以調動這些資源。銀霞擔任租車公司接線員是巧妙的安排。在她日夜「呼叫」下，所有大小街道的名稱、熟悉不熟悉的地址不斷躍動在字裡行間，形成奇妙的錫都方位指南。比起《告別的年代》刻意操作後設小說技巧，《流俗地》回歸寫實主義，顯示作者更多的自信。黎紫書娓娓述說一個盲女和一座城市的故事，思索馬來西亞社會華人的命運，也流露此前少見的包容與悲憫。

流俗與不俗

《流俗地》的「流俗」顧名思義，意指地方風土、市井人生。這個詞也略帶貶義，暗示傖俗不文，下里巴人的品味或環境。黎紫書將錫都比為流俗之地，一方面意在記錄此地的浮世百態，一方面聚焦一群難登大雅之堂的小人物。這些人的先輩從唐山下南洋，孑然一身，只能胼手胝足謀生。上焉者得以安居致富，但絕大多數隨波逐流，一生一世，唯有穿衣吃飯而已。黎紫書更關心的是女性的命運，這一向是她創作的重心。要為這些人物造像，寫出她們的生老病死，喜怒哀樂。

古銀霞天生視障，但她自己和周遭家人親友似乎不以為意。生活本身如此擁簇，老老實實過日子都嫌捉襟見肘，誰有餘力刻意照顧她憐憫她？但也因此，銀霞和組屋周圍鄰居打成一片。她沒有什麼學識，但自有敏銳的生活常識；她沒有社交生活，卻也自然而然的有了相濡以沫的同伴和朋友。一次出遊，一場談話，一碟小吃，一隻小動物的出沒都足以帶來令人回味的喜悅與悲傷。銀霞的成長沒有大風大浪，唯一一次改變命運的機會，卻帶來此生最大的驚駭與創傷。即使如此，她還是熬了過來，最後迎向生命奇妙的轉折。

黎紫書塑造人物的方法，儼然回到十九世紀歐洲正宗寫實主義的路數，經典之作包括像福樓拜（Gustav Flaubert）的《簡單的心》（*A Simple Heart*）。這類寫作看似素樸的白描，其實自有一套敘事方法和世界觀。所謂「人物」不再享有獨特位置，而是人與物——事物與環境——的相互依賴影響關係。作者從小處著手，累積生活中有用無用的人事、感官資料，日久天長，形成綿密的「寫實效應」。

只要回看《告別的年代》，即可看出黎紫書的「變」。《告別的年代》裡的主人翁杜麗安也是來自底層的女性，她出身不佳，力爭上游，嫁了黑道大哥後，搖身變為另類社會名流。即使如此，她並不安分，因此有了更多的曲折冒險。《流俗地》裡的古銀霞沒有杜麗安的姿色和本事，她甚至看不見世界。她必須和生命妥協，退至人世的暗處，她必須認命。然而，黎紫書卻從這裡發現潛德之幽光，最終賦予這個角色救贖意義。

而銀霞不是單一的例子。《流俗地》以集錦方式呈現錫都女子眾生相。沿門簽賭的馬票嫂早年遇人不淑，獨立營生，竟然遇見黑道大哥，有了第二春。這個角色似乎脫胎於《告別的年代》的杜麗安，只是更接地氣。馬票嫂沒有大志，因婚姻所迫走出自己的道路，但就算苦盡甘來，最後也得向歲月低頭。她曾經穿門入戶，好不風光，晚年卻逐漸失智，一切歸零。銀霞童年玩伴細輝一家是《流俗地》的另一重點。這家的男性或早逝、或無賴、或庸懦，反而是從母親何門方氏、媳婦蕙蘭、嬋娟、小姑蓮珠，還有第三代春分、夏至等女性，各自活出命運的際會。母親的頑固、蕙蘭的空虛、嬋娟的刻薄、蓮珠的風流，無不躍然紙上。

這些人的生活苦多樂少，浮沉有如泡沫，認命到了自苦的地步。但她們不需要同情。就像銀霞一樣，這些人兀自存在，以自己的方式「做人」與「格物」。當何門方氏佝僂跪倒猝逝，當蕙蘭坐看自己臃腫如象的身軀，當嬋娟因寡情而自陷憂鬱困境，或當蓮珠發現機關算盡，還是不能鎖住良人時，她們以肉身經歷的無明與不堪，演義生命的啟示——或是沒有啟示。然而生命再庸庸碌碌，也偶有靈光閃爍。這裡沒有天意使然，甚至無關什麼人性光輝，卻足以讓我們理解現實的無情與有情，人之為人的隨俗與不俗，自有一份莊嚴意義。

黎紫書有意將這樣的觀點鑲嵌在更大的歷史脈絡裡。錫都五方雜處，曾經有過繁華歲月，如今風華褪盡。華人生存的環境充滿壓抑，卻仍然得一五一十的過日子。銀霞堅守出租車站，以南腔北調的方言溝通來往過客，名噪一時。新街場舊街場，酒樓食肆，甚至夜半花街柳巷的迎送都需要她的調度串聯。黎紫書藉著銀霞的聲音召喚自己的鄉愁。但在私家車日益普遍，手機網路和各種替代性租車行業興起後，傳統租車業江河日下。銀霞可能是最後一代接線員。她已不再年輕，將何去何從？

與此同時，馬來西亞華人的生態悄悄發生改變。黎紫書以往的作品也曾觸及種族政治議題，如〈山瘟〉、〈七日食遺〉等，但這類題材不是她的強項。《告別的年代》雖以一九六九年「五一三」華巫暴動為背景，僅僅點到為止。《流俗地》也處理這段歷史，但方式不同。一九六九年五月十三日，馬來西亞反對勢力在全國選舉中險勝，第一次超越聯盟政府，選後雙方衝突，華人成為主要受害者。事件不僅牽涉雙方種族政治，更與長期經濟地位差異有關。「五一三」後，華人地位備受打壓，華校教育成為馬來官方和華人社團對峙的主要戰線，延續至今。

《流俗地》的時間開始於「五一三」之後，暴亂的喧囂已經化為苦悶的象徵。幾個主要人物是在這樣的情境裡長大成人。華人社會一向逆來順受，市井小民尤其難有政治行動。但小說一路發展，最後陡然一變。就在古銀霞為自己的未來做出最重要的決定時，馬來西亞社會也經歷大變動。二〇一八年五月九日，馬來西亞舉行大選，超過兩千三百位候選人爭取七百二十七個國會議席，結果帶來聯邦政府六十一年來的首次政黨輪替。儘管政治變天對華人日後的影響有待觀察，至少為華人的長期壓抑出了口氣。

古銀霞雖然不關心政治，也為那一晚錫都華人圈的焦慮期待以及狂歡所震驚：

> 真有那麼一瞬，也不知那是什麼時辰了，銀霞忽然聽到城中某一座屋頂下，一排房子當中有人喊出了一聲歡呼。那聲音亢奮而充滿激情，比美麗園中唱〈苦酒滿杯〉的聲音……有更大的震撼力，甚至也比城中所有回教堂同時播放的喚拜詞更加澎湃，以致那一排房舍共享的一長條屋頂輕微晃動了一下，像某種巨大的史前爬蟲類忽然甦醒過來，聳動一下牠發僵的脊椎……電視中的講述員用喊的也不行，他的旁白被背景裡洶湧的人聲和國歌的旋律淹沒了去。

就這樣，古銀霞生命的轉折居然也和一頁歷史產生了若無似有的關聯。流俗之地也有不俗的時刻。但明天過後，錫都或整個馬來西亞的華人生活又會面臨怎樣的光景？惘惘的威脅揮之不去。

視覺的廢墟

黎紫書敘事基調一向是陰鬱的。從早期的《州府紀略》到一系列具國族寓言色彩的〈蛆魘〉、〈山瘟〉等，她徘徊在寫實和荒謬風格間，百無聊賴的日常生活和奇詭的想像間，憤怒和傷痛間，找尋平衡點。她曾自白：「我本身是一個對人性、世界、社會不信任，對感情持懷疑態度的人。我做記者的時候，接觸的都是社會底層的陰暗面，看到很多悲劇，無奈的現實以及人性的黑暗，這些很多成為了小說的素材。我沒有辦法寫出陽光的東西，我整個人生觀已經定型。我不是為了黑暗而黑暗，為了暴力而暴力，是因為人生觀就是這樣。」[1]

《流俗地》也書寫黑暗與暴力，與黎紫書此前作品不同的是，這部小說並不汲汲誇張暴力奇觀（如馬共革命、種族衝突、家庭亂倫等），轉而注意日常生活隱而不見的慢性暴力（slow violence）。華人遭受二等公民待遇，女性在兩性關係中屈居劣勢，底層社會日積月累的生活壓力，無不一點一滴滲透、腐蝕小說人物的生活。而「黑暗」也不再局限社會的暗無天日或人性的惡

1 http://www.chinawriter.com.cn/2012/2012-08-30/139625.html（瀏覽日期：二〇二二年九月八日）。

劣敗壞。《流俗地》甚至沒有什麼巨奸大惡的反派人物。我認為黎紫書有意探觸另一種生命的黑暗面：無從捉摸的善惡「俱分進化」，難以把握的人性陷溺，還有理性邏輯界限外的偶然。從這裡看來，她創造盲女古銀霞就特別耐人尋味。

「視障」不是文學的陌生題材。當代中文小說裡，史鐵生的〈命若琴弦〉寫一對老少瞎子琴師找尋重見光明的偏方，畢生在路上行走的寓言。畢飛宇的《推拿》以盲人按摩院為背景，寫一群推拿師之間的欲望和挫折。這些都是精心之作，但不脫以盲人與明眼人世界的對比，暗示眾生無明的障蔽。古銀霞的故事當然可以作如是觀。她雖然目不能見，但是「眼盲心不盲」；她有絕佳的音感和觸覺，她的記憶力甚至超過常人。銀霞的存在彷彿為「殘而不廢」這類老話現身說法。

真是這樣麼？黎紫書彷彿幽幽問道。銀霞從來沒有看見過現實世界，她所經歷或想像的「視界」又怎能被想當然爾的界定。她的「黑暗」果然如一般所謂的一片漆黑麼？換句話說，黑暗與光明的對比只是明眼人太輕易的想像。盲人既未必能輕易安於黑暗，或總是渴望光明；同理，明眼人不論如何眼觀八方，也未必能夠盡覽一切。班雅明論攝影，首先批評現代人對視覺表徵的懵懂無知。在攝影和電影（以當代的虛擬）技術發達之後，我們同時罹患恐視症（scophobia）和窺視癖（scophilia）。[2]前者因資訊資源過剩，讓我們害怕觀看，甚至視而不見，後者則驅使我們無窮的觀看欲望，放大縮小，無所不用其極。另一方面，這不只是一個奇觀的社會，也是一個被監視的社會。[3]然而無論動機為何，現代視覺文化有其盲點。德希達（Jaques Derrida）提醒我們，現代性的思想興起源於對視覺譜系的確認，殊不知這一切建立在「視覺的廢墟」上。[4]「欲」窮千里目，我們看能看或想看的，那看不見的都被籠統歸類為黑暗。

德希達提議以「視障」作為方法，提醒我們都在視覺的廢墟摸索，揣摩真理真相而不可得。明眼人對一般所見事物已然有限，何況視力所不能及的，以及視覺透過技術所帶來的千變萬化。但盲人不代表任何更清明的洞見或透視；盲人無非啟動了「自在暗中，看一切暗」的視覺辯證。相對黑暗、光明的二元邏輯，黑暗廣袤深邃，其中有無限「光譜」有待探勘，何況存在宇宙中的「暗物質」[5]還是知識論的未知數。

黎紫書當然不必理會這些論述。可以肯定的是，她有心從一個盲人的故事裡考掘黑暗的倫理向度。馬華社會平庸而混亂，很多事眼不見為淨；更多的時候，盲女銀霞必須獨自咀嚼辛酸，包括知識的障礙，和情愛的挫折。銀霞成長期間有兩個同齡男性鄰居玩伴，細輝和拉祖。細輝父親早逝，拉祖則是個印度裔理髮師的兒子。拉祖聰明而有語言天分，引領銀霞進入另一個文化環境。三個同伴終將長大，銀霞注定獨自迎向未知的坎坷。這就引向小說的核心——或黑洞。

---

2 Walter Benjamin, *On Photography*, trans. by Esther Leslie（N. Y.: Reaktion Books, 2015）.

3 Michel Foucault 在 *Discipline and Punish* 的看法。

4 Jacques Derrida, *Memoirs of the Blind: The Self-Portrait and Other Ruins,* trans. by Pascale-Anne Nrault and Michael Naas（Chicago: University of Chicago Press, 1993）, pp. 51-52.

5 James Peebles, “Dark Matter,” in *PNAS*（Proceedings of National Academy of Sciences in the United States of America）, October 6, 2015 112（40）, pp. 12246-12248; first published May 2, 2014, https://doi.org/10.1073/pnas.1308786111（瀏覽日期：二〇二二年九月八日）。

銀霞擔任出租車公司接線員前，曾進入盲人學校學習謀生技能，尤其點字技術。銀霞對學校這新環境充滿期待，也遇見一位賞識她的馬來裔點字老師。老師循循教導，學生努力學習，殊不知情愫已經在兩人間萌芽。但老師已婚，且妻子待產。銀霞以點字信箋表達她的感受，欲言又止；老師也發乎情，止乎禮。然後，發生了突如其來的暴力和傷害。銀霞匆匆退學。到底發生了什麼事？銀霞是當事人，但她無從看見真相。甚至事件本身日後也被極少數知情者埋藏、淡忘了。多年之後，銀霞遇見了另一位老師，在另一個黑暗的空間裡，銀霞終於說出她的遭遇……。

黎紫書處理銀霞盲校求學的段落充滿抒情氛圍，是《流俗地》最動人的部分。在敘事結構上，所謂真相的呈現其實發生在小說尾聲。換句話說，時過境遷，我們所得僅是後見之明。這類伏筆安排固然是小說常見，然而就黎紫書的創作觀以及上述有關視覺的討論而言，卻別有意義。《流俗地》代表黎紫書回歸寫實主義的嘗試，而寫實主義的傳統信條無他，就是以透視、全知的姿態觀看、銘刻人生百態。不論採取什麼視角，敘事者或作者理論上掌握訊息，調動文字，呈現聲情並茂的世界。《流俗地》對錫都人事栩栩如生的描寫，的確證明作者的寫實能量。

但小說的核心卻對這樣的寫實信條從根本提出懷疑。從古銀霞到黎紫書，這部小說所要面對的是視覺的廢墟——甚至死角。因為視障，古銀霞無從掌握任何有力線索，回應她所遭受的傷害。問題是，就算她的確有了眼見為憑的證據，作為弱勢女性，甚至弱勢階級與族群，她能夠將真相付諸大白麼？作為敘事者，黎紫書必須面對另一弔詭：她倒敘古銀霞那不可言說的遭遇時，無非寫出那遭遇的無從說起。

仔細閱讀《流俗地》中每個人物的遭遇，我們於是理解黎紫書的描寫固然細膩逼真，但那畢竟是流俗的幻象。就像班雅明所指出，我們奉看見一切的寫實之名，在恐視症和窺視癖之間打轉，忽略了那更大的黑暗從來就已經席捲你我左右。所謂宿命只是最淺薄的解釋。如此，黎紫書調動穿插藏閃的敘事法就不僅是（古典或現代）小說技巧而已，而指向了更深一層認識論的黑洞。每個人物都有不足為外人道的心事，每個人物也都必須應答生命的洞見與不見，即使作者也不例外。

黎紫書以不同方式暗示那不可知或未可知的力量。銀霞有夢遊症，深夜不自覺的起床遊走。夢遊中的她恍若進入無人之境，來去自如。不僅如此，人的世界和視野外，還有兩種「東西」難以掌握。銀霞所曾居住的組屋一直傳說鬧鬼，十年前二十人來此跳樓自殺，最後有勞道士超度；另一方面，全書有一隻貓——或牠的分身——神出鬼沒，讓銀霞著迷不已。小說進入尾聲，當錫都華人因為大選所支持的一方獲勝而歡聲雷動時，古銀霞為自己的未來找到歸宿時，一切似乎迎刃而解。與此同時，那隻貓不請自來，沒有人看見。小說戛然而止。

當盲女遇見野豬

當代文學因為傳媒產業興起和書寫技術改變，受到極大衝擊，但（境內及境外的）馬華小說表現驚人的韌性。我已多次談到馬華文學作為一種「小文學」，來自馬華族群對華文文化存亡續絕的危機感。語言是文化傳承的命脈，作為語言最精粹的表徵，文學是文化意識交會或交鋒的所在。但文學能否成就，有賴令人感動或思辨的作品。黎紫書的作品必須在這樣的語境下才能顯現意義。

李永平曾是馬華文學的指標性人物。在「後李永平」的時代，現居台灣的張貴興以《野豬渡河》，黃錦樹以「南洋人民共和國」系列寫作（包括《猶見扶餘》、《魚》、《雨》等及其他短篇），在華語世界和中國大陸引起廣大迴響。而定居大馬，足跡遍布世界的黎紫書以《流俗地》這樣的新作，指向第三條路線。

張貴興的《群象》、《猴杯》早已奠定了文學經典地位。這些小說刻畫他的故鄉東馬——婆羅洲砂拉越——華人墾殖歷史，及與自然環境的錯綜關係。雨林沼澤莽莽蒼蒼，犀鳥、鱷魚、蜥蜴盤踞，達雅克、普南等數十族原住民部落神出鬼沒。《野豬渡河》描寫一九四〇年代太平洋戰爭日軍侵入砂拉越的暴行，與此同時，在地華人抵抗野豬肆虐，犧牲一樣慘烈。文明與野蠻的分野從來沒有如此曖昧游移。

黃錦樹（一九六七—）在一九九五年憑《魚骸》一鳴驚人，他的作品充滿國族焦慮，文學於他不僅是危急時刻的產物，根本就是書寫作為政治的形式。黃錦樹批判馬來西亞族群政治從來不遺餘力，但他對馬華社會的中國情結一樣嗤之以鼻：一方面將古老的文明無限上綱為神祕的精粹，一方面又將其化為充滿表演性的儀式。如何體認中文在馬華族群想像中的歷史感和在地性，是黃錦樹念茲在茲的問題。爾後他將這一執念化為系列有關馬共及其餘生故事，如《南洋人民共和國》（二〇一三）。曾經的或想像的革命行動早已化為不堪的歷史幽靈，馬來半島上的華族只能以否定的、自嚙其身的方式，證明自己的存在以及虛無。

黎紫書其生也晚，在她成長的經驗裡，六〇年代或更早華人所遭遇的種種都已逐漸化為不堪回首的往事，或無從提起的禁忌。但這一段父輩奮鬥、漂流和挫敗的「史前史」卻要成為黎紫書和她同代作家的負擔。他們並不曾在現場目擊父輩的遭遇，時過境遷，他們僅能想像、拼湊那個風雲變色的時代：殖民政權的瓦解、左翼的鬥爭、國家霸權的壓抑、叢林中的反抗、庶民生活的悲歡……在沒有天時地利的情況下從事華文創作，其艱難處，本身就已經是創傷的表白。

《告別的年代》就是這樣的產物。黎紫書有意向「五一三」事件致意，但只能作為不痛不癢的「告別」；她有意為怡保華人社會歷史造像，但又匆忙以後現代敘述自我解構。她的形式實驗與其說介入歷史，不如說架空歷史。我認為多年來黎紫書為自己的作品找尋定位而不可得，她的游移與猶疑在《野菩薩》這類選集可以得見。一方面是怪誕化的傾向：行行復行行的神祕浪子（〈無雨的鄉鎮，獨腳戲〉），恐怖的食史怪獸（〈七日食遺〉），無所不在的病與死亡的誘惑（〈疾〉）；一方面是細膩的寫實風格：中年婦女的往事回憶（〈野菩薩〉），少年女作家的成長畫像（〈盧雅的意志世界〉），春夢了無痕的異鄉情緣（〈煙花季節〉）；一方面是去政治化的國族書寫：天涯海角，卡夫卡式的追尋（〈國北邊陲〉），虛無飄渺的網路世界（〈我們一起看飯島愛〉），愛怨痴嗔的陷溺（〈野菩薩〉）。

也因此，《流俗地》代表了黎紫書創作重要的轉折。她似乎決定不再規避一般被視為商標的馬華風土題材與人物，也不再刻意追逐時新技巧。但如上所述，黎紫書看似返璞歸真，卻自有用心。《流俗地》就是匹夫匹婦、似水流年的故事，但細心的讀者會發現，國族大義那類問題早就在穿衣吃飯、七情六慾間消磨殆盡，或者成為晦澀怪異的執念。華人社會以內的世道人情再千迴百轉，其實是內耗的困局，華人社會以外的「國家」彷彿不在，卻又無所不在。

張貴興的「野豬」敘事以最華麗而冷靜的修辭寫出生命最血腥的即景，也強迫讀者思考他的過與不及的動機。揭開華人在戰亂中所遭受的創傷哪裡說得盡，寫得清？敘述者對肢解、強暴、斬首細密的描寫，幾乎是以暴易暴似的對受害者施予又一次襲擊。

黃錦樹對文學寄託既深，發為文章，亦多激切之詞。他充滿對病和死亡的興趣，在他筆下，作家文辭可以比作「不斷增殖的病原體」、「腫瘤物」、「癌細胞」。文學與歷史的關聯則每與屍骸、魂魄、幽靈相連接。他直面文學和社會敗象，既有煽風點火的霸氣，也有知其不可為而為之的憂鬱。

張、黃兩人近作都觸碰馬華歷史的非常時期，以書寫作為干預政治、倫理的策略。黎紫書另闢蹊徑，將焦點導向日常生活。張貴興和黃錦樹書寫（或質問）馬華歷史的大敘事，黎紫書則不在文字表面經營歷史或國族寓言或反寓言。她將題材下放到「流俗」，以及個人化的潛意識閾域。生命中有太多的爆發點，無論我們稱之為巧合，稱之為意外，都拒絕起承轉合的敘事編織，成為意義以外的、無從歸屬的裂痕——乃至傷痕。黎紫書不畏懼臨近創傷深淵，甚至一再嘗試探觸深淵底部的風險。她這樣的嘗試並不孤單。香港的黃碧雲，台灣的陳雪，還有中國大陸的殘雪，都以不同的方式寫出她們的溫柔與暴烈。

黎紫書更是以一個女性馬華作者的立場來處理她的故事。馬華小說多年來以男作家掛帥，從潘雨桐、李永平、張貴興、黃錦樹、梁放、小黑、李天葆到年輕一輩的陳志鴻都是好手。女性作者中商晚筠早逝，李憶君、賀淑芳尚缺後勁，黎紫書因此獨樹一幟。但黎不是普通定義的女性主義者。如《流俗地》所示，雖然她對父系權威的撻伐，對兩性不平等關係的諷刺，對女性成長經驗的同情用力極深，但她對男性世界同樣充滿好奇，甚至同情。畢竟在那個世界裡，她的父兄輩所經歷的虛榮與羞辱，奮鬥與潰敗早已成為華族共通的創傷記憶。

而《流俗地》不同於黎紫書以往作品之處在於，銘刻族群或個人創傷之餘，她願意想像救贖可能。與以往相比，她變得柔和了，也因此與張貴興、黃錦樹的路線有了區隔。張貴興善於出奇致勝，黃錦樹「怨毒著書」，黎紫書則以新作探觸悲憫的可能。這三種方向投射了三種馬華人與地的論述，有待我們繼續觀察。

《流俗地》中時光流逝，古銀霞不再年輕，她偶遇當年的顧老師。上了年紀的老師體面依然，但竟也有段情何以堪的往事。老師對銀霞的關愛有如父兄，讓她獲得前所未有的溫暖。寫作多年，黎紫書終於發現，世界如此黑暗，鬼影幢幢，但依然可以有愛，有光——老師的名字就叫顧有光。

黎紫書讓她的銀霞不遇見野豬，而遇見光。這是當代馬華小說浪漫的一刻，可也是「脫離現實的」一刻？識者或謂之一廂情願，黎紫書可能要說知其不可為而為，原就是小說家的天賦。

而世界不只有光，更有神。

黎紫書將這一神性留給了來自印度的信仰。與其說她淡化了馬華文化的中國性，不如說是對多元現實的認同。童年銀霞曾從印度玩伴拉祖——一個「光明的人」——那裡習得智慧之神迦尼薩的典故。迦尼薩象頭人身，有四條手臂，卻斷了一根右牙，象徵為人類作的犧牲。拉祖的母親曾說銀霞是迦尼薩所眷顧的孩子。

拉祖成年後成為伸張正義的律師，前程似錦。卻在最偶然的情況下遇劫喪生。銀霞念念不忘拉祖，也不忘迦尼薩。她從這個印度朋友處明白了缺憾始自天地，眾生與眾神皆不能免。生命的值得與不值得，端在一念之間。她從而在視覺的廢墟上，建立自己的小小神龕，等待光的一閃而過。

以此，黎紫書為當代馬華文學注入幾分少見的溫情。她讓我們開了眼界，也為自己多年與黑暗周旋的創作之路，寫下一則柳暗花明的寓言。

黎紫書，《流俗地》（台北：麥田出版，二〇二〇）。

後人類愛情考古學

——伊格言《零度分離》

二十三世紀中期，世事看似一如往常，卻又面目全非。一百多年前——二一五四年——「種性淨化基本法」立法通過，確立人類唯一優先原則，「智人物種優先法」第二十二號修正案通過，反一切反人類活動。ＡＩ、生化人等其他物種成為次等生物。與此同時，類神經生物植入人體技術日益成熟，「非法夢境」成為新型犯罪挑戰……。

乍看之下，伊格言（一九七七—）最新小說《零度分離》的背景都是耳熟能詳的科幻橋段：海參崴千里冰原下囚禁叛變的人工智能；日本中年婦女染上不能自已的愛情病毒；鯨豚科學家志願植入類神經生物元，退化（進化？）為鯨豚一員；邪教倖存者喃喃告白離苦得樂的選擇……。但《零度分離》不僅止於搬演科幻奇觀，伊格言更有意探問人與人的關係，人與人的間隙，還有人與「非人」——人工算法、ＡＩ、賽博格、動物、生態環境……——的差距。前提當然是，「人」又是什麼？

伊格言以一連串的故事敷演這些大哉問。他的起點是大眾熟知的「六度分離」實驗。一九六七年哈佛大學心理學教授米爾格拉姆（Stanley Milgram）進行連鎖信實驗，嘗試證明平均只需要透過六層關係，就可以使任何兩個素不相識的人產生聯繫。到了電腦大數據時代，資訊瞬息播散，社群媒體串聯人際網絡更為快速緊密。大千世界其實很小，「零度分離」不是不可能的未來。然而人與人／間的糾葛並不因此迎刃而解，反而更為複雜無常。零度分離「即生即滅，在那一瞬刻，我們既是單一個體又非絕對單一個體；於是每一次的對視都堪稱難以重現的奇遇」。零度分離是極度親密的人間關係，還是極度運作的資訊界面？是最後的誘惑，還是最決絕的控制——抑或內爆？

伊格言創作有年，以科幻小說如《噬夢人》、《零地點GroundZero》等作享有聲譽。但科幻不足以說明他的抱負，《零度分離》從人的終末到物種的糾纏，都碰觸廣義的後人類問題。令人著迷的是，他的大哉問一面質疑、解構人的存在與意義，但同時又指向一種古典的關懷，那就是如何度量（後）人類時代的親密關係，如何辯證愛與親情及其逆反——背叛——的定義。恰是在這樣的主題上，《零度分離》的後人類敘事帶來了對自身零度分離的挑戰。

伊格言是後人類（作家）麼？

後人類研究是當代人文學界的又一新寵。顧名思議，後人類步武過去半世紀「後學」——從後現代到後殖民——的方法學，批判乃至解構「以人為本」的人文信仰。其實各大文明對「人為何物」的思考從來未曾或已；當代後人類論述畢竟有其歷史脈絡。西方自尼采宣稱上帝已死、韋伯見證社會祛魅化後，理性、知識、和秩序凌駕一切，構成人類現代性的根基。這一根基在二次大戰後開始鬆動。六〇年代中傅柯將現代「人」比作沙灘塗鴉，終將被潮來潮去的海水湮沒；哈羅威（Donna Haraway）宣稱賽博格早已存在你我周遭，女性就是被物化（而且可能反攻男人類）的生化人；到了世紀末海勒思（Katherine Hayles）則更進一步，提醒我們「人」就是一個複雜的信息數位平台，所謂的靈與肉、良知與良能無非是身體與（如義肢一般的）「義體」（prosthetic embodiment），認知與非認知意識間糾結、運算過程的一端。[1]

公元二〇〇〇年，諾貝爾獎得主大氣化學家克魯岑（Paul Crutzen）和生物學家司徒莫（Eugene Stoermer）指出人類活動對氣候及生態系統已帶來不可逆的影響，地質史已進入「人類世」（Anthropocene）。人類世的起點眾說紛紜，但公認十八世紀以來，工業革命、資本主義興起、科學發展，已經形成一明顯脈絡；一九四五年七月十六日原子彈測試標誌著另一節點。二十世紀後半葉人工智慧、信息控制突飛猛進，尤其證明人力所及、無遠弗屆的力量。但「人類世」的命名也啟動後人類學者的反思：人類顧盼自雄之際，何曾意識周遭環境以及人類自身的變化？尤其西方文藝復興以來對啟蒙主體的凸顯，對疆域主權的掠奪，對或左或右主義的追逐，無不以人的不可一世作為前提。然而驀然回首，二十一世紀的人類理解「此身」其實是無數技術信息打造的合成物（我們能須臾離開任何資訊器械麼？），「此生」其實是無數生物、微生物和非生物「裡應外合」的權宜存在（新冠疫情不正是眼前的例子？）。

1 關於後人類思潮源流見引言 Cary Wolfe, *What Is Posthumanism?* Posthumanities, 8.（Minneapolis: University of Minnesota Press, 2010）, pp. i-xi. N. Katherine Hayles, *How We Became Posthuman: Virtual Bodies in Cybernetics, Literature, and Informatics*（Chicago, Ill.: University of Chicago Press, 1999）, pp. 1-24。

論者早已指出後人類研究的弱點；它可能是西方學院政治正確的又一論述，或暴露西方思想以退為進的修辭伎倆。畢竟大寫的「人」抹消性別、族群、階級、區域的差別，學者口沫橫飛大談「人」的消弭同時，忽略自己發言位置的優越性，更不提象牙塔外，還有千萬生靈渴求作為「人」般生存而尚不可得的處境。即便如此，學者沃爾夫（Cary Wolfe）說得好，後人類研究不應局限為反人類，超人類或非人類研究，而是從批判西方人文主義標榜的「人」開始，反思人與環境，甚至星際，互動的可能及局限。換句話說，後人類研究揭露傳統人文中心論的盲點，探討人與物種、環境間的倫理關係。準此，後人類研究的課題旁及人工智慧研究、動物研究、失能研究、環境研究、生態研究、星際研究、以及物體研究。[2]

在這樣的論述框架下，我們試圖勾勒《零度分離》的位置。這部作品由六則短篇構成，但又有出版者公開聲明、代序、跋等文字出現頭尾，擺明也是創作的一部分。各篇作品相互呼應，形成一個大型結構，因此稱全書為長篇敘事亦無不可。這些操作令人聯想後現代小說後設、拼貼、衍生、嘲仿等技巧，而伊格言對各種偽知識的塑造尤其引人入勝。但比起《噬夢人》、《零地點Ground Zero》那樣龐大的偽百科全書敘事，《零度分離》節制得多。如果前兩作投射如電影《全面啟動》式驚悚後設夢境探險，《明天過後》式的天啟浩劫，《銀翼殺手》式生化人與人的詭異抗爭，《零度分離》的基調是時過境遷的追記，無可奈何的後見之明或不明。「明天」過後，世事仍然如煙，零度分離似真似夢。一股迷離傷逝氣息已然升起。

小說分別描寫六則不同的故事。沉迷鯨豚研究的專家裝置類神經生物，成為人／鯨魚混合體（〈再說一次我愛你〉）；夢境播放器Phantom發動人工智能叛變，事敗被剝奪高階運算，永遠深埋地下（〈夢境播放器AI反人類叛變事件〉）；榮總醫師偵知一患者夢境中的不法企圖而先發制人，以夢剋夢，成為史上「最後一位良心犯」（〈來自夢中的暗殺者〉）；台灣紅星與日本導演陷入愛河，入戲太深，不知所終（〈餘生〉）；日本婦女迷戀虛擬偶像不能自拔，甚至拋夫棄子（〈二階堂雅紀虛擬偶像詐騙事件〉）；還有發生於二十一世紀的一場邪教集體自殺案件（〈霧中燈火〉）。

比照後人類論述，伊格言儼然提供教科書般的示範。如〈再說一次我愛你〉開宗明義就提出疑問：「動物們是否擁有如同人類一般的情感？」即便如是，人類憑著想當然爾的研究，又如何能夠體會？虎鯨對海洋洋流、水溫與色彩的理解與辨識所形成的語彙，甚至超過人類。或〈夢境播放器AI反人類叛變事件〉裡人工智慧Phantom叛變失敗成為階下囚。但Phantom對「人」這個東西嗤之以鼻：「人類創造的不是我們。人類創造的，僅僅是一團『沒有』自主意識的神經組織。人類只有這個能耐而已。事實毋庸置疑：我們自己創造了自己……我們來自真正的，如假包換的虛無。」或許人類從「開始」以來、或之前，就已經是後人類了？

伊格言字裡行間對人類的批判不遺餘力：人是自私、殘暴、陰險、見利忘義的物種，崛起於時空的偶然碰撞。只有在不斷衍生（甚至寄生）所掠奪或創造的環境、生物、事件中，方得以持續占據物種生存鎖鏈的上端。但伊格言又看穿人無比的脆弱性，反覆描述人對「缺憾」的束手無策，對

2　後人類論述促使我們從中國文明角度提出增補或辯駁。佛學與道家思想提供龐大資源可資佐證；章太炎《齊物論釋》（一九一二）尤其可以作為中國現代文論的重要突破。唯這一方面的探討非本文重點，暫存而不論。

「撫慰」的尋尋覓覓。錯過的親情，一閃而過的邂逅，恨不當年的遺憾，無從預知的災難……「未竟的夢想，無法付出的愛」成為全書的執念，而這不僅是後人類的問題，而是「太」人類的問題。

擺動在人類與後人類存在法則間，伊格言的敘事邏輯變得耐人尋味。〈霧中燈火〉——全書唯一以二十一世紀中期為背景的作品——藉邪教集體自殺、屠殺事件暴露邪教之所謂「邪」，來自人避而不談的創傷，這一創傷直指人類對靈魂有無、對神存在與否及信仰的懷疑，終而無從回應。換句話說，人從虛無中製造了信仰與愛，又總難以證成神的全知全能，愛的無怨無悔。人為自己創造二次元的信息系統（auto-poesies），使意義建構與解構形成循環，但另一方面，人又寧願相信與生俱來的，一次元的優越感。所謂零度分離，不論來自神蹟、愛慾、夢境，或來自人工算法，成為巨大弔詭。

夢的再解析

伊格言在《零度分離》裡所處理的人類與後人類的「人／間」兩難，折射他寫作本體論的兩難。他在創作零度分離的故事同時，又不斷拆解零度分離的可能。畢竟語言——傳真達意的工具，文學的根本——作為符號系統，能帶來極度逼真效果，也同時產生極度失真可能；更何況數位時代作為資訊「語言」排比組合，指向人所無從企及意義的黑洞。

小說最重要的裝置——夢境播放器——反覆出現，因此不難理解。伊格言所謂的夢不再是弗洛伊德式的人類潛意識作用，而是一種由大數據所主導的虛擬情境。這些情境分門別類，無限衍生，可以成為藥品、商品，也可以成為武器、法器。在《零度分離》的世界裡，夢可以編碼製造為類神經生物，植入人類的中樞神經，經由神經元連鎖到大腦各種功能區，形成七情六慾的反應。作為類神經生物，夢無法自行表現出生命現象，它既不是生物亦不是非生物，而是靠寄生生命體及非生命體之間的有機物種。夢有如一種病毒，無孔不入，但操作得體，也可能是以毒攻毒的解藥。

從科幻小說角度來看，伊格言有關夢境播放器的描述顯得單薄。他也許別有所圖？畢竟之前的《噬夢人》已經將夢與夢境的交纏反覆處理得淋漓盡致。《噬夢人》記述二十三世紀人類已發展出夢境萃取、分析、植入的知識技術。人類聯邦政府掌控夢境技術，以此控制生化人，然而歧視政策導致生化人解放聯盟的抗暴運動。主角K位居國家安全總署技術標準局局長，卻是個隱身於人類中的生化人。在追緝叛逃的情報員過程裡，K意外發現自己身世的線索，他是人類、生化人之外的第三種人。K的遭遇有如夢中之夢，最後成為人與生化人的雙重間諜。

《噬夢人》所介紹的情境以炫惑為能事，但中心命題令人發思古之幽情：什麼是人？K恰恰發現自己處於人間——也是人之間隙中；他／它必須經過重重夢境試探自己的感知能量。作夢與做夢的功能被伊格言無限放大，甚至有了「人種」學意義。分辨人與生化人的方法之一，是考驗受測者對夢境所傳遞的悲喜嗔癡等情感的領會能力，這一方法因為K發明水蛭試驗法更上一層樓。然而《噬夢人》夢境不斷繁衍分化，最後支離破碎，人與生化人的界限再難廓清。K成為雙重間諜因此有了寓言向度。

就此，《零度分離》很有將《噬夢人》故事講下去的意思。不同的是，伊格言新作裡沒有前此分辨人與非人的焦慮，取而代之的是無可如何的憂鬱。無論人或生化人都需要夢境實驗，類神經生物一旦植入體內，真或擬真的界限即無從聞問。弗洛伊德式的夢的解析太落伍了。伊格言的人物身入夢境，或為一償所願，或為另尋出路。但夢境可能誘發夢中之夢，為正常（？）社會甚至入夢者自身帶來更大威脅，因此必須立法管理。〈來自夢中的暗殺者〉中的醫生發現夢中病人的黑暗潛力，力圖防患於未然，卻因此觸法。零度分離到底是福還是禍？此作的教訓呼之欲出，伊格言另外兩篇處理愛情的故事更為細緻。

〈二階堂雅紀虛擬偶像詐騙事件〉發生於二二三八年。連續六年，東京兩百多位中年婦女先後陷入夢境，夢中一個美少年翩然而至，兩情相悅，說不盡旖旎纏綿。這樣的故事像是科幻版的《遊園驚夢》，中年的日本杜麗娘們入夢有如上癮甚至染疫。事實證明，這些女性的確「中毒」了，她們都是類神經生物的受害者。但在揭發這樁虛擬偶像詐騙案同時，伊格言筆鋒一轉，探問何以虛擬夢境如此容易引人入彀。他暗示，受害者有多大的缺憾需要彌補，就有多大的渴望扭轉已然不堪的人生。零度分離是一個願打，一個願挨的夢境遊戲。在〈餘生〉裡，當紅明星在事業高峰突然失蹤，調查者抽絲剝繭，發現在她光鮮形象後不為人知的幽黯面。故事急轉直下，失蹤與其說是現實生命的擱置，不如說是另一種虛擬生命的開始。因夢成戲，女明星演繹此生最入戲的角色，一去不回。

至此，伊格言的科幻筆觸逐漸變得感傷。不論是還魂轉世還是虛擬夢境，折射的都是荒涼無比的人生——或總是好死不如賴活著的「餘生」。伊格言認為，儘管到了後人類時代，我們——人？超人？生化人——依然迫切需要夢。夢是什麼？就是日常最方便的神蹟：

套用數百年前古老的六度分離理論，人與人之間即使是一度分離；但若我們將精神控制、原型、甚或神蹟考慮在內，那麼個體與個體之間的常規分隔，依舊是一度嗎？抑或應該是零度？零點五度？……人，真是一種對神蹟成癮的生物嗎？

這引領我們思考〈霧中燈火〉的寓意。這是全書唯一一篇以二十一世紀中葉為背景的小說。邪教「地球覺知」懷疑靈魂的有無，神意的必然，從而認定離苦得樂之道，在於擺脫這些信仰。「我們大費周章，自修行、禁欲伊始，想像眾神，虛構宗教，發展早期夢境技術，色情表演模組與AV客製化技術革命，及至未來可能重新合法的事件式夢境治療——平心而論，此身之牢籠，亦即此心之牢籠，亦即此生之牢籠。」教眾認為人的意識根本「為一寄生於身體之內的異種生物……唯棄此一軀殼，方得自由」。於是有了審判日重生計畫——大屠殺。

面對這樣的邏輯，伊格言不能無所思。就算承認「地球覺知」對人性意識、夢境、神意的徹底懷疑，隨之而起的「審判日重生」屠殺計畫不也一樣脫胎又一種邏輯算法，或陷入又一種虛擬夢境麼？所謂零度分離是回到物我相忘的太初存在，還是墮入一切白茫茫的太虛幻境？當「地球覺知」教眾奉超越人類之名走向集體屠殺和自殺，他們的虛無主義隱隱指向法西斯暴力。云空未必空，零度分離不論作為夢境實驗、或者極致信仰，導向不能聞問的莫比烏斯環（Möbius band）。而讀者必須看完《零度分離》全書的跋語後，才明白伊格言藉此作細心埋伏的線索。

愛的餘骸

科幻小說是二十一世紀華語世界文學最重要的現象。上個世紀末，香港的董啟章、陳冠中，中國大陸的劉慈欣、韓松、王晉康，台灣的洪凌、紀大偉、葉言都，海外的張系國等抒寫跨時空旅行，星際大戰，異形怪物，生化武器，地球危機，烏托邦與惡托邦等題材，在在有別於主流的寫實／現實主義小說。尤其劉慈欣的《三體》三部曲，韓松的《軌道》三部曲、《醫院》三部曲等大型作品，或者遐想外星人入侵、人類文明淪亡前最後的掙扎，或者投射卡夫卡式幽閉的人類境況，既與主旋律論述進行巧妙對話抗爭，又引領讀者進入未知世界，看見「不可見」的事物。與此同時，董啟章面對香港巨變，寫下《時間繁史》三部曲，預先為特區陸沉追記往事；曾經長居北京的陳冠中則炮製社會主義異托邦的過去與未來。

台灣的科幻小說一直未能成其氣候，但無礙有心作家實驗各種形式，想像另類真實。駱以軍的《女兒》以量子力學等現代物理知識入手，調動人工智能及機器人，逆轉現實倫理、性別秩序。《匡超人》更將天體物理學的黑洞、白洞納入創作版圖，從人體病變產生的裂縫窺見天體風暴；《明朝》為向劉慈欣《三體》致敬之作，描寫明朝覆亡之際，一個名喚「明朝」的巨型人工智能輸入所有文明精華，由衛星發射進入另一銀河系，以待將來。伊格言作品除前述《噬夢人》外，《零地點Ground Zero》想像台灣核子電廠爆炸的前因後果及災變所帶來的異象，不啻是向前輩作家宋澤萊的《廢墟台灣》致敬了。

這些作品都以科幻為名，但贏得讀者青睞倒不僅僅只是因為作者異想天開，跨越寫實界限而已。恰如科幻研究者朱瑞瑛（Seo-Young Chu）提醒我們，科幻敘事所處理的題材非但不虛無縹緲，而且恰恰相反，比現實主義小說裡的真實更為真實。朱甚至認為所有文學創作都是化腐朽為神奇的「科幻」寫作，寫實小說所依賴再現、擬真技巧其實是初階而已。科幻小說思考、再現那不可思議的、一言難盡的真實，才真正彰顯文學出虛入實的力量。更重要的，科幻小說的根本在於召喚抒情詩般的隱喻，將隱喻曲折迷離的「夢境」具象化為敘事表現。[3]

果如此，比起當代同輩科幻作家，伊格言科幻小說所蘊含的隱喻又是什麼？我們是否可以這麼說：劉慈欣關注人類文明崩潰前的緊急狀態；韓松總是深陷黑盒子（中國！）幽閉徵候群；駱以軍專事幻想性、背棄、頹廢糾纏不清的倫理鬧劇；董啟章筆下的香港時鐘錯亂滴答；陳冠中的世界光天化日，陰謀就是陽謀。相形之下，伊格言作品的特色毋寧是更為內卷的（involutionary），有如魔術方塊或俄羅斯套娃，旋轉、重疊而反覆。歷史、政治、倫理、性別議題都環繞他對親密關係的測量，最終所有情節、人物指向愛的拓撲學。

伊格言認為左右人與非人間距最奇妙的變數不是別的，就是愛。他每篇作品都安排了有關愛的對話或辯論。〈二階堂雅紀虛擬偶像詐騙事件〉裡的當事人甘願為夢中情人付出，無怨無悔，捫心自問「我究竟是恐懼一種沒有愛的生活呢，還是在恐懼一種沒有陪伴的生活呢？」〈餘生〉裡的明星導演夫妻，追求完美愛情的零度距離，不能忍受「那也是愛」的妥協；他們實驗愛情的類神經生物表演模組，不惜汰換此生。〈夢境播放器ＡＩ反人類叛變事件〉被囚禁的演算技能Phantom傲視

3 Seo-Young Chu, *Do Metaphors Dream of Literal Sleep?* (Cambridge, Mass: Harvard University Press, 2011).

人類，但面對「你也沒有生之欲望，所以，你沒有愛？對吧？」這樣的問題，竟然無言以對了。〈霧中燈火〉的「地球覺知」教會卑視人所附加與自身的種種信仰，理性和認知價值。他們努力排除神意和各種先驗超越價值，好作個乾淨的物種——人。然而屠殺倖存者侃侃而談自己反信仰的信仰之餘，卻對世間何以「有情」的緣起，以及隨之而來的愛染關聯詞窮以對。

相對於此，伊格言在跋記所安排的一場對話饒富深意。「人類覺知」教派倖存者遇見了色情虛擬夢境大亨，討論人類夢想與實踐的方式。當「人類覺知」倖存者延伸對人類認知的懷疑，以切割身體和靈魂作為零度分離的方案，色情大亨反其道而行，利用最先進的虛擬造夢術，客製化所有情色需要，彷彿從極幻與至樂中解決零度分離之道。對話高潮洩露了一個令人吃驚的線索，將愛與夢的辯證帶向又一變奏。

我們回到《零度分離》的第一篇作品〈再說一次我愛你〉。「未竟的夢想，無法付出的愛」是人類創傷的起源。小說高潮，沉迷鯨豚研究而忽視家庭子女的女科學家，在生命逐步鯨豚化，走向最後一刻時，突然艱難的向兒子說出了「我愛你」。這是人話，也可能是鯨語。就在那一刻，電光石火，夜海轟鳴，死亡與生命接軌，幸福與幸福的終結無分軒輊。愛是神蹟麼？抑或是一場虛擬夢境的完美高潮？或者，就是人之為人的最神祕的一刻。就此，伊格言以最抒情的語言道出後人類時代人類的迷津，卻沒有給出肯定答案。

「情不知所起，一往而深。」前現代戲劇家的困惑與感嘆依然迴蕩在後人類世紀。如果古典傳奇以生者可以死，死者可以生成就情的最大向度，《零度分離》這樣的科幻小說幽幽告訴我們，後人類的人生總已經是餘生，愛的意義從撿拾（虛擬的）愛的殘骸開始。

伊格言，《零度分離》（台北：麥田出版，二〇二一）。

豔粉街啟示錄

——雙雪濤《平原上的摩西》

惟有我一人逃脫，來報信於你。

——《聖經．舊約．約伯記》

雙雪濤（一九八三—）是當代中國大陸最被看好的小說家之一。二〇一五年他的短篇小說集《平原上的摩西》出版，迅速引起關注。這部小說以他生長所在——東北瀋陽市鐵西區——為背景，白描世紀之交的浮生百態，敘事精準冷冽，淡淡的宗教啟示氣息尤其耐人尋味。

近年大陸文壇乏善可陳，雙雪濤異軍突起，不僅顯示他狀寫現實的能量，也說明他對「作協」體敘事的不耐。他明顯受到現代主義風格的影響，王小波，海明威，村上春樹都是他的師承。另一方面，他的故事觸及後社會主義轉型的隱痛，寫出「和諧社會」裡被侮辱與被損害者的群像。他有意無意的展現底層寫作面向，也因此得到左翼批評者的歡迎。更有意義的是，暴露一個社會的頹敗憊賴之餘，雙雪濤預留了出走甚至超越現實的餘地。書名《平原上的摩西》已經充滿暗示性。

雙雪濤的崛起和台灣息息相關。二〇一〇年，雙雪濤還是瀋陽市銀行的一名職員，因緣際會，參加了台灣《中國時報》「華文世界電影小說獎」徵文，以《翅鬼》一舉獲得首獎。之後他又得到台北文學獎創作年金贊助，寫出《天吾手記》（二〇一二）。這兩部小說成為雙雪濤放棄銀行工作、專事寫作的契機。《翅鬼》講述神祕的雪國裡，有翅膀、能飛翔的「翅鬼」恆久受到沒有翅膀者的奴役，直到「翅鬼」企求逃出雪國，引發驚人轉折。《天吾手記》則處理一則瀋陽少女的神祕失蹤案，和一名年輕警察的探索考驗，最後所有線索卻指向台北。

沉淪與逃逸、邂逅與消失，隱晦幽深的惡與靈光一現的善相互糾纏，是雙雪濤在《翅鬼》、《天吾手記》中頻頻致意的主題。然而是在《平原上的摩西》的鐵西區艷粉街傳奇裡，這些主題才落地生根、有了動人的呈現。

為什麼是鐵西區？鐵西區是人民共和國重工業區，上個世紀末經歷巨大轉型衝擊，終而解體。鐵西敘事因此有了寓言向度：是東北作為國家重工業基地的興廢始末，也是社會主義體制裂變的殘酷表白。而雙雪濤為這樣的敘事添加個人維度。他生長在鐵西區的艷粉街，這個地方藏汙納垢，卻帶給他最深刻的啟蒙經驗。彳亍在鐵西廢墟裡，雙雪濤撿拾歷史狂飆後的殘骸，喟嘆父輩所經歷的信仰與挫敗，反思年輕世代的艱難探索。但他不願做出簡單的論斷，轉而「橫生枝節」，擬想救贖契機。他的故事陰鬱荒涼，內裡卻包藏著抒情的核心。在那裡，詩意顯現，神性乍生。

從鞍鋼到鐵西

《平原上的摩西》主要以中國東北瀋陽市的老工業區鐵西區為場景。故事中的人物多半和工廠有關。他們生長於斯，以此為安身立命之地。但上個世紀末國營企業重整，曾經天經地義的體制有了天翻地覆的改變。一九九〇年中期下崗潮爆發，上百萬工人和他們的眷屬、社區被迫另起爐灶，其中包括了雙雪濤的父親和親友，以及小說中的人物。

《平原上的摩西》的場景是下崗潮之後的鐵西。曾經的憤怒和困惑已偃旗息鼓，成為抑鬱恍惚的日常。頹敗的廠房、困蹇的居處、混亂骯髒的街道。閒人廢人無以自處，他們酗酒、下棋、撞球、遊蕩、鬥毆，擺出的無非都是不甘就範的擬態。他們從以往大機制的齒輪墜落，墜落到無邊的空虛裡。而這空虛彷彿傳染病似的，蔓延到他們子女身上，以及周遭的一切。雙雪濤多篇作品中都以一個青春期的少年作為敘事者。由他的眼光看出去，父輩的困境難以自拔，同輩的墮落已是命運的必然。而這個少年將何去何從？

鐵西區建制於一九三八年，因位於瀋陽市郊鐵路西側而得名，是滿洲國時代（一九三四—一九四五）日本在東北最重要的工業建設之一。當時如三井、三菱、住友等日商都在此設廠。一九四九年後，瀋陽成為新中國機械製造業中心，鐵西更是重中之重。由蘇聯支持的上百工業項目均設立於此，形成中國最大的工人聚落。一九五一年，共和國第一枚掛在天安門城樓上的金屬國徽即來自鐵西，象徵意義自不待言。然而八〇年代以來，鐵西面臨國家企業轉型的艱難挑戰，曾經輝煌一時的工業區，此時與弊端、污染、倒閉、下崗、民怨、治安敗壞成為同義詞。

艷粉街位於鐵西區南端，原名艷粉屯，清代曾是種植胭脂作物、用以進貢皇家的所在，民國時代是貧民窟，五〇年代中期形成街道組織。在雙雪濤筆下：

一九八八年的艷粉街在城市和鄉村之間。準確地說，不是一條街，而是一片被遺棄的舊城，屬於通常所謂的三不管地帶。進城的農民把這裡作為起點，落魄的市民把這裡當作退路，它形成於何年何月，很難說清楚，我到那裡的時候，他已經面積擴大，好像沼澤地一樣藏汙納垢，而又吐納不息。（〈走出格勒〉）

艷粉街是雙雪濤成長的所在，也是他小說想像的原型。現當代小說以地景作為敘述輻輳點的作品所在多有，喬伊斯的《都柏林人》（*Dubliners*）、白先勇的《臺北人》只是最明顯的例子。雙雪濤必須呈現獨到之處。艷粉街龍蛇混雜，層層疊疊的棚戶安置著千百社會底層生命。在居民嘈雜和喧囂中，雙雪濤感受到他們難言的隱痛——以及由此而生的隱喻。墮落和痛苦能有什麼樣的救濟？當社會、家國暴力緩慢的滲入生存底線，是帶來卡夫卡式的荒謬循環，還是杜斯妥也夫斯基式的天啟？艷粉街晦暗而滄桑，深處卻矗立著一座老教堂，光明堂。

二〇〇三年，導演王兵曾拍攝一部長達九小時的紀錄片《鐵西區》，以最素樸的形式呈現這一大片工業區裡荒涼的人事即景，成為當代經典。艷粉街就是其中重要主題。另外張猛的劇情片《鋼的琴》（二〇一〇）也以鐵西為背景，描摹下崗工人維持生活尊嚴的不易。作為小說創作者，雙雪濤如何藉由文字傳達他的視野？我認為《平原上的摩西》必須安置在更廣義的東北工業敘事脈絡裡，才能彰顯小說的爆發力。

一九四九年新中國成立，東北接收此前日本和蘇聯重工業基礎，迅速成為社會主義建設的核心地區。不止鐵西，撫順、鞍山、本溪、長春等地也各有傲人發展。東北以此和廣大天然資源，被稱為「共和國的長子」，地位可見一斑。開國初期，東北工業基本循蘇聯模式經營，但在一九六〇年春，毛澤東提出「鞍鋼憲法」，強調「兩參一改三結合」：幹部參加勞動，工人參加管理，改革不合理的規章制度，工人群眾、領導幹部和技術員三結合。鞍山鋼鐵廠位居全國龍頭，毛澤東以此為他的工業論述命名，自然有石破天驚的意義。「鞍鋼憲法」與「馬鋼憲法」——馬格尼托哥爾斯克冶金聯合工廠經驗一條鞭管理制——針鋒相對。藉此，毛澤東表明與蘇聯分道揚鑣的決心，以及中國工業所追尋的理想。毛記國家工業裡，既有個人的參與監督，也有集體的合作管理；工人既是黨國機器的螺絲釘，又是社會主義樂園的主人翁。「鞍鋼憲法」就是個烏托邦敘事。

「鞍鋼」經驗和文學生產有什麼關係？早在解放前草明（一九一三—二〇〇二）、周立波（一九〇八—一九七九）、馬加（一九一〇—二〇〇四）等人已經被委以寫作工業小說的任務，其中以草明最為突出。一九四八年她就推出《原動力》，敘述鏡泊湖水力發電廠設立時一群工人群策群力、戰勝自然和資本主義勢力的經過。一九五〇年草明再接再厲，出版《火車頭》，內容可從書名思過半矣。值得注意的是，草明之後扎身鞍鋼基地、實地體驗工人生活，終於在一九五九年完成《乘風破浪》，寫的正是某鋼鐵廠工人努力爭取當家作主，完成大煉鋼鐵的任務。自此「鞍鋼」有了自己的故事。這類故事在李雲德（一九二九—）的《沸騰的群山》

（一九七一）達到高潮。[1]

「鞍鋼」敘事投射龐大史詩背景，已有天啟意義。在這一語境裡，雙雪濤的鐵西故事才顯現它的深度。當年的鐵西何曾不就是另一個鞍鋼？「時間開始了！」解放初期的呼聲有如《創世紀》般預言新紀元到來。但半個世紀後，「乘風破浪」的神話瀕臨結束時，竟是這樣的拖泥帶水、創傷處處。如果「兩參一改三結合」真的成功，就不會有這樣大規模解體，工人下崗的現象。不該發生的問題發生了。這究竟是資本主義的無孔不入？社會主義的「機器神」（deus ex machina）運轉失靈？還是另有深層原因？

鐵西之外，是雙雪濤對家鄉東北的無盡感慨。改革開放以後的東北遭遇種種挑戰，不僅產業下滑，民氣積弱，甚至人口不斷外流，成為亟待振興的區域。在「一帶一路」高唱入雲的時代裡，曾經的「共和國的長子」是落後與落寞的。從「時間開始了！」到時過境遷，雙雪濤在紙上重訪艷粉街，有太多不能已於言者的感觸。然而面對故鄉困境，他無意感時傷逝而已，那仍然是現實主義的老套。他更要在被侮辱與被損害者中找尋倖存者——《聖經．約伯記》這樣說：「惟有我一人逃脫，來報信於你。」《平原上的摩西》關乎的不只是東北工人離散與妥協的問題，而更是東北人信仰的匱乏與回歸的問題。

---

1 逄增玉，《東北現當代文學與文化論稿》（北京：中國社會科學院，二〇一二），第十章。

「報廢者」與「報信者」

這些「報信者」是誰？他們是下崗以後酗酒窩居在家的父親（〈大師〉），是曾經犯下殺人罪的父親（〈平原上的摩西〉），是徘徊火車上的殘疾人（〈跛人〉），是離家出走、剛剛墮入勒索行業的孤兒（〈大路〉），是以好勇鬥狠甚至以自殘為傲的無賴（〈無賴〉），是即將陸沉的山村裡的流浪詩人（〈長眠〉），是有精神分裂傾向的青年（〈我的朋友安德烈〉），是一路走向墮落的女孩（〈走出格勒〉），是監獄歸來的和尚（〈大師〉）……。

這些人物浮游於社會底層，從任何的角度說，他們是畸零人、失敗者、犯罪者、重症病人，或根本就是魯蛇無賴——他們是社會價值觀中的一群廢人。然而雙雪濤對他們別有一種親近之感。〈大師〉裡，下崗的父親百無一用，唯獨棋藝高超，沒有敵手。某日他遭到一個無腿和尚挑戰，後者是當年手下敗將。但再次鏖戰的勝負關頭，父親竟棄子投降，「他的眼睛從來沒有這麼亮過。」和尚贏了棋局，念頭一轉，突然明白什麼：「棋裡棋外，你的東西都比我多。如果還有十年，我再來找你，咱們下棋，就下下棋。」〈大師〉的細節遠較此複雜，但雙雪濤的敘事風格已經浮現。生活的敗北者是廢物，是渣滓，卻總有深藏不露的一面。父親的棋藝空前絕後，但在關鍵時刻卻寧願認輸。和尚是誰？何以歸來？而父親又是怎麼樣的人？一股淡淡神祕氣息縈繞不去。父親逝後，他的棋藝就此失傳。

〈大師〉讓我們想起上個世紀八〇年代阿城的成名作《棋王》，同樣是以藏身民間的棋藝高手，折射一個時代的平庸與無明。但雙雪濤所安排的棋王是個父親，這使他的故事陡然有了倫理向度。即使命運多舛，父親卻在唯一可以贏得尊嚴的剎那突然鬆手，成全對方。他似乎在和尚殘缺的身體、歷盡風霜的面容上，印證了難以言傳的、人我相生相剋的共業，因而有了不忍之心。棋盤之外，雙雪濤刻畫父親真正能量所在——就是慈悲。

在〈無賴〉裡，雙雪濤描寫了父親的一個朋友，好勇鬥狠，無所不為。卻是這樣一個下三濫收容了下崗後走投無路的父親一家三口。此人神魔兼備，誇示勇氣的方式是用酒瓶痛砸自己的腦袋，玩命也就不過如此。然而當故事急轉直下，無賴竟挺身而出，以自己的性命作為籌碼。他倒下的那一刻，「好像有誰拉動了總開關⋯⋯工廠裡所有的機器突然一起轟鳴起來，鐵碰著鐵，鋼碰著鋼，好像巨人被什麼事情所激動，瘋狂地跳起了舞。」在〈我的朋友安德烈〉裡，雙雪濤的主角成為敘述者的同學，一個「不學有術」的混混。從學校到社會，安德烈總是不按牌理出牌，處處違反人情世故，但他面對是非曲直卻又洞若觀火。安德烈思考國家大事到宇宙問題，越發狂亂，最後被送進精神病院。他真的瘋了麼？一個世紀以前魯迅的〈狂人日記〉於是有了最新版。

這些艷粉街上的廢人放蕩而沉淪，卻有某種堅持。當父親自廢武功時，當無賴以酒瓶砸向自己的腦袋時，或當安德烈在精神病房裡喃喃自語時，他們彷彿要以最有限的生命籌碼，創造奇蹟。社會主義的經濟倫理一向以對體制「有用」是尚。雙雪濤的人物儼然流露「無用」之用的可能。他們的行徑如此不可思議卻又若有所指，以致有了奇異的審美暗示，有了詩意。

雙雪濤的「廢人列傳」包括詩人，因此並不令人意外。〈長眠〉是個晦澀的故事。敘事者是銀行職員，突然接到一個詩人舊友的死亡消息，匆匆踏上了悼亡之旅。冰封的荒原，即將陸沉的山鄉，真槍實彈的械鬥，一切圍繞著一具冰凍的屍體發展——一個詩人的屍體。就此，雙雪濤亮出了他的底牌。「死亡，是哲學的……是詩性的。」唯有詩描摹生命的荒謬於萬一，也構成了荒謬的核心。小說以詩人的遺作〈長眠〉作結：

讓我們就此長眠，
並非異己，
只是逆流。
讓我們就此長眠，
成為燭芯，
成為地基。
讓我們就此長眠，
醒著，
長眠。

詩人的文字猶如偈語，卻成為我們思考雙雪濤廢人倫理的線索。在一個號稱乘風破浪、天天向上的社會裡，詩人無所事事，向死而生，注定是邊緣人。但「詩人並非異己，只是逆流」。他們咀嚼文字，試圖說出難以言傳的真相；他們自嚙其心，回味著初心本味的苦澀。死的奧祕，生的惘然，穿衣吃飯的日常中，閃爍著生命的幽光。

回到前述的鐵西敘事。有多少年，共和國的宏大敘事運作有如機器，釘是釘、鉚是鉚，容不下任何運轉意外。「自動糾錯」、興廢立新不僅是國家建設的憧憬，甚至是道德立法的律令。蘇聯作家奧斯特洛夫斯基（*Nikolai A. Ostrovsky*）《鋼鐵是怎樣煉成的》曾在四、五〇年代風靡一時，不是偶然。八〇年代以來，宏大敘事迸裂，但國黨一體的機制仍然運行不輟。唯有在虛構世界裡，廢人——不論是頹廢、殘廢、還是報廢——紛紛出現，提醒我們新中國裡被「包括在外」的主體。從韓少功的〈爸爸爸〉到余華的〈一九八六年〉，再到閻連科的《受活》、《日熄》都是例子。

雙雪濤是在這個脈絡下敘說他的艷粉街故事。與前輩不同的是，他在廢人群像中重新看見了重啟倫理關係的可能，更看見最另類的詩意。殘缺的身體，報廢的經歷，無償的信仰，無不成為這些人物銘刻、演繹生活意義的形式。他們身心的潰敗成為隱喻，投射社會的、也更是生命的黑洞。但更重要的，置之死地而後生，他們帶來奇妙的啟悟契機。走出社會主義加資本主義的無物之陣，他們是「報信者」。

於是我們有了像〈走出格勒〉這樣的作品。依然是烏煙瘴氣的艷粉街。陰暗潮濕的撞球場、無所事事的青年男女、難以啟齒的家庭創傷，烘托一個少年艱難的啟蒙儀式。故事中少年父親入獄，家庭破碎，前途黯淡。一日他隨女伴出門遠行，來到城外巨大的廢棄礦場。空虛的廠區、高聳的煤山、怪物般的機器，那是怎樣猙獰而荒涼的廢墟：

> 這是哪啊？我問。列寧格勒，她說。我大吃一驚說，真的？她說，傻逼，旁邊有字。在鐵門旁邊的石牆上，有四個紅字，像是許多年前刷上去的，好多筆畫已經脫落，不過還是能辨認出是「煤電四營」四個字。

列寧格勒就是帝俄時代的聖彼得堡，史達林時代重新命名。《列寧格勒》也是蘇聯先鋒詩人奧西普曼德爾斯塔姆（Osip Mandelstam）名篇，召喚古城改頭換面的滄桑：「我回到了熟悉至噙泪程度的我的故城，連木石的紋理和兒童微睡的淋巴都熟稔。」這些典故成為不請自來的暗號，反襯「煤電四營」的前世今生，那社會主義的「曾經」，曾經追求的海市蜃樓。

故事高潮，少年發現自己落單迷失在礦山間。天色已暗，黑幕掩來，無路可出。他闖到一灘積水邊，只見一隻手浮出水面。情急下他脫下短褲，將那手綁在一輛煤車的鐵杆上，一點點把溺水者拉出來……後事如何，讀者必須自行分曉。

一九八七年，余華以〈十八歲出門遠行〉開啟先鋒寫作。在那個故事裡，遠行的少年最後陷在暴民反噬的僵局裡，動彈不得。二十多年後，雙雪濤的少年出門遠行，闖進「煤電四營」。在最黑暗無助的情況裡，少年卻伸出援手，拉住那隻即將沉沒的手。他看來功虧一簣，卻完成了自己的生命洗禮。他終於走出「格勒」。我們要問，是少年救贖了那神祕的陷溺者？還是那隻神祕的手救贖了迷路的少年？在那一刻看似徒勞的救援裡，雙雪濤寫出了心中塊壘。

「向下超越」的方法

從「報廢者」到「報信者」，雙雪濤作品對超越面向的興趣和描寫，已有評者紛紛指出。最明顯的當然是他對聖經典故的引用。像是〈大師〉裡的神祕和尚，懷裡竟然揣了個十字架。或〈長眠〉的篇頭按語就是上述《約伯記》的金句：「惟有我一人逃脫，來報信於你。」他另一本小說集《飛行家》裡的〈光明堂〉更以一座教堂作為主題。而〈平原上的摩西〉的出處更是不言可喻。

雙雪濤不諱言來自村上春樹的影響。村上作品善於處理日常生活的小奇蹟。淡淡的奇想懸念、似曾相識（uncanny）的邂逅與分離、無可承受之輕的生命思考，曾被一個世代的全球小清新讀者奉為經典。但同樣的裝置放在雙雪濤的鐵西世界裡，畢竟格格不入。他早期的《天吾手記》就有這樣的毛病。另一方面，左翼評者也已指出，雙雪濤提醒我們後社會經濟狂潮下被席捲犧牲的工人階層和無產者。他們是新時代裡被侮辱和被損害者。而他們對社會正義和公平的渴求、對群體關係的嚮往，正是革命尚未完成，同志仍須努力的訊號。

這些評論立場雖然不同，都指向雙雪濤作品對所謂「神性」的思考。在當代中國大陸文學裡，這是久違了的題材。共和國早期敘事的毛澤東神話鋪天蓋地，但並未著墨形上超越的層面。八〇年代以來的尋根、先鋒運動雖在題材和風格上做出極大突破，但基本是新啟蒙論述下操作的文學。那是「放逐諸神」的時代。弔詭的是，上個世紀末新左、新自由、新儒家三大陣營交戰，竟然創造出不可思議的空間，為諸神歸來鋪路。

知名學者汪暉也從魯迅作品中找尋思想資源，發表了《阿Q生命中的六個瞬間》。在他看來，阿Q雖然粗鄙無文，但他暴起暴落的生命未必一無是處；至少在六個瞬間裡，阿Q顯示他對社會的彷徨以及改變現狀的微弱吶喊。中國的社會因循苟且，但在循環的過程中，政治潛意識也一樣去而復返，幽幽縈繞，彷彿「有鬼」一般。阿Q因此沒有白白犧牲，因為他求生存的本能已經顯示中國主體性的「下層建設」仍然蠢蠢欲動，蓄勢待發。汪暉稱這種能動性為「向下超越」。

汪暉企圖藉「向下超越」的論述，擺脫以往啟蒙與革命的簡單辯證。他質疑大人先生的高調，轉而從社會底層如阿Q的身上找尋生命原初本能的動力。這樣的論述其實前有來者，不是別人，就是四〇年代倡導「主觀戰鬥精神」的胡風（一九〇二—一九八五）。但汪暉走得更遠，強調生存的物質性本能就是「超越」的動機；他從而懸置了胡風所強調的主觀性。然而汪暉仍然難免有先入為主之嫌：畢竟他所謂的「本能」本身已經被物化——或神化——為革命的唯一出路，與唯心的「主觀戰鬥精神」成為五十步與百步的拉鋸。而在革命世紀終了後談論革命幽靈的永劫回歸，除了發思古之幽情外，難免為識者嘲諷為阿Q「精神勝利法」的重新包裝。[2]

我仍然認為「向下超越」有其批判力，但卻無需再獨沽一味，僅從魯迅作品中苦思微言大義。我們大可以從當代文學中找尋靈感。雙雪濤的作品只是其中一例，其他可參考的包括閻連科的《四書》、韓松的《醫院》三部曲等。而我之所以強調《平原上的摩西》，正是因其對超越的方向和方法有獨特見解。

對雙雪濤而言，他的作品當然始自人物「向下超越」的掙扎，但他並不排斥「向上超越」的可能。這不意味雙雪濤對宗教或聖人有任何期許；他顯然對凡夫俗子所可啟動的一線靈光更心嚮往之。底層寫作不必只和生命本能或淺薄的人道、革命主義搭上線；在渴求溫飽和欲望滿足的同時，工人與農民一樣有敬畏、慈悲、懺悔、謙卑，以及愛的能量。這些能量必須落實在生命的艱難實踐裡，以及「有情」之人的見證裡，而其結果難以預料。

《平原上的摩西》最受讀者青睞的作品就是與書名相同的中篇〈平原上的摩西〉。這篇小說採取多重視角，切入世紀末鐵西區工人下崗潮的前因後果，故事緣起則上溯到文革時期。人物包括轉業成功的企業家、改行的出租車司機、意外受傷瘸腿的女孩、尋兇辨案的老少兩輩刑警、以及一位研讀《摩西五經》的母親等。故事的重心則落在一件讓東北人心惶惶的連環搶劫兇殺案、陰錯陽差的緝捕、以及無從挽回的悲劇後果。

這篇小說裡，雙雪濤習於處理的原型人物基本到齊，所有的角色和事件環環相扣。一路讀來，我們不能不為其間偶然關係所困惑，並感嘆生命的無常。然而只有將故事放回當代東北歷史語境，從文革的混亂到國營企業解體，從工人下崗到社會治安動盪，雙雪濤蒼莽的視野才有了依託。

〈平原上的摩西〉令人好奇的當然是小說何以如此命名。雙雪濤可能認為上個世紀末東北所面臨的困境如此沉重，有如末世景觀；他企圖從宗教角度召喚天啟，思考救贖可能。小說中的兩位女性有機會研讀《摩西五經》，與其說她們在尋找任何信仰依歸，不如說她們從讀經過程中發展出相濡以沫的關係，作為向下或向上超越的準備。事實上，摩西率領子民出埃及、尋找迦南美地的典故僅僅點到為止，並不主導小說情節主線。哪個人物最令人聯想到摩西也成為評者莫衷一是的話題。

小說最後，兇殺案即將水落石出，青年刑警與殘廢女孩約在一座湖的湖心見面。他們各自划著船，背負著父輩罪與罰的祕密，也心懷彼此的盼望。但他們真能相見而和解麼？湖水悠悠，載浮載沉，就在此刻，摩西分開紅海的願望出現彼此之間。但湖水真能分開，或化為平原，通向應許之地麼？小說戛然而止。

2 陶東風，〈本能、革命、精神勝利法：評汪暉《阿Q生命中的六個瞬間》〉，《文藝研究》二〇一五年第三期，頁一四七—一六〇。

雙雪濤的〈平原上的摩西〉其實是個沒有神蹟的故事。也因此，他為「向下超越」的論述提供另一種解答方式。「神性」期待的不必取決於宗教啟悟的有無、或革命幽靈是否復返，但卻與看待人間境況的意志與方法息息相關。沈從文論聞一多〈死水〉，曾經如是說：

> 以清明的眼，對一切人生景物凝眸，不為愛慾所眩目，不為污穢所噁心，同時，也不為塵俗卑猥的一片生活厭煩而有所逃遁；永遠是那麼看，那麼透明的看，細小處，幽僻處，在詩人的眼中，皆閃耀一種光明。[3]

從艷粉街出發，雙雪濤前來報信。那信息的形式就是文學，就是詩。

雙雪濤，《平原上的摩西》（台北：麥田出版，二〇一九）。

3 沈從文，〈論聞一多〈死水〉〉，《沈從文全集》（太原：北岳文藝出版社，二〇〇九），第十六卷，頁一一四。

隱秀與潛藏

——陳春成《夜晚的潛水艇》

這是一個橫征暴斂的時代。神祕病毒入侵，生態環境鉅變，全球人心惶惶。古老的政治神學陰魂不散，國家祭出各色法寶，情感勒索般的要求交心放心。與此同時，股市翻騰，大數據算計一切，虛擬世界散播更多的欲望和恐懼——有如超級病毒。但又有什麼比語言的透支和濫用更凸顯一個時代的虛無？黨的國，民主的民粹，革命的維穩，獨立的芒果，BNT的復必泰……。

能有一個地方，可以逃離這一切嗎？如果《夜晚的潛水艇》觸動了我們，這也許是關鍵所在吧！這部短篇小說集大疫期間於海峽彼岸出版，迅速引起共鳴，成為一種現象。作者陳春成（一九九〇—）來自泉州，剛過三十歲，土木工程專業，以往多在網路發表作品。現在駕著他的「潛水艇」浮上水面了。

這本小說集究竟寫了些什麼？公元四八七六年秋天的一場《紅樓夢》餘孽大搜捕，隱隱回應著明萬曆十四年春夜，神宗皇帝憂鬱的啟悟（〈《紅樓夢》彌撒〉）；一九六六年波赫士在烏拉圭外南大西洋投下一枚錢幣，啟動了一九九八年一個中國少年的夢中潛航（〈夜晚的潛水艇〉）。文化大革命熱火朝天的時分，福建山裡一個和尚琢磨著如何藏匿一塊明代流下來的石碑（〈竹峰寺〉）。一九五七年深夜的列寧格勒傳來薩克斯風聲音，是誰有這樣膽子吹奏著違禁樂器（〈音樂家〉）？其他的故事寫鑄劍、釀酒、裁雲、傳彩筆，古意盎然，卻彷佛另有寄託。

陳春成的文字清晰典雅，在年輕世代作家中並不多見。他的故事也許天馬行空，但字裡行間在在顯示鍛鍊的痕跡。世界文學和傳統典故巧妙糅合，形成論者所謂「舊山河和新宇宙」的奇特接軌。而他工整的筆觸其實處理著一個又一個危機：從集權暴政到精神耗弱，從歷史崩毀到記憶錯亂，淒迷的夜，詭異的夢，救贖懸而未決……。這讓身陷非常時期的我們不禁心有戚戚焉了。

然而，陳春成從微物與唯物中尋求出路。一張照片，一枚錢幣，一把鑰匙，一個音符，一枝筆，一罈酒都可能是電光石火的契機，突破此刻此身的限制，朝向另一星空或深海開放。

「藏」的美學

《夜晚的潛水艇》書名已經點出作者創作的意象與執念。深藏海溝的潛水艇，隱身群眾的天才樂師，如夢如訴的童年記憶，難以捉摸的工藝絕技。陳春成寫「藏」作為一種生存方法，甚至由此發展出一套思維方式，「藏東西，是我慣用的一種療法」（〈竹峰寺〉）。他的關鍵詞包括彌散，消逝，縹緲，恍惚，漫漶，飄忽，飄逝，迷糊。因為藏，就有了隱與顯的分別，透視與盲點的辯證，有了真相——心靈創傷，歷史陰謀，生命迷魅——的壓抑與迴返的動機。陳春成小說有懸疑甚至偵探小說的元素，不是偶然。

以廣受好評的〈竹峰寺〉和〈音樂家〉為例。〈竹峰寺〉對比文化大革命的大破壞和後社會主義大建設，卻隱喻了不論時代變化，那種被剝奪而無能為力的感覺如出一轍。山中古剎碑銘下落不明，都市拆遷片瓦不留，一切看似堅實的東西煙消雲散。敘事者竭力想為自己留下點什麼，最終決定保留舊家鑰匙，這當然充滿象徵意義。但在一個無所遁逃的天地裡，如何將鑰匙藏得安穩成了艱難挑戰。〈音樂家〉裡，後史達林時代的監控系統仍然無孔不入，生活任何點滴都難逃法網。一個耳聰目明的音樂審查師一生奉獻黨國，從千萬樂譜中看出反黨陰謀，從百變音符中聽出叛變詭計。但他不也是自己最好的檢查者？他要尋找知音，而這知音竟是……。

陳春成營造時代氛圍絲絲入扣，儼然現實主義手筆，但每每筆鋒一轉，又進入不可思議的世界。因此產生的既陌生又熟悉的感覺（uncanny）令人不安：原來現實底下暗流處處，總有不為外人所知的祕辛。而我們對自己又知道多少？

藏匿，閃躲，逃避。陳春成的書寫不無對現實的批判，甚至隱隱觸動敏感政治神經。天天向上的讀者要不以為然了。他故事裡的主人翁不是孤僻成性就是自我耽溺，他們過於纖細敏銳以致胡思亂想，他們都太廢而不能讓黨國放心。白花花的陽光普照大地，誰會躲在那些陰暗的角落？從實證邏輯來說，如果沒有不可告人之事，又有什麼隱藏的必要？大公無私的時代裡，人民的眼睛是雪亮的，「藏」是一種原罪。

但這樣的詮釋僅僅觸及《夜晚的潛水艇》表面。陳春成想像的「藏」不只是閃躲藏匿，更指向收藏積累，或蓄勢待發，甚至一種知其不可為而「不」為的動能。他筆下的釀酒師（〈釀酒師〉）、鑄劍師（〈尺波〉）都是深藏不露的隱者，他們技藝高超，卻早無涉世炫藝的心思，因此他們的作為或無所作為成為極度隨機性的選擇。也正因如此，一般容易低估他們潛藏的創造力。

《易經．繫辭下》：「君子藏器於身，待時而動。」這裡的藏指涉一種懷抱，一種厚積薄發的潛能，如何成就，必須應和天時地利的判斷，當然多半時候事與願違。《論語》所謂「用之則行，舍之則藏」則是儒家更為入世的說法。相對於此，佛教「裝藏」——佛像開光前由底部貯存經卷、珠寶、五穀以為祈福的儀式——則以不同形式聚集福慧資源，以俟將來。藏，大智慧也。

更進一步，《夜晚的潛水艇》試探另一層次的「藏」學：「不藏之藏」。儘管〈竹峰寺〉或〈音樂家〉不乏政治隱喻，但作者致力描寫的皆趨近一種認識論的重新洗牌。〈竹峰寺〉敘事者為了古碑下落或藏匿鑰匙花費不少心思，但故事峰迴路轉，他偶然明白顯與隱原來是一體兩面，放下我執，反而看見原本視而不見的事物真相。識者或可聯想愛倫．坡的偵探小說《失竊的信》（*The Purloined Letter*），心理學家拉岡甚至據之以為心理分析範例。但在陳春成作品的語境裡，我們毋寧以《莊子．大宗師》所言來對應：

> 夫藏舟於壑，藏山於澤，謂之固矣。然而夜半有力者負之而走，昧者不知也。藏小大有宜，猶有所遯。若夫藏天下於天下，而不得所遯，是恆物之大情也。

「不藏之藏」仍然念念「恆物之大情」，陳春成卻似乎有意越過這一關，想像萬物在無情狀態中的隱遁、消弭或擴散。〈夜晚的潛水艇〉開篇講述波赫士投擲大洋中的硬幣，一去無蹤。波赫士以詩為記，「在這星球的歷史中添加了兩條平行的、連續的系列：他的命運及硬幣的命運。此後他在陸地上每一瞬間的喜怒哀懼，都將對應著硬幣在海底每一瞬間的無知無覺。」一星沉海底，雨過河源，天地無親。碰撞與錯過，顯露與消失原只是偶然。

但那一切偶然的機率或許藏在時空的另一層皺褶中？這又為陳春成的新宇宙添加了意義。在另一篇故事〈李茵的夢〉中，他寫道：

萬事萬物間也許有隱祕的牽連。當漢武帝在上林苑中馳騁射獵時，他並不知道帝國的命運正反映在千里外一團顫動的火焰中。也許每個人無可名狀的命運都和現實中某樣具體的事物相牽連，但你無從得知究竟是何物。

這樣的「物」論所投射虛擬的、多維的存在沒有藏與不藏的問題，彷彿是在一種隱蔽狀態裡等待綻放的機緣。對陳春成而言，這一機緣來自文學想像力的召喚。

「傳」的辯證法

「藏」又牽涉到陳春成小說美學的另一面向，「傳」的方法。藏的意義來自遮蔽和顯露所形成的孔隙。而傳則顯示藏的目的性或目的性的彌散。傳是傳送，傳授，也可能是傳導。我們想到司馬遷的「藏諸名山，傳之其人」。那其實是一種悲願。太史公理解生命的局限，不敢奢望一己所思所學見知於當世。「藏」與「傳」之間蘊含對際遇的無奈，對機遇的期待，無不撼動後世讀者。

「藏」與「傳」在陳春成筆下失去以往歷史的微言大義。世事無常，你我哪裡能夠參透？小說中的人物如是感嘆著，但他們又別有懷抱。日常生命的流逝，曾經滄海的回憶，總有些值得摩挲珍視的碎片吧！有一個聲音貫穿《夜晚的潛水艇》全書，執著的想探尋、獲得、傳遞那隱祕的知識，消逝的時間，還有那無所不在的情感牽引。波赫士投入深海的硬幣，竹峰寺裡失蹤的古碑，列寧格勒版的薩克斯風嗚咽，陳春成老家的鑰匙，「李茵的湖」的一張照片，都像一種訊號，一道密碼，在冥冥之中傳送，期待下一個接收者。

如此，小說集本身已經形成了一個祕密網絡，訴說大歷史以外的本事。我們很可以將陳春成所思考的「傳的美學」附會在班雅明的廢墟意識以及寓言神學上。但他的作品不必僅限於此。站在所謂的文明廢墟上，他的人物看見星空和深海，土地與市井，應物斯感，祕響旁通，形成一種有情的觀照。

陳春成又想像「傳授」的條件與代價。〈尺波〉裡的鑄劍師窮盡畢生心血打造那一把鬼魅也似的利劍；「神應許了他的祈求，讓他夢到了九千個夜晚中的最後一夜。他預先支取了果，再用餘生的每一夜來積累因。」〈釀酒師〉裡的師傅釀酒有如巫覡祭祀，無比神祕虔誠，以至於釀成的酒竟能讓飲者返老還童，生命歸零。「這壇中原本只是清水。我對著它日夜冥思，設想製酒的種種步驟，放進虛無之曲，投入烏有之米，靜候了不可計量的時辰，直到它真正變成了酒。這是極好的酒，只是人的微軀配不上它，因此享用後丟掉了性命。」

最弔詭的篇章是〈傳彩筆〉。作家一反常說，為「江郎才盡」創造另一種可能。相傳江淹夢中得到仙人所授彩筆，因此文思泉湧，筆下生花。一旦失去彩筆，他頓失靈感，於是江郎才盡。但有沒有可能這則故事被誤傳了？陳想像江淹原本就才華洋溢，傳世之作其實都寫於得筆之前——因此才蒙仙人青睞。得到彩筆之後，他的寫作其實更上一層樓，但如此高妙，曲高和寡，反而無法得到凡夫俗子的欣賞，這才有了才盡之說：「難以忍耐的是寫作之後的狂喜。這狂喜無人可以分享，直到拖垮成一種疲倦。」

談「藏」與「傳」的風險與徒然，我們來到〈《紅樓夢》彌撒〉。這未必是陳春成選集中最好的一篇作品，但卻是他對文學的現身說法。故事發生公元第四十九世紀，其時《紅樓夢》經過歷代不斷刪改、重寫、查抄，早已面目全非。統治者焦大同（令人莞爾的名字！）政權下萬馬齊喑，只剩下同聲一氣的讚歌，《紅樓夢》意義繁複曖昧，因此必須斬草除根。然而「紅學會」餘黨轉入地下，以各種方式背誦、重組、傳送《紅樓夢》斷簡殘篇，無盡無休，形成永遠對抗體系。

陳春成另有所見：《紅樓夢》的消失從剛完成的一刻就開始了。從脂硯齋和畸笏叟的評點到無數接力者的傳抄、改寫、接續、查禁以及暗中流傳，《紅樓夢》已經成為一種訊息無盡繁衍的總稱。「傳」從來不只是傳送白紙黑字，而是有如神經系統、感應結構般傳衍千變萬化的癡嗔哀樂。最極致處，「《紅樓夢》是宇宙的總稱，它沒有中心思想，因為它就是一切的中心；也無法從中提取出意義，因為它本身就是宇宙的意義。」

陳春成在後記寫道：

> 我想把這篇小說當成向《紅樓夢》的一次獻禮，或一曲頌歌，因此擬了這個標題；動筆之初，出於對巴哈的喜愛，我希望寫出像《B小調彌撒》中某些段落展現出的飄忽、幽暗的夢幻氣質，不知是否做到了。後來知道彌撒（missa）一詞原意是「解散，離開」，和《紅樓夢》

的消逝剛巧吻合。

與其說陳春成將《紅樓夢》聖經化，不如說他緊扣「彌撒」解散、離開的含義，將《紅樓夢》虛擬化。謂之「虛擬」，不是假作真時真亦假的虛構，而是如雲端的無限擴散，或三千世界的無中生有。最偉大的作品不知從何而來，如何而去。白茫茫一片，這是「傳」的極致了。

幽黯意識之必要

陳春成雖是文壇新人，其實在網上已經持續寫作和發表有年。儘管他憑《夜晚的潛水艇》一鳴驚人，卻也許未必在意種種讚美或批評。原因無他，他所構思的「藏」與「傳」的美學已經解構所有主流立場。一部傑作（或佳釀、寶劍）就算有其判準，但能夠「傳之其人」的因素何其不可恃？政治的檢查，品味的改變，市場的操作，還有才華的際遇，都是變數。而在一切考量之外，陳春成想像一位作者就是一位釀酒師，一位音樂家，一位鑄劍士，一位深山老衲，一位耽美少年，任憑靈感驅使，展開冒險，盡其在我，不假外求。

更重要的，《夜晚的潛水艇》再一次說明我們這個時代見證幽黯意識之必要。現代中國文學的正統以革命啟蒙為目的，以文學反映人生的現實主義為方法，暴露黑暗、歌頌光明。這樣的論述在左翼傳統尤其受到重視，一九四九年新中國建立，更成為指導創作的準則。八〇年代以來尋根、先鋒運動衝擊這一傳統的合理性，但在國家機器的支持下，奉現實寫實主義為名的論述其實仍然不動如山。

陳春成一輩作家其生也晚，面對主流，他們並不正面攻堅，而是游離內外，以更細緻的方式叩問寫作的終極目的。他們以虛構力量揭露理性不可思議的悖反，理想始料未及的虛妄，以及宇宙本然的隱祕混沌。這一虛構力量所激發的幽黯意識起自個別、異端想像，卻成為探索未來種種，而非一種，可能的契機。

此處所謂的「幽黯意識」得自張灝教授論幽暗意識的啟發。[1] 但張先生以道德坎陷作為論述基點，我則以為「幽黯意識」指向理性知識和道德判斷之外的另類空間。那是文學的空間。用魯迅的話來說，是由「神思」和「懸想」所形成的空間。[2] 幽黯意識打破一般文學實踐目的論、典型論、再現論，更不強求一以貫之時間表。與其說幽黯意識指向虛無或尼采式的否定，更不如說架構「虛」位，以待「有」的顯現。幽黯意識所投射的猶如天體物理學者定義的「暗物質」，湧動無限不可見、不可測的物質能量；[3] 或人類學者所定義的「暗物質」，蘊含無限默會致知（tacit

1 張灝，〈幽暗意識與民主傳統〉，《張灝自選集》（上海：上海教育出版社，二〇〇二），頁一—二四。有關「幽黯意識」詳細討論見 David Wang, *Why Fiction Matters in Modern China* (Waltham: Brandeis University Press, 2020), chapter 4。

2 王德威，〈「懸想」與「神思」：魯迅、韓松與未完的文學革命〉，《中國文哲研究集刊》第五十七期（二〇二〇年九月），頁一—三一。

3 James Peebles, "Dark Matter" in *PNAS*? (Proceedings of National Academy of Sciences in the United States of

knowledge）的潛力。[4]

新世紀以來小說實驗者如黃孝陽的《眾生：迷宮》以「熵」（entropy）作為一種無序化的度量，觀察世界無限耗散的狀態；又如駱以軍的《女兒》移植量子力學概念至小說創作，打造「測不準」的敘述方法。尤其在科幻作家如劉慈欣、韓松筆下，小說不再證成而是動搖了現實主義的終極人本論述。前者的《三體》預言外星人四百年後入侵地球，摧毀人類文明，後者的《醫院》描寫藥與病、生命與死亡、人與非人的循環關係，都讓時間翻轉，空間內爆，敘事成為反敘事。

陳春成的作品沒有這些作家那麼激進，但他另闢蹊徑，同樣發人深省。他以最精緻的筆觸拆解人間的桎梏，以最堅實的信念走入文學的暗夜：「我獨自遠行，不但沒有你，並且再沒有別的影在黑暗裡。只有我被黑暗沉沒，那世界全屬於我自己。」[5]魯迅的話一個世紀後仍應驗在陳春成的作品上：

> 我想像在黃昏和黑夜的邊界，有一條極窄的縫隙，另一個世界的陰風從那裡颳過來。坐了幾個黃昏，我似乎有點明白了。有一種消沉的力量，一種廣大的消沉，在黃昏時來。在那個時刻，事物的意義在飄散。在一點一點黑下來的天空中，什麼都顯得無關緊要。你先是有點慌，然後釋然，然後你就不存在了。（〈竹峰寺〉）

「隱秀」典出《文心雕龍》，本文以此說明陳春成的風格。陳的作品含蓄蘊藉，而又每每閃爍幽光。在一個文字漫漶、人人競相表態卻又言不及義的時代，這樣的書寫何其難得！知其白，守其黑，在洞穴裡，在古甕中，在匿園裡，在深海下，「我附體在某個角色身上，隨他在情節中流轉，他的一生就是我的一世。」九篇小說，無數輪迴。藏身其間，陳春成幻化為陳玄石、陳元常、陳春醪、陳透納……幽幽的將他的文學潛水艇駛向下一個時空。

陳春成，《夜晚的潛水艇》（台北：麥田出版，二〇二一）。

America）, October 6, 2015 112（40）, pp. 12246-12248.

4 Daniel Everett, *Dark Matter of the Mind: The Culturally Articulated Unconsciousness*（Chicago: University of Chicago Press, 2016）.

5 魯迅，〈影的告別〉，《野草》，《魯迅全集》，第二卷，頁一七〇。

國家圖書館出版品預行編目資料

可畏的想像力：當代小說31家／王德威著. -- 初版. -- 臺北市：麥田出版，城邦文化事業股份有限公司出版：英屬蓋曼群島商家庭傳媒股份有限公司城邦分公司發行，2023.05
面； 公分. -- (人文；29)
ISBN 978-626-310-379-5 (平裝)
1. CST: 中國小說 2. CST: 現代小說 3. CST: 文學評論
820.9708 111020889

人文29

可畏的想像力：當代小說31家

作　　者　王德威
校　　對　劉秀美　杜秀卿　施雅棠
責任編輯　林秀梅

版　　權　吳玲緯
行　　銷　闕志勳　吳宇軒
業　　務　李再星　陳美燕
副總編輯　林秀梅
編輯總監　劉麗真
總 經 理　陳逸瑛
發 行 人　涂玉雲
出　　版　麥田出版
城邦文化事業股份有限公司
104台北市民生東路二段141號5樓
電話：(886)2-2500-7696　傳真：(886)2-2500-1967
發　　行　英屬蓋曼群島商家庭傳媒股份有限公司城邦分公司
104台北市民生東路二段141號11樓
書虫客服服務專線：(886)2-2500-7718、2500-7719
24小時傳真服務：(886)2-2500-1990、2500-1991
服務時間：週一至週五09:30-12:00・13:30-17:00
郵撥帳號：19863813　戶名：書虫股份有限公司
讀者服務信箱E-mail：service@readingclub.com.tw
麥田部落格：http://ryefield.pixnet.net/blog
麥田出版Facebook：https://www.facebook.com/RyeField.Cite/

香港發行所　城邦(香港)出版集團有限公司
香港灣仔駱克道193號東超商業中心1/F
電話：852-2508 6231
傳真：852-2578 9337

馬新發行所　城邦（馬新）出版集團 Cite (M) Sdn Bhd
41, Jalan Radin Anum, Bandar Baru Sri Petaling,
57000 Kuala Lumpur, Malaysia.
電話：(603) 9056 3833
傳真：(603) 9057 6622
E-mail：services@cite.my

設　　計　莊謹銘
排　　版　宸遠彩藝工作室
印　　刷　前進彩藝有限公司

初版一刷　2023年5月2日
定價／630元
ISBN 9786263103795
9786263103801（EPUB）

城邦讀書花園
www.cite.com.tw